二 見 文 庫

きらめきの妖精

スーザン・エリザベス・フィリップス／宮崎 槙＝訳

Glitter Baby
by
Susan Elizabeth Phillips

目　次

リディアへ
永遠の姉妹愛をこめて

きらめきの妖精

登　場　人　物　紹　介

フルール(フルリンダ)・サヴァガー	スーパーモデル
ジェイク(ジェイコ)・コランダ	俳優で脚本家
ベリンダ・ブリトン	フルールの母親
ミシェル	フルールの弟
エロール・フリン	ハリウッドの大スター
アレクシィ・サヴァガー	エロール・フリンの友人。フランスの大富豪
ソランジュ・サヴァガー	アレクシィの母親
アデレード・エイブラハム	コラムニスト
グレッチェン・カシミア	ニューヨークのモデル・エージェント
ディック・スパノ	映画プロデューサー
ジョニー・ガイ・ケリー	映画監督
パーカー・デイトン	フルールのモデル時代のエージェント
スチュ・カプラン	ロックグループ〈ネオン・リンクス〉のロード・マネージャー
バリー・ノイ	〈ネオン・リンクス〉のリードボーカル
キシー・スー・クリスティー	女優の卵で、フルールの親友
チャーリー・キンカノン	製薬会社の御曹司

プロローグ

1

それは〝グリッター・ベイビー〟のカムバックの瞬間だった。彼女は催《もよお》し初日の招待客たちの目に留まるよう、オーラーニ・ギャラリーのアーチ型の入口の内側でたたずんだ。壁にかかるアフリカンアートを眺めるふりをしている常連客などパーティ会場のざわざわとした穏やかな会話の声に、街路の騒音が混ざり合う。高級な香水や、輸入物のフォアグラ、富の匂いがあたりにたちこめる。この顔があまねく全米に知れ渡っていた時期から六年の歳月が流れた。この顔が人びとの記憶にまだ刻まれているだろうか……そんな思いが〝グリッター・ベイビー〟の脳裏《のうり》をよぎった。もしすっかり忘れられているとしたら、どうしようか。

彼女は意識的に唇を半開きにしたアンニュイな表情を浮かべ、指輪をはめていない両手をゆったりとわきに垂らし、まっすぐ前を見据えた。六フィートを越すすらりとした肢体を際立たせるアンクルストラップのピンヒール。肩の下まであるたてがみのような豊かな髪を揺らしながら進むさまはギリシャ神話の美しきアマゾーンそのもの。かつてニューヨークで名の売れたヘアドレッサーのあいだでは、この髪の色を一語でどう形容してみせるかが一つのゲームになっていたものだ。『シャンパン』とか、『バタースコッチ』、はたまた『タフィ』などと称されたが、そのどれも的確な言葉とはいえなかった。なぜなら彼女の髪はそのすべてを含めた色合いをそなえていたからだ。光を受けて変化するさまざまな色調が織り交ぜられたブロンドなのである。詩的感情を呼び覚ますものは髪だけではない。〝グリッター・ベイビー〟のすべてが最上級の賛辞につながった。何年も前のことだが、あるファッション誌の編集者が有名な彼女の瞳を間違って『ヘイゼル』と形容したという理由でアシスタントを解雇したのは有名な話だ。その編集者はコピーを書き直し、フルール・サヴァガーの虹彩《こうさい》の色を『金色とターコイズの大理石にエメラルドグリーンを散らしたような』と表現した。

一九八二年の九月の宵《よい》、人波を見つめる〝グリッター・ベイビー〟の顔は以前にも増して美しく輝いていた。ヘイゼルとは異なる彼女の瞳には毅然《きぜん》としたきらめきが宿り、彫刻のような顎《あご》のラインは誇らしく上を向いていたが、そのじつ心は恐怖で震えていた。彼女は力強く深呼吸をすると、〝グリッター・ベイビー〟は成長したのだ、二度と傷ついてなるものかとみずからを励ました。

彼女は会場に集まった顔ぶれを見つめた。イヴ・サンローランのイブニングケープと黒のシルクのパンツを完璧に着こなしたダイアナ・ヴリーランドはアフリカのベニンの頭像に熱心に見入っている。バレエダンサーのミハイル・バリシニコフは満面の笑みをたたえて大勢の女性たちに囲まれている。みなアフリカン・アートなどよりこの魅力的なロシア人に興味があるようだ。会場の一角ではテレビのニュース・キャスターが社交界の名士である妻とともに四十がらみのフランス女優とおしゃべりの真っ最中だ。女優のほうは公然の秘密ともいうべき美容整形後、人前に姿を現わすのはこれが初めてのようだ。この三人の向かい側ではホモセクシュアルで名高いブロードウェイのプロデューサーの自慢の美人妻が無粋《ぶすい》にもモリー・パーニスをウエストまでボタンをはずし、一人ぽつねんとたたずんでいる。

フルールのドレスは際立って個性的なデザインだった。彼女のデザイナーはこだわりを持っている。あくまでもエレガントに装うんだよ、フルール。野暮なものが流行《はや》る時代だからこそどこまでもエレガンスを追求するんだ。彼はブロンズのストレッチ・サテンの生地《きじ》をバイアスに使い、ハイネック、ノースリーブの立体的で見事なラインのドレスを創り上げた。太腿《ふともも》のなかほどからもういっぽうの足首に向かって長く斜めに裾《すそ》をカットし開いた部分に滝がはねるようなボワンデスプリ（点々を模様に織りこんだレース）をあしらってある。そうしたアレンジについてデザイナーは、フルールの足の大きさをカムフラージュするためだよと、からかうようにいっていた。

誰が来たのかと振り向く顔、顔。そして群衆の好奇心がはっきりした認識へと変化する瞬間をフルールはその目で確かめた。彼女はゆっくりと吐息をもらした。ギャラリーはしんと静まり返った。ひげ面のカメラマンがハッセルブラッドのレンズをフランス女優からフルールのほうへ向け、シャッターを切った。この写真は明日のウィメンズ・ウェア・デイリーの一面をでかでかと飾るショットになることだろう。ギャラリーの奥にいたニューヨークでも一番愛読者の多いゴシップ欄のコラムニスト、アデレード・エイブラハムはアーチ型の入口をまじまじと見つめた。まさか！　あのフルール・サヴァガーがほんとうにカムバックしたというのか？　慌てて足を踏み出したアデレードは億万長者の不動産業者とぶつかった。そして必死に専属のカメラマンの姿を探したが、すでにハーパーズ・バザー誌のナフカがフルールに接近していることを知った。

フルールもハーパーズとアデレード・エイブラハムの競争を眺めながら、アデレードが勝ってほっとするのかしないのか、自分でもわからなかった。アデレードは老練で抜け目ないコラムニストだ。生半可な事実や曖昧《あいまい》な答えではぐらかすことはできない。それでもいまは彼女の取材を受ける必要があるのだ。

「まあフルール、ほんとうにあなたなのね。信じられないわ。あいかわらず素敵ねえ！」

「あなたもよ、アデレード」フルールの言葉にはどことなく陽気で音楽的ともいえる中西部訛《なま》りがあり、それを聞いたかぎりでは誰も英語が彼女の母国語ではないとは思わないだろう。フルールの顎の下にヘナで染めたアデレードの髪があり、形ばかりのキスをするにもフルールは身をかがめなくてはならなかった。アデレードは他の報道関係者の視線から逃《のが》れるようにうまくギャラリーの奥まった一角にフルールを連れていった。「一九七六年は私にとっても試練の年だったわ」とアデレードはいった。「更年期障害に苦しめられてね。そりゃあたいへんだったのよ。あのときあなたを取材できたら、きっと気分も晴れたと思うけど、でもあなたはそれどころではなかったのよね。それなのにこのカムバックの仕方はどうなのよ……」アデレードはフルールの顎に向けて指を振った。「がっかりだわ」

「なにごともふさわしい時期というものがあるのよ」

「いいたいことはそれだけだというの？」

フルールはできるだけ謎めいた微笑みを浮かべるように努め、通りかかったウェイターのトレイからシャンパンのグラスを取った。

アデレードもシャンパンをつかんだ。「もし私が百歳まで長生きしたとしても、あなたの初めてのヴォーグの表紙を忘れることはないでしょうね。あなたの骨格といったら……それにあの素晴らしい大きな手。指輪もなし、マニキュアもなし。身につけたものは毛皮と二五万ドルはする見事なチョーカーだけだった」

「そうだったわね」

「あなたが失踪《しっそう》するなんて、夢にも思わなかったわよ。ベリンダのことだって……」アデレードの顔に計算高い表情が浮かんだ。「最近彼女に会った？」

フルールはベリンダの話題に触れるわけにいかなかった。「私はほとんどヨーロッパにいたの。いろいろと解決すべき問題を抱えていたのよ」

「解決すべき問題があったことは間違いないらしいわね。あなたはまだ若くて、あの映画はあなたのデビュー作だった。あなたの生い立ちだって、普通ではなかったしね。ハリウッドの人間はニューヨーカーと比べて鈍感なの。六年の月日が流れてやっと戻ってきたわけだから、あなたは変わったはずよ。どんな問題の解決に、それほどの時間が必要だったというわけ？」

「さまざまな事情が複雑に絡んでいるの」この話題については触れてほしくないというシグナルを出すために、フルールははるか彼方を見やった。

アデレードは質問の方向を変えた。「ではこの質問には答えてちょうだい、謎のレディ。あなたの秘密は何？　信じがたいことだけど、あなたは十九歳のころよりきれいになったわ」

この賛辞に、フルールは興味を抱いた。たまに自分の写った写真を見ると、他人が感じる自分の美しさがおぼろげながら理解できるのだが、まるで他人の顔でも見るような、私情を交えない見方になってしまう。六年という歳月がこの顔に力強さと成熟を与えてくれたと信じたいが、他人がその変化に気づくのが不思議でならない。

そもそもなぜ自分がそうもてはやされるのか理解できないぐらいだから、フルールにはうぬぼれの気持ちはまるでない。自分では印象が強すぎる面立ちだと思っている。カメラマンやファッション誌の編集者がほめちぎるこの骨格にしても、男性的すぎるのではないか。それにこの身長、大きな手や足ときたら……。

「あなたこそ秘密が多いじゃないの」フルールがいった。「あなたはきれいな肌をしているわ」

アデレードは束の間褒め言葉に気をよくしたが、やがて手を振った。「そのドレスについて話してちょうだい。そんなタイプのものは、ここ何年も流行っていないのよ。それを見るとかつてファッションとはどうあるべきものであったか、思い出してしまうわ」アデレードはジッパーをはずしたプロデューサーの妻に会釈した。「……俗悪なものが一世を風靡《ふうび》する以前のファッションがね」

「これをデザインした男性も今夜ここに顔を出すことになってるわ」フルールは微笑んだ。「ハーパーズのカメラマンのところにも行ってあげなくちゃ。あなたの背中が彼女の視線で焦げてしまいそうですもの」

アデレードはフルールの腕をつかんだ。アデレードの顔には混じりけのない懸念《けねん》があった。

「待って。振り返る前に教えてあげる。いまベリンダが入ってきたの」

フルールは奇妙な、目のくらむような感覚に襲われた。こんなことになるとは予想もしていなかった。考えが甘かったのだ。当然起こりうる状況であることぐらい、認識しているべきだったのだ。ギャラリーを埋め尽くす人びとの視線が二人に注がれていることは見なくてもわかった。彼女はゆっくりと振り向いた。

ベリンダはゴールデン・セーブルのコートの襟元《えりもと》に巻いたスカーフをほどいているところだった。フルールの姿が目に入ると、ベリンダは凍りついたように動作を止め、やがて忘れがたいヒアシンス色の瞳を見開いた。

今年四十五歳のベリンダはいまなお美しかった。顎のラインもまだ引き締まりソフトなニーハイブーツも華奢《きゃしゃ》な形のよいふくらはぎにフィットしている。髪型は五〇年代から変えていない――グレース・ケリーが〈ダイヤルMを廻せ!〉でしていたあかぬけした横わけのボブのままだが、いまでも充分お洒落《しゃれ》である。

ベリンダは近くにいる人びとなどには目もくれず、フルールに向かってきた。途中で手袋を脱ぎ、ポケットにつっこんだが、その片方が床に落ちたことさえ、気づかなかった。娘の存在だけしか意識になかった。私の〝グリッター・ベイビー〟。

グリッター・ベイビーというニックネームを考えついたのはベリンダだった。美しい娘フルールにぴったりの呼び名だった。ベリンダはふたたびドレスの下につけるようになった紡錘《ぼうすい》形のチャームに手を触れた。それはザ・ガーデン・オブ・アラーで過ごした、夢のような日々にフリンから贈られたものなのだった。

ことの発端となった……すべてが始まった日のことは、いまでも鮮明に心に刻まれている。一九五五年九月のある木曜日。あの日は南カリフォルニアでも珍しいほど暑い日だった。その日ベリンダはジェームズ・ディーンに逢った……。

バロンの娘

2

ベリンダ・ブリトンはサンセット大通りのシュワブ・ドラッグストアで雑誌のラックにあったモダーン・スクリーン誌を手に取った。マリリン・モンローの新作映画〈七年目の浮気〉の上映が待ちきれないほど楽しみではあったが、相手役がそれほど美男ではないトム・イーウェルだということが不満だった。前作〈帰らざる河〉に続きロバート・ミッチャムとの共演が観たかった。あるいはロック・ハドソンやバート・ランカスターが相手役ならもっとよかった。

一年前ベリンダはバート・ランカスターにひどく夢中だった。〈地上《ここ》より永遠《とわ》に〉を観たとき、波に打たれながら彼に抱きしめられているのは自分の体で、彼に口づけされているのは自分の唇だという気がしたほどだ。バートにキスされながら、デボラ・カーは唇を開いているのかしら、などと思ったりもした。デボラはそんなタイプに見えないが、もし自分がその役を演じたら、間違いなくバートのために唇を開いていただろう。

空想のなかで、照明の調子が悪く、監督の気が散漫になっていた。それなのになぜかカメラは止まらず、バートも演技をやめない。彼は砂の付着したワンピースの水着の肩紐《かたひも》を剝《は》ぎ取り、肌を撫でて「カレン」と呼びかける。それが役の名前だからだ。だがバートはそれがベリンダであることを意識しており、彼が胸の谷間に顔を埋めると……。

「すみませんがお嬢さん、リーダーズ・ダイジェストを一冊取っていただけますか?」

映画と同様に、シーンは打ち寄せる波に変わった。

ベリンダはその雑誌を手渡し、モダーン・スクリーンを元の場所に戻してかわりにキム・ノヴァクが表紙のフォトプレイを手に取った。バート・ランカスターやトニー・カーティスなどの俳優について空想をめぐらせるようになって半年、ほかのどんな美男もかすんで見えるような存在感のある俳優の顔をはじめて見てから半年たっていた。両親は娘がいなくなって寂しがっているだろうかと考えることもあるが、むしろ両親はせいせいしたのではないかと思うのだ。両親は娘がインディアナシティの社交界の友人に知れたら恥ずかしい仕事をしないようにと毎月一〇〇ドルの仕送りを続けてくれている。ベリンダが生まれたとき、裕福な両親は二人とも四十歳になっていた。二人は生まれた娘にエドナ・コーネリア・ブリトンと名付けた。この夫婦にとってベリンダはおそろしく面倒な存在だった。二人は冷酷ではないが温かさのない人間だった。彼女はなぜか自分の姿が誰の目にも見えないのではないかという恐怖にも似た気持ちを抱えたまま成長した。他人はベリンダが美人だと褒め、学校の教師は頭がよいと評価してくれたが、そうした賛辞になんの意味もなかった。人の目に映《うつ》ることのない少女が何か際立ったものをそなえていることなどありえないからだ。

九歳になったとき、ベリンダはパレス・シアターという映画館でスクリーンのきらびやかなスター女優たちを観てさえいればいやなことはすべて忘れられることを知った。実物の百倍に大写《おおうつ》しされた美しい彼女たちの顔や体。まさしく神に選ばれた女たちなのだと思った。いつか自分も彼女たちと同じように銀幕の星になるのだとベリンダは心に誓うのだった。あれほど大写しになれば、人の目に映らないはずがない。

「二五セントです、美しいお嬢さん」レジ係はハンサムな歯並びの整ったブロンドの青年だった。仕事にあぶれた俳優であることは明白だ。彼はベリンダのファッショナブルな装《よそお》いにしげしげと見入った。白を縁取りにした濃紺のほっそりしたドレス、ウエストに締めたオレンジがかった赤のエナメルレザーのベルト。このドレスはオードリー・ヘプバーンが着るようなタイプのドレスだが、ベリンダは自分をむしろグレース・ケリーのタイプだと思っている。他人からよくグレースに似ているといわれ、似ていることを強調するようなヘアスタイルにしている。

そうした工夫で小さく華奢な造作《ぞうさ》が引き立ち、タンジーのレッド・マジェスティー口紅を念入りに塗り、魅力を出すことに成功していた。輪郭《りんかく》を強調するために頬骨のすぐ下にレブロンの新しいクリームルージュを入れているのだが、これはムービーミラー誌でスターたちのメーキャップを担当しているバド・ウェストモアの記事を読んで手に入れた知識なのだった。淡い色のまつげをダークブラウンのマスカラで塗っているが、これは彼女の面立ちのなかでももっとも美しい部分、見ればどきりとするようなヒアシンス色の蒼《あお》い瞳を強調し、さらには純真無垢《むく》なイメージを加えるためだった。

歯並びのきれいなレジ係はカウンターから身を乗り出した。「あと一時間で上がる予定なんだけど、それまで待っててくれないかな？　映画の題名じゃないが、〈見知らぬ人でなく〉といきたいね」

「遠慮しておくわ」ベリンダはシュワブのカウンターに並んだバヴァリアンのチョコレート・ミント・バーを手に取り、一ドルを手渡した。このお菓子と映画雑誌を買うことはサンセット大通りのドラッグストアに週二回通う際のちょっとした贅沢《ぜいたく》だった。これまでに、ラスター・クリーム・シャンプーを買うロンダ・フレミングとドアから出てきたヴィクター・フレミングを目撃している。

「じゃあ、今週末はどう？」レジ係はなおも誘った。

「無理だわ」ベリンダは釣銭を受け取り、残念そうな物悲しい表情を向けた。これからもかすかにほろ苦い悔恨《かいこん》とともに自分のことを思い出してくれるのではないかと相手に感じさせる、そんな面持ちだった。ベリンダは男たちに及ぼす自分の影響力を目にすることが好きだった。それは自分の非凡な容貌のためと本人は考えていたが、理由はまるで違うところにあった。ベリンダに接すると男たちは実際以上に自分が強く、知性的で男らしいと感じるのだった。ほかの女たちならそうした力を強みにするところだが、ベリンダはみずからを軽視していた。

　彼女は奥のブースで本と一杯のコーヒーに身を乗り出すようにして座っている若い男性に目を留めた。ベリンダはどうせまた失望するだけよとみずからに言い聞かせたが、それでも心臓が高鳴った。彼のことが頭から離れないので、どこにいても彼がそばにいるように感じるのだ。あるときなど、一人の男性のあとを一マイル近くも追いかけ、結局それは彼女の夢の王子様とは似ても似つかない、醜《みにく》い団子鼻の男だったということもあった。

ベリンダはゆっくりと奥のブースに進んだ。興奮と期待と、あきらめに似た気持ちとが胸に渦巻いていた。チェスターフィールズの箱に手を伸ばす男の爪には嚙《か》みあとがくっきりとついていた。男は箱からタバコを一本抜いた。ベリンダは息をひそめて男が顔を上げる瞬間を待った。男のまわりのものがすべてかすんで見えた。ブースにいる男の姿だけしかベリンダの目には映らなかった。

男は火をつけていないタバコを口の端に差しこんだまま、本のページをめくり、親指を使ってマッチの箱を開けた。ベリンダがブースに近づいたとき、彼がマッチをすり、目を上げた。ベリンダは突如、灰色の雲の向こう側にあるジェームズ・ディーンの蒼い瞳を見つめていた。

その瞬間、彼女の心ははるかインディアナポリスの映画館に飛んでいた。映画は〈エデンの東〉だった。これと同じ顔がスクリーンに大写しになったとき、ベリンダは最後列に座っていた。知性を感じさせる高い額、不安の翳《かげ》りを秘めた青い瞳。そのときジェームズ・ディーンはほかのどんな俳優よりもはるかに大きな存在感を放ちながら彼女の心をわしづかみにした。心のなかで花火が上がり、回転花火が弾け、ベリンダは体じゅうの空気が抜けてしまったように感じた。

鬱屈《うっくつ》したまなざし、歪んだ笑みの悪童ジミー・ディーン。世間に盾突き、嘲笑《ちょうしょう》するように世間を罵《ののし》る反逆児。パレス・シアターのスクリーンでジミーを見た瞬間から、ベリンダは彼に夢中になった。彼は反逆児で……魅惑の存在で……輝く指標でもあった。傾げた首、前にかがめた肩は一人の男の生きざまを語っていた。ベリンダはそのメッセージを自分の心のなかで変容させ、映画館を出るときには女としての意識にはっきりとした変化が起きていた。高校を卒業する一カ月前、ベリンダはオールズ88の後部座席ですねたような口もとがジミーに似た若者に処女を捧げた。そのあと荷物をまとめ実家をそっと出て、インディアナポリスのバスターミナルに向かった。ハリウッドに到着するまでに彼女は名前をベリンダと変え、エドナ・コーネリアという本名を封印した。

いまこうしてそのジミー・ディーンの前に立ち、ベリンダは胸の鼓動が激しく高まるのを覚えた。とりすました紺色のコットンドレスなどでなく黒のぴったりした七分丈のペダルプッシャーでも穿《は》いていたらどんなにかよかったのにと思った。黒いサングラスをかけ、手持ちのなかで一番かかとの高い靴を履き、べっこうの櫛《くし》を使ってブロンドの髪を後ろでまとめていたかった。

「あなたの──あなたの映画、素敵だったわ、ジミー」ベリンダの声は強く張りすぎたバイオリンの弦のように震えていた。「〈エデンの東〉──あなたの出演作、最高だったわ」そしてあなたのことを愛しているの。あなたは夢にも思わないでしょうけどね。

不機嫌な顔でくわえタバコをふかしていたジミーは驚いたように口を歪め、煙が目にしみたのか、なかば閉じたまぶたをいっそう細めた。「そうかい?」

彼が口を利いてくれた! ベリンダは信じられない気持ちだった。「私、あなたの大ファンなの」彼女は口ごもりながらいった。「〈エデンの東〉は何度観たか覚えていないくらいよ」ジミー、あなたは私のすべてなの。私にはあなたしかいないの。「素敵だったわ。あなたは素晴らしかったわ」ベリンダは敬愛の気持ちをこめ、ヒアシンス色の瞳を愛と憧憬《どうけい》で輝かせながら彼を見つめた。

ディーンは貧弱で華奢な肩をすくめた。

「〈理由なき反抗〉が待ち遠しいわ。来月公開なのよね？」さあ、立ち上がって私を家まで送ってちょうだい。そして私を抱いて。

「ああそうだ」

ベリンダは胸がドキドキと高鳴り、眩暈《めまい》さえ覚えた。私ほどあなたを理解できる女はこの世にいないのよ。「〈ジャイアンツ〉は異色の作品なんですってね」私を愛して、ジミー。あなたにならすべてを捧《ささ》げるわ。

すでに名声を手にしていたジミーは、スターに憧れるヒアシンス色の瞳をしたブロンド美人なぞにいちいち心動かされることはなかった。彼はフンと鼻で笑うと読書に戻った。そんな彼の態度も、ベリンダにとって無礼とは映らなかった。彼は大物、偶像なのだ。並みの人間のルールは彼にあてはまらない。「ありがとう」ベリンダはつぶやき、離れた。そして去り際にささやいた。「あなたを愛してるわ、ジミー」

ジミーにその声は届かなかった。聞こえていたとしても、反応するつもりもなさそうだった。ファンからの甘い賞賛の言葉はいやというほど聞きなれているからだった。

ベリンダはその週の後半、忘れがたい出逢いの瞬間を何度も思い起こしながら過ごした。ジミーのテキサスでのロケは終了しており、彼はふたたびシュワブにやってくるはずだった。ベリンダは彼と再会するまでシュワブに通うつもりでいた。今度会ったら、なんとしても緊張した態度を見せないようにしようとも決意していた。それまでも男には好意を持たれることが多く、相手がジミーでも自信はあった。性的魅力を引き立たせる装いをすれば、ジミーのハートを射止められないはずはなかった。

だが次の金曜の晩、友人と二人で借りているみすぼらしいアパートからデートに出かけるベリンダが身につけていたのは上品な紺色の細身《シ》のワンピース《ース》だった。デートの相手はビリー・グリーナウェイというニキビ面の青年でただのセックスフレンドだったが、彼はパラマウントの配役部門の使い走り《メッセンジャー》を務めていた。ベリンダは自分が待合室にいる女性のなかでももっとも美人の一人だなと感じたが、配役担当のアシスタント・ディレクターから気に入られたかどうかは自信がなかった。ビルを出る際ビリーに会い、ベリンダは彼との三度目のデートで胸をおさわりさせてやるかわりに配役ディレクターのメモの写しを手に入れてくれるよう約束させたのだった。ビリーは木曜日に電話をよこし、メモのコピーを入手したことを告げた。

車に近づきかけたとき、ビリーが彼女を引き寄せて、長々とキスをした。ベリンダは彼のスポーツシャツのポケットで紙が擦れるような音がしたのに気づき、彼の体を押した。「それがメモなの、ビリー?」

ベリンダの首筋にキスする彼の荒い息遣いは、インディアナに残してきた未熟なボーイフレンドたちを思い出させた。「持ってきてやるといったろ」

「見せてよ」

「あとでな」彼の手がベリンダのヒップをまさぐった。

「今夜あなたがデートするのはレディなのよ。私は酔っ払いが嫌いなの」ベリンダはビリーに冷ややかな表情を向け車に乗りこんだが、報奨《ほうしょう》を与えないかぎりメモを見せてもらえないことはわかっていた。「今夜どこに連れていってくれるの？」車がアパートから出ると、彼女は尋ねた。

「〈アラーの庭園《ザ・ガーデン・オブ・アラー》〉でちょっとしたパーティなんかどうだい？」

「〈ザ・ガーデン・オブ・アラー〉ですって？」ベリンダははっと顔を上げた。ザ・ガーデンは四〇年代ハリウッドでもっとも有名なホテルの一つだったからだ。いまでもそのホテルには一部のスターたちが滞在している。「ザ・ガーデンのパーティへの招待をどうやって取り付けたの？」

「それなりのやり方でさ」

ビリーは片手をハンドルに置き、もういっぽうの手を彼女の肩にまわした。予想どおり、彼はザ・ガーデンに直行せず、ローレル・キャニオンの裏通りに入り、人目につかない場所を探した。彼はイグニッションを切り、キーを動かしてラジオをつけた。ペレス・プラードの〝チェリーピンク・アンド・アップルブラッサム〟が流れてきた。「ベリンダ、おれはきみに夢中なんだ」彼はそういって彼女の首筋に鼻をすりつけた。

ベリンダはこんな面倒を省略して手っ取り早くメモをもらい、ザ・ガーデンのパーティに連れていってもらいたいと思った。とはいえ前回も、目をつぶり相手がジミーだと思いこめばそれほど不快でもなかった。

彼は口のなかに舌の先を押しこんできたので、ベリンダははっとした。少し苦しげな声をもらしながら、まぶたの裏にジミーの顔を思い描いた。いけないジミー。欲しいとなったら、強引に手に入れるのね。荒々しい侵略的な舌の動きに小さなうめきがもれる。駄々っ子ジミー、あなたの舌はとても可愛いわ。

彼は口の奥に舌先を入れたまま、紺色のワンピースのボタンをはずしはじめた。ドレスをウエストのあたりまで脱がされて、ブラをはずされると冷たい風が背中に吹きつけた。ベリンダはいっそうまぶたをきつく閉じ、ジミーに見つめられているつもりになった。私のことをきれいだと思う、ジミー？　あなたに見られて嬉しいわ。あなたに手を触れてもらうのが好きよ。

彼の手がストッキングを撫で上げ、ガーターの上のむきだしの肌に触れた。太腿の内側をさすられ、彼女は脚を広げた。私に触ってちょうだい、ジミー。そこに手を触れてほしいの。素敵なジミー、そのまま続けてちょうだい。

彼はベリンダの手を自分の膝《ひざ》に押し当て、股間に擦りつけた。「やめて！」ベリンダは体を離し、衣服の乱れを直しはじめた。「私はあばずれじゃないのよ」

「そんなことわかってるさ」彼はうわずった声でいった。「きみはお品のいいお嬢様だよ。だけど男をその気にさせといて拒《こば》むなんてきたない」

「あなたが勝手にその気になったんじゃないの。もしいやなら交際をやめればいいでしょ」

ビリーはその言葉に腹を立てたのか、暗い通りに車を出した。ローレル・キャニオン通りを抜けながら、彼はむっつりと押し黙っていた。そのままサンセット大通りへ入っても、彼の不機嫌は続いた。車が〈ザ・ガーデン・オブ・アラー〉の駐車場に入って、彼はやっとポケットから彼女の求めていたものを出した。「内容は期待しないほうがいい」

ベリンダの胸はざわめいた。彼の手から紙をひったくり、タイプされた一覧表を見おろした。二度もリストに目を通してやっと自分の名前を見つけた。名前の横にコメントが記されていた。ベリンダはまじまじとその文字を見つめ、書かれていることを理解しようとした。やがて言葉の意味するものが頭に入ってきた。

ベリンダ・ブリトン――美しい目、豊かな胸、才能はなし。

〈ザ・ガーデン・オブ・アラー〉はかつてハリウッドの中心的遊興施設として人気が高まった場所である。もともとはロシア出身の大女優アラ・ナジモバが住んでいたが、やがて一九二〇年代の終わりごろホテルに変わった。ビヴァリー・ヒルズやベル・エアとは違い、ザ・ガーデンは高級ホテルとしての品格をそなえているとはいいがたかった。オープン当初でさえどこかいかがわしさが感じられた。それでもスターたちは二十五もあるスペイン風バンガローや絶《た》え間なく続くかのようなパーティに吸い寄せられる蛾《が》のように集まってきた。タルーラ・バンクヘッドはナジモバの黒海の形をしたプールで裸になってはしゃぎまわった。スコット・フィッツジェラルドはシーラ・グレアムにバンガローで出逢った。男性のスターは独身のあいだはそこに住んでいた。ロナルド・レーガンはジェーン・ワイマンと別れたあと、フェルナンド・ラマスはアーレン・ダールと別れたあとにバンガローに住んでいた。ハリウッド黄金時代、ボガートと愛犬ベイビー、タイロン・パワー、エヴァ・ガードナー、シナトラ、ジンジャー・ロジャースなど、多くのスターたちのたまり場でもあった。脚本家たちは昼間玄関前の椅子に座り、タイプをたたいていた。ラフマニノフはあるバンガローで、別のバンガローではベニー・グッドマンがリハーサルをしている、といった様子だった。そしていつもパーティが開かれていた。一九五五年の九月のその晩、すでにザ・ガーデンは滅びる寸前といった状態にあった。白い漆喰《しっくい》の壁には汚れと錆《さび》がこびりつき、バンガローの家具類はみすぼらしかった。前日にはプールでネズミの死骸が浮いていた。皮肉なことに当時のザ・ガーデンの賃貸料はビヴァリー・ヒルズと同額だった。その四年後解体されることになるのだが、この九月の夜、ザ・ガーデンはたしかに存在しており、一部のスターがそこを住まいとしていた。

ビリーはベリンダのために車のドアを開いた。「さあ元気出せよ。パーティに出れば機嫌《きげん》もよくなるよ。パラマウントの連中も来ることになっているんだよ。紹介してやるからさ。まだまだ売りこむチャンスはあるぞ」

ベリンダは膝の上に置いた紙切れを握りしめた。「しばらく一人にしてほしいの。なかで会いましょう」

「わかったよ」立ち去るビリーの足音が砂利の上で響いた。ベリンダは紙切れをまるめ、車の座席に力なくもたれた。この私に才能がないというのが事実だとしたら？　映画スターになることを夢見たとき、演技のことなどまるで考えていなかった。映画会社でレッスンをつけてくれるのではないかと漠然と思っていた。

隣りの駐車スペースにラジオの音を鳴り響かせながら、一台の車が停まった。カップルはエンジンを切るとネッキングを始めた。ザ・ガーデン・オブ・アラーの駐車場で人目を避けながらいちゃつく高校生たちだ。

そのとき音楽が終わり、ニュースが始まった。

それは一本目のニュースだった。

アナウンサーはそれを日々のありふれた出来事であるかのように冷静な声で読み上げた。そのニュースを聞いたベリンダは衝撃と、すべてを失くしたという絶望に打ちのめされた。彼女は激しい叫び声を上げつづけた。その声は傷ついた魂のままに激しくなるいっぽうだった。

ジェームズ・ディーンが死んだ。

ベリンダは車のドアを開け、よろめきながら駐車場を渡った。どこに向かうのか、考えもしなかった。植え込みを掻き分けるようにして抜け、一本の小路に入っていった。ただただ窒息しそうな苦しみを振り払いたかったのだ。ナジモバの黒海の形をしたプールから、プール横のセントラル・キャスティング専用と書かれた電話ボックスの設置された大きな樫《かし》の木の下を走り抜けた。そして走っているうちに一軒のバンガローの長い漆喰《しっくい》の壁に行き当たった。ベリンダは闇のなかで長いバンガローの壁にがっくりともたれ、死に絶えた夢を思い、声を上げて泣いた。

ベリンダと同郷のジミー・ディーンが死んだ。彼が『悪ガキ』と名付けた愛車のポルシェに乗りサリナスのレース場に向かう途中、交通事故で亡くなったのだ。彼は生前、この世に実現できないことはないといい、男は自分らしく女も自分らしくあればいいというのが持論だった。ジミーなしには彼女の夢は子どもっぽく実現不能だった。

「おやおや、ずいぶんとんでもないわめき声だな。どこかよそでやってくれないかね。ただしきみが美人なら話は別だ。門をくぐってなかへ入りたまえ。一杯ふるまうよ」かすかに英国訛りのある低く太い声が漆喰の壁越しに聞こえてきた。

ベリンダははっと顔を上げた。「あなた、誰なの？」

「それはなかなか面白い質問だ」短い沈黙があり、パーティ会場から流れてくる遠い音楽の調べが耳に聞こえた。「矛盾を抱えた男とでもいっておこうか。冒険と女とウォッカを愛する男。その三つに序列はないがね」

その声を聞いて、何か心にひっかかるものがあった……。ベリンダは手の甲で涙をぬぐうと門を探した。場所がわかったので門を抜け、彼の声と激しい胸の痛みを紛《まぎ》らわせられるかもしれないという希望に導かれるようにして、なかに入った。

パティオの中央を淡い明かりが照らしていた。その光の奥に広がる闇のなかに座る黒い男性の姿にベリンダは目を凝らした。「ジェームズ・ディーンが亡くなったの」彼女はいった。「彼は車の事故で死んでしまったのよ」

「ディーン？」グラスのなかでアイスキューブがぶつかる音がした。「ああわかった。あの無節操な男か。いつももめごとばかり起こしていたな。それを非難するつもりはない。私だって若いころは同じようなことをしたからね。座りたまえ。一緒に飲もう」

ベリンダは動かなかった。「私は彼を愛していたの」

「私の経験によれば、愛は質のよいファックによって満たされる束の間の感情だよ」

ベリンダは心の底からショックを受けた。彼女の目の前で誰かがその言葉を使うのを聞いたことがなかったからだ。彼女は心に浮かんだことをすぐ口にした。「そんな経験はないわ」

彼は笑い声を上げた。「それはまた、なんと不運なことだ」静かな音を響かせて彼は立ち上がり、彼女のいるほうへと歩いてきた。六フィート以上はありそうな長身で、腹部あたりがやや太く、肩幅は広く姿勢はよかった。白いズックのズボンに淡い黄色のシャツを着ており、襟元にはアスコットタイをゆるく結んでいた。ベリンダは相手の様子をこまごまと観察した。キャンバス地のデッキシューズ、バンドが革製の腕時計、編み地のカーキベルト。やがて上へ移動したその視線は厭世感《えんせいかん》に満ちたエロール・フリンの瞳をとらえていた。

3

ベリンダと出逢うまでに、フリンは三度結婚し、離婚に莫大な資産を投じてきていた。まだ四十六歳であったにもかかわらず、二十歳は老《ふ》けて見えた。誰もが知るひげには白髪《しらが》が混じり、シャープな輪郭や彫刻のように整った鼻梁《びりょう》をそなえた本来の美貌も、ウォッカやドラッグ、冷笑的《れいしょう》な生きざまのせいでたるみやしわがめだつようになっていた。その顔は彼自身の人生の縮図のようだった。この四年後に彼はいくつもの慢性疾患《しっかん》が悪化して他界してしまうのだが、ほんとうならもっと早く命を落としていたことだろう。だがそれをいえば彼は並みの人間ではない。エロール・フリンなのだ。

フリンは二十年間、銀幕のなかで悪と戦い、戦争に勝ち、姫君を救い、冒険活劇のヒーローを演じてきた。キャプテン・ブラッド、ロビン・フッド、ドン・ファンなどを演じ、気分が乗ったときなどには名演技を見せることもあった。

ハリウッドに来るかなり前、彼は冒険家、船乗り、金鉱探鉱者として、銀幕で演じたような冒険をみずから経験していた。ニューギニアで奴隷《どれい》取引に関わっていたこともある。かかとの傷跡は首狩り族の矢を受けたときのもので、腹部の傷はインドで人力車の車引きと取っ組み合いをした名残りだ。少なくとも彼はそう説明していた。フリンに関するかぎりなにごとも確かとはいえなかった。

彼はいつも女性たちに囲まれていた。女たちは彼に飽くなき関心を抱きつづけ、彼も女に飽きることがなかった。彼は若い女が格別好きだった。若ければ若いほどよかった。若々しい顔を見つめ、ピチピチしたみずみずしい肉体と結ばれることによって失われたみずからの天真爛漫《らんまん》さがよみがえる錯覚を得ることができたのだ。彼はそのことで何度もトラブルに巻きこまれた。

一九四二年、彼は法定強姦《ごうかん》罪で法廷における裁きを受けることになった。みなそれぞれ合意の上での行為であったが、カリフォルニアの法律では合意の上であろうとなかろうと十八歳未満の女性との性的交渉は違法とされていた。しかし陪審員《ばいしん》のうち九名が女性であったために、フリンは無罪になった。その後、彼はいつも作り話の武勇伝を語りたがるようになり、そのくせ男根ジョークのネタにされることをひどく嫌った。

裁判という苦い経験のあとも、彼の若い女への嗜好《しこう》は終わらなかった。四十六歳で酒びたりで、放蕩《ほうとう》三昧の日々を送るこの中年男に、女たちはなおも魅了された。

「こっちへ来て、ぼくの隣りに座りたまえ」

フリンに腕をつかまれたとき、ベリンダは地球が軌道《きどう》からはずれてしまったような衝撃を受けた。彼の勧めてくれた椅子に座りながら、彼女は膝の力が抜けるような気がした。彼に渡されたグラスを受け取りながら、手が震えた。これは夢じゃない。現実なのよ。私はエロール・フリンと二人きりで座っているんだわ。彼が微笑みかけた。どこか歪んだような、悪戯《いたずら》っぽい、洗練を感じさせる笑みだった。有名なこの眉も左のほうが右よりわずかに高かった。「歳はいくつ？」

ベリンダは少し口ごもりながらやっと答えた。「十八」

「十八……」彼の左の眉がわずかに上がった。「そんなはずはないだろうよ」フリンはひげの一部を引っぱり、申し訳なさそうなふくみ笑いをもらしたが、そんな仕草がなんとも無邪気でチャーミングだった。「まさか誕生証明書など持ち歩いていないだろうね？」

「誕生証明書？」ベリンダは怪訝《けげん》そうにフリンを見つめた。なんと奇妙な質問なのだろう。ふとその瞬間かつて読んだ裁判の記事のことが記憶によみがえり、ベリンダは笑った。「私は誕生証明書を持ち歩いてはいませんわ、ミスター・フリン。でも私はほんとに十八歳です」彼女の笑い声は大胆にもからかうような調子が混じっていた。「もし十八歳未満なら何かが違うというのかしら？」

彼の反応は昔ながらのフリンらしいものだった。「おおいに違うさ」

その後の二時間、二人はていねいな言葉と態度で語り合った。フリンはジョン・バリモアの話をしてくれ、彼の作品の主演女優の噂話《うわさ》をした。ベリンダはパラマウントでの出来事を打ち明けた。フリンは自分でも気に入っている『男爵《バロン》』というニックネームで呼んでもらいたいといった。ベリンダはそうすると約束しておきながら結局また『ミスター・フリン』と呼んでしまった。一時間後にはフリンは彼女の手を取り、室内に案内した。

ベリンダは恥じらう気持ちからバスルームを使わせてほしいといった。トイレの水洗を流しながら、ベリンダは手を洗い、彼の薬戸棚のなかをこっそり覗いた。エロール・フリンの練り歯磨き、エロール・フリンのカミソリ。ベリンダはフリンの錠剤や座薬のたぐいは一瞥《いちべつ》するだけにした。キャビネットを閉め、鏡に映る顔を見ると、興奮のせいか明るい表情をしている。たまたま足を踏み入れたのは大スターの住まいだったのだ。

　彼は寝室で待っていた。ワイン色のドレッシングガウンを身にまとい、短い琥珀《こはく》のホルダーに入れたタバコを吸っていた。サイドテーブルには新しくあけたばかりのウォッカが一本。

　ベリンダは次にどう行動すべきか迷い、おずおずと微笑んだ。フリンの表情には欲望と満足があった。「マスコミでどう報道されていようとも、私が若い女性を陵辱《りょうじょく》することはない」

「私はあなたがそんなことをなさるとは思っていませんでしたわ、ミスター・フリン……バロン」

「きみは自分がこれから何をしようとしているか、きちんと認識しているかね?」

「もちろんです」

「結構だ」彼は最後にもう一度タバコを深く吸いこみ、ホルダーを灰皿に置いた。「きみは私のために進んで服を脱いでくれるだろう」

　ベリンダはごくりと唾を呑みこんだ。男の前で完全に裸になった経験はなかったからだ。パンティを脱いだり、今夜ビリーにされたようにドレスのボタンをはずすことはあったが、いつも男性にそれは任せていた。誰かのためにみずから進んで服を脱いだことなどなかったのだ。もちろんエロール・フリンはただの誰かではない。

　ベリンダは背中に手をまわし、ぎこちなくボタンを手探りした。すべてをはずし終わると、ドレスを腰から脱いだ。彼のほうを見る度胸はなかったので、彼の素晴らしい出演作を思い浮かべた。〈突撃爆撃隊〉一九三八年、〈目標はビルマ!〉一九四五年、〈進め龍騎兵〉一九三六年。〈進め龍騎兵〉はテレビで観た。ベリンダはそわそわと脱いだドレスの置き場所を目で探し、離れたところにあるクローゼットに目を留めた。それを掛けると、靴を脱ぎ、次に何を脱ぐべきか考えた。

彼に視線を投げたベリンダは嬉しさで少し身震いした。好ましい思いをもって見つめれば、彼のしわもたるみも消え、スクリーンで見た端整な顔に思えた。〈すべての旗に背《そむ》いて〉の彼はとてもハンサムだった。彼はイギリスの海軍将校を、モーリン・オハラがスピットファイヤーという名の海賊を演じた。ベリンダはスリップのレースの縁取りの下から手を入れ、ガーターをゆるめ、ストッキングを脱ぎ、それをきちんとたたんだ。そしてガーターベルトをはずした。いつだったか〈カンサス騎兵隊〉をテレビでやっていた。フリンとオリビア・デ・ハビランドの共演は素晴らしかった。彼はとても男らしく、オリビアはいつもどおりしとやかだった。

ベリンダはいまやスリップとブラ、パンティ、チャーム・ブレスレットしか身につけていなかった。小さな金の留め金をはずしながら、手が震えたがようやくブレスレットを取り、ストッキングの上に置いた。彼が続きをやってくれればいいのにとうらめしい気持ちだったが、彼はまったく動く気配を見せなかった。彼女はゆっくりとスリップを頭から脱いだ。

ベリンダはフリンが既婚者であることを思い出した。現在の妻のパトリス・ワイモアとは〈ロッキー・マウンテン〉の撮影で会った。パトリスはフリンのような男性と結婚できて幸運だとは思うけれど、二人が破局したという噂はほんとうらしい。そうでもなければここで妻と一緒ではなく、見知らぬ娘を招き入れたりするはずがない。ハリウッドで順調な結婚生活を続けるのは簡単ではないということなのだろう。

ようやく身につけていたものをすべて脱いだとき、フリンがその眺めに満足していることはその視線からうかがえた。「ここへおいで」

ベリンダははにかみながらも胸をときめかせて彼のいるほうへ向かった。立ち上がった彼に顎を撫でられ、ベリンダは興奮のあまり気が遠くなる気がした。彼のキスを待ちわびているとき彼の手が肩へと移動した。彼女は彼がオリビア・デ・ハビランドやモーリン・オハラなどの美しい女優たちとスクリーンで交わしたようなキスをしてほしかったが、彼はいきなり自分のローブを脱いだ。ローブの下には何も着ていなかった。ベリンダは日焼けした彼の肉体のたるみを目にしても、見て見ぬふりをした。

「きみに少し協力してもらわなくてはならないな」彼はいった。「ウォッカと愛の行為はかならずしも相性がいいわけではないからね」

ベリンダは彼の目を見上げた。彼に協力するのは特別なこととは思ったが、実際に彼が何を求めているのかまではっきりとわからなかった。

若い女の心理に慣れたフリンは彼女のためらいを理解し、わかりやすいヒントを与えた。ベリンダはショックを受けたが、同時に心に昂《たかぶ》るものを感じた。これが有名人の性愛なのか。体験したことがなくとも、妙に納得できるような気がしたのだ。

ベリンダは膝をついた。

ひどく時間がかかり疲れてしまったが、フリンは最後にやっと彼女を立たせベッドに寝かせた。彼が体を重ねてくるとマットレスがたわんだ。今度こそキスをしてくれるだろう。そんな彼女の希望とはうらはらに彼はキスをしなかった。

フリンに太腿をつかまれ、ベリンダは急いで脚を開いた。彼は目を閉じていたが、ベリンダはそのすべての瞬間をいとおしむように目を開けていた。これからエロール・フリンと結ばれる。エロール・フリン。心のなかにコーラスが響きわたった。貫かれる感覚に酔いながら、ベリンダは心で叫んだ。ほんとうにこれはエロール・フリンなのね！

ベリンダの肉体は弾けた。

その後フリンは名前を尋ね、タバコを勧めた。ベリンダは喫煙しなかったので、煙を深く吸いこまないようにした。タバコを手にして彼と二人でヘッドボードにもたれていると思うとわくわくした。そのとき数時間ぶりにジミーのことを思い出した。可哀想なジミー。あんなに若いのに死んでしまうなんて。人生は酷《ひど》いものだ。それにひきかえ自分は幸運なことに、こうして生きている。

フリンは自分の所有する『ザッカ』というヨットや最近の旅の話をしてくれた。ベリンダも詮索《せんさく》するつもりはなかったが、彼の妻について知りたいと思った。「パトリスはきれいな人ね」

「素晴らしい女性だよ。彼女には悪いことをしたと思っている」フリンはグラスをあおり、ベリンダの体ごしに手を伸ばし、ナイトスタンドの瓶からウォッカを注《つ》ぎ足した。そのあいだ彼の肩がベリンダの乳房に沈みこんだ。「ぼくはそのつもりがなくとも女性を傷つけてしまうんだ。どうも結婚には向いていないんだな」

「離婚するの？」ベリンダは彼の視線を意識しながらタバコの灰を落とした。

「たぶんね。だが、そうしたくても金銭的余裕がない。国税庁が一〇〇万ドルの納税を求めているので、とてもじゃないが慰謝料など払えそうもない」

ベリンダは同情の涙を浮かべた。「あなたみたいな人がそんなことで苦労するなんて間違っているわ。あなたは世のなかの人びとにあれほどの喜びを与えているというのに」

フリンはベリンダの膝をそっとたたいた。「きみはいい娘《こ》だよ、ベリンダ。美人だしね。きみの瞳を見ているとぼくも自分の老いを忘れられる」

ベリンダは甘えるように彼の肩にもたれた。「そんな言い方をしちゃだめ。あなたは老いてなんかいないわ」

フリンは微笑み、彼女の髪にキスをした。


その週末、ベリンダはザ・ガーデン・オブ・アラーにあるフリンのバンガローに引っ越した。飛ぶように一カ月が過ぎた。十月の終わりにフリンはゴールドの小さな飾り物《チャーム》をプレゼントしてくれた。ウィッシュボーンのフレームに小さな平たい円盤がついたデザインで、片面の中央に“LUV《ラブ》”と、その裏面に“I”と“YOU”という文字が刻まれたものだ。指先でチャームをくるりとまわしてみると“I LOVE YOU”という言葉につながった。本気のメッセージではないことぐらいベリンダもわかっていたが、それでも彼女はチャームを大切にし、自分がエロール・フリンの女だということを誇るかのように常に身につけていた。

彼の名声に影響される形で、存在感がないというベリンダの子どものころからのコンプレックスは消えていった。かつてなかったほどに自分の美貌、知性、人間としての価値に自信が持てるようになった。二人は夜更かしし、昼間は彼のヨット『ザッカ』やプールサイドで過ごした。夜になるとクラブやレストランに出かけた。ベリンダは酒やタバコを嗜《たしな》むことを覚え、有名人に会っても内心の興奮を隠してじろじろと見ないすべを学んだ。またそうした有名人にどうやら好意を持たれているらしいことを知った。フリンと付き合いのある俳優が、それは彼女が批判めいた言葉をいっさい口にせず、敬愛の気持ちだけを表わすからだと意見を述べたことがあった。それを聞いたベリンダは当惑した。批判するなどありえないことだからだ。一般人がスターを批判できるわけがないではないか。

夜になるとフリンとベリンダは愛し合うこともあったが、語り合って過ごすことのほうが多かった。なにごとにも頓着しない暢気《のんき》なイメージとはうらはらに彼が悲嘆や苦悩を抱えた人間であるとわかり、ベリンダの胸は痛んだ。そんな彼の気持ちを晴れやかにするため、ベリンダは献身的に努力した。

彼女は〈理由なき反抗〉を観て、自分の夢もまんざら消え果てたわけでもないのではないかと考えた。いまでは配役ディレクターの助手などという下っ端ではなくスタジオの重役とも顔見知りになっている。そうした接触を利用し、フリンが次の女のもとへと去る時期に備えておかねばならない。その点に関して妄想など抱かない。自分がいつまでも彼を惹きつけておけるほどの存在ではないことぐらい承知している。

フリンは大胆で鮮やかな赤のフレンチ・ビキニを買ってくれ、プールサイドで彼女がたわむれる様子を眺めながらウォッカをちびりちびり飲《や》っていた。ザ・ガーデンには新しいタイプのビキニを身につけるほど思いきりのいい女性はほかにいなかったが、ベリンダは少しも恥ずかしくなかった。自分を見つめてくれるフリンの視線が心地よかったからだ。水から上がり、彼の差し出すタオルに体が包まれる瞬間がたまらなく好きだった。守られ、保護され、愛されていると感じるからだった。

ある日の朝遅く、フリンがまだ眠っているあいだにベリンダはビキニを着てひと気のないプールに飛びこんだ。ゆったりと何ラップか泳ぎ、水中で目を開けて水面のすぐ下のコンクリートに刻まれたアラ・ナジモバのイニシャルを見た。水面に浮かびあがると、ぴかぴかに磨き上げられた革の靴が目に飛びこんできた。

「おやおや《ティアン》！　ザ・ガーデン・オブ・アラーのプールが人魚に支配されてしまったな。空よりも蒼い瞳の人魚に」

ベリンダは足で水を踏みながら、朝の光に向かって目を細め、プールサイドから自分を見下ろしている男性を見た。ひと目でヨーロッパ人だとわかった。灰色がかった白のスーツは輝くようなシルクで、身のまわりの世話をする係がいることをうかがわせるようなプレスが施されている。中背で細身、どこか貴族的で尊大なたたずまい。薄くなりかけている黒い髪は巧《たく》みなカットでカムフラージュされている。わずかに先が鉤《かぎ》状になったがっしりとした鼻。美男ではないものの、堂々とした存在感がある。身にまとった高級なオーデコロンのように富と権力の匂いがぷんぷんと漂ってくる。歳のころは三十代半ばから後半といったところだろうか。訛りからフランス人であるとわかるが、面立ちはもっとエキゾチックな感じがする。もしかするとヨーロッパの映画製作者かもしれない。

ベリンダは男に蠱惑《こわく》的な笑みを向けた。「人魚じゃないわ、ムッシュー。ごく普通の女よ」

「普通《オーディネール》？　とんでもない。それどころかきわめて並はずれた《トレ・エクストラオーディネール》女性だ」

ベリンダは男の賛辞を優雅に受け入れ、高校で習ったフランス語を思い出し、すらすらと答えた。「メルシー・ボクー、ムッシュー。お優しいのね《ヴ・ゼット・ジャンティ》」

「可愛い人魚姫《マ・プティット・マーメイド》、答えてほしい。その素敵な《シャルマン》赤いビキニに尾ひれがついているのかな？」

彼の瞳にはからかうような光があったが、ベリンダはそんな彼の大胆さに打算的なものを感じとっていた。この男の発言、行動はその場かぎりのもので、空疎なのだと。「とんでもないわ《ノン》、ムッシュー」ベリンダは平然と答えた。「ごく普通の脚が二本ついているだけよ」

彼は片方の眉を上げた。「もしかして、マドモアゼル、それを私に確かめろと？」

彼女はしばし彼の顔をしげしげと見つめ、水に深く潜り、長いくっきりしたストロークで反対側にあるはしごに向かって泳いだ。だがプールに出てみると、彼の姿はなかった。

半時ほどしてフリンのバンガローに戻ると、くだんの男がブラディ・メリーを飲みながらフリンと話していた。

フリンは朝に弱く、完璧な身なりの見知らぬ男と並ぶと、だらしなく老けて見えた。だがそれでもフリンは美貌という点でははるかにまさっていた。ベリンダはフリンの椅子のアームに腰かけ、彼の肩に手を置いた。気軽な感じで彼の頬に朝のキスでもできればよかったのだが、たまに夜愛し合う程度の仲でそこまでの馴れ馴れしさを表わす立場ではないように思えた。フリンはベリンダの腰に腕をまわした。「おはよう。聞けば二人はプールで顔を合わせたというじゃないか」

見知らぬ男の視線はビキニの上にはおったタオル地のカバーの下から伸びる日に焼けた長い脚を這《は》い下りた。「尾はなかったね」彼は優雅な仕草で立ち上がった。「アレクシィ・サヴァガーです、マドモアゼル」

「当人は謙遜《けんそん》してそんな言い方をしているが、じつはアレクシィ・ニコライ・ヴァジリー・サヴァガリン公爵という身分だ。これで合っているかい？」

「わが一族はサンクト・ペテルブルグに爵位を置いてきたのでね、わが友《モナミ》。ご存知のように」アレクシィはわずかに咎《とが》めるような言い方でフリンをたしなめたが、フリンが称号のことに触れたことに気をよくしているのだとベリンダは感じた。「いまでは情けないほどフランス人になりきってしまった」

「彼はおまけにとてつもない資産家でもある。きみの家族は母なるロシアからルーブルを全額持ち出しただろう」フリンはベリンダのほうを向いた。「アレクシィは蒐集《しゅうしゅう》している古い車を買い付け、パリに送るためにカリフォルニアに来ている」

「なんという無知蒙昧《もうまい》なことを、モナミ。一九二七年式アルファ・ロメオはただの『古い車』などではない。それに今回はビジネスでここに来ている」

「アレクシィはエレクトロニクス事業に手を出して家督《かとく》をさらに増大させているのだよ。きみの話してくれたあの仕掛け、なんだったっけ？　真空管だったかな？」

「トランジスタだよ。真空管にとってかわるものだ」

「そう、トランジスタだ。それで大儲《おおもう》けでもしたら、それこそ鼻持ちならないやつになりそうだ。その儲けの一部を貸してくれれば、ぼくも映画製作の費用が作れるのにな」フリンはベリンダに向かってそう話したが、これはきっとアレクシィへの言葉なのだろうと、彼女は察した。

アレクシィは茶化すような目でフリンを見た。「まともな投資家なら破綻《はたん》した事業などに投資するはずもない。しかしきみがザッカを手放すというのなら、話は別だ」

「この目が黒いうちはザッカは渡さない」フリンは少し鋭さの感じられる口調で答えた。

「とはいえ、それほど長く待たされることはなさそうに見えるがね」

「御託を並べるのはよしてくれ。ベリンダ、ブラディ・メリーをぼくらにもう一杯ずつ作ってくれ」

「わかったわ」ベリンダはグラスを受け取るとリビングのはずれに設けた簡易キッチンに入っていった。二人の男性はともに声を落とそうともしないので、トマトジュースの缶を開け、グラスに注ぐベリンダにも会話が聞こえた。最初はトランジスタやアレクシィの事業の話題だったが、やがて個人的な事柄に話が及びはじめた。

「ベリンダは前回よりかなりの進歩といえるよ、モナミ」アレクシィがそういうのが聞こえた。「あの目はじつに非凡《エクストラオーディネール》といえる。しかし少し薹《とう》が立っていないか？　十六歳以上ではないか」

「揶揄《やゆ》のつもりかね、アレクシィ？」フリンが笑った。「あの娘にちょっかいかけたりするなよ。時間の無駄だからな。ベリンダはぼくの生きる慰めなんだ。むしろ忠実な犬というべきかな。よく飼いならされた美しい室内犬といったところだな。彼女はただひたすらぼくを敬愛してくれる。深酒をしようが小言もいわず、説教もしない。ぼくの気分を明るくし、驚くほどの知性も持ち合わせている。この世にベリンダのような女がもっといたら、男たちもずっと人生を楽しめるだろうに」

「まさか、また祭壇の前で永遠の愛を誓うわけじゃないだろうね。そんな余裕があるというのかい」

「ほんの気晴らしにすぎないよ」フリンはかすかに好戦的なものをにじませた声で答えた。

「それでもとても楽しい気晴らしだ」

飲み物を運びながら、ベリンダは頬を赤らめた。自分が犬に例えられたことにはひっかかりを感じたものの、フリンの表現は嬉しかった。

「やあ、ダーリン。いまちょうどきみのことをアレクシィに話していたところだよ」

ベリンダは二人の男性のあいだに先刻は感じなかった緊迫した空気が漂っているのに気づいた。

「きみはまるで模範生だね、マドモアゼル。このバロンのいうとおりだとしたら、きみは知性があって、敬意にあふれていて、美人だという。しかしなにぶんにもまだきみの美しさをこの目でよく確かめたわけではないので、彼の言い分を一〇〇パーセント受け入れるわけにはいかない」

フリンはベリンダの手渡した飲み物を注意深くすすった。「プールで会ったんじゃないのか」

「彼女は水に潜っていた。それにいまは、ごらんのとおり……」アレクシィはそっけなくタオル地のはおり物を仕草で示した。

二人の男は長々と視線を交し合った。アレクシィの目に宿るものは挑戦なのか、とベリンダは思った。これがよくいう男同士のライバル意識というものなのか。

「ベリンダ、それを脱いでくれないか？」フリンが空になったタバコの箱をつぶしながらいった。

「なんですって？」

「そのはおり物をとってみてくれ、いい子だから」

ベリンダは二人の男をかわるがわる見比べた。フリンは琥珀のホルダーに新しいタバコを差しこんでいたが、アレクシィは彼女をじっと見つめていた。その表情は、こうした展開を楽しむいっぽうで一抹の同情を感じているようにも見えた。「彼女が当惑しているじゃないか、モナミ」

「ばかな。ベリンダはそんなこと頓着《とんちやく》しないさ」フリンは立ち上がり、ベリンダのほうへ歩み寄った。そしてちょうど映画でオリビア・デ・ハビランドにしたように、顎を上向かせた。「この娘はぼくの頼みはすべて聞き入れてくれるんだよ。そうだろう、ダーリン？」フリンは腰をかがめて唇に軽くキスをした。

ベリンダはしばしためらったが、間もなくはおり物のベルトに指先を触れた。フリンは彼女の頬を手の甲で撫でた。彼女はゆっくりとサッシュをゆるめ、はずした。体をフリンのほうに向けながら、ベリンダははおり物を床に落とした。

「アレクシィに見せてあげよう。いいだろう、ダーリン？　彼に金で買えないものをとくと見せてやりたいんだよ」

ベリンダは不快そうな表情でフリンを見たが、彼はアレクシィを見ており、その表情にはどことなく優越感が感じられた。ベリンダはゆっくりとフランス男のほうに体をまわした。ひんやりした空気が肌に感じられ、ビキニのホルターが胸の上でまといつくように思えた。ここで恥ずかしがるのは子どもっぽいことだ、とベリンダはみずからに言い聞かせた。プールの端に立っているのと同じなのだから。それでもアレックス・サヴァガーのロシア系らしいつり目を直視できずにいた。

「彼女の体はきれいだよ、モナミ」アレクシィがいった。「祝福したいほどにね。それでも色褪《いろあ》せた銀幕のスターに独占させておくにはもったいない。やっぱりきみをかっぱらおうかな」彼は軽口をたたいたが、彼の表情を見るかぎりとてもそれほどお気楽な言葉とは思えなかった。

「無理でしょうね」ベリンダは〈泥棒成金〉のグレース・ケリーのような、冷静で洗練された口調を保とうとした。アレクシィという男性の何かに本能的な恐怖を覚えていた。それは権力、力といったものの気配や灰色がかった白のスーツと同じようにわかりやすい威風なのかもしれなかった。ベリンダは腰をかがめて落ちたはおり物を拾い上げようとしたが、体を起こそうとしたそのときフリンがむき出しの肩をつかんだ。

「アレックスのことなど気にするな、ベリンダ。ぼくらのライバル意識はいまに始まったことじゃないんだ」彼は彼女の腕を撫で下ろし、いかにも自分のものだと主張するかのようにあらわなわき腹を撫でた。小指が彼女のへそのなかに滑りこんだ。「この男はぼくの女に横《よこ》恋慕《れんぼ》する癖があってね。そもそも二人が若いころ、彼の女たちをことごとくぼくが横取りしたことが発端《ほったん》なのさ。いまなお負けず嫌いなところは変わっていないようだ」

「女たちがみんなきみになびいたわけではない。きみの美貌より私の富に惹かれた女だっていたさ」

ベリンダは温かで吸いつくようなフリンの手が下におり、真っ赤なビキニの股の部分で止まったのではっと息を呑んだ。「そういう女にかぎって、みんな薹が立って、ぼくらの好みの女ではなかった」

ベリンダが意に反して目を上げると、アレックスが椅子の背にもたれる姿が見えた。文句のつけようもない美しいスーツを身にまとい脚を優雅に組むさまがいかにも貴族的なけだるさを醸《かも》し出していた。アレクシィは視線を上げベリンダを見つめた。彼女は束の間フリンの存在を忘れた。

4

アレクシィはフリン、ベリンダとともに『ザッカ』号でクルージングを楽しみ、南カリフォルニアでも最高級といわれるレストランに二人を招待した。アレクシィはときにはベリンダに優美で高価な宝飾品のプレゼントを持ってきた。彼女はそれらを箱のなかにしまったまま、フリンから贈られたくるくるまわる小さなチャームをチェーンに通して首にかけていた。

アレクシィはそのチャームについてフリンを非難した。「なんと悪趣味で安物なんだ。どうせならもっとましなものを身につけさせろよ」

「もちろんできるものならそうしてやりたいさ。しかしぼくにはそんな余裕もなかったんでね。富貴な身分に生まれたどこかの誰かさんと違ってさ」

この二人は十年近く前にイラン国王のプライベートヨットの上で出逢った。だが長い年月のうちに二人の友情にはぎくしゃくしたものが混じるようになっていた。アレクシィの存在はフリンに過去の過《あやま》ちや失った好機を思い起こさせた。それでもフリンはアレクシィの資産の一部をいつか利用できるのではないかというかすかな希望を棄てきれずにいた。そしてついにアレクシィはより激しい対抗意識を燃やすようになった。

表面的には茶目っ気を装いつつ、アレクシィという男は人生を真剣に考えていた。貴族出身の彼はフリンの劣悪な生《お》い立ちや正式な教育の欠如を軽蔑《けいべつ》していた。ビジネスマンとしてもフリンの放蕩や、自己修養を怠る生き方を嘲笑していた。だが三十八歳という、財も地位も不動のものを確立した年代になって、気晴らしは貴重な価値あるものへと変わった。それにフリンは脅威を与える存在ではなかった。だがそれも、アレクシィがザ・ガーデン・オブ・アラーのプールで泳ぐ人魚を見つめるまでのことだった。

フリンとアレクシィの好みは似ていた。薔薇《ばら》色の頬に無垢な輝きを残した若い女性。フリンの名声と性的魅力はそうとう有利と思われたが、アレクシィの財力と慎重に計算された魅力も侮《あなど》りがたいものがあった。ベリンダはこの友人とのあいだで長年繰り広げてきたゲームの新たな駒であるとフリンは感じた。アレクシィがベリンダをまるで違った目で見ていることを、フリンは知るよしもなかった。

ベリンダ・ブリトンにアレクシィが露骨なほどに惹かれたことにフリンは驚きを覚えていた。ベリンダは映画スターにとりつかれた愚かな小娘で、若さ以外にとりたてて売りといったものがない。頭はいいがろくな教育は受けておらず、間違いなく美人ではあるが、きれいな娘ならほかにいくらでもいる。しかしベリンダの成熟した清純さに比べればもっと洗練された相手の女性たちが妙に老けてくたびれて見えるのだ。ベリンダのなかには少女とあばずれ女が完璧に同居している。心は無垢なまま、肉体だけは官能的で成熟しているのだ。

しかしフリンがベリンダに惹きつけられている理由にはそうした性的な部分のみならず、もっと深い心理的な側面もあった。ベリンダは希望に輝く瞳で人生に歩み出したいと願い、心から未来を信じる少女であり、フリンは自分が手を引いてそんな彼女をこの世界に導いてやりたいと考えていた。彼女を守り庇護し、理想的な女性に育て上げてやりたいという気持ちがあるのだった。彼女と過ごすようになって長年心にこびりついていた皮肉癖がしだいに消えていった。いつしか少年時代のような英気がよみがえり、豊かな未来を信じる気持ちになっていったのだ。

十一月の下旬になり、フリンは一週間の予定でメキシコに行くといいだし、留守のあいだベリンダの面倒をみてほしいとアレクシィに頼んだ。アレクシィはベリンダにゆったりとした微笑みを向け、フリンのほうを向いた。「本気で勝負をおりるというのか?」

フリンは笑い声を上げた。「彼女はきみがどんなきらびやかなプレゼントを贈ろうとそれを身につけることはないだろう。そうだろう、ベリンダ? ぼくがやきもきするようなことはないだろうと信じるよ」

ベリンダは気の利いた冗談でも耳にしたかのように笑ってみせたが、アレクシィ・サヴァガーの様子に不安を覚えていた。それほど礼を尽くされた経験もないので、自分自身の気持ちに戸惑っているのは事実だった。彼は有力な人物かもしれないが映画スターでもなく、エロール・フリンとは違う。それなのにこうも心が乱れるのはどうしてなのか?

翌週、アレクシィはどこへ行くにもベリンダをエスコートした。まるでアレクシィの均整のとれた肉体の延長ともいうべき真っ赤なフェラーリを猛スピードで走らせて二人はあちこちに出かけた。ベリンダは車を制御する彼の手、自信に満ちた指の動き、握りしめる力強い指に見入った。これほどの自信があれば、人はどんな気持ちになれるものなのだろうか。ビヴァリー・ヒルズを軽やかに走り抜ける車のなかでベリンダは太腿に力強いエンジンの鼓動を感じた。彼女は周囲の人びとの反応を想像してみた。これほどの大物男性二人の関心を勝ちえたこのブロンド女性はいったい誰なのか？

夜はイタリアンレストランの〈シロズ〉や〈チャセン〉に出かけた。二人はときおりフランス語で話をした。アレクシィがベリンダにもわかるよう単純な語彙《ごい》を使ってくれた。彼は自分のクラシック・カーのコレクションや、パリの美しさについて述べ、ある夜足もとに街の灯りが広がる丘の上に車を停め、彼はいつになく個人的な話を始めた。

「ぼくの父親は帝政ロシアの貴族で、先見の明があったのか第一次大戦の勃発前にパリに移り住んだ。父はパリで母と出逢い、早くパリの社交界に馴染めるようサヴァガリンというロシア姓をサヴァガーに変えるよう説得された。ぼくは終戦の一年前に生まれ、その一週間後に父が亡くなった。洗練された美しいものを愛《め》でる血はフランス人の母から譲り受けたものだ。だが表面的にはどうであれ、ぼくの内面はとことんロシア人だ」

ベリンダはアレックスの断固とした口調に惹きこまれるいっぽうで畏《おそ》れにも似た感情に襲われた。彼女は両親の接し方や子ども時代の孤独感など、自分自身の身の上について語り聞かせた。スターになりたいという誰にも明かしたことのない夢を告白すると、アレクシィは機嫌をとるように熱心に耳を傾けてくれた。そしてフリンについてひと言述べた。「あの男はきみを棄てる、マシェール。それは覚悟しておいたほうがいい」

「わかっているわ。彼はきっとほかの女性と一緒だから、私をあなたに託したのよ。もしかしたら奥さんと一緒かもしれない」ベリンダは懇願するようにアレクシィを見つめた。「もし事実を知っていても、私にはいわないで。仕方がないことなの。私はそれを理解しているつもりよ」

「たいへんな崇拝ぶりだな」アレクシィはわずかに口もと歪めた。「やっぱりあの男は幸運だ。あいつがきみの価値をわかっていないことが残念でならないよ。次はもっといい相手に恵まれるといいね」

「まるで私がふしだらな女みたいな言い方をするのね。不愉快だわ」

風変わりな目尻の上がったアレクシィの目が彼女の服や皮膚を突き抜けて、ベリンダの心の秘めた部分を見通していた。「きみのような女性はね、マシェール、男がいないと生きていけない」彼はベリンダの手を取り、指先をもてあそんだ。彼女の体が小刻みに震えた。「きみはいわゆる猛々《たけだけ》しい現代女性とは違う。男から守られ保護されて個性や洗練を身につけるべき女性なんだよ」そう告げるアレクシィの瞳に束の間痛みにも似た感情が浮かんだと思ったが、たちまち消え、口調が激しくなった。「きみは自分を安売りしすぎる」

ベリンダは手を引っこめた。彼はわかっていない。フリンにすべてを捧げることは自分を安売りすることではないのに。クリスマスを過ぎて間もなく、フリンがアレクシィとのゲームに飽きあきして劇的な幕切れを迎えることとなった。ビヴァリー・ヒルズのレストラン、〈ロマノフ〉の長椅子に二人で腰かけているときフリンは琥珀のホルダーにタバコをつめながら間もなく数カ月滞在の予定でヨーロッパに行くといった。目を合わせようとしない彼の様子から、自分が同伴することはないのだなとベリンダは悟った。

息が詰まるような大きなかたまりが胸に広がり、ベリンダは涙ぐんだ。こらえきれなくなって泣き崩れそうになったその瞬間、大腿部に鋭い痛みが走った。恥を知れとばかりにアレクシィがテーブルの下でつねったのだ。その力強さがベリンダを励まし、彼女はその夜をなんとか乗りきった。フリンが元旦に出発したとき、アレクシィはベリンダを腕に抱いて思いきり泣かせてくれた。その後ベリンダは新聞記事でフリンの同伴者は十四歳の少女だと知った。

アレクシィのカリフォルニアでの仕事はとうに終わっていたのだが、彼はパリに戻ろうとはしなかった。バンガローの賃貸料は一月末まで支払われており、それを払ったのはフリンではないとベリンダは感じていた。ベリンダはその後数週間アレクシィとほとんど毎晩一緒に過ごした。ある晩アレクシィが突然彼女の唇にそっとキスをした。

「やめて！」ベリンダはそんな親密さを見せた彼に腹を立て、勢いよく立ち上がった。アレクシィはフリンと違う。私はふしだらな女ではない。彼女はパティオのドアを走り抜けリビングに入り、コーヒーテーブルの上にあった陶器のホルダーからタバコを引き抜いた。

パティオの外にいたアレクシィ・サヴァガーの心のなかで、長年培《つちか》ってきた鉄の自制心と克己心《こっき》が音をたててくずれた。彼は立ち上がると荒々しい足取りで部屋に入ってきた。

「愚かな雌犬め」

ベリンダは毒気のある彼の言葉に驚いて振り返った。洗練されたフランス人の仮面が剝がれ落ち、幾世代も続いた高貴なロシア貴族の血統に潜む荒っぽさがあらわになっていた。

「それなのによくもこの私を拒めるものだ」アレクシィは歯をむきだしにしていった。「おまえも売春婦と変わらない。金のために身を売るのではなく、彼の名声に惹かれて体を売っているからだ―

アレクシィが接近し、ベリンダはくぐもった叫びを上げた。彼は彼女の肩をつかみ、壁に押しつけた。ぐいと顎をつかまれベリンダがふたたび甲高い叫びを上げようとする前に唇を奪われた。アレクシィはベリンダの唇を嚙み、無理やり口をこじ開けた。強引に侵入してきた彼の舌を、ベリンダは締めつけようとしたが、彼の指がきつく首を握りしめていた。メッセージは明白だった。私は農奴を支配する全能の大君主アレクシィ・ニコライ・サヴァガリン公爵で、みずから望むものはすべて手にできる資格があるのだ。だからおまえも逆らうことは許されない。

口の蹂躙《じゅうりん》を終えるとアレクシィは体を離した。「私は尊敬に値する人間だ。フリンは愚か者で昔なら宮廷付きの道化師にすぎない身分だ。色気を売り物にして生きていて、ものごとがうまくいかなくなると泣き言をいう情けない男だ。それなのにおまえは愚かさからそんなことさえ見えなくなっている。だから私がおまえに教えてやろう」

アレクシィの手がスカートの下に忍びこむとベリンダは嚙み殺したようなすすり泣きをもらした。彼はパンティを引き下ろしながら膝を使って脚を開かせた。彼女の嗚咽《おえつ》を無視し、貴族的な指先で秘めた部分を占有し、フリンが求めたと思われる部分を次つぎに犯した。ベリンダは戦慄《せんりつ》とともに彼のたけり立つものが自分の大腿《だいたい》部に触れるのを感じていた。彼のこの行為は所有行為、いわば専制君主の神聖な権利の行使だ。貴族は映画スターとは身分が違うのだという、正しい社会的序列の不朽の認識なのだ。

ベリンダはブラウスを脱ぎながら声をあげて泣いていたので、彼の撫で方が優しくなったことに気づくゆとりはなかった。彼女の流れ落ちる涙を手で受けながらアレクシィはブラをはずし、乳房を愛撫し、フリンの示してくれなかったような優しさとともにキスをした。そしてその間彼はフランス語や彼女の理解できないロシア語らしき言葉をつぶやきつづけていた。

彼はゆっくりとベリンダをなだめた。「悪かったよ。怖がらせてしまって申し訳ない」そういいながら灯りを消し彼女を抱き上げ、膝の上に座らせた。「ひどい目に遭わせてしまったね」彼はささやいた。「でもぼくを許してほしい――ぼくのためだけでなく、きみ自身のためにも」彼の唇がベリンダの髪に触れた。「マシェール、きみはもはやぼくにすがるしかないんだから。ぼくがいないときみの女としての望みはけっして実現しないのだ。ぼくがいなければ、きみは価値のない男たちの瞳に映るわが身を見ようとあてのない日々を過ごすことになる」

アレクシィはベリンダの体がリラックスするまで髪を撫でつづけた。

彼の腕のなかでベリンダが眠りこむと、アレクシィは静かな暗闇を凝視した。いったいどうしてこのような愚かしい恋に落ちてしまったのか。ヒアシンス色の瞳を輝かせて男たちを心底崇拝するこの女が、彼自身あるとも知らなかった感情を掻《か》き乱すのだ。強い立場で人生を生きるよう育て上げられた自分が初めてといってよいほど戸惑っている。彼女の愛情を勝ちえる自分の能力を疑っていなかった。そんなことは朝飯前といった感じで、事実彼女は自身が認識している以上に彼に好意を抱いている。いや、彼女の愛を勝ちえることに怯《おび》えているわけではない。彼女が自分に対して及ぼす大きな力に恐れを感じているのだ。

彼は幼いころから克己心を叩きこまれてきた。まだ幼少時に子どものかかる病気で具合が悪く、高熱に苦しめられたことがあった。母親が指輪をはめた指から作文帳をぶらさげて厳しい目をして寝室に入ってきた。ラテン語の翻訳をすましていないのはほんとうなの？　彼は具合が悪くなったからと説明した。

責任のあることを怠けようとするのは小作人のすることです。母親はそういって彼をベッドから引っぱり出し、机の前に座らせた。息子が高熱のため目をうるませ手を震わせながら翻訳を終えるまで母親は窓辺に立っていた。たてつづけにタバコを吸う母親の腕にはめたルビーのブレスレットが陽の光にきらめいていた。

スパルタン寄宿学校は、フランスの有力な資産家の跡取り息子を家名にふさわしい人間に育て上げるために創設された学校である。ここでアレクシィのわずかに残された子どもらしさはすべて剝ぎ取られた。彼は齢《よわい》十八にしてサヴァガー家の資産を支配する立場になった。まず、資産管理をなまけおざなりにしていた高齢の管財人をやめさせ、次に母親の手から権限を強引に奪い取った。いまではフランスでももっとも有力な人物の一人であり、二つの大陸にいくつもの邸宅を所有し、ヨーロッパの名作と称される高価な美術作品を蒐《しゅう》集《しゅう》し、気まぐれな要求にいつでも応じてくれる十代の若い愛人を何人も抱えている。汚れを知らぬ楽観主義、子どものように明快な世界観を持ったベリンダ・ブリトンに出逢うまで、アレクシィはみずからの人生に欠けているものがあるとは思っていなかった。

ベリンダは翌朝、前夜の衣服を身につけたまま目を覚ました。体の上には上質なシェニール織のベッドカバーが掛けてあった。ふと目をやると枕の上に折りたたまれたホテルの便箋が置かれていた。彼女は簡潔な細い手書き文字に素早く目を通した。

親愛なる人《マシェール》
私は今日、これからニューヨークに向かう。仕事を長らくおざなりにしてきたのでね。
ここへ戻るかもしれないが、戻らないかもしれない。

アレクシィ

ベリンダは手紙をまるめ、床に投げ棄てた。最低の男！　あんな卑怯《ひきょう》な男がいなくなってくれてせいせいしたわ。あいつは獣よ。ベッドの端から床に足をおろそうとしたとたん、気分が落ちこむのを感じた。ふたたび枕に倒れこみ、まぶたを閉じると自分の不安を認めた。フリンが発《た》って以来アレクシィが面倒をみてくれていたので、その彼もいなくなったのだから途方にくれるのは当然なのだ。

ベリンダは前腕を目の上に乗せ、心のなかにジェームズ・ディーンの面影をよみがえらせて不安を振り払おうとした。いうことを利かないくせっ毛、すねたような瞳、反抗的な口もと。彼女の心はじょじょに落ち着いてきた。そう、男も女も自分らしく生きればいいのだ。自分はフリンと一緒にいるあいだ、みずからの野心をそっちのけにしていた。ふたたび一人で歩き出すべきときがやってきたのだ。

ベリンダは一月いっぱい各方面へのコンタクトを取ることに努めた。フリンを通じて知り合ったスタジオの重役に電話をかけたり、手紙を書いたりし、スタジオめぐりを始めた。だが何も起きなかった。ザ・ガーデン・オブ・アラーのバンガローの賃貸料の期限が来て、ベリンダはもといたアパートに戻るしかなくなり、そこでルームメイトたちと喧嘩《けんか》になり出ていけと迫られた。だが彼女はそれを無視した。この連中はどうせ望みの低いバカな女たちなのよ。

淡いブルーの封筒とともに不幸が訪れた。母親からの手紙で、両親が今後愚かしい娘への仕送りをするつもりはないと告げてきたのだ。そして両親からの最後の小切手が同封されていた。

ベリンダはしぶしぶ仕事を探そうとしたがまるでたちの悪い風邪にでもかかったような、不可解な頭痛や吐き気に悩まされて気分がすぐれなかった。彼女はどうせ食欲もないからと食事を抜き、ドラッグストアに行くのもやめて残り少ない金の節約に努め、エロール・フリンに愛された女がなぜこうも惨めな思いをしなくてはならないのかと不思議でならなかった。

ある朝着替えもできないほど気分が悪くなり、さすがにこの時点で自分がエロール・フリンの子を身ごもったのだと思い当たった。ベリンダは二日間ぐらつくベッドに横たわり、しみだらけの天井を見つめながらわが身に起きたことを理解しようと努めた。インディアナポリスにいたころ、乱行が過ぎていわゆるできちゃった婚に走った若い娘の噂を耳にしたことがあった。場合によっては未婚の母になる女性もいた。だがそうした行ないに走るのは育ちの悪い娘であって、ブリトン博士の娘エドナ・コーネリアではない。自分のような娘はまず結婚し、その後に子どもを産まなくてはならない。その逆などありえない。

フリンと連絡をとろうとしたが、居場所がまるでわからない。それに彼が手を差し伸べてくれるとも思えなかった。やがてアレクシィ・サヴァガーについて考えた。

彼の居場所を特定するのに二日かかった。彼はビヴァリー・ヒルズ・ホテルに滞在していた。ベリンダは彼に伝言を残した。

サヴァガー様

午後五時にポール・ラウンジでお待ちしています。

ベリンダ・ブリトン

二月下旬の午後は冷え、ベリンダは入念に服装を選んだ。身につけたのはバタースコッチ色のベルベットのスーツと下に着たレースのスリップがのぞく白のナイロン製のブラウスだった。パールのボタン型イヤリングと養殖真珠のネックレスは、十六歳の誕生日にパーティを開かない替わりにと両親から贈られたものだ。帽子も小粋でさりげないバタースコッチ色のタモシャンターにして横かぶりした。きちんとした印象を与える白いコットンの手袋と、少しそぐわない感じのとがったつま先のパンプスを身につけると、ベリンダはシュワブの駐車場に向かった。そこにみすぼらしいスチュードベーカー社製の愛車を停め、タクシーを呼んで、エレガントな車寄せで知られるビヴァリー・ヒルズ・ホテルに乗りつけた。

ポロ・ラウンジは何度かフリンに連れていってもらったことがあったが、それでもなかなかに一歩足を踏み入れるとき、身震いした。支配人《メートル》にアレクシィの名前を告げ、ドアに向けて置かれたバンケットに案内された。そこは全米一有名なカクテル・ラウンジの特等席なのだった。マティーニは嫌いなのだが、それが垢抜けていると思えたので注文した。そのカクテルを手にしている姿をアレクシィに見せたかったからだ。

アレクシィを待つあいだベリンダは気分を落ち着かせるためにまわりの常連客たちを観察することにした。ヴァン・ヘフリンが小柄なブロンドと一緒に座っている。離れたテーブルにグリア・ガーソンとエセル・マーマンの顔も見える。ラウンジの反対側にはフリンと一緒のとき会ったスタジオ重役の姿がある。真鍮《しんちゆう》のボタンがついた制服を着たボーイが近づいて声をかけた。「ミスター・ヘフリン、お電話でございます。ヘフリン様にお電話が入っております」ヴァン・ヘフリンが片手を挙げ、テーブルに運ばれてきたピンクの電話機を手にとった。

ベリンダは長くひんやりしたグラスのステムをもてあそびながら、手の震えに気づかないふりをした。アレクシィは五時にやってくることはないだろう。最後に会ったとき自分は彼のプライドを打ち砕いてしまったからだ。それでもまるきり姿を現わさないなどということがあるだろうか？　もし彼が来なかったら、どうしたらよいのか想像もつかない。

グレゴリー・ペックとフランス人の新妻ヴェロニクが入ってきた。ヴェロニクは元新聞記者の黒髪の美人だ。ベリンダは羨望《せんぼう》の気持ちが渦巻くのを覚えた。ヴェロニクの有名な夫は妻だけにうち解けた微笑みを向け、妻だけにしか聞こえない言葉をつぶやいた。ヴェロニクは朗らかに笑い、夫の手にてのひらを置いた。その仕草には愛情がこもり、親密だった。その瞬間およそ他人を憎んだことのないベリンダの心にヴェロニカ・ペックに対する憎悪が湧き起こった。

六時になり、アレクシィがポロ・ラウンジに入ってきた。戸口で足を止め、支配人と二、三言やりとりしてからバンケットに向かった。彼はいつものようにパールグレイのスーツで完璧な装いに身を固め、テーブルのあいだを抜けるあいだにもほかの客からさかんに声をかけられていた。アレクシィがどれほど人の注目を集める人間か、ベリンダは忘れていた。それはアレクシィが眠っている古い財貨をあらたな富に作りかえることにとてつもない能力を発揮する人間だからだとフリンは説明してくれた。

アレクシィは無言のまま高級な香水の匂いを漂わせながらバンケットになめらかな足取りで入ってきた。その表情は不可解で、ベリンダはかすかな戦慄《せんりつ》を覚えた。

「シャトー・オー・ブリオン、一九五二年ものを」彼はウェイターにそういった。そして半分飲みかけのマティーニを仕草で示した。「これは下げてくれ。マドモアゼルは私と一緒にワインを召し上がる」

ウェイターが下がるとアレクシィはベリンダの手を取りキスをした。彼女は優しさのかけらさえなかった前回のキスを努めて思い出すまいとした。

「なんだかそわそわしているようだね、マシェール」

体内で小さな細胞の集まりが増殖を続けているのだ。不安な心理を覚られまいとしても無理というものだろう。ベリンダは背筋を伸ばし、さりげなく肩をすくめてみせた。「長いあいだあなたと会えなかったからよ。とても――寂しかったわ」突如理不尽さに対する不満が胸に湧き起こってきた。「よくもあんな去り方ができたものね。電話もしないまま」

アレクシィは可笑《おか》しそうに表情をゆるめた。「きみには考える時間が必要だったからね、シェリ。孤独な生活をどう感じるかについて」

「ただ辛いだけだったわよ」ベリンダは言い返した。

「そう感じることは目に見えていたよ」アレクシィはガラス板のあいだにはさんで顕微鏡で観察するかのごとくベリンダをしげしげと眺めた。「内省の日々に悟ったことを聞かせてほしい」

「自分がいかにあなたに頼りきっていたかを悟ったわ」ベリンダは慎重に言葉を選んだ。「あなたがいなくなって、何もかも滅茶苦茶になってしまったわ。それなのにそれを元通りにする手伝いをしてくれるはずのあなたはそばにいなかった。私は自分で思っていたほど自立していなかったみたい」

ウェイターがワインを運んできた。アレクシィはそれをひと口飲み、うわの空でうなずくと二人きりになるまで待ち、やがてまたベリンダに目を注いだ。彼女は一カ月間に起きた出来事を話して聞かせた。映画プロデューサーの関心を引き寄せることはできなかったこと。両親からの仕送りが途絶えてしまったこと。ベリンダはもっとも重要なある一つの事実を除いてすべてを語った。

「そうか」彼はいった。「そんな短期間にいろいろあったんだね。それで、不幸話の続きはまだあるのかい？」

ベリンダはごくりと唾を呑みこんだ。「いいえ、これだけよ。でもお金が底をついたの。

だからこの先のことについてあなたに相談したいのよ」

「元の愛人のところへ行けばいいだろう？　彼はきっと助けてくれるさ。白馬に乗って馳せ参じ、剣を振り悪人を退治してくれるはずだ。なぜフリンのところに行かないんだ、ベリンダ？」

　ベリンダは口をつぐむために頬の内側を噛みしめた。アレクシィはフリンという男をまったく理解していない。だがそれを口に出していうわけにいかなかった。とにかくアレクシィの機嫌の悪さをやわらげなくてはならない。そのためには嘘をついてもいい。「ザ・ガーデンにいたあのころのことは……私にとってなんの意味もないのよ。私はあなたとフリンを心のなかで混同してしまっていたわ。フリンへの気持ちからそうなったのだと自分では思っていたけれど、彼が去ったあとやっとわかったわ。私はあなたに惹かれていたんだって」ベリンダはこの言葉をまえもって幾度も練習していた。「私はいま救いの手を必要としているの。ほかに誰一人頼る人はいないのよ」

「なるほど」

　口ではそういいながら、アレクシィは何も理解していなかった。彼女は彼と視線を合わせないように、ナプキンを折りはじめた。「私――お金は底をついたけど、インディアナポリスには絶対に戻るわけにはいかないの。だから――お金を貸してほしいの。女優デビューできる目途《めど》がつくまで一年間ほど」ベリンダは飲みたくもないワインをひと口すすった。アレクシィからお金を受け取って自分を知っている人のいないどこか遠いところへ行き、子どもを産むつもりだった。

アレクシィはひと言も発することなく沈黙していたので、ベリンダの不安は刻一刻と大きくなった。「ほかに頼るあてがないの。インディアナポリスに帰るくらいなら死ぬわ。ほんとうよ」

「インディアナポリスに帰る前に死ぬだって?」アレクシィはいくらか揶揄するような調子でいった。「なんと幼稚で暢気《のんき》な発言だろう。じつにきみらしいよ、可愛いベリンダ。しかしもしぼくがきみに金を貸すとして、見返りにきみは何をよこすつもりだ?」

ボーイが真鍮のボタンをきらめかせてテーブルのそばを通り過ぎた。「ミスター・ペックにお電話でございます。ミスター・ペックにお電話です」

「あなたが望むものをなんなりと」ベリンダが答えた。

そういった瞬間、ベリンダは自分が恐ろしい過ちをおかしたことに気づいた。

「そうか」アレクシィの言葉には怒気がこもっていた。「きみはまた自分自身を売ろうとしている。ではいってくれ、ベリンダ。あのドアのところで支配人に追い返される、着飾りすぎた若い女たちときみとの違いはなんだというのか。娼婦との違いはいったいどこにある?」

ベリンダはアレクシィの不当な非難に瞳を曇らせた。彼は救いの手を差し出すつもりはないのだ。そもそも彼が助けてくれるなどと、なぜ自分は思ったりしたのだろう。彼女は立ち上がり、ポロ・ラウンジの客たちの前で泣くという許しがたい屈辱的な事態におちいる前にと、バッグをつかんだ。だが動き出す直前、アレクシィが彼女の腕をつかみ、優しく席に戻した。「許してくれ、シェリ。ぼくはまたきみを傷つけてしまった。でもきみから幾度も刃《やいば》を振り下ろされれば、ぼくだって傷つく」

ベリンダはこぼれ落ちる涙を隠すためにうつむいた。涙の一滴がバタースコッチ色のスーツのスカートに黒いしみを作った。「世のなかにはお返しをしない人間もいるかもしれないけれど、私には無理」ベリンダはハンカチを出そうと、ハンドバッグの留め金を手探りした。「もしそうすることで、あなたが私を娼婦と思うのなら、あなたに助けを求めるべきじゃなかったわ」

「泣かないでくれ、シェリ。とてつもない悪者になったような気がするよ」アレクシィはそういって、きちんと長方形に折りたたんだハンカチを差し出した。

ベリンダはそれをつかみ、さらにうつむいて目を拭いた。できるかぎりめだたないように手を動かした。ヴァン・ヘフリンと同伴の小柄なブロンド女性、あるいはヴェロニカ・ペックに見られているかもしれないと感じたからだ。だが顔を上げてみると、誰もまったく気づいていないようだった。

アレクシィは前にかがみ、ベリンダを熟視した。「きみにとってすべては単純明快。そうだろう?」彼の声はかすれていた。「もう夢物語は忘れてくれないか、シェリ? ただぼくを敬愛してくれればそれでいい」

彼はいとも簡単そうにいったが、それほどたやすいことではなかった。彼に惹かれてはいる。彼といれば興奮もする。それに彼と一緒にいて周囲の注目を浴びることも心地よいと感じる。けれど彼の顔が世界じゅうから見られるほど銀幕の上で拡大されることはけっしてない。

アレクシィはシルバーのケースからタバコを一本抜いた。ライターを握る彼の手が震えているように思えたが、ライターの炎はしっかりと灯った。「きみを助けるよ、シェリ。それが大きな誤りであると自覚してはいるけれどね。ここでの仕事が終わったらワシントンに向かい、フランス大使館で結婚しよう」

「結婚？」ベリンダは耳を疑った。「あなたがまさか私と結婚するはずないわ」

アレクシィの厳しい口もとがゆるみ、目には思いがあふれた。「そうかな、シェリ？　だってぼくはきみを愛人ではなく妻にしたいんだ。愚かしいだろう？」

「でも私はさっきもいったように――」

「もうたくさんだ《ザ・スィフィ》！　二度も同じ申し出をさせないでくれ」

その語気の強さにベリンダははっと身を引いた。

「事業家としてのぼくは愚かな賭けをしない。きみに関して何一つ保証はないんだ。そうだろう、シェリ？」彼はワイングラスの縁を指でなぞった。「おまけにロシア人でもある。きみは理解していないようだが、きみの望みは映画業界に入ることではないはずだ。パリに行けば、きみにはぼくの妻としての立場が与えられる。きみにとっての新しい人生が始まるはずだ。最初は馴染めないだろうが、ぼくが手ほどきをするし、そのうちにきみはパリじゅうの話題の主となるだろう。アレクシィ・サヴァガーの幼な妻としてね」彼は微笑んだ。「きみなら、人から注目されることがきっと楽しくなるはずだ」

ベリンダは素早く思考をめぐらせた。彼の妻になってこんな奇妙なつりあがった目にいつも監視される自分など想像もできなかった。アレクシィは彼の世界では裕福で有名な重要人物であり、彼の言葉を借りればその妻になればパリで話題の主となるようだ。それでもベリンダはスターになるという夢をあきらめられなかった。

「どうしようかしら、アレクシィ。だってそんなこと考えたことも――」

アレクシィの表情が厳しくなった。彼が前言を取り消そうとするのをベリンダは感じた。もしいま彼を拒めば――束の間でもためらおうものなら――彼のプライドは二度と彼女を許さないだろう。チャンスはいましかないのだ。

「イエスよ！」ベリンダは甲高くわざとらしい笑い声を上げた。赤ん坊！ 彼に赤ん坊の話をしなくてはならない。「もちろんイエスよ、アレクシィ。あなたと結婚するわ。あなたと結婚したいわ」

アレクシィはしばし身じろぎもせず、やがて彼女の手をとった。そして微笑みながらその手首を返し、脈打つ血管にキスをした。ベリンダは胸の激しい鼓動を無視した。それは自分はいったい何をしたのかというみずからの問いかけに対して湧き起こる不安ゆえの胸騒ぎだった。

アレクシィはドン・ペリニオンを注文した。「夢物語の終わりに」彼はそういってグラスを掲げた。

ベリンダは乾いた唇を舐めた。「二人のために」

隣りのバンケットでは銀の鈴を鳴らしたようなヴェロニクのやわらかい笑い声が響いていた。

5

　ベリンダにとって意外だったのは、婚礼の夜まで初夜がなかったことだった。結婚式はポロ・ラウンジでアレクシィと会ってから六日後だった。二人はワシントンのフランス大使館で結婚し、式を終えるとすぐに大使の夏季用別荘でハネムーンを過ごすために出発した。

　大使宅の浴槽から出て分厚いナツメグブラウンのタオルで体を拭きながら、ベリンダの落ち着かなさはいっそう強くなった。アレクシィにまだ妊娠のことを話していないからだ。運よく子どもが小さく生まれたら、アレクシィもその子を未熟児として生まれたわが子と思うかもしれない。もしそう信じられなければ彼のことだ。きっと離婚を言い渡すことだろう。それでも赤ん坊は彼の姓を名乗ることができ、彼女自身もシングル・マザーという恥辱《ちじょく》とともに生きていかなくてもよくなる。またカリフォルニアに戻り、一から出直すのだ。しかもアレクシィの富がついてくる。

　毎日ベリンダはアレクシィの思いの深さに目を見張るばかりだった。彼女に対する寛容さ。贈り物の豪華なプレゼントの数々、彼の世界に入ったばかりの妻の愚かしい過ちに対する寛容さ。何をしても彼は怒らない。それを思うと心が慰められる。

　ベリンダは洗面器の上に載せられ銀紙に包まれたドレスの箱を食い入るように見つめた。

彼はこのなかに入ったものを初夜のために着ろといっているのだ。キム・ノヴァクが持っていそうな黒のレースでできたネグリジェなら素敵なのに。

しかし箱を開けたベリンダは失望の声を上げそうになった。薄紙にふんわりと包まれたその衣類は、彼女の夢見ていたネグリジェなどよりむしろ子どものナイトガウンのように見えた。使われている生地は透けて繊細なものだったが、ハイネックの襟元にはわずかにレースの縁飾りがつき、身頃はピンクのリボンでウエストをしぼる形になっている。箱から手にとってみると、何かが足もとに落ちた。かがんで拾い上げたベリンダはそれがお揃いのパンティだと知った。穿き口にレースのひだ飾りがついている。彼女はアレクシィのプライドの高さと、花嫁の自分が処女でないことをいまさらながら思い起こした。

ベリンダが翡翠《ひすい》色の寝室に入ったのは真夜中過ぎのことだった。金襴のカーテンは引かれ、乳白色のシルクのランプシェードから放たれる淡い光が磨き上げられたチーク材の家具に反射している。ザ・ガーデン・オブ・アラーのバンガローのけばけばしいインテリアとはあまりに違う部屋だった。アレクシィは淡いゴールドの部屋着を身にまとっていた。目が小さく黒髪が薄くなりかけたアレクシィがスクリーンで何かの役を演じられるとしたら悪役ぐらいのものだろうが、同じワルでもいわゆる大ボスといったところだろう。彼は息苦しさを感じるほどにじっとりとした視線でベリンダを見つめた。しばらくしてやっと彼はいった。「口紅を塗っているのかね、シェリ?」

「いけない?」

彼は部屋着のポケットからハンカチを出した。「灯りの近くに寄ってくれないか」ベリンダは夢見たようなかかとの高い黒のサテンのミュールを履くのではなく裸足でカーペットを歩いた。彼はベリンダの顎をつかみ、白のリネンのハンカチで唇を拭った。「寝室で口紅はつけないでくれ、愛しい人《モナムール》。美しいきみにそんなものは必要ない」アレクシィは後ろに下がり、探るような視線を彼女の肉体に這わせ、深紅に塗られた足のつま先に目を留めた。「ベッドの上にお座り」

ベリンダはその言葉に従った。彼は化粧品ケースのなかをかきまわし、マニキュアの除光液を探し出した。彼女の前にひざまずくとハンカチに液を含ませ、すべての足の指のエナメルを剥がしはじめた。やり終えると彼女の足の甲を嚙み、舌の先で舐めた。「ぼくがあげた下着をつけているかい？」

ベリンダは恥じらいで彼の部屋着の襟に目を落とし、うなずいた。

「よし《ボン》。きみはぼくの可愛い花嫁だ。だからぼくを満足させてほしい。きみは初心《うぶ》だから恥ずかしがって、怯えているかもしれない。それも当然なのだ」

ベリンダは事実怯えていた。彼の優しい言葉、処女のようなナイトガウン……彼はベリンダを純真無垢な生娘《きむすめ》のように扱おうとしている。だがそんなことでフリンと過ごした過去が消せるものではない。いつしかアレクシィに暴行された夜の記憶が脳裏をよぎり、彼女は無理やりそれを振り払った。あれは彼のフリンへの嫉妬から出た行動だったのだ。だがいま彼女はアレクシィの妻。彼が妻を傷つけるはずがない。

彼は立ち上がり、手を差し出した。「こちらへおいで、シェリ。きみと愛を交わすのを、長いあいだ待ち望んでいたんだ」

アレクシィは彼女をそっとベッドの上に座らせた。横になると、彼はそっと唇を重ねた。ベリンダは相手がフリンだと思うようにした。「ぼくの体に腕を巻きつけておくれ、シェリ」彼はつぶやいた。「ぼくはもうきみの夫なのだよ」

ベリンダは彼にいわれたとおりにし、彼の顔が近づいても演技を続けようとした。だがフリンはめったにキスをしなかった。アレクシィのような激しいキスはまずしない。「まるで子どものようなキスだな」アレクシィの唇は激しく攻めてくる。「口を開いておくれ。舌を使うんだ」

ベリンダはおそるおそる唇を開いた。これはフリンのキスなのだ。この唇を覆っているのはフリンの口なのだ。だがあの大スターの面影が浮かんでこない。

ベリンダの体はゆるみ、熱くなった。彼女はアレクシィを引き寄せ、彼の口のなかで大胆な動きを始めた。うめき声を上げたとき、彼が体を離した。「目を開くんだよ、ベリンダ。ぼくがどうきみを愛するのか、しっかり見ていてほしい」冷風がそよぐように体を撫で、アレクシィはナイトガウンの合わせ目に結んだリボンをほどき身頃の前を開けた。「きみの胸に触れるぼくの手をしっかり見るんだ、シェリ」

ベリンダは目を開き、彼の目が燃えるように激しく自分を見つめているのを知った。その灼熱《しゃくねつ》の視線は骨や肉を貫通しわずかな欺瞞《ぎまん》でさえも見つけ出してしまうだろう。ベリンダは狼狽《ろうばい》と興奮がないまぜになった気持ちに襲われた。彼女はナイトガウンを引き戻そうとした。

喉の奥で響く低い含み笑いの声を聞き、彼がそれを恥じらいゆえの仕草と誤解したのだとベリンダは気づいた。彼は止める間もなく彼女のナイトガウンを腰から剝ぎ取った。ベリンダはレースの縁取りのついたコットンのパンティをつけてベッドに横たわっていた。彼はベリンダの両腕をつかみ、脇に固定した。「きみの体を見せてくれ」彼の手は彼女の乳房に伸び、優しく愛撫し、軽い羽根のようなタッチで円を描いたので、乳首は反応して固くしこった。その先端に指先で触れながら彼はいった。「これからここを吸う」と彼はささやいた。

彼の唇がつぼみに近づくと、ベリンダは欲望の大波が体じゅうを駆け抜けるのを感じた。彼は乳首を口にふくみ、舌先で輪郭をたどり、まるで栄養を摂《と》るかのように吸い上げた。彼女の肉体は心とはうらはらに昂り、内腿を撫でられるとなおいっそう熱く激しく燃え上がった。昔、ビリー・グリーンウェイの映画で観たように、彼の指がパンティの穿き口からそっと忍びこみ、さらに湿った内部に分け入った。その熟練の技はベリンダが過去に経験した若い男たちのぎこちないテクニックとはまるで別物だった。

「よく締まっている」彼は指を抜きながらささやいた。彼はパンティを腰から脱がせ、脚を開かせると唇を使ってあることをした。ベリンダにはひどく許されない行為に思え、それゆえスリリングで、とても現実の出来事として受け入れられないほどだった。最初は抗《あらが》ったが、彼の巧みさの前には無力だった。肉体を支配された彼女は、彼に降伏した。ベリンダは叫び声とともに、体が粉々に砕け散ってしまったかというほどの強烈なオーガズムに達した。

その行為が終わるとアレクシィはかたわらに横たわった。彼のしたことがあまりに卑猥《ひわい》で、ベリンダは彼をまともに見ることさえできなかった。

「これはきみにとって見知らぬ世界だったんだね」彼女を自分のほうに向かせながら、アレクシィは満足感のにじむ声でいった。「こんなに自然なことを恥じるなんて、淑女気取りでしかないよ」アレクシィが首を傾けてきたので、ベリンダは顔をそむけた。あんなところに触れた唇とキスなどできるわけがない。

アレクシィは笑い声を上げ、両手で彼女の顔をはさみ、唇を合わせせた。「ほら、きみはこんなに美味しい味がするんだよ」そのときになってはじめて彼はベリンダのそばを離れ、部屋着を脱いで床に落とした。贅肉《ぜいにく》のない黒い体毛におおわれた浅黒い彼の肉体の中心にそそり立つものがあった。「今度はぼく自身がきみの肉体を楽しむ番だ」と彼はいった。

彼はベリンダの肉体のすみずみまで愛撫し、アレクシィ・サヴァガーの刻印を残しつつ彼女の欲望の焔《ほのお》を燃え立たせた。ようやく彼を迎え入れながら、ベリンダは彼の体に脚を巻きつけ、尻に爪を立て、無言で彼を駆り立てた。彼はオーガズムに達する直前に耳もとでささやいた。「きみはぼくのものだよ、ベリンダ。きみのために世界を手に入れてあげよう」

朝になるとシーツの上にかすかに細長い血痕《けっこん》が残っていた。彼がベリンダの腰を引っ搔いたあとだった。

パリはベリンダが想像していたとおりの街で、アレクシィは旅行者なら誰もが行きたがるありとあらゆる観光名所に連れていってくれた。日没のちょうど一時間前のエッフェル塔の上で、彼は体が宙に浮くのではないかというほど激しくキスをした。二人はルクセンブルク・ガーデンズの池《バサン》でおもちゃの船に乗り、雷雨のなかベルサイユ宮殿を散策した。ルーヴルでは、ひと気のない一角を探し、アレクシィがベリンダの胸がルネッサンスのマドンナと比べても豊満かどうか確かめるために愛撫したこともあった。彼はまた、夜明けにサン・ミッシェル橋近くでセーヌ川を見せてくれた。古い建物の窓を新しく生まれた太陽が照らし、パリの街を炎のように赤く染め上げるのだ。夜はモンマルトルの、タバコの煙がこもるピガールの怪しげなカフェで彼はベリンダの耳もとで淫《みだ》らな言葉をささやき、ベリンダを興奮させた。ブーローニュの森で栗の木の枝につるしたシャンデリアの下で二人はニジマスとトリュフを食べ、窓にチューリップの花々が咲き誇るカフェでシャトー・ラフィットを飲んだ。日ごとにアレクシィの足取りは軽やかになり、笑い声は朗らかで、まるで少年の日に戻った印象さえあった。

夜になるとビアンフェザンス通りにある彼の灰色火山岩の邸宅の立派な寝室で二人きりになり、彼は繰り返し彼女を抱いた。ベリンダは彼と体を合わせていないと自分の肉体の存在を感じなくなっていた。彼女は彼が仕事のために出かけてしまう午前中が恨めしいとさえ思うようになっていた。時間を持て余し、ついおなかに宿した子ども、フリンの子どものことを考えた。アレクシィも知らない胎児のことを。

アレクシィがいなければビアンフェザンス通りでの生活はほとんど堪えがたいものだった。いくつものサロン、寝室、五十名を収容できる大きなダイニングルームをそなえた大邸宅はベリンダの予想をはるかに超える規模だった。最初はそれほどのお屋敷に住むことに有頂天になっていたが、間もなく巨大な館に圧迫感を覚えるようになった。赤と緑の模様が入った大理石のロビーに立ち、壁に掛けられたキリストの受難や十字架を描いたタペストリーを眺めていると自分の無力さや小ささを実感せずにはいられなかった。メインのサロンの天井には、ケープや甲冑《かっちゅう》を身につけた人物が大蛇と闘っている様子が描かれていた。重厚なカーテンのかかった窓の上には装飾のある小壁《フリーズ》が広がり、窓の側面は片蓋柱《かたふたばしら》になっていた。そしてそんな屋敷のすべてをアレクシィの母親、ソランジュ・サヴァガーが取り仕切っていた。

ソランジュは背が高く痩せていて、頭部に貼りついたような真っ黒に染めた髪をしており、大きな鼻、乾いたしわの多い肌の女だった。毎朝午前十時になるとソランジュは戦前にアメリカのデザイナー、ノレルに作らせた数えきれないほど持っている同じような白のウールのスーツのうちの一着とルビーのアクセサリーを身につけ、メインのサロンの中央に据えたルイ十五世風の椅子に座り、屋敷とその居住者に関して日々の支配を始めるのだった。わが息子の心をとりこにした許しがたいほどに若いアメリカ娘に自分の座を譲るなど、とても考えられないことだった。ビアンフェザンス通りの邸宅を取り仕切ることはソランジュだけに託された領域なのだった。

アレクシィは母親に対して敬意を払うべしと明言していたが、付き合いを不可能にしているのはソランジュのほうだった。ソランジュは小言を口にするとき以外英語をしゃべろうとせず、ベリンダのしでかした不手際《ゴシュリ》を並べ立ててアレクシィにあとでよく調べるようにと命じるのを楽しみにしていた。毎晩七時に親子はメインのサロンに集まる。そこでソランジュは白のヴェルモットを飲み、紙巻タバコのゴーロワーズを何本も立てつづけに吸い、思いつくままフランス語で話をした。

ベリンダが不満を口にすると、アレクシィはキスとともになだめた。「母は多くのものを失ったせいで歳とともに辛辣《しんらつ》になってしまった。この家だけが母に残された唯一の王国なのだよ」彼のキスはベリンダの乳房へと移っていった。「母とうまく調子を合わせてくれ。ぼくのために」

そして突如すべてが変化した。

二人の結婚式から六週間後の四月の夜、ベリンダはその日の午後買い求めた透けた黒のネグリジェを着てアレクシィを驚かせようとした。くるりと舞うような仕草でベッドに近づくベリンダを見て、アレクシィは蒼ざめ、部屋から出ていってしまった。彼の選んだシンプルな白のナイトガウン以外のものを着るのを彼がどれほど嫌っているか気づかなかった自分に腹を立てながら、ベリンダは暗闇のなかで彼を待ちつづけた。刻々と時間は過ぎていったが、彼は戻らなかった。朝を迎えるころには彼女は泣き疲れていた。

次の日の夜、ベリンダは義母のところへ向かった。「アレクシィが姿を消したんです。彼の居場所を教えてください」

ソランジュのねじった指にはめた古いルビーが悪魔の目のように光った。「息子は私に知らせたいことしか話しませんよ」

彼は二週間後に戻ってきた。ベリンダはウエストをしぼったピエール・バルマンのドレスを着て大理石の階段に立ち彼が執事にブリーフケースを手渡す様子を見つめていた。彼は十歳ほど老けてしまったように見えた。彼女を見るとアレクシィは初めて出逢ったとき以来見せたことのない皮肉な笑みで口を歪め、いった。「やあぼくの奥方。あいかわらず美しいね」

その後の数日間、ベリンダは戸惑いを覚えた。アレクシィは人前では彼女に敬意をもって接したが、ベッドの上では妻を責め苛《さいな》んだ。それは優しさとは無縁の征服にも似た行為で、ベリンダをオーガズムに達しそうになる瀬戸際に置きつづけ、彼女の快楽は苦痛とのあいだを行き来した。四月の最後の週、彼は一緒に旅行に出かけようと告げたが、行き先は明かさなかった。

彼はアンティークカーのコレクションのなかから一九三三年式のイスパノ・スイザを選び運転に集中しているので、ベリンダは無理に会話を交わさなくてよいのでほっとしていた。窓の外を見やるとパリ近郊からシャンパーニュのあらわな白亜の丘陵地へと景色が変わっていくのがわかる。ベリンダはどうしても落ち着かない気持ちを抑えることができなかった。もはや妊娠四カ月の身重であり、彼を騙《だま》す努力を続けることで疲れきっていた。途絶えている月経があるふりをし、新しいスカートのボタンの位置をこっそり付け替えたり、できるだけ裸体を灯りに照らさないようにした。どうしても妊娠のことを彼に告げなくてはならなくなるぎりぎりの期限を引き延ばすために、ありとあらゆる努力をしていた。

長く延びる午後の日陰のなかで葡萄《ぶどう》畑がラベンダー色に変わるころ、二人はブルゴーニュに着いた。宿の屋根は赤いタイルでできており、窓際はチャーミングなゼラニウムの鉢で飾られていた。だがベリンダは疲れきっていて目の前に出された素朴な美味しい料理も楽しむことができなかった。

アレクシィは翌日車でブルゴーニュの田園地帯に連れ出してくれた。野生の花々で埋め尽くされた丘の上で静かに昼食をとった。食べたのはアレクシィが近くの村で買ったチャービルやタラゴン、チャイブといった野菜を使ったポテという煮込み料理だった。ポピーの種やとろけそうなサン・ネクテールのチーズを皮に練りこんだパン、熟成していない若いカントリーワインと一緒にその料理を食べた。ベリンダは料理をつつき、カーディガンを肩に巻きつけ、アレクシィの重苦しい沈黙を避けるために山頂の周辺を歩きまわった。

「いい景色だろう?」彼が背後に近づく気配を感じなかったので、肩に手を置かれてベリンダは飛び上がった。

「きれいだわ」

「夫と一緒にいるのは楽しいかい?」

ベリンダはセーターの結び目をぎゅっと握りしめた。「あなたと一緒にいるのはいつでも楽しいわ」

「ベッドでは特別に、だろう?」アレクシィは彼女の答えを待たず、葡萄畑を指さし、その畑から取れる葡萄について話をした。彼の様子はパリを案内してくれたころのアレクシィに戻っているように思え、ベリンダは落ち着きを取り戻しはじめた。

「あちらを見てごらん、シェリ。灰色火山岩の建物がまとまってあるだろう? あれは〈お告げのマリア修道院〉だ。そこの修道女たちによって運営されている学校はフランスでも屈指の名門校だ」

ベリンダは葡萄畑よりその話に強い関心を抱いた。

「ヨーロッパの名家の子女がその修道院に預けられ、教育を受けることも珍しくない」彼は続けた。「修道院は乳児も受け入れる。だが男の子は五歳になるとラングレ近くの修道士のところに移される」

ベリンダはショックを受けた。「裕福な家の人がなぜ子どもを預けるの?」

「その家の娘が未婚で、しかも正当な夫が見つからない場合には必要な処置だといえる。修道女たちはひっそりと養子縁組が成立するまで子どもを預かってくれるのだ」

赤ん坊の話題が続き、ベリンダは落ち着かない気分になった。話題を変えようとしたが、話がそれることはなかった。「修道女たちはじつによく子どもの世話をしてくれる」と彼はいった。「赤ん坊は来る日も来る日もベビーベッドのなかに放置されたりしない。最高の食事とケアが受けられるんだ」

「母親がわが子を他人に預けるなんて、私にはとても想像がつかないわ」ベリンダはセーターをほどき、はおった。

「きみがまだブルジョワジーの思考から抜け出ていないからそう思うんだよ」アレクシィは身じろぎもしないまま、そういった。「ぼくの妻になったのだから、考え方を変えてもらいたい。もうサヴァガー家の人間なのだから」

ベリンダは思わず腹部を両手で覆い、ゆっくりと彼のほうを向いた。「わからないわ。なぜそんな話をするの？」

「その腹の私生児の行く末をきみに知らせるためさ。その子は誕生したらすぐに〈お告げのマリア修道院〉に送り、育ててもらうことになる」

「知っていたのね」ベリンダはささやいた。

「もちろんだ」

陽光は翳り、悪夢が現実になった。

「きみの腹部はふくらんでいる」彼は軽蔑《けいべつ》のこもる声でいった。「それに胸の血管が肌に透けてみえる。きみが寝室で黒のナイトガウンを着て立っていた夜……まるで目隠しをはずされたような気分になったよ。いつまでぼくを欺《あざむ》けると思っていたんだ？」

「違うわ！」ベリンダはこの状況に耐えきれなくなり、絶対にしないと心に誓っていたことをした。「そうじゃない！　この子は私生児じゃないわ！　あなたの子よ。あなたの——」

アレクシィはベリンダの頰を平手打ちした。「そんな白々しい嘘を口にして、自分を貶《おとし》めるようなまねはやめろ！」ベリンダは彼から離れようとしたが、彼の腕に強くつかまれた。

「ポロ・ラウンジでは心のなかでさぞやぼくを嘲笑《あざわら》っていたんだろうな。きみは小学生でもあやつるようにして、いとも簡単に結婚という罠《わな》にぼくを陥れた。ぼくを騙した！」

ベリンダは泣きはじめた。「あなたに話さなくてはならないとは思っていたわ。でもそうしたら、あなたは私を助けてくれないでしょうし、ほかに手立ても考えられなかったの。私があなたの前からいなくなればいいのよ。離婚のあとで。そうすればあなたも二度と私の顔を見なくてよくなるわ」

「離婚だって？　それは無理だよ、マ・プティット。離婚は絶対にしない。さっきの〈お告げのマリア修道院〉の話を聞いていなかったのかい？　罠にはまったのはきみのほうだということが理解できなかったのかな」

彼の言葉を思い出し、ベリンダの心は恐怖に凍りついた。「いやよ！　絶対に赤ちゃんをあなたに渡したりしないわ」これは私の子よ。フリンの子どもなのよ！　なんとしても夢を叶えなくては。またカリフォルニアに戻って一から出直すのよ。小さな男の子、フリンによく似た男の子か誰よりも美しい女の子と一緒に。

アレクシィの表情が険しくなり、ベリンダの愚かしい夢は砕け散った。「離婚はしない」彼はいった。「もし逃げ出せば、一銭も渡さないからそのつもりで。きみは誰かの経済力に頼らなきゃ、生きられないだろう、ベリンダ？」

「赤ん坊は渡さないわ！」

「すべてがぼくの意のままさ」彼の声はひどく穏やかになった。「きみはフランスの法律を知らないだろう。きみの私生児は法的にはぼくの子になる。この国では父親は子どもに対して完全に権限を持っている。これだけはいっておく。もしきみがこの愚かしいいきさつを誰かにしゃべったら、きみの一生は破滅だぞ。わかったか？　一文なしで放り出す」

「アレクシィ、こんなことしないで」と彼女はささやいた。

しかしアレクシィはすでに歩み去っていた。

二人は黙りこんだままパリに戻った。アレクシィがイスパノ・スイザを屋敷の門から車道に入れるあいだ、ベリンダは厭《いと》わしいこの館を見上げた。それはまるで巨大な灰色の墓石のようにそびえ立っていた。彼女は手探りでドアハンドルをつかみ、車から飛び出した。

気づけばアレクシィがかたわらに立っていた。「威厳をもって家のなかに入りたまえ、ベリンダ。自分自身のために」

ベリンダは涙ぐんだ。「なぜ私と結婚したの？」

アレクシィは彼女をひたと見つめた。流れる無言の時間がまるで果たされなかった約束のように感じられた。彼は苦々しげに口を結んだ。「きみを愛していたからだ」

彼の顔を食い入るように見つめるベリンダの頰をひと筋の髪が撫でた。「このあなたの仕打ちを一生許さないわ」ベリンダは彼から離れるとやみくもに車道を走り、ビアンフェザンス通りに向かった。陽射しあふれる美しい春の午後にあって、悲しみがいっそうあらわに感じられた。

ベリンダは門のわきの栗の林に逃げこんだ。木々は真っ白な栗の花が満開だった。花びらがはらはらと舗道に落ち、歩道の縁石の上に雪のように積もっていた。彼女が道に出たとき、通り過ぎる一台の車によって起きた一陣の風が歩道に積もった花びらを吹き上げ、白い雲のように彼女を包んだ。アレクシィはじっと立ち尽くし、その光景を眺めていた。悲痛な思いに苛まれる瞬間のベリンダを栗の花びらが渦のように包んでいる。

それは生涯忘れえぬ瞬間であった。満開の花に包まれたベリンダ。愚かで浅薄《せんぱく》で、痛ましいほど若く、悲嘆にくれたベリンダの姿だった。

ベリンダの産んだ娘

6

　その男が頭に醜い黒の鞭《むち》を自分の頭上でビュンと打ち鳴らしたので、年少の少女たちは黄色い声を上げた。昨夜は『鞭じじい《フェッタール》』なんか怖くないと豪語していた年長の子どもたちですら喉がカラカラに渇くのを感じた。男はとてつもなく醜く、不潔な感じのもじゃもじゃな顎ひげがあり、しみだらけの長いローブをはおっていた。毎年十二月四日になると、この鞭じじいが〈お告げのマリア修道院〉のなかで一番素行の悪い生徒を選び出し、樺《かば》の枝鞭を与えることになっているのだ。

　このときばかりは修道院の食堂に五カ国語が飛び交ういつもの朝のざわめきはなく、少女たちは肩を寄せ合うように集まって、ゾクゾクとした興奮に身を震わせていた。

　どうか聖母さま、私ではありませんように。少女たちの祈りは現実的なものではなくいわば習慣であり、みな選ばれるのが誰かをすでに知っていた。

　その少女は生徒たちから少し離れ、切り抜き細工用の紙で作った粉雪と、シスターたちにまだ気づかれていないミック・ジャガーのポスターのそばに立っていた。ほかの生徒たちと同じ白のシャツに青の格子柄《こうしがら》のスカート、黒いハイソックスという服装をしているにもかかわらず、少女のたたずまいはまるで違って見えた。十四歳なのに、抜きん出て背が高かった。大きすぎる手、外輪船のような足、体には不釣合いな大きな顔。縞《しま》模様のブロンドが混じったほつれの多い髪はポニーテールにまとめられ、肩の上に垂れていた。淡い髪の色とは対照的に、眉間でほぼつながった、幅広のマジックペンの先で描いたように濃く太い眉が目を引く。歯全体に銀の歯列矯正《しれつきょうせい》器をつけた口は顔の下半分を横切るように広がっている。腕や脚は長くぶかっこうで、肘はとがり膝はまるでこぶのように見え、片方の膝には擦り傷があってバンドエイドの汚らしい張りあとがついている。ほかの生徒たちが細いスイス製の時計をつけているのに対して、この少女は男性用のクロノグラフをつけており、黒い革のストラップがゆるすぎるので腕時計の文字盤が骨ばった少女らしい手首の内側にぶらさがった状態になっている。

　異彩を放つものはその体の大きさばかりではない。そのたたずまいや、突き出した顎、自分の不快に感じるものをにらみつけるような変わった緑色の瞳が存在感を放っているのだ。不快に感じるもの——この場合それは鞭じじいだった。その鞭を使えるものなら使ってみなさいよとでもいわんばかりの反抗的な表情。そんな面構えを見せられるのはフルール・サヴァガーだけだった。

　この一九七〇年の冬までにフランスの進歩的な地域では、行ないの悪い児童にクリスマス・プレゼントのかわりに鞭をくれるというこのしきたりが法律で禁止されるようになっていた。しかし〈お告げのマリア修道院〉では慣習がたやすく変更されることはなく、修道院で一番の不良生徒というレッテルを貼られることで本人の矯正につながればいいとシスターたちは考えていた。

鞭じじいの鞭が二度目にまたぴしりと空を打ったが、フルール・サヴァガーは今度もまたびくともしなかった。だが選ばれるかもしれないという心当たりがないわけでもなかった。一月には修道院長の古いシトロエンのキーを盗んだ。車の運転ができると級友たちに豪語した手前あとにも引けず、車を道具小屋に突っこんでしまったのだ。三月には修道院の汚いポニーに鞍《くら》もつけず軽業的な乗り方をしてみせて、腕を骨折した。しかもシスターたちがフルールの異常なほど腫《は》れた腕に気づいて発覚するまで骨折したことを頑《かたく》なに隠しとおした。ガレージの屋根が壊れたのは花火のときの不運な出来事が原因だが、修道院の六歳児全員が姿を消した忘れがたい日と比べれば、まだまだ軽い罪といえた。

鞭じじいは厭《いと》わしい樺の枝を古いガニークロスの袋に振り下ろし、女生徒たちの顔をじろりと見渡し、最後にフルール・サヴァガーを見据えた。そして気味の悪いまなざしでにらみながら、底の擦り減ったフルールのオックスフォードシューズのつま先に枝の鞭を置いた。風習を野蛮だと考えているシスター・マルグリットは目をそむけたが、ほかの尼僧たちは舌打ちしながら首を振るのだった。みな辛抱強くフルールを躾《しつ》けようとしてはいるのだが、この少女は移り気で尼僧たちの規律をくぐり抜けるように次つぎといたずらをやらかしてくれる。この生徒はじつに気まぐれで、衝動的で、自分の人生に一歩を踏み出したいという疼《うず》くような憧れを持っている。シスターたちも世話が焼けるぶん、どの生徒よりも可愛いと内心感じており、実際フルールには人の心をつかんで離さない何かがあった。それでもこの少女が尼僧たちの厳しい管理から放たれたあと、どうなってしまうのかということが心配の種でもあった。

尼僧たちは良心の呵責《かしやく》の兆しがフルールの表情に浮かぶ瞬間を見守った。だがなんと、フルールは顔を上げるとシスターたちに茶目っ気たっぷりの笑みを向け、茎の長い薔薇の花でも抱えるように枝の鞭を腕の内側に入れたのだった。クスクス笑うクラスメートたちに投げキスをしながら、フルールは深々とお辞儀をする仕草を見せた。

鞭じじいのことなどまるで意に介していないのだということを充分に見せつけたことを確かめると、フルールは横のドアから抜け出て廊下にかかったフックから古いウールのコートを取り、外へ走り出た。寒い朝で、灰色火山岩の建物から離れて霜の降りた地面を走り抜けると、吐く息が白くけむった。コートのポケットには大好きなニューヨーク・ヤンキースの帽子が入っていた。ポニーテールにしたゴムのところで帽子がひっかかったが、気にしなかった。これはベリンダが去年の夏に買ってきてくれたものだ。

母親には年に二度――クリスマス休暇と八月の一カ月だけしか会えなかった。毎年クリスマスはコート・ダジュールのアンティーブできっちり十四日間を二人で過ごすことにしている。八月に逢ってからフルールはカレンダーで過ぎた日を毎日消していった。母親と一緒に過ごすことがどんなことより楽しみなのだ。母はいくら大声で話しても、ミルクの入ったグラスをひっくり返しても、悪態をついても叱《しか》らない。ベリンダは世界の誰より娘フルールを愛してくれている。

フルールは父親に会ったことがなかった。生後一週間で修道院に連れてきて以来、その後一度も姿を見せたことがない。ビアンフェザンス通りの自宅は見たこともない。自宅にはフルール以外の家族――父親と母親、祖母……それに弟のミシェルが住んでいる。あなたのせいじゃないのよ、と母はいう。

フルールは修道院の敷地の端を示すフェンスまでたどり着くと鋭く口笛を鳴らした。歯列矯正器をつける前は、もっとうまく口笛が吹けた。何をしようとこれ以上自分が見苦しくなることはないだろうと高をくくっていたが、つくづくそれは甘い考えだったと思っている。

チェストナットはフェンスの端までやってきて杭《くい》の上から鼻づらをフルールの肩に押しつけ、いなないた。この馬は修道院の隣りに住むワイン商が所有するフランス産《セズ・フランセーズ》の乗用馬で、フルールはこの馬がこの世でもっとも美しい生き物だと思っている。なんとしてもこの馬に乗りたいと願い、飼い主も許可してくれているのだが、シスターたちがそれを認めてくれない。フルールとしては指導に背《そむ》いてでもチェストナットに乗りたいのだが、ベリンダと逢わせない罰を受けることだけが心配だった。

現在は修道院一のできの悪い生徒という烙印《らくいん》を押された身ではあるけれど、いつの日か立派な騎手になりたいという目標を持っている。一日に幾度となく大きな足で床につまずいたり、料理を取り分ける皿を床に落として割ったり、テーブルの花瓶をぐらぐらさせたりするし、保育室の乳児を抱いて可愛がろうとするのでシスターたちが心配で目が離せないようだ。スポーツに勤《いそ》しむときだけ、フルールは自分の大きな足やそびえるほど高い身長、特大の手のことを忘れることができた。誰よりも速く走り、泳ぎ、フィールド・ホッケーで多くのゴールによる得点を稼ぐことができた。それらは男子並みの能力の高さであり、男子に引けをとらないということがフルールにとっては重要なことなのだ。世の父親は男子を好むものであり、もしフルールが誰よりも勇敢で誰よりも速く、強ければ父親が迎えにきてくれると思うからだ。

　クリスマスまでの日々が途方もなく長く感じられたが、やっと母親が迎えにくる日がやってきた。フルールが何時間も前に荷造りをすませ部屋で待っていると、寒々とした前の廊下をかわるがわるシスターたちが通り過ぎた。

「フルール、セーターを持っていくのを忘れないで。いくら南部とはいっても、十二月ともなれば涼しいわよ」

「はい、シスター・ドミニク」

「出逢う人誰もが顔見知りというセーヌ河畔のシャティオンにいるのとはわけが違うのだからね。それを肝に銘じておきなさい。知らない人と話してはいけませんよ」

「はい、シスター・マルグリット」

「毎日ミサに行くと約束してちょうだい」

　フルールはスカートのひだのなかで、幸運を祈るために指を交差させた。「約束します、シスター・テレーズ」

　美しい母親ベリンダが修道院の真ん中に滑るような歩調で入ってきた瞬間、フルールの胸は誇らしさで一杯になった。ベリンダは煙突に巣を作るアマツバメの群れに天上から降りてきた楽園の鳥のようだった。雪のように白いミンクのコートの下には藍《あい》色のパンツに黄色のシルクのトップを合わせ、編みこんだオレンジのビニール製のベルトをアクセントに巻いている。手首にはプラチナとルーサイトのバングルを、素材がお揃いの円形のイヤリングを耳につけている。母の身につけているものからは色鮮やかで現代的なスタイリッシュさと高級感が漂っていた。

三十三歳になったベリンダは高価な宝石のような洗練された女性になっていた。石を完全無欠な状態にカットしたのはアレクシィであり、磨きをかけたのはパリ郊外のサントノレだった。彼女は若いころより痩せ、仕草も素早く小さくなっていたが、娘の顔を食い入るように見つめる熱いまなざしはまったく変わっていなかった。それはエロール・フリンに出逢ったころの無垢なヒアシンス色の瞳だった。

フルールはまるでセント・バーナードの子犬のように跳ねながら廊下を走り、母親の胸に飛びこんだ。ベリンダは娘を受け止めたはずみに後ろによろめいた。「急ぎましょう」ベリンダは娘の耳もとでささやいた。

フルールは慌ててシスターたちに手を振り、母親の手をつかんでシスターたちがフルールの最近の悪行を報告する前にと急いで戸口に向かった。聞いたところでベリンダが気にするはずもないのだが。ベリンダは前回迎えにきたとき、フルールに向かってシスターたちのことを「いけ好かない連中」とくさした。「あなたには野性的で伸びのびした個性があるのだから、そこをあの人たちの手で変えてほしくないわ」

フルールは母親がそんなふうに話す様子が大好きだ。あなたには野性的な血が流れているのよ、とベリンダはいう。

正面階段の下にシルバーのランボルギーニが停まっていた。フルールは助手席に座ると母のつけている香水〈シャリマール〉の甘い懐かしい匂いを嗅ぐように息を吸いこんだ。

「久しぶりね」

フルールはベリンダの腕のなかに体を寄せ、かすかにすすり泣きをもらしながらミンクや〈シャリマール〉、母親の匂いや感触すべてを慈しむように味わった。こんなに大きくなって泣いたりするのはおかしいとわかっていても、こらえきれなかった。またベリンダに甘えられるのがただもう心地よかった。

ベリンダもフルールもコート・ダジュールが大好きだった。到着した翌日、二人はピンクの漆喰壁のアンティーブ近くのホテルから車で、海岸線の断崖に沿って曲がりくねった道路が続く有名なコールニシュ・リットラルを通ってモナコに向かった。「脇ばかり見ていないでまっすぐ前を見ていれば車に酔わないのに」ベリンダが一年前と同じことをいった。

「でも、そうするといろいろ見逃してしまうわ」

二人は最初にモンテカルロの宮殿がある丘のふもとにある市場に立ち寄った。フルールの車酔いはたちまち治り、目に留まった食べ物の屋台に次から次へと入った。天候は温暖なので、フルールはカーキのキャンプショーツを穿き、『生ビール学生さんお断わり』とロゴの入ったお気に入りのTシャツを着て、ベリンダが前の日に買っておいてくれたヒッピーふうのジーザス・サンダルを履いていた。衣服に関して、ベリンダはシスターたちとはまるで違う考え方をしていた。「自分が楽しめるものを身につけなさいな」とベリンダはよくいっていた。「自分だけのスタイルを作り上げるのよ。流行のファッションは大人になってからいくらでも楽しめるからね」

　ベリンダはエミリオ・プッチを着ていた。

　お昼に食べるものをようやく選び、フルールはベリンダの手を引いてモンテカルロの市場から宮殿までの急な坂道を登った。歩きながらハムとポピーシードのロールパンを食べた。フルールは四カ国語を話せたが、なかでも一番自信があるのは英語だった。それも完璧なアメリカ英語だ。修道院に通っていた外交官や銀行家、アメリカの新聞社の支局長といった親を持つアメリカ人の生徒から学んだのだ。彼女たちのスラングや態度を知り、受け入れるうちに、フルールはしだいに自分がフランス人とは思わなくなっていった。

　いつの日かベリンダとカリフォルニアで暮らしたい。フルールはいますぐにでもそうしたいと思っていたが、アレクシィと離婚したらベリンダは一文なしになってしまう。それにアレクシィは絶対に離婚しないつもりでいる。フルールにとってアメリカに行くことが最大の夢なのだ。

「私の名前、アメリカふうだったらよかったな」太腿の虫に刺されたあとを引っ掻き、サンドイッチにかぶりつきながら、フルールはいった。「この名前が嫌いなの。とっても。私のように体の大きい子にはぶざまな名前なんだもの。いっそフランキーとつけてほしかったわ」

「フランキーなんてぞっとするような名前じゃないの」ベリンダはベンチに倒れこみ、呼吸を整えようとした。「私が昔好きだった男性の名前に一番響きが似ているから選んだのよ。

フルール・ディアナ。美しい女の子にふさわしいきれいな名前よ」

ベリンダはフルールのことをいつも美しいと褒めてくれるが、それは真実とかけ離れている。フルールの想いはいつしか別の方向に向かっていた。「生理があるのがいやでたまらないわ。不愉快なんだもの」

ベリンダはタバコを出そうと、バッグに手を入れた。「それも女であることの一部だから仕方ないわよ」

フルールはベリンダの意見に対する答えを示すために顔をしかめてみせた。ベリンダは笑った。フルールは道の上にそびえる宮殿を指さした。「彼女は幸福なのかしら?」

「もちろんしあわせよ。だって王妃様なんだもの。世界でもっとも有名な女性の一人なのよ」ベリンダはタバコに火をつけ、サングラスを頭の上に乗せた。「〈白鳥〉のときの彼女を見せてあげたかったわ。アレック・ギネスとルイ・ジョーダンが共演していてね。それはもうきれいだったわよ」

フルールは脚を伸ばした。脚全体が淡い色の細い体毛に覆われ、日焼けのために赤みを帯びている。「あの人って、もう老人だと思わない?」

「レーニエ大公のような男性に年齢なんて関係ないわよ。気品にあふれていて、とても魅力的な方よ」

「ママは逢ったことがあるの?」

「去年の秋に。わが家の夕食に来てくださったの」ベリンダはサングラスを目の位置に戻した。

フルールはサンダルのかかとで土を掘った。「そこに彼もいたの？」

「そのオリーブを取ってちょうだい」ベリンダは熟れたラズベリー色に塗ったアーモンド形の爪で紙のカートンを指さした。

フルールはカートンを手渡した。「いたの？」

「アレクシィはモナコに地所を所有しているからね。もちろん彼は居合わせたわよ」

「アレクシィのことじゃないの」フルールはサンドイッチが急に不味《まず》く感じられ、食べかけを道の向こうのアヒルたちに向かって投げた。「彼、というのはアレクシィじゃなく、ミシェルのことなの」フルールは十三歳になる弟の名前をフランス語で発音した。アメリカでは女性の名前だ。

「ミシェルもいたわ。学校が休みだったのよ」

「彼のことが憎いわ。ほんとうに」

ベリンダはオリーブのカートンを開けもせず脇に置いて、タバコの煙を吸いこんだ。

「それがいけないことだとしてもかまわない」フルールはいった。「アレクシィ以上に憎いの。ミシェルはすべてを与えられているわ。不公平よ」

「それでも私の愛まで手に入れているわけではないのよ。それを忘れないで」

「でも私には父親はいないも同然だし、それでもまだ公平じゃない。少なくともミシェルは学校が休みのときは家に帰れる。ママと一緒にいられるわ」

「私たちは楽しむためにここにきているのよ。そんな深刻な話をするのはやめましょうよ」

フルールは話題を変えたくなかった。「私にはアレクシィが理解できないわ。わが子をなぜそうも嫌うの？　いまはこんなに大きくなったから仕方がないとしても、生後一週間の赤ん坊を嫌うなんて」

ブレンダは溜息をついた。「この話はこれまでも何度も話したじゃないの。あなたのせいではないの。彼がそんな人なのよ。ああ、お酒が欲しい」

ベリンダから何十回となく説明されてはいるのだが、それでもフルールには理解できない。どこの世界に息子が欲しいあまり一人娘をよそにやり、二度と会いにこない父親がいるだろうか。フルールを見るとアレクシィは自分の失敗を思い起こすのだとベリンダは説明する。アレクシィにとって失敗は我慢ならないものなのだ。だが一年後にミシェルが生まれても、アレクシィの態度は変わらなかった。ベリンダはそれは自分がこれ以上子どもを産めなくなってしまったからだという。

フルールは新聞に掲載されたアレクシィの写真を切り取ってマニラ紙の封筒に入れ、ひそかにクローゼットの奥にしまいこんでいる、かつてはよく、修道院長室に呼ばれて行ってみるとアレクシィが来ているという状況を想像していた。そして私が間違っていた、おまえを迎えにきたんだよとアレクシィはいい、娘を抱きしめて母と同じように『可愛い《ベイビー》娘』と呼んでくれるのだ。

フルールはまたサンドイッチをアヒルに向かって投げた。「アレクシィは嫌いよ。二人とも大嫌い」そしてついでにつぶやく。「歯列矯正器も嫌い。ジョジーとセリーヌ・シカールが私を目の敵にするのは私が不細工だからよ」

「あなたはただ自分を哀れんでいるのよ。私がずっといいつづけていることを忘れないで。

あと数年したら、あなたは修道院じゅうの生徒の憧れの存在になるわ。あなたにはもう少し成長の時期が必要なだけ」

フルールの機嫌は直った。

グリマルディー家の宮殿は石と漆喰でできた不規則な広がりを見せる建物で、ぶざまな四角い小塔と棒飴《ぼうあめ》のような縞模様がめだつ警備員のボックスがある。フルールが観光客の群れを素早く通り抜け、モナコのヨットハーバーを見下ろす砲台の上に登る様子を見つめていたベリンダは胸に熱いものがこみ上げるのを感じた。フルールはフリンの野性的な面と、生きることへの熱い意欲を受け継いでいるのだ。

娘に対して衝動的に真実を口走りそうになったことは一度や二度ではない。アレクシィ・サヴァガーのような男があなたの父親であるはずがないのよ、とフルールにいってやりたかった。あなたはエロール・フリンの娘なのよ、と。だが結果を考えると怖くて、やはり口にできなかった。アレクシィに逆らってはいけない、ということを悟ってから久しい。せめても一矢報いることができたのは、彼の血を引く男子、ミシェルを産み落としたことだけだ。

その夜夕食のあとでブレンダとフルールはフランス語の副題がついたアメリカの西部劇映画を観にいった。映画のストーリーが半分ほど進んだところで、ブレンダは見慣れぬ俳優を見つけた。初めて見る顔だった。知らずしらず声を上げていたのか、フルールが母親のほうを見た。「どうかしたの?」

「なんでもないわ」ベリンダは口ごもった。「ただ……あの男優が……」

ベリンダはポール・ニューマンがポーカーをしている広間にのっそりと入ってきたカウボーイの顔を熟視した。とても若くいわゆる映画スターによくいるタイプの美男ではない。カメラが近づき男の顔が大写しになった。ベリンダは息をつくことも忘れて見入った。こんなことはありえない。でも……。

失われた歳月が消えた。ジェームズ・ディーンが帰ってきたのだ。

その男は背が高くスレンダーで、とても脚が長かった。細長い顔は無理やり火打石から削り取ったかけらのようで、アンバランスな造作からは鼻っ柱の強さがうかがえる。髪は褐色の直毛で、細く長い鼻は鼻梁《びりょう》の部分に突起があり、むっつりとすねたような口をしている。わずかに歪んだ片方の前歯は端のほうがかすかに欠けている。そしてその瞳は……落ち着きがなく鮮烈な青である。

面立ちはジミーとまるで違うことがわかってきた。この俳優のほうが身長があり、ジミーほどハンサムでもない。だが世をすねたようなところは同じだ。ベリンダはそのことを直感的に知った。ここにも自分自身の思うままに生きている男がいる。

映画は終わったが、ベリンダは座席に座ったままフルールのもどかしそうな手をつかんで、クレジットを見つめていた。スクリーンに彼の名前が現われた。ベリンダの胸はときめいた。

ジェイク・コランダ。

これだけの歳月を経て、ジミーが天国から合図を送ってきたのだ。まだ希望を棄てるなと。男も女も自分だけを信じて生きるべきだと。あの調和に欠けた顔立ちをしたジェイク・コランダによってベリンダの希望の灯はともった。まだ夢を叶えることはできるのだ。

十六歳の誕生日が近づいたある日フルールがパン屋から出てくると、シャティオン・シュール・セーヌの男子生徒たちが彼女に目を留め、「やあ《サリュ》、かわい子ちゃん《ベベ》！」と声をかけた。チョコレートのくずを顎につけたまま、フルールが目を上げると、隣りの薬局の戸口に三人の少年たちがもたれかかっていた。タバコを吸いながら携帯ラジオでエルトン・ジョンの〈クロコダイル・ロック〉を聴いていた。一人の少年がタバコを揉《も》み消した。「ねえかわい子ちゃん、こっちへおいでよ」少年は手招きしながらいった。

フルールはあたりを見まわし、少年たちが話しかけているのはどの級友なのかと目で探した。

少年たちは笑い声を上げた。一人が友人をつつき、フルールの脚を指さしながらいった。

「あの脚を見ろよ《ルガルデ・モア・セ・ジャンベ》！」

フルールはどこか変なところがあるのかと見おろした。するとまたエクレアからチョコレートのかけらが青いドクター・ショールのサンダルの上に落ちた。背の高いほうの少年がウインクしてみせたので、彼らが脚を褒めているのだとフルールは気づいた。この脚を！

「デートしない《ケスク・チュ・ディレ・ダン・ランデヴ》？」

デート。彼はデートを申しこんでいるのだ！　フルールはエクレアを落とし、級友たちと待ち合わせている橋のたもとまで走った。縞の入ったブロンドの髪が馬のたてがみのように揺れた。少年たちは笑い声をあげ、口笛を吹いた。

フルールは修道院に帰ると自分の部屋に急いで入り、鏡に映った自分の姿をまじまじと見つめた。あの同じ少年たちがかつてよく彼女のことを〝案山子《かかし》〟と呼んでいたのだ。いったい何が起きたのだろう？　顔立ちは少しも変わっていない。マジックペンで描いたような眉、離れすぎた緑の目、幅広の口。身長の伸びは五フィート一一・五インチでようやく止まった。歯列矯正器はもうはずした。ひょっとするとそれが理由なのかもしれない。

八月に入るころには、フルールは興奮で具合が悪くなりそうだった。まるまる一カ月、母と一緒に過ごせる。しかもギリシャの島のなかでもお気に入りのミコノス島に滞在するのだ。第一日目の朝、まばゆい白の光を浴びて海岸を散歩しながら、フルールは胸にしまっておいた出来事を話さずにはいられなかった。

「あの男の子たちに呼びかけられるとぞっとするわ。なぜあんなことをするのかしら？　きっと歯列矯正器をはずしたせいだと私は思うの」フルールはベリンダがサプライズとして買っておいてくれたアップルグリーンのオーバーサイズTシャツの裾を引っぱった。ビキニの色は気に入ったのだが、露出が多いので恥ずかしいのだ。ベリンダはオートミール色のストライプのチュニックにクロムのギャラノスの腕輪をつけている。二人とも素足だったが、ベリンダの足の爪はこげ茶色のペディキュアで彩られていた。

ベリンダは手にしたブラディ・メリーをすすった。最近母は飲みすぎているのだが、それをどうしたらやめさせられるのか、フルールにもわからない。

「可哀想に」ベリンダはいった。「醜いアヒルの子から白鳥に変身するのはたいへんなことなのよ。とくに自分は醜いと思いこんでいる場合はね」ベリンダは空いているほうの腕をフルールのウエストにまわした。腰骨が娘の太腿に触れた。「私はここ何年も、あなたの顔には成長という過程が必要だといいつづけてきたけれど、あなたは頑固よね」

ベリンダのそんな言葉を聞き、フルールの心に誇らしさのような感情が湧き起こった。彼女は母親を抱きしめ、どさりと砂の上に座った。「私にはセックスなんて無理。本気よ。絶対に結婚なんかしない。男も嫌い」

「男を知りもしないで」ベリンダはそっけなくいった。「あのうら寂しい修道院から出れば、感じ方も変わるわよ」

「変わらないわ。タバコ、もらっていい?」

「だめ。男っていいものよ。もちろん、実力のある、まともな男のことだけど。有力な男性と一緒にレストランに入っていくと、みんなが尊敬のまなざしで見てくれるわ。特別な女性なのだと認めてくれるのよ」

フルールは眉をひそめ、つま先のバンドエイドをつついた。「だからアレクシィと離婚しないのね? 彼が実力者だから?」

ベリンダは溜息をつき、顔を太陽のほうに向けた。「前にもいったけど、お金のためよ。私には二人の生活を支える技能がないの」

だが技能ならフルールのほうにある。数学ではすでに優秀な成績をおさめている。フランス語、英語、イタリア語、ドイツ語が話せるし、スペイン語も少しできる。歴史や文学の知識もあり、タイプもできるし、大学に行けばもっと多くを学ぶことになる。そう遠くない未来に、フルールが二人の生活を支えられるようになるだろう。そうなればベリンダといつも一緒に住めて、二度と離れなくてすむ。

二日後にベリンダのパリの知人がミコノスに到着した。ベリンダはフルールを姪《めい》と紹介した。フルールと一緒のときに知人に会ったりすると、母は決まってそうするのだが、フルールはそのたびに反感を覚えずにいられない。そうでもしないとアレクシィが娘に会わせてくれなくなるのだとベリンダはいう。

その知人はマダム・フィリップ・ジャック・ドゥヴェルジュという名で、ベリンダの説明によれば、アメリカのニューヨーク州のホワイト・プレーンズ出身のバニー・グローベンという、六〇年代には有名なモデルだったという。彼女はフルールにカメラを向けた。「ちょっとした遊びよ」と彼女はいった。

フルールは写真を撮られるのが嫌いなので海水に逃げこんだ。

マダム・ドゥヴェルジュはシャッターを切りながら、そのあとを追いかけた。

燃えるように暑いミコノス島での日々が過ぎるうち、フルールは浜辺をぶらつく若者たちの反応がシャティオン・シュール・セーヌの少年たちと変わりがないことに気づいた。フルールはそれがいやで新しいシュノーケル用マスクも楽しめないとベリンダにこぼした。「みんなどうしてあんなばかな態度をとるの?」

ベリンダはジン・トニックをひと口飲んだ。「放っておきなさい。あんな連中どうでもいいじゃないの」

夏休みも終わり最終学年が始まったが、フルールはその後に大きな人生の転機が訪れようとしていることなど知るよしもなかった。十六歳の誕生日から間もない十月のある日寄宿舎で火災が起き、寮生は避難を余儀なくされた。地元新聞のカメラマンが現場に急行し、フランス屈指のＶＩＰの子女たちがパジャマのまま燃え上がる建物のそばに立ちすくむ様子を撮影した。寄宿舎の火災による損傷は甚大《じんだい》だったが、死傷者は出なかった。生徒のなかに悪名高い家庭の娘がいたことから、写真は〈ル・モンド〉紙にも掲載された。写真のなかには世間から忘れ去られたアレクシィ・サヴァガーの娘のクローズアップも含まれていた。

アレクシィはフルールの存在を隠すのは賢明ではないと認識しており、娘についての話が出ると、ただ憂《うれ》いに沈んだ表情を見せるだけだった。周囲からは彼の娘はおそらく障害者かあるいは精神発達障害ではないかと推察されていた。だが恐怖に目を見開いた口の大きな美少女を見れば、アレクシィが外聞《がいぶん》をはばかって世間の目を遠ざけているのではないことは誰の目にも明らかだった。

アレクシィは写真の少女がフルール・サヴァガーであると新聞が突き止めたことに憤慨したが、あとの祭りだった。世間の反響は大きく、アレクシィはどこへ行っても質問攻めにあった。災《わざわ》いは重なるもので、間の悪いことにソランジュ・サヴァガーが亡くなった。どう見ても健康そうな孫娘が祖母の葬儀に欠席するとなると、悪《あ》しき憶測にいっそう拍車がかかるであろうことは間違いなく、そんな状況にアレクシィは我慢がならなかった。

彼は血のつながらない娘を迎えにいくようベリンダに命じた。

7

　これから私は父親に会うのだ。ビアンフェザンス通りにある灰色火山岩の邸宅の静まり返った不気味な廊下をメイドに案内されて進みながら、フルールの頭のなかでこの言葉だけがぐるぐるまわっていた。小さなサロンの付け柱のある戸口に着くと、メイドはノブをまわし、下がった。

「私のフルール！」シルクのダマスク織のカウチからベリンダが素早く立ち上がり、手にしていたグラスから酒が飛び散った。ベリンダはグラスを置き、腕を差し伸べた。

　フルールも母親に向かって駆け寄ろうとしてペルシャじゅうたんに躓《つまず》き、倒れそうになった。二人は固く抱き合い、フルールは母の懐かしいシャリマールの匂いを嗅いで、心が少し落ち着くのを感じた。

　ベリンダは顔色が蒼く、ディオールの黒いスーツとつま先が梨型に開いたローヒールのパンプスといった装いはエレガントだった。フルールはよい印象を与えようとしているとアレクシィに思われたくないので、シンプルな黒いウールのスラックスに首にドレープのあるセーターと襟がベルベットになった古いツイードのブレザーを着ていた。友人のジェンとヘレンは髪をアップにしたほうが垢抜けして見えるとアドバイスしたが、フルールはそれを拒んだ。髪の両側に留めたバレッタはまったくの揃いではなかったが、よく似ているものだった。締めくくりとして幸運を招くという銀の馬蹄《ばてい》形の飾りピンを襟に飾って自信をつけようとしたが、これまでのところ効果はなかった。

ベリンダはフルールの頰を手で包んだ。「あなたがここに来れて嬉しいわ」

フルールはテーブルに置かれた飲み物に視線を走らせ、酒びたりになっているらしいやつれ顔の母親を強く抱きしめた。「すごく逢いたかった」

ベリンダは娘の肩を握りしめた。「あなたにとっては辛いことが待ち受けているかもしれない。できるだけアレクシィを避け、最善を尽くしましょう」

「私はアレクシィなんて怖くない」

ベリンダは強がりを口にする娘の顔を震える手で包んだ。「アレクシィも母親のソランジュが病気になって以来苛々《いらいら》して不機嫌だったわ。息子でさえ手を焼いていたぐらいだから、正直私もばあさんが亡くなってほっとしているの。嘆《なげ》き悲しんでいるのはミシェルだけよ」

ミシェル。弟は彼女より一歳年下だから、もう十四歳だ。ミシェルがここにいることはわかっていても、まだそのことを考えたくはなかった。

背後でドアの金具の音がした。「ベリンダ、シャンブレー男爵に電話してくれただろうね？　彼は母と特別親交が深かったからね」

彼の声は低く豊かで威厳を感じさせた。それは特別張り上げずとも人を従わせることのできる声だった。

この人からこれ以上理不尽な扱いを受けてなるものか、とフルールは思った。彼女はゆっくりと振り向いて父親と顔を合わせた。

彼は外科医のように身なりがきちんとしていた。手も爪も清潔で薄い鉄灰色の髪も非の打ちどころがないほど整っている。ネクタイの色は熟成したシェリー酒のようで、黒っぽい三つ揃えのスーツを着ている。アレクシィ・サヴァガーはフランスでポンピドー大統領の次に実力のある男とされている。フルールを見ると彼はフンと品よく鼻を鳴らした。「おやおや、これがきみの娘か。これではまるで農民のような身なりではないか」

フルールは泣きたくなったが、どうにか顎を上げ、彼を見おろした。彼女はあえて英語を、それもアメリカ英語を力強く明瞭な口調で話した。「私は修道女の先生方から衣服よりよいマナーのほうが大切だと教わりました。パリでは事情が違うようですね」

フルールはベリンダが息を呑む音を聞いたが、アレクシィがフルールの無礼なもの言いに対して示したものはまなざしだけだった。彼の視線はフルールのあら探しをするようにフルールの頭からつま先までを移動した。彼女はこのときほど自分の図体が大きすぎ、不器量で、ぶざまだと感じたことはなかったが、それでも負けずに目を見開いて視線を返した。

そのかたわらでベリンダはアレクシィとフルールのあいだで交わされる決闘の様子を見守っていた。胸のなかで誇らしさがふくらんだ。これが私の娘なのよ。力強く、勇気があって、こんなにも美しいわ。フルールと、虚弱なあなたの息子を比べてみればいいのよ。ベリンダはアレクシィが類似点を見出す瞬間を目の当たりにして、かつてなかったほどの晴れやかさを覚えた。彼がようやくベリンダのほうを見たとき、彼女はかすかに勝ち誇ったような笑みを浮かべた。

アレクシィがフルールのなかに見出したのはフリンの面立ちだった。無疵《むきず》で若々しいフリンの顔といおうか、いわば彼の目鼻立ちをやわらかく美しく変容させればこの娘の顔形になる。力強い鼻と幅の広い気品のある口、高い額は父親ゆずりのものだ。目の形や目と目の間隔が広いことも父親似で、緑がかった金色の虹彩だけがフルール独自のものだ。

アレクシィは踵《きびす》を返すと部屋を出ていった。


フルールはベリンダがうたた寝をしているあいだ、母の寝室の窓辺にたたずんでいた。アレクシィは運転手つきのロールスロイスで外出した。銀色の車は滑るように車道から立派な鉄の門を抜け、ビアンフェザンス通りに出ていった。ビアンフェザンス通りは『慈悲の街』と称される。なんと馬鹿げた名前だろう。この屋敷に慈悲などありはしない。血を分けた娘を憎む冷淡な男がいるだけだ。私の体がもっと小柄で、顔立ちがもっと美しければ……だが世の父親は娘がどんな容貌をしていようと愛してくれるのではないだろうか。

こんなに大きくなってめそめそ泣くわけにはいかない。フルールは気分を変えようとローファーを履き、邸内の探索をすることにした。裏の階段から庭に出てみると見栄えのしない灌木《かんぼく》の植え込みが正確な直線で区分けされ、幾何《きか》学的な広がりを見せていた。こんなに身の毛もよだつようなところから離れていられる自分は幸せなのだ、とフルールはみずからに言い聞かせた。修道院では、ペチュニアの花は境界線を越えて咲いており、ネコたちが花床で寝ていたりする。

フルールはセーターの袖《そで》で目をたたいた。これまで愚かしいことに心のどこかで、じかに会えばアレクシィの気持ちが変わるかもしれないと信じていたのだ。娘を見棄ててきたことを父が悔やむかもしれないと。

フルールは庭の裏手にあるT字型の一階建ての建造物にじっと見入った。ここも母屋と同じく灰色火山岩で建てられているのだが、窓が一つもない。側面のドアが施錠《せじょう》されていないことに気づき、取っ手をまわして宝石箱のような室内に足を踏み入れた。

壁面には黒の波紋のあるシルクが張られ、きらめく漆黒の大理石の床が目の前に広がっている。天井のくぼみに据えつけられた小さなスポットライトがヴァン・ゴッホの描く夜空の一群の星のように輝きながらアンティークの車を照らしている。きらきらと光る艶やかな車はルビー、エメラルド、アメジスト、サファイヤなどの宝石を思い起こさせた。なかには大理石の床の上に置かれているものもあるが、ほとんどの車は台に載せられているので、まるで夜の闇に投げ棄てられた宝石に見える。

それぞれの車のすぐ隣りには、細い柱に支えられた車種を示す銀のプレートが置かれている。フルールは大理石の床にローファーの靴底の音を響かせながら、並んだ名車の数々を見てまわった。一九三二イソッタ・フラスキーニタイプ8、一九一七スッツ・ベアキャット、一九二五ロールス・ロイス・ファントムI、一九二一ブガッティ・ブレシア、一九一二ブガッティ・タイプ13、一九三五ブガッティ・タイプ59、ブガッティ・タイプ35。

L字型の部屋の、より短い袖の部分に並んだ車にはすべて特徴的なブガッティの赤い卵型のマークがあった。そのちょうど真ん中に明るい照明の当たるひときわ大きな台があったが、そこに車はなかった。台の隅に貼られたラベルには太く大きな手書きの文字があった。

ブガッティ・タイプ41・ロワイヤル

「彼はきみがここにいることを知っているの？」

はっと振り向いたフルールの目に、見たこともないほどの美少年の姿が映った。細い黄色のシルクのような髪に、小さく繊細な造作。褪《あ》せた緑のプルオーバーにしわだらけのチノパンを穿き、オーバーサイズのカウボーイベルトを腰に締めている。フルールよりかなり背が低く、女性のように骨格が華奢《きゃしゃ》だった。長く先端の細い指には深い嚙みあとがあった。顎《あご》はとがり、早春に咲くヒアシンスのような鮮やかな青の目の上に淡い色の眉が弓形に伸びている。

ベリンダの顔が若者のそれに姿を変えてフルールを見つめ返しているといった感じだった。フルールのかつての恨みが胆汁《たんじゅう》のように喉もとにこみ上げてきた。

親指をかじる少年は十四歳より幼く見えた。「ぼくはミシェル。きみを見張っていたわけじゃないよ」そういって束の間悲しげな微笑みを見せる少年は、急に大人びて見えた。「きみ、怒っているよね？」

「足音を忍ばせて近づく人は嫌い」

「べつにこそこそ近づくつもりはなかったけど、それはどうでもいい。ぼくらはここに入るべきじゃない。彼が知ったら、怒るよ」

彼の英語もフルールと同じくアメリカ英語で、彼女にとってそれがなおいっそう癪《しゃく》の種だった。「彼のことなんて怖くないわ」

「それはきみが彼を知らないからだ」

「まあ、私たちのどちらかは幸運ということじゃないかしら」フルールはできるかぎり意地の悪い言い方をした。

「まあ、そうかな」ミシェルは戸口に向かい、パネルスイッチで天井のライトを消しはじめた。「もうここから出ていったほうがいい。ここにぼくらが入ったことがばれる前にドアにロックをかけなきゃ」

フルールは小柄で美しいミシェルが憎かった。風が吹いただけで飛ばされてしまいそうなほど小さな体だった。「きっとあなたって、何もかも彼のいいなりなのよね。怯えたウサギのように」

ミシェルは肩をすくめた。

フルールはもはや一時もミシェルと顔を合わせていたくなかった。勢いよく駆け出し、庭に向かった。自分は何年ものあいだ、誰よりも勇敢で、誰よりも速く、誰よりも強くなることで父親の愛情を勝ちえようと努力してきた。なんと皮肉なことだろう。

ミシェルは姉が姿を消した戸口を凝視していた。仲よくなれるなどと考えたのは浅はかだったのだろうが、それでもぜひ親しくなりたかったのだ。自分を育ててくれた祖母の死によってできたこの胸の痛みを癒す何かが、誰かが必要なのだ。祖母のソランジュは、過去のあやまちの埋め合わせのためにあなたを育てているのだといっていた。

ミシェルの母親ベリンダがミシェルを身ごもったと金切り声でアレクシィに話しているの

を、立ち聞きしてしまったのは祖母だった。ベリンダはアレクシィに、あなたはあの子を〈お告げのマリア修道院〉に追いやってしまったから、私もこのおなかの子を愛するつもりはない、といい放った。祖母の話によれば父はベリンダの脅しを笑い飛ばしたそうだ。おまえは自分の血を分けた子どもを愛さずにはいられないはずだ、それどころかその子が可愛くてあっちの子どものことなど忘れてしまうだろうと、アレクシィはいったという。

だがそれは大きな間違いだった。ミシェルを抱き、遊びの相手をし、怪我をしたとき慰めたのは祖母のソランジュだった。祖母がようやく病の苦しみから解放されたことを喜ぶべきなのだろうが、それでもやはり生き返ってほしい。口紅のついたタバコをプカプカ吹かしながら、足もとにしゃがむミシェルの背中を撫でてくれ、ビアンフェザンス通りの屋敷で誰一人見向きもしないミシェルを愛してくれたのは祖母なのだから。

両親のあいだに仲裁《ちゅうさい》に入り、不自然な休戦協定を結ばせることにしたのも祖母だった。ベリンダは年に二回娘と会う条件で、人前ではミシェルと一緒にいることに同意した。しかし休戦協定は母親が彼を愛していないという事実まで変えてはくれなかった。ベリンダはミシェルに、あなたはアレクシィの子なのよ、といった。しかしアレクシィもまたミシェルを求めることはなかった。ミシェルが自分にはまるで似ていないからだった。

ミシェルの家庭の揉めごとの元凶は不可解な存在であるフルールだった。祖母ですら、なぜフルールがよそに預けられたのか理由を知らなかった。

ミシェルはガレージを出て、屋根裏部屋に戻った。彼は自分のものをじょじょに屋根裏に移していったので、周囲は資産家サヴァガー家の跡取り息子がなぜ古い召使の部屋に住むようになったのか、はっきりと経緯を思い出せなくなっていた。

　ミシェルはベッドに横になり、頭の後ろで手を組んだ。小さな鉄のベッドの上には白いパラシュートが天蓋《てんがい》がわりに広げてある。これはボストンの予備校からそう遠くない陸軍の放出物資店で買ったものだ。空気の流れによってパラシュートがさざ波のように揺れたり、大きな絹の繭のように自分を包んでくれている感じが気に入っている。

　白い漆喰の壁には大事な写真のコレクションを掛けている。〈バラの肌着〉という映画でヘレン・ローズの真紅のスリムなドレスを着たローレン・バコール。〈大いなる野望〉でシャンデリアに揺れながらエディス・ヘッドの華やかなビーズとオーストリッチの羽毛をまとっていたキャロル・ベイカー。机のそばの壁にはジャン・ルイの有名なギルダ・ガウンを着たリタ・ヘイワース。そしてそのそばには〈エルマー・ガントリー／魅せられた男〉で色っぽくけばけばしいピンクのスリップ・ドレスでポーズをとるシャーリー・ジョーンズ。女優たちと、その素晴らしい衣装がミシェルの心を惹きつけてやまないのだ。

　ミシェルはスケッチパッドを手に取り、力強く太い眉、幅広の口を持つ背の高い痩せた女性の姿を描きはじめた。電話が鳴った。アンドレからだった。受話器を握りしめるミシェルの指が震えた。

「たったいまきみのお祖母さまの訃報《ふほう》を聞いたところなんだ」アンドレがいった。「お悔やみ申し上げるよ。さぞ辛いだろうね」

　ミシェルはあたたかい同情のこもる言葉に、こみ上げるものを感じた。

「今夜こっそり出てこれるかい？　きみに——きみに会いたいんだ。きみを慰めてあげたい

なかったんだ」

「喜んで行くよ」ミシェルはそっといった。「きみに逢えずに寂しかった」

「ぼくもだよ。イギリスはいやなところだけど、ダニエルが週末まで滞在するといって譲らなかったんだ」

ミシェルはアンドレの妻の名前を耳にすることに抵抗があった。それでも間もなくアンドレは妻の元を去りミシェルと二人でスペイン南部に移り、釣り人用のコテージで暮らすことになっている。新生活が始まれば、朝はテラコッタの床を掃除し、クッションをふわりとさせ、土器の水差しに花をたくさん活け、籐《とう》の籠《かご》に熟れた果物を盛ったりしたい。午後にはアンドレが詩を読み聞かせてくれるあいだ、独学で覚えたミシンを使って美しい衣服を製作しよう、などとミシェルは夢見ている。夜はコテージの窓の外に広がるカディス湾の砂浜で波の音を聞きながら愛し合うのだ。

「それじゃ、一時間後にね」ミシェルは優しくいった。

「一時間後だね」アンドレの声は急に低くなった。「愛しているよ《ジュ・タ・ドール》、ミシェル」

フルールはこれほどエレガントなドレスを身にまとうのは初めてだった。肩に黒のビーズで留めた小さな木の葉の飾りがついた長袖の、体に沿ったラインの黒のドレスだ。ベリンダがフルールの髪をゆるめのアップにし、耳にオニキスのイヤリングを留めてくれた。「これでいいわ」ベリンダは仕上がりを眺めるために後ろに下がりながらいった。「もう田舎《いなか》臭いなんていわせないわ」

フルール自身にも、自分が十六歳にしては大人びて洗練されているように見えた。それでもなんだかベリンダの衣服を借りて着ているような、不自然な感じがした。

フルールは会話のない長い夕食のテーブルの端に席を取った。上座にアレクシィが、下座にベリンダが座った。すべてが真っ白だった。白いリネン、白いキャンドル、重厚な雪花石膏《アラバスター》の花瓶には何十本という満開の白薔薇が飾られている。料理までもが白かった。クリーム・スープ、ホワイト・アスパラガス、淡い色の帆立貝の匂いが甘ったるい白薔薇の香りと混ざり合う。そこに黒の服の三人がいると、まるで棺おけに張り付いた不吉なミヤマガラスのように見える。唯一の色彩はベリンダの血のように真っ赤なマニキュアの色だけだった。ミシエルがいないという事実があっても、息詰まる雰囲気がいくらかましになったと思えることはなかった。

フルールはベリンダが酒をやめないのが気がかりだったが、母親は食べ物をつつくだけで口をつけず、ワインを何杯も飲んでいた。ディナープレートにタバコの吸殻を押しつけたとき、召使がそれを払い落とした。アレクシィの声が静寂を貫いた。「きみの祖母に会わせてやろう」

ベリンダのグラスからワインがこぼれた。「何をいうの、アレクシィ。フルールはソランジュに会ったこともなかったのよ。そんなこと、必要ないわ」

フルールはベリンダの顔に浮かぶ、歪んで怯えた表情を見るのが辛かった。「大丈夫。私は怖くないわ」召使がフルールの椅子を引くのを見ながら、ベリンダは目の前の薔薇と同じように血の気のない白い顔をして凍りついたように椅子に座っていた。

フルールはアレクシィのあとについて廊下に出た。二人の足音が高いアーチ型の天井に響きわたった。天井には胸当てをつけた女とたがいの体を刺し合っている男たちの絵が描かれている。少し歩いてメインサロンであることを示す金箔《きんぱく》仕上げのドアに行き着いた。アレクシィはドアを開き、なかへ入るよう身振りで示した。

部屋に置かれているものはといえば、光る黒い棺《ひつぎ》と白い薔薇に黒檀《こくたん》の椅子だけだった。フルールは遺体など見慣れているというふりをしていたが、じつのところシスター・マドレーヌの遺体を一度ちらりと見たことがあるだけだった。ソランジュ・サヴァガーのしわだらけの顔は蠟《ろう》でできているように見えた。

「敬意のしるしとしてお祖母さまの唇にキスをしなさい」

「まさか本気ではないでしょう」フルールは笑い声を上げそうになってアレクシィの表情を見やり、はっとした。アレクシィは彼女の敬意などどうでもよく、じつは度胸を試そうとしているのだ。やれるものならやってみろ、というわけだ。彼はフルールがそんな挑戦に応ずるとは露ほども思っていない。

「いやいや本気だとも」と彼は答えた。

フルールは震えないよう両膝を合わせた。「これまでだって、いじめっ子とは何度も対決してきたわ」

アレクシィの唇は不快そうに歪んだ。「私のことをそう思っているということか。いじめっ子だと?」

「いいえ」フルールも負けずに唇を嘲笑《ちょうしょう》的に歪めてみせた。「怪物だと思っているわ」

「子どもじみた考えだな」

フルールの胸に湧き起こった憎しみの感情は自分でも意外なほどに激しいものだった。彼女はゆっくりと一歩を踏み出し、磨き上げられた床の上を進み、棺に向かった。棺に近づきながら、この静まり返った屋敷から、『慈悲の街』から、アレクシィ・サヴァガーのもとから逃げ出し、息が詰まるほどの尼僧たちの慰めに包まれたいという衝動と闘った。だがいま逃げ出すわけにはいかなかった。自分を見棄ててきた父親に、気概と勇気を見せつけるまでは。

フルールは棺に行き着くと大きく息を吸いこんだ。そして前にかがみ、冷たく動かない祖母の唇にキスをした。

突如、鋭い息遣いの音が聞こえ、フルールは背筋が凍りつくような恐怖に襲われた。死者が息を吹き返したのかと思ったそのとき、アレクシィが棺からフルールを引き離した。

「いやな女《サル・ガルス》だ！」アレクシィは罵《ののし》るようにいい、フルールを揺さぶった。「あいつにそっくりだよ。おのれのプライドを守るためならなんだってする！」フルールの髪は崩れ、髪が背中に落ちた。彼はフルールを棺のそばに置かれた小さな黒い椅子に無理やり座らせた。「プライドがかかっていれば、どんな卑しいことでもやってのける」アレクシィは死者とのキスをフルールの口から手で拭い去った。彼女の頰を口紅が汚した。

フルールは彼を押しのけようとした。「触らないで！　私はあなたを憎んでいるの。二度と私の体に指一本触れないで」

腕をつかんでいたアレクシィの腕から力が抜けた。彼はなにごとか聞き取りにくい声でつぶやいた。

「血筋《ブール・サーン》だな」

フルールはもがくのをやめた。

アレクシィは指で彼女の口を優しくそっと撫で、上唇と下唇の交わる部分の輪郭を指先でなぞった。そして思いがけないことに、口のなかに指を入れ、歯の境目にそって指を動かした。

「可哀想に」

フルールは魔法にかかったように魅了され呆然《ぼうぜん》と座っていた。彼は子守唄でも聞かせるようにささやいた。「おまえはおのれの理解の及ばぬ運命にとらわれたのだよ。可哀想に」

彼の手は優しかった。これが愛する娘への接し方というものなのか？

「おまえは非凡だ」彼はつぶやいた。「新聞に写真が載るとは予期していなかった」彼はフルールの頬にかかった巻き毛にそっと指をからめた。「私は常に美しいものを愛してきた。衣服。女。自動車」彼はフルールの顎のラインに沿って親指を軽く動かした。かすかにスパイシーな彼のコロンの香りが鼻孔を刺激した。「最初は見境なく名車に夢中になったが、いまでは目が肥えた」

フルールには彼が何について語っているのかわからなかった。

彼はフルールの顎に手を触れた。「いまのめりこんでいるのは一つだけ。ブガッティだ。ブガッティを知っているか？」

彼はなぜ車の話などするのだろう？　フルールはガレージで見たものを思い出したが、首を振った。

「エットーレ・ブガッティは自分の作り上げた車を『サラブレッド』と呼んだ」彼はそういいながら指先でフルールの耳たぶからぶらさがる光沢のあるオニキスのイヤリングに触れ、そっと引っぱった。「私はそんな名車中の名車だけを蒐集している。なかでもナンバーワンはブガッティ・ロワイヤルだ」そう話す彼の声には人を陶酔させるような情愛がこもっていた。フルールは彼の魔法にかかったように感じた。「ロワイヤルは世界でたった六台しか生産されなかった。戦時中、その一台がパリに残った。私たち三人はそれを市の下水道のなかに隠してドイツ人に見つからないようにした。その車は伝説の車となり、私はそれを所有しようと決意した。名車のなかでも珠玉の名車だから、なんとしても所有したいのだ。サラブレッド。わかるか、アンファン？　究極の名車を手に入れないわけにはいかないのだ」彼はフルールの頬を撫でた。

フルールはまるで理解できなかったが、うなずいた。彼はなぜいまこんな話をするのだろうか。だが彼の声には優しさがこもり、フルールの心には忘れていた幻想がよみがえった。そう思うといつの間にか目を閉じていた。お父さんは私に会って、やっと私を認めてくれたのね。

「おまえを見ていると車を思い出す」彼はささやいた。「だがおまえはサラブレッドではないだろう？」

最初フルールは口に触れるものが彼の指だと思った。やがてそれが彼の唇だと気づいた。父親が私にキスをしているのだ。

「アレクシィ！」傷ついた動物の甲高い声が部屋に響いた。フルールははっと目を見開いた。苦悶に顔を歪めたベリンダが戸口に立っていた。「その子から手を離して！　今度手を触れたらあなたを殺すわ！　彼から離れるのよ、フルール。二度とそんなまねをさせてはだめよ！」

フルールはぎこちなく椅子から立ち上がった。そして気づけば思いがけない言葉をつぶやいていた。「でも……彼は……彼は私の父親だから……」

ベリンダは頬を平手打ちされたような顔をした。フルールは気が動転し、母親のもとへ駆け寄った。「もういい。ごめんなさい」

「よくそんなふうに思えるわね」ベリンダはささやくようにいった。「一度会っただけですべてを忘れられるの？」

フルールは悲しげに首を振った。「いいえ、そうじゃないわ。忘れてなんかいない」

「二階へ来てちょうだい」ベリンダは冷ややかな口調でいった。「すぐに」

「お母さんと行きなさい、シェリ」彼の声はシルクのようになめらかだった。「明日葬儀が終わったらゆっくりおまえの将来について話し合おう」

その言葉を聞き、フルールの心に後ろめたくも甘いときめきが広がった。

ベリンダは寝室の窓辺に立ち、木々のあいだから見えるビアンフェザンス通りを往き来する車のヘッドライトの光を見つめていた。黒いマスカラの混じった涙が頬を伝って流れ、淡いブルーのローブの襟元に落ちた。隣りの部屋ではフルールが眠っている。フリンはフルールのことを知ることなく、この世を去った。

まだ三十五歳なのに老婆になったような気がする。あの美しい愛娘《まなむすめ》をアレクシィに奪われてなるものか。そのためなら手段を選んでなどいられない。ベリンダはよろめくようにしてステレオのそばに行った。一時間前に一本の電話をかけた。ほかに何も思いつかなかった。酒のグラスを目で探しながら心で確信していた。今夜のようなことが二度とあってはならない。

グラスは重なったレコード・アルバムのそばにあった。ベリンダは散らばったレコードの真ん中に座り、一番上にあるアルバムを手に取った。〈悪魔の殺し屋〉のサウンドトラックだ。カバー写真の端に見入る。

ジェイク・コランダ。俳優で脚本も書く。〈悪魔の殺し屋〉は彼の出演した〈バード・ドッグ・カリバー〉シリーズの二作目に当たる。たとえ批評家に不評でも、ベリンダは二作とも気に入っていた。駄作に出演することで才能を無駄にしているというのが大方の意見だったが、ベリンダはそう感じなかった。カバー写真に描かれているのは映画の冒頭シーンである。バード・ドッグ・カリバーに扮したジェイクが泥にまみれて疲れきった顔でカメラを見据えている。やわらかな口もとはすねたように歪み、醜いといってもよいほどだ。わきにおろした両手には柄の部分がパールになったキラリと光るリボルバーが握られている。ベリンダは後ろにもたれ、目を閉じて空想の世界にたゆたった。そしていくらか気分がやわらいだ。だんだんと通りから聞こえる車の音が遠のき、彼の息遣いが聞こえ胸をまさぐる彼の手だけを感じる。

ジェイク、そうよ。それでいいの、マイ・ダーリン、ジミー。

レコード・アルバムが手から滑り落ち、現実に引き戻された彼女はしわだらけのタバコの箱に手を伸ばしたが、中身は空だった。夕食後誰かを買いにやらせるつもりでいたのだが、忘れてしまったのだ。何もかもがこの手のなかから失われていく。でも何を失おうと、娘だけは手放さない。

待ち望んでいた音が聞こえた。アレクシィが帰宅し階段をのぼってくる。ベリンダはまたしてもスコッチをこぼしながら、グラスを持ったまま廊下に出た。アレックスの表情はやつれていた。新しい十代の愛人のお相手で疲れているのだろう。ベリンダはローブのいっぽうの肩をはだけながら前に進んだ。

「酔っているんだな」アレクシィがいった。

「ちょっぴりね」グラスの側面でアイスキューブが鈍い音をたてた。「あなたに話したいことがあるから飲んでるの」

「もう寝なさい、ベリンダ。今夜は疲れているからきみのお相手は無理だ」

「タバコが欲しいだけなの」

アレクシィは警戒するようにベリンダの様子を見つめながら、銀色のタバコケースを出し、開いた。ベリンダはゆっくりと時間をかけてタバコを一本抜き取り、彼の寝室に入った。アレクシィは後ろから入ってきた。「きみをこの部屋に招いた覚えはない」

「子どもの国におじゃまして申し訳ないけれど」ベリンダはいい返した。

「出て行ってくれ、ベリンダ。愛人たちと比べるときみは薹が立って容色も衰えた。自分に夫を惹きつける魅力がないのがわかっているからムキになっているんだな」

そんな夫の侮蔑的な言葉にいちいち傷ついている余裕はなかった。彼がフルールの唇にキスをしたという忌まわしい事実に集中しなくてはならないからだ。「あなたに私の娘は渡さないわ」

「きみの娘だと？」アレクシィは上着を脱ぎ、椅子に向かって投げた。「ぼくたちの娘じゃないのか」

「あの子に指一本でも触れたら、あなたを殺す」

「なんということだ《ボン・デュ》、シェリ。きみの飲酒もそこまでいくと限界を超えている」アレクシィははずしたカフリンクを苛立たしげに小机の上に投げ出した。「きみは長年あの子を家族に入れてほしいと懇願してきたではないか」

ある相手に電話連絡をしたことを知られているはずはないが、それでもできるかぎり冷静さを装っておくべきだ、とベリンダは感じた。「最近それはどうかと思いはじめているの。フルールも成長してしまったから、私があなたの言いなりになる必要はもうないんじゃないかしら」

アレクシィの指がシャツのボタンの上で止まった。

ベリンダはしゃにむに言葉を続けた。「私はあの子の将来についてある計画を立てているし、あなたが他人の娘を育ててきたことが誰に知れてもいいと思うようになってきたの」それは嘘だった。ベリンダにとってそれは重大な問題だった。娘の愛情が憎しみに変わると考えただけで耐えきれなかった。もしアレクシィがじつの父親でないとフルールが知ったら、なぜ母親が嘘をつきつづけたのかわかってくれるはずがないからだ。それよりなぜアレクシィと母親が長年連れ添ってきたのか理解に苦しむだろう。

アレクシィは可笑しそうに口を歪めた。「これは脅しなのかい、シェリ？　自分がいかに贅沢《ぜいたく》好きか忘れてしまったのかな。もしフルールに関する真実がもれるようなことになれば、私はきみを一文なしで追い出すよ。金がなければ生きていけない。酒びたりのきみがどうやって生計を立てられる？」

ベリンダはゆっくりとアレクシィに近づいた。「あなたって自信たっぷりだけど、じつは私のことをわかっていないのね」

「わかりすぎるほどわかっているよ、シェリ」アレクシィの指がベリンダの腕を撫でおろした。「本人以上に知り尽くしているさ」

ベリンダはアレクシィの表情をまじまじと見つめ、そこに優しさのかけらがないかと探したが、そこにはただ娘の唇に押しつけられた彼の口があるだけだった。

ソランジュの葬儀の翌日夜明け前に、フルールは室内に人の気配を感じて目を覚ました。ゆっくりとまぶたを開いてみるとベリンダが衣類をスーツケースに投げこんでいた。「起きなさい」ベリンダはささやいた。「あなたの荷物はもうまとめたわ。音をたてないで」

ベリンダはパリ郊外に着くまでフルールに行き先も告げなかった。「しばらくバニー・ドゥヴェルジュのフォンテンブローの屋敷に泊めてもらうことにしたわ」ベリンダはそわそわした目でバックミラーを覗き、緊張感で口もとを引き締めた。「今年の夏ミコノス島で会ったでしょう？　あなたの写真ばかり撮りつづけていた人よ」

「あんなに撮らないでと頼んだのにね。私は写真を撮られるのが苦手なの」匂いから判断がつかないものの、ベリンダが酒を飲んでいるのではないかとフルールは心配だった。まだ朝の七時。心配といえば、夜明けに起こされ、なんの説明もないまま自宅から連れ出されたことも腑《ふ》に落ちない。

「あのときバニーがあなたの不満を無視したのが幸いだったというわけよ」ベリンダはふたたびバックミラーを素早く見た。「私がパリに戻ってから、バニーは何度か電話をよこしたの。彼女はあなたが私の姪だと思っているからね。とにかくあなたの素質が素晴らしい、モデルになるべきだと力説するのよ。あなたの連絡先を教えてほしいって」

「モデルですって！」フルールはシートに座ったまま前に身を乗り出し、ベリンダの顔をまじまじと見つめた。「ばかげているわ」

「あなたはデザイナーの求める理想的な顔と体を持っていると彼女はいうの」

「私は六フィートも背があるのよ！」

「バニーは昔有名なモデルだったから、彼女の言い分は的を射ているはずよ」ベリンダはバッグに片手を入れ、タバコのケースを取り出した。ル・モンドに載ったあなたの写真を見て、バニーはあなたが私の姪ではないと知ったの。最初怒っていたけど、二日前に電話してきてミコノスでの写真をグレッチェン・カシミアのところに送ったことを認めたわ。グレッチェンはニューヨークでも一流のモデル・エージェンシーの経営者よ」

「モデル・エージェンシーですって！　なぜ？」

「グレッチェンが写真を気に入って、あなたをテスト撮影してほしいとバニーに頼んだのよ」

「信じられないわ。きっとママはかつがれたのよ」

「彼女には真実を話したわ。あなたがモデルになるなんてアレクシィが許すはずがないことを」ベリンダはダッシュボードからライターを出した。「でもあんなことになってしまった以上……」ベリンダは煙を吸いこんだ。「私たちは自活していくしかなくなったわ。それにできるだけ遠くに逃げなくては。つまりニューヨークに向かうのよ。これが私たちにとって現状打破の切り札になるはずよ。私にはわかるの」

「私はモデルになんてなれないわ。モデル向きの容姿をしていないもの」フルールはダッシュボードにローファーを乗せ、膝を抱えた。その圧力で、締めつけられるような胸苦しさがおさまるように思えたからだ。「私――私にはわからないわ。なぜいますぐ行く必要があるのか。学校も卒業していないのに」フルールは膝をなおいっそう強く抱えた。「それに……アレクシィは……もうそれほど私を嫌っていないようだし」

ハンドルを握りしめるベリンダのこぶしが白くなったので、何か間違った発言をしてしまったことはフルールにもわかった。「私がいいたいのはただ――」

「あの男はヘビのように陰険な人間よ。あなたはもうずっと前から、早く離婚してほしいといいつづけてきたじゃないの。やっとあなたの望みをかなえたのだから、いまさら考えを変えたりしないでちょうだい。テスト撮影がうまくいったら、あなたと私の生活費ぐらい楽々稼げるようになるわよ」

フルールは昔から母親と自分の生活費は自分が稼ぐつもりでいた。だがこんな形でとは考えていなかった。数学と語学の技能を生かしてビジネスの世界で活躍するかNATOの通訳として働きたいと思っていた。ベリンダの計画は現実離れしている。ファッションモデルはみな美人ばかり。不恰好なのっぽの十六歳ではとても無理だ。

フルールは膝に顎を乗せた。なぜいま旅立つ必要があるのだろう。やっと父親が娘に好意を見せはじめたいま、なぜ出て行かなくてはならないのだろう。

バニー・ドゥヴェルジュはフルールに化粧の方法や歩き方を教え、ニューヨークファッション界の実力者は誰なのかまで説明してくれた。デコボコした爪や衣類への無関心はよくない、家具につまずくなどもってのほかとも指摘した。

「仕方ないわ」フォンテンブローにあるドゥヴェルジュ家の邸宅での滞在を始めて一週間、フルールはうんざりしたようにいった。「私は乗馬のほうがずっと得意なんだもの」

バニーは目をぐるりとまわし、フルールのアメリカ訛《なま》りについてベリンダにぼやいた。「フランス訛りのほうがずっと魅力的なのに」

それでもフルールには間違いなくモデルとして素質があるとバニーは保証した。素質とは何かとフルールが尋ねると、バニーは言葉では説明しにくいといった。「なんとなくわかるものなのよ」

何にせよバニーは口が固く、アレクシィに二人の居場所が知れないよう、細心の注意を払ってくれた。美容師を選ぶにしてもパリではなくロンドンの有名な美容師を呼んで、フルールの髪をカットさせた。美容師は、ここを四分の一インチ、ここを半インチというふうにきめ細かくカットを施していった。カットが終わってもフルール自身にはかわり映えがしないように思えたが、バニーは涙を浮かべて美容師の腕を褒め称えた。「さすがだわ、マエストロ」

一ついいことがあった。ベリンダが酒をやめたのだ。フルールはそれを嬉しく思ったが、それでも母親はそのぶんビクビクするようになった。「カシミアのことを知ったら、アレクシィはそれをなんとしても阻止するわ。あなたは彼のことを私ほどよく知らない。彼に見つかる前になんとしてもニューヨークに行き着く必要があるの。もし今回のことが失敗してしまったら、彼は私たちをどうにかして永遠に引き離そうとするわ」

ベリンダがこのことにすべてを託していると思うと、フルールは胸苦しさを覚えた。バニーにいわれたことはできるかぎり忠実に実行するよう努力した。歩き方も練習した。ホールからホールへ歩き、階段も昇り降りし、芝生の上も通った。バニーの指導でときには腰骨から先に動かす歩き方をしてみたり、バニーのいういわゆる『ニューヨーク流闊歩《ストライド》』を練習してみたこともある。化粧法や姿勢、ポーズの決め方や顔の表情の作り方についても研究した。

そしてついにバニーがお気に入りのファッション・カメラマンを呼んだ。

グレッチェン・カシミアはバニーの送ってくれた最新の写真を封筒から引き出しながら、ゾクリとするほどの興奮を覚えた。これでバニーに借りができてしまった。それも大きな借りが。

この娘《こ》はすごい。スーザン・パーカーやジーン・シュリンプトン、トゥイッギーのような十年に一人の逸材だ。シュリンプトンにも、偉大なヴェルーシュカにも似ている気がする。この少女の顔がこの先十年の顔になるだろう。カメラを見据える大胆な、ほとんど男性的といってもいい顔。その顔を包む馬のたてがみのような縞模様のあるブロンドの髪。世界じゅうの女性が憧れる顔。とくにグレッチェンが気に入ったショットは、フルールが素足で髪を素朴な感じで一本に編み、大きな両手をわきに垂らして立っている姿だ。水に濡れたコットンのシフトドレスの裾がアンバランスに膝を覆っている。乳首がツンと立ち、濡れた生地が裸になったよりはっきりと、腰から脚へと続く長いラインを際立たせている。

ヴォーグがさぞや有頂天になるだろう。

グレッチェン・カシミアはワンルームの事務所から始めたカシミア・モデルズを、信望厚いフォード・エージェンシーに次《つ》ぐほどの組織にまで大きくした。だが『次ぐ』ではまだ足りない。アイリーン・フォードを追い抜くチャンスが到来したのだ。

フルール・サヴァガーがそれを可能にしてくれるだろう。


フルールはマンハッタンの車の波をすいすいと走り抜けていくタクシーの窓から外を見つめていた。身が引き締まるように寒い十二月の午後だった。すべてが汚らしく、美しく、素晴らしかった。これほど怯えていなければ、ニューヨークという街にもっと親しみを感じていただろう。

ベリンダはタクシーに乗りこんで三本目のタバコを揉み消した。「信じられない気持ちよ、フルール。アメリカまで来れたなんて。アレクシィが怒り狂うわ、きっと。自分の娘がモデルだなんて許すはずないもの。でもこれからはもう彼の財力に頼る必要がないんだから、そうそう思いどおりにはできないはずよ。痛い！　気をつけてよ」

「ごめんなさい」フルールは肘を引っこめた。モデルとしてのキャリアにベリンダが未来を託していると思うだけで、吐き気を覚えたのだ。

グレッチェンが二人のためにささやかなアパートを借りてくれているはずなのだが、タクシーが停まったのはドアの上のガラスに住所が刻まれている高級な高層マンションの前だった。ドアマンが二人のスーツケースを高級な〈ジョイ〉の残り香漂うエレベーターまで運んでくれた。

エレベーターが急上昇したので、フルールは気分が悪くなった。こんな生活は、自分には無理だと思った。テスト撮影の写真を自分でも見たけれど、どれも醜かった。エレベーターからおりるとセロリ・グリーンの毛足の長いカーペットに足が沈みこんだ。ベリンダとドアマンの後ろから短い廊下を通っていくとパネル張りのドアの前まで来た。ドアマンは開錠し、二人の荷物を室内に入れた。ベリンダが最初に入った。母親に続いて部屋に入ると、奇妙な匂いがした。どこか記憶にあるような、でも識別できない匂い。なんだか——

フルールはベリンダより先に部屋の奥を見て、匂いの元が何かを知った。それらはあちらにもこちらにもあった。満開の白薔薇を生けた花瓶がそこここに飾られていた。彼女ははっと息を呑んだ。ベリンダがくぐもった叫び声を上げた。アレクシィ・サヴァガーが物陰から歩み出た。

「ようこそニューヨークへ」

きらめきの妖精《ザ・グリッター・ベイビー》

8

「ここで何をしているの？」ベリンダの声はささやきに近かった。

「なんという質問だ《ケル・クエスティオン》。妻と娘の新しい門出なんだぞ。せめてここで二人を祝福すべきじゃないか」アレクシィはおどけた感じで好感を与えるような微笑みをフルールに向けた。

フルールもつられ微笑みそうになったが、母親の顔色が蒼ざめたのに気づき、笑みを抑えた。そして急いでベリンダのそばに近づいた。「私は帰らないわ。無理にそうしようとしても無駄よ」

その言い方がいかにも子どもじみていたのだろう。アレクシィは苦笑いした。「いったいなぜそんなふうに考えるのかな？　弁護士に命じてグレッチェン・カシミアからの契約を仔細に調べさせたが、内容はじつに適正なものだった」

ベリンダが厳しく課してきた秘密がすべて無駄だったのだ。フルールは白薔薇の香りを嗅いだ。「カシミアのことも知っているのね？」

「干渉するつもりはないが、一人娘の安寧に関して、私が知らないことはほとんどないといっていい」

ベリンダは茫然《ぼうぜん》自失の状態からわれに返った。「彼の言葉を信じてはだめよ、フルール！　これはトリックなんだから」

アレクシィは溜息をついた。「頼むよ、ベリンダ。自分の思い込みを娘に押しつけるのはよしてくれ」彼は上品な仕草を示した。「部屋を案内させてほしい。ここが気に入らなければ、ほかに探してやろう」

「私たちのためにここを見つけてくれたの？」フルールはいった。

「父親から娘への贈り物だよ」微笑みを浮かべたアレクシィの顔を見て、フルールは気持ちがなごんだ。「過去を償うには遅すぎるぐらいだが、娘の将来のキャリアに対する父親からのせめてもの餞《はなむけ》だ」

ベリンダの口から不明瞭な音がもれた。手を伸ばしてフルールを引き寄せようとしたが、一瞬遅すぎた。フルールはアレクシィと一緒にいなくなっていた。

アレクシィは十二月いっぱいザ・カーライルのスィートを借りていた。昼間フルールは延々と時間をかけて、グレッチェン・カシミアのチームによって着こなしや洗練を身につけさせられた。動作のコーチやダンスの講師に会い、毎日セントラル・パークを走り、卒業に必要な学力を身につけられるようアレクシィが雇った家庭教師と勉強をした。

夕方になるとアレクシィは劇場やバレエのチケットを持って現われた。ときには断わるにはもったいないほどの素晴らしい料理を出すレストランへの招待のこともあった。一九三九年ブガッティがフェアフィールドの地所に隠されたという噂の跡をたどってコネチカットへの旅にも連れて行ってくれた。ベリンダは後部座席に座り、たえずタバコを吸いつづけていた。けっして娘をアレクシィと二人きりで出かけさせることはなかった。彼のジョークに笑ったり、彼がフォークで差し出した料理を味見したりするたびに、裏切り者とでもいわんばかりの苦い表情で母親がにらみつけるので、フルールは胸が締めつけられるような罪悪感に襲われた。まだアレクシィの過去の仕打ちを許したわけではなかったが、彼の態度には心からの悔恨が感じられた。

「私があんなことをしたのは子どもじみた嫉妬のためだった」ベリンダが食事のあいだにトイレに立ったすきに、アレクシィはフルールにいった。「二十歳も年下の花嫁に夢中になっていた中年男の不安のせいだったんだよ。彼女が夫より生まれた赤ん坊に夢中になってしまうのではないかと恐れて、きみが生まれてすぐよそへ預けた。金の力でね。金の力を見くびってはいけないよ」

フルールはこぼれそうになる涙をこらえた。「でも私はまだ生まれたての赤ん坊だったのよ」

「不条理なことだが、当時はそんなふうにしか思えなかった。皮肉じゃないか、そうだろう？　それが原因でむしろきみの母親の気持ちは取り返しがつかないほどに私から離れてしまったのだからね。ミシェルが生まれても冷えた関係は元に戻らなかった」

アレクシィの説明を聞いてフルールは戸惑いを覚えたが、彼は娘の手にキスをした。「許してほしいとはいわない。この世には叶わぬこともあるからね。ただ、きみの人生の片隅に私を置いてほしいと願うばかりだよ。遅ればせながら」
「私――私だってあなたを許したいわ」
「でもそれは無理なのだよ。きみの母親がそれを認めるはずがないからね」

一月になり、アレクシィはパリに戻り、フルールは最初の撮影に臨んだ。シャンプーの広告写真だった。ベリンダはそのあいだずっと娘に付き添った。フルールは緊張で硬くなり、カメラの三脚につまずいてディレクターのコーヒーをひっくり返したりしたが、スタッフたちは誰もが感じよく接してくれた。カメラマンがローリング・ストーンズの曲をかけ、人当たりのいいスタイリストが曲に合わせてフルールと一緒に踊ってくれた。しばらくするとフルールは自分がのっぽなことも、シャベルのような手やタグボートのような足、大きな顔のことも忘れた。

撮影は『歴史に残る』ほどの出来だったとグレッチェンから褒められ、フルールはようやく最初の体験を終え、ほっとした。

その二日後にふたたび広告用の撮影があり、その翌週に三度目の撮影が行なわれた。「私もまさかこんなに早く仕事が始まるとは思っていなかったの」フルールは頻繁なアレクシィとの電話でのやりとりのなかで本音をもらした。

「きみの美しさを全世界が認め、魅了されるときがやってきたんだよ。私と同じく」

フルールは微笑んだ。アレクシィに会えなくて寂しいほどだったが、さすがにそれをベリンダにいうほど愚かではなかった。アレクシィがパリに帰って以来ベリンダは笑顔を見せるようになり、酒もまったく飲まなくなった。

　フルールのことが世間の話題になりはじめていた。三月に入り、フルールはファッション誌の見開きページに初めて登場し、グレッチェンのプレス・エージェントがフルールを『十年に一人の逸材』と呼びはじめ、フルール以外誰もがそれに反論しなかった。

　フルールはたちまちファッション界のスターダムに駆け上った。四月になり、レブロンとの契約が決まった。五月になると、グラマー誌の見開き六ページに載り、ヴォーグ誌はイスタンブールのロケでカフタン調ドレス、アブ・ダビでリゾート・ウェアの特集を組んだ。バハマの保養地で水着の撮影をしているあいだに十七歳の誕生日を迎え、同行していたベリンダは休暇でその地を訪れていたかつてのメロドラマのスターと戯《たわむ》れの恋を楽しんだ。

　フルールはまだ家庭教師について勉強を続けていたが、それでも教室で学ぶのとは違いがあった。級友たちが懐かしかった。幸いベリンダがどこへも同行してくれていた。二人は母親と娘というよりまるで親友のようだった。

　フルールの稼ぐ報酬の額がふえ、投資にまわす必要があったのだが、ベリンダは金融には疎《うと》いのでフルールはアレクシィとの電話の際にいろいろと質問を重ねるようになった。彼の答えはとても貴重で、いつしかフルールとベリンダは金の運用に関してすっかりアレクシィに頼るようになり、ついにすべてを委ねるようになった。

　フルールが初めて雑誌のカバーガールとして使われた。ベリンダはその雑誌を何十冊と買い、アパートじゅうに立てかけた。雑誌は史上最高の発行部数を記録し、フルールのキャリアはブレイクした。フルールはいとも簡単に仕事が成功したことを感謝してもいたが、同時に戸惑ってもいた。鏡を覗くたびに、いったいこの騒ぎはなんなのかと不思議な気持ちになった。

ピープル誌がインタビューを申しこんできた。「うちの子はただ輝いているだけじゃないの」ベリンダは記者にいった。「燦然《さんぜん》ときらめいているのよ」それこそピープル誌の求めていた言葉だった。

きらめきの妖精《ザ・グリッター・ベイビー》フルール・サヴァガー 六フィートの純金

フルールはカバーを読むなり、これで二度と人前には出られなくなった、とベリンダにいった。

「もう手遅れよ」ベリンダは笑った。「グレッチェンのプレス・エージェントがそのニックネームを不動のものにするでしょうからね」

ニューヨークに到着してから一年がたったころ、最初の映画出演の話が持ちこまれた。脚本の出来が悪く、グレッチェンはベリンダに出演を断わるようアドバイスした。ベリンダはそのとおりにしたが、その後数日間は気落ちしていた。「やっぱりずっとハリウッドに行くことを夢見てきたからね。でもグレッチェンの意見は正しいわ。あなたのデビュー作は特別なものでなくてはいけないもの」

ハリウッド？　なんと急な展開なのだろう。フルールは深く息を吸い、気持ちを落ち着かせようとした。

〈ニューヨーク・タイムズ〉が特集記事を組んだ。『美と豊かさを象徴するスター、グリッター・ベイビー』

「今度こそほんとうに」フルールはうめくようにいった。「人前には出ていけなくなったわ」

ベリンダは笑い声を上げ、ダイエット飲料タブを自分のグラスに注いだ。

ベリンダはアパートのアンティーク類を少しずつ排除し、現代風のインテリアに変えていった。できるかぎりビアンフェザンス通りの屋敷とは異質の住まいにしたかったのだ。リビングの壁には黄褐色のスエードを使った。ミース・ファン・デル・ローエのクロームとガラスのテーブルに角ばったピットソファ、黒と白のグラフィックアートのクッションといった具合だ。フルールはアンティークのほうが好きだとベリンダにいわなかった。とくにリビングの長い壁に窓の大きさほどの彼女自身の拡大写真がいくつも飾られているのがいやだった。自分の写真を見るとぞっとした。誰か別の人間が体に棲みついて、メークと衣服で殻を作り上げ、なかの本人を隠しているように思えてならないからだった。ただ棲みついたのがいったい誰なのかは彼女自身にもわからなかった。

アレクシィは二月にニューヨークに行くと約束した。これまで二度ニューヨークへの出張をキャンセルしていたが、今度ばかりはなんとしても行くと彼は断言していた。その日が近づくと、フルールはベリンダに興奮を覚られないように努めた。だが彼の乗る飛行機が到着する予定より一時間早くアパートで電話が鳴った。

「シェリ」アレクシィの言葉を聞いて、フルールの胸に不吉な予感が広がった。「緊急事態が起きた。いまパリを離れるわけにはいかなくなった」

「でも約束したじゃない！　もう一年になるのよ」

「またしてもきみを失望させてしまったね。ただ……」フルールにはアレクシィが何をいおうとしているかわかっていた。「きみがパリにくるのをきみの母親が了承してさえくれたらね。でも当然許してはくれまい。私だって彼女の意向には逆らえないよ。彼女はぼくを傷つけるのに、もっぱらきみを使うからな」

フルールは彼の言葉にうなずけば母親を裏切ると知っていた。失望の気持ちをやっとのことで呑みこんだとき、廊下にハイヒールの靴音が響いた。しばらくしてベリンダの部屋のドアがカチャリと閉まった。

ベリンダはベッドの端に座り、目を閉じた。彼はまたフルールとの約束を破ろうとしている。前回にも二度同じことをした。フルールは胸を痛めてアレクシィではなく母親の自分を恨むだろう。父と娘が会えないのはベリンダのせいにしてしまおうという彼の戦略は見事だ。

フルールは予想したより長くアレクシィの魅力に屈しなかった。いまでさえ、少なくともある種のよそよそしさは保っている。アレクシィはその点が面白くないのだ。だからこそ週に数回も電話をよこし、自分の存在を示すための贅沢なプレゼントを贈りつづけ、一年間も訪問を控えてきたのだ。いまこの瞬間にもフルールがこの寝室のドアをノックし、アレクシィに会うためパリに行かせてほしいと頼みにくるかもしれない。ベリンダはそれを拒むつもりでいるが、そうするとフルールはそのことを恨んで心を閉ざしてしまうだろう。口に出してこそいわないが、フルールは母親がノイローゼ気味で嫉妬深いと感じるだろう。でも娘を守るためにはなんとしてもここニューヨークに留まるべきなのだ。真実を告げることなく、その必要性を説得することができればどんなにかいいだろう。

じつをいうとアレクシィはあなたの父親ではなく、ただあなたを誘惑しようとしているだけなのよ、と。

フルールは絶対にそれを信じないだろう。

「もっと右へ寄ってくれ、フルール」

フルールは首を傾け、カメラに向かって微笑んだ。首は痛み、生理痛もあったが、シンデレラはガラスの靴がいくら窮屈で痛くても舞踏会でべそをかいたりはしない。

「いいよ、その調子だ。最高だね。もう少し歯を見せて。素敵だ」

フルールは表面が鏡になった小さなテーブルの前に置かれたスツールに座っていた。光を反射させるため、テーブルがイーゼルのように上に掲げられていた。シャンパン・ゴールドのシルクのブラウスの開いた襟元からはスクエアカットの大粒のエメラルドのネックレスがのぞいている。季節は夏になり、ニューヨークの午後はことのほか暑かった。フルールもカメラに写らない場所では、カットオフジーンズにゴムぞうりという軽装だった。

「眉を直してくれ」カメラマンがいった。

メーク係が小さな櫛《くし》をフルールに渡し、小型の清潔なスポンジで小鼻を軽くたたいた。フルールは鏡のほうに顔を近づけ、濃い眉を櫛で整えた。かつては眉用の櫛など妙なものだと思っていたが、もはや深く考えないようにしている。

フルールは視界のすみでカメラマンのアシスタント、クリス・マリーノの様子をうかがった。もしゃもしゃした砂色の髪、まとまりのない造作、人なつこい表情。彼はフルールが一緒に仕事をしている男性モデルたちと比べるとハンサムではないが、彼のほうがずっと気に入っている。彼はニューヨーク大学で映画製作を専攻し、前回一緒に仕事をしたときにロシア映画について話をしてくれたのだ。彼がデートに誘ってくれないかと思うのだが、フルールが気に入った男性はみんな度胸がない。デートの相手をしてくれたのはベリンダとグレッチェンが重要なイベントでフルールに同伴させたいと考えたかなり年上の男性とか二十代の有名人とかばかり。十八歳にもなるというのに、まだ本物のデートをしたことがないのだ。

撮影担当のスタイリスト、ナンシーがフルールのブラウスを裏から洗濯ばさみでつまみ、小さな胸にフィットするように直した。次にエメラルドのネックレスの位置を引き上げるために使っているセロテープをチェックした。雑誌のページに掲載される美しい服はまるで映画のセットの作り物の入口のようだとフルールは感じるようになってきた。

「エメラルドを撮るためにフィルムを三本も使ってしまったよ」しばらくしてカメラマンがいった。「休憩にしよう」

フルールはナンシーのアイロン台をよけて私服の襟が開いたガーゼのシャツに着替えた。クリスは背景を変えている。フルールは自分でコーヒーを淹《い》れ、雑誌の広告を見つめているベリンダを見ながら考えた。

　母は約二年半前にニューヨークに来たころとはまるで変わった。無言のそわそわした仕草は消え、自信に満ち、さらに美しくなった。ロングアイランドの浜辺に家を借り週末そこで過ごすようにしているので日に焼け、健康的になってもいる。今日はギャッビーの白のタンクトップにお揃いのスカート、黒っぽい紫色のキッドのサンダル、それにゴールドのアンクレットを身につけている。

「彼女の肌を見てよ」ベリンダはページを指先でたたきながらいった。「全然毛穴がないわ。こんな写真を見るとつくづく自分が老けたなと思うわ」

　フルールは高級化粧品の広告写真のモデルをじっくりと眺めた。「これはアニー・ホルマンじゃないの。何カ月か前ビル・ブラスの企画でアニーと一緒に仕事をしたことがあったでしょ？」

　ベリンダは相手がすでに有名人でなければ顔や名前をなかなか覚えられなかったので、首を振った。

「ママ、アニー・ホルマンは十三歳なのよ！」

　ベリンダは弱々しい笑い声を上げた。「こんなふうだからこの国の女が三十歳を過ぎると憂鬱《ゆううつ》になるのも不思議はないわ。子どもと競争しなくちゃならないんですもの」

　フルールは自分の写真を見て女性たちがそんなふうに感じてほしくないと思った。他人をいやな気分にさせて一時間に八〇〇ドル以上のお金を稼いでいると思うとたまらなかった。

　ベリンダは化粧室に行った。フルールは勇気を出してクリスに近づいてみた。クリスは背景幕を掛け終えたところだった。「それで……学校のほうはどうなの？」笑顔を浮かべるのよ、バカね。それになんだか偉そうな態度よ。

「あいかわらずさ」

クリスが〝グリッター・ベイビー〟を意識せず、同級生の女の子と接しているように寛いだ態度を見せようとしているのだということはフルールにもわかった。そんなところに好感が持てた。

「でも新しい映画作りで頑張ってるけど」と彼はいった。

「ほんと？　詳しく話してよ」フルールは折りたたみの椅子にゆったりと腰をおろした。座った瞬間、椅子がきしんだ。

クリスは話しはじめ、やがて語ることに夢中になり、スターを前にして萎縮《いしゅく》する気持ちもなくなったようだった。

「とても興味をかきたてられるわ」フルールはいった。

クリスは親指をジーンズのポケットにつっこみ、それをまた出した。彼の喉仏が何度か上下に動いた。「もしよかったら……つまりその、もし予定があったら断わってくれても全然かまわないんだ。きみにデートを申しこむ男はいくらでもいるのはわかっているけど――」

「そんな人、いないのよ」フルールは椅子から立ち上がった。「世間でそう思われているのは知っているわ。デートの相手には不自由していないと。でも実際には違うの」

クリスは照度計を手に取り、いじくりまわした。「映画スターやケネディ家の息子と一緒の写真がいつも新聞に出ているじゃないか」

「あれはほんとうのデートではないの。よくある……話題作りのための宣伝なの」

「つまりぼくとデートしてくれるということかい？　土曜日でもいいかな？　グリニッチ・ヴィレッジに行こう」

フルールは満面の笑みで答えた。「喜んで」

クリスはにこやかに笑った。

「喜んで何をするというの？」気づけばベリンダが後ろに立っていた。

「フルールに土曜日の夜一緒にヴィレッジに出かけようと誘いました、ミセス・サヴァガー」クリスはふたたびそわそわした表情に戻り、いった。「中近東の料理を出すレストランがあるんです」

フルールは緊張を感じ、つま先をまるめた。「誘いを受けたわ」

「受けた？」ベリンダは眉をひそめた。「それは無理だと思うわよ。もう予定が入っているじゃない。忘れたの？　アルトマンの新作映画のプレミアよ。ショーン・ハウエルと行くことになっているでしょ」

フルールはプレミアのことをすっかり忘れていた。とりわけショーン・ハウエルのことは思い出したくなかった。ショーンは歳相応のＩＱはある、二十二歳の映画スターだ。最初のデートで彼は『スタッフがヘマをやるから迷惑している』とぼやいた。それから高校は教師たちがみんないやらしくてホモばかりだから退学したとも話した。フルールは二度とショーンとのデートの予定を入れないでほしいとグレッチェンに頼んだが、ショーンは売れっ子俳優でビジネスなのだから割り切るよう諭《さと》された。それを話すと、ベリンダは信じられない、といった顔をした。

「でもフルール、ショーン・ハウエルはスターなのよ。彼と一緒にいたらあなたも二倍大物に見えるのよ」ショーンがスカートの下に手を入れたがるからいやだとフルールがこぼすと、ベリンダは頰をつねった。「有名人は普通の人間とは違うの。世のなかのルールには縛られないのよ。あなたなら、うまくあしらえるはずよ」

「いいですよ」クリスは失望の表情を見せ、いった。「わかりました。また今度いつか」

だがフルールは、二度目はないことを知っていた。勇気をふりしぼってデートに誘ったのだから、それをもう一度やれるはずがないのだ。

フルールは帰宅途中のタクシーのなかで、クリスについて話をしようとしたが、ベリンダは聞く耳を持たなかった。「クリスは無名な凡人よ。なぜあんな人とデートがしたいというの？」

「彼が好きだから。あんな言い方はやめてほしかった……」フルールはカットオフジーンズのフリンジを引っぱった。「とても失礼だし、私もまるで小学生みたいに感じてしまったわ」

「あらそう」ベリンダの声は冷ややかになった。「私のおかげで恥をかいたといいたいわけね」

フルールは少しうろたえた。「違うわ。ママが私に恥をかかせるはずがないじゃない」ベリンダが手を引っこめたので、フルールは母の腕をつかんだ。「もういいの。いまの言葉は取り消すわ。たいしたことじゃないから」本音をいえば大事なことなのだが、ベリンダの気分を害したくはなかった。母が機嫌を悪くすると、いつも修道院の前で走り去る母の車を見つめていたときと同じ気持ちになるのだ。

ベリンダはしばらく口を利かず、フルールの惨めな気分はいっそう深まった。

「私を信頼してよ、フルール。すべてあなたによかれと思ってしているんだから」ベリンダに手首を握られ、フルールは断崖から落下しそうになって、危うく救助されたような気分だった。

その夜フルールが眠ったあと、ベリンダは壁に飾った娘の写真を食い入るように見つめていた。決意はいっそう強くなっていた。なんとしてもフルールを守るのだ。アレクシィやクリスのようにつまらない凡人、私たち母娘のじゃまをする人間からあの子を守ってやらなくては。それは人生最大の試練になるだろうし、今日のようなことがあると、途方にくれてしまう。

ベリンダの心は暗く沈みはじめた。それを振り払うかのように、受話器に手を伸ばし番号を素早くダイヤルした。

眠そうな男の声が応答した。「はい」

「私よ。寝てた？」

「ああ。何か用かい？」

「今夜会いたいの」

彼はあくびをした。「いつ来る？」

「二十分でそちらへ行くわ」

受話器を耳からはずそうとすると、彼の声が聞こえた。「なあベリンダ、パンティなんて穿いてくるなよな」

「ショーン・ハウエル、いけない人ね」ベリンダは受話器を置き、バッグを手に取り、アパートを出ていった。

9

ハリウッドはジェイク・コランダに生意気で手に負えないキャラクターを求めていた。44マグナム銃の銃身越しに道路の粉塵《ふんじん》の一粒に狙いを定め、居並ぶならず者にパールの柄がついたコルト銃を向け、サロンのドアから出て行きしなに巨乳の女に大袈裟《おおげさ》な別れのキスをするといったイメージだ。まだ二十八歳だが、尻のポケットにヘアドライヤーを入れているようなそこらのなよなよした男たちとは違う、本物の男だ。

ジェイクはバード・ドッグ・カリバーという名の流れ者を演じたデビュー作で大当たりを取った。作品は低予算の西部劇だが、なんと製作費の六倍の収益を上げた。若いくせに荒くれた無法者のイメージがあり、イーストウッドと同じように男性にも女性にも好かれていた。最初の作品のあと、間をおかず二作品が作られ、一作ごとに血なまぐさい内容になっていった。その後現代物の冒険活劇の映画二作品に出た。彼のキャリアは絶好調で、華々しい勢いがあった。そんなおりコランダは頑なな態度を見せはじめた。〝自作の脚本を書くために時間が必要だというのだ。

ハリウッドもそれには処置なしといった体《てい》だった。イーストウッド以来のアクションスターが本来の居場所であるカメラの前から去り、素人くさい作品を書き、ピュリッツァー賞などもらってしまったから始末が悪い。

困ったことに……コランダは劇場用の脚本ではなく自分が演じる作品をみずから書くことにした。〈日曜の朝の日食〉というタイトルで、カーチェイスとは無縁の作品だ。「舞台ならどんなこむずかしい作品でもいい」コランダが脚本の売り込みを始めたとき、ハリウッドの映画会社の幹部がいった。「だがアメリカの大衆はスクリーンにオッパイと銃を求めるんだよ」

コランダは結局〈日曜の朝の日食〉を三流どころのプロデューサー、ディック・スパノに引き受けさせた。ただし条件は二つあった。ジェイク・コランダが主演を務めることと、後日予算の高い刑事ものの作品をやらせてほしいというのだ。

五月はじめの火曜日の夜、煙のたちこめる製作室に三人の男たちが集まった。「サヴァガーのスクリーン・テストをもう一度流してくれ」ディック・スパノがお気に入りの太いキューバ葉巻きをくわえたまま声をかけた。

伝説的なほど有名な銀髪のディレクター、ジョニー・ガイ・ケリーがオレンジ・クラッシュの缶の蓋を開け、暗い奥にぽつねんと立っている人影に話しかけた。「ジェイコ、気を悪くしないでほしいんだが、どうやらきみは女友だちとのベッドでの戯れが過ぎてボケてしまったらしいな」

ジェイク・コランダは前の椅子の背にかけた長い脚を引き下ろした。「サヴァガーはリジー役には向いていない。本能的にそれを感じるよ」

「だったらあそこに映ったかわいこちゃんを真剣に見つめ、本能以外で何か感じないかいってくれ」ジョニー・ガイはオレンジ・クラッシュをスクリーンに向けた。「カメラ映りは抜群じゃないか、ジェイコ。それに演技指導も受けているし、生半可な気持ちでこの仕事に臨んでいるわけじゃない」

コランダは座ったままますます前かがみになった。「あの子はモデルだ。映画スターのキャリアも欲しがる、よくいる気まぐれな美人の一人にすぎないよ。去年もなんとかいう名前の娘と共演したが、もう二度とごめんだな。とくにこの映画ではね。エイミー・アーヴィングをもう一度チェックしてくれたかい？」

「アーヴィングはふさがっているよ」スパノが答えた。「それにたとえそうでなくとも今回はサヴァガーを使いたいね。彼女は超売れっ子だ。雑誌を手に取ればあの娘の顔ばかり目に飛びこんでくる。そんな彼女がデビュー作にどんな作品を選んだのか、世間の関心が集まるだろう。当然この映画にとって格好の宣伝になる」

「宣伝なんてくそくらえだ」コランダがいった。

ディック・スパノとジョニー・ガイは視線を交わした。二人はジェイクを好きだったが、何かこうだと思いこむとことん意地を張るところがあるのを知っていた。「そんな簡単なことじゃないぞ」ジョニー・ガイがいった。「あの娘にはやり手のマネージメントがついていて、これだという作品をずっと待ち望んでいたんだよ」

「くだらん」ジェイクは言い返した。「そいつらが求めているのは、大事な看板娘のお相手にふさわしい身長のある主演男優だろう。それ以上深い意味はないはずだ」

「それは相手を見くびりすぎじゃないか？」

返ってきたのは冷ややかな沈黙だけだった。

「悪いがジェイク」スパノがいくらか落ち着きのない様子を見せながら、やっと言葉を発した。「今回にかぎってきみの意見は通せない。じつは明日彼女にオファーを出すつもりでいる」

二人の後ろで、コランダが椅子から立ち上がった。「好きにすればいい。だがおれは歓迎の態度は見せないからそのつもりで」

ジェイクがいなくなると、ジョニー・ガイは首を振り、もう一度スクリーンを見た。「あのかわいこちゃんが厳しい言葉に耐えられるガッツの持ち主であってくれと願うしかないな」

ベリンダは娘にジェイク・コランダの出演作をすべて見せようと映画館に引っぱっていったが、フルールはどれも気に入らなかった。いつも主役が誰かの頭を撃ち抜くか腹にナイフを突き刺すか、女性を怖い目に遭わせるかしているからだ。しかもそれを楽しんでいるふうでさえある。彼と共演することになってエージェントから聞いた話によれば、彼はフルールの起用を頑なに拒みつづけたという。フルールにも彼の気持ちがわからなくもない。ベリンダがどう思いこんでいようと、フルールは女優ではないからだ。

「心配するのはよしなさい」それを話そうとするとベリンダはいつもそう答えた。「あなたをひと目見れば彼だって気に入ってくれるはずよ」

フルールにはそんなことになるとはとても思えなかった。

スタジオが手配した長く白いリムジンがロサンゼルス国際空港でフルールを出迎え、ベリンダがビヴァリー・ヒルズに借りたスペイン風の二階建ての家まで送ってくれた。ニューヨークを出発したのは五月初旬にしては寒い日だったが、南カリフォルニアは暖かく、陽光が燦々《さんさん》と降り注いでいた。三年前にフランスからアメリカに渡ったとき、まさか自分の運命がそのような方向に向かうなどと想像もしていなかった。感謝するべきなのだろうが、最近それがむずかしくなってきている。

どう見ても百歳は超しているように見える家政婦がフルールをロビーに案内した。白い壁に黒い梁《はり》。鉄細工のシャンデリアがかかり、床はテラコッタになっている。家政婦が二階に運ぼうとしていたスーツケースを取り上げ、フルールはそれを自分で運んだ。プールを見おろす奥の寝室を選び、主寝室をベリンダに残しておいた。家は写真で見たよりさらに大きかった。寝室が六部屋、デッキが四つあり、ジャクジーもいくつか備えられ、二人用の住まいにしてはスペースがありすぎる。それもこれも訪問のかわりにと電話でアレクシィと交わした会話のせいなのだ。

「南カリフォルニアでは派手な見せびらかしをやらないことが、かえって卑しいことと見なされる」とアレクシィはいった。「お母さんのいうことをちゃんと聞いていれば、きっと成功するだろうよ」

フルールはその言葉について深く追求することを避けた。アレクシィとベリンダのあいだに横たわる問題は複雑すぎて理解できなかったからだ。なぜこうも憎み合っている二人が離婚しないのか、謎でしかない。フルールは靴を脱ぎ捨て、あたたかな感じのする木材とアースカラーの布地を使ったインテリアを眺めまわした。壁にかかったメキシコの十字架のコレクションを見て、修道女たちが懐かしく、胸が痛んだ。あのころはまさかこうして一人で旅に出ることがあるとは夢にも思っていなかった。

ベッドのわきに座り、ニューヨークに電話をかけた。「具合はよくなった?」ベリンダが電話に出ると、フルールは訊いた。

「惨めな気分よ。それに恥ずかしいわ。なぜこんな歳になって水疱瘡《みずぼうそう》にかかったりするのよ?」ベリンダは洟《はな》をかんだ。「大事な娘が今年一番の話題作に出演するというのに、こうしてとんでもない病気でニューヨークに残っていなくちゃならないなんて。もし疱瘡があとになってしまったら……」

「一週間もすればよくなるわよ」

「見かけが回復するまでそっちには行けない。オファーを拒んだ連中を見返してやりたいのよ」ベリンダはふたたび洟をかんだ。「彼に会ったらすぐに電話してちょうだい。時差なんて気にしなくていいからね」

〝彼〟とは誰なのか尋ねるまでもなかった。フルールは母親が次に口にする言葉を待ちかまえた。そしてやはり……。

「私の娘がジェイク・コランダとラブシーンを演じるのよ」

「それをもう一度いったら、私、吐いてしまうからね」

ベリンダは病気で落ちこんだ気分を振り払うように笑い声を上げた。「なんてついている子なのかしら」

「もう切るわ」

しかし先に電話を切ったのは母のほうだった。

フルールは窓辺へ近づき、プールをじっと見おろした。最近モデル業にいやけがさしてきている。これもベリンダにはわかってもらえないことの一つだ。女優なんてなおのこと気が進まない。しかし次に何をやりたいかという明確な意志がないのだから愚痴をいっても仕方がないとは思う。豊かな富と素晴らしいキャリア、一流の映画での大役。たしかに自分は世界一の果報者。甘やかされたガキのようなふるまいはもうよそう。カメラの前に立つことを心から楽しめないから、それがどうだというの？　楽しむふりはうまくやれているじゃないの。この映画でも同じことをすればいいのよ。ふりをすればいいの。

フルールはショートパンツに着替え、髪をねじってアップにし、〈日曜の朝の日食〉の台本を抱えてパティオに出た。クッションを敷いた長椅子にフレッシュオレンジジュースを持って座り、台本を見おろした。

ジェイク・コランダは主人公の、ベトナムからアイオワの故郷に帰還した兵士マットを演じることになっている。マットはベトナムで目にしたミライ村の大虐殺の記憶に苦しんでいる。帰郷してみると妻が別の男の子を宿しており、弟は地元のスキャンダルに巻きこまれていた。マットは妻よりかなり年下の妹リジーに惹かれていく。彼がいないあいだに子どもだったリジーは成長して女になっていた。フルールはリジーを演じるのだ。台本のメモを親指でたどる。

〝マットの家庭の崩壊、きな臭い揉《も》めごとの気配に影響されることなくどこまでも天真爛漫《らんまん》なリジーに、マットは癒されるようになる〟とある。

二人はどこのハンバーガーが一番美味しいかといったたわいもない口論をする。妻と辛いやりとりを交わしたあと、マットはアイオワで昔ふうのルートビアーを飲ませるスタンドを探すという、一週間に及ぶ長旅にリジーを連れていく。ルートビアーはこの国が失ってしまった無邪気さの悲しくも可笑《おか》しいシンボルとして使われる。旅の終わりにマットはリジーの純真無垢《じゅんしんむく》さも汚れを知らぬ清らかさも演技だったことを知る。

女性を冷笑的にとらえてはいるものの、フルールはこの台本をバード・ドッグ・カリバーの映画よりずっと気に入っていた。だが二カ月間演技指導を受けても、リジーのように複雑な役柄をどう演じてよいのかさっぱり見当もつかないのだった。これがロマンチック・コメディならよかったのに、と思わずにいられなかった。

少なくとも裸のラブシーンは演じなくてよいのがせめてもの慰めだった。この条件だけはベリンダがどうにか勝ち取ってくれたのだ。はじめは母もあれほど水着の広告に出ておきながら淑女ぶるのは偽善《ぎぜん》的ではないかといったが、水着は水着、裸は裸だ。フルールは譲歩するつもりはなかった。

ずっとヌードでポーズをとるのは拒みつづけてきた。撮影するのがたとえ世界でもっとも尊敬される写真家だとしてもだ。それはフルールがまだバージンだからだとベリンダはいうのだが、そうではない。自分の肉体のある部分だけは人目にさらしたくないという気持ちがあるからなのだ。

家政婦が声をかけ、外を見てほしいと告げた。フルールが玄関に行ってみると、車道の中央に輝くばかりの真っ赤なポルシェの新車が停まっていた。ルーフには大きなリボンの飾りがついている。

フルールは電話に駆け寄り、就寝しかけていたアレクシィに連絡した。「すごくきれいだわ」彼女は叫んだ。「運転するのが怖いぐらいよ」

「何をいってるんだ。車を制御するのはきみなんだよ、シェリ。逆はないんだからね」

「あら、私、電話番号を間違ったのかしら。戦時中パリの下水道に隠されていたブガッティ・ロワイヤルを手に入れるために大金を投じる男性と話したいのに」

「それはまた別の話だよ」

フルールは微笑んだ。二人で数分話したあと、フルールは外に走り出て新車に乗ってみることにした。アレクシィに直接会って感謝したいと思ったが、彼が会いにアメリカまで来ることはないだろうと思った。

そう思うとプレゼントをもらった嬉しさが薄れた。自分は両親の争いの人質《ひとじち》になってしまっているのだ。それがいやでたまらない。それでも父親との新しい関係がいかに大事で、この美しい車をもらって嬉しく思っても、自分の第一の忠誠心はベリンダにある。

翌朝フルールはスタジオの門をポルシェに乗って通り抜け、〈日曜の朝の日食〉の撮影が行なわれている防音スタジオに向かった。フルール・サヴァガーとして一人でセット入りするのは怖いので、グリッター・ベイビーになりきることにした。支度をしながら特別念入りに化粧をし、エナメルの櫛を使ってできるだけ髪を顔から後ろに撫でつけて髪がまっすぐに背中に垂れるようにした。シャクヤク色のソニア・リキエルのボディ・セーターに三インチのヒールがついたトカゲのサンダルを合わせている。ジェイク・コランダは背の高い男だが、それでもこのヒールを履けば同じぐらいの背になってしまうだろう。

フルールは警備員から指示された駐車場を見つけた。朝食べたトーストがもたれている。〈日曜の朝の日食〉の撮影はこの数週間でだいぶ進んでいるのだが、あと数日は出番がない。だがカメラの前に立つまでにいろいろチェックしておけば自信もつくだろうと判断した。いまのところ、その効果はない。

私はなんてばかばかしいことをしているのだろう。テレビ・コマーシャルは経験しているのだから撮影がどんなものかはよく理解している。表情のきめ方や指示どおりに表現するすべも心得ている。だがどうにも不安でたまらないのだ。ベリンダこそ映画スターになるべきだったのだ。この私ではなく。

警備スタッフが電話を入れておいてくれたのでプロデューサーのディック・スパノが防音スタジオの入口で出迎えた。「やあフルール! 会えて嬉しいよ」彼は頬にキスをして歓迎の気持ちを表わし、ボディ・セーターでくっきり際立つすらりとした長い体軀《たいく》にほれぼれと見入った。ニューヨークで会ったとき、フルールはスパノという人物が気に入った。彼が馬好きだと知ったからだ。スパノは重い扉のほうへフルールを案内した。「もう撮影の準備はできている。なかへ入ろう」

防音スタジオに設けられた煌々《こうこう》と明るいセットはアイオワのマットの自宅のキッチンだとフルールにもわかった。セットの真ん中に進んでみるとジョニー・ガイ・ケリーがマットの妻ディディー役を演じる小柄な赤毛の女優リン・デービッドと熱心に話しこんでいる。ディック・スパノはキャンバス地のディレクターズ・チェアに座るよう仕草で示した。フルールは椅子の背を覗いて自分の名前が印刷されているかどうか確かめたい衝動を抑えた。

「始められるか、ジェイコ？」

ジェイク・コランダが物陰から出てきた。

フルールがまず目を留めたのは、彼のまるで赤ん坊のようなとてつもなくやわらかいすねた口もとだった。しかしほかの部分は赤ん坊とはまるで無縁だった。前にかがめた肩を揺らすようにしてゆったりと進む足取りは脚本も手がける映画スターというより放牧場で日々を過ごすカウボーイのようだった。ストレートの髪をカリバーの映画を撮り終えてカットしたせいなのか、スクリーンで見るより痩せて背が高く見える。映画でのイメージと比べ、地《じ》の彼は愛想がない、とフルールは思った。

ベリンダのおかげで、ジェイクについて余分なほどの知識がある。マスコミに対して寡黙《かもく》であることはつとに有名だが、それでもいくつかの事実が明らかになった。ジョン・ジョゼフ・コランダとしてこの世に生を受けた彼はオハイオ州クリーブランドでももっとも治安の悪い地域で昼には一般家庭、夜にはオフィスを担当する清掃婦として働く母親に育てられた。少年期に前科があり、十三歳のとき軽微な窃盗、万引きを働いた。車のエンジンをショートさせ盗もうとしたこともある。どうやって更生を図ったのかという記者の質問に対して、彼は大学の体育奨学金について言及した。「ただのチンピラ小僧がバスケットボールで幸運を手に入れたというわけさ」と彼は語った。二年で大学を中退したこと、短い結婚生活、ベトナムでの兵役についてはいっさい口を閉ざしている。人生は個人的なものだからというのが彼の言い分だ。

ジョニー・ガイが「静粛に」と声を上げ、セット内がしんと静まった。リン・デービッドは不機嫌そうに口を歪め厳しいまなざしを注ぐジェイクを見ず、うなだれてたたずんでいる。ジョニー・ガイが「アクション」と叫んだ。

ジェイクはドアフレームにいっぽうの肩でもたれていた。「おまえは根っからのあばずれなんだな」

フルールは膝に置いたこぶしを握りしめた。ここは映画のなかでももっとも重苦しい険悪なシーンで、ジェイク演じるマットがディディーの不貞を知るくだりだ。このシーンにマットが目撃したベトナムの村の大虐殺の場面が短いカットで幾度も挿入され、その暗いイメージにマットは自制心を失いディディーに殴りかかるのだ。その映像とベトナムでの血も凍るような惨劇のありさまが二重写しになっていく。

マットは威嚇《いかく》するように全身の筋肉を張りつめ、キッチンの床の上を歩きはじめた。ディディーはかすかに困惑した様子でマットにもらったネックレスに指先を巻きつけた。彼と並ぶといまにも壊れそうなもろい小さなキューピー人形のように見えた。「そういうことじゃないの、マット。違うのよ」

なんの前ぶれもなく彼の手が伸び、ネックレスを引きちぎった。ディディーは悲鳴を上げ、彼から逃げようとした。だが彼の動きは素早かった。彼に揺さぶられ、ディディーは叫びはじめる。フルールの口は乾いていた。このシーンが嫌いだった。このすべてが厭《いと》わしかった。

に！」

ジェイクの声がセットじゅうに響きわたった。「ワンテイクですませるつもりだったの

「カット！」ジョニー・ガイが大声でいった。「窓のそばに影が入ってしまった」

フルールはよりによって最悪のタイミングでセット入りしてしまったようだ。まだ映画出演できる心境には至っていない。ましてジェイク・コランダと共演できるはずもない。ロバート・レッドフォードとかバート・レイノルズなど、もっと感じのいい人が相手では、なぜだめだったのか。少なくともフルールはジェイクに殴られるシーンを演じなくていいのだが、それでも彼と演じる場面のことを思うと、そんなことは慰めにもなりはしない。

ジョニー・ガイが「静粛に」と声を上げた。衣装部の誰かがリンのネックレスを新しいものに替えた。フルールの手はじっとり汗ばみはじめた。

「おまえは根っからのあばずれなんだな」マットが先ほどと同じ険悪な声でいった。そしてディディーに迫り、ネックレスを引きちぎった。ディディーは悲鳴を上げ、彼から離れようともがいた。マットはより激しく妻の体を揺さぶり、それがあまりに悪意に満ちた表情なので、フルールはこれは演技だと自分に言い聞かせなくてはならなかった。ああ、これが演技であってほしい。

彼はディディーを壁に押しつけ、頰を平手打ちした。フルールはもはや正視できなくなって目を閉じた。ここ以外の場所ならどこでもいい、どこかほかの場所に行きたいと思った。

「カット！」

リン・デービッドはシーンが終了しても泣きやまなかった。ジェイクがリンを引き寄せ、

顎の下に彼女の頭をたくしこんだ。

ジョニー・ガイがのっそりと前に進んだ。「大丈夫か、リン？」

ジェイクが彼のほうに向き直っていった。「二人きりにしてくれ！」

ジョニー・ガイはうなずき、離れた。その後間もなくジョニーはフルールの存在に気づいた。彼より頭半分ほど背が高いフルールを、ジョニーは強く抱きしめずにいられなかった。

「ああ、ちょうどいいところに現われてくれたね。春の雨のあとのテキサスの美しい夕暮れみたいだよ」

ジョニー・ガイは気さくな物腰にもかかわらず、業界でも屈指の優れた監督だ。ニューヨークで会ったときも、フルールが演技に未経験なことについて気遣いを見せ、彼女が気楽にできるよう協力は惜しまないと約束してくれた。「一緒においで。みんなに紹介しよう」

彼はフルールをクルーに紹介しはじめ、一人ひとり名前だけでなく個人的なことを手短に付け加えた。次から次へと顔と名前が目の前を過ぎていくので覚えられないものの、フルールは全員に微笑みを向けた。「美人のお母さんはどこにいるんだい？」ジョニーは訊いた。

「今日はきみと一緒に来るんじゃなかったっけ？」

「あいにく用ができてしまったんです」フルールは綿棒やカーマインローションを使う用事については伏せておいた。「一週間ほどでこちらに来ることになっています」

「彼女とは五〇年代に会ったことがあるんだ」とジョニーはいった。「ぼくは当時カメラ班の裏方をやっていたんだが、ザ・ガーデン・オブ・アラーでエロール・フリンと一緒にいるところを見たよ」

フルールはケーブルにつまずき、ジョニーが腕をつかんだ。ベリンダは自分が会ったことのある映画スターについては年代順にすべて語ってくれているが、エロール・フリンの名前が出たことは一度もない。きっとジョニーが間違えているのだろう。

ジョニー・ガイが急に困ったような顔をした。「さあ、ジェイクに会わせるよ」

フルールにとってそれこそ何より気の進まないことだったが、ジョニー・ガイはぐいぐい引っぱっていく。まだ涙ぐんでいるリン・デービッドがジェイクに抱えられている様子を目の当たりにして、フルールはますます気まずく、ジョニー・ガイに小声でいった。「なんだか間が悪いみたいだから――」

「ジェイコ、リニー。紹介したい人がいるんだ」ジョニーはフルールを前に押しやり、紹介した。

リンは挨拶がわりに微笑みを返した。ジェイクはバード・ドッグ・カリバーの目でフルールを一瞥《いちべつ》し、そっけなく会釈《えしゃく》した。フルールはヒールが三インチのトカゲのサンダルを履いていたので、ちょうど彼と目線がぴたりと合ったが、どうにか怯《ひる》まずにすんだ。

しばし気まずい沈黙が流れ、やがて無精ひげの若い男が静寂を破った。「やり直しが必要になったよ、ジョニー・ガイ」彼はいった。「雑音が入った」

コランダはフルールを押しのけ、大股でセットの中央に進んだ。「いったいみんなどうしちまったんだ」セットがしんと静まり返った。「集中してやってくれ。何回同じシーンをやらせれば気がすむんだよ?」

長い沈黙が続いた。最後にやっと静けさを埋めるようにして、誰かが声を発した。「悪いね、ジェイク。仕方がなかったんだ」

「仕方がないってことはないだろう！」フルールにはジェイクがいまにも柄がパールのコルト銃を向けるのではないかと思えた。「しっかりしやがれ！　あと一度しかやらないからな」

「落ち着けよ」ジョニー・ガイがいった。「たしか監督は私だったはずだが」

「だったらきちんと役目を果たしてくれ」コランダは言い返した。

ジョニー・ガイは頭をかいた。「いまのは聞かなかったふりをして、満月のせいにしておくよ、ジェイコ。さあ、仕事に戻ろう」

フルールも現場で癇癪《かんしやく》を起こす人間に会ったのはこれが初めてではなかった。ここ数年で何度もキレる人間を見てきた。だがこの光景には胸が騒ぎ、気分が落ちこんだ。フルールは太いランナーズ・ウォッチを見おろし、あくびをした。何か不快なことにぶつかるとこうして腕時計を見てあくびをするすべを身につけたのだ。そうすれば少々のことでは物に動じない人間だという印象を与えられるからだ。

もしベリンダが自分の夢中になっているアイドルの不快な態度を目にしたら、なんというか想像した。〝有名人は一般大衆とは違うのよ。凡人のルールに従う必要はないの〟

ただしフルールの考えは違う。どんなに有名であろうと、粗野は粗野でしかない。

ふたたび同じシーンが始まった。フルールは目を凝らさずにすむように物陰に移った。それでも暴力の音までは防げなかった。そんな時間が永遠に続くように思えた。

先刻ジョニー・ガイが製作アシスタントだと紹介した女性がフルールのそばにやってきて衣装部に行かないかと声をかけた。フルールはその女性にキスでもしたい気分だった。現場に戻るとクルーはお昼休みに入っていた。リンとジェイクはセット脇に座り、二人きりでサンドイッチを食べていた。リンがフルールに気づいた。「ここへいらっしゃい。一緒に食べましょうよ」

フルールはひたすら逃げ出したかったが、礼を失さずに断わる方法を思いつかなかった。フルールはトカゲのサンダルのヒールの音を響かせてセットの奥へ進んだ。二人はジーンズに着替えており、それに比べフルールはいかにも着飾りすぎの部外者という感じだった。フルールは顎を上げ、胸を張った。

「座ってちょうだい」リンが折りたたみ椅子を仕草で示した。「さっきはごめんなさい。言葉を交わす時間がなくて」

「いいんです。仕事中だったし」

ジェイクは立ち、サンドイッチを包み紙のなかでまるめた。フルールは男性を見おろすことには慣れており、めったに見上げることはないのだが、ジェイクの威圧感に思わずあとずさりしそうになった。そしてまじまじと彼のひどく個性的な唇と、角がわずかに欠けた有名な前歯に見入った。彼はまたそっけなく会釈してリンのほうを向いた。「ちょっとバスケの玉入れをしてくる。あとでな」

ジェイクがいなくなるとリンは自分のサンドイッチを半分差し出した。「これ食べてちょうだい。これ以上太りたくないから。サーモンにローカロリーのマヨネーズよ」

フルールは友好的な申し出を受けることにし、座った。リンは二十代半ばといった感じで、華奢な体つきをしている。手はとくに小さく、細い髪の色は赤褐色だ。どれほど雑誌の表紙になろうともこういう小柄な女性のそばにいると、あいもかわらず自分が空軍捜索ヘリのジョリー・グリーン・ジャイアントになったような気がしてしまう。

　リンはお返しにといった感じでフルールを観察していた。「あなた、体重のことは気にしなくてよさそうね」

　フルールはサンドイッチを呑みこみながら答えた。「そうでもありません。カメラの前に立たなくてはならないので、一三五ポンド以上になるわけにはいかないけど、この身長ではきついです。パンとアイスクリームに目がない人間にとっては」

「よかったわ。それなら私たち仲よくなれそう」そういって微笑むリンの口もとにきれいな歯並びがのぞいた。「何を食べても太らない女性は憎たらしいもの」

「私もです」フルールは笑顔で答え、女性であることの不公平さについてしばし語り合った。結局話題は〈日曜の朝の日食〉に移った。

「昼メロの出演が続いていた私にとってディディーの役は待ち望んでいた転機になったの」リンはジーンズの膝に落ちたサーモンの切れ端をつまんだ。「ジェイクの描く女性像は批評家たちには不評だけれど、ディディーは例外だと私は思うの。彼女は愚かだけれど、誘惑に弱いのよ。女性は誰でもそんな一面を持っているわ」

「ほんとうにすごくいい役ですよね」フルールがいった。「リジーよりまっすぐでわかりやすいわ。私……リジーを演じることに不安を感じているんです。それは……自信がないせいかも」フルールは顔を赤らめた。これでは共演者の信頼を得るのはむずかしい。

　けれどリンはうなずいた。「一度役に入りこめば、もっと自信が出てくるわよ。リジーという役についてジェイクと話をしてみるといいわ。そういうことについてなら、彼、親切だから」

フルールはセーターの織り糸をつまみながらいった。「ジェイクは私と話をすることに興味なんてないと思うの。彼が私の出演に反対したことは誰もが知っていることですもの」

リンは同情に満ちた微笑みを向けた。「あなたの熱意を知れば、彼だって気持ちが変わるわよ。もう少し待ってあげて」

「それまで距離を置いたほうがいいみたいね」フルールはいった。「できるかぎり」

リンは椅子の背にもたれた。「ジェイクはあれでめったにいないいい人なのよ、フルール」

フルールは反論しなかった。「そうでしょうね」

「これは本気でいっているの」

「まあ……あなたは私より彼をよく知っているわけだから」

「今日目にしたことを気にしているのね」

「彼のクルーに対する態度は……なんだか粗暴だったわ」

リンはバッグをつかみ、なかをかきまわした。「ジェイクとは数年前に付き合っていたの。そんなに真剣な交際ではなかったけれど、かなりおたがいのことを深く知るようになった。私たちはベッドをともにするのをやめてから、いい親友になれたの」リンはブレスミントを取り出した。「彼にはなんでも打ち明けたし、ジェイクはある程度私の身に起きた出来事をもとにしてあのシーンを書いたの。そうすることで私がいやな思い出に引き戻されても、それを乗り越えることを望んだから」

フルールはもう一度脚を引き寄せ、座りなおした。「私は……彼のような男性は苦手だわ」

リンはにっこりと微笑んだ。「だからこそ女は彼のような男性に惹かれるんじゃないの」

それはフルールには同意しがたい意見だったが、すでに本音を語りすぎていたので口をつぐんだ。


その後数日間、フルールはジェイク・コランダとの接触を避けていた。同時に、気づけばいつも彼のことを観察していた。彼とジョニー・ガイは絶えず、頻繁に口論をし、意見をぶつけ合っていた。二人の言い争いを聞きながら、フルールは気まずかったが、そのうちに二人がそれを楽しんでやっているのだと気づいた。一日目に目撃した怒りの爆発を思えば、彼は驚くほどクルーに好かれている。それどころか彼はフルールをのぞく全員に気さくな態度で接している。それなのに、朝そっけなく会釈する以外は彼女のことはまるきり無視しているのだ。


幸いなことに、フルールの最初のシーンの相手はリンだった。撮影前の木曜の夜、何度も練習を重ね台詞が完璧に頭に入ったのでいつもより早めにベッドに入った。さわやかな顔で朝七時のメーキャップ集合に向かいたかったからだ。だが灯りを消そうとする直前、電話が鳴った。ベリンダからだと思って出ると、アシスタント・ディレクターのバリーからだった。

「フルール、明日のスケジュールが変更になったんだ。マットとリジーの冒頭の場面から撮影することになったよ」

フルールは愕然《がくぜん》とした。ジェイクと一緒に演じる、それもしょっぱなから、と考えただけで気が滅入った。

そのあと、眠れなくなった。灯りをつけて自分の台詞を何度も読み返し、夜が明けるまでまんじりともしなかった。メーク係はフルールの目のまわりに隈《くま》ができていることをぼやいた。フルールは謝り、今度から気をつけると約束した。冒頭シーンについて相談するため、ジョニー・ガイがメーク用トレーラーにやってくるころには、フルールは緊張感のかたまりと化していた。

「今日は裏の庭で撮影する。農家のポーチに置かれたブランコに座ってもらうよ」

フルールもアイオワの農家のセットを見ており、今日は外で撮影するのだと思うといくらか心が晴れた。「きみが目を上げると道端にマットが立っている。きみは彼の名を呼び、ブランコから勢いよく降り、庭を走って彼の胸に飛びこむんだ。楽なシーンだよ」

それなのにきっと私はしくじってしまうのよ。ほんの一、二カ月演技のレッスンを受けたぐらいで女優になれるはずがない。ジェイクがどれほど完璧主義者かは何度も目撃してわかっている。もうすでに疎《うと》まれているのだから、あとは無能ぶりをさらすだけね。

衣装に着替えるとますます気分が沈んだ。映画の設定は八月なので、衣装は赤いハートが浮き彫りになった露出の多い白のビキニで、ハイカットのボトムのせいで長い脚がますます長く見えるのだ。その上に青い男性用のワークシャツをはおり、ウエストで結んでいるので腹部があらわになり、髪はゆるい三つ編みにして背中におろしてある。スタイリストはリジーの見せかけの純真さを強調するために赤いリボンを結びたがったが、フルールはそれを拒んだ。ふだんリボンなど結んだこともなく、リジーを演じるにしてもそれは受け入れがたかった。

四度目にトイレに行ったとき、アシスタント・ディレクターが呼びにきた。フルールはポーチのブランコに座り、自分の台詞を復習してみた。リジーはマットに会うことを楽しみにしているのだが、それを表に出すことができない。どれほど姉を恨み、姉の夫に欲望を感じているかなど、リジーには秘めた部分が多い。ジェイクはトレーラーのそばに立ち、冒頭での衣装、兵士の制服を着ている。彼に好意さえ抱いていないのに、どうすれば欲望の対象となるのだ？　フルールはあくびをして腕時計を見つめたが、あいにくそこには腕時計はなかった。

ジェイクは片手をポケットにつっこんでいる。トレーラーにもたれながら、靴底をタイヤに当てている。それはうさんくさいほどセクシーなポーズで、彼の宣伝用の写真を思い起こさせた。あとは横目でタバコをくわえればバード・ドッグが完成だ。

「ショータイムの始まりだよ、みんな」ジョニー・ガイが声を上げた。「フルール、準備はいいかい？　リハーサルからいってみよう」

フルールは監督に走るよう指示された小道を入念にチェックし、最後にブランコに戻り、クルーが最後の調整を終えるのを落ち着かない気持ちで待った。昂揚感《こうよう》……ここでリジーの胸の高まりを表現するのだと自分に言い聞かせた。でもその表情が早すぎてもだめなのよ。彼の顔を見てはじめて気持ちの昂《たかぶ》りを表わすの。マットのことだけ考えるの。ジェイクではなくてマットよ。

ジョニー・ガイが「アクション」と叫んだ。彼女は顔を上げ、マットの存在に気づいた。

マット！　彼が帰ってきた！　彼女は勢いよく立ち上がり、ポーチを駆け抜け、木の階段をいっきに飛び降り、おさげの髪を背中にはねながら走った。彼のもとへ行き、彼の体に手を触れたかった。マットは私のものよ。ディディーのものじゃなくて。庭を走り抜けるとすぐ前に彼がいた。「マット！」彼女はもう一度彼の名前を呼び、彼の腕のなかに飛びこんだ。

彼は後ろによろめき、二人はともに地面に倒れた。

クルーからいっせいに爆笑が湧き起こった。フルールはジェイク・コランダに重なるようにして腹ばいになり、半裸の体で彼を押さえつけていた。穴があったら入りたい気持ちだった。これではまるで象、図体ばかりでかいぶかっこうな象だ。こんなに恥ずかしい経験はいまだかつてしたことがなかった。

「二人とも怪我はないかい？」ジョニー・ガイは二人のそばに来て手を貸しながら含み笑いをもらした。

「いえ、大丈夫です」フルールはうつむいたまま、膝についた泥を落とした。メーク係の一人が濡れた布を持って駆けつけた。フルールはジェイクを見ないようにして汚れを落とした。これで彼の主張していたとおり不適格であることを証明してしまったようなものだ。ニューヨークに帰りたい。それよりママに会いたい！

「きみはどうだ、ジェイコ？」

「なんともないよ」

ジョニー・ガイはフルールの腕を軽くたたいた。「さっきのはとてもよかったよ」と満面の笑みでいった。「こいつが非力で真の女性を受け止める力がなかったのが残念だよ」

ジョニー・ガイは慰めようとしてそういってくれたのだが、フルールはいっそう落ちこんだ。自分が大きく不恰好で醜いと感じた。全員の視線が集まっていた。ああ、この体を収縮させられさえしたら。「ごめんなさい」フルールはこわばった口調でいった。「この水着も汚してしまったみたい。泥汚れは落ちそうにないわ」

「こんなこともあるから替えを用意するんだよ。行って着替えておいで」

フルールはまたたく間に着替えをすませ、ブランコに戻った。二度目のテイクが始まろうとしていた。カメラがまわると、フルールは最初のテイクで経験した気持ちの高まりを呼び覚まそうとした。マットを見て素早く立ち上がり、階段を駆け下り、庭を走った。ああどうか神さま、また彼を押し倒したりしませんように。フルールは勢いをつけないようにして彼の腕に滑りこんだ。

ジョニー・ガイはその演技がまったく気に入らなかった。

三度目のテイクではフルールが階段でつまずいた。四回目にはポーチのブランコがフルールの脚の後ろにぶつかった。五回目には彼のもとに走りついたものの、またしても最後の瞬間に勢いを加減してしまった。フルールの惨めさは深まるいっぽうだった。

「いまのきみは彼に気持ちが向いていないんだよ、フルール」ジェイクから離れるフルールに、ジョニー・ガイがいった。「彼と息が合っていないんだ。足もとなんて気にしなくていい。最初と同じようにやってくれ」

「やってみるわ」緊張でワークシャツにしみるほど汗をかき、腋《わき》に汗じみができていることに衣装係が気づき、替えを用意してもらわなくてはならなくなったので、フルールはなおいっそうの屈辱に耐えねばならなかった。ふたたびポーチのぶらんこに戻りながら、ジェイク・コランダの腕に勢いよく飛びこむ力はもはや残っていないと思った。緊張で体がこわばり、ごくりと唾を呑みこんだ。

「おい、ちょっと待てよ」

ゆっくり振り向くと、ジェイクが近づいてこようとしていた。「最初におれがバランスを崩した」ジェイクはそっけなくいった。「おれのせいなんだ。きみは悪くない。次はちゃんと受け止める」

それはそうだろう。フルールはうなずき、歩み去ろうとした。

「おれを信頼してないんだろ？」

フルールは振り向いた。「私の体はたしかに軽くはないわ」

ジェイクはバード・ドッグ・カリバーには似つかわしくない歪んだ笑みを浮かべた。「ジョニー・ガイ！」彼は肩越しに監督を呼んだ。「しばらく時間をくれないか。ここにいるフラワー・パワーがおれを打ちのめしたと思いこんでるから」

「フラワー・パワー！」

ジェイクは彼女の腕をつかみ、やや乱暴にクルーから離れた農家の横に引っぱっていった。雑草の生える草地に入ると、手を離した。「もう二度ときみに倒されないというほうに一〇ドル賭《か》けるよ」

フルールはむきだしの腰に手を擦りつけ、若さや怯えを見せまいとした。「もうあなたとレスリングの試合をするつもりはないわ」

「グリッター・ベイビーは髪が乱れるのがいやだったんだろう？　それともまたおれを倒して賭けに勝つのが怖いのか？」

「きっと私が賭けに勝つわ」フルールは言い返した。

「それはやってみないとわからない。一〇ドルだぞ、フラワー。賭けに乗るか、黙るかどちらかにしてくれ」

　彼はわざと挑発しているのだとわかっていても気にしなかった。ただひたすら彼の口もとに浮かんだ薄ら笑いをやめさせたかった。「二〇ドルにしてちょうだい」

「そんな度胸はないよ、フラワー。ビビる」彼は後ろに下がって身がまえた。そうすることでいくらかでも有利になるとでもいうように。

　フルールは彼をにらんだ。「あなたにはいいお医者さんがついてるはずよ」

「まだ意地を張るつもりか」

「こんなのあまりに子どもじみていると思わない？」

「グリッター・ベイビーは怖気《おじけ》づいたってことかな。自分が怪我をするのが怖いんだ」

「そのとおりよ！」フルールは砂の多い地面に足を突っこみ、腕を振り上げて彼のほうへ向かった。

　まるで壁にぶつかったようだった。

　彼に受け止められなければ、きっと地面に倒れていただろう。だが彼はしっかりと彼女の体を受け止め、ぴたりと自分の胸に引き寄せた。フルールはしばし乱れた呼吸を整え、無理やり体を離した。彼の肩にぶつかった顎が痛んだ。肩もズキズキした。「こんなのばかげてる」フルールは足音荒く歩み去ろうとした。

「おい、フラワー」ジェイクはゆったりしたカウボーイのような歩調で前に進み、フルールのそばで止まった。「ほんとにきみってさっきのようにしかできないのか？　それともまた白いビキニが汚れるのを恐れているのか」

フルールは信じられないといった様子でジェイクを見た。肋骨《ろっこつ》も顎も痛み、呼吸も荒かった。「あなた、どうかしてるわ」

「賭けを倍にしよう。今度はもっと後ろからぶつかってこい」

フルールは肩をさすった。「やめとく」

ジェイクは笑い声を上げた。それは爽快《そうかい》といってよいほどの声だった。「わかったよ、もう勘弁してやろう。でも二〇ドル負けたことは忘れるなよ」

それがあまりに得意げな言い方だったので、フルールは思わず彼の挑発に乗ってしまいそうになった。幸いそこで良識が目覚めた。認めるのは癪《しゃく》だが、彼が上手に気分をほぐしてくれたことは間違いないのだ。二人は一緒に農家の角をまわって現場に戻りはじめた。「あなたは自分がそうとう頭のめぐりがいいと思っているんでしょうね」フルールはいった。

「おい、おれは天才ということになってるんだぞ。批評家の意見を読んでみなよ。残らず。読めばそれがわかる」

フルールは彼を見上げ、見せかけの愛嬌いっぱいの笑みを浮かべた。「魅力的な女は字なんて読めないの。映画を観るだけなの」

彼は笑いながら歩み去った。

次のテイクで二人は同じシーンを演じ、これだとばかりにジョニー・ガイはオーケーを出した。だがフルールの束の間の満足感は、ジョニーが次のシーンのリハーサルをやるといいだしたのでまたたく間に消え去った。リジーはマットの腕に抱かれながら、妹のようなキスをするのだ。二人はいくつかの言葉を交わし、リジーはふたたびマットにキスをするのだが、今度は兄にするようなキスではない。マットは戸惑って体を離そうとするが、何年か会わないうちに起きたリジーの変化を受け入れようとするマットの様子をカメラはとらえる。

ジェイクはまだフルールをからかっており、二〇ドル返さないと仕事に戻らないという。それでフルールも笑い声を上げ、なんの問題もなく妹らしいキスをすることができた。だが台詞が硬く、何度も撮り直しが続いた。だがリジーは演じやすい役ではないので、それほどの大失敗というわけではなかった。昼食のための休憩に入ると、ジェイクは幼い少女にするようにフルールのおさげ髪を引っぱり、おれのいないあいだに誰かを殴るんじゃないぞとからかった。

昼食後はいくつかクローズアップを撮影した。それが終わるまでにフルールは三枚目のシャツに汗じみを作ってしまった。衣装部はシャツに汗よけパッドを縫いこみはじめた。

次は二度目のキスのシーンが待ちかまえており、難儀することはフルールも覚悟していた。カメラの前でも、そしてプライベートでもキスの経験はあったが、ジェイク・コランダとキスするのは気が重かった。頑固な男だからではない。彼は意外にも気さくに接してくれている。ただ彼のそばいると何か妙な感覚に襲われるからなのだ。

アシスタント・ディレクターがフルールを呼んだ。ジェイクはすでに位置につき、ジョニー・ガイと話していた。ジョニー・ガイがシーンの説明をしているあいだ、フルールはジェイクのやわらかで赤ん坊のふくれっつらにも似た、すねたような口もとをじっと見つめていた。そんな視線にジェイクが気づき、不思議そうな顔をした。フルールはあくびをしてむきだしの手首をじっと見つめた。

「グリッター・ベイビーはホットなデートが控えているのかな？」と彼は訊いた。

「いつもね」フルールは答えた。

ジョニー・ガイがフルールのほうを向いた。「このシーンでは口を開いたディープキスが必要なんだ。リジーはマットの性欲を呼び覚まそうとするんだよ」

フルールはにっこり笑い、親指を立てた。「了解」胸がざわめき、とどろきはじめる。私はたしかにあまりキスがうまくない。でも好きでもない相手とのデートしか経験したことがないのだから、仕方がないのだ。

ジェイクがフルールの体に腕をまわした。ビキニのボトムのすぐ上のあらわな皮膚に彼の手が触れる。考えてみればもう朝からずっとこうして彼と体を密着させている。

「足が気になるな」ジョニー・ガイがいった。

フルールは下を見た。そこにはいつもどおり大きな足があった。

「もっと近づけてくれ」

そのときやっとフルールは自分の状態を認識した。胸はジェイクと合わせているものの、下半身を後ろに半分引いていたのだった。彼女は慌てて腰の位置を直した。彼は靴を履き、フルールは素足で、ジェイクのほうが四インチほど背が高かった。それを奇妙に感じ、いい気分ではなかった。

これはマットなのよ、とフルールはみずからに言い聞かせた。ジョニー・ガイがカメラの後ろにまわった。『男性経験はあるが、マットに惹かれているんだ』というのが監督からの補足説明だった。

ジョニー・ガイはアクションを指示し、彼女はマットの制服の前身頃に指を這《は》わせた。目を閉じ、彼のやわらかくあたたかな唇にキスをした。そのままマットとリジーのことを考えた。

ジョニー・ガイはまったく満足しなかった。「あまり気持ちが入ってなかったね。もう一度やってみようか」

二度目には、マットの袖を上から下へとさすってみた。ジェイクはワンテイク終わるとあくびをして腕時計を眺めた。ジェイクの場合はそわそわと落ち着かないからそんな仕草を見せたのではないことがフルールにもなんとなくわかった。

ジョニー・ガイがフルールをわきへ連れていった。「まわりの視線なんて気にするな。みんな一刻も早く仕事を終えて晩飯を食いたいとしか考えてないんだよ。落ち着け。もっと彼に寄り添ってみてくれ」

フルールは元の位置に戻りながら自分に言い聞かせようとした。これはたんなるビジネス上の技術的な要素でしかないのよ。ドアを開けるといった動作と変わらないの。落ち着くのよ。しっかりして。

二度目のキスはうまくいったと自分では思ったが、それは自己満足にすぎなかったようだ。

「もっと口を開けられるかい、フルール?」ジョニー・ガイがいった。

フルールは独り言で自分を叱りながらジェイクの腕のなかに戻り、彼が監督の言葉を聞いていたか確かめたくて、彼の顔を見上げた。「ごめんよ、手を貸せなくて」彼はいった。「ここでは受け身だからさ」

「手なんて貸してもらわなくていいわ」

「失礼」

「ひとりじゃどうにもならないと思っているのね」

「反論しない」

ジョニー・ガイがアクションと声をかけた。フルールはベストを尽くしたが、キスが終わるとジェイクは自分の首をさすっていた。「眠気に襲われそうだ、フラワー・パワー。ジョニー・ガイに休憩を申し出て、そのあいだに裏庭で練習しようか?」

「少し緊張しているだけなの。なんといっても今日が初日なんですもの。ヘルメットに膝あてパッドなしでは、あなたと練習なんかしないわ」

ジェイクはにやりと笑い、思いがけず首をかがめてフルールの耳もとでささやいた。「性欲なんか掻き立てられないほうに二〇ドル賭けるよ、フラワー」

それはなんともいえずセクシーで、しびれるほどに官能を刺激する声だった。

次のテイクはうまくいき、ジョニー・ガイはオーケーを出したが、ジェイクはフルールにもう二〇ドル貸しがふえたよ、といった。

10

フルールがスタジオから戻るとベリンダがパティオで待っていた。ほぼ二週間ぶりの再会だった。ノースリーブのバティックプリントのトップにベルトつきのリネンのスラックスを着たベリンダは潑剌《はつらつ》と美しかった。フルールは母を強く抱きしめ、顔を調べるように見た。

「あとになっていないわ」

「これなら、若いころに認めておけばよかったと映画関係者が悔やむかしら」

「きっとみんな後悔の涙にくれるはずよ」

ベリンダは身震いした。「水疱瘡なんかにかかってひどい目に遭ったわ。あんな経験するものじゃないわよ」ベリンダはもう一度娘にキスをした。「あなたに会いたくてたまらなかった」

「私もよ」

二人はプールの近くで食事をした。陶器の皿には海老とパイナップル、クレソンをピリリとしたドレッシングであえたフルールのお気に入りのサラダがこんもりと盛りつけられていた。フルールは前の週の出来事をベリンダに報告したが、いつもならすべてを語るのに話題がジェイクに及ぶと言葉を濁した。撮影二日目の月曜日、フルールは彼に関して判断を誤ったと感じた。からかったり、『フラワー・パワー』などと呼んだりしても、ジェイクは彼女を気遣ってくれるのだ。火曜日には彼に好感さえ抱いた。水曜日になるとはっきりと好意を持った。そして今日の昼休みが終わるころには、少し彼に夢中になっていることを自覚した。ベリンダに気づかれないようにしないと、面倒だ。なので一日目に彼を押し倒してしまったことと、彼がそれをうまくカバーしてくれたことだけ話して聞かせた。

ベリンダは予想どおりの反応を示した。「彼なら当然よ。大物映画スターなのに、あなたが恥ずかしがっていることを理解してくれたわけね。ジミーに似ているわ。一見粗野だけど優しく思いやりのある人なの」

ジェイクが愛しいジミー・ディーンの素質をすべてそなえているというベリンダの強い確信にフルールは苛立ちを覚えた。「彼のほうがずっと身長があるし、顔だって似ていないわ」

「二人は同じ素質を持っているのよ。ジェイク・コランダも反逆児なの」

「まだ会ったこともないのに。彼は誰かのそっくりさんじゃないわ。少なくとも私の知っているほかの誰かには似ていない」ベリンダが妙に冷ややかな表情を見せたので、フルールは口をつぐんだ。

親指の関節を自由に動かせることが自慢で、御年六十歳の家政婦ミセス・ジュラドが電話機を抱えてパティオに現われ、コードをつないだ。「ミスター・サヴァガーからお電話です」フルールが手を伸ばすと、ミセス・ジュラドは首を振った。「ミセス・サヴァガーにです」

ベリンダは不可解そうな表情で肩をすくめ、イヤリングをはずすと受話器を取った。「何か用なの、アレクシィ？」ベリンダはテーブルの上を指先でたたいた。「それで、私にどうしろと？　もちろん彼から連絡なんてないわよ。わかったわ。ええ、何かわかったら知らせるわよ」

「どうしたの？」ベリンダが受話器を置くと、フルールは尋ねた。

「ミシェルがクリニックからいなくなったの。あの子が私に連絡してきたかどうかアレクシィは知りたかったのよ」ベリンダはふたたびイヤリングを耳につけた。「どの子をよそに預けるべきかという判断を誤ったことは、さすがのアレクシィも認識しているでしょうね。私の娘は美しくて社会的にも成功し、彼の息子はホモセクシュアルで弱虫なんですもの」

ミシェルも同じくベリンダの子どもなのに、と思うとフルールは食欲がなくなった。ミシェルをいまでも嫌いではあるものの、ベリンダの態度は間違っていると感じるからだ。

数カ月前にミシェルがパリ社交界でも有名な妻帯者と長らく愛人関係にあるという噂《うわさ》が表面化した。発覚後その男性は致命的な心臓発作に襲われ、ミシェルは自殺を図った。フルールはファッション界の公然とした同性愛に慣れているので、世間の騒動を信じられない思いで眺めていた。アレクシィはミシェルがマサチューセッツの学校に戻ることを禁じ、スイスの私立のクリニックに監禁したのだった。フルールはミシェルに同情しようとした——事実同情してもいた。だが心のどこかに醜い残酷さが潜んでいて、ミシェルがついに運命から見放されたことを当然の報いと感じているのも事実だった。

「もうサラダを食べないの？」ベリンダが訊いた。

「急に食欲がなくなったの」

ディック・スパノのくせのある葉巻の匂いとファーストフードの容器のタマネギのしつこい臭気が映写室に広がった。今夜ジェイクは二週間分の編集用プリント《ラッシュ》を見ていた。俳優としてこのような作業に関わることはしないが、駆け出しの脚本家としては台詞がどうなのかをチェックし、必要なら書き直しも検討しなくてはならないことを認識していた。「ここはうまいこといってるじゃないか」マットとリジーが交わす最初のやりとりを見て、ジョニー・ガイがいった。「書く力はたいしたもんだと思うよ。なぜニューヨークの劇場ものなんかで才能を無駄にしていたのかおれにはわからん」

「虚栄心を満足させるんだよ」ジェイクは、リジーがマットにキスを始めるシーンを見つめながらいった。「だめだ」

　二人はキスをワンカットずつ見ていった。

「悪くはないよ」ディック・スパノがシーンの切れ目にいった。

「あの娘もそれなりにやってる」ジョニー・ガイがいった。

「最悪だ」ジェイクはメキシコのビールを飲み干し、瓶を床の上に置いた。「キスまではどうにかなるだろう。しかしそれより重いシーンはきっと手に余るだろうな」

「まあそう悲観的になるな。あの娘ならやれるだろう」

「あの子にリジーのような役は無理なんだよ。威勢はいいし、快活なふりをしているが、修道院で育ったんだぞ」

「修道院というわけじゃない」ディックがいった。「修道院の運営する学校だ。そこには違いがある」

「いや、そうでもない。洗練されてはいるが、世間知らずなところがある。世界じゅうを旅しているし、あんな読書家の若者に会ったことがない。ヨーロッパ人らしく哲学や政治を語りもする。それなのにガラスの泡のなかで暮らしてきたように見える。彼女は厳しく躾《しつ》けられてきた。ごく普通の人生経験がないし、それを隠せるだけの演技力はない」

ジョニー・ガイはミルキー・ウェイの包み紙を剝がした。「あの娘ならきっとやりとおせるさ。努力家だし、カメラ写りは抜群だ」

ジェイクは椅子に深々と座り、見つめた。ジョニー・ガイの言い分は一つだけ正しい。カメラ写りは素晴らしい。あの大きな顔がスクリーンに映え、コーラスガールのような脚にはほれぼれさせられる。ありきたりのしとやかさはないものの、あの長く力強い歩幅には人を惹きつけるものがある。

とはいえ奇妙なほどのうぶさはリジーの巧妙な色気にはほど遠い。最後のラブシーンでリジーは積極的で支配的な動きを見せ、彼女にあどけなさを感じていたマットの妄想を打ち砕かなくてはならない。フルールは一応形だけはこなしているが、お義理でものごとをやる女ならこれまでいやというほど見てきた。この娘の場合、真実味に欠けるのだ。

長い一日だったので、ジェイクは目をこすった。この映画の成功はこれまでのどんな仕事より大きな意味を持つ。台本はいくつか書いたが、結局くずかご行きだった。〈日曜の朝の日食〉で初めてみずから満足できるものになったのだ。思いのこもる作品を受け入れる観衆は存在すると信じるだけでなく、何か賞を取ることはなくとも、二つの表情しか使わない役柄とはまた違うものを演じてみたいという気持ちもあった。

この世界でのキャリアは思いがけないきっかけから始まった。二十歳のときベトナムで最初の脚本を書いた。他人には内緒で書きはじめ、帰郷するだいぶ前に書き上げた。サンディエゴの陸軍病院から退院すると、脚本を書き直し、除隊されたその日にニューヨークに送った。四十八時間後、LAの配役エージェントにスカウトされ、ポール・ニューマンの西部劇の端役のオーディションを受けてみないかと誘われた。翌日契約をすませたが、一カ月後ニューヨークの興行主が連絡をよこし、送った作品の製作について相談をもちかけてきた。ジェイクは映画出演をすませると、眠い目をこすって東部に向かった。

それが慌ただしい二重生活の始まりだった。プロデューサーがジェイクの作品を舞台にした。報酬は少なかったが栄光は大きい仕事だった。いっぽうスタジオは彼のスクリーンでの演技を認め、より大きな役をオファーした。クリーブランドでもいかがわしい地域出身の若者にとって金は大きな要素で、稼げるチャンスを逃すことはできなかった。彼は両方の仕事をやりくりしながら進めるようになった。西部で富を得、東部では好きな仕事に情熱を注いだ。

彼は最初のカリバー映画にサインして新しいキャラクターを演じることになった。バード・ドッグが大当たりでファンレターが殺到し、演劇のほうもピュリッツァー賞を受けた。結局ハリウッドを去ることも考えたが、演劇での収入は次の映画の出演料の半分以下だった。結局映画出演をすることにし、それ以来絶え間なく出演作は続いている。それを悔やむ気持ちはない。それほどにには。

ジェイクはふたたびスクリーンに気持ちを戻した。彼はグラマーガールなどとフラワー・ガールをからかっているが、本人はあまり容姿に頓着していないようだ。仕方のないときしか鏡を見ないし、見ても自分に見とれるようなこともない。フルール・サヴァガーは予想以上につかみどころのない相手だった。

彼にとって難題はフルールが小柄でブルーネットの現実のリズとは似ても似つかない容姿をしていることだった。彼とリズがキャンパスを歩くと、彼の一歩がリズの二歩というぐらい歩幅に差があった。バスケットボールの試合の最中にスタンドを見上げたとき、彼がプレゼントした光る銀色のクリップで輝く黒髪を後ろにまとめたリズの姿が見えたことを覚えている。自分はなんとうぶなロマンチストだったことか。

これ以上思い出すのはやりきれなくなった。いまにもクリーデンス・クリアウォーターの音楽が聞こえ、ガソリンの匂いさえしてきそうだ。ジェイクはドアに向かった。途中でビールの空き瓶が足にひっかかり、彼はそれを壁に向かってぶつけた。

ＬＡ到着の翌朝、ベリンダはフルールのメーク中に防音スタジオの奥でジェイクを待った。ようやく足音が聞こえてきた。時がまたたく間に過去に逆戻りし、十八歳の自分がシュワブのドラッグストアのカウンターに立っていた。彼が制服の上着のポケットからチェスターフィールズの箱を引っぱり出すのではないかという気さえしたほどだ。ベリンダの胸は高鳴りはじめた。まるめた背中、うつむいた顔、自分らしく生きる男。反逆児、ジェームズ・ディーン。

「あなたの映画、大好きなの」ベリンダは彼の進路をふさぐようにして前に出た。「カリバー映画はとくに」

ジェイクは歪んだ笑みを返した。「それはどうも」

「私は、ベリンダ・サヴァガー、フルールの母親よ」彼女は手を差し出し、ジェイクと握手した瞬間、眩暈《めまい》を感じた。

「ミセス・サヴァガー、お会いできて嬉しいです」

「どうか私をベリンダと呼んでちょうだい。フルールに優しく接してくださってありがとう」

「新人はとかく苦労が多いので」

「それでも誰もがそこまで手を貸してくれるとはかぎらないわ」

「彼女はいい子だから」

ジェイクが立ち去ろうとしたので、ベリンダは彼の袖にマニキュアをした指の先で触れた。

「差し出がましいならごめんなさい。フルールと私からの感謝のしるしに日曜日の午後ステーキをご馳走したいわ。何も特別なおもてなしというわけじゃないの。インディアナの庭先でよくやる野外料理よ」

ジェイクはベリンダの着ている紺色のイブ・サンローランのチュニックと白のギャバジンのパンツをさっと見た。その視線には好ましさが感じられた。「とてもインディアナ出身には見えないな」

「生まれも育ちもインディアナよ」ベリンダはいたずらっぽい表情を浮かべてみせた。「三時ごろ炭火に点火する予定よ」

「たしか日曜日は予定があったな」ジェイクは心から残念そうにいった。「一週間炭火を消さないでもらえると嬉しい」

「無理な相談というわけではないわ」

ジェイクが微笑みながら立ち去ると、ベリンダは会心の笑みを浮かべた。ジミーが生きていたらこうやって誘っていたはずなのだ。よく冷えたビールにポテトチップス。それも袋のまま。ペリエなんて出さない。ああ、本物の男が恋しい。


翌週の週末、フルールはベリンダを上からにらみつけた。ベリンダはプールサイドのラウンジで横になり、オイルを塗った体に白いビキニを着て金のアンクレットをきらめかせ、大きすぎるべっ甲のサングラスをかけて目を閉じていた。日曜日の午後三時をまわったところだった。「こんなことするなんて、信じられないわ。無理よ！　ママから今日のことを聞いて以来彼とまともに目を合わせられなくなってしまったわ。ママのおかげで彼はとんでもない状況に追いこまれたのよ。私もね。彼だってたまのお休みをこんなことでつぶされたくないはずよ」

ベリンダはむらなく日焼けするよう指を広げた。「バカいわないでちょうだい。彼を楽しませてあげようというのよ。いまにそれがわかるわ」ベリンダはジェイクを野外料理に招待したと告げて以来、ずっとそういいつづけている。フルールは枯葉すくいの網をつかみ、プールの縁へ向かった。平日にジェイクの前で取る態度にもひどく気を遣っているというのに、日曜日も同じことをしなくてはならないとは。もしも彼に愚かしい片思いをしていることが知れてしまったら……。

フルールはプールに浮かんだ枯葉をすくいはじめた。はじめはちょっとしたのぼせ上がりだったが、想いは日増しに強くなっている。幸いにしてそれが恋のときめきでないことがわかる理性はある。これは性的欲求のなせるわざ。ようやく欲望で膝《ひざ》の力が抜けてしまうような相手に巡りあったということなのだ。それにしてもなぜそれが彼でなくてはならないのか？

なんにせよ、今日は愚かしい行動はとらないようにしようと思う。視線を注いだり、話しすぎたり、大声で笑うのは控えなくては。彼のことはとにかく無視する。彼を招いたのはベリンダなのだから、接待は任せておけばいい。

ベリンダはサングラスを少し傾けて上げ、かぎ裂きのできた古いタンクトップをじろじろと眺めた。「ビキニに着替えたらどうなの？　それは最悪よ」

ジェイクが開いたフランス窓からパティオに出てきた。「それで充分素敵だよ」

フルールは網を落とし、プールに飛びこんだ。こんな古いタンクトップをわざわざ着たのは、彼を憧れの目で見る世の女たちと同類に見られたくなかったからだ。リンはそんな女たちの反応を『コランダの魔力』と呼んでいる。

フルールはプールの底に手を触れ、水面に浮かび上がった。彼はベリンダの隣りで長椅子に座っていた。だぶだぶした紺色の水泳用トランクスにグレイのスポーツTシャツに、くたびれたランニングシューズを合わせている。彼がきちんとした身なりをしているのは衣装のときだけだということはすでに知っている。それ以外のときは古びたジーンズに普通なら棄てしまうような、褪せたTシャツを着ている。

そんな服装をしているにもかかわらず、いつ見ても素敵なのだ。

ベリンダがいった言葉に顔をのけぞらせて笑うジェイクの様子に、フルールは突如嫉妬を覚えた。ベリンダは男性との会話術に長《た》けている。そんなところが母親に似ていたらよかったのにと残念だが、ベリンダとグレッチェンがデートをお膳立てした俳優やら裕福なプレイボーイといった、話しやすい相手には興味が持てないのが困りものだ。好意を勝ちえたいと思う相手と話した経験はないに等しい。フルールはふたたび水にもぐった。性的な意味で異性に夢中になるにしても、せめて世間並みに十六歳のころ体験しておきたかったと思う。なぜ自分はこうも晩熟《おくて》なのか。しかもなぜ、その相手が脚本も書く有名なもてもての映画スターでなくてはならないのか。

ふたたび水面に浮かび上がると、ちょうどベリンダが長椅子の横に脚を投げ出しているところだった。「フルール、私がはおり物を取ってくるあいだジェイクのお相手をしててよ。日焼けで肌がほてりはじめたの」

「そこにいろよ、フラワー。おれも泳ぐよ」ジェイクはTシャツを脱ぎ、靴を脱ぎ捨てた。そしてプールに飛びこんだ。かなり離れたプールの端で水面に浮かび上がった彼はフルールのほうに向かって泳いだ。彼女は腕の筋肉の動きや顔と首を水が流れ落ちるさまをじっと見つめた。ジェイクはフルールのそばで足を下に向けた。欠けた歯を見せる彼の笑顔がまぶしくて、フルールの胸がキュンと痛んだ。

「髪が濡れちゃったね」ジェイクがいった。「ニューヨークのグラマーガールは水を見るだけなのかと思ってたよ」

「ニューヨークのグラマーガールのことなんてわかってないのがバレバレね」フルールはそういって水面下にもぐったが、離れようとする前に足首をつかまれた。彼女は水を噴出して水面に顔を出した。

「おい！」ジェイクは怒ったふりをした。「おれは大物映画スターだぞ。女性に逃げられるなんてありえないよ」

「普通の女性ならそうかもしれないけど、大物グラマーガールならインテリ脚本家なんかに負けないわ」

彼がそれを聞いて笑っているあいだにフルールは彼の手を振り切りはしごに向かって泳いだ。

「きたないぞ」ジェイクは叫んだ。「きみのほうが泳ぎがうまい」

「気づいたわ。あなたのフォームは最悪」

だがそれより最悪だったのは彼もフルールのあとからはしごを上ってきたことだった。

「間違っていたらごめん。だけどきみは今日おれに会うのが面白くないように見える」

ひょっとしたら私の演技力もまんざら捨てたものではないのかもしれない。フルールは椅子からタオルを取り、体を包んだ。「べつに個人的感情はないわ」という。「昨日夜更かしをしただけ」じつは夜遅くまで彼の戯曲作品をいくつも読んでいたからなのだ。「それに明日やることになっているあなたとリンを相手に演じるシーンが少し心配でもあるの」少しどころではない。怯えているといったほうが正しい。

「ランニングして話し合おうか」

フルールはLAに来て以来ほとんど毎日走っているが、この緊張のエネルギーを発散させるにはもってこいの方法だ。「そうね」

「可愛いお嬢さんをしばらく借りていいかな？」ジェイクはレースのはおり物を着てパティオに戻ってきたベリンダに向かって声を上げた。「ステーキを食べる分腹をすかせてこなくちゃ」

「どうぞ」ベリンダは陽気に手を振って答えた。「急いで戻ってこないでちょうだい。寝る前の読書にぴったりの新しいジャッキー・コリンズの本を手に入れたからね」

ジェイクは顔をしかめた。フルールは微笑み、ショーツとランニングシューズに着替えるために室内に入った。靴の紐《ひも》を結ぼうとベッドに座ると、読みかけの本が床に落ち、朝しるしをつけておいたページが目に入った。


コランダはアメリカの労働者階級の人びとを映す鏡としてのイメージを保ちつづけている。ビールとコンタクト・スポーツをこよなく愛し、日々懸命に働いてその日の賃金を得ることが大切だと信じる人びとである。しばしばむきだしともいえる滑稽《こっけい》な言葉を通して、彼はアメリカ人の美点と欠点を表現する。

一人の批評家が次のパラグラフでより簡潔に言いきっている。

極端な言い方だが、コランダはこの国の急所をつかみ、握りしめることで成功を収めているといっても過言ではない。

フルールは彼の戯曲のほかに、彼の作品に関する学術的な記事を読んでいる。また彼の人間関係についても少し調べているのだが、彼が秘密主義なのでなかなかむずかしい。それでも一つ判明したのは、彼が同じ女性とはせいぜい数回しかデートしないということだ。

車道のはずれでジェイクが後脚筋の後腱《けん》をストレッチしていた。「ついてこれるかな、フラワー。それともベビーカーを持ってこようか？」

「へんね。車椅子を用意しようかと思っていたのに」

「まいったな」

フルールは笑みをこぼし、二人はゆっくりとした歩調で走り出した。今日は日曜なのでいつもはビヴァリー・ヒルズの前面の芝生の手入れをする庭師の一連隊がおらず、道路はいつもよりひと気が少ない気がする。フルールは何か面白い話題はないものかと考えた。「そういえばあなたが駐車場のわきでバスケットボールをしている姿を見かけたわ。リンから聞いたけど、大学のとき、選手だったそうね」

「いまでも週二、三回はやってるよ。頭がクリアになってものが書けるんでね」

「脚本家って体育会系じゃなくて頭脳派なんじゃないの？」

「脚本家は詩人なんだよ、フラワー。バスケットボールも詩なんだ」

あなたもね、とフルールは内心つぶやいた。謎めいて官能的な一篇の詩。そう思うと胸がときめいて、思わずつまずきそうになった。「バスケットボールは好きだけど、詩とあまり結びつかないわね」

「ジュリアス・アーヴィングという男の名を聞いたことは?」

フルールは首を振り、自分のせいで彼の走る速度が遅くなってはいけないと思いスピードを上げた。

ジェイクは走りのリズムを合わせてきた。「アーヴィングは〝ザ・ドック〟というニックネームで呼ばれている。ニューヨーク・ネッツの、めきめき頭角を現わしてきている若手の優秀な選手なんだ。優秀どころじゃない、めったに出ない天才といっていい」

フルールは心のなかでジュリアス・アーヴィングを読書リストに加えた。

「〝ザ・ドック〟のコート内の動きはすべて詩そのものなんだ。彼が動くと引力の法則など消えてなくなる。彼は飛べるんだよ、フラワー。人間は飛べないはずなのに、ザ・ドックは飛ぶ。それが詩というもので、それがあるからおれは書かずにいられないんだ」

ジェイクはみずからについて語りすぎたと感じたのか、急に気まずい表情を見せた。開いていた彼の心の窓にシャッターがおりるのをフルールは感じた。「もっとスピードを上げよう」彼はうなるようにいった。「こんなんじゃ歩いているのと変わらない」

遅いのは私のせいじゃないわよ。フルールは素早く彼の前に出ると舗装された自転車専用レーンに入り、長いストライドでぐんぐん走った。やがて彼が追いつき、二人のTシャツは汗ばみはじめた。「明日撮るシーンで悩んでいるのはどこなんだい?」ジェイクがようやくいった。

「それはなんというか……うまく説明できないわ」フルールは息を切らし、深く息を吸いこんだ。「リジーって……とても計算高いように思えるの」

ジェイクはフルールのためにスピードを落とした。「事実、抜け目ない牝狐《めぎつね》なんだよ」

「でもいくらディディーが嫌いでも、姉を……それにディディーのマットに対する気持ちを知っているのよ」フルールは大きく息を吸いこみながらいった。「なぜリジーがマットに惹かれているかは理解できるの――なぜ彼女がマットと――肉体関係を持ちたがるのかはね――でもなぜああまで打算的なのかがわからないの」

「昔から女はそうなんだよ。一人の男をめぐって二人の女の友情なんてすぐに壊れる」

「そんなの嘘よ」少し前にジェイクのことでベリンダに嫉妬を覚えたことを思い出し、フルールは自己嫌悪の感情に襲われた。「価値のない男のために誰かと争い合う暇なんて女にはないの」

「おい、現実ってものを明らかにしようとしているのはこっちなんだぞ。利いたふうな口をたたくな」

「物書きらしい言い草ね」

彼はにやりと笑った。フルールは自分を励ますためにさらに深呼吸した。「ディディーはもっと……リジーより徹底しているわ。強さと弱さを持った女性よ。慰めてあげたいとも感じるし、何をしているのと揺すぶってやりたくもなる存在よ」フルールはディディーのほうが役柄としてよく書けていると口走りそうになってやめた。それが本音ではあったが。

「上出来だ。よく台本を読みこんでいるね」

「偉そうな言い方。その役を演じなくてはならないのは私で、その私が役を理解できないといってるのに。厄介な役なんだもの」

ジェイクはふたたびスピードを上げた。「悩むのは当然だよ。きみは数年前までかなり過保護な環境で育ったと聞いている。リジーみたいな人間には会ったこともないかもしれないが、男ってやつはリジーのような女の仕打ちが忘れられないものなんだ」

「なぜ？」

「理由なんてどうだっていい。問題なのは結果だから」

熱い片思いにとらわれたフルールはジェイクに怒りを覚えずにいられなかった。「ほかの役柄についてはそんな投げやりな言い方をしないのに、リジーに関しては違うのね」

「おれを信頼してくれとしかいえない」ジェイクはフルールより前に出た。

「どうすれば信頼できるというの？」フルールは後ろから叫んだ。「あなたが偉大なピュリッツァー賞受賞者で、私はコスモポリタンのカバーガールでしかないからなのね！」

ジェイクは歩調をゆるめた。「そんなことといってない」二人はちょうどひと気の少ない区域の静かな公園に行き着いた。「しばらく歩こう」

「駄々っ子扱いしないでよ」フルールはすねたような自分の口調がいやだった。

「おたがい遠慮なくいおうじゃないか」彼はスピードを落としながらいった。「きみはリジーの役柄が気に食わないのかい、それともおれがきみの出演に反対していたことを根に持っている？」

「現実を明らかにしたいんでしょ。好きにして」

「だったら配役について話そう」ジェイクはTシャツの裾《すそ》を持ち上げて顔を拭いた。「きみはスクリーン映りがすごくいいよ、フラワー。きみの顔は不思議な魅力に満ちているし、素晴らしい脚をしている。ジョニー・ガイは撮影用の台本を毎晩書き直してきみのクローズアップシーンをふやしているありさまだ。編集用のフィルムを見て涙ぐむこともある」ジェイクは微笑み、フルールの怒りがいくらか収まったのを確かめた。「それにきみはいい子だ」

いい子。子ども扱いされ、フルールの心は傷ついた。

「他人の意見に耳を傾けるし、努力家だ。それに根っから悪意がない人間だと思う」

フルールはミシェルのことを思い、心のなかでそれを否定した。

「きみがリジーを演じることに危惧《きぐ》を抱いたのはそのためさ。リジーは貪欲《どんよく》な肉食獣だ。きみとはまるきり正反対の人格設定なんだから」

「私は女優なのよ、ジェイク。自分とかけ離れた役を演じることも必要だわ」フルールはそういいながら、なんと偽善的な言葉なのかと自分でもあきれた。私は女優ではない。本来見せ物に向いている肉体をカメラの魔術で美しく変身させられたただの人形なのだ。

彼は髪に指を入れ、髪の半分を少し立たせた。「リジーについて説明するのはむずかしい。過去に出逢ったある女性をモデルにしているんだ。ずいぶん前に結婚していたことがあってね」

男優のグレタ・ガルボともいうべき大スター、ジェイク・コランダが私に告白をしようとしているのか？　しぶしぶではあっても。自分の過去をほんの少し明かしただけで苛立ちを見せていた彼が。「どんな人だったの?」

彼の顎の筋肉がピクリと引きつった。「それは重要じゃない」

「聞かせてほしいわ」

彼は何歩か歩き、足を止めた。「男をもてあそぶ女だった。あいつは小さくてきれいな歯でおれを嚙みくだき、吐き出した」

過去にさまざまなトラブルの原因を作ったフルールの頑固さが、またしても居座った。

「でも恋をしたのだから、何か魅力はあったはずよ」

彼はまた歩きはじめた。「それ以上訊くな」

「知りたいの」

「詮索《せんさく》するな。アレがよかった。それでいいだろ」

「それだけ?」

彼は足を止め、振り向いた。「あいつの体だけで満足していた男はいくらでもいただろうが、クリーブランドのスロバキア人の無知な若造にはそれが見抜けず、あいつを子犬のように純真だと思いこんだ!」

彼の苦悩が痛いほど伝わってきた。フルールは彼の腕をつかんだ。「ごめんなさい、ほんとうに」ジェイクは腕を引っこめた。黙ったまま家に戻っていきながら、フルールは彼の元妻ははたしてどんな女性だったのかと考えた。

ジェイクの想いも同じような道をたどっていた。大学一年のはじめにリズと出逢った。バスケットボールの練習が終わって帰る途中、演劇部がある建物にリハーサルを見にいった。

ステージに立つリズは見たこともないほどの美人で、子ネコのように小柄な黒髪の女性だった。その日の夜、彼はリズにデートを申し込んだが、運動部の部員とは付き合う気がないといわれた。断わられたことでいっそう惹かれ、彼は練習の合間に演劇部の部室に足しげく通うようになった。依然としてリズは彼を無視していた。彼女が次の学期に脚本の授業を受けることを知った彼はなんとか受講条件をクリアし、彼女と同じクラスに入った。それが人生の転機となった。

彼はクリーブランドのブルーカラーが集まるバーで雑用係として働いていたときに出会った男たちのことを書いた。いつしか片親のジェイクにとって父親がわりなっていったピートやヴィニーという名の男たちだ。

彼らは学校の勉強はどうだと尋ね、授業をサボると叱《しか》った。ある晩車を盗もうとして警察に見つかったことを知ると、彼らはバーの裏の路地に彼を連れ出し、手荒な愛情の意味を教えてくれた。

言葉が自然とあふれ出て、書いたものは教授を感心させた。それよりようやくリズの気持ちを引き寄せることができたのだ、裕福な家庭で育ったリズは彼の貧しさに心惹かれた。二人は一緒にレバノンの小説家ジブラーンを読み、愛し合った。彼はしだいに自分のまわりに張りめぐらしていた柵をおろしはじめた。まだ彼は十九歳、リズは二十歳だったが、気づけば二人は結婚する意志を固めていた。父親に仕送りをやめるぞと脅され、リズは父親に妊娠していると嘘をついた。父親は二人を急いでヤングスタウンに連れていき、簡略な式を挙げさせた。しかし妊娠が嘘だったことがわかると、父親は小切手を送らなくなった。ジェイクは授業やバスケットボールの練習の合間に街の食堂でのアルバイトの労働時間をふやした。

一人の新入生が演劇部に登録し、ジェイクが帰宅するとその男がグレイの合成樹脂のキッチンテーブルでリズと人生の意味について語り合っていた。ある夜、二人がベッドにいるところに帰ってきてしまった。リズは泣いて許しを請うた。寂しくて、貧乏にも慣れていないからと言い訳した。彼はリズを許した。

二週間後、ジェイクはリズがひざまずいて彼のチームメイトの一人と性的なたわむれに興じているのを見てしまった。リズは純真なふりをして、じつは誰とでも寝る女だということも判明した。ジェイクは彼女のマスタングのキーをつかみ、コロンバスに向かい、兵役に志願し、入隊した。ベトナムのダ・ナングに進軍したころ、離婚届の書類が送られてきた。それはリズの裏切りからあまりに間もない時期で、それをきっかけにして彼の心境は大きく変化した。

〈日曜の朝の日食〉を書いたとき、リズの亡霊がよみがえり彼につきまとった。彼の肩に座り、耳もとで無邪気な言葉や堕落の言葉をささやいた。そのイメージがリジーという役のもとになっている。無垢《むく》で純真な顔に売春婦のハートを持ったリジーは彼と並んで走る長身の美女と似ても似つかない。

「おれの判断が間違っていた。きみはきっと素晴らしいリジーを演じられるだろう」彼は軽い気持ちでいった。「あとはもう少し自分を信じることだよ」

「ほんとうにそう思うの？」

「そのとおりだよ」ジェイクは手を伸ばし、フルールの髪を素早く引っぱった。「きみはいい子だよ、フラワー・パワー。もしおれに妹がいたとしたら、きみのような子であってほしいね。ただしそれほど生意気じゃ困るけど」

11

ジェイクはベリンダが下っ端のクルーからディック・スパノ、ジェイク自身まで、セットじゅうの男性をだんだんと味方に引き入れていくさまを見守っていた。ベリンダは誰かが手助けを求めると協力を惜しまず、俳優の台詞チェックも手伝った。カメラの裏方と冗談を飛ばしあい、ジョニー・ガイの凝った肩をもんだりもした。みんなにコーヒーを配り、妻やガールフレンドのことでスタッフをからかい、元気づけた。

「あなたが変更を加えたディディーの独白は見事だわ」撮影も二カ月目に入った六月、ベリンダはジェイクにいった。「あれでいっそう深みが増した感じ」

「あんなのたいしたことないですよ」

ベリンダは真剣なまなざしでいった。「本気で褒めてるのよ、ジェイク。完璧だったわ。『もういい、降参よ、マット』とディディーがいうくだり、聞いてて泣けてきたもの。あなたはきっとオスカーを受賞するわよ」

ジェイクが感動すら覚えるのは、ベリンダのほとばしり出るような熱烈な賞賛の言葉がすべて心からのものだということだ。どんなに気分がふさいでいても、ベリンダと少し一緒に過ごすだけで心が軽くなる。恥もなくベタベタと体に手を触れたり、慰めたり、笑わせたり、あのヒアシンスのような瞳を敬愛で輝かせ見つめられると、自分が皮肉屋でもなく、ましな俳優、脚本家になった気になるのだ。ベリンダは世慣れした如才なさと、キラキラ輝くものすべてに憧れる子どものような情熱をあわせ持った魅力的な女性だ。彼女のおかげで〝日食〟の現場が最高に居心地よくなったことは間違いない。

「これから数年後に」ベリンダは宣言した。「ここにいる誰もが〝日食〟に関わったことを自慢するようになるはずよ」

誰一人としてうなずく者はいなかった。

フルールは日増しに撮影現場に向かうのが苦痛になってきた。ジェイクとベリンダの笑い声を聞くのが辛いのだ。私はなぜあんなふうに彼を楽しませることができないのだろう？セットのなかにいることが拷問のように感じられる。その原因はジェイクだけではなく、モデル業以上に演じることがいやでたまらないからなのだ。もっとうまく演じることができていれば、これほど気力が萎《な》えることもないのだろう。極端に使いものにならないというほどではなくとも、実力者ぞろいの俳優陣のなかにあって、自分だけが足を引っぱっているという気がしてならない。学校時代にはなにごとも一番にならないと満足できなかったぐらいだからなおさらだ。

ベリンダは案のじょう、娘の心配を笑い飛ばした。「あなたは自分に厳しすぎるのよ。これもみんなあの融通のきかない尼さんたちの教育のせいだわ。あの人たちのおかげで、あなたはそんなに身のほど知らずの頑張りやさんになっちゃったのよ」

フルールはセットの反対側にいるジェイクをじっと見つめた。彼はフルールの髪をくしゃくしゃと乱し、バスケットボールのシューティングに誘い、かなり年下の妹のように接している。彼に対する気持ちをベリンダに話せればどんなにか楽になれるだろうとは思うものの、このことは母親だけには打ち明けられないのだ。

もちろんそれは恋心よ、とベリンダはいうだろう。仕方ないわ。彼は素晴らしい男だもの。ジミーのように。

私は恋に落ちたわけじゃない、とフルールは自分に言い聞かせた。少なくともこれは永久の愛ではない。恋はおたがいの想いがあってこそ成り立つものではないのか。だが、ただ彼に熱を上げているだけともいえなくなってきた。もしかするとこれは幼い恋の延長なのかもしれないが、不幸なことに自分をまるで子ども扱いする男性にそんな想いを抱いてしまっている。

ある金曜日の夜、ディック・スパノがセットに仕出しをとってパーティを開いた。フルールは三インチのヒールを履き、胸元で結んだグレープデシンのサロングを着ていた。その装いはセットじゅうの男性の注目の的だったが、ジェイクだけは例外だった。彼はベリンダとの会話に気を取られていたからだ。ベリンダはジェイクを困らせたり、反論したりしない。一緒にいて楽しいのは当然なのだ。

フルールはアイオワでのロケを指折り数えて待つようになった。この映画の撮影が終わればニューヨークに帰り、ジェイク・コランダを忘れることができる。問題はこのあとどんなふうに生きていきたいのか皆目人生計画を立てられないことだ。

ディック・スパノは出演者とクルーの宿舎として、またプロダクションの司令所として、アイオワ・シティからそう遠くないモーテルを借りきっていた。フルールの部屋には不恰好なランプが二つ置かれ、オレンジ色のカーペットは擦り切れ、壁にはスーラの〈グランド・ジャット島の日曜日の午後〉の複製がかかっている。絵の厚紙の中央はポテトチップのようにまるまってしまっている。ベリンダは絵を眺めながら顔をしかめた。「このほうがまだましよ。私の部屋はヴァン・ゴッホの〈ひまわり〉よ」

「ママは同行しなくてよかったのに」フルールは必要以上に鋭い口調でいった。

「怒らないで。一人取り残されるのがいやだったの。パリでお酒に溺《おぼ》れる以外何もすることのなかった時代が長かったから、こんな生活が夢のように思えるの」

引き出しにブラをしまいこみながら、フルールは母親の顔を見上げた。ホテルにいても、ベリンダは楽しげに見える。夢が叶ったのだから当然だろう。こんなつまらないフルールの夢ではない。フルールはブラを見つめながらいった。「なんとなく……この仕事が終わったら何をしようか考えているの」

「あなたがそんなに深く考えることじゃないわ。グレッチェンとエージェントに報酬を払っているんだから」ベリンダはフルールの化粧品のケースをかきまわし、ヘアブラシを引っぱりだした。「でも近いうちにパラマウントのプロジェクトをどうするか結論を出さなくてはならないわね。なかなか魅力的な作品よ。パーカーはあなたにぴったりだというけれど、グレッチェンは台本が気に入らないの。どちらにしてもエスティ・ローダーとの契約を結ぶのが先決ね」

フルールはスーツケースからランニングシューズを出し、さりげない口調で切り出した。「もしかすると何かをする前に……少し考える必要があるかも。しばらく休暇を取るのも悪くないわね。旅行してもいいじゃない。二人だけで。きっと楽しいわ」

「バカいわないでよ」ベリンダは鏡に映った自分の顔を見つめながら髪のひと房を指でもてあそんだ。「もっと髪の色を明るくしたほうがいいかしら。どう思う？」

フルールは荷物の振り分けをするふりをやめた。「私はほんとに休みが欲しいの。この三年間厳しいスケジュールをこなしてきたから休暇が必要なの。休んでいろいろ考えたいのよ」

ようやくベリンダが本気で話を聞く気になった。「絶対にダメ」ベリンダはヘアブラシをたたきつけるように置いた。「いま舞台をおりるのはキャリア上の自殺行為よ」

「でも……私は休みたいの。目まぐるしく環境が変わったしね。素晴らしい体験だったとは思うけど……」言葉が堰《せき》を切るように出てきた。「これが自分の望む人生かどうかわからないじゃない？」

ベリンダはあきれ返ったように娘を見た。「これ以上何を望むというの？」

フルールは続けてすぐに次の映画に出演する気になれず、モデルの仕事を続けるのもいやだったが、さりとてはっきりした考えがあるわけではなく、口ごもった。「さあ、わからないわ。はっきりとは」

「わからない？　すでに頂点を極めていたら、ほかにしたいことを探すのは少しむずかしいんじゃないかしら」

「何もほかの仕事をしたいといっているわけじゃないの。ただ……私は自分の選択肢について考える時間が欲しいだけ。これがほんとうに自分の望むものか確かめたいの」

ベリンダの表情は冷ややかな他人の顔に変わった。「世界一有名なモデルであることよりエキサイティングなものがほかにあるとでもいうの？　映画スターであることより魅惑的な何かが？　いったい何をしようというのよ。秘書にでもなるの？　それとも店員？　あるいは看護助手でもやるの？　吐物を始末したり便器を洗えばいいじゃない。それで満足できるというの？」

「違うの。私は――」

「だったら何？　何を望むの？」

「そんなのわからないわよ！」フルールはベッドの縁に座りこんだ。

母は沈黙という罰を与えた。

心のなかに惨めな哀しみが広がった。「ただ私は……面食らっているだけ」フルールは小声でいった。

「面食らっているんじゃないわ。ただ現状に甘えているだけよ」ベリンダの嘲笑《あざわら》うような言葉は鋼鉄の粗いウールのようにフルールの皮膚をこすった。「あなたは望みうるすべてを手にしてきた。なんの努力もせずにね。自分がどれほどおとなげない発言をしているか、わかってる？　目標を達成したのなら違うかもしれないけど、あなたにはまだ目標がないんだもの。私があなたと同じ年齢のころ、自分が人生に何を求めるかはっきりと認識していたし、それを実現させるためなら、なんでもするつもりでいたわ」

フルールは心が萎えるのを感じた。「そうね……ママのいうとおりかもしれないわ」

ベリンダは怒っていて、そうかんたんに解放するつもりはなさそうだった。「まさかあなたにこんなことをいうとは思わなかったけど、あなたには失望したわ」母はみすぼらしいオレンジ色のカーペットを横切った。「自分が棄てようとしているものが何かを考えて、分別をもって話ができる状態になったら私のところへいらっしゃい」ベリンダはそれ以上何もいわず、出ていった。

突如、〈お告げのマリア修道院〉の裏門で立ち去る母親の姿を見守っていた子ども時代の記憶がよみがえってきた。

ベッドから立ち上がったフルールは急ぎ足で廊下に出たが、ベリンダの姿はなかった。てのひらはじっとりと汗ばみ、胸の鼓動は速まった。廊下を進み、母親の部屋に向かった。ノックしても返事はなかった。仕方なく自分の部屋に戻ったものの、じっとしていられなかった。

ロビーまで行ってみたが、ひと気はなくクルーが数人いるだけだった。ベリンダは泳ぎにでもいったのかもしれない。そう思ってモーテルの小さなプールを見てみたが、ごみ容器を空にしている作業員が一人いるだけだった。またロビーに戻り、ジョニー・ガイを見つけた。

「ベリンダを見なかった?」

彼は首を振った。「バーにいるかもしれないね」

母親は最近まったく酒を飲まなくなっていたが、ほかに探す場所もなかった。

バーの薄暗い灯りに目を凝らしてみると、すみのテーブルで一人座り、スコッチらしい飲み物をマドラーでかきまわしているベリンダが見えた。顔から血の気が失せる気がした。三年間飲酒をやめていた母親がまた酒に手をつけてしまった。私のせいで。

フルールは母親に駆け寄った。「何やってるの？　お願い、こんなことやめて。私が悪かったわ」

ベリンダはマドラーをグラスの底に突き立てた。「いま誰とも話したくない気分なの。一人にしてちょうだい」

フルールはベリンダの前の椅子に座った。「ママはこれまで立派にやってきたわ。恩知らずの娘がいるからといって自分を罰する必要はないのよ。私にはママが必要なんだから」

ベリンダは飲み物を見つめた。「あなたは私を必要としていないわ。どうやら私は娘の望まないことを無理強いしてきたようだもの」

「そんなことないわ」

見上げたベリンダの目には涙が浮かんでいた。「私はあなたを深く愛しているの。すべてあなたによかれと思ってしてきたことなの」

フルールはベリンダの手を握った。「ママはいつだってそういいつづけてきたじゃない。私たちには強い絆《きずな》があるじゃないの。まるで一つの人格のように」フルールは声を詰まらせた。「ママが幸せなら、私も幸せなのよ。私はただ戸惑っていただけなの」フルールは微笑もうとした。「ドライブに出かけましょうよ。パラマウントのことを相談できるわ」

ベリンダは頭を垂れた。「私を恨まないで。あなたに恨まれたら、耐えられない」

「恨むはずがないでしょう？　さあ、ここを出ましょうよ」

「本気なの？」

「もちろんよ」

ベリンダは涙混じりの微笑みを浮かべ、椅子から立ち上がった。フルールは立ち上がるとき腰をテーブルにぶつけ、ベリンダの飲み物がグラスの縁から少しこぼれた。そのときになってはじめて、フルールはグラスの酒が減っていないことに気づき、しばしそれを見つめた。ベリンダはこの酒に口をつけただけなのだ。


アイオワ・ロケの一週目が終わるころ、ジェイクは初めて休みを取った。遅く起きてランニングに出かけ、シャワーを浴びた。浴槽から出ようとしたときドアノックの音が聞こえた。腰にタオルを巻きつけてドアを開けると、ベリンダが立っていた。

ベリンダはシンプルなブルーとラベンダーのラップドレスを着ており、指先からなにやら白い紙の袋を提げている。「朝食はいかが？」

ジェイクは逃れがたい感情に襲われた。断わる理由もない。「コーヒーは入っているのかい？」

「濃いブラックよ」

ジェイクは入れという仕草を示した。彼女はノブに『入室ご遠慮ください』の札をかけ、ドアを閉めると発泡スチロールのカップを二つ取り出した。カップを受け取りながら、ベリンダの香水がふっと匂った。彼女はこれまで会ったもっとも魅力的な女性の一人だった。

「あなたは自分で反逆児だという自覚はあるの、ジェイク？」

彼は蓋を剝《は》がしとり、くずかごに投げ入れた。「たぶん考えたことはないね」

「私はそうだと思ってるわ」ベリンダは部屋で唯一の椅子に座り、脚を組んだ。膝がすっかりあらわになった。「あなたは理由なき反逆児よ。本能に忠実な。あなたに心ときめく理由の一つがそれなの」

「ほかにもあるというのかい？」ジェイクはにやりと笑ったが、ベリンダは完全に真顔だった。

「ええあるわ。〈悪魔の殺戮《さつりく》〉で逃亡していたときのあなた、素敵だったわ。あなたが反抗するシーンはどれも大好き。もしジミーが死なずにいまも生きていたら、そういう映画を作ったでしょうね」

「ジミー？」ジェイクはクッションをヘッドボードにポンと置き、もたれかかった。

「ジェームズ・ディーンよ。あなたを見ると彼を思い出すの」ベリンダは立ち上がり、ベッドに向かってきた。ほの暗い部屋の明かりでもベリンダの青い瞳が賞賛に輝いているのがわかった。「私はずっと孤独だったの」彼女はささやいた。「あなたのために服を脱いでほしい？」

ジェイクは思わせぶりな態度をとることに飽きあきしており、ベリンダの明快な言葉が新鮮に感じられた。「そんな素敵な申し出は久しぶりだよ」

「あなたを楽しませてあげたいわ」ベリンダはベッドのへりに腰をおろし、キスをしようと体を近づけた。唇が重なるとベリンダは彼の肩をつかみ、腕をさすりはじめた。ジェイクはよりディープなキスをし、ドレスのシルキーな生地の上から胸をさすった。彼女はすぐに体を離し、ブラウスのボタンをはずしはじめた。

「おい、もっとゆっくりやろうよ」彼は優しくいった。

彼を見上げるベリンダの目は当惑したように曇っていた。「私の体を見たくないのね?」

「時間はたっぷりある」

「私はただあなたを楽しませたいの」

「おたがいに楽しんでこそ、だよ」彼は彼女を組み敷き、スカートの下に手を入れた。

ジェイクの手が太腿に触れたとき、ベリンダは〈悪魔の殺戮〉のなかでバード・ドッグ・カリバーが美しい英国女性と体を合わせるシーンを思い出した。女性を馬から引き下ろしたカリバーは女性を抱き、女性の体をまさぐり、隠しているはずのナイフを探そうとする。ジェイクが太腿を撫でているとき、ベリンダは彼にボディチェックをされているつもりになった。

ベリンダは彼の素晴らしいディープキスを受け入れようと口を大きく開いた。みずから服を脱ぐつもりでいたのに、彼は一枚ずつ衣服を剥ぎ取っていった。彼の顔があまりに近くにあるのでベリンダは戸惑いさえ覚え、目を閉じてスクリーンの彼を思い浮かべた。

そして、気持ちの昂りを覚えた。

ベリンダはみずからを捧げようと、脚を開いた。彼のひげが肌を擦り、心地よい痛みを感じた。そのとき急に彼が動きを止めた。

ベリンダの閉じた目を見つめながら、ジェイクは自分が大きな過失を犯そうとしてると知った。彼女は神への生贄《いけにえ》としてわが身を捧げる処女のように完全に受け身になっている。出逢った日以来彼女が彼に示している賞賛の気持ちがかすかに不気味に感じられた。何をしようと許される状態ではあっても、これでは空気でふくらませて使う人形を抱いているようなものだ。

ベリンダははっと目を開いた。ジェイクは彼女がまだそこにいるか確かめたいという衝動を覚えた。「どうかした？」彼女は訊いた。

ジェイクはそのまま続けろとみずからに言い聞かせたが、フラワーの面影が頭に浮かび、さっき気味悪く感じたものが不潔に思えた。「気が変わった」ジェイクは体を離しながらいった。「ごめん」

ベリンダは手を伸ばし、彼の肩に触れた。ジェイクは厳しい問い詰めが始まるものと覚悟し、どう説明しようかと考えてみた。だが驚いたことに、そうはならなかった。「わかったわ」ベリンダはいった。

間もなく彼女は部屋を出ていった。

三日たち、あらわな胸に作り物の汗を浮かべトラクターの後部に座りながらも、ジェイクはベリンダとの出来事について悩んでいた。少し前に衣装部のトレーラーの近くでベリンダが雑誌を読んでいるのを見かけたのだった。あれ以来できるかぎりベリンダとの接触は避けている。しかし彼女のほうは以前と変わらぬ態度で接してくることがわかり、むやみに避ける必要もなくなっている。彼女は彼に何も求める気はなさそうで、それがかえって気がかりなのだ。

「ほら、シャツよ」

リンが近づいてくるのが目に入っていなかったらしい。「いつから衣装係を？」彼はデニムのシャツを受け取りながらいった。

「誰も聞いていないところであなたと話がしたかったの」リンは妊娠中の設定に合わせて詰め物を入れた腹部の上で腕組みをした。どこか決然としたリンの表情に、ジェイクは懸念を覚えた。「このあいだ午前中にベリンダがあなたの部屋に入っていくのを見たわ」

しまった。「だからどうだというんだ？」彼はトラクターからおり、リンの気をそらそうと腹部を撫でた。「おなかの子は元気かい？」

「あなたはたいへんな過ちを犯そうとしているわ」

「ジョニー・ガイに用があるんだ」ジェイクが歩み去ろうとすると、リンが行く手を塞いだ。

「彼女は身なりはいいけれど有名人となら誰とでも寝る女よ」

たしかにリンの言うとおりだが、ベリンダが洗練されているので真実を直視できなかったのだ。「よくいうよ」彼はいった。「昨日ベリンダと台詞の練習をしていたくせに。きみたち女ってやつは不可解だよな」

「フルールのことを考えてみたの？」

この件にフルールを巻きこみたくなかったので、ジェイクはシャツをはおった。「きみにもフルールにも関係ない」

「バカいわないでよ。フルールがあなたに対してどんな思いを抱いているか知らないのはおかしいわ」

ジェイクの手はボタンの上ではたと止まった。「なんの話だ？」

「フルールがあなたに夢中なことを知らないのはあなたとベリンダだけのようね」

「へんなこというなよ。あの子はまだ子どもだ」

「いつからそうなったの？　たしかあなたは彼女と同じ年頃の女性たちとデートしたことがあるんじゃなかったかしら。なかには肉体関係を持った相手もいるはずよ。なぜあの子に対しては兄のような態度をとるのよ？」

「妹みたいに感じるから」

「彼女はそんなふうに感じていないわよ」

「それは大間違いだ」ジェイクはそう反論しながらも、自分の気持ちを偽っているのを感じ、さっき飲んだコーヒーが胃にもたれる気がした。彼はフルールが示している好意の気配に、気づかないふりをしていた。最初に出逢った日から自分のような男が踏みこんではならないというフルールのはかない脆《もろ》さを感じた彼は、彼女を守るためにあえて兄のような態度で接してきたのだ。

「彼女は私の友人なのよ、ジェイク。ぞっこんの様子を示さなくてもあの子は心からあなたを慕っているわ」リンは作り物の腹部をさすった。「フルールは母親のことも愛しているの。もしあの子があなたとベリンダの関係を知ったら、きっと嫌悪感でいっぱいになってしまうはずよ。あの子が傷つく姿を見たくないわ」

それはジェイクも同じ思いだった。彼はベリンダとあそこまで関わってしまった自分のだらしなさを呪いたい気持ちだった。「ベリンダとは何もなかった」だがそれは混じりけのない真実ではなかった。「もしフルールについてきみの意見が正しいとしても、映画の撮影が終了したら彼女はおれのことなんかすっかり忘れてしまうさ」

「それでいいの？　彼女は美しくて頭もいい若い女性なのよ。おまけにあなたに夢中だわ。それにあの子はそう簡単に男に惚《ほ》れたりするタイプじゃないと私は見たわ」

「きみは大袈裟に考えすぎているよ」ジェイクは作り物の腹部をつつきながらいった。「妊娠でホルモンの働きが狂ったのかな？」

「フルール・サヴァガーのこと、考えてみるのも悪くないんじゃない？」

「何をいってるんだ。みずから進んで誘惑してくるベリンダは避けるべきで、理性的にふるまう娘のほうはそそのかしてもいいというのかい？　そんなの納得いかないね、リン」

「その鈍さが女性に関してあなたの一番の問題点なのよね」


一行はアイオワでのロケを終え、ＬＡに戻った。八月に入り、映画の撮影も最後の週を迎えた。フルールの気持ちは日増しに惨めになった。ジェイクはＬＡに帰って以来態度がおかしい。ああしろこうしろと言わなくなり、からかうことがなくなって、妙に礼儀正しいのだ。〝フラワー〟と呼ぶこともなくなり、フルールはそれになじめなかった。また、アイオワで親子が本音でぶつかった出来事などなかったかのようにふるまうベリンダに対する憤りは大きくなるいっぽうだった。母はフルールの不確かな気持ちなどおかまいなしに先の予定を入れつづけている。フルールは罠《わな》にはまったように感じていた。

ジェイクとワンシーンを撮り終えたとき、ジョニー・ガイが二人をわきへ呼んだ。「ラブシーンについてきみたちと相談したい。撮影は金曜日の朝やる。二人ともよく考えておいてくれないか」

フルールは考えたくなかった。

「リハーサルを繰り返したくないんだ」ジョニー・ガイがいった。「バレエの振り付けじゃないんだから、あくまで卑猥《ひわい》で生々しいシーンが欲しい」ジョニーはフルールの肩に手を置いた。「きみに楽に演じてもらえるよう、できるだけ人払いはする。ぼくとA・D、照明とカメラだけだ。最小限度のスタッフだよ」

「照明はフランクじゃなく、ジェニーにしたほうがいいかも」ジェイクがいった。「それからフルール、もし映画俳優組合《SAG》の誰かを同席させたほうがよければそうしよう」

「どういう意味かしら」フルールはいった。「契約書を確認してみて。セットの人払いなんて必要ないわ。代役を使うんでしょ？」

「くそ」ジェイクは髪をかきむしった。

ジョニー・ガイが首を振った。「きみのエージェントは代役の件を持ち出したが、われわれは代役を使うという条件で契約するつもりはないと伝えた。そのような形でシーンを撮ることはないとね。きみの関係者は承知しているはずだよ」

フルールは動揺した。「何かの間違いよ。エージェントに電話するわ」

「そうしなさい」ジョニー・ガイの目にある優しさがかえってフルールを不安におとしいれ

た。「ディックの部屋でかければ、人に聞かれる心配もないよ」

フルールはプロデューサーのオフィスに急いで向かい、エージェントのパーカー・デイトンに電話をかけた。電話を切ると吐き気がした。スタジオを飛び出すと、車に向かって走った。

ベリンダはビヴァリー・ヒルズでもっともファッショナブルな酒場でテレビ局のプロデューサーの妻とランチの最中だった。プロデューサーとのコネを作るためだった。ベリンダは娘の顔をひと目見ると立ち上がった。「フルール、いったい何をしているの――」

「ママに訊きたいことがあるの」フルールは痛いほどポルシェのキーを強く握りしめた。

ベリンダはフルールの腕をつかみ、立ったままランチの相手に微笑んだ。「ちょっと失礼しますわ」ベリンダはフルールを化粧室に連れていき、ドアをロックした。「いったいなんだっていうの?」と冷ややかにいった。

フルールはキーをいっそう強く握りしめた。キーの鋭い先端が皮膚に食いこむのがほとんど快感に思えたのは、いつでもやめられるという安心感があったからだろう。「パーカー・デイトンと話したばかり。私の契約書には代役の項目はいっさいないと彼はいったわ。私の考えが変わったと、ママは彼にいったんですってね」

ベリンダは肩をすくめた。「製作側はあのままでは契約に応じなかったのよ。パーカーが主張してはみたんだけど、相手が譲歩できないと突っぱねたのよ。代役を使ったシーンは撮らない方針なんですって」

「だから私に嘘をついたの?　私がヌードをどう思っているかよく知っていながら?」

ベリンダはバッグからタバコの箱を取り出した。「代役を使えないと知ったら、あなたは契約しなかったでしょう。私はあなたを守る必要があったの。そうしてよかったと、いまならわかってくれるでしょ？」

「私はやりませんからね」

「やるしかないでしょ」ベリンダはかすかに動揺していた。「ああどうしよう。契約不履行をやってしまったら、ハリウッドではもう終わりよ。愚かしいブルジョア気取りのせいでキャリアがだめになるのよ」

握りしめたキーがより深く食いこみ、フルールは長らく抑えてきた疑問を母にぶつけた。

「私のキャリア？　それともママのキャリアなの？」

「なんて意地悪で恩知らずな言葉なの！」ベリンダは火をつけたばかりのタバコを床に投げ、靴のつま先で揉み消した。「私の話を聞いて、フルール。私がこれからいうことに耳を傾けてちょうだい。あなたがもしこの映画を危険にさらすようなまねをしたら、私たちの関係は同じではなくなるから、そのつもりで」

フルールは母親の顔をまじまじと見つめた。

全身に悪寒が走った。「まさか本気じゃないわよね？」

「これ以上ないほど本気よ」

ベリンダの表情をうかがうと、そこには固い決意が見えた。フルールは胸がふさがるように感じ、レストランから駆け出した。ベリンダが呼び止めたが、止まらなかった。テーブルのあいだを抜け、道路に出た。走り出すと、薄いサンダルの底が舗道の上でパタパタと鳴った。フルールは悲しみを振りきるようにいくつもの通りを駆け抜けた。行くあてはなかったが、足を止めるわけにいかなかった。やがて電話ボックスが見えてきた。

電話番号を押しながら、手は震え、ドレスは肌に貼りついた。

「私…よ」彼が電話に出ると、フルールはいった。

「よく聞こえない。どうかしたのかい、アンファン？」

「ええ、とても困ったことになったの。彼女が――彼女が私を騙《だま》したの」フルールは息もたえだえに事情を説明した。

「きみは内容を読みもせず、契約にサインしたのかい？」話し終えるとアレクシィがいった。

「いつもベリンダに任せているから」

「残念だが、アンファン」アレクシィは早口でいった。「母親について痛い思いをして一つの教訓を得たと思うしかないね。彼女を信頼してはいけないいんだよ。絶対に」

皮肉なことに、いつもならベリンダをアレクシィが非難すると思わず庇《かば》ってしまうのだが、そんな反応は起きなかった。

ベリンダが美容院を予約している時間まで待ち、家に戻った。帰るとすぐ水着に着替え、プールに飛びこんだ。水から上がるとジェイクがいた。

ジェイクはみすぼらしい紺色のショートパンツに、ベートーベンの顔の輪郭がかろうじて見えるひどく色褪《いろあ》せたTシャツを着ていた。スウェットソックスの片方はゴムがゆるんで足首に垂れているありさまだ。あまりにヨレヨレなので、間違ってビヴァリー・ヒルズに迷いこんできたカウボーイのように見えた。彼の顔を見ると、滑稽なほど、とっぴなほど嬉しい気持ちが湧き上がってきた。「帰ってよ、コランダ。招待した覚えはないわ」

「靴を履けよ。これからランニングに行こう」

「そんな気分じゃないわ」

「苛々《いらいら》させるなよ。一分半もあれば着替えて靴が履けるはずだ」

「誘いに応じなかったら？」

「バード・ドッグを呼ぶ」

「まあ怖い」フルールはタオルをつかみ、ゆっくりと体を拭いた。「一緒に走るけど、それはどうせそのつもりでいたからよ」

「わかった」

フルールは室内に入り、服を着替えた。たとえこれが幼い恋であろうとも、現実には直面したくないという思いが胸にあった。毎晩色とりどりの花を飾り音楽の調べが流れる、陽射しあふれる部屋でジェイクと愛し合うことを想像しながら眠りにつくようにしている。二人の体を覆うパステルカラーのシーツが窓からのそよ風にふわりとふくらむ。彼はベッドのそばの花瓶から花を一本抜き、フルールの乳首や腹部の上でそれを滑らせる。彼女が脚を開くと彼はそこも鼻で撫でる。愛し合う二人以外そこには誰もいない。カメラも、クルーも。二人だけ。

フルールは髪をポニーテールにまとめ、ぎゅっと力をこめて結んだ。彼は車道で待っていた。二人で走りはじめたが、半マイルも行かないうちにフルールが立ち止まった。「今日は無理。あなた一人で走って」

いつもならジェイクがからかうところだが、彼は走るのをやめた。「歩いて戻ろう。おれの車に乗って公園に行き、走るかわりにバスケットのシュートをやろうよ。運がよければ人もいなくてサインしなくてすむかも」

この事態について彼と話し合わなくてはならず、目を合わせることなくそれができるのならそのほうが楽だとフルールは思った。「いいわ」

彼はトラックで来ていた。66年型シボレーのピックアップトラックにコルベットのエンジンを搭載したものだ。

もし相手役がジェイクでなかったら、フルールもヌードシーンをなんとかこなせていたかもしれない。どんなに気乗りしなくても、演技上のことと割りきって考えることができただろう。だが相手がジェイクだとそうはいかない。彼女が花と光に満ちた部屋を夢見ているかぎり、無理なのだ。

「ヌードシーンを演じたくないの」フルールはいった。

「だろうね」ジェイクは公園のそばでトラックを停め、後部座席からバスケットボールを出した。二人は草の上を歩いてひと気のないバスケットボールのコートに向かった。彼はドリブルを始めた。「あのシーンは薄っぺらなものじゃないんだ、フラワー。なくてはならないシーンだ」彼は素早くネットにボールを投げこみ、それをフルールにパスした。

フルールはドリブルしてバスケットに向かい、ボールを縁に当てた。「仕事でヌードはやらないの」

「きみの関係者はそれを理解していないようだな」

「いえ、理解しているわ」

「じゃあ、なぜこんなことに？」

それはフルールが母親を信頼していたからだ。「なぜなら私が契約書にサインする前に内容を読まなかったからよ」

ジェイクは横から素早くジャンプし、完璧なシュートを決めた。「ポルノみたいな卑猥さを追求するつもりはない。趣きのあるシーンに仕上げる」

「趣き！　どういう意味？」フルールは彼の胸にボールをぶつけた。「どんな意味かいってあげましょうか。観客が見るのは〝ヌードル〟じゃないということよ！」フルールは足音荒くコートから出た。

「フラワー」フルールが振り向くと、ジェイクがにやにや笑っていた。彼は真顔に戻り、ボールを腋の下で抱えた。「ごめん。きみの表情が可笑しかったからつい」そういって追いつき、彼女の顎《あご》の下を人さし指で撫でた。「大部分の観客の目にはきみの背中しか写らないだろう。それをいえばぼくだって同じさ。胸さえ見えないかもしれないんだ。編集しだいでどうにでもなる」

「あなたには見えるじゃない」

「でもさ、フラワー……べつに目新しい経験というわけでもないんだよ。きみの胸を見たわけじゃないけど、胸なんていっても人さまざまだ。よく考えてみたらこっちのほうが文句をいいたいぐらいだ。きみはこれまでどのくらいの〝ヌードル〟を見てきたのかな？」

「けっこう見たわ」とフルールは嘘をいった。「でも問題はそこじゃないの」ポニーテールを強く締めすぎて頭皮がつっぱるので、フルールはゴムをはずした。「あなた、このことで面白がってない？」

「〝ヌードル〟に笑っただけで、きみが騙されていたことは別だよ。おれがきみなら、黙っちゃいないけどね。それでもあのシーンはこの映画には欠かせないものだから、やりとおしてもらうしかない」

ジェイクはフルールの首の横に手を当て、じっとフルールの瞳を覗きこんだ。何かの映画で彼が愚かな女を説得するのにたしかこんな仕草を見せていたと感じ、彼女はぞっとした。でももしこの優しさが本物なら？　フルールはそう信じたくてたまらなかった。

「フラワー、これは重要なことなんだ」彼はそっといった。「やってくれないか。おれのために」

その瞬間フルールは優しさが本物でないことを知った。彼は言葉巧みに操ろうとしているだけなのだ。彼女は急に体を離した。「それじゃまるで私に選択の自由があるみたいじゃない。私は契約書にサインしたのよ。やるしかないの」

フルールは自転車のレーンに駆け戻った。ジェイクにとって彼女のことはどうでもよかった。映画のことしか頭になかった。

走り去るフルールの様子を見つめながら、彼は胸の奥で何かこわばるものを感じた。風になびくあの髪はまるで金色の絵の具のように美しい。歩幅の広い、なめらかな走りを見ているときに、ふと自分が一緒に走れる女性はフルールだけだと気づいた。最初に見た瞬間からあのコーラスガールのように見事な脚は理想的だと思えた。

ほかにもいろいろ相性のいい点は多い。生意気な口調、打てば響くようなユーモアあふれる受け答え。果てしないエネルギー。だがあの純真さはいけない。無垢さ、少女のようにはかない心は苦手だ。

12

ジョニー・ガイは必要最小限のスタッフだけを残して全員をセットから退去させ、フルールのメークの時間を使って全員集合をかけた。「今日ジョークを飛ばしたりしてフルールを不快にさせたやつはただではおかないし、この場合労働組合もへったくれもないからそのつもりでな」

ディック・スパノがびくりとした。

ジョニー・ガイはジェイクをすみに呼んでいった。「今日は辛辣《しんらつ》な言葉は控えてくれ」

「自分の心配でもしたほうがいい」ジェイクは言い返した。

二人がにらみ合っていると、フルールがセットに入ってきた。黄色のコットンドレスに白のサンダルという服装だ。淡いブルーのはと目のリボンをヘアバンドのように巻いている。今週はほとんどラブシーンに至るまでの台詞のあいだこのドレスを着つづけているのだが、それを脱ぐことになると思うと、フルールは惨めな気分だった。

「これからやるシーンを通してやってみようか」ジョニー・ガイは色褪せた壁紙に囲まれ鉄製のベッドが置かれた古い農家の部屋にフルールを導いた。「印をつけた位置に立ってマットのほうを見るんだ。彼を見ながらドレスのボタンをはずして、足からそれを脱ぐ。そのあとは、ブラとパンティを脱ぐきみを背後から撮影する。どうってことないさ。急いでやろうと思わないことだ。それからジェイコ、彼女が下着を脱ぐあいだ、きみを撮るから。質問は？」

「ないよ」ジェイクがいった。

フルールはあくびをして手首を眺めた。「私も」セットは不自然なほど静まり返っていた。侮辱の言葉が響きわたることもなく、いつも交わされるおしゃべりもなかった。墓場のような静けさに、フルールはかえって吐き気を覚えた。

「大丈夫か？」ジェイクがいった。

「最高よ」彼女はサンドレスの肩紐を直すふりをした。

ジェイクは歪んだ笑みを向けた。「この世の終わりじゃないんだから」

「口でいうのは簡単よ。あなたの下着にはテディベアの絵なんて描かれてないんですもの」

「冗談だろ？」

「衣装部はリジーの役柄に合うと思ったみたい」

ジェイクの笑いは渋面に変わった。「勘弁してくれ」

「私だってそういったわよ」

ジェイクは大股でフルールの前を通り過ぎた。「ジョニー・ガイ、どこかの大馬鹿野郎がフラワーにテディベアの柄がついたパンティを穿《は》かせたって」

「その大馬鹿野郎はおれだ。何か問題あるのか？」

「おおありだ。リジーには最高にセクシーな下着を身につけさせなきゃ。見かけは純真でも中身は堕落してるんだ。これじゃ暗喩《あんゆ》が台なしだ」

「暗喩なんかくそくらえだ」

二人は口論を始めた。ようやく少し普段どおりになってきた。フルールはずっとその調子で続けてほしいと願った。だが二人はフルールがいることを思い出し、謝った。

ジョニー・ガイは下着を変えるためにフルールを衣装部に戻るよう命じた。着替えた赤いレースのパンティは何も隠してくれず、フルールはテディベアが恋しかった。ジョニー・ガイはアクションをコールした。ゆっくりと彼女はドレスの一番上のボタンをはずした。

「カット！　マットを見ながら脱ぐんだよ」

リジーのことだけを考えるのよ、とフルールはみずからに命じた。リジーは多くの男性の前で服を脱いだ経験のある女性。マットが帰郷したときからこの瞬間をたくらんできた。しかしカメラがまわりはじめると、自分を見つめているのがジェイクとしか思えなくなった。

時間はかかったものの、ようやく黄色のドレスは床に落ちた。フルールは小さな赤いレースの切れ端だけを身につけ、ジェイクの前に立っていた。下着の広告と変わらないじゃないの、とみずからに言い聞かせたものの、そうは思えなかった。

フルールはカメラの移動のあいだ、パイル地のローブをはおった。ブラとパンティを脱ぐあいだ、背後から撮影することになっており、カメラの焦点はマットの表情に合わせるので、わずかにぼやけて写るはずだ。それでもジェイクの焦点がぼやけることはない。

フルールはトイレに行くために時間をもらったが、長居するわけにいかなかった。カメラがまわりはじめた。次のテイクでフルールはブラの留め金に手間取った。そのあと、ジョニー・ガイがうつむかないよう注意した。セットが霊安室のように感じられ、会話の声がしないので、フルールの気持ちはいっそう乱れた。

五回目のテイクの準備ができたとき、フルールはしゃにむにジェイクの顔を凝視した。午前中ずっと彼は必要があるとき以外目を合わせようとしなかったのに、力を貸すわけでもなくただ上から下まで視線を這わせてくる。彼は肩をすくめた。「きみの体は素敵だしいうことないけど、できたら試合開始までには解放されたいね。今夜はシクサースとネッツの試合があるんだよ」

カメラマンが笑い声を上げ、ジョニー・ガイはすごい形相でジェイクをにらんだ。しかしフルールは少し気が楽になった。セットに漂う緊張感がいくらかやわらぎ、最少人数のクルーは普段どおりの会話を交わしはじめた。

次のテイクでフルールはブラをはずした。この胸を見ているのはマットなのよ、と彼女は自分に言い聞かせた。ジョニー・ガイの要求どおりに前かがみになり、パンティの横に親指を滑りこませた。フルールは緊張を覚えつつパンティを引き下ろした。

ジェイクの目がパンティを追い、次にあらわになった場所へと戻った。こんなふうに全員の視線が注がれるなか、カメラの前でジェイクに自分を見せるのはいやだった。秘めた行為なのにチケット代を払えば誰でも見られるというのがたまらなくいやだった。

自分がおのれの主義をこんなふうに棄ててしまうのかと思うと辛かった。これを受け止めることのできる女優はいるだろうが、偽物の女優には無理なのだ。報酬を得る仕事の一環としてではなく愛をこめて自分をジェイクに捧げたかった。

カメラはフルールの表情をとらえることができなかったが、ジェイクは見ていた。「カット」と彼はいった。「だめだ。使えない」


ベリンダがコネを使って得た情報から、現在の状況を知るのにそう長くはかからなかった。今日は入室者制限つきのセットで撮影をしているのだが、どちらにしても付き添っていくべきだったのだ。そうすれば何か手を貸すこともできたのに。

ベリンダはタバコを吸いながらリビングを歩きまわった。すべてがうまくいかない。フルールの怒りがこうも長く続くとは予想もしていなかったが、火曜日に代役を使わないことを知って以来娘は母親といっさい口を利かなくなってしまったのだ。

ベリンダはもう一本タバコに火をつけ、待った。

フルールは早めに帰宅し、何もいわずベリンダの前を通り過ぎた。ベリンダは娘の後ろから二階までついていきた。「こんな態度はやめてちょうだい」

「そのことで話したくないの」フルールは静かな威厳をこめて答えた。それを聞いたベリンダはいっそう不安を覚えた。

「いつまで私を罰するつもり?」

「罰してなんかいないわ」フルールは自分の部屋に入り、バッグをベッドの上に投げ出した。

「三日も口を利かないのは、私にいわせれば立派な罰よ」ベリンダは言い返した。

フルールは母親に食ってかかった。「ママが私にしたことは間違っているわ」

その語気の強さにベリンダは怯《おび》えた。「私は完全な人間じゃないの。あなたをスターにしたいという野心に理性が負けてしまうこともあるわ」

「冗談でしょう」

フルールの皮肉が救いだった。ベリンダは娘に近づいた。「あなたは特別な子なの。あなたがいくらそれを忘れようとしたって、私がそれを許さない。有名人にあてはまるルールは一般人とは違うの」

「私はそう思わないわ」

ベリンダは娘の頬を撫でた。「私は心の底からあなたを愛しているの。それを信じる?」

フルールはいくらか態度をやわらげて、うなずいた。

ベリンダは涙ぐんでいた。「私はあなたに最高のものしか望まない。あなたの運命は受胎《じゅたい》の瞬間から刻みつけられたの。名声を得る血統なのよ」ベリンダは腕を差し伸べた。「私を許して。どうか私を許すといってちょうだい」

フルールはベリンダの抱擁を受け入れた。こわばっていた筋肉もいつしかほぐれていた。

「ママを許すわ」とフルールはささやいた。「でもお願い……二度と私に嘘をつかないと約束して」

ベリンダの心には美しく純真な娘への愛であふれていた。ベリンダは娘の髪を撫でた。

「約束するわ。二度とあなたに嘘をつかない」

日没前にベリンダはメルセデスのキーをつかんだ。すべてを急いで片づけなければ、これまで努力してきたことが水の泡になってしまうのだ。スタジオのフルール用のスペースに車を停め、ガードマンに会釈してなかに入った。暗い試写室にいる三人の男たちは誰一人ベリンダが入ってきたことに気づかなかった。スクリーンの映像に気を取られすぎていたからだ。

「これじゃ観客がみんな彼女に同情しちまうよ」ジョニー・ガイが制酸剤マーロックスらしい瓶のキャップをひねりながらいった。「まるでレイプされる白雪姫を見ているような気分にさせられるな。『いわんこっちゃない』なんてほざいたら尻を蹴《け》るぞ」

「もうおしまいだな」ジェイクが生気のない声でいった。

ベリンダは寒気を覚えた。

「早まるのはよそう」ディック・スパノがいった。「今日、フルールは調子が悪かった。それだけのこと」

ジョニーが制酸剤をグイと飲んだ。「おまえは現場にいなかったからそんなことがいえるんだよ。もともとあの娘には無理なんだ」

ジェイクは髪をかきむしった。「これから帰って、週末は電話にも出ずに自宅にこもり台本を書き直す。彼女のシーンをいくつか減らす必要があるだろうな」

ベリンダはこぶしを強く握りしめた。フルールのシーンを減らすですって？　そんなことはさせない。

「よろしく頼むよ」ジョニー・ガイがいった。「メモを渡しておこう。悪いと思ってるよ、ジェイコ、ほんとに」

スパノが葉巻で空《くう》をさした。「それにしてもあの娘はなぜ急に緊張するようになっちまったのかな。けっこう遊び人とも付き合ってるって話だけどな。まさか男の前で服を脱ぐのが初めてというわけでもあるまいに」

「いや、ジェイクの前で脱いだことはないからさ」ジョニー・ガイがいった。

スパノの葉巻の先端が赤く光った。「どういう意味だ」

ジェイクは溜息をついた。「よけいな話はしないでくれ」

監督はスパノをにらみつけた。「フルールはジェイクに夢中なんだよ」

ベリンダははっとした。

ジョニー・ガイがマーロックスをもう一度あおった。「仕方ないよ。魅力的な男だからさ」

「いいかげんにしてくれ」ジェイクが悪意をこめずに言い返した。

ジョニー・ガイは後頭部をさすりながらいった。「週末を使ってなんとか書き直しを頼むよ。これですべての希望が潰《つい》えたわけじゃないが、痛手であることは確かだな」

ベリンダは映写室からそっと抜け出ながら、素早く頭をめぐらせた。フルールがジェイクに恋をしている。なぜ気づかなかったのだろう。

それは自分自身があまりにジェイクに魅了されていたからだ。自分では娘のことを知り尽くしているつもりでいたが、誰の目にも明白な事実を見逃していた。フルールが彼に恋をするのは当然なのだ。彼に恋をしない女なんていないのだから。思い返せば徴候はあった。しかし自分の夢が叶いつつあることに目を奪われ、気づけなかった。ベリンダはゾクゾクとした興奮を覚えた。ジェイクのピックアップトラックを見つけ、彼を待った。フルールのシーンをカットさせてなるものかという決意が胸にみなぎっていた。

ジェイクはもう少しで十二時になろうというころ、トラックに近づいてきた。ベリンダはトラックの後ろの物陰から光の当たる場所に足を踏み出した。アイオワ以来ジェイクはずっとベリンダを避けており、彼女を見ていい顔はしなかった。ベリンダは彼の拒絶を、フリンに棄てられたときと同じような運命論者的なあきらめで受け入れた。自分には彼を引きとめるだけの力はないという思いだ。それでもあの日彼にキスされたとき、ジミーのかけらを少しだけ取り戻せたように感じ、満足していた。

「台本の書き直しはやめてちょうだい」ベリンダは彼に近づきながらいった。「時間の無駄よ。フルールはちゃんとあのシーンをやりこなすわ」

「誰かが立ち聞きしていたということか」

ベリンダは肩をすくめた。「編集用のフィルムを私も観たし、あなたたち三人の会話も聞いてしまったわ。でも何も変える必要はないのよ」

ジェイクはジーンズのポケットからキーを出した。「自分で観たのなら、今日撮った分は使えないことぐらいわかるだろう？　いいかい、おれだってこんなことはしたくない。しかし奇跡でも起きないかぎり、選択の余地はないんだ」

「奇跡を起こすのよ、ジェイク」ベリンダは小声でいった。「あなたならできるわ」

ジェイクは探るようにベリンダの目を見た。「なんの話だ？」

ベリンダは彼に近づいた。唇は乾いていた。「フルールがなぜあのシーンに入りこめないか、あなただってわかっているはずね。あの子はあなたに自分の恋心が知られるのが怖いのよ。でもあなたなら対処できるわ」

「何をいいたいのかわからないね」

彼はあれほど人間の複雑さを見事に描けるくせに、なぜこうも鈍いのだろう。ベリンダは微笑んだ。「あの子の壁を崩して。この週末あの子と二人きりになって壁を崩してやって」

はっと体をこわばらせたジェイクは、やがて冷ややかな声でいった。「何がいいたいのかはっきり説明したほうがいい」

ベリンダは小さく不安そうに笑った。「フルールは来月二十歳になるのよ。充分同意を示せる年齢だと思うけど」

ジェイクはほとんど唇を動かさずにいった。「やはり、どういうことか、さっぱり理解できないね。はぐらかさないでもらいたい。よくわかるように説明してくれないかな」

ベリンダは怯むことなく、顎を上げた。「あの子と肉体交渉を持つべきだと思うの」

「なんだって」

「そんなに動揺しないでよ。これが明快な解決法じゃないの」

「よっぽどひねくれた心の持ち主じゃなきゃ、そんなことは思いつかないよ」ジェイクは吐き棄てるようにいい、軽蔑《けいべつ》のまなざしでにらんだ。「肉体交渉は普通快楽を求めてするものだ。仕事がらみでするものじゃない。娘にそんなことを強要する気か」

「ジェイク……」

「きみが主張しているのは性交だ。〝娘と性交しなさい、コランダ。そうすれば娘の映画人としてのキャリアはだめにならないですむわ。私のキャリアも安泰《あんたい》よ〟とね」

「そんなことじゃないわ！」ベリンダは叫んだ。「ずいぶんひどい言い方ね」

「もっとましな言い方があるとでもいうのか」

「あなただってあの子に惹かれているはずだわ。世界でも指折りの美人なのよ。おまけにあなたにぞっこんなんだから」フルールが恋をするのは当然のなりゆきなのだ、とベリンダは思った。フルールは大きな情熱の持ち主。ジェイクを愛したのは自然なことなのだ。

ジェイクの軽蔑は嫌悪へと変わった。「アイオワの朝のことをまさか忘れたわけではないよな？」

「何もなかったじゃないの。問題にするようなことではないでしょう」

「おれはこだわる」

「フルールはあなたを求めているわ、ジェイク。それにあなたに対するあの子の気持ちがこの映画の成功を阻む障害になっているのよ。あの子のためらい、抑制を解き放てるのはあなたしかいないの」ベリンダは長いあいだ夢の実現を願いつづけてきた。こんなことで思いとどまるわけにいかないのだ。「それのどこが悪いというの？」ベリンダはみずからの不安な気持ちを無視して彼の目を見据えた。「それにあの子だってまんざら男を知らないわけではないし」

ジェイクはたじろいだ。

ベリンダは早口で続けた。「ふしだらな娘ではないのよ。勘違いしないで。私はできるかぎりあの子に悪い虫がつかないよう気をつけてきたつもり。でも母親の影響力には限りがあるわ。こうすればあの子のあなたへの思いも自然に叶えられるというものよ。あの子はきっとひと皮むけるわ。映画もいいものができるし、八方まるくおさまるのよ」

「身勝手にもほどがある」ベリンダを見おろすジェイクの目は骨の髄まで凍らせるほど冷ややかだった。「あんたのような腐った人間には会ったことがない」

ジェイクはトラックに乗り、エンジンをかけた。トラックはタイヤをきしませながら駐車場から走り去った。

ベリンダは帰宅すると暗いフルールの寝室にそっと入った。娘は眠っていた。ベリンダは娘の頬にかかるひと房のブロンドの髪を優しく撫でた。

フルールが身じろぎした。「ママ?」

「なんでもないのよ。眠っていなさい」

「ママの香水の匂いがしたの」フルールはそうつぶやき、静かになった。

ベリンダは朝までまんじりともしなかった。かつて感じたことのない強い確信が心に湧き起こってきた。フルールとジェイクはゲーブル&ロンバード、リズ・テイラー&マイク・トッドといったハリウッドの大物カップルになるだろう。ジェイクには彼と同じように並はずれた大柄な女性が必要だ。

考えれば考えるほどこれ以上いい考えはないように思えてきた。フルールが今日の撮影で固くなるのも当然なのだ。フルールは何よりも私的なひととき——恋人と過ごす初めてのひとときを他人に見られることを恥と感じてきた。一度経験しさえすれば、ラブシーンなど立派にこなせるようになるだろう。だがみずからを解き放つ前に、ジェイクと親密な関係にならなくてはいけない。

ベリンダは何本もタバコを吸いながら、頭のなかで筋書きを作った。計画はあまりに単純で見え透いているほどだった。でもだからこそ実行したくなるのだ。ここはハリウッド。日々まやかしが横行する街ではないか。

ベリンダはジェイクがフルールの台本に演技の参考にと書き綴った手書きのメモを見て線のない便箋で練習をした。最後に書き上げたものは、よく見れば本人のものではないことがわかってしまうだろうが、まずまずの出来だった。あとは明日決めたとおりにすればいい。

フルールは土曜日、ほぼ一日じゅう乗馬をして過ごした。だが先週の出来事を忘れることはできずにいた。自分は関係者の信頼を得ながら、それを裏切ってしまったのだ。月曜日はいっそう窮地に立つことになるだろう。衣服を脱いで、今度はジェイクと愛し合うシーンを撮るのだが、どうしていいのか途方にくれているからだ。

帰宅してみると、ベリンダがプールサイドで日光浴をしていた。母も金曜日の出来事をきっと耳にしているだろうと、フルールは厳しい追及を覚悟した。だがベリンダはただにこにこ笑っている。「いいことを思いついたの。あなたもプールでひと泳ぎしなさい。そのあと、おめかししてディナーに出かけましょうよ。二人だけで、どこかとても高級なレストランに」

フルールは食欲などなかったが、鬱々《うつうつ》と土曜日の夜を過ごしたくもなかった。それにベリンダと一緒に何か仕事に関係のないことをする必要があった。「いいわね」

フルールは水着に着替えてしばらく泳ぎ、シャワーを浴びた。シャワーから出ると、ベリンダはベッドのそばに座って待っていた。サーモンピンクのニットスーツにブロンドの髪がよく映える。「今日ショッピングに行ったの」母はいった。「あなたにと思って買っておいたわよ」

オートミール色の紐をかぎ編みにした短いドレスと肌色のスリップ、レースのパンティがベッドの上に置かれていた。気づかないふりをするわけにはいかない。スカートが短いので脚はまるだしで、前が思いきり開いたニットに肌色のスリップを着ても裸にしか見えないだろう。でもベリンダが仲直りのしるしに買ってくれたものを拒むわけにはいかない。「ありがとう。素敵だわ」

「これも見てよ」ベリンダが靴の箱を開け、足首が蝶ネクタイのようになったカラフルなウエッジソールのサンダルを取り出した。「これでとても楽しくなるわ」

それらを身につけてみると、思ったとおり脚を含めて肌の露出が多すぎる感じだった。ベリンダが髪を頭頂部でまとめ、耳に大きな輪のイヤリングをつけ、香水まで吹きつけてくれた。鏡に映ったフルールの姿を見つめ、ベリンダは涙ぐんだ。「あなたをとても愛しているわ」

「私もよ」

二人は階下におりた。ベリンダはテーブルにバッグを取りにいく途中……「そういえば忘れていたわ」と封筒を手に取った。「変なのよ。これが郵便受けに入っていたの。あなた宛になっているのに、消印がないの。誰かが自分で入れたのね」

フルールは封筒を受け取った。前面には彼女の名前だけが印字されている。開封してみると、便箋が二枚入っていた。上の紙には乱雑な文字が並んでいる。

フルール

もう真夜中で灯りも消えているので、郵便受けにこれを入れておくよ。明日の朝一番で読んでくれれば嬉しい。きみに逢いたい。お願いだ、フラワー。ぼくのことが好きなら、モーロ・ベイのぼくの家まで車で来てくれないか。これを読んだら一刻も早く。車で三時間かかるよ。これが地図だ。どうかぼくを失望させないでくれ。きみを待っている。

ジェイク

PS　誰にもいうな。ベリンダにも。

フルールは手紙をまじまじと見つめた。手紙を見つけるべき時間はとうに過ぎている。もし何かとんでもないことが起きていたらどうする？　フルールの胸は高鳴った。彼が来てほしいといっている。

「なんなの？」ベリンダが訊いた。

フルールは最後の一行を見つめた。「これは……リンからなの。何か変よ。彼女のところにすぐ行かなくちゃ」

「どこへ行くの？　もう遅いのに」

「あとで電話するわ」フルールはバッグをつかんだ。ガレージに走って向かいながら、彼が手紙に電話番号をメモしておいてくれなかったのが恨めしかった。そうすればあらかじめ電話をしてこれから向かうと知らせることもできたのに。

　モーロ・ベイに向かう途中、いったい何が起きたのだろうと考えた。彼がようやく愛に目覚めてくれたのだと思いたかった。金曜日の出来事で妹扱いできなくなったのかもしれない。

　モーロ・ベイを通過し、地図で出口ランプを見つけたのは午後十一時過ぎのことだった。道路は車も通っておらず、十分ほど走ってようやく地図上の次の印である郵便受けが見えた。険しい砂利の上り坂は不安定で道幅も狭く、道の両側には松や矮性樫《わいせいかし》の木の密林になっている。最後にようやく灯りが見えた。不毛の丘陵地からコンクリートとガラスのくさびが生えているように見える。薄暗い車道を進むと玄関があった。フルールは車を停め、下りた。風が髪を吹き流し、大気は塩と雨の匂いを含んでいた。

　車の音が聞こえたのか、ドアベルに近づくとドアが開き背後の光が彼の細長い体のラインを浮かび上がらせた。

「フラワー」

「ハロー・ジェイク」

13

フルールはジェイクがなかへ通してくれるのを待った。しかし彼はただ顔をしかめたまま立っている。彼はジーンズと生地が裏表になった、袖《そで》が切りっぱなしのスウェットシャツを着ている。疲れきった様子で、頬はげっそりと落ち、ひげも剃《そ》っていないようだ。だが疲労の色だけではないあるものが、初めてセット入りした日のことを思い起こさせた。彼が役の上でリンを殴ったときに見せた、冷たく残忍な表情だ。

「トイレを使わせてもらってもいいかしら？」フルールは不安な面持ちでいった。

一瞬彼がそれを拒むかと思われた。ようやく彼は疲れた様子で肩をすくめ、わきへ寄った。

「運命には逆らわない」

「えっ？」

「使うならどうぞ」

室内はフルールがついぞ目にしたことのない造りになっていた。大きなコンクリートの角がエリアを形作り、スロープが階段の役目を果たしている。ガラスの壁と舞い上がるような広がりが内部と外部の境界線を曖昧《あいまい》にし、色彩さえも戸外をイメージさせる色にまとめてある。大海原の白目《ピューター》、岩や石の白とグレイだ。

「素敵だわ、ジェイク」

「スロープをおりるとバスルームがあるよ」

フルールはそわそわとジェイクを見た。何かおかしい。彼の示した方向へ向かいながら、書斎が目に入った。壁面いっぱいの蔵書、タイプライターが置かれた古い書き物テーブル。床にまるめた紙が散らばっている。書棚にまで飛んでしまっているものもある。

フルールはドアを閉め、だだっ広いバスルームをしげしげと眺めた。洞窟《どうくつ》のような黒とブロンズのタイルにガラスの壁、断崖に張り出すような形をした広く深い浴槽。この部屋のものはすべて特大だった。浴槽にしても壁に取り付けられたシャワー用スペースにしても、一対のシンクまでもが大きかった。

鏡をちらりと見たフルールはうんざりした。肌色のスリップのせいで紐のニットドレスの下は裸であるように見える。だがジェイクの今夜の険悪な表情を考えれば、このドレスもそう悪くもないかもしれない。今夜の自分は誰かの年下の妹には見えない。グリッター・ベイビーがバード・ドッグ・カリバーを訪問したのだ。

バスルームから出ると、ジェイクはリビングに座っていた。ストレートのウィスキーらしきものを満たしたグラスを手にしている。

「あなたはビールしか飲まないと思っていたわ」彼女はいった。

「そのとおり。ほかのものを飲むと不機嫌な酔っ払いになってしまうからね」

「だったらなぜ――？」

「きみはこんなところまで何しにきた？」

フルールはしげしげと彼の顔を見つめた。彼は何も知らないらしい。その瞬間、ぞっとするほど明白になったことがあった。あの手紙を書いたのは彼ではないのだ。フルールの頰は屈辱で燃えるように熱くなった。彼が私を必要としているなんて、愚かしくもよく信じられたものだと思う。私は自分が望みたいものを信じたにすぎない。フルールはほかに何も考えられず、バッグに手を入れて彼に手紙を見せた。

何秒かたち、彼は文面に見入った。フルールは思考をめぐらせた。これは誰かのいたずらなのか？　それにしてもいったい誰がこんなまねを？　ふとリンのことが頭に浮かんだ。リンはフルールの恋心にうすうす勘づいていて、縁結びの役回りを演じることが大好きだ。こんな手の込んだいたずらを思いつくなんて、リンにはお灸《きゅう》を据えなくてはいけない。その前に恥ずかしくて自分が死んでしまいたいけれど。

「これじゃまるで宅配サービスだ」ジェイクは手紙をまるめ、火のない暖炉に投げこんだ。

「きみははめられたんだよ。これはおれの字じゃない」

「やっぱりそうだったのね」フルールはバッグのストラップを撫で下ろしながらいった。

「誰かが仕掛けたいたずらなのよね。たちが悪いけど」

ジェイクはぐいとグラスをあおり、紐のミニドレスをちらりと見やった。その視線は胸から脚へと這いおりていく。彼はこれまでこんな目でフルールを見たことがなかった。ようやく彼女が女であることに気づいたような感じだ。フルールは二人の関係に微妙な変化を感じ、当惑がいくらか薄らぎはじめた。

「金曜日はなぜ調子が出なかったんだ？」と彼がいった。「服を脱ぐことに抵抗のある女優はいくらでもいるが、あんな様子を見せる女優は初めて見たよ」

「プロらしくないといいたいのね？」

「ストリッパーとしてのキャリアはだめになったかもしれないな」彼は木と石でできたバーに向かい、ウィスキーをグラスに注ぎ足した。「わけを話してくれ」

フルールは壁から突き出たカウチの上に乗って横座りした。紐のミニドレスが膝の上にずり上がり、それを彼の視線がとらえていた。フルールは彼がグラスの酒をあおる様子をじっと見つめた。「打ち明けるほどのことは何もないわ」彼女はいった。「ただいやなだけ」

「服を脱ぐことが、それとも漠然と人生そのものがかい？」

「私はこの仕事が嫌いなの」フルールは深く息を吸いこんだ。「演技をすることも、映画を作ることも」

「なら、なぜ女優をやる？」ジェイクはバーの上に腕をかけた。もしほこりだらけのトレイルハットをかぶり、磨いた真鍮《しんちゅう》の手すりにブーツのかかとを乗せていたら、まさしくバード・ドッグに見えただろう。「答えなくていい。訊くだけヤボってものだよな。きみはただベリンダに利用されてるってことだ」

フルールは思わず母親をかばった。「母は私の幸せだけを望んでいるの。でもこのところ親子でいろいろ行き違いが多くなってきたことは確かよ。母は人生を違った角度から見ることができない人なの」

「きみは本気で信じているのか？　きみの母親がきみの幸せだけを望んでいると？」

「ええ、信じているわ」フルールは自分以外の誰かに母親を非難されたくなかった。「マットとリジーのシーンがどれほど重要か、私だって理解しているわ。月曜日にはもっと全力でぶつかってみるつもりよ。ほんとにきっと――」

「金曜日には全力を出していなかったとでもいうのか？　ばかをいうな。ジェイクおじさんの目はごまかせないぞ」

フルールはカウチから勢いよく立ち上がった。「やめて！　そんな言い方されるの大嫌い。私は子どもじゃないし、あなたは私の叔父でもないわ」

ふいに彼の目が険しいまなざしに変わり、口もとが厳しく引き締まった。「リジー役には大人の女性が必要だった。それなのにおれたちが雇ったのは青臭いガキだった」

こんな言い方をされれば徹底的に打ちのめされるはずだった。ショックで心が粉々になってしまうはずだった。だがこの表現はあまりに突飛で乱暴だった。断固とした彼の表情をうかがったフルールはそこに素朴な感情の高まりを見た。それは子どもを見る目ではなかった。心の動きを表わすことのないその青い瞳の下に、フルールがかつて見たことのないものがあるように思えた。フルール自身が長らく求めてきたものだけに、その正体が何かはすぐにわかった。攻撃的な言葉を浴びせてはいても、ジェイクはフルールを求めているのだった。

フルールは全身に鳥肌が立つような思いに襲われた。その瞬間リジーの気持ちを理解できた。何がリジーを駆り立てているのか、心で知ったのだ。

「この部屋にいる子どもは」フルールはそっといった。「あなただけよ」

ジェイクは不快感を示した。「おれと駆け引きしようなんて思うな。おれは百戦錬磨できみはまだひよっこだ」

彼が意図的にきつい言い方をしているのがわかり、その理由は一つしか思い当たらなかった。フルールはそのまま続けることにした。「そうかしら」

「気をつけろよ、フラワー。あとで悔やむようなことはやめておけ。とくにそんなドレスを着ているときは」

フルールは微笑んだ。「このドレスがどうかした?」

「ふざけるのはやめろ。わかったか」

「ふざける余裕なんてないわよ」フルールはとぼけた口調でいった。「だってまだひよっこですもの」

ジェイクは眉をひそめた。「モーロ・ベイまで送り届けたほうがよさそうだな。ちょうどいい宿があるよ」

〈日曜の朝の日食〉はあと二週間でクランクアップになる。その後彼に会うことは二度とないかもしれない。自分が一人前の女であることを彼に証明してみせるチャンスは、いましかない。裸の上にはおっているようなばかげた紐編みのミニドレスの裾からほとんど露出してしまっている脚に彼の目は釘付けなのだから。フルールは立ち上がり、窓辺に向かった。ブロンドの髪は肩にさらりと落ち、金の輪が耳もとで揺れ、紐編みのミニドレスからは腰がときどき透けて見える。金のイヤリングをぐいと引くと、くるりと彼のほうを振り向いた。胸が高鳴っていた。「なんだかそわそわしているわね。どうしてかしら?」

彼の発した声は喉にこもるようなだみ声だった。「それはきみが普段と変わらず不細工な女だからかな。さあ、もう帰ったほうがいい」

フルールはカバーガールとして培《つちか》った度胸を奮い起こした。窓ガラスによりかかり、腰を曲げ、脚を伸ばした。「あなたが帰れといっても……」彼女は内腿がのぞく程度に膝を曲げた。「……私は帰る気はないわ」

彼のなかで何かがはじけたようだった。ジェイクはちょうど数々の映画で見せたように、バーの上にグラスを乱暴に置いた。「駆け引きをしようっていうのか？　いいとも、受けてやろうじゃないか」

ジェイクが向かってくるのを見ながら、フルールは遅まきながらこれは映画ではなく現実なのだと認識した。逃げなさいとみずからに命じたが、一歩を踏み出す前に彼に腕をつかまれた。その勢いで腰が窓にぶつかった。彼の手が腕に巻きついた。「おい、ひよっこ」彼はささやいた。「持ち札を見せてみろ」

ジェイクは急に首をかがめ、唇を重ねた。歯を下唇にこすりつけ、口を開かせる。彼の舌はウィスキーの匂いがした。フルールはこれがジェイクなのよと自分に言い聞かせた。彼の手がドレスの下にもぐり、パンティを探った。彼はそれをずり下ろし、尻をてのひらでつかんだ。彼に激しく抱き寄せられたとき、やっと目覚めたフルールの気力はあとかたもなく消えていた。

ドレスの裾を上にたくし上げられ、彼のジーンズの前あきの部分があらわな腹部の皮膚にこすれた。彼の唇は彼女の口をすみずみまで探っていた。その動きはあまりに荒々しかった。静かな音楽や美しい花といった彩りが欲しかった。こんなに露骨な欲情ではなく、ソフト・フォーカスのレンズでとらえられたゆるやかな肉体の絡みであってほしかった。フルールは彼の胸を押し返した。「やめて」

激しい彼の息遣いが耳もとで響いていた。「きみはこうしたかったんだろ？　一人前の女として扱ってほしかったんだろ？」

「女としてね。売春婦ではなく」フルールの白日夢《はくじつむ》の恋人は一瞬にして消えた。彼女はジェイクからよろめくようにして離れ、泣き出す前に外へ出ようと涙をこらえ、ドアに向かった。だがその前にバッグを、車のキーを取りに戻る必要があった。それらをつかんだとき、彼が電話をかけようとしていることに気づいた。

そこにあるのは欲望に駆られた男の顔ではなく、憔悴《しょうすい》した悲しげな表情だった。フルールは傷ついた心ではなく理性で観察してみようと、彼の様子をしげしげと見つめた。不意に、この片持ち梁《はり》の家のガラスの壁と同じく彼という人間が透けて見えた。

彼は受話器に向かってひどく事務的な口調で話した。「今夜スィートは空いてますか？」

フルールはキーやバッグのことも忘れ、彼に近づいた。

ジェイクはフルールを見なくていいように暖炉を見つめていた。「ええ、それでけっこうです。いえ、ひと晩だけです――」

フルールは受話器を取り上げ、受台に置いた。

彼はやすやすと不意をつかれる男ではなかった。

彼は体に合わない衣装のように敵意をまとった。「今夜はもう終わりじゃないのか？」

フルールは彼の目を見据えた。「いいえ」そっと言い添える。「もっと続けたいわ」

彼の喉もとでピクリと脈が跳ねた。「続けたらどうなるか、わかっちゃいないくせに」

「名優の誉れ高いあなたにしては、お粗末な演技だったわね」フルールはやんわりとからかった。「ならず者のバード・ドッグ・カリバーがかたぎの娘を脅しているみたいだった」

彼は髪をかいた。「うるさい。ほっといてくれ」

「意気地なし。度胸がないのね」

「宿まで送っていく」

「ほんとは私を抱きたいんでしょ」フルールはいった。「ばれてるのよ」

彼は歯を食いしばったが、冷静な口調を保った。「ひと晩ぐっすり眠れば——」

「私はここで眠りたいの」

「朝、宿に迎えにいくよ。朝飯を食べにいこう。それでいいだろ」

フルールはモデルがよくやるように唇をとがらせた。「あら、ジェイク叔父ちゃま、素敵。棒つきキャンディも買ってくれる?」

彼は顔を曇らせた。「どこまで続ける気だ?　何が目的なんだ」

「保護者ぶるのはやめて」

「だって相手は子どもなんだから、保護するしかないだろう」

「子ども扱いされるのは飽きあきしたわ。もううんざり」

「おれにかまうな、フルール。そのほうが身のためだ」

フルールはあなたのためと誰かにいわれることにいやけがさしていた。相手がジェイクならなおのことそんな言葉を聞かされたくなかった。「それは私が決めることよ」フルールは心の内を顔に出さないように努めながらいった。「あなたに抱かれたいの」

「興味ないね」

「嘘つき」

フルールはその瞬間、勝利を確信した。彼が顔を上げ、唇を結んだ。「わかったよ。そんなにいうなら、ご自慢の体を見せてもらうとするか」彼はそういうとフルールの腕をつかみ、やや強引にスロープに向かった。二人はスロープをのぼり、アーチを抜け、別のスロープをのぼった。フルールは歩調をゆるめたかった。「ジェイク……」

「何もいうな」

「私はただ――」

「だめだ」

ジェイクに連れていかれたのは主寝室だった。そこには見たこともないほど大きなベッドがあった。ベッドは天窓の真下の台にじかに置かれていた。彼はフルールが夢見たとおりに軽々と彼女を抱き上げ、段を二つのぼってグレイと黒のサテンのベッドカバーの上に無造作におろした。

「最後のチャンスだぞ、フラワー」ジェイクは険しい顔でうなるようにいった。「これを過ぎたらもうあと戻りはきかない」

フルールは動こうとしなかった。

「そうか」ジェイクは腕組みをするとスウェットシャツを脱いだ。「大人の男がお嬢ちゃんのお相手をしてやるよ」

フルールはグレイのベッドカバーを握りしめた。「ジェイク?」

「ああ」

「そんなことといわれると、かえって不安になるわ」

彼はジーンズのジッパーをおろした。「そりゃ悪かったね」

ジェイクはまだフルールを怖がらせるつもりのようで、勢いよくジーンズを脱ぎ捨て、間もなく黒のブリーフだけを身につけてベッドの足もとに立った。それが普通の白の下着か、いつも着ている水着のトランクスのようにゆったりとして色褪せていたらよかったのだが、ブリーフの生地は体にぴたりと添い、固くたくましいものがくっきりと形を見せている。

「そっちももっと脱いでくれないと釣り合わない」

ジェイクはフルールの決意のほどを確かめるつもりか、怯ませるような言い方をした。だがフルールの気持ちは揺るがなかった。

彼に片方の手首をつかまれると、フルールの虚勢もさすがに揺らぎはじめた。彼はサンダルの片方のストラップをはずして脱がせ、反対側も同じようにした。彼の目があらわになった肌の上をさまよう。フルールはクッションのあいだに体を沈めた。彼は険しい表情を見せた。「こんなふうにするのはいや」と彼女はいった。

彼の視線がフルールの胸から腰へ移り、脚のラインをたどった。「そりゃ残念だ」彼は前にかがみ、ドレスの襟元をつかんだ。

「やっぱり私……」

彼はフルールの肩をつかみ、体を起こさせて、膝をつく姿勢をとらせた。

フルールはあえいだ。「私たち――」

ジェイクは紐編みのミニドレスを頭から脱がせた。「おれはきみのそばで善人を演じるのに飽きあきしているんだ。会ったその日以来ずっと……」彼はスリップの裾をつかんだ。

フルールは彼の手を払いのけた。「こんなのいや。こんなやり方はだめなの」

「もう子どものルールは通用しないんだぞ」彼はスリップをグイと引き、するりと脱がせた。フルールはパンティと揺れる金のリングのイヤリングだけ身につけ、ベッドの上でひざまずいていた。

「いよいよ、金曜日に見ないふりをしなくちゃならなかったものが見られるな」

「あなたが何をしようとしているかわかってるのよ。そうはさせないわ。あなたは私に後悔させようとしているんだわ」

彼の声は硬くこわばっていた。「なんの話だ」

フルールは両脇に手を当てた。「あなたはわざとムードをぶちこわしにしようとしているのよ。深刻にしたくないから」

「事実、深刻でもなんでもないさ」彼の体重でマットレスがたわんだ。ジェイクはフルールの上に体を乗せ、パンティを剝ぎ取るために手を下にもぐらせた。「快楽。それだけだよ」

二人の指が絡みあった。その感触は人肌の温かみをほとんど感じさせないものだった。

「この感じはどうだい？」

「やめて」

「どんなやり方が好きなのかい？　速いの、それともゆっくりがいい？　お好みのスタイルをいってくれ」

「花が欲しいわ」フルールはささやいた。「花で体に触れてほしいわ」

ジェイクは身震いをした。呪詛《じゅそ》をつぶやきながら体を離し、仰向けに横たわり、天窓から夜空をじっと見上げた。そんな彼の心理をフルールはまったく理解できなかった。

「なぜ私を傷つけたいの？」彼女は訊いた。

ジェイクはフルールの手を取った。「おれがもっとましな男ならなあ……だが現実にはそうじゃない」ジェイクは彼女のほうを向き、指でそっと彼女の肩を撫でた。「わかったよ」彼はささやいた。「もう駆け引きはなしだ。今度こそちゃんとやろう」

なめらかで優しい彼の口づけはフルールの冷たくこわばった心までも溶かした。それはカメラの前で交わしたどんなキスとも違っていた。鼻と鼻がぶつかり、彼の唇が開き、彼女の口を包みこんだ。しっとりとした口づけの音は親密だった。彼の舌が彼女の歯の境目の上を滑り、彼女はそれを舌で受け止めた。フルールは彼の肩に腕をまわし、彼の心臓の鼓動を乳房で感じようと体を密着させた。

彼がようやく顔を離し指先で彼女の髪をもてあそびつつ、上から優しく見つめた。「ここに花は一本もないよ」彼はささやいた。「だから違うものできみの体に触れる」彼は首をかがめ、乳首を口にふくんだ。それは彼の舌に触れ、ふくらんだ。フルールは体じゅうに広がる喜びの波に、うめき声を上げた。

暇を持て余した怠け者のカウボーイのように、彼はたっぷりと時間をかけて彼女の体を両手で探索した。唇で腹部をたどりながら、内腿《うちもも》を愛撫し、彼女の体の奥を燃え上がらせた。そして膝を立たせ、優しく脚を開かせた。

天窓から射しこむ月の光が彼の背中を銀色に染めていた。彼は指先で引き締まった粘膜を愛撫し、そっと開くと、「これこそ花びらだ」とささやいた。「花はここにあったよ」そしてその軟らかいすねたような口でそれを覆った。

フルールはそれまで味わったことのない感覚に襲われた。フルールは彼の名前を呼んだが、声に出して叫んだのか、ただ心のなかでつぶやいたのかはっきりしなかった。歓喜が体のなかで螺旋《らせん》を描き、さらに熱く明るく輝きながら破裂しそうな勢いで、回転花火のように広がっていった。「だめ……」

喉が塞がれるような叫び声を聞き、彼が目を上げたが、フルールはこうして自分一人喜びの空に翔《か》けのぼっていたくないという思いを彼にどう告げればいいのかわからなかった。彼は笑みを浮かべ、かたわらに横たわった。「もう降参かい?」そうつぶやく彼の声はセクシーで思わせぶりで、素晴らしく魅力的だった。

フルールは彼女の太腿に彼の力強くそそり立つものを感じ、ブリーフのウエストバンドのなかに手を滑りこませた。それはなめらかで固く、大理石の取っ手のようだった。フルールが握りしめると、ジェイクは小さなあえぎをもらした。

「どうかしたの、カウボーイ?」フルールはいった。「耐えきれないの?」

彼の息遣いは急に静かなあえぎに変わった。「なんとか……影響は……逃れられるよ」

フルールは笑い声とともに、彼の様子をよく見ようと体を起こした。彼のブリーフを脱がせ、手を触れることでどんな反応があるのか確かめた。ここと……あそこと……またここに。指先や親指の平らな部分、髪の毛などで彼の張りつめたものを撫でた。最後に舌の先で触れてみた。

彼はしわがれた低い叫びを上げた。

子ネコのように舐めていると、自分が大きな力を持っているという深く激しい喜びが心に湧き起こってきた。彼の手がフルールの肩のあたりをつかみ、抱き寄せた。

「もう降参だ」ジェイクは彼女の下唇を噛みながら掠《かす》れた声でいった。

「いくじなし」フルールはつぶやいた。

彼は彼女の乳房をつかみ、乳首をひねった。「主導権を握っているのが誰か、念を押しておく必要がありそうだな」

「せいぜい頑張って」フルールは舌の先で歪んだ彼の前歯に触れた。

「レディーはどうやら晩熟《おくて》でおられるようだ」彼はほっそりとした体で覆いかぶさってきた。

「脚を開いておくれ。ご主人さまのために」

フルールは彼を迎え入れ愛する喜びに燃え、体を開いた。そしてくすんだブルーの瞳が欲望できらめくのを見て思わず笑った。

ジェイクは喉の奥から響く、愛らしく女らしい声に魂が痺《しび》れるような感動を覚えた。その瞳をひたと見つめながら、ジェイクは無言で自制を促したが、フルールはありったけの愛情をこめて微笑み返してくる。その柔和な笑顔に、彼は心が二つに引き裂かれる気がした。彼はそのまま奥深く進入した。そこは思いがけず引き締まっていた。まさか……。

フルールは小さな叫び声を上げた。「やっと……」とささやく。

それはどのような意味にもとれる言葉ではあったが、彼は愕然とした。「フラワー……なんてことだ」彼は退却を始めたが、フルールは彼の尻を指で押さえつけた。

「だめよ」彼女は叫んだ。「もしやめてしまったら、絶対に許さない」

ジェイクは天を仰ぎおのれの軽率さを罵《ののし》りたい気分だった。ベリンダが嘘をつこうと、フルール自身がいくら経験豊富なふりをしてみせようと、彼女が処女であることを見抜くべきだったのだ。当初の予定どおりに彼女を怖気づかせて帰してしまうべきなのに、どうやら純真さに振りまわされてしまうたちなのか、身勝手な行動をとってしまった。

コーラスガールのような脚が腰に巻きつけられ、いっそう結合が強まったように彼は感じた。そうすることで彼女はより痛みを感じるはずなのに。彼は無理やり離れて彼女の心を傷つける勇気はなかった。だから意志の力を結集して、じっとそのまま彼女が彼の大きさに慣れる時間を与えることにした。「ごめんよフラワー、知らなかった」

フルールは結びつきを深めようとして腰を動かした。

彼はフルールの髪を撫で、唇をもてあそんだ。「慌てないで」彼はささやいた。

「私は平気よ」

ジェイクは彼女のなかでいまだ分身が萎えずにいるのが不思議だった。おれのような下衆《げす》野郎がつぶらな瞳の子ども相手に、欲情しているとは。

ジェイクは彼女の首筋に顔を埋め、髪の毛を指に絡めながらゆっくりと腰を動かした。彼女が身震いをし、彼の肩をつかんだ。

彼はすぐに止まった。「痛い？」

「ううん」彼女はあえいだ。「お願い――」

ジェイクは彼女の顔を見ようと、顔を離した。彼女は強く目を閉じ、苦痛ではなく情熱のために唇を開いている。彼は腰を上に掲げ、彼女の奥深く突き進んだ。一度……二度……彼女が果てるのを彼はじっと見守った。

終わったあとも体を小刻みに震わせるフルールの体をジェイクはなだめるように撫でさすった。ようやく彼女が目を開いた。最初焦点が合わなかったが、やがて視界がはっきりした。フルールはよく聞き取れない声でなにごとかつぶやき、彼に向かって微笑んだ。「素敵だったわ」とささやいた。

彼はにやりとせずにはいられなかった。「気に入ってくれたのなら何よりだ」

「想像以上だったわ。だってとても——とても——」

「退屈？」

フルールは笑った。

「長たらしい？」

「私が探している言葉はそんなのじゃないの」

「それじゃあ——」

「途方もなく」フルールはいった。「素晴らしい世界だったわ」

「フラワー？」

「何？」

「きみは気づいていないかもしれないが、まだ正確には終了していないんだよ」

「終了——」フルールははっと目を見開いた。「あら」

彼はフルールが思い当たり、恥らう様子を見つめた。「ご、ごめんなさい」彼女はどもりながらいった。「鈍感で悪かったわ。ただ私——その……」彼女は口ごもった。

ジェイクは彼女の耳たぶを唇で引っぱった。「よければうたた寝しててもいいよ」彼はささやいた。「本でも読んでるか。きみの邪魔はしないから」彼は彼女のなかでふたたび動きはじめた。彼はフルールの体がリラックスし、またじょじょにこわばるのを感じた。彼女の指が彼の肩に食いこんだ。ジェイクはしなやかで軟らかい甘美な彼女の味わいに酔いしれた……。

「ねえ」彼女がささやいた。「またさっきと同じことが起きるのね」

「きっとね」

間もなく二人はともに世界の果てから歓喜の渦へ呑みこまれていった。

14

〝おい、言い逃れしようと思うな〟

「もうそんな台詞、うんざりよ、バード・ドッグ」フルールは午前二時を少しすぎたころ夢からはっと目を覚ましたが、気づけばベッドに一人で寝ていた。パンティを穿き、袖を切り落とした彼の黒いスウェットシャツを着てキッチンに行ってみると、彼が鉢に山盛りにしたアイスクリームをほおばっていた。ジェイクは彼女を見たとたん食ってかかり、それ以来ずっと口論を続けている。

「する前にまえもって話してほしかったね」ジェイクはシンクに皿を置き、水道の蛇口をひねった。

「する前？　あなたって自己表現の才能に恵まれているのね。大人になったら作家になるといいわ。まあ、五十歳ぐらいになったら？」

「減らず口はたたくな。納得いかないよ、フルール。〝新人〟だということを話してくれなかったのはね」

フルールは愛想のいい笑みを浮かべた。「明日の朝になったら私に無視されるとでもいうの？」フルールも辛口のジョークで切り返すことが上手くなっている。それでも口論はやめて彼にキスをしてほしかった。彼女は手当たりしだいに引き出しを開け、輪ゴムを探した。

「なんだよフルール。そうだと知っていたらあんなに手荒にやるんじゃなかった」

「あれが手荒だというの？　冗談でしょ？　目をつぶっていても受け入れられたのよ」フルールはゴム輪を探し出し、頭頂部に近い位置で髪をポニーテールにまとめた。そしてリビングに向かい、テーブルから見えていた太いキャンドルの何本かをつかんだ。

彼は子どもを見守る保護者のように後ろからついてきた。「何をするつもりだ？」

「お風呂に入ろうと思って」

「もうすぐ午前三時なんだぞ」

「だからなんなの？　汗まみれなのよ」

フルールがキッチンに入ってきてはじめて、ジェイクはほっとした。「ふうん。それはなぜかな？」彼は気取った笑みを浮かべそうになった。フルールはそんな彼を平手打ちし、同時にキスしてやりたくなった。

「あなたはベテランなんでしょ。あなたがいって」彼のスウェットシャツではパンティが隠しきれず、彼から離れながらフルールはグイと腰を引いた。

フルールは深い浴槽の縁にキャンドルを置き、火をともし、横に置かれていたバブルバスの湯をたっぷりと浴槽に注いだ。バブルバスはなんとなくジェイクのものではない気がした。彼がこれまでデートしてきた女性たちがみんな憎かった。

浴槽に湯がたまるあいだ、フルールはポニーテールをゆるいまとめ髪にし、バッグのなかで見つけたクリップで留めた。ジェイクがなんといおうと、フルールは二人のあいだで起きた出来事を悔やんではいなかった。彼女の人生はほとんど境遇に強いられたものだった。この選択だけはみずから下したものだ。そして彼を受け入れたとき、彼への愛で心が弾けるように感じた。

フルールは湯に入った。崖の途中に吊るされたガラスの壁のなかでキャンドルがチラチラと光を放ち、まるで宇宙に浮かんでいるように感じた。彼女は彼を受け入れた甘美な瞬間と、その後の彼の優しさを慈しむように思い出していた。

「ここは貸切かい、それとも誰か加わってもいいのかな?」

彼はすでにジーンズのジッパーをおろしており、質問は言葉の上でのことだった。「小言をいわないのなら」

「もう文句はいわない」彼はなにごとかつぶやきながら浴槽に入り、フルールと並んで座った。

「何といったの?」

「べつに」

「いってよ」

「わかったよ。ごめんと謝った」

フルールは肘をついた。「なぜ謝るの? なんに対して?」

その声に不安が感じられたのだろう。彼は彼女を腕で抱きしめた。「なんでもないよ。少し乱暴だったことを除けば何も悔やんでない」

そして彼はキスをし、フルールもキスに応えていた。まとめた髪が乱れたが、二人とも気づきもしなかった。二人は脚と腕を絡ませ、泡のなかに倒れこんだ。フルールは自分の髪を二人の体に巻きつけた。そのままでは息ができなくなるので、ジェイクが栓を抜き、ふたたび甘美な愛の行為を始めた。フルールは何度も歓喜の声をあげ、その声はジェイクのキスでようやくさえぎられた。

行為のあとで彼はフルールの体をタオルで包んでくれた。「こんなにエネルギーを使ったんだから何か食わせてくれよ。おれは料理はからきしダメだから、食い物といえばアイスクリームとポテトチップぐらいしかないけどね」

「私もよ。資産家の娘だから」

彼はおそろいのタオルを腰に巻いた。「つまり料理はできないってことかい？」

「固ゆで卵の作り方ぐらいは思い出せるかな」

「おれだってそれよりはましだぞ」

その後しばらく二人はキッチンを散らかして料理のまねごとをした。ステーキを焼いてみたが、肉の内部は解凍できておらず、フランスパンをグリルで黒焦げにしてしまい、古いレタスとしなびたニンジンでサラダを作った。それでもフルールはこれまで食べたどんな料理より美味しいと感じた。

二人は日曜の朝ランニングに出かけるつもりでいたが、結局またベッドに戻って愛し合った。午後は二人でトランプをし、くだらないジョークを飛ばしあい、また浴槽でエロティックな戯れに興じた。月曜の朝夜明け前にジェイクがフルールを起こした。ＬＡに車で戻らなくてはならないからだ。フルールも車で来ていたので、二人は別々に出発することになった。フルールがポルシェに乗りこむと、ジェイクがキスをした。「カーブに気をつけるんだぞ」

「あなたもね」

フルールは前日のうちにベリンダに電話をかけ、リンのことで帰れないとまたしても嘘の説明をしていたので、スタジオに直行した。

ヘアとメークを終えて出てくると、ジェイクとジョニー・ガイがもう口論を始めていた。今度はジェイクが週末に台本の書き換えを終えていないことをめぐってである。ジェイクはフルールにそっけなく会釈した。二人の仲が噂の種になるのはいやなので、彼の慎重さがありがたいとは思いつつ、失望感は拭えなかった。

ジョニー・ガイがフルールのほうへやってきた。「金曜日は少しきつかったね。今日は少し楽に演じられるよう工夫してみよう。台本にも少し手を入れたから――」

「台本を変えなくても大丈夫です」フルールはいつしかそう口走っていた。「予定どおりに進めましょうよ」

ジョニー・ガイは疑わしげにフルールの表情をうかがった。彼女は夜明けのパトロールに出発する戦闘機のパイロットのように気取った様子で親指を立ててみせた。やり遂げる自信はあった。今度こそ青臭いガキなどといわせない。大人の女を演じるのだ。

ジェイクが衣装を着てふたたび現われた。ジョニー・ガイがシーンのおおまかな説明を始めるとジェイクが口をはさんだ。「このシーンはほとんど割愛《かつあい》することにしたんじゃなかったっけ？　彼女には無理だということになったはずだ。時間の無駄だよ」

ジョニー・ガイがフルールの反論をさえぎっていった。「お嬢ちゃんがもう一度やらせてほしいといってるんだよ」彼はクルーのほうを向いた。「さあショータイムの始まりだ。仕事を始めよう」

カメラがまわった。ジェイクはちっぽけな寝室の奥からフルールをにらんだ。彼女は快活な笑顔を見せ、ボタンに手をかけた。彼をあっといわせてみせるのだ。彼女は彼の目を見据えたまま服を脱ぎ棄てた。二人にはいまや秘密がある。二人だけの。可笑《おか》しくて腹立たしくて愛おしい彼。きっと彼も同じように感じてくれているだろう。少しは。そうでなくてはあんなに優しい愛し方ができるはずがない。

お願い、ちょっぴりでもいいから私を愛して。

フルールはブラをはずした。ジェイクは顔をしかめ、定位置から移動した。「カットだ！」「何いってるんだ、ジェイコ。『カット』とコールするのは私の役目だぞ。いい演技だったじゃないか。いったいどうしたんだよ」ジョニー・ガイは脚をたたいた。「『カット』とコールできるのは監督だけだ。誰にも許さん！」彼の長い熱弁は延々と続き、ジェイクはますます不機嫌になった。彼はとうとう椅子の位置が悪かったと不満をいった。ジョニー・ガイは殴りかかりそうになった。

「大丈夫です」フルールは冷静な女性になった気分で、監督にいった。「もう一度やってみます」

カメラがまわった。ジェイクの顔はまさに雷雲のようだった。ブラの留め金をはずし、フルールは彼をじらすようにブラをはずしていく。新たに身につけた力を使って彼に責め苦を与えるのだ。体をかがめ、パンティを脱ぐと、フルールは彼に向かって歩いた。

彼のシャツのボタンをはずし、そのなかに手を滑りこませると、彼の体はこわばっていた。フルールは朝キスをした場所に手を触れた。腰と腰を合わせ、リハーサルしていない演技をした。首をかがめ、彼の乳首を舌の先で舐めたのだ。

「カット・アンド・プリント！」ジョニー・ガイがびっくり箱から飛び出すピエロのように飛び跳ね、叫んだ。「上出来だ！　最高だったよ！　文句なしだ！」

ジェイクは顔をしかめ、衣装部の女性が差し出した白いパイル地のローブをつかみ、フルールに押しつけた。

休憩のあいだ、フルールはリンを探した。週末にジェイクの家に行ったことを知られたくないので、手紙をくれたのはあなたなのと正面きって尋ねるわけにもいかず、探りを入れるしかなかった。だがリンは乗ってこなかった。いずれ真実を聞き出そうとフルールは決意した。

午前の撮影は順調に運んだ。午後は金曜日の分を撮り直し、次は二人のベッドシーンを撮ることになった。ジョニー・ガイはすべてをフィルムに収めた。マットの緊張、彼の罪悪感、いまにも爆発しそうになっている苦悶……そしてリジーの冷酷な誘惑を。ジェイクはカメラがまわっていないとほとんどフルールに話しかけなかった。だがこのシーンは張りつめたシーンなので、二人とも集中している必要があった。

その日の撮影が終了すると、ジェイクは帰ってしまった。二日間二人ともほとんど充分な睡眠をとっていないので、彼も疲れているのだろう、とフルールは考えることにした。しかしその後数日たっても彼はあいかわらずフルールと距離を置いていた。フルールはその理由が考えられなくなっていた。彼は私を避けている、と思った。

週末が来て過ぎていった。彼が電話をくれるだろうという希望は惨めなあきらめへと変わった。月曜の朝になり、フルールはじかに問い質《ただ》すことも考えたが、そうなると自分を愛してほしいと泣きついてしまいそうでそれが耐えられず、無理だった。ジェイクはモーロ・ベイで起きた出来事を大袈裟《おおげさ》にとらえるなと態度で示しているのだ。

フルールは仕事が終わるのを時間単位で楽しみに待つようになっていた。木曜日がフルールにとってセット撮影の最終日だった。リンとのシーンを機械的にこなし、クローズアップシーンを撮り、失望のうちに帰宅した。

「今週末ジョニー・ガイの自宅でパーティがあること、ジェイクから聞いた？」ベリンダがその日の夕食でフルールに訊いた。「彼はきっと出るはずよ」

「知らないわ。そんな話、しなかったもの」フルールはジェイクへの思いをベリンダに打ち明けるつもりはなく、そのままテーブルを離れた。

ジョニー・ガイの妻マーセラ・ケリーはハリウッドでも人気の司会者の一人で、今回の〈日曜の朝の日食〉の完成を祝って開くパーティにも、マーセラは関係者全員を招待していた。フルールはあきらめが悪いので、ジェイクがパーティに誘ってくれるのではないかというかすかな希望を最後まで捨てきれなかった。だが結局ベリンダと行くことになった。

マーセラはブレントウッドの自宅を花とキャンドルと音楽で飾り立てた。尊厳をもってこの夜を過ごすにはグリッター・ベイビーを演じきるしかないと覚悟したフルールはモカとベージュとレンガ色の光る横縞の生成りのシルクドレスを着た。細長いラインのこのドレスはどことなくエジプトらしい雰囲気があったので、金のバングルと甲に宝石の留め金がついたヒールのないサンダルを合わせて、それを強調した。髪を濡らして三つ編みにし、髪が乾いてからとかして細かいウェーブにして後ろに垂らした。マーセラ・ケリーは金髪のクレオパトラのようだと褒めた。

マーセラは庶民的な夫のジョニー・ガイと比べて都会派の女性だった。夫がオレンジ・クラッシュの缶とキューバの葉巻を手に客たちのあいだを巡るのに対して、妻はテキーラに浸けたサーモン、食用のサボテンの葉を飾ったカナッペ、水耕法で育てた野菜をつめたフランス風フリッターのベーニェなどのオードブルを勧めてまわるといった具合だった。

フルールはディック・スパノの頭越しに招待客の様子をうかがったが、ジェイクの姿はどこにもなかった。ベリンダは部屋のすみでカーク・ダグラスと話しこんでいた。苦笑気味の彼の表情から、これまでのありとあらゆる出演作について矢継ぎ早の質問を受けているのは間違いのないところだろう。聞いたそばから忘れてしまう質問もあるに違いない。フルールは飲み物をすすり、近づいてきた新進の俳優の話に聞き入るふりをした。外で空を裂くような雷鳴が響き、招待客が移動を始めた。そのときジェイクの姿が目に留まった。

彼はリンとその恋人でドキュメンタリー映画製作者と一緒に会場に着いたばかりだった。フルールは心臓が締めつけられる気がした。マーセラ・ケリーが駆け寄り、賞品を見せびらかすように招待客に紹介してまわった。フルールは堪えきれなくなり、新進の俳優から離れ、バスルームにこもった。ドアにもたれながら、今夜はなんとしても毅然《きぜん》とした態度を貫こうと心に誓った。ハリウッドの綺羅星《きらぼし》のようなスターたちを従えたクレオパトラの姿を彼の脳裏に焼きつけてやるのだ。

フルールはやっとの思いでバスルームから出て、パーティ会場に戻った。縦仕切りのある窓を雨粒がたたきはじめていた。あたりを見まわすとジェイクはいなくなっていた。間もなくベリンダの姿も見えないことにフルールは気づいた。

偶然である可能性もあった。しかし母親を知りすぎているフルールは不安を覚えた。私はあなたのためだけに行動するのよ。もしベリンダが娘の想いに勘づいて干渉しようとしていたら？　そう考えただけで、フルールは身震いした。

フルールはベリンダを探しはじめた。部屋から部屋へ招待客のあいだをめぐりながら、頭のなかでベリンダの声が聞こえるような気がした。あの子にもチャンスをやってちょうだい、ジェイク。あなただってきっとあの子に惚れこむはず。あなたたちは最高にお似合いだわ。

そんなことをしたら、ベリンダを絶対に許さない、とフルールは心に誓った。

一階をくまなく見てまわっても無駄だったので、今度は二階に行ってみることにした。リンと恋人の邪魔をすることになりばつの悪い思いをしたのに、成果はなかった。だがもう階下におりようとしたそのとき、マーセラ・ケリーの寝室から物音が聞こえたので覗いてみた。

「もう話すことはない。パーティに戻ろう」

それはジェイクの声だった。心臓が喉もとまで飛び出るような衝撃を受け、フルールはそっと室内に入った。

「お願いだからあと二分だけ待って」ベリンダがいった。「アイオワのホテルで一緒に楽しいときを過ごしたことを思い出してよ。私はあの朝のこと、永遠に忘れないわ」

親密さの感じられるベリンダの口調に、フルールは驚いた。さらに一歩室内に入ってみると、床まで届く大きなアンティーク調の鏡に二人の姿が映っていた。ベリンダはシュリンプ・ピンクのカール・ラガーフィールドのドレス、ジェイクは正装に近いジャケットという服装だ。二人はある種の着替え用の小部屋に立っていた。彼は腕組みをしていた。ベリンダが彼の体に手を触れた。母親の顔に浮かぶかすかな表情の変化にフルールはドキリとして、口の乾きを覚えた。

「サヴァガー家の女たちを失恋させるのがあなたの使命なんでしょうね」ベリンダがいった。「あなたが反骨精神の持ち主だということは知っているし、最初からあなたにとって自分が特別な存在でないことぐらい承知していたわ。でもフルールは違う。それがわからないの？　あなたたちは結ばれる運命なのよ。それなのにあなたはあの子を悲しませようとしているわ」

フルールは爪が食いこむほど強くこぶしを握りしめた。

ジェイクは体を離した。「こんなまねはよしてくれ」

「あの子をあなたのところに行かせたのは私よ！」ベリンダは叫んだ。「あの子をあなたの手に委ねたのよ。それなのにあなたは私の信頼を裏切ろうとしている」

「信頼だと！　たった五分のシーンの割愛を避けるためだけに、あんたは娘をおれのところによこした。大事なグリッター・ベイビーの五分間のキャリアを守りたい一心でな。うちの娘を抱きなさい、コランダ。そうすればあの子のキャリアは安泰よ。あんたはおれにそういった」

「フルールは愕然とした。

「きれいごとをいわないでちょうだい」ベリンダは激しい口調でいった。「私はあなたの映画を救ってあげたのよ」

「映画がそれほど危機におちいっていたわけじゃない」

「私にはとてもそうは思えなかったわ。私はなすべきことをしただけ」

「ああ、あんたは母親の身勝手な考えで娘を男のもとへ向かわせた。なあ、一つ聞かせてくれないか。この先もこのやり方を続けようというのか？　娘の恋人をいちいち自分が最初に試してみるつもりなのか？　あんたの基準にかなうかどうかオーディションしてから娘と寝ることを許すのか？」

フルールは眩暈を覚えた。

ジェイクの侮蔑に満ちた語調は厳しいものだった。「世にも珍しい女だよ、あんたは」

「私はただ娘を愛しているだけ」

「ばかいえ。自分の娘のことを知りもしないくせによくいうよ。あんたが可愛いのは自分だけなんだ」振り向いた彼の顔がフルールと向き合うように映っていた。

フルールは動けなかった。苦痛が胸のなかで生き物のように身をよじり、肺を圧迫した。息ができなかった。目の前が真っ暗になった。

ジェイクが一瞬のうちに駆け寄ってきた。「フラワー……」

ベリンダが小さく鋭いあえぎをもらした。「ああ、なんてことなの」ベリンダはフルールのもとへ駆け寄り、腕をつかんだ。「なんでもないのよ、心配しないで」

フルールの頬に涙が流れ落ちた。彼女は襲いかかる恐ろしいけだものから逃れようとでもするようにぎこちなくグイと二人を押し返し、あとずさった。「触らないで。私に触らないで!」

ベリンダの顔が歪んだ。「お願いよ……説明させてちょうだい。私はただあなたを助けたかったの。どうにかして……わからない? あのままだとあなたのキャリアはだめになったかもしれないのよ。私たちの計画も、夢も。あなたはもう有名人なの。有名人にしか通用しないルールがあなたにもあてはまるの。わかるでしょ?」

「黙って!」フルールは叫んだ。「気持ち悪いわ。二人とも」

「お願いよ、フルール……」

フルールは手をしならせ、思いきり強く母親の頬をたたいた。ベリンダは叫び、後ろによろめいた。

「フルール!」ジェイクはフルールに駆け寄った。

フルールは歯をむきだし、野生動物のようなうなり声を発した。「近づかないで!」

「聞いてくれ、フルール」ジェイクは手を伸ばした。フルールは怒りをあらわにし、腕を振り上げ、甲高い声で叫び、蹴り上げた。彼を本気で殺そうとするように……。フルールは腕をつかもうとするジェイクを振りきって部屋から飛び出し、階段をおりた。ぎょっとしたような顔の客たちのあいだを走り抜け、ロビーへ向かい、玄関から出た。

外は激しい雨だった。いっそこれが氷であってほしいとさえ思った。この体が粉々に砕け散ってしまえばいいのにと。サンダルのストラップは足に食いこみ、靴底はアスファルトの道の上で滑った。だが走るスピードを落とすわけにいかなかった。草地を走り抜け、門のほうへと向かった。

ジェイクが追ってくるのがわかった。雨のなかで名前を呼ぶ声が聞こえ、フルールはいっそう速く走った。髪は頬に貼りついていた。彼が苛立ちの声を上げた。背後の足音がいっそう大きくなった。彼に肩をつかまれ、フルールはバランスを崩した。濡れたシルクに足をとられ、二人は同時に倒れた。それは初めての撮影で一緒に農家の前で地面に倒れた瞬間に似ていた。

「やめろ、フラワー。頼む。やめてくれ」ジェイクはフルールを引き寄せ、雨水の流れる地面の上で彼女を強く抱きしめた。彼の指がフルールの濡れた髪に絡み、彼の息遣いは激しく荒かった。「こんなふうに逃げ出さないでくれ。家まで送らせてくれ。説明を聞いてくれ」

フルールはあの晩彼に本気で求められたと信じていた。それなのに、オートミール色の紐編みのミニドレスも肌色のスリップも、光る金の輪のイヤリングも……すべてベリンダが選んだものだった。母が彼のところに娘を行かせるのに選んだ衣装だったのだ。「手を離してよ！」

彼は抱きしめる腕にいっそう力を込め、フルールの体の向きを変え、顔を合わせた。彼のジャケットは雨に濡れ、泥で汚れていた。篠突《しのつ》く雨が彼の顔のスロープを流れ落ちていた。

「ちゃんと聞いてくれ。きみが聞いたのは話の一部でしかない」

フルールは歯をむいた。「母と寝たの？」

「いや……」彼はフルールの頬を親指でこすった。「ベリンダが部屋に来たけど、途中でやめた。何もなかった——」

「手紙を書いたのは母なのよ！　あなたに私を抱かせようとあなたの家まで行かせたのよ！」

「そうだ。でもあの晩起きたことは自然の流れだった」

「最低な男！」フルールはこぶしで彼を殴った。「私に惚れたからベッドに誘ったなんていわせない！」

彼はフルールの手首をつかんだ。「フラワー、愛にはいろいろな形がある。おれはきみが好きだ。おれは——」

「聞きたくない！」フルールはふたたび彼にこぶしを振り上げた。「私はあなたを愛していたの！　全身全霊で愛したの。だからそんな嘘っぱちは聞きたくない。離してよ！」

フルールの肩をつかんでいた彼の手からゆっくりと力が抜けていった。フルールはよろめきながら立ち上がった。濡れた髪が顔を覆い、声は雨音に掻き消された。「もしほんとに私の力になりたいのなら……リンを呼んでちょうだい。それから……ベリンダが私を追ってこないように、つかまえていて。一時間だけ」

「フラワー……」

「やってちょうだい。せめてもの償いに、そのくらいしてくれてもいいでしょ」

二人は雨のなかで肩をはずませながら、髪から雨水をしたたらせ、立ち尽くしていた。彼はうなずき、家のほうへ戻っていった。

リンは何も訊かず、フルールを家まで送ってくれた。フルールを一人置いて帰りたくなかったが、すぐに眠りたいというので帰るしかなかった。しかしリンの車が走り去ると、フルールは一番大きいスーツケースに衣類を片っ端から投げ入れ、台なしになったドレスを脱ぎ棄て、ジーンズを穿いた。私はベリンダとジェイクの策略にはめられ、利用されたのだ。そしてやすやすと乗せられてしまった。二人はベッドのなかでも私のことを話したのだろうか。ジェイクは途中でやめたと話していたけれど、どちらにしても許せない。

フルールはスーツケースを閉め、航空会社に電話をかけ、パリ行きの次の便に予約を入れた。その前に一つだけすませるべきことがあった……。

ジェイクから解放されたとき、ベリンダは半狂乱だった。自宅に帰りポルシェがなくなっていることに気づき、狼狽《ろうばい》はいっそう大きくなった。フルールの部屋に走って行ってみると、ベッドの上に脱ぎ捨てた服が散乱していた。濡れたエジプト風のドレスは床の上にあった。ベリンダはそれを拾い上げ、頬に押し当てた。いまフルールは動揺しているに違いない。でもあの子はきっと戻ってくる。落ち着くためには少し時間が必要なのだ。でもそれもしばらくのこと。ベリンダとフルールは一心同体。それは誰もが認めている。たんなる母と娘の関係ではない。親友同士なのだ。

ベリンダはバスルームに灯りがついたままになっていることに気づいた。台なしになってしまったドレスを握りしめ、彼女は灯りを消しにいった。

まず白い洗面台の上でキラリと光るハサミが目に留まり、ベリンダは小さく悲痛な叫び声を上げた。床の上に大量の濡れたブロンドの髪が散らばっていたのだった。

ジェイクは何も考えたくなくて、あてどなく車を走らせていた。だが胸の奥の氷のかたまりは解けそうもなかった。ラブシーンがうまくいかなかったあの日、彼自身も限界の状態だった。フルールが訪ねてきたとき、やはり脅して帰してしまえばよかったのだ。だが彼女の魅力に抗えなくなってしまった。

気づけば車は郊外を離れ、LAの中心部をなす雨に濡れたひと気のない通りを走っていた。彼は汚れたジャケットを脱ぎ、シャツに袖を通した。フルールは美しかった。感性豊かで一緒にいて楽しい相手でもあった……最初のときに痛い思いをさせたのに、それでも彼を信頼し、ついてきてくれた。

通りの先にゴミと破れた夢が散乱する遊技場があった。ジャングルジムは横棒が抜け、ぶらんこには台が付いておらず、錆《さ》びた縁とネットの残骸らしきものしか残っていないバスケットボールの背板を投光照明が照らしていた。ジェイクは車を停め、後部座席のバスケットボールに手を伸ばした。こんな男を信頼してくれるのは世間ずれしていないあの子ぐらいのものだろう。

だがそんな彼女ももう世間の世知辛《せちがら》さを知ったはずだ。彼はひと気のない遊技場に向かって道路を渡る途中泥の穴をよけた。あの子もこれだけ辛い目に遭えば、そうおっとりとしてはいられなくなるだろう。

ジェイクはひび割れたアスファルトの上でドリブルを始めた。アスファルトに跳ね返ったボールがてのひらにぶつかるこの感じは、体になじんだ感覚だ。キャンドルに囲まれて浴槽に横たわる彼女の姿は思い出したくない。湯に浸かった美しい姿、夢見るような瞳。自分が彼女に何をしたのか、ジェイクは考えたくなかった。

彼はバスケットに向けてボールを飛ばし、たたきつけた。バスケットの縁が揺れ、手が痛んだ。しかし観客がどよめきはじめた。相手チームの妨害をすべてさえぎりながら抜け出さなくてはならない。観衆に自分の能力を見せつけなくてはならない。何も聞こえなくなるほどの歓声に包まれなくては。おのれを嘲《あざけ》る心の声が聞こえなくなるように。

彼は敵をかわし、ボールをセンターコートに運んだ。右、左とフェイントをかけ、ドリブルをやめ、素早くジャンプしてシュートした。観衆が騒ぎ、叫ぶ。ドック！　ドック！　ドック！

ボールをつかんだ彼は前方で待ち受けるカリームを見つけた。冷酷無情の殺人兵器、超人カリーム。悪夢の顔。やつにフェイントをかけるのだ。左にスウィングしようとしたが、カリームは心が読めるマシンだ。それも瞬時に。相手の目を見る前に、毛穴から気配を感じ取る前に。相手の暗い秘密を察知するその前に。

彼は電光石火の早業でくるりと右へ回転し、ジャンプし、宙に浮いた……人間は飛べないがおれは飛べる……カリームを飛び越して成層圏まで……命中《スラム》！

ドック！　観衆は総立ちで叫んでいた。ドック！

カリームと目が合った。二人は無言でおたがいの実力を認め合った。だがそれは一瞬のこと。二人はふたたび敵同士に戻った。

指先がとらえるボールには生命が宿り、彼はボールのことだけを考えた。それは完璧な世界だった。そこでは自分の力が偉大で、屈辱など感じないでいられた。そこは正誤の判断を下してくれる審判が存在する世界だ。そこには無垢な女も、傷ついた心も存在しない。

ジェイク・コランダ。俳優、脚本家。ピュリッツァー賞受賞者。そんな地位さえ夢を実現できるのであれば喜んで棄てただろう。足に羽でもついているように自由にコートを駆けめぐり、雲まで届くほどに高く飛べる、ボールを栄光というゴールにたたき入れるジュリアス・アーヴィングになれるのであれば。

観衆の歓声が消え、彼は街の片隅を照らし出すくすんだ光のなかにただ独り立っていた。

逃避行

15

フルールはパリ行きの飛行機のなかで、つとめて眠ろうとした。だが目を閉じるとジェイクとベリンダの声が聞こえてきた。〝私の娘を抱いて、コランダ。そうすればあの子のキャリアは守れるのよ〟

「マドモアゼル・サヴァガーですか？」オルリー空港に着いて手荷物コンベアのそばに立っていると、制服姿の運転手が近づいてきた。「お父さまがお待ちでございます」

フルールは運転手に導かれて人込みをかきわけながらリムジンに向かった。運転手がドアを開いてくれているあいだに車に乗りこみ、アレクシィの腕に抱かれた。「パパ」

アレクシィはフルールを抱き寄せた。「シェリ、やっと私のもとに帰る気になったんだね」

フルールは彼のスーツの上着の高級な生地に顔を埋め、泣き出した。「ひどい目に遭ったわ。私が愚かだったの」

「さあさあ、アンファン。もう安心おし。何もかもうまくいくよ」

アレクシィはそういいながら体をさすってくれ、フルールはすっと気持ちが楽になり、思わず目を閉じた。

屋敷に着くと、アレクシィは彼女の部屋に案内してくれた。フルールは眠りにつくまでそばにいてほしいと頼んだ。アレクシィはそのとおりにしてくれた。

翌朝遅くにフルールはようやく目を覚ました。ダイニングルームでメイドがコーヒーとクロワッサン二個を出した。フルールはそれを押し戻した。二度と食べ物が喉を通らないような気がした。

アレクシィが入ってきて身をかがめ、フルールの頬にキスをした。彼女がシャワーを浴びたあとに着たジーンズとプルオーバーを見て、アレクシィは眉をひそめた。「ほかに衣類は持ってこなかったのかい、シェリ？　今日何か買いにいかなくてはいけないようだね」

「ほかにも持ってきているわ。着る気力がなかっただけなの」だらしない服装にアレクシィが不快感を覚えたのがわかり、努力してもう少しましなりをすればよかったとフルールは悔やんだ。

アレクシィは文句ありげな視線でじろじろと眺めた。「どうしてまたそんな髪型にしたんだい？　それじゃあまるで男の子だよ」

「母親への決別のしるし」

「なるほど。では今日髪をなんとかしなくてはいけないね」

アレクシィはコーヒーを注ぐようメイドに仕草で命じ、スーツのジャケットのポケットに入れた銀のタバコケースからタバコを一本引き抜いた。「何があったのかいってごらん」

「ベリンダから電話があった？」

「何度もね、ひどく取り乱しているよ。おまえがギリシャの島に向かっている途中だといっておいた。だが島の名前まで聞いてないと。しばらくそっとしておいてやりなさいともね」

「きっといまごろはギリシャに向かっているんでしょうね」

「もちろんそうだろう」

しばし会話が途切れ、少ししてアレクシィが訊いた。「今回の出来事は全部例の俳優がらみなんだろう？」

「どうしてそれを？」

「自分の身内に関する事実はすべてつかんでおく主義だからね」

フルールはまたしてもこみ上げてきた涙を見られまいとしてコーヒーに目を落とした。泣くことにも、張り裂けそうな胸の痛みにも疲れていた。「彼に恋してしまったの」フルールはいった。「彼とベッドをともにしたわ」

「当然だろうね」

フルールは苦い思いを隠しきれなかった。「私の前にママが彼と寝たのよ」

アレクシィの鼻孔から細いタバコの煙が立ち昇った。「それも想定内だな。おまえの母親は映画スターに関して意志の力が働かない女だから」

「ママと彼は取引を結んでいたのよ」

「話してごらん」

ふと聞いてしまったジェイクとベリンダの会話の内容を語って聞かせると、アレクシィはじっと耳を傾けていた。聞き終えると彼はいった。「おまえの母親の動機は明らかとして、おまえの恋人の意図は？」

フルールはアレクシィの選んだ表現にたじろいだ。「彼の意図は明白よ。今回の映画は彼にとってすべてだったの。ラブシーンはとても重要で、もし私が硬い演技をしたら映画そのものが失敗に終わる可能性があった。だから彼はその危機を回避したかったんでしょう」

「不幸なことだったね、シェリ。初体験にもっとましな男を選ばなかったとは」

「どうやら私、人を見る目はないみたい」

アレクシィは椅子の背にもたれ、脚を組んだ。ほかの男性が同じ仕草をすれば女々しく見えてしまうところだが、彼の様子はエレガントで男らしかった。「しばらく私の元でゆっくり過ごせばいい。それが一番おまえのためになると思うよ」

「ひとまず、自分の立場がわかるようになるまではね。パパさえよければ、だけど」

「私はこんなチャンスが訪れるのをそれは長く待ち望んできたんだよ、シェリ。私は大歓迎さ」彼は立ち上がった。「おまえに見せたいものがある。クリスマスの訪れを待ち望む子どものような気分だよ」

「なんなの？」

「見ればわかる」アレクシィは屋敷のなかを抜け、庭を通ってミュージアムにフルールを案内した。そしてロックにキーを差しこんだ。「目を閉じて」

フルールはいわれたとおりにした。アレクシィは彼女の手を引いてひんやりしたかすかに白檀《びゃくだん》の香りの漂うミュージアムの内部に導いた。フルールは前回ここに来て初めて弟に会ったときのことを思い出した。あれからミシェルの居どころを見つけたのかアレクシィに尋ねるべきなのに、ひと言も触れていなかった。

「こうしてここにいる時間は私にとってかけがえのないものなのだよ」アレクシィはいった。「夢がかなったことをこの目で確かめることができるからね」スイッチを入れる音が耳に聞こえた。「目を開けてごらん」

ミュージアムは中央の二つのスポットライトを除けば全体的に暗かった。ライトは前回何もなかった台の上を照らしていた。フルールもこれほど素晴らしい車は見たことがなかった。色は艶やかな黒。きわめて長いボンネットは、まるで漫画のなかで描かれるお金持ちの車といった雰囲気を醸《かも》し出している。この車ならどこにいてもめだち、すぐにその存在に気づくことだろう。フルールは静かな感嘆の声をもらした。「ロワイヤルだわ。とうとう見つけ出したのね！」

「一九四〇年以来目にしていなかった車をね」アレクシィはこれまで何度も語り聞かせた言葉をまた繰り返した。「仲間は三人だった。三人でこの車をパリの下水道の奥深くまで運転していき、キャンバス地とわらで覆った。戦時中は尾行されている恐れがあったので、いっさい近づかなかった。そしてドイツ占領軍からの解放のあと、車を隠した場所に行ってみるとなくなっていた。そのことを知る残りの二人は北アフリカで死んだ。おそらくドイツ軍が持ち去ったのだろう。結局見つけ出すのに三十年以上もかかってしまったよ」

「どうやって捜し出したの？　何があったの？」

「十年以上も捜しつづけ、しかるべき資金も投入した。場合によっては裏金もね」アレクシィは胸ポケットからハンカチを出し、車のフェンダーについた見えないほこりを払った。

「肝心なのは、私がいまや名車ブガッティのもっとも希少なコレクションを所有しているという事実だ。なかでもロワイヤルは何より価値あるものなのだ」

ブガッティ・コレクションをひとしきり見せてもらってからフルールが部屋に戻ってみると、美容師が待ち受けていた。男性美容師は何も訊かずただ髪を短く切りそろえた。髪が伸びるまで待つしかない、と美容師はいった。それはまるで囚人のようで、見苦しく見る影もない姿だった。大きな目のまわりには隈ができ、大きな頭部に髪がないのだから。それでも鏡に映ったそんな姿を見て、フルールは奇妙な快感を覚えた。やっと内面と外見が一致したと思ったのだ。

アレクシィはフルールを見ると眉をひそめ、部屋で化粧をしてきなさいと命じたが、化粧をしても変わり映えはしなかった。二人は邸内を散歩し、フルールの気分がよくなったらどこへ行こうかと相談した。フルールは午後昼寝をした。夕食で子牛の胸肉をつつき、アレクシィの書斎に行ってシベリウスを聴いた。アレクシィに手を握ってもらい、音楽の調べに包まれているうちに、心のしこりがほぐれはじめた。この数年母親の言いなりになって父親と距離を置いていたことが悔やまれた。だが考えてみれば、昔からずっとベリンダに逆らったことはなかった。ベリンダの愛情を失うことが怖くてどんな些細《ささい》なことでも逆らえなかったのだ。いまとなっては母親の愛など最初からなかったのだとよくわかる。

フルールはアレクシィの肩に頭をもたせかけ、目を閉じた。もはや彼に対する怒りの感情は起きなかった。苦悩のなかでようやく人を赦《ゆる》す境地に達したのだ。この私を愛することで得るものがない人はアレクシィただ一人なのだ、と思った。

その夜フルールは眠れなかった。古いベリンダの睡眠薬を見つけて二カプセル飲み、ベッドの縁に座った。何よりも悔やまれるのは自尊心に欠けた人生を送ってきたことだった。常に母親の意のままに動く子犬同然の軟弱な存在でしかなかった。ママ、私を愛して。私を一人にしないで、ママ。そしてジェイク。彼に関して愚かな夢物語を胸に描き、彼が愛に応えてくれるなどと信じていた。フルールは胸の痛みを直視し、傷口をこするようにつついた。

「気分が悪いのかい、シェリ？」

アレクシィがローブのサッシュを閉めながら戸口に立っていた。アレクシィはいついかなるときも身なりが完璧に整っている。灰色の髪はたったいま床屋から出てきたばかりのようにきちんとしている。「いいえ、そんなこともないわ」

「髪をずたずたに切ったりするから、まるで少年のようだ。可哀想に《ポーヴル・アンファン》。もうおやすみ」

アレクシィは子ども扱いするようにフルールに寝具をかけた。「愛してるわ《ジュ・テーム》、パパ」フルールはそっといって、寝具にかけた彼の手を握りしめた。

アレクシィは軽く唇にキスをした。彼の唇は乾いて意外なほどざらついていた。「体の向きを変えてごらん。寝付けるように背中をさすってあげよう」

フルールはいわれたとおりにし、心地よさに浸った。彼の手がシャツのなかに滑りこんできた。彼に肌を擦られ、張りつめた神経がやわらいでいった。睡眠薬も効きはじめ、うとうとと眠気に襲われ、ジェイクの夢を見た。ジェイクに愛撫されている夢だった。ジェイクが首にキスをし、シルクの下穿きの上から体をさすっている、そんな夢だった。

パリに着いて数日たつとフルールの生活は決まった日常の繰り返しによってやや落ち着いてきた。遅く起き、音楽を聴き雑誌を読んだ。午後になると昼寝をし、メイドに起こしてもらいアレクシィが帰宅するまでにシャワーを浴びて着替えをした。二人で一緒に邸内を散歩したが、散歩だけでもフルールは疲れてしまうので遠くまでは行かなかった。夜は寝付けないので、アレクシィに背中をさすってもらった。

いつまでもふさぎこんではいられないという自覚はあるものの、すぐにアメリカに戻る気にはなれなかった。こんなに外見が変わってしまってはグリッター・ベイビーだとは誰も気づかないだろうが、それでも見つかってしまったら新聞記者たちがどっと押し寄せるだろうし、それは耐えられない。

八月は過ぎ、九月になった。ベリンダはあいかわらず電話をよこし、アレクシィもあいかわらず、「きっと気が変わってギリシャ行きは取りやめにしたんだよ。雇った私立探偵はバハマにいるといっている」などとはぐらかし、きみは母親失格だと咎《とが》めてはベリンダを泣かせた。

フルールはギリシャの島に思いをはせるようになった。昔から大好きな土地なのだ。家を買い、馬を一頭飼おうか。あの島で過ごせば心の傷も癒えるだろう。アレクシィが運用してくれている資金の一部を使いたいと彼に話してみたが、長期の固定投資に設定されているので無理だという。解約してほしいというと、そんなに単純なものじゃないという返事が返ってきた。金の心配などしなくてよい、欲しいものがあれば買ってやる、というのだ。エーゲ海に家を持ち、馬を飼いたいという希望を伝えると、もう少し元気になったら相談しようとアレクシィはいった。

そんな会話を交わすうち、フルールは不安を覚えるようになった。これまでアレクシィはいとも簡単にものごとを処理してくれていたからだ。請求書はきちんと支払われ、フルールとベリンダは必要な金をいつでも受け取ることができた。

フルールは無理やりエクササイズに打ちこもうとした。ある日門の外に出てビアンフェザンス通りに出た。鮮やかなオレンジ色のバンダナを巻いたランナーが速いスピードでそばを走り抜けた。彼女はかつての元気いっぱいだった自分を思い出せず、家に戻った。

その夜目を覚ますとナイトガウンは汗びっしょりになっていた。またしてもジェイクの夢を見たのだ。夢のなかで〈お告げのマリア修道院〉の門の前で走り去る彼の車を見つめていた。バスルームで睡眠薬を探したが、瓶は空だった。二日前に最後の二錠を飲んでしまったのだ。ベリンダの部屋に残っていないかと行ってみた。途中廊下の端にぼんやりとした灯りが見えた。それは屋根裏部屋からもれてくる灯りだった。好奇心にかられ、階段をのぼってみると見たこともないような変わった部屋があった。天井にはふんわりした雲の浮かぶ青空が描かれ、幅の狭い鉄のベッドの上に汚れて片側のつぶれたパラシュートがぶらさがっている。アレクシィが背の直角になった木の椅子に肩を落として腰かけ、空のグラスを凝視している。この屋根裏部屋はミシェルが使っていたとベリンダから聞いたことがある。

「アレクシィ？」

「来るな。出ていってくれ」

フルールは自分の苦しみに浸りきっていたので、父親にも悩みがあるなどとはまるで気づいていなかった。彼が酒びたりになっているとは夢にも思わなかった。「ミシェルがいなくなって寂しいんでしょう?」フルールはそっと尋ねた。

「おまえは何もわかっちゃいない」

「人を恋しい気持ちはよく知っているわ。愛する人に会えないことがどんなことか」

顔を上げたアレクシィの冷たく空虚なまなざしに、フルールはぞっとした。「おまえの多感さにはジンとくるが、よけいなお世話だよ。ミシェルは弱虫だったから、もう縁を切った」

私と同じように? フルールは心のなかで尋ねていた。昔私と縁を断ったように。「だったら彼の部屋で何をしているの?」

「このところ忙しすぎて酒を飲む暇もなかったから、こうして気ままに酒を楽しんでいるだけだ。のらくらしているおまえにはよくわかるだろう?」

フルールは傷ついた。「私がのらくらしていると?」

「そうとも。ベリンダを崇めたり、私をすんなり父親として認めたり、おまえはとにかく甘い」

フルールは寒気がして、立ち上がり、腕をさすった。「べつにあなたを父親と認める必要もなかったわ。ただこの数年、よくしてもらったとは思うけど」

「おまえの求める父親像を演じたまでだ」

フルールは急に自室に引き揚げたくなった。「もう……寝るわ」

「待て」アレクシィはグラスをテーブルに置いた。「今後はかまってくれるな。私だって空想ぐらいするさ。だから夢見るおまえを嗤《わら》いはしない。もしミシェルがあんな変態の弱虫ではなく、私の息子としてふさわしいまともな男子だったらどうなっていただろうと想像していたんだ」

「そんな考えは古臭いわ」フルールはいった。「ホモセクシュアルの男性なんて世のなかにいくらだっているのよ。たいした問題じゃないでしょう」

アレクシィが急に立ち上がったので、フルールは殴られるのではないかと感じた。「おまえはわかっていない。何一つ。ミシェルはサヴァガー家の息子なんだぞ」アレクシィは逆上したように荒々しい足取りで歩き出し、フルールは恐怖を覚えた。「サヴァガー家の人間にとってこれ以上の忌まわしい恥辱はない。おまえの母親の血すじから来たものなんだ。あの女と結婚したのが間違いの元だったよ。あれこそ一生の不覚で、取り返しのつかないことをしたと悔やんでいる。ベリンダがあの子を無視したから、ミシェルは倒錯に走った。おまえが生まれていなければ、ベリンダは普通に息子を可愛がっていただろう」

アレクシィは酒のせいでこんなことを話すのだ。これはいつもの父ではない。フルールはもう耳を貸すまいと、部屋を出るためにドアのほうを向いた。だがそれより早くアレクシィが近づいた。

「おまえは私という人間をわかっていない」彼はフルールの腕を下から上へ撫でた。「そろそろはっきりさせておかねばならない。ずっと我慢してきたが、もはや限界だ」

フルールはあとずさろうとしたが、アレクシィは腕をつかんで離さなかった。「明日にしましょう」彼女はいった。「酔いが醒めたらね」

「私は酔ってなどいない。ただ憂鬱なだけだ」彼はフルールの背中に手を当て、親指で耳を撫でた。「おまえの母親の若かりしころを見せてやりたかったよ。現在のおまえよりもっと若く、楽天的で……情熱的だった。そして子どものように自己中心的だった。私はおまえのためにある計画を立てているんだよ、シェリ。十六歳のおまえに初めて会ったそのときに立てた計画だ」

「どんな計画？」

「おまえは怯えている。ミシェルのベッドに横におなり。話ができるように背中をさすってやろう」

フルールはミシェルのベッドに横になりたくなかった。部屋に戻って寝具を頭からかぶって寝たかった。

「さあ、シェリ。おまえを驚かせてしまったようだから、気分をほぐしてやろう」アレクシィの微笑みがあまりにあたたかいので、フルールの緊張はやわらいだ。アレクシィは今夜ミシェルが恋しかっただけなのだ。そして自分はまたいつものように嫉妬して、弟の存在を忘れようとしている。アレクシィはフルールをベッドに導いた。

フルールはむきだしのマットレスの上に横たわり、頬の下で両手を組んだ。アレクシィはベッドをきしませながらフルールの横に座り、ローブの薄い生地ごしに背中をさすった。

「私はひたすら辛抱強くおまえを待っていた。二年ものあいだね。おまえが恋に落ちようと、俗悪な仕事でサヴァガー家の家名を汚そうと、干渉しなかった」

フルールは体をこわばらせた。「いったい何を――」

「黙って話を聞きなさい。おまえが祖母の遺体の唇にキスをしたあの夜、私はつくづく不条理というものを思い知らされた。おまえは私の息子が持つべき資質をそなえながら、母親を敬慕しすぎていた。先月でさえ、おまえは母親を非難されるのをいやがった。私はおまえに母親の真の姿を直視させ、私との関係に感傷的な要素を持たなくなる時期が来るのをひたすら待っていた。おまえにとっては辛い教訓だっただろうが、必要な試練だった。もうこれで母親の気持ちがわかっただろう。ようやく私との関係を正すべきときが到来したのだよ」

フルールは仰向けになり、アレクシィの目を見上げた。「パパとの関係?」

彼はフルールの肩に手を乗せ、揉みはじめた。その目は眠気に襲われたかのように半開きだった。フルールは恐るべき事態におちいる前に、この場を離れたかった。上を見ると黄ばんだパラシュートがだらりとぶらさがっていた。

「おまえは私のものになるんだよ、シェリ。おまえの母親とは違った立場に身を置くのだ」彼の指がフルールのローブの開いた襟元からなかに滑りこんだ。「私の手でおまえを素晴らしい女にしてやろう。それはそれは素敵な計画を立てているんだよ」彼の手が奥に進み、ローブの襟を開き……さらに深く潜った。

「アレクシィ!」フルールは彼の手首をつかんだ。

彼があまりに優しげな微笑みを返したので、フルールは妙な想像をしてしまった自分を恥ずかしいとさえ思った。

「おまえと私は一緒にいるべきなんだよ、シェリ。私を見るたびにそれを感じるだろう?鏡で顔を見るたびに、おまえの母親がいかに不実な女かわかるだろう?」

不実？　フルールはしばしその言葉の意味を理解できなかった。

「いまこそおまえに真実を話して聞かせよう。もう夢物語はおしまいだ。真実に目を向けるほうがずっと幸せだよ」

「やめて……」

「おまえは私の娘ではない。おまえもきっとそれを感じたことはあるだろう。結婚したとき、おまえの母親はすでに妊娠していた」

けだものがまたフルールに襲いかかった。彼女の骨までしゃぶりつくそうとする醜い巨大な怪獣が。「信じないわ。そんなの嘘よ」

「おまえは私の宿敵エロール・フリンの落とし子なのだ」

これは冗談なのだ。フルールはユーモアセンスのあるところを見せようと、微笑みを浮かべさえした。だが微笑みは凍りついた。ある記憶がよみがえり、天井に描かれた雲がにじんで見えた。いつだったかジョニー・ガイがベリンダとエロール・フリンをザ・ガーデン・オブ・アラーで見かけたと話したことがあったのだ。

アレクシィは体をかがめ、フルールに頬を寄せた。「泣くのはおやめ、シェリ。このほうがよかったんだ。そうだろう？」

雲が視界のなかで揺れ、怪獣がフルールの肉をひと口ずつむさぼった。アレクシィはローブの上からフルールの体をそっと撫でた。

「なんと美しい。小さくて上品だ。おまえの母親のようにぽっちゃりしていない」

「やめて！　反吐《へど》が出るわ！」フルールは彼の手を振り払い、体を起こそうとしたが、けものに力を奪われていた。

「すまない。配慮が足りなかった。自分が恥ずかしいよ」彼は手を離した。「状況の変化に順応するだけの時間をおまえに与えるべきだった。私とおまえが一緒になることになんの障害もないという見方ができるようになるまで待つべきだったのだ。私とおまえは血がつながっていない。おまえは純血ではないのだよ」

「あなたは私の父親よ」フルールはささやいた。

「絶対に違う！」アレクシィは激しい口調でいった。「私は自分をおまえの父親と考えたことは一度もない。この数年はおまえの好意を得るための期間だった。それはおまえの母親でさえ理解していた」

フルールは勢いよく体を起こした。マットレスのボタンが膝に食いこんだ。

「もうこの話題はやめよう」彼はいった。「私の今夜の態度は許しがたくぶざまだった。おまえが状況を受け入れる心境になるまで、これまでどおりにしていよう」

「受け入れる？」彼の言葉を繰り返すフルールの声は水に溺れるかのように不明瞭だった。

「その話は今度にしよう」

「いやよ！　たったいま話して！」

「おまえは明らかに取り乱している」

「何もかも話して」

「おまえにとって違和感のある話だろう。それを受けとめるための時間もなかったのだから」

「私に何を求めているの、アレクシィ？」

彼は溜息をついた。「おまえをそばに置き、甘やかしたいのだ。もう一度美しい長い髪を取り戻させたい」

その続きがあることははっきりしていた。「いってちょうだい」

「まだ時期的に無理があるよ」

「いいからいって！」フルールはマットレスをつかみ、祈りの言葉を胸のなかでつぶやいていた。どうか私の予想した言葉ではありませんように。『愛人になってほしい』と彼が答えませんように。

彼の答えは違っていた。

私の子どもを産んでくれ、と彼はいったのだ。

アレクシィは汚れた屋根裏の窓辺に立ち、屋根を見おろしながら計画を説明した。煙突に作った巣から落ちたのか、屋根のタイルの上に何かピンク色のものがあると思ったら、それは羽のないひな鳥の死体だった。アレクシィはローブのポケットに手を入れて屋根裏部屋のなかを歩きまわり、綿密な計画を口にした。フルールが身ごもったらすぐに出産まで遠い土地に滞在させ、子どもが生まれたら、養子を取ったと世間に発表する。その子どもはアレクシィとフルールの血を受け継ぎ、しかもフリンの遺伝子もそなえているのだ。

フルールは屋根の上の小さな死骸を見つめた。この小鳥は生きるチャンスが与えられなかった。一度も羽毛に覆われるチャンスがなかったのだ。

これは絶対に好色な老人の動機ではない、とアレクシィは念を押した。私はそんなことをひと言もいっていないのに、とフルールは内心思った。すべてが終わったら、またもとの親子関係に戻り、フルールの理想の父親になる、と彼は約束した。

「弁護士を雇うわ」フルールはやっとそう答えたが、声がこわばりすぎているためにかすれたささやきにしか聞こえず、二度繰り返さなくてはならなかった。「弁護士を雇うからお金を用意したいの」

アレクシィは笑い声を上げた。「雇いたければ、いくらでも雇うがいい。おまえが書類にサインしたんだよ。それについては説明もした。すべて法にかなっている」

「私のお金を返してちょうだい」

「金の心配などしなくていい。明日おまえの欲しいものはすべて買ってやる。ダイヤの指輪も、エメラルドも」

「そんなもの、いらない」

「おまえの母親はかつて孤立無援だった」彼はいった。「一文なしで、将来の目途も立っていなかった。そのうえ妊娠していた。もちろん私は当時それを知らなかったがね。当時のベリンダと同じように、いまのおまえは私を必要としている」

フルールはどうしても訊いておきたいことがあった。この部屋を出ていくその前に。だがまた嗚咽《おえつ》がこみ上げ、窒息しそうな声がかろうじて出ただけだった。「あなたは私の何を知っているというの?」

アレクシィは怪訝《けげん》そうな顔をした。

フルールはむせび泣きながら、やっといった。「私の何を知っているからそんな恐ろしい話を私が受け入れると思うの？　私がそんな意志のない人間に見えるというの？　あなたはバカじゃない。私が受け入れるはずがないと知っていたら、こんな忌まわしい申し出をするはずがないのよ。私をどんな人間だと思うのよ？」

アレクシィは肩をすくめた。それは優雅で、少し哀れむような仕草だった。「おまえのせいではないよ。もろもろの事情でこんなことになっただけだ。しかしおまえもきちんと自覚はしたほうがいい。おまえはただのきれいな装飾でしかないということをね。おまえには真の価値などない。おまえは世のなかを生きるすべすら身につけていないのだから」

フルールは手の甲で涙をぬぐった。「私は世界一有名なモデルよ」

「グリッター・ベイビーはベリンダの創り出したものだ。ベリンダがいなければおまえは失敗する。成功するにしても……みずからの成功とはいえないだろう。私ならおまえに役目と保証を与えられる。私はけっしておまえに背を向けない。それが何よりも大切な要素だということはおまえもわかっているはずだ」

アレクシィはフルールがこの申し出に応じると信じているのだ。この混じりけのない傲慢《ごうまん》さのなかに自信が見てとれる。彼はフルールの心理の奥底を見抜き、こんな忌まわしいことを実行してしまうほど心の弱い人間だと判断したのだ。

フルールはむせび泣きながら屋根裏部屋を飛び出し、階段をおりて自室に戻った。ドアをロックし、ドアパネルにもたれた。

やがて廊下で彼の足音がした。彼はドアの外で立ち止まった。フルールは強く目を閉じ、息をひそめた。彼は立ち去った。彼女はドアにもたれたまま床の上にへたりこみ、膝をついたまま突っ伏した。彼女はしばらく夜が更けるまで自分の心臓の鼓動を聞いていた。

キーが音もなく回転し、ミュージアムのロックが開き、フルールはなかに入った。ショルダーバッグを置き、照明をつけた。汗ばむ手をジーンズで拭きながら奥の狭い工具室に向かった。

アレクシィらしく、すべてが几帳面にきちんと揃えられていた。ふと自分の胸に触れた彼の手の感触を思い出し、両腕を胸の前で交差させた。フルールは目の前の工具に気持ちを集中させようとした。ようやく捜していた工具が見つかった。それを幅の狭い棚から抜き出し、重さを手で確かめた。ベリンダの言葉は間違いだった。社会の規範は例外なく誰にでもあてはまるのだ。そうした規範がないと、人は人間性を失うからだ。

フルールはドアを閉め、ミュージアムのなかを歩いてロワイヤルに近づいた。天井の照明が艶やかな黒い塗装の上で小さな星のように輝いていた。車は慈しむように保存されていた。車はキャンバス地とわらで保護されていた。

フルールはバールを高く持ち上げ、黒く光るボンネットの上に振り下ろした。けだものの口蓋《こうがい》ががぶりと獲物をとらえ、閉じた。

16

フルールはアメリカン・エキスプレスカードのカウンターでゴールドカードをＩＤとして使い、小切手を現金化した。リヨン駅に着くと人波を掻き分けて時刻表のある場所まで行き、にじんだ都市名と数字に見入った。次の発車はパリから約四〇〇マイル離れたニーム行きである。それはアレクシィ・サヴァガーの報復から四〇〇マイルということだ。

フルールはロワイヤルを破壊した。ボンネットからフロントガラス、ラジエーターグリルからライトまで秩序正しく壊していった。フェンダーもサイドもつぶした。次に車の心臓部、エットーレ・ブガッティの比類なきエンジンを破壊したのだった。ミュージアムは厚い石の壁に囲まれているので、アレクシィの夢を葬ろうとするフルールを止めようとする人間は誰一人いなかった。

すでにコンパートメントを使っている老夫婦がフルールの顔を不審げに見た。まず身なりを整えてくればこうもめだつことはなかっただろうと悔やまれる。フルールは窓ガラスに映った自分の顔を見つめた。顔には血のあとが付着し、飛び散るガラスの破片でできた傷跡が頬にあって痛む。ほんの小さな切り傷だが感染を防ぎ傷跡にならないように手当はしなくてはいけない。フルールは頬に小さな傷跡のある自分の顔を思い浮かべた。傷跡が髪の生え際から始まってひたいを横切り、眉にまで入っていたら、と想像する。そうなるとまぶた、頰、顎にまで影響が残るだろう。そんな傷があったほうが一生身の危険がないのではないかとさえ思える。

列車が駅を出る直前にアメリカの雑誌を何冊か抱えた若い女性二人がコンパートメントに乗りこんできた。フルールが窓ガラスの反射を通して見ていると、二人は席につきながら典型的な旅行者がよくするように、まわりの乗客を観察しはじめた。フルールはまるで何週間も眠っていなかったようにどっと疲れを感じ、眩暈《めまい》を覚えた。目を閉じ、列車の揺れるリズムに集中するうちに、落ち着かなさを感じたまま浅い眠りに落ち、金属の砕ける音やガラスの割れる音が頭に響いた。

目が覚めると、アメリカの女性たちの会話が耳に飛びこんできた。「きっと彼女よ」一人が小声でいった。「髪型は違うけどね。あの眉を見てごらんなさいよ」

傷跡はどこなの？　眉の途中にうっすらと残る白くてきれいな傷跡は？

「ばかいわないで」連れの女性がささやいた。「フルール・サヴァガーがどうして一人旅なんてしているというのよ。それに、彼女はいまアメリカで映画の撮影中だと記事に書いてあったわ」

まるで振り下ろすバールの音のように、心に狼狽《ろうばい》が響きわたった。これまでもプライベートでフルール・サヴァガーだと他人に知られたことは数えきれないほどある。今回とて例外ではない。だが現在の自分はグリッター・ベイビーという言葉を耳にしただけで吐き気に襲われる。フルールはゆっくりと目を開いた。

女性たちは雑誌を見ていた。窓ごしに彼女たちが見ているページが見える。アルマーニのスポーツウェアの広告でフルールがモデルを務めたページだ。やわらかく大きな帽子の下から髪の毛が四方八方にはためいている。

真向かいに座った女性がとうとう雑誌を手に取り、身を乗り出した。「あの、ちょっといいかしら」と女性は声をかける。「モデルのフルール・サヴァガーにそっくりといわれたことはない？」

フルールは女性たちをまじまじと見つめた。

「彼女、英語がしゃべれないのよ」女性は最後にいった。

連れの女性は雑誌をパタンと閉じた。「だから人違いといったじゃないの」

列車はニームに到着し、フルールは駅に隣接する安いホテルに部屋を取った。その夜ベッドに横たわりながら、それまで麻痺《まひ》していた感情がもろくくずれはじめた。涙がこみ上げ、信頼を裏切られた悲しみや底なしの深い絶望感が嗚咽《おえつ》となってもれた。もはやすがるべきものは何一つなかった。ベリンダの愛は偽りで、アレクシィの言葉がもたらした汚辱は永遠に消えないだろう。そしてジェイク……この三人にフルールは魂を犯されたのだ。

人は判断力によって生き延びる。だが彼女が下した判断はことごとく間違っていた。おまえは無能だ、とアレクシィはいった。夜の闇に包まれながら、フルールは地獄の意味を知った。人が行き場をなくしたとき、この世は地獄になるのだ。自分自身さえも見失ってしまったそのときに。

「申し訳ありませんがこの口座は解約されております」フルールのゴールドカードはまるで手品のようにフロント係の手のなかに消えた。

フルールは狼狽した。お金がなくてはどうにもならない。お金があればアレクシィの目の届かないどこかに隠れることもできる。誰の目にも留まらずフルール・サヴァガーという存在がなくなるどこかに。だがそれも不可能になってしまった。ニームズの通りを速足で歩きながら、彼女はアレクシィに見張られているという感覚を必死で振り払った。店のドアやウィンドーも通りすぎる人びとの顔のなかに彼の姿が見えたようにさえ感じた。フルールは駅に駆け戻った。逃げよう。逃げなくては。


破壊されたロワイヤルの残骸を目にしたとき、アレクシィは生まれて初めて自身の生命がいつか果てることを実感した。その感覚は二日間右半身が軽く麻痺するという形で現われた。そのあいだ部屋に引きこもり、誰とも顔を合わせなかった。

一日じゅうベッドに寝たまま左手にハンカチを握りしめていた。ときどき鏡に映る自分の様子を見た。

顔の右半分はたるんで下がっていた。

その変化はほとんど人には気づかれない程度のものだったが、口は麻痺していた。どれほど頑張っても口角からよだれが漏れ出た。それをハンカチで拭うたびに耐えがたい苛立ちに襲われた。

麻痺はじょじょにおさまり、口の動きが元に戻ると、アレクシィは複数の医師を呼んだ。

小さな発作というのが診断結果だった。大きな発作の前ぶれだというのだ。仕事の量を減らし、禁煙し、食事に気をつけるよう医師たちは忠告した。高血圧の恐れもあるというのだ。アレクシィは辛抱強く聞き、医師たちを帰した。

彼は十二月の初旬、車のコレクションを売りに出した。オークションは世界じゅうのバイヤーたちを惹きつけた。オークションには出ないように、と注意を受けたが、競《せ》りの様子を自分の目で確かめたかった。一台ずつ競りにかけられるあいだ、彼はバイヤーたちの顔を観察し、彼らの表情を脳裏に刻みつけた。

オークションが終わると、彼はミュージアムを解体させた。

フルールはグルノーブルの学生用カフェの奥に置かれた古いテーブルで二個目のペストリーにガツガツとかぶりつき、残らずたいらげた。約一年半、食べ物を口にしているときだけ安心していられた。ジーンズがきつくなり、わき腹の贅肉《ぜいにく》が指でつまめるようになったとき、麻痺した心が少しだけ軽くなった気がした。これでグリッター・ベイビーはいなくなったのだ。

ベリンダが可愛い娘の現在の姿を見たらどんな顔をするだろう。太りすぎて髪は切りっぱなしで、安っぽくみっともない服を着た二十一歳の娘を。そしてアレクシィは……芯《しん》の腐った甘いキャンディのように軽蔑を奥に隠した優しげな彼の声が聞こえるような気さえする。

フルールは入念に持ち金を確かめ、カフェを出て、男性用パーカの襟元を引き締めた。二月のグルノーブルは寒く、暗く凍りついた歩道には朝降った雪がまだ積もっている。彼女はウールの帽子をより目深にかぶった。人目につくことを心配するというより、寒さから少しでも身を守るためだった。この一年、他人の目が気にならなくなっている。

映画館の前で行列ができはじめている。フルールが最後尾につくと、その後ろにアメリカの交換留学生のグループが並んだ。抑揚の少ないアメリカ英語が妙に耳ざわりだった。英語を最後に話したのがいつだったか、もはや記憶がない。今後二度と話す機会がなくてもかまわない、と思う。

寒いのに、てのひらは汗ばんでいた。フルールは両手をパーカのポケットの奥へつっこんだ。最初、〈日曜の朝の日食〉についての批評の記事さえ読むつもりはなかったが、見たい気持ちを抑えられなかった。彼女に関する批評は予想したより好意的だった。一人の批評家は彼女の演技をデビュー作にしては〝驚くほど有望〟と褒めていた。別の批評家は〝コランダとサヴァガーの相性は素晴らしくよい〟と書いた。相性とはいってもたがいの好意という意味で、完全に一方通行だったことはフルールしか知らない。

フルールはこのうえなくシンプルな生活を送っている。見つかればどんな仕事でもやり、働いていないときはこっそり大学の講義室に忍びこむ。二カ月前、アヴィニオン大学の経済学の講義で隣りに座った優しいドイツ人の学生と寝た。寝た相手が唯一ジェイクだけということが厭《いと》わしかったからだ。しかししばらくするとアレクシィの息遣いが感じられるような気がしてアヴィニオンを去り、グルノーブルに移った。

列のすぐ前に立っている女性が連れの男をからかいはじめた。「二時間もジェイク・コランダを見ていたらあなたに興味なくなるかもしれないけど、それでもいいの?」

男は映画のポスターをちらりと見て言い返した。「そっちこそいいのか。おれはこれからフルール・サヴァガーを見るんだぞ。先週これを観たジャン・ポールがまだフルール・サヴァガーの体のことを話題にしているというのに」

フルールはパーカの襟にいっそう深く顔を埋めた。

映画館の最後列に席を見つけて座った。オープニング・クレジットが流れ、カメラがアイオワの農家の玄関ポーチを映し出した。砂利道を歩くほこりだらけのブーツ。ジェイクの顔がスクリーンいっぱいに映し出される。私はかつてこの男を愛していた。しかし裏切りの白く熱い炎が愛を焼き尽くし、残されたのは冷たい灰だけだ。

冒頭の数シーンが終わり、ジェイクが農家の前に立った。若い娘がポーチのブランコから勢いよく立ち上がる。彼の腕に飛びこんでいく自分の姿を見ながら、さっき急いで食べたペストリーが胃のなかでつかえている気がする。彼の硬い胸板や彼の唇の感触が脳裏によみがえってくる。彼の笑い声、ジョーク、二度と離さないというようにきつく抱きしめてくれた彼の腕。

フルールは胸が締めつけられるような気がした。もうグルノーブルにはいられない。ここを出なければ。明日にも、いや今夜、いますぐに。

映画館から走り出て行きながら最後に聞こえたのはジェイクの声だった。「いつの間にそんなにきれいになったんだい、リジー?」

逃げるのよ。逃げて姿を消してしまうのよ。自分自身からも。

アレクシィは書斎の机の前に置かれた革の椅子でタバコの火をつけた。日々吸うことをみずからに許している五本のうちの最後の一本だ。報告書は毎週金曜日の午後三時きっかりに届けられるのだが、アレクシィはそれを夜一人になる時間まで待って仔細に調べることにしている。目の前の写真もこの数年送られてきたものと大差ない。床屋で切った見苦しい髪の毛、着古したジーンズ、底のすり減った革のブーツ。そして贅肉。美の頂点にあるべき女性としては見られた姿ではない。

アレクシィはフルールがニューヨークに戻ってモデルを続けるものと確信していたが、意外なことにフランス国内に留まっている。南仏のエクス・アン・プロヴァンス、アヴィニオン、グルノーブル、ボルドー、モンペリエ――みな大学のある町だ。愚かしくも、無数の学生たちに紛れていれば身を隠せると本人は信じているらしい。

失踪から六カ月後、フルールはいくつかの大学の講義に出るようになった。その科目の選択に、アレクシィは最初戸惑いを覚えた。微積分法、契約法、解剖学、社会学。よく考えてやっと、あるパターンに気づいた。これらはみな学籍がないことをチェックされる可能性の低い、大講堂を使う授業なのだ。金がないから正式に大学に入学することなど論外だ。金が使えないよう手は打ってある。

この二年間生活費を稼ぐためにフルールがこなしたとんでもなく卑しい仕事が一覧表になっている。皿洗い、馬小屋の清掃、ウェイトレス。カメラマンのところで働くこともある。むろんモデルとしてではない。モデルをつとめることなどいまではばかばかしいほどありえないことになってしまった。照明をセットしたり器具を準備したりする、助手としてである。

フルールは無意識のうちにそうした身分でいることこそ彼に対する唯一の防御なのだということを知ったのだろう。何も持たなければ、何かを奪われる心配はないからだ。

足音が聞こえたので、アレクシィは写真を革のフォルダーに戻した。フォルダーをしまいこんでから、ドアに向かい、開錠した。

髪は寝乱れ、マスカラを目のまわりににじませたベリンダが立っていた。「またフルールの夢を見たの」ベリンダは小声でいった。「どうして何度も夢を見るのかしら。なぜいつまでたっても乗り越えられないの？」

「それはおまえに未練があるからだ」彼はいった。「おまえは子離れができない」

ベリンダは彼の腕をつかみ、哀願した。「あの子の居場所を知っているんでしょう。私にも教えてちょうだい」

「知らないほうが身のためだよ」アレクシィの冷たい指がベリンダの頬を撫で下ろした。「娘の憎しみにおまえをさらしたくないからね」

ベリンダはやっと立ち去った。彼はまた机に戻り、報告書に目を通し、壁の造りつけの金庫に鍵をかけてしまいこんだ。しばらく様子を見るのだ。フルールは現在、破壊すべき価値のあるものを何一つ持っていないが、状況が変われば手を打つ。自分は忍耐強い人間だ。何年かかろうと時機の訪れを待つつもりでいる。

ストラスブールの写真屋の入口のベルが鳴った。フルールがちょうどフィルムの箱を棚にしまい終えたときだった。パリから失踪して二年半たつというのに、思いがけない音を聞くといまでもびくっとしてしまう。アレクシィが本気で私を捜し出す気があるのなら、とっくに見つけ出しているはずよ、と自分に言い聞かせた。壁の時計をちらりと見る。雇い主のカメラ店では赤ちゃんスペシャルという企画を打ち出しているのでこのところ忙しいのだが、午後になればラッシュも一段落するはずなので、経済学の講義に出ようと彼女は考えていた。ジーンズで手のほこりを払い、スタジオと受付カウンターの境目のカーテンを引いた。

カウンターの向こうにグレッチェン・カシミアが立っていた。「なんてことなの！」グレッチェンは声を上げた。

フルールは胸が締めつけられるような気がした。

「嘘でしょ！」グレッチェンはまた大きな声でいった。

フルールは誰かに見つかるのは仕方のないことなのよ、と自分に言い聞かせた。むしろこれほど長く身をひそめていられたことをありがたいと思うべきなのよと。だがありがたくはなかった。罠《わな》にかかったように感じ、狼狽した。こんなに長くストラスブールにいたのが間違いだった。四カ月は長すぎたのだ。

グレッチェンはサングラスをはずし、フルールの体をじろりと眺めた。「そんなおデブになっちゃって、とてもじゃないけど使い物にはならないわね」

グレッチェンの髪はフルールの記憶より長くなっていた。赤褐色の髪の色も鮮やかになっている。マリオ・オブ・フローレンスのパンプス、ペリー・エリスのデザインと思しきベージュのスーツ、スカーフは紛れもないエルメスだ。フルールはそうした高級な衣類がどのようなものか忘れかけていた。グレッチェンのこの服を買う金があれば、いまのフルールなら半年暮らせる。

「四〇ポンドは体重がふえてるわね。それにその髪は何よ！　それじゃあアウトドアの専門誌にも売りこめないじゃないの」

フルールはモデル時代のとっておきの笑顔を浮かべようとしたが、無理だった。「売りこんでなんて誰も頼んでないわよ」とこわばった口調でいった。

「この逃避行はずいぶんと高いものについたわよ」グレッチェンがいった。「契約不履行。訴訟」

フルールはジーンズのポケットに手をつっこもうとしたが生地に余裕がないので親指しか入らなかった。だがそんなことは気にならなかった。以前のように一三〇ポンドの体重を保っていたら、いまでも希薄な安息の意識がいっそう薄れていただろう。「請求書はアレクシィのところへ送ってよ」とフルールはいった。「二〇〇万ドル彼に預けてあるんだから、払ってもらってちょうだい。でもあなたはきっとすでに承知しているのよね」アレクシィは私の居どころをつかんでいるのだ。グレッチェンをここに送りこんだのは彼に違いない。フルールは壁が迫ってくるような圧迫感を覚えた。

「あなたをニューヨークに連れ戻すつもりよ」グレッチェンはいった。「そして減量道場に送りこむ。仕事に復帰できるほど体を絞るには何カ月もかかるでしょうし、そんな髪じゃダメージが大きいから、昔と同じギャラは払えないし、パーカーだってすぐに次の映画の仕事を見つけることはできないと思うわよ」

「戻るつもりはないわ」フルールはいった。英語で話すことに違和感があった。

「戻るに決まっているわよ。この場所を見てよ。あなたが実際にここで働いているなんて信じられない。〈日曜の朝の日食〉が公開されたあと、ハリウッドの一流の監督たちがあなたを使いたいといってきたのよ」グレッチェンはサングラスのつるをスーツのポケットにつっこんだ。「あなたとベリンダの愚かしい喧嘩《けんか》はいいかげんにしてもらいたいのよ。どこの家の母と娘にも問題はあるものなの。親子喧嘩したからってここまでやらかしてしまったら、おかしいわよ」

「ほうっておいてちょうだい」

「いいかげんに大人になったらどうなのよ、フルール。二十世紀なのよ。一人の男をめぐっておたがい大事に思っている女同士が仲たがいする時代じゃないわ」

つまり周囲はベリンダとフルールがジェイクのことで諍《いさか》いを起こしたと思いこんでいるわけだ。ジェイクのことはほとんど考えなくなっている。ときおり雑誌で、自分の領域を犯したカメラマンをにらみつけてでもいるような彼の写真を見かける。きれいな女性と一緒にいる写真を見ると胸のあたりに不快な疼《うず》きを感じる。思いがけずネコや鳥の死骸につまずきそうになったような感覚だ。死骸は害を及ぼさないとわかっていても、やっぱり自然に飛び上がってしまう。

ジェイクは俳優として揺るぎない地位を築いているが、〈日曜の朝の日食〉でオスカーの脚本賞を勝ちえながら、その後書くのをやめている。その理由は明らかにされていないが、そんなことはどうでもいいというのがフルールの気持ちだった。

グレッチェンは軽蔑を隠そうともしなかった。「なんというざまなのよ。二十二歳という花の盛りに、へんぴなド田舎で人目を避けながら貧民みたいな暮らしを続けているなんて。売り物は顔だけなのに、あなたはそれを台なしにしようとしているのよ。私のいうことを聞かないといまにパンくずを拾って満足しているような孤独な老婆になってしまうわよ。そうなりたいの？　あなたって、そんなに自滅的な人間なの？」

はたしてそうだろうか、とフルールは思った。胸の生々しい傷跡はもはや癒えている。醒めた気持ちで新聞に載ったアレクシィやベリンダの写真を眺められるようにもなった。母はもちろん父のもとへ戻った。アレクシィはフランス屈指の有力者で、ベリンダにとってスポットライトを浴びることは酸素と同じだけ必要なものだからだ。たまにニューヨークへ戻ろうかという気持ちになることがあるけれど、モデルに復帰するつもりはまったくない。さしあたってかわりにやりたいことがないのである。太っていれば安心していられるし、不安定な未来に向かって踏み出すより成り行きまかせに現在を生きていくほうが楽なのだ。そのほうが誰からも愛されようと必死だった過去の自分を忘れられる。いまの自分にはもう誰かの愛情など必要ない。自分以外の人間に頼る必要がなくなったのだ。

「私にはおかまいなく」フルールはグレッチェンにいった。「戻る気はないの」

「そう簡単には引き下がるつもりは――」

「帰ってちょうだい」

「こんなことしていたら――」

「出ていって！」

グレッチェンは不恰好な男物のシャツや贅肉ではちきれそうなジーンズを眺めた。値踏みし、品定めし、最後に拝《おが》み倒して帰ってもらう価値などないとグレッチェン・カシミアが判断したのがフルールにも見てとれた。

「あなたは負け犬よ」グレッチェンがいった。「みじめで哀れな、夢も希望もないどん底の人生だわ。ベリンダがいなければ、あなたにはなんの価値もないのよ」

グレッチェンの言葉には棘《とげ》があったが、それは真実をつくものだった。フルールには野心も達成感もない。あるのはただ静かな生存本能だけ。ベリンダがいなければ文字どおりゼロなのだ。

一時間後、フルールは写真屋から飛び出し、次の列車に飛び乗り、ストラスブールをあとにした。

・

フルールの二十三回目の誕生日がやってきて、過ぎていった。クリスマスの一週間前、フルールはダッフルバッグに荷物を投げこみ、ヨーロッパ鉄道周遊券を持ち、リールからウィーン行きの列車に乗った。合法的に働くことができるのはフランス国内だけだったが、息苦しくなり、どうしても数日外国で過ごしたくなったのだ。もはやスリムでエネルギーに満ちたころの感覚を思い出せなくなっていた。シンクは錆びつき、天井に湿気のしみができたみすぼらしい部屋の賃料の支払いができるかどうか気をもむ必要のない生活がどんなものか、思い起こせなくなっていた。

行き先をウィーンにしたのは〈ガープの世界〉を読んでふと思いついたからにすぎない。一輪車に乗ったクマたちや、手を使わないと歩けない男のいる場所は自分にちょうど合っているように思えたのだ。宿は古いウィーン市民のための安い貸間が見つかった。管理人の話では金メッキの鳥かご型エレベーターは戦時中ドイツ軍によって破壊されたのだそうだ。六階まで階段を使ってダッフルバッグを運び、ドアを開けると家具もほとんどない手狭な部屋があった。ふと、管理人のいう戦争とはいったいいつのことなのだろうという疑問がわいた。衣服を脱ぎ、寝具を頭からかぶった。風が窓をガタガタ鳴らし、エレベーターのきしむ音を聞きながら、眠りに落ちた。

翌朝はシェーンブルン宮殿を散歩し、ローズヴェルトプラーツ近くのリューポルトで安いランチを食べた。ウェイターがオーストリアのだんご、ノッカルンの小皿をテーブルに置いた。美味しい料理ではあったが呑みこみにくかった。ウィーンには一輪車に乗ったクマも手で歩く男もおらず、ここにも逃亡では解決のつかない問題があるだけだった。かつて自分を誰よりも勇敢で速く、力強い人間だと信じていたことがあったが、それはすべて幻想にすぎなかったのだ。

バーバリーのトレンチコート、ルイ・ヴィトンのブリーフケースがテーブルのわきを通ったかと思うと引き返してきた。「フルール？　フルール・サヴァガーか？」

目の前に立つ男がかつてフルールのエージェントだったパーカー・デイトンだとわかるのにしばらくかかった。四十代半ばの彼の顔は天才彫刻家の作り上げた作品が乾く直前に内側につぶれてしまった、といった印象を与える。以前にはなかったきちんと手入れされた薄茶色のひげでさえ、特徴のない顎を隠したりへこんだ鼻とのバランスをとることには役立っていない。

フルールはかつてパーカーが嫌いだった。もともとグレッチェンの推薦でフルールの映画界への足がかりとしてベリンダが雇ったのだが、グレッチェンの当時の愛人というだけで、エージェントとしても第一級ではないということがわかったのだった。だがヴィトンのブリーフケースやグッチの靴などを見るかぎり、業績は上がっているらしい。

「まるで別人だな」パーカーは断わりもせず勝手に向かい側の席に座り、床の上にブリーフケースを置いた。穴があくほどしげしげと見つめられ、フルールもにらみ返した。パーカーは首を振った。「あんたがモデル契約を破ったから、その賠償のためにグレッチェンはとんでもない大金を使うはめになった」指先でテーブルをトントンたたく仕草から、計算機を出して具体的な数字をはじき出したくてうずうずしているように見える。

「グレッチェンが身銭を切ったわけじゃないわ」彼女はいった。「私のお金でアレクシィが支払ったはずよ。私にだってそのくらいの余裕はあったわ」

パーカーは肩をすくめた。「あんたの一件もあっておれは音楽に的を絞るようになったんだ」彼はタバコに火をつけた。「いまはネオン・リンクスのマネージャーをやっている。名前は耳にしたことがあるはずだよ。アメリカでは一番ホットなロックグループだ。その仕事でウィーンに来ている」彼はポケットのなかをもぞもぞと手探りし、ようやく一枚のチケットを出した。「今夜招待するからコンサートに来てくれ。公演はこのところずっと完売が続いている」

街じゅうあちこちに彼らのポスターが貼られているのはフルールも気づいていた。今夜はヨーロッパツアーの幕開けの公演なのだ。フルールはチケットを受け取り、これをさばいたらいくらになるだろうと皮算用した。「ロックグループのマネージャーには見えないわね」

「ロックバンドがヒットしたら、紙幣の印刷許可証をもらったも同然なんだよ。リンクスはジャージーの海岸沿いの三流のクラブで演奏していて、おれがスカウトしたバンドだ。才能はあっても、見せ方を知らない連中だった。やつらはいわゆるスタイルを持っていなかった。どういう意味かわかるだろう？　誰かマネージャーをつけてやることもできたんだが、当時ビジネスが絶好調というわけでもなかったんで、おれは自分でマネージャーをやってみることにした。バンドのやり方を少し変え、路線を変更した。正直いって、そこそこヒットするだろうとは思ったけどここまで売れるとは予想してなかった。前回のツアーの最後の二公演はそりゃもうたいへんな騒ぎだったよ。信じられないだろうが――」

パーカーはフルールの背後にいる誰かに手を振り、もう一人が席に座った。男は年のころ三十代前半といったところで、もじゃもじゃの髪でなまずひげを生やしていた。

「フルール、こちらはネオン・リンクスのロード・マネージャー、スチュ・カプランだ」

どうやらスチュはフルールの顔を知らないようで、彼女はほっとした。二人はコーヒーを注文し、パーカーはスチュのほうを向いた。「問題は片づいたのか？」

スチュはなまずひげを引っぱった。「人材派遣会社に連絡したんだけど、英語の通じる相手にかわるまでに三十分もかかっちまったよ。あげく、英語の話せる女性を手配するから一週間ほど待ってくれなんてぬかしやがるわけよ。こっちは来週ドイツ公演が始まるっていうのによ」

パーカーは眉をひそめた。「おれは知らんぞ、スチュ。助手がいなくて難儀するのはおまえなんだからな」

　二人はしばらく話し、パーカーがトイレに立った。スチュはフルールのほうを向いた。

「パーカーの知り合いかい？」

「知り合いというよりは、昔多少関わりがあったわね」

「横柄《おうへい》な野郎だよな。『おれは知らんぞ、スチュ』だとさ。あの娘が妊娠したのはおれのせいじゃないってんだよ」

「あなたの助手が？」

　スチュはなまずひげを揺らしながら陰気な表情でうなずいた。「中絶の費用はこちらで持ってやると申し出たんだけど、アメリカに戻ってちゃんとした手術を受けたいからといって断わったんだ」スチュは目を上げ、責めるような視線をフルールに向けた。「ばかいうんじゃない、ここはフロイトの出身地ウィーンなんだぞ。ここにだっていい医者ならいくらでもいるってんだ」

　フルールは何か答えを返そうとしたが、その言葉を呑みこんだ。彼はうめいた。「こういう事態におちいったのがピッツバーグとかだったら、まだどうにかなっただろうけど、ウィーンではさあ……」

「ロード・マネージャー助手の役目は何？」そんな質問が思わず口から出たという感じだった。あいかわらず成り行き任せだった。

　スチュ・カプランはそのときはじめてフルールの存在に興味を示したようだった。「楽な仕事さ。電話の応対、手配の再確認、バンドの連中のちょっとした手伝い、そんなところかな」スチュはコーヒーをひと口飲んだ。「あんたは——その——ドイツ語はいけるのかい？」

フルールも飲み物をひとすすりした。「少しね」イタリア語とスペイン語も話せる。

スチュは椅子の背にもたれた。「週給は二〇〇ドル、宿代、食事代はこっち持ちだ。興味あるかい？」

フルールはリールでウェイトレスの仕事についており、大学の講義に出て部屋もあり、最近では衝動的に行動することはなくなっているのだが、この仕事は安全だという気がした。それに気分転換になる。一カ月ぐらいなんとかやれそうだ。これよりましな計画もない。

「引き受けるわ」

スチュは名刺を差し出した。「荷物をまとめて一時間半後にインターコンチネンタルに来てくれ」彼は名刺になにごとか走り書きすると立ち上がった。「これがスィートの番号だ。パーカーにホテルで会おうと伝えてくれ」

パーカーがテーブルに戻ってきたので、成り行きを話すと彼は一笑に付した。「あんたには無理だよ」

「どうして？」

「体がもたないだろう。スチュからどう聞いたのか知らないけど、バンドのツアー助手というのはきつい仕事だ。ネオン・リンクスのようなバンドだったら、なおさらだよ」

またしても、ベリンダがいないと何もできないとあからさまに指摘される場面に直面することになった。こうなればきっぱりと引き下がり、忘れてしまえばいいのに、ただの思いつきと片づけられない気持ちが湧いてきた。「きつい仕事なら慣れてるわ」

パーカーは偉そうにフルールの手を軽くたたいた。「ひと言説明してやろうか。ネオン・リンクスがトップスターの地位を保っている理由の一つに彼らのわがままで傲慢な態度がある。それが連中のイメージで、正直おれはそれをそそのかしてさえいるくらいだ。傲慢さは彼らの演奏スタイルの大事な要素なのさ。だがそんな連中に仕えるのは不愉快このうえない。それにロード・マネージャー助手は名誉な仕事じゃない。考えてもみろよ。あんたは命令を下すことには慣れていても命令されるのは無理だろうよ」

パーカー・デイトンはそのあたりは知り尽くしているとでもいわんばかりの顔をした。フルールは自分でもすっかり忘れていた持ち前の頑固さが頭をもたげるのを感じた。「どうにかなるわ」

ユーモアセンスなどかけらも持ち合わせていない男がまた笑った。「一時間と持たないよ。三年前に何が起きたのか知らないが、きみ自身多くのものを失った。悪いことはいわない。ダイエットでもしてグレッチェンに連絡を取り、モデル業に復帰したほうがいい」

フルールは立ち上がった。「スチュ・カプランは助手を雇う権限を与えられているのよね?」

「通常はそうだが……」

「だったら問題ないじゃない。スチュが私に仕事をオファーして、私がそれを引き受けたんだから」

パーカーから何か言い返される前にフルールは店を出てしまったものの、道の途中で建物の壁にもたれ息を整えなくてはならなかった。私は何をしようとしているの? 大丈夫、ただの助手なんだから、と自分に言い聞かせてみるが、胸の鼓動は静まりそうもなかった。

一時間後、インターコンチネンタルのスィートに入っていくとなかは喧騒《けんそう》のるつぼと化していた。記者団がパーカーとバンドのメンバーらしき高級な服を着た二人の男性にインタビューを続けている。料理の載ったトレイを抱えたウェイターたちがぐるぐると部屋をめぐり、三台の電話機が同時に鳴っている。フルールはみずからのとんでもない決断のもたらすものにさっそく衝撃を受けた。すぐにも逃げ出そうと思ったが、スチュが二台の電話に応答し、三番目の電話に出ろと合図していた。

フルールは落ち着かない声で電話に出た。それは一行が翌日宿泊する予定になっているミュンヘンのホテルのマネージャーからの電話で、ロンドンのホテルのスィート二部屋が損壊の被害を受けたという噂《うわさ》を聞いたので、残念ながらネオン・リンクスを受け入れることはできなくなったというのだ。フルールは送話口を手でふさぎ、スチュに事態を説明した。

その直後にコーヒーショップで会った陽気なスチュ・カプランは目の前の男と同一人物ではないということをフルールは知った。「それはロッド・スチュワートのやらかしたことだと答えりゃいいんだよ！　頭を使え、頭を。つまらんことをいちいち相談するんじゃない」彼はクリップボードを投げてよこし、それが指の付け根にぶつかってきた。「やつの電話に出ながら手配を再確認しろ。すべてを再確認したら、最後にもう一度確認するんだ」

フルールは胸がよじれるような気がした。これは無理というものだ。誰かからわめき散らされ、説明もなしにすべてを察知しなくてはならない仕事などやれない。パーカー・デイトンはいわんこっちゃないといわんばかりにすました顔をしている。目をそむけると、部屋の奥に映った自分の姿が目に留まった。ソファの上にかけた鏡の大きさはニューヨークのアパートの部屋でベリンダが壁に飾っていた大写しのフルールの写真と同じだった。あの巨大な美しい顔はまるで自分の顔という感じがしなかったが、この蒼ざめて緊張した表情もとても自分のものとは思えない。

フルールは受話器を握りしめた汗ばむ指に力を込めた。「お待たせしてすみませんが、ネオン・リンクスが破壊行為を行なったというおとがめは不当であると申し上げねばなりません」フルールの声は酸素不足でか細かった。彼女は急いで息を吸い、ロッド・スチュワートのキャラクターを意図的にこきおろしはじめた。それがすむと、次は決然とクリップボードで示された宿泊施設の割り当ての見直しに入り、手荷物用カートと料理の詳細な手配を続けた。マネージャーから続けて指示があり、彼女の助手就任に対する反論を取り下げたのだとわかったとき、フルールは成し遂げたことは些細ではあっても大きな満足感を覚えた。

電話を切ったとたん、またベルが鳴った。裏方の一人が麻薬で逮捕されたのだという。フルールも今度ばかりはスチュのわめき声を覚悟した。

「くそったれ、この程度のことを片づけられなくてどうするんだよ？」スチュはジャケットをつかんだ。「あいつを引き取りにいくあいだ、ここをちゃんと取り仕切れよ。いいな……くそっ、オーストリアの警察官が英語さえしゃべれたらな」スチュはもう一つのクリップボードを投げてよこした。「これがスケジュールと日時や場所の指定だ。このＶＩＰ用の入場許可証《パス》に承認印を押し、ミュンヘン空港からの移動手段が確保されているか確認しろ。

前回リムジンの数が足りなかったんだ。それからローマからのチャーター便についてもチェックしとけ。予備のチャーター便も確保するようにいっとけよ」スチュはドアに向かいつつなおも指示を出しつづけていた。

フルールは八本の電話をさばき、航空会社相手の交渉を三十分ほど続け、ふとまだコートを着たままだということに気づいた。パーカー・デイトンからもう気がすんだだろうと声をかけられ、フルールは歯をくいしばって〝まだまだ〟と答えた。だがパーカーがスィートを出ていくと、膝の力が抜け、椅子に座りこんだ。パーカーは三日間ツアーを抜け、ニューヨークに戻るのだ。つまり最低でもその三日は耐えなくてはいけない。三日間は。

彼女は電話の合間を使ってプロモーション用の資料を一読した。そのおかげでネオン・リンクスのリードギタリストが部屋に入ってきたとき、名前がすぐにわかった。ピーター・ザベルは二十代前半で、小柄な体格に肩まであるカールした黒髪が特徴だ。右の耳にはピアスが二個。そのうちの一つは大きなダイヤだ。もういっぽうの耳には長い白の羽毛を下げている。彼はフルールにニューヨークのブローカーと連絡をつけてくれと頼んだ。アナコンダ銅社の株価が心配なのだという。

ピーターは電話を切るとカウチに座り、コーヒーテーブルにブーツを履いた足を乗せた。三インチのルーサイトのヒールに金魚の模様が彫りこまれている。「おれはバンドのなかで唯一将来を見据えている」彼は唐突にそういった。「ほかの連中はこういうことが永遠に続くと思っているけど、世のなかそんなもんじゃない。だからおれは財テクをやっているのさ」

「なかなか深い読みね」フルールはバックステージのパスを手に取り、スタンプを押しはじめた。

「深い読みなんてもんじゃない。まともな考えだよ。ところできみは誰？」

彼女は答えるのをためらった。「フルール」

「なんか見覚えのある顔だな。レズかい？」

「いまのところ違うわ」フルールはＶＩＰ用のパスにスタンプを押した。いつまでこうやってとぼけていられるだろうか。三日間がとてつもなく長く感じられた。

ピーターは立ち上がり、ドアに向かった。急に立ち止まった彼は振り返った。「見覚えがあるはずだよ。きみってたしか前モデルか何かやってただろう？ うちの弟が部屋にきみのポスターを貼ってたし、映画でも観たことがある。フルール……姓はなんといったっけ？」

「サヴァガー」彼女は仕方なく答えた。「フルール・サヴァガー」

「ああそうだった」ピーターは特別何かを感じたようにも見えなかった。彼は耳に下げた白の羽を引っぱった。「いいかい、こんなことといって気を悪くしないでほしいんだけど、きみが失敗して行き詰まっても、前に財テクをやっていたら、いくらかでもよりどころはあったと思うよ」

「未来のために肝に銘じておくわ」ドアが閉まり、フルールはこの数週間で初めて微笑みを浮かべている自分に気づいた。とりあえずこの連中にとっては、グリッター・ベイビーは過去の人なのだ。そう思うとなんだかふっと息が楽になった気がした。

ツアーはその夜ウィーン北部のスポーツ・アリーナでの公演で幕をあけた。スチュが道を踏み外した裏方を連れて戻ってきてからは考える暇もなかった。最初はチケットの間違いがあり、バンドメンバーに公演まであと一時間だと知らせる電話をかけた。そして移動の手段が確保されているかどうかもう一度確認し、チップを渡すために早めにロビーに出なくてはならなかった。そしてもう一度バンドのメンバーに電話をかけ、迎えのリムジンが来ていることを知らせた。スチュは何につけ怒鳴り散らしたが、彼はバンド以外誰にでも怒鳴っているらしいことがわかったので、気にしないようにした。その時点でこの仕事には基本的なルールが二つあることを自分なりに理解した。バンドのご機嫌を取ること。そしてすべてを再確認することだ。

ネオン・リンクスのメンバーがロビーに出てきたとき、フルールはそれぞれ誰がなんという名なのかわかった。ピーター・ザベルにはすでに会った。ベースギターのカイル・ライトは特徴のある外見をしている。細いブロンドの髪、生気のない目、疲れたような表情。ドラマーのフランク・ラポートは好戦的な顔つきの赤毛の男で、バドワイザーの缶を手にしている。キーボード奏者のサイモン・ケールはめったに見ないほど恐ろしげな容貌の黒人だ。剃り上げ、オイルを塗った頭、盛り上がった胸に垂らしたシルバーのチェーン、ベルトから下げた鉈《なた》らしき代物。

「バリーはどこだ？」スチュが声を張り上げた。「フルール、上まで行ってやつをここへ連れてきてくれ。くれぐれも動揺させるような言葉は慎むようにな」

フルールはしぶしぶエレベーターに乗り、リードボーカルのバリー・ノイのペントハウスに向かった。プロモーションの資料によれば彼は〝ミック・ジャガーの再来〟なのだそうだ。

年齢は二十四歳、写真を見ると砂色の長髪といつも冷笑的に歪めた肉感的な唇が目を引く。周囲の会話から聞きかじった情報によれば、バリーは〝気むずかしい〟人物らしいが、それが実際どんなことを意味するのかは極力考えまいとフルールは思っていた。

スィートのドアをノックしてみたが応答がないので、ドアノブをまわしてみた。ドアはロックされていなかった。「バリー？」

バリーは腕を目にかぶせるようにしてカウチに横たわっていた。砂色の髪がカウチのクッションを越えてカーペットに垂れている。彼もバンドのほかのメンバーたちと同じサテンのズボンを穿《は》いているが、彼のは派手な蛍光色のオレンジで、股の部分にたくみにキラキラ光るスパンコールの赤い星を散らしてある。

「バリー？　スチュに命じられてあなたを迎えにきたの。リムジンが迎えにきていて、もう出発の時間なの」

「今夜はステージに出られない」

「ええと……それはなぜ？」

「気が滅入っているから」バリーは長々と溜息をついた。「こんなに憂鬱な気分ははじめてなんだよ。おれは落ちこむと歌えない」

フルールは腕時計を見た。午後にスチュが貸してくれた男物の金のロレックスだ。あと五分しかない。残るは五分と、二日半。

バリーははじめてフルールの顔を見た。「きみは誰だい？」

「フルール。新入りのロード・マネージャー助手」

「ああそういえばピーターが話していたっけな。なんでも昔映画スターだったとか」バリーはそういうとまた腕を目の上に置いた。「そうさ、人生なんてろくなことがないんだよ。いまおれたちは売れてるから女なんてよりどりみどりなのに、キシーって女がつれない態度をとりやがるんだ。今日百回もニューヨークにかけたのに、電話に出てくれない」

「外出してるんじゃない?」

「ああ、外出してるだろう。どこかの遊び人と」

残り時間はあと四分。「まともな女ならあなたと付き合っているのに、別の人とデートするなんて考えないでしょうけどね」この男と付き合うぐらいならペンギンとデートしたほうがまし、と考えながらフルールはバリーをなだめた。「きっと電話をかけたタイミングが悪かったのよ。時差ってややこしいもの。コンサートのあともう一度かけてみたらいいじゃない。ちょうどニューヨークの早朝だから、彼女も自宅にいるはずよ」

バリーは気持ちが動いたようだった。「そう思うかい?」

「ええ、きっといると思うわ」あと三分半。エレベーターを待つことになれば、自分が窮地に追いやられる、とフルールは思った。「なんならあなたのかわりにかけてあげてもいいわ」

「コンサートのあとでここへ来て彼女に電話をかけてもらえるかな?」

「いいわ」

バリーはようやく笑顔を見せた。「これでほっとしたよ。なんかきみのこと好きになりそう」

「よかったわ。私もあなたのこと好きになりそうよ」本気にしないでよ、ヘタレくん。あと三分。「下に行きましょう」

バリーがエレベーターの九階と十階のあいだで性的な誘いの言葉を口にした。拒絶するとまた不機嫌になってしまったので、自分には性病があるかもしれないと説明した。それでやっと彼が納得したので、残り三十秒というタイミングでバリーをロビーまで送り届けることができた。

17

一行はアイスホッケーのアリーナに到着した。リンクの端にステージが造られ、何百人ものファンが木のバリケードに押し寄せていた。前座のバンドなど目もくれず、ファンたちはバリーやグループの名前を叫んでいた。スチュがクリップボードを投げてよこし、すべてを再確認しろと命じた。バックステージに戻って演奏を見るころには、観衆の絶叫で耳がつぶれそうだった。ステージ・マネージャーから手渡されたピンクの耳栓を差しこむと、リンクが暗転した。ラウドスピーカーから声が聞こえ、ドイツ語でバンドの紹介を始めた。ファンの絶叫はひとかたまりの轟音《ごうおん》と化し、四つのスポットライトが爆風のようにステージを照らした。四つの光線がぶつかりあったと思うとネオン・リンクスが前に走り出た。

聴衆の興奮は爆発した。バリーが髪をなびかせて飛び上がった。腰を前に突き出したので、股間の赤いスパンコールの星が照明を受けてきらめいた。フランク・ラポートはドラムスティックをくるくるまわし、サイモン・ケールはキーボードに指をたたきつけた。フルールが見ていると、十二、三歳の若い女の子が気絶してバリケードに倒れこんだ。その後も押し寄せるファンの勢いはやまず、気を失った女の子を気遣う人はいなかった。

音楽は騒々しく粗野で、露骨な性的表現に満ちていた。バリー・ノイはステージの上では別人のように聴衆を酔わせた。歌が終わるとバリケードに向かって聴衆が波のように押し寄せ、警備員たちがピリピリしだした。赤や青のスポットライトが光の剣のように交差し、バンドは二曲目を演奏しはじめた。

これでは死者が出てしまうかもしれない、とフルールは心配になった。裏方の一人がそばに来た。「コンサートはいつもこんななの?」

「まさか。アメリカ国内とは違うよ。今夜の聴衆はおとなしいもんだ」

ショーが終わると、フルールはスチュとウィーン警察がロープを張りめぐらせた駐車場に向かい、リムジンを数えた。バンドのメンバーが五人そろって汗まみれの姿を現わした。バリーがフルールの腕をつかんだ。「話がある」

先頭のリムジンに無理やり引っぱっていかれたので、フルールが文句をいうとスチュににらまれた。ルールその一が頭に浮かんだ。バンドの機嫌をとること。それはつまりバリー・ノイにへつらえということを意味する。

リムジンに乗りこむとバリーはフルールを自分の隣りに座らせた。チェーンの音が聞こえ、サイモン・ケールが同じ車に乗りこんできた。彼がステージで危険な剣を振りまわす姿を思い出し、フルールは用心深く様子を見た。サイモンは細巻きの葉巻に火をつけ、窓の外を眺めていた。

リムジンはガレージから絶叫するファンのなかへ進んだ。突然若い女の子が警察のバリケードを破って車に向かってきた。少女はシャツを引っぱり上げながら思春期の裸の胸をあらわにした。警察官が少女をとらえた。バリーはそんな光景に目もくれなかった。

「今日の演奏はどうだった？」バリーはバドワイザーを飲みながら訊いた。

「最高だったわよ、バリー」フルールは精一杯の誠意をこめて答えた。「素敵だったわ」

「今夜のおれ、乗ってないと思わなかった？　なにしろ聴衆が熱狂してなかったからさ」

「全然。乗ってたじゃない。素晴らしかったわよ」

「うん、そうだよな」バリーはビールを飲み干し、缶を握りつぶした。「キシーにも演奏を観てほしかったなあ。ヨーロッパに一緒に来てくれって頼んだんだけど、断わられてさ。それを聞いただけでも、あいつがどれほどいかれた女かわかるだろ？」

「まあね」

リムジンの反対側からフンと笑う声が聞こえた。

「彼女は何をしている人？」フルールは尋ねた。

「あいつ、自称女優だけど、テレビとか映画で観たことはないよ。くそ、また気が滅入ってきた」

何が見たくないといって、不機嫌なバリー・ノイほど目にしたくないものはなかった。

「つまりこういうことじゃないのかしら。役をもらおうと頑張っている女優は旅行もままならないのよ。いつ売り出すチャンスが訪れるかもしれないから」

「そうだね。きみも性病にかかっているなんて気の毒だね」

その言葉でサイモン・ケールがじろりとフルールを見た。その目に興味らしいものがきらめくのを彼女は感じた。

「ありがとう」フルールは悲しげな表情でいった。「治るよう努力はしているのよ」

ホテルのロビーで大混乱が待ち受けていることを覚悟しておくべきだった。ホテル側も箝《かん》口令《こうれい》を敷いていたのだが、ロビーは女性たちであふれ返っていた。バンドのメンバーたちが警備員だらけのエレベーターに乗りこもうとしたとき、ピーター・ザベルが豊満な赤毛の女の腕をつかむのが見えた。フランク・ラポートはそばかす顔のブロンド娘をじろじろ眺め、その娘とガムを嚙んでいる連れの女の子に来いと合図した。サイモン・ケールだけが女性たちの群れに無関心だった。

「信じられないわ」フルールはつぶやいた。

その声にスチュが答えた。「英語が話せない相手だから都合がいいんだよ。話をする必要がないからさ」

「最悪ね！」

「ロックンロールの世界なんだぜ。ロッカーは人気絶頂のあいだが花なんだよ」スチュは縮れ毛のブロンド女性の腰に腕をまわし、エレベーターに向かった。乗りこむ直前、スチュは振り向いていった。「バリーから離れるな。あいつはおまえを気に入っているそうだからさ。それからフランクと一緒に行った女の子たちのＩＤを確認してくれ。未成年かもしれない。これ以上警察沙汰はごめんだからよ。それからキシーに連絡して明日ミュンヘンに来るよう話をつけてくれ。一週間で二五〇〇ドル払うつもりだと」

「ねえ、それじゃあ私のギャラより五〇も多いわよ！」

「おまえの替わりはいくらでもいるだろ」エレベーターのドアがするすると閉まった。

フルールは柱にがっくりともたれた。これがロックンロールの世界か。

時間は午前一時をまわり、フルールは疲れきっていた。フランクとグルーピーのことは忘れることにした。おたがいの目的が合致しているのだから問題ないだろう。バリーとキシーというガールフレンドのことも放っておくことにして、このまま寝てしまおう。朝になったらパーカーにやっぱり私には無理な仕事だったといえばいい。

だがエレベーターのドアが閉まると、いつの間にかフランク・ラポートの部屋のある階のボタンを押していた。

フランクと一緒の少女たちがドアに出たので、フルールはただおやすみの挨拶をしてその場を去った。今度はもう一階上のバリーの部屋に向かった。体を引きずるようにして廊下を進みながら、フルールは自分を待つ美しい部屋を思い浮かべた。熱いお湯、清潔なシーツ、そしてヒーター。

警備員に許可をもらって室内に入ると、誰もがまだ着衣の状態だったので、フルールはほっとした。三人の女の子たちが別段楽しくもなさそうにトランプをやっていた。バリーはカウチに横になり、テレビを観ていた。フルールを見るとバリーは顔を輝かせた。「おいフルール、そろそろきみの部屋に電話しようとしていたんだぞ。てっきり忘れちゃったんじゃないかと思ってね」バリーはコーヒーテーブルから財布をつかみ、なかから一枚の紙切れを取り出し、差し出した。「これがキシーの電話番号だ。自分の部屋からかけてくれないかな。おれは眠りたいからさ。出て行くときこの娘たちのうち二人を連れて行ってくれよ」

フルールは歯をくいしばった。「どの子を連れて行けばいいのよ?」

「さあね。英語がしゃべれる子にしてもらおうかな」

十五分後、フルールはようやく自分の部屋にたどり着いた。服を脱ぎベッドに入りたい気持ちを抑えながら受話器をつかんだ。呼び出し音が鳴るあいだ、手にした紙を見た。キシー・スー・クリスティー。まったく。

五度目のコールで相手が出た。かすかに南部の訛《なま》りがあり、怒りのこもる声だった。「バリー、もういいかげんに……」

「バリーじゃありません」フルールは急いでいった。「クリスティーさんですか?」

「ええ」

「私はネオン・リンクスの新しいロード・マネージャー助手、フルールです」

「バリーに電話を頼まれたの?」

「そうではなくて……」

「いいから、伝言をお願い」キシー・スー・クリスティーは南部の良家の育ちであることをうかがわせる、息混じりの優しい声でバリー・ノイとその肉体的特徴についてとうとうとまくし立てた。彼女の声と卑猥な内容とのコントラストにあきれ、フルールは思わず笑い声を上げてしまった。錆びついた聞きなれない自分の声がまるで忘れていた唄のように耳のなかで響いた。

「何か可笑しいことといったかしら?」南部訛りの声が冷ややかに訊いた。

「ごめんなさい。夜も更けてあんまり疲れて目が開けていられないほど眠かったのでつい……私も一日じゅう同じことを考えていたの。あの男は――」

「――思い上がったやなやつよ」キシー・スーはそう締めくくった。

フルールはまた笑い、われに返った。「こんな遅くに電話してごめんなさいね。いいつけられたので仕方なかったの」

「いいのよ。スチュは私がそっちに行くのにどんな条件を示してるの。前回は週二〇〇ドルだったけど」

「二五〇に上げてきたわ」

「冗談でしょ。さあもっと続けて。私だってヨーロッパへは行きたいわよ。もうすぐ休暇だしね。サウスカロライナ以外で見たことがある土地といえばニューヨークとアトランティックシティだけだし。でも正直にいうわ、フルール。私はバリー・ノイと寝る前、完全に男断ちしていたの」

フルールはベッドにもたれながら考えこんだ。「あのねキシー、こういう方法もあるんじゃないかしら……」


翌朝は六時半にモーニング・コールが鳴った。いつものように寝起きのけだるさを感じるはずなのに、そうではなかった。四時間も眠っていないにもかかわらず、ぐっすり深く眠れた気がしたのだ。寝返りを打つこともなく、急に動悸がすることもなかった。かつて愛した人びとの夢も見なかった。なんだか……。

自分がまともな能力を持った人間に思えた。

枕にもたれながら、その思いを心で確かめてみた。たしかに仕事はきつい。働く仲間はみんなわがままで無礼で、ずうずうしく、不品行な連中だ。だが自分はなんとか第一日目を頑張りぬき、いい仕事をした。むしろ立派にこなした。上出来だといっていい。何かに対処できないときでも連中は物を投げつけなかった。バリー・ノイでさえ。これならパーカー・デイトンを見返してやれる……。

フルールはそこではたと考えた。パーカー・デイトンの意見などどうでもいい。アレクシィやベリンダになんと思われようと頓着しない。大事なのは自分がどう思うかということだけなのだ。

バンドのミュンヘン到着は信じられないほど熱狂的な歓迎を受けた。スチュは事態に対処するため、フルールを怒鳴りつづけた。今度ばかりはフルールも怒鳴り返した。スチュは納得がいかない様子で口をとがらせ、なんでそんな不機嫌なんだとぼやいた。二夜連続のコンサートはウィーン公演の繰り返しだった。少女たちはバリケードで失神し、ホテルのロビーではグルーピーが待ち受けていた。

最後のコンサートの直前に、フルールは空港に待ち人ミス・クリスティーの出迎えのため、リムジンを向かわせた。だがリムジンは空車のまま戻ってきて、フルールをうろたえさせた。フルールは飛行機が遅れたと説明し、バンドが演奏中も二時間かけてキシーの行方を捜したが成果はなかった。最後にスチュに事情を話すと、やはり怒鳴られた。おまえが自分でバリーに話せというのだ。コンサートのあとに。

フルールは守れそうもないいいかげんな約束でスチュをなだめ、体を引きずるようにしてホテルの部屋に戻った。その途中廊下でサイモン・ケールと行き交った。彼はグレイのスラックスと黒のオープンカラーのシャツを着て、首にゴールドのチェーンを下げていた。彼女がネオン・リンクスの一行に加わって以来、こんなに地味な服装を見たのははじめてのことだった。それでもひょっとしたらポケットの片方に飛び出しナイフを隠しているのではないかと疑った。

ベッドに倒れこむと瞬時に眠りに入ったが一時間後にホテルのマネージャーからの電話でたたき起こされた。十五階からの騒音がひどいと宿泊客からの苦情が殺到しているのだという「スチュ・カプラン氏とは連絡がつきませんので、マダムのほうでなんとか手を打っていただきたいのです」

これからどんな事態が待ち受けているのか予想しながらエレベーターに乗りこんだそのとき、ブランデーの空き瓶を抱えなまずひげが半分剃られた状態でスチュ・カプランが酔いつぶれているのが目に入った。

三十分かけて嘆願したりいいくるめたりしてスィートに集まった客の大半にお引き取り願い、二十五名に減らしたが、それ以上はとても無理だった。倒れているフランク・ラポートをまたいで電話機をクローゼットのなかに運びロビーに電話し、警備員をエレベーターに戻すよう依頼した。外へ出てみると、バリーが数人の女性と一緒にいなくなったのがわかり、これなら自分の部屋に戻っても大丈夫だろうとフルールは判断した。だがすっかり目がさえており、翌日は移動日なので少しぐらい楽しんでも――せめて寝る前に一杯やってもバチは当たらないだろうと考えた。

コルクを抜くのに少し手間取ったが、グラスにシャンパンをなみなみと注ぎ入れた。ピーターがフルールを呼び寄せ、石油輸出国機構《OPEC》について熱弁をふるい、彼の目を惹こうと騒いでいる少女たちの機嫌をそこねた。二杯目のシャンパンを注ごうとしたそのとき、ドアを荒々しくノックする音が聞こえた。フルールは厭わしげにうめき、グラスを置くとドアに向かった。「パーティは終わったわ」ドアの隙間からそう声をかける。

「なかに入れてよ！」返ってきたのは必死さがこもる女性の声だった。

「だめなの」フルールは隙間から答えた。「火災規制で」

「フルールなの？」

「どうしてわかる――」フルールは突如その声に強い南部訛りがあることに気づいた。開錠し、ドアを開くと、キシー・スー・クリスティーが転がりこんできた。

キシーは形のくずれた砂糖菓子のような女性だった。キャンディ色のショートヘア、アップルキャンディのような口、大きなガムドロップのような瞳。黒のレザーパンツにストラップのこわれた鮮やかなピンクのキャミソール。豊かな胸をのぞいてすべてが華奢《きゃしゃ》だ。ハイヒールの片方がなくなっているので体はどことなくアンバランスではあるが、それでもキシー・スー・クリスティーはフルールが昔から夢見てきた理想的な容姿の持ち主だ。

キシーはドアにロックをかけながら、フルールをまじまじと見た。「フルール・サヴァガー」と彼女はいった。「電話で話しているときも、あなたじゃないかという奇妙な感覚に襲われたわ。あなたは姓を名乗らなかったけどね。私、少し霊感が強いの」キシーはロックを確かめた。「ルフトハンザのパイロットがしつこくてね。もっと早く着くはずだったけど、手間取ってしまったの』キシーはスィートのなかを見渡した。「バリーがいないなんて、私ついてるかしら?」

「そうね、ついてるわ」

「ひょっとして、彼が感電死したとか襲われたとかってことはない?」

「私もあなたもそこまで幸運じゃないわよ」フルールは急に自分の任務を思い出した。「荷物はどこなの? 電話してあなたの部屋まで運ばせるわ」

「じつはね」キシーはいった。「私の部屋はすでにふさがっているの」壊れたキャミソールのストラップを引っぱりながらいう。「どこか話ができる場所はあるかしら? 飲み物があればもっといいわね」

フルールはシャンパンの瓶とグラス二つ、キシーを抱え上げた。キシーをポケットに入れたい衝動さえ覚えた。

唯一ひと気のない場所はバスルームだけだったので、二人でそこにこもることにして鍵をかけ、床の上に座った。フルールがシャンパンを注ぐあいだ、キシーは残った片方のハイヒールを脱ぎ捨てた。「正直にいうとね、部屋まで男にエスコートしてもらうなんてヘマをやらかしちゃったの」

フルールはグラスを思いきりあおった。「ルフトハンザのパイロット?」

キシーはうなずいた。「最初はただのいちゃつきだったのに、ちょっと度を過ごしてしまったみたい」キシーはシャンパンを少し飲み、ピンク色の舌の先で上唇を舐めた。「こんなことというと変に聞こえるかもしれないけど、さっきもいったように私って少し霊感があるの。

なんだかあなたとは親友になるって強く感じるわ。そんなわけで会ったばかりなのにいっちゃう。私ってほんのちょっぴり乱交ぐせがあるの」

これは間違いなく面白い会話になりそうだと、フルールは浴槽に楽な姿勢でもたれかかった。「ちょっぴりってどのくらい？」

「それはあなたの見方によるわ」キシーは斜め座りでドアにもたれた。「筋骨たくましい男は好き？」

フルールはもう一杯シャンパンを注ぎ、考えた。「現在私は男断ちの最中よ。女性もね」

キシーはガムボールのような目を見開いた。「なんてことかしら。ご愁傷《しゅうしょう》さま」

フルールはクスクスと笑った。シャンパンのせいか、キシーのせいか、真夜中だからなのかはさておき、フルールは楽しかった。自己嫌悪はもうたくさんだった。笑い声を上げることが心地よかった。

「私だって、たくましい男のせいで身を滅ぼしそうになったという自覚はあるの」キシーは悲しげにいった。「今度こそその癖を直そうと決意するんだけど、道の先に隆々とした胸と腰の小さな男が立っているともうそのまま通り過ぎることができないの」

「ルフトハンザもそうなの？」

キシーは舌なめずりをしそうな様子でいった。「彼はここのところにへこみがあったの」と顎を指さしていう。「ほかはどうでもよかったけど、そのへこみにクラクラっときちゃったのよ。ね？　私の悩みわかるでしょ、フルール？　いつもこうやって面倒なことに巻きこまれちゃうの。高い代償を払って」

「どういうこと？」

「たとえばコンテストよ」

「コンテスト？」

「うん。ミス・アメリカとかの。ママとパパは私が幼いときからアトランティックシティへ行かせようと考えて私を育てたのよ」

「それなのに、その夢を叶えてあげられなかったの？」

「いいところまで行ったのよ。なんなくミス・カリフォルニアの栄冠を勝ち取ったわ。でもミス・アメリカのページェントの前夜、私は不謹慎な行動をとってしまったの」

「たくましい男？」フルールは訊いた。

「二人よ。どっちも審査員だったわ。もちろん同時にじゃないわよ。まあ正確にはね。一人は合衆国上院議員、もう一人はフットボールチーム、ダラス・カウボーイズのタイトエンドよ」キシーは思い出しながらまぶたを閉じた。

「見つかってしまったの？」

「ええ、行為の最中にね。ほんと、いまでもまだ後悔しているわ。私は失格になったのに、二人はお咎《とが》めなしだったのよ。間違っていると思わない？　世界でも指折りの美人コンテストであんな連中が審査員を務めてるなんて」

フルールにもそれはおおいに不当なことに思え、相槌《あいづち》を打った。

「そのことは表面化されずにすんだの。ところがチャールストンに戻る途中、今度はジョン・トラボルタに似たトラック運転手に会ってしまったのよ。彼は私がニューヨークに出るときも力になってくれて、宿泊先も世話してくれたわ。私は画廊で働きながらデビューのチャンスを待っていたの。でも正直なかなかうまくいかない」

「競争は厳しいものね」フルールはキシーのグラスにシャンパンを注ぎ足した。

「競争じゃないの」キシーは憤慨したようにいった。「私は並はずれて才能があるのよ。なかでもテネシー・ウィリアムズの作品には抜群に向いているわ。彼は私のためにあのクレージーな女を書いたんじゃないかとさえ思うことがあるぐらいよ」

「だったら何が悩みなの？」

「そもそもオーディションを受けるのがむずかしいの。監督たちは私の顔をひと目見ただけで、テストも受けさせてくれないの。体形が役に合わないというんだけど、別の言い方をすると背が低すぎ、胸が大きすぎて軽薄に見えてしまうということなの。それが私の悩み。大学も四年までいたらきっと全米優等学生友愛会《ファイ・ベータ・カッパ》のメンバーになっていたわ。フルール、脚が長くて素敵な頬骨を持つ、生まれながらの美貌があるあなたのような女性には私の悩みなんて想像もつかないでしょうね」

　ここ数年美貌とは遠ざかっているフルールはむせそうになった。「あなたこそ見たことがないくらいの美人じゃない。私はずっとあなたみたいに小柄で可愛い女性に憧れつづけているのよ」

　二人はたがいの評価に驚き、クスクス笑い合った。フルールはシャンパンの瓶が空になったのに気づき、もう一本手に入れるためにバスルームから出た。新しいシャンパンを持って戻ると。バスルームにキシーの姿はなかった。

「キシー？」

「彼、いなくなった？」シャワーカーテンの後ろから大きなささやき声が聞こえた。

「誰？」

キシーはカーテンを開き、外へ出た。「誰かがトイレを使おうとしていたの。きっとフランクよ。ドラマーの」

二人はまたもとの場所に座った。キシーは飴《あめ》色のカールした髪を耳にかけ、思いのこもる目でフルールを見た。「話す気になった？」

「どういう意味？」

「こうやって一緒にバスルームにこもっている相手が昔誰よりも有名なモデルで前途有望な女優だったということぐらい私だって知ってるのよ。この国でも一番男くさい俳優との関係を噂された直後に、忽然《こつぜん》と姿を消してしまったこともね。遠まわしな表現は使わないわ」

「あなたが率直だということはいやでもわかるわよ」フルールはバスマットの端を指でつまんだ。

「ねえ、私たちは友だちなの、そうじゃないの？　私は身の上話をしたのに、あなたは自分のことを何も話してくれていないじゃない」

「まだ会ったばかりだもの」フルールはそういったとたんにそれが間違いで、相手を傷つける言葉だと感じた。なぜそう感じるのかはわからなかったが。

キシーの目に涙があふれ、日光に長く当ててやわらかく溶けてしまった青いガムボールのように見えた。「会ったばかりだからどうだというの？　これは一生続く友情の始まる瞬間なのよ。友情は信頼がなくては成立しないわ」キシーは涙を拭い、シャンパンをつかみ、瓶ごとグイと飲んだ。そしてフルールの目を見据え、瓶を差し出した。

フルールは長いあいだ胸にしまいこんできた秘密の数々を思った。孤独と恐れ、失ってしまった自尊心を思った。三年間――ほぼ三年半、人前に出るのは大学の選択科目の授業だけだった。キシーはそんな生活からの出口を示してくれているのだ。だが真実を語ることには危険が伴う。だからフルールは長いあいだそのリスクを避けつづけてきたのだ。

フルールは瓶を受け取り、ゆっくりとシャンパンを飲みこんだ。「少し込み入った話よ」彼女はようやくいった。「運命は私が生まれる前に始まったの……」

すべてを話し終えるまでに二時間かかった。ベリンダと一緒にギリシャに行ったことからモデルとしての最初の仕事までの成り行きを語っている最中に何度もバスルームのドアをたたく音がして二人はフルールの部屋に移動した。キシーが二つあるダブルベッドの上に背をまるめて横になり、フルールはもう一つのベッドのヘッドボードにもたれた。打ち明け話の手助けをしてくれているシャンパンを胸に置いて、フルールは話した。話の合間にキシーがときおり登場人物を簡潔な表現で切り捨てたが、フルールはそのまま語りつづけた。汚らわしい秘密を打ち明けるのにシャンパンの勢いが必要だった。

「悲惨な話ね！」フルールが話し終えると、キシーが声を張り上げた。「よくそうやって冷静に話せるものだと思うわ」

「もう涙は涸《か》れたのよ、キシー。たとえどんな悲劇でも、人は慣れてしまうものなの」

「まるでギリシャ神話のオイディープスみたい」キシーは涙を拭いながらいった。「私は大学でコーラス部にいたの。合衆国じゅうの高校でそれを上演すべきだったわよ」キシーは仰向けになった。「修士の論題がここにはあるわ」

「どういうこと？」

「悲劇の主人公の特徴を覚えている？　名声や威信をそなえながら悲劇的な弱点によって破滅するの。たとえば傲慢さとか間違った自尊心とかね。そしてすべてを失って、苦悩による精神の浄化というカタルシスを成し遂げるのよ。あなたの場合もね」キシーは鋭く指摘した。

「私？」

「あなたもそのパターンにあてはまるわ。あなたには名声があったし、破滅に追いやられた」

「私の悲劇的弱点とは？」フルールは尋ねた。

キシーはしばし考えた。「腐った両親」


翌朝遅くシャワーを浴びアスピリンとルームサービスのコーヒーを飲んでいるとドアをノックする音が聞こえた。キシーがドアを開け、大きな黄色い声を上げた。目を上げたちょうどそのとき、新しい親友が意外にもサイモン・ケールの腕に飛びこんでいくのが見えた。

三人はミュンヘンのオリンピア・タワー最上階のアルプスの絶景を眼下にのぞむダイニングルームで朝食をとった。食事をしながらフルールはキシーとサイモンの長きにわたる友情について聞かされた。キシーがニューヨークに着いて間もなく、サイモンのジュリアード在学中の友人を通して二人は知り合ったという。サイモンは恐ろしげな外見に似合わず、正式な音楽教育を受けているのだ。

　サイモンはナプキンで口を拭きながら、笑い声を上げた。「フルールが性病の話をしてあの俺様なバリーをうまくあしらう様子を見せてやりたかったよ。あれは最高だった」

「あなたは助け舟も出さずに黙って聞いていたの？」キシーは少し乱暴に腕をつついた。

「どうせいつものように白々しく遊び人を装ってとぼけていたんでしょ」

　サイモンは気を悪くしたふりをした。「遊び人じゃないよ。妙な言い方しないでほしいな」

「サイモンはめだたないようにしているけど、じつはゲイなの」キシーはささやき声でいった。「あなたはどうか知らないけど、私にいわせれば同性愛は恥よ」

　朝食が終わるころには、フルールはサイモンに好意的な印象を抱いていた。威圧感のある外貌の下に隠れた素顔は優しく温和だった。彼の優雅な仕草や細やかな身ぶりを眺めながら、もっと小柄で弱々しい肉体を神から授かっていたらこの人はもっと楽だっただろうと思わずにはいられなかった。彼に親近感を覚えるのはきっとそのためだ。おたがい内面にふさわしくない肉体のなかで生きているという共通点があるからなのだ。

　ホテルに戻るとサイモンと別れ、フルールはキシーを連れてバリーのスィートに向かった。部屋はすっかり片づけられ、昨夜のパーティの名残りはない。二人が部屋に入るとバリーは戻っており、そわそわと歩きまわっていた。バリーはキシーの顔を見ると嬉しさのあまりなぜ来るのが遅れたかというキシーの早口の嘘もほとんど耳に入らないといった様子で、数分たってからようやくフルールの存在に気づいたほどだった。バリーはいかにもうおまえに用はないから席をはずせとばかりにドアを見たが、フルールは気づかないふりをした。

キシーは身を乗り出してバリーの耳もとでなにごとかささやいた。それを聞きながらバリーの顔には恐怖の表情が浮かんだ。キシーは話し終えると、いたずらをした子どものようにうつむいた。

バリーはフルールを見た。そしてキシーとフルールの顔をかわるがわる見比べた。「どういうことだよ？」彼は声を張り上げた。「集団感染なのか？」

キシーの二週間の休暇は終わり、フルールはヒースロー空港で涙ぐみながら親友と別れた。今夜の電話代はパーカー・デイトンにつけて、かならず連絡するからね、とフルールはキシーに約束した。ホテルに戻るとこの仕事に就いてはじめて気分が落ちこんだ。キシーの突飛なユーモアのセンス、とほうもない人生観がただ懐かしかった。

数日後、パーカーが電話をかけてきて、仕事話をもちかけた。給料をいまの倍にするからここニューヨークで働いてくれというのだ。フルールはうろたえ、電話を切って画廊のキシーに電話をした。

「なぜそんなに驚くのよ、フルリンダ（フルールの愛称）」キシーはいった。「日に何回となく彼と電話で話しているんでしょ。彼だってあなたの仕事ぶりに感心しているのよ。あいつは変性菌みたいなややつだけど、ばかではないからね」

「まだ――まだニューヨークに戻る覚悟はつかないわ。急すぎるんだもの」

三〇〇〇マイルの海底電話ケーブルを通して、キシーがフンと笑う声が聞こえた。「もう弱音を吐くのはやめなさい。自己憐憫《れんびん》は性欲を消してしまうの」

「私の性欲なんてそもそも存在しないのよ」

「ほらやっぱり」

フルールは電話線をひねった。「そんなに単純な話じゃないの、キシー」

「一カ月前の自分にまた戻りたいの？　現実逃避はもう終わりなのよ、フルリンダ。現実世界に戻るときがやってきたの」

キシーは簡単にいってのけたが、ニューヨークに戻ればマスコミの目から何日間逃れられるかもわからない。それにまだパーカーに対する反感もある。もし彼のもとで働いてうまくいかなかったらどうするのだ。

おなかが鳴って、昨日の夜から何も食べていないことに気づいた。これもまたこの仕事に就いてから起きた変化の一つだ。ジーンズがすでにゆるくなり、髪も耳たぶの下まで伸びた。すべてが変わりつつあるのだ。

フルールは電話を切り、ホテルの窓に近づき、カーテンを押し開けて眼下に見えるグラスゴーの街を見下ろした。雨のなかでジョギング中の人がタクシーをよけた。かつては自分もどんな天候でも走るひたむきなランナーだった。誰よりも勇敢で、誰よりも速く、力強いと信じていた自分……いまでは街並を一ブロックも走らないうちに息が切れてしまうだろう。

「おいフルール、カイルを見かけなかったか？」とフランクが声をかけた。まだ朝の九時だというのにもうバドワイザーの缶を手にしている。フルールはパーカをつかむと彼の前を通り過ぎた。廊下に走り出てエレベーターに乗り、ロビーにたむろする身なりのきちんとしたビジネスマンたちのあいだを抜けていく。

外に出ると一月の氷雨が降っていた。角を曲がるころには、雨が髪の毛からパーカの襟元にポタポタとしたたり落ちた。道路を渡るとき濡れた安物のスニーカーのなかで足が雨水に浸って音をたてた。この靴には土踏まずを支えかかとを保護する厚いパッドやクッションがついていないのだ。

フルールはポケットから両手を出し、灰色の空を見上げた。目の前に長い街並が広がっていた。一ブロックだけ走ろう。そんなに走れるだろうか?

彼女は走り出した。

18

キシーのアパートはグリニッチヴィレッジのイタリアンレストランの上にあった。室内装飾は彼女の個性にぴったりだった。棒つきキャンディのような鮮やかな色、ぬいぐるみのテディベア、バスルームのドアに貼りつけたトム・セレックのポスター。間に合わせのシャワーの使い方をキシーから説明してもらっているとき、フルールはトム・セレックのポスターに明るいピンクの口紅のあとがついていることに目を留めた。「キシー・スー・クリスティー、トム・セレックにキスしたのはあなたなの？」

「だとしたらなんなの？」

「せめて彼の唇にキスすればよかったのに」

「それじゃあ面白くないじゃないの」

フルールは笑った。キシーはフルールをルームメイトとして迎え入れることを当然のことと見てくれているが、それをフルールは感謝してもしきれない気持ちでいる。ネオン・リンクスの仕事がうまくいっていても、フルールの自信はまだもろく、ニューヨークに戻ることにしたみずからの決断にいまなお迷いを感じているからだ。

パーカーはニューヨークでの仕事を開始するまでしぶしぶ一週間の猶予をくれたので、勇気を出して安全なアパートを出て、かつて自分が愛した街ニューヨークをまた歩いてみることにした。ニューヨークの二月はベストシーズンとはとてもいえないが、それでも美しいと感じた。何よりも誰にも気づかれないのが嬉しかった。

その週フルールは毎朝走った。ほんの数ブロック走っただけで息が切れたが、一日ごとに自信がついていった。かつてベリンダとよく訪れた場所を通り過ぎるときなど、ほろ苦い思いがこみ上げ、胸が痛むことがあった。しかし新生活には感傷の存在は不必要であり、未来に向かって一歩を踏み出そうとしているこの時期に過去へのこだわりは断ち切りたかった。自分の決意を試すためにエロール・フリンの出演作を観たこともあったが、スクリーンの颯《さっ》爽《そう》とした剣士姿になんの感情も湧かなかった。

仕事始めの前日、キシーはフルールの衣類をすべて棄ててしまった。「まさかあんな薄汚れたボロを着ていくつもりでいたわけじゃないでしょうね、フルール・サヴァガー？　あれじゃまるでホームレスよ」

「私はホームレスみたいな服が好きなの！　返してよ」

「もう手遅れ」

フルールは古いジーンズをもっと体にフィットするジーンズに替え、それに合わせてメキシコの農民《ペザント》ふうシャツ、大学のチームロゴ入りセーター、タートルネックのセーターなど素朴な感じのトップスを買った。キシーは眉をしかめ、コーヒーテーブルの上に〝ドレス・フォー・サクセス〟誌をめだつように置いた。

「そんなことしても時間の無駄よ、キシー」フルールはいった。「私の勤務先はパーカー・

デイトンの事務所なのよ。ゼロックスじゃなくて。芸能界のドレスコードはカジュアルよ」

「カジュアルとだらしないのとは違うわ」

なじんだライフスタイルは少しずつしか変えられない。「トム・セレックにキスしてらっしゃいよ」

就任時の給料の交渉で太っ腹なところを見せたパーカーだったが、その額に見合う苛酷な労働が待っていた。仕事は昼夜を問わず、週末も何もなかった。ハンプトンズにあるバリー・ノイの紫色に塗りたてたチューダー様式の邸宅を訪ねキシーに失恋したバリーを慰め、プレスリリースを書き、契約書を調べ、プロモーターからの電話に対応した。ヨーロッパで聴講したビジネス、金融、法律の講義がさっそく役立った。フルールは自分に交渉ごとに天賦の才能があることを知った。

いつまでも人知れず仕事を続けていられるとは思わなかったが、めだたない服装をし、ファッション界から距離を置くことで六週間近くは注目を浴びることなく過ぎた。しかし三月、その幸運も尽きた。〈ザ・デイリー・ニュース〉がグリッター・ベイビーとしてかつて名を馳せたフルール・サヴァガーがニューヨークに戻り、パーカー・デイトン・エージェンシーで働いていると報じたのだった。

電話が殺到しはじめ、数人の記者がオフィスに現われた。しかし彼らは例外なくグリッター・ベイビーの復帰を望んでいた。香水の広告に出て、豪華なパーティに出席し、噂のあったジェイクとのロマンスについて語ることを求めていた。「私は新しい人生を歩んでいます」フルールは礼儀正しく答えた。「これ以上何もコメントできません」

どれほど促されても、フルールは詳しい話をしようとしなかった。カメラマンもやってきてグリッター・ベイビーのふんわりした縞《しま》のあるブロンドヘアーやチュール・ファッションを撮影しようとした。しかし映っていたのはバギージーンズとヤンキースのキャップ。二週間もすると記事は飽きられた。素敵なグリッター・ベイビーは過去の話題になってしまったのだ。

その後三カ月かけ、フルールはレコード・プロデューサーが誰なのか、ネットワークの音楽部門の責任者を務めるテレビ局の重役が誰なのかを覚えていった。頭が切れ、信頼できて、約束を守る相手としてフルールを指名してくるクライアントも多くなってきた。季節が真夏に移るころにはフルールはスターを作るビジネスに夢中だった。

「他人から指図されて動くよりほかの誰かを陰で操るほうがずっと楽しいわ」八月のある暑い日曜の午後、ワシントンスクエアで溶けたアイスクリームコーンを食べながらフルールはキシーにいった。公園はいつものように旅行者、ヒッピーの残党、携帯ラジカセをしょった若者たちなど、ありとあらゆる人びとでにぎわっていた。

ニューヨークに戻って半年たち、顎《あご》のあたりまで伸びたフルールのボブカットの髪が夏の陽射しを受けてきらめいていた。肌は日に焼け、腰骨で穿いているショートパンツがゆるくなるほど痩せていた。キシーはアイスクリームコーンごしに顔をしかめた。「デニム以外の素材を使った服も買わなきゃね」

「またそれ？　仕事のことを話しているのよ。ファッションじゃなくて」

「きちんとしたものを身につけたからといってグリッター・ベイビーに戻るわけじゃないの

よ」

「そんなことといってないわ」

「あなたはきれいになると自分が築き上げたものがだめになると思いこんでいるのよ」キシーは赤い唇形のプラスチックのバレッタをつけ直しながらいった。「あなたはめったに鏡も見ないわ。口紅を塗るのに数秒、髪をとかすのにあと数秒。あなたほど鏡を見ない女は世界じゅう探してもそうそういないわよ」

「あなたが二人分鏡をのぞいてくれているからいいのよ」

しかしキシーは熱弁をふるいはじめ、話をそらすことはできなかった。「それはしょせん無駄な抵抗なのよ、フルリンダ。昔のフルール・サヴァガーは現在のあなたの足もとにも及ばないわ。来月二十四歳を迎えるあなたの顔には十九歳のときにはなかったものがあるの。あんなひどいなりをしていてさえ、体形がモデル時代よりはるかに美しくなったのがわかる。こんな悲しいニュースを伝えるのが私だなんて最悪だけど、あなたは退屈なほど華やかな美人から古典的な美人に変身したのよ」

「あなたたち南部人は大袈裟な表現を好むのよね」

「わかった。もう小言は終わり」キシーは二段重ねのラズベリーアイスを舌先をくるりとまわして舐めた。「あなたがいまの仕事を好きでよかったと思うわ。仕事にまつわるいやな部分まで含めて好きなのよね。たとえばパーカーが上司であったり、バリー・ノイとやりとりすることとか」

フルールはショートパンツの上に落ちそうになったミントのチョコレート・チップを舐め

た。「自分がどれだけ仕事に夢中なのか考えると怖いほどよ。私は舵取《かじと》りをしたり、取引したりすることが大好きだし、いつも何かが起こるという感じがたまらないの。危機を乗り越えるたびに修道院でシスターから名前のそばに金の星を貼ってもらったときのような誇らしさを感じるのよ」

「あなたもよくいる身のほど知らずの頑張り屋になりつつあるのよ」

「それが心地いいのよ」フルールは広場を見つめながらいった。「子どものころ、なんでも一番になれば父が家に呼び戻してくれると信じていたの。その信念がくずれたとき、私は信じるものを失ってしまったのよ」フルールはためらった。「きっと……それをいま取り戻そうとしているのね」彼女の自信はまだとても脆《もろ》く、たとえ親友からでもそれを試すような質問を受ければ持ちこたえられそうもなかった。幸いキシーの思いは別の道筋をたどった。

「よく演技が恋しくならないわね」

「〈日食〉をあなたも観たでしょう？　あのままいっても私はアカデミー賞なんかとらなかったでしょうね」ジェイクは脚本賞をとったが。

「あの役を立派に演じていたじゃないの」キシーはなおもいった。

フルールは顔をしかめた。「いいシーンはいくつかあったけど、それ以外はなんとか及第程度よ。演じることに違和感があったわ」フルールはキシーの気持ちを考えて、待ち時間の長い映画製作のプロセスが死ぬほど退屈だとはいわなかった。

「あなたはモデル業には打ちこんでいたわね、フルリンダ」

「打ちこんでいたわけじゃなく、決意をもってこなしていただけよ」

「どっちにしても、あなたは素晴らしかったわ」

「染色体の幸運な組み合わせのおかげよ。モデル業は私の人間性なんて一つも必要としなかった」フルールはスケートボードがぶつかってきそうになったので慌てて脚を引っこめた。麻薬の売人の一人が話をやめてフルールを凝視した。彼女は目をそらした。「あの晩の汚らわしいやりとりのなかで、アレクシィは私のことをきれいなだけの大きすぎる飾り物だといったの。おまえは無能だと」

「アレクシィ・サヴァガーはとてつもないクズ人間よ」

キシーがアレクシィを品のない形容でこきおろしたのを聞き、フルールは苦笑した。「でも彼の言葉は的を射ていたの。私は自分というものを知らなかった。いまでも完全に知っているわけではないけど、少なくとも自分を知る正しい道筋をたどってはいるわ。私は自分から逃げるのに三年半も使ってしまったの。その途中一流の大学で講義を受けることができたのはよかったけど、私はもう逃げないわ」それは本心からの言葉だった。心のなかで何かが変わったのだ。ようやく自分自身のために闘いたいと思う気持ちが生まれたのだ。

キシーがコーンの切れ端をゴミ箱に投げ入れた。「私にその意欲があればなあと思うわ」

「何いってるのよ。あなたは画廊の仕事のスケジュールをやりくりして時間を作り、オーディションを受けているじゃないの。それに夜はワークショップの授業にも出てる。いまに役をもらえるわよ。あなたの話題を口にする人に大勢会ったもの」

「そうだということは私も知ってるし、ありがたいとは思うけど、そろそろ夢が叶いそうもない現実を直視すべきなんじゃないかと思ってるの」キシーは短いピンクのショートパンツで手をぬぐった。「監督はコミカルな色っぽい女の役しか台詞を読ませてくれないし、私はその手の役は苦手なの。私は芸術的作品向きの女優なのよ、フルール」

「そうだということは知っているわよ」フルールは力強い信念をこめていったが、ことはそう簡単ではない。ふっくらした唇や大きな胸、ラズベリーアイスの汚れを顎につけたこの姿はコミカルなセクシー女そのものだ。

「画廊の給料が上がったの」キシーはまるで不治の病の宣告でも受けたかのようにいった。「もっといやな仕事をしていたら、私ももっと頑張るのかもしれない。そもそも大学で美術史を副専攻にしたのが間違いだったかもしれない。画廊がいつの間にか拠《よ》りどころになってしまっているもの」そういいつつキシーは無意識に通り過ぎるハンサムな大学生を横目で見た。だが心は別のところにあった。「このままオーディションを続けていても、不合格がずっと続くだけだし、もう気がすんだわ。画廊ではいい仕事をさせてもらっているし、認められてもいる。それで満足すべきなのかも」

フルールはキシーの手を握りしめた。「楽天家のあなたが、いったいどうしたの?」

「もう気力が尽きてしまったのよ」

フルールはキシーが希望を棄てることに反論したい気持ちを抱いたが、自分の過去を顧みれば批判できる立場ではなかった。立ち上がりながらフルールはいった。「行きましょう。うまくやればテレビの〈明日に向かって撃て〉の放送に間に合うわよ。それを観てからデートのために着替えればいいわ」フルールはアイスクリームコーンの残りとナプキンをゴミ箱に投げ入れた。

「そうね。ねえ、あの同じシーンを観るの、何度目かな？」

「五回目か六回目。数えきれなくなっちゃった」

「まさかこの話を誰かにしてないでしょうね」

「とんでもない。そんなことしたら私たちが変態だと世間にばらすようなものじゃないの」

二人は並んで公園を出た。その後ろ姿に多くの男性の目を惹きつけながら。


毎日のランニングで筋力がつき、さらに何ポンドか体重が落ちるにつれ、性的な欲求が冬眠から目覚めていった。シャワーのとき体を流れ落ちる水、やわらかいセーターが肌に触れるといった日常的な瞬間に性を意識した。ひげを剃《そ》り、たくましい腕や体毛のある胸を持ち、荒っぽい言葉を使いビールを飲む相手に抱きしめられたかった。肉体が異性との接触に餓《う》えており、フルールは自己改善の一環として人好きのするマックス・ショーという若い俳優との交際を始めた。彼はオフ・ブロードウェイのトム・ストパードの舞台に出演している。ハリウッドタイプのハンサムガイで、背が高くスリムなブロンドだ。唯一の欠点は〝技を磨く〟といった語句を使う傾向があること。一緒にいても楽しく、フルールは自分の二十四回目の誕生日のデートのためにオーバックのワゴンセールで買ったジーンズと黒のタンクトップを着た。パーティに行こうということになっていたのだが、今週はきつい一週間だったのでパーティはやめにしたいと彼女はいった。マックスは鈍感ではないので三十分後、二人は彼のアパートにいた。

彼はワインをグラスに注いでくれ、アトリエ兼アパートのなかでベッドとカウチの役目を果たしているスポンジのマットレスにフルールと並んで座った。彼のコロンの匂いがフルールはいやだった。男にはジェイクのように石鹸《せっけん》と清潔なシャツの匂いをさせていてほしかったのだ。

しかし不実な最初の男の記憶はほこりだらけの蜘蛛《くも》の巣でできた足枷《あしかせ》にすぎず、簡単に振り払うことができ、マックスとキスをしながら古い記憶はなくなった。やがて二人は裸になった。

彼の愛し方はまともでフルールも高まっていた欲求を満たされはしたが、あとには虚脱感が残った。早朝ミーティングがあるので泊まれないのだといい、マックスのアパートを出たとたん体が震えはじめた。異性との気軽な出逢いで元気が出るキシーと違い、フルールは何か大切なものを失ったように感じるのだった。

その後何度かマックスとデートを重ねたが、会うたびに気持ちが沈み、ついに交際に終止符を打つことにした。いつの日か全身全霊で愛せる男性に出逢うまで、色ごとには深入りせず仕事に打ちこもうとフルールは決意した。

クリスマスが過ぎ新年を迎えた。パーカーという上司を知れば知るほど、彼のビジネスの進め方に疑問を持った。たとえば五〇年代に、引き裂かれたドレスでローリー・カルフーンに救い出されるといった役どころでB級映画のヒロインとして名をはせたオリビア・クレイトンという女優がいるのだが、パーカーも彼女を担当するパーソナル・マネージャーのバド・シャープも彼女の昔日《せきじつ》の栄光をもっぱらコマーシャルのキャラクターとして利用するだけでいいと決めつけていた。しかしオリビアにはまだ演劇に対する情熱があったのだ。「今度はなんなの？」オリビアは溜息とともに訊いた。「緩下剤のコマーシャル？」

「フロリダのマンションよ。企業側はよりグラマラスなイメージを求めていて、あなたがぴったりだと」フルールはそういってはみたものの、熱意をこめることはできなかった。

「マイク・ニコラスの新作の舞台はどうなった？」しばしの沈黙のあと、オリビアは尋ねた。

フルールは机の上で鉛筆をもてあそんだ。「主役ではないし、バドはそもそも最初から乗り気ではないの。出演料も安いからね。ごめんなさい」

フルールはオリビアのことでバドやパーカーを説得してみたが、どちらもオリビアをニコラスの舞台に出演させることに賛成しなかった。

フルールは電話を切ると、さっき脱いだローファーを履き、パーカーに会いにいった。彼のもとで働きはじめて一年。仕事での責任が重くなるにつれ、パーカーからなんにつけ頼りにされるようになったが、彼の判断を仰ぐのはいまでも気が重い。リンクスの新しいアルバムは売れ行き不調で、バリーはますますやる気をなくし、サイモンは自分のグループを作るといいだしていた。それなのにパーカーはリンクスは永遠に安泰だという態度を貫き、ほかのクライアントの面倒はフルールにまかせていた。そのおかげで貴重な経験を積むことができたとはいえ、フルールにはこれが正しいエージェンシーの経営とはとても思えなかった。

「思いついたことがあって、相談したいの」フルールは彼の机の前のワイン色の起毛のカウチに座った。彼のひしゃげた顔はいつにも増して不機嫌そうだった。

「メモに書いてよこせばいいのに」

「直接伝えたいと思ったのよ」

彼は皮肉たっぷりにいった。「しかしあの出来のいい大学生みたいな提案は読むのが楽しみなんだけどね。トイレットペーパーにちょうどいいし」

今日も虫の居どころが悪いのか。また夫婦喧嘩でもしたのだろう。

「今度はなんだ？」彼はいった。「例のコンピュータ化の話か？ 新しい書類の整理システムか？ クライアントに出すニュースレターの件か？」

フルールはとげとげしい彼の言葉を無視した。「もっと基本的なことなの」人の心をつかむには愛嬌が一番、というわけでフルールは快活な口調で切り出した。「もっと大物クライアントに契約を持ちかけてみたらどうなのかと思って。まずはクライアントのパーソナル・マネージャーと交渉し、法的に問題がないか調べて検討させ、ビジネス・マネージャーに引き継ぎ、今度は別の弁護士にチェックさせる。取引が成立したら、パブリシストを使い――」

「要点をいってくれ。こっちは棺おけに片足つっこんでるんだから」

フルールは空《くう》に柱を描いてみせた。「ここにクライアントがいるとするでしょ。こっちがわれわれ。クライアントに仕事をもらってあげて一〇パーセントを取るの。クライアントのキャリアを指揮監督するパーソナル・マネージャーが一五パーセントを取る。会計責任者としてビジネス・マネージャーが五パーセント。契約の詳細事項についてチェックする事務弁護士が五パーセント、あとは宣伝を担当するプレス・エージェントに月二、三〇〇〇ドルを支払う。みんなそれぞれの分け前を得るということ」

パーカーが座り直したのでハイバック・チェアがきしんだ。「それほど大規模なチームを抱えた大物クライアントは高額納税者だからそういう手数料は控除の対象になる」

「そうはいっても手数料は支払われるわけでしょう？　現在のリンクスとの契約と比べてみて。あなたは彼らのエージェントもパーソナル・マネージャーも務めている。しかもうちで彼らのツアーの宣伝をやるのに、その分はもらっていないのよ。仕事を上手に拡張すれば重要な顧客にそういうサービスも提供できるわ。そうすればいまより一〇パーセントアップの二〇パーセントの手数料を取れるわ。クライアントのほうも違う相手にそれぞれ支払うより一五パーセントも手数料を節約できるのよ。うちは取り分がふえ、クライアントは支払いが減るの。双方にとって有利なやり方よ」

パーカーはその案を一蹴《いっしゅう》した。「リンクスの場合は特別だ。最初から彼らが金鉱だということを見抜いていたから、人任せにするつもりはなかった。おまえのいうような規模のでかい事業形態を作り上げるにはそれだけ資金が必要だ。それにほとんどのクライアントはそんなビジネスの集中化を望まないだろう。そのほうが経費がかからないとしてもだ。マネージメントの方向性に誤りが出やすく、当然ながら横領のリスクもふえるからだ」

「定期監査も取引のなかに組みこませればいいのよ。でも現在のシステムだってマネージメントの誤りは起こるわ。マネージャーの四人のうち三人はクライアントの利益より自分の分け前に関心を払っているもの。オリビア・クレイトンがいい例よ。彼女はコマーシャル出演をいやがっているわ。でもバド・シャープは彼女がオファーを受けた役をけっしてやらせない。なぜならマンションのコマーシャルよりギャラが低いから。なまじオリビアには過去の栄光があるから、近視眼的なマネージメントしかできなくなっているのよ」

パーカーが腕時計をちらちらと見はじめたので、フルールは論戦に勝ったことを確信した。だが彼女はたたみかけた。「この組織を作り上げれば利益はふえるし、クライアントにとっても効率がよくなるのよ。顧客を選別することで、パーカー・デイトンに代理業務を委託することがステータス・シンボルとなるのよ。名門エージェンシーとしての箔《はく》がつけば、ほっといても大物クライアントのほうから依頼が殺到するようになるわ」

「フルール、もう一度いうからよく聞け。おれは自分が名を成すことにも、ビジネスの電子化にも興味がない。現状に満足している」

これ以上話をしても無駄だった。しかし自分のオフィスに戻りながら、この案について考えずにはいられなかった。もし十九歳のとき、きわめて誠実で信頼できる誰かが彼女の権益を守ってくれていたら二〇〇万ドルを失わずにすんだだろう。

フルールは〝名門エージェンシー〟のアイデアを翌週朝から晩まで考えつづけた。一つのエージェンシーにいくつもの機能を持たせるためには、通常のエージェンシーより多くの資金が必要となるだろう。プロジェクトの性質上、オフィスの立地にもそれなりの高級感が求められるだろうし、多様な能力を持った高給取りのスタッフを数多く揃えなくてはならないだろう。開業するだけでも、とてつもない資金がかかるはずだ。だが考えれば考えるほど、それにふさわしい人物がやればうまくいくという確信が湧いてきた。残念ながらそのふさわしい人物は銀行預金口座に五〇〇〇ドルしかなく、あふれるような勇気も持ち合わせていない。

その夜フルールはインドのパヴィリオンでサイモン・ケールと一緒にタンドリー・チキン

を食べた。「もしあなたがまだぞっとするほどのお金持ちじゃなくて、大金が必要になったらどうしてたかしら？」気づけばそんな質問を口にしていた。

彼は目の前のボウルからウイキョウの種をつまみながらいった。「アパートの清掃係をするよ。ほんとにいいお手伝いさんはいないものなんだよ。信頼できる人がいたらいくらでも払うな」

「これは真面目な話なの。銀行に五〇〇〇ドルしかないのに、多額の資金が必要になったら？　六桁ぐらいの」

「麻薬取引はだめ？」

フルールは片方の眉をつり上げた。

「だったら……」サイモンはウイキョウの種をもう一つ選んだ。「一番手っ取り早い方法は電話機をつかんでグレッチェン・カシミアに連絡することかな」

「その選択肢はなしよ」モデル界に復帰することは考えられなかった。そうするつもりはないが、もし復帰すればうまくいくに違いない。

サイモンはグレイのシルクシャツの袖についた種を手で払った。「だったら方法は限られるなあ。こうなりゃぞっとするほど金持ちの友だちから借りるしかないんじゃないか？」

フルールは彼に微笑みかけた。「あなたなら貸してくれそうね？　頼めばすぐに」

彼は口をとがらせた。「頼む気もないくせによくいうよ」

フルールはテーブルごしに身を乗り出し、彼の頬にキスをした。「ほかにアイディアはないの？」

「そうだな……ピーターがいいかも。きみがいろいろ制約を設けちゃってるから、彼に賭《か》けてみるしかないね」

「あのピーター・ザベル？　ネオン・リンクスのリードギターの？　どうやって彼の力を借りるというの？」

「ばかいうなよ。きみは彼のためによくブローカーに電話をかけてやっただろう？　彼ほど金儲《かねもう》けに詳しいやつはいないと思うね。ぼくも彼のおかげで貴金属や新株発行で大儲けさせてもらったよ。これまで彼がきみに助言の一つもしなかったことが信じられないぐらいさ」

フルールは水のグラスをひっくり返しそうになった。「つまり、彼の言葉を聞き流すべきじゃなかったってこと？」

「フルール……フルール……フルール」

「あんな人なのに！」

フルールは一週間ほど悩んで、やっと勇気を出しピーターに電話をかけた。状況は曖昧《あいまい》に説明した。「考えを聞かせてほしいの。仮定の話よ。五〇〇〇ドルしか持っていない人でも投資を始められるものかしら？」

「それはどのくらい損失を覚悟するかによるね」ピーターはいった。「高い投資効果は高いリスクをともなうものだ。商品取引について訊きたいんだろう？　通貨や石油、小麦とかの。砂糖が一ポンドにつき一ペニー下落したら、元手がなくなると思ったほうがいい。リスクは高いよ。いまより資金が減ることもありうる」

「そうなのね……わかったわ」フルールは即答する自分にぞっとした。「かまわないわ。どうすればいいのか教えてちょうだい」

ピーターは基本を説明してくれ、フルールは暇さえあれば商品取引について彼が勧めてくれた本や記事を読みあさるようになった。地下鉄で〈商業ジャーナル〉を読み、参考書の〈バロンズ〉を読みながら眠りについた。大学の講義を聴講して学んだビジネスや経済の知識があったおかげで基本もつかみやすかった。それにしてもこんなことを実行する度胸がほんとうにあるというのか？　そんなものはなくても、とにかくやってみるのだ。

ピーターのアドバイスに従って二〇〇〇ドルを大豆に投資し、液化プロパンの契約を買った。その後気象学を学び、残りの資金をオレンジ・ジュースに使った。フロリダはひどい霜に見舞われ、降雨量が多すぎて大豆は腐ったが、液化プロパンは最高値をつけ、結局元手は七〇〇〇ドルにふえた。今度はそれを銅とデュラム小麦と大豆に分けて投資した。銅と小麦は失敗したが、大豆が値上がりして資金は九〇〇〇ドルになった。

フルールはそれをまた全額投資した。


エイプリルフールにキシーは〈熱いトタン屋根の猫〉の研究《ワークショップ》発表会《プロダクション》で待望のマギー役を射止めた。キシーは小躍りしながらそのニュースをフルールに報告した。「もうあきらめていたの。そしたら演技のクラスで一緒だった女性が私の演じたシーンを思い出してくれてね……信じられないわ！　来週からリハーサルが始まるの。ギャラは出ないし、重要人物を惹きつけるような大きな上演ではないけど、でもまた演技ができるんだもの」

リハーサルが始まると、何日もキシーに会えないことが多くなった。会えてもキシーはうわのそらだった。たくましい男がアパートに出入りすることもなくなった。フルールはついにキシーの禁欲生活を責めた。

「性的エネルギーを節約しているの」とキシーは答えた。

上演の当日、フルールは緊張のあまり食事も喉を通らなかった。ルームメイトが恥をかくのは耐えがたかったが、キシーのような軽薄な女性がマギーという重い役をこなせるはずがないと思った。キシーはいくら本人がいやがろうとシット・コム向きの女優なのだ。

貨物用エレベーターに乗り、管がむきだしで壁のペンキがはがれた寒々したソーホーのロフトに着いた。端にしつらえられた小さなステージには大きな真鍮《しんちゅう》のベッドが一つあるだけだ。フルールはキシーに関するかぎりベッドはいい兆《きざ》しなのだとみずからに言い聞かせた。

観客は仕事のない俳優や貧しい芸術家ばかりで、配役エージェントの顔は見えない。亜麻仁油の匂いのするひげ面の男が後ろの席から身を乗り出して訊いた。「花婿と花嫁、どっちの友人なんですか?」

「ええと――花嫁です」とフルールは答えた。

「やっぱり。素敵な髪ですね」

「ありがとう」フルールの髪はもう肩にかかるほど伸び、困るほど注目を集めてしまっている。だが、それをカットするのは弱さだと感じるのだ。

「今度デートしませんか?」

「遠慮します」

「それは残念」

幸いにもそのとき劇が始まった。フルールは深呼吸をし、心のなかで成功を祈った。袖からシャワーの水が流れる音が聞こえてきて、アンティークのレースのドレスを着たキシーが登場した。真夏のジャスミンの香りのように強い訛り。ドレスを脱いだキシーは伸びをした。彼女の指が空をひっかく。フルールの隣りの席に座った男性が身じろぎした。

二時間というもの、観客はキシーがステージの上をうろつき、激しい言葉を口にし、空に爪をたてる様子にうっとりと見入った。暗く行き場のないエロティシズム、安物のタルカムパウダーのような声で、キシーは猫マギーの性的欲求不満を発散させていた。これほど圧倒的な魅力のある演技をフルールも見たことがなく、それはキシー・スー・クリスティーの魂がこもる熱演だった。

劇が終わるとフルールはぐったりとした疲れを感じた。以前にはわからなかったキシーの悩みがやっと理解できた気がした。キシーが正当派の女優になれることを、親友である自分が信じてやれないなら、監督を説得できるという希望をキシーが持てるはずがないのだ。

フルールは人波を掻き分けて進んだ。「素晴らしかったわ!」キシーのそばに行きつくと声を張り上げた。「あんな演技見たことない!」

「自分でも知ってるわ」キシーはクスクス笑いながらいった。「着替えるあいだ、どこがよかったか話してよ」

キシーのあとから間に合わせの更衣室についていくと、キシーはフルールを女性の共演者たちに紹介してくれた。しばらくおしゃべりを交わしたあと、フルールはキシーの鏡台の隣りに座り、親友の演技の見事さを幾度も讃えた。

「みんな着替えはすんでるかな?」ドアの向こうから男性の声が尋ねた。「衣装を回収にきたんだ」

「私だけ終わってないのよ、マイケル」キシーが叫んだ。「入ってちょうだい。紹介したい人がいるの」

ドアが開き、フルールは振り返った。

「フルリンダ、前にも才能豊かな衣装デザイナーで前途有望なドレスメーカーのことを話したと思うけど、こちらがマイケル・アントンよ」

まるで壊れた映写機のなかで止まってしまったフィルムのように、すべてが静止した。彼はアンティークの紫色のボウリング・シャツを着てサスペンダーのついたゆるいカットのウールのズボンを穿いていた。二十三歳の彼は最後に会ったときよりあまり身長も伸びず五フィート七インチ程度の背しかなかった。輝くブロンドの髪が波打ちながら顎のあたりまで伸び、肩幅は狭く、胸は小さく、顔の造作は華奢だった。

キシーもだんだんと何かおかしいと気づいた。「二人は知り合いなの?」

マイケル・アントンはうなずいた。フルールははるかな心の奥にたどり着いた。

「こんなことってあるのね」フルールはできるだけ快活な口調でキシーにいった。「マイケルは私の弟ミシェルなの」

「あらまあ」キシーは二人を見比べた。「オルガンの伴奏とか必要?」

ミシェルはズボンのポケットに手を入れ、ドアにもたれた。「おもちゃの笛でいいんじゃない?」

ミシェルの歩き方には旧家の子息らしいものうい優雅さがあり、明らかに貴族の血筋を感じさせた。ちょうどアレクシィのように。しかしフルールを見つめるその瞳は春咲くヒアシンスの色をしていた。

フルールはこわばった指でバッグをつかんだ。「私がニューヨークにいるのを知っていたの？」

「知っていたよ」

フルールはミシェルと一緒にそこに立っているのが耐えられなくなった。「もう帰るわ」キシーの頬に素早くキスをすると、ミシェルに会釈もせず更衣室を出た。

キシーが通りまで追ってきた。「フルール、待って。私、何も知らなかったの」

フルールは作り笑顔を浮かべた。「心配しないで。ただ驚いただけだから」

「マイケルは……彼はほんとに素晴らしい人よ」

「それなら……よかったわ」フルールはタクシーを見つけ、呼ぶために縁石から足を踏み出した。「パーティに行ってらっしゃい。みんなが賞賛のまなざしで出迎えてくれるはずよ」

「あなたと一緒に家に帰ったほうがいいと思うの」

「だめよ。今夜はあなたにとって記念すべき夜なのよ。精一杯楽しんで」フルールはタクシーに乗りこみ、ドアが閉まると手を振った。タクシーが走り出し、シートにがっくりともたれたフルールは辛い思い出にどっぷりと浸った。

翌週フルールはミシェルのことを忘れようと努めた。だがある晩、気づけば西五十五丁目で店の夜間閉店中のドアの上に記された番地の数字を確かめながら歩いていた。そして探していた番地を見つけた。立地はよいが、店構えはぱっとしない。ウィンドーの照明が弱いのだ。……しかし飾られている衣服はなんとも美しい。

ミシェルは女性が男性のようなタキシードとネクタイを身につける現在のファッションの流行に逆らったデザインの服を作っていた。小さなウィンドーには豊かなルネッサンスの絵画を思い起こさせる、きわめて女性的なドレスが飾られている。フルールはシルクやジャージー、ゆったりとした流れの楊柳《ようりゅう》素材を眺め、きちんとした服を最後に買ったのははたしていつのことだったかと考え、美しい衣服に咎められている気がした。

季節は春から夏へと移り、秋になった。キシーの所属する劇団は解散したので、彼女はほとんどニュージャージーでのみ公演する別のグループに加わった。フルールはパーカーにまた昇給を要求して自分の二十五回目の誕生日を祝った。昇給分でカカオ豆を買った。

投資は勝ちより負けのほうが多かったが、勝つときは大勝ちした。判断を誤って損をすると、努力して学んだので、五〇〇〇ドルの元手が四倍になり、さらにそのまた四倍にふえていた。利益が多くなればなるほど、それをリスキーな思惑買いにまわす決意がつきにくくなっていった。だが彼女はしゃにむに小切手を書きつづけた。四万ドルはかつての五〇〇〇ドルと同じく役に立たない金額なのだった。

冬になり、フルールは銅に魅了されるようになり、六週間でほぼ三万ドルの利益を得た。だがストレスで胃が痛かった。牛肉は値上がりし、豚肉は値下がりした。彼女は投資を続けた。投資し、再投資し、爪を噛む毎日だった。

金融のローラーコースターに飛び乗ってから一年半後の七月一日、フルールはバランスシートを信じがたい思いで見つめた。度胸だけでビジネス資金を作り上げたのだ。翌日すべてをチェイス・マンハッタンの三十一日預かり保証の金庫に預けた。

それから数日後の夜、アパートに入ろうとすると電話が鳴っていた。キシーのヒールをまたいで部屋の奥に進み、受話器を取った。

「やあ、アンファン」

最後に耳慣れたこの甘ったるい呼びかけの言葉を聞いてから五年以上たっていた。フルールは受話器を握りしめ、自分を落ち着かせようと深呼吸した。「何か用なの、アレクシィ?」

「感じ悪いね」

「きっちり一分以内にして。一分したら電話を切るわ」

アレクシィは傷ついたかのように溜息をもらした。「いいとも、シェリ。きみの経済状況の大幅な改善を祝おうと電話したのだよ。やや無鉄砲なやり方だが、成功したのだからよしとしよう。今日からオフィス用地を探しはじめたようだね」

フルールはぞっとした。「なぜそれを?」

「前にもいったように、私は自分にとって大事な人間に関する事実はすべてつかんでおく主義なのでね」

「私はあなたにとって大事な人間じゃないはずよ」そう答えながら喉が締めつけられるように感じた。「思わせぶりな言い方はよして」

「とんでもない。おまえはこのうえなく大事な人間だ。こうなることを私は長いあいだ待ち望んできたのだよ、シェリ。私をがっかりさせないでくれ」

「待ち望んできた？　何をいってるの？」

「おまえは自分の夢を守りなさい。私のようにならないように」

19

フルールはデッキの手すりに肘を乗せ、黄昏《たそがれ》の薄明かりのなかで風にそよぐ浜辺の雑草《デューングラス》をじっと見つめていた。このロングアイランドのビーチハウスはガラスと風化した羽目板でできた角張った建物で、海と砂の海岸によく馴染んでいる。独立記念日の週末にここに招かれてよかったと思った。耳のなかでアレクシィの言葉が繰り返し響くので、気晴らしが欲しかったのだ。おまえは自分の夢を守りなさい。アレクシィは当然ながらロワイヤルを破壊された恨みをまだ忘れておらず、報復をもくろんでいるのだ。だが、気を張っている以外に手立てはない。

フルールは不安な気持ちを振り払い、新しいオフィス用に借りたアッパー・イースト・サイドの四階建てのタウンハウスに思いをめぐらせた。現在改修中で、八月の半ばには入居できるものと見込んでいる。しかしその前にスタッフを一人雇い入れる必要がある。運よく事業が波に乗り、大きな危機に見舞われなければ、春までエージェンシーを運営する資金は充分にある。こうしたビジネスは揺るぎない基盤を作り上げるのに少なくとも一年はかかるので、最初からリスクを伴うが、それでもやみくもに頑張ればいいというものでもない。そのあたりについては、うまくやれる自信がある。

もう少し長くパーカーから給料を受け取れるつもりでいたのだが、この計画を知った彼はフルールを解雇した。結局とげとげしい別れになってしまった。フルールが辞める前にも、リンクスが解散したのでパーカーはほとんど彼女に頼っていた運営を自分でやるようになり、顧客との冷えきった関係修復に躍起になったのはすべておまえのせいだといっている。

フルールは〝名門エージェンシー〟のクライアントをミュージシャンや俳優に限定せず、トップに上りつめるポテンシャルを感じたら、作家や芸術家とも契約することにした。すでにサイモン・ケールが結成しようとしているロウ・ハーバーというグループとは契約を交わし、オリビア・クレイトンも貪欲《どんよく》なバド・シャープの手から奪い取った。そしてキシー。三人ともエージェンシーに一定の利益をもたらしてくれるクライアントではあるものの、開業資金を使いきったあとに三人しか顧客がいないのでは、心もとない。

フルールはサングラスを頭に乗せ、キシーについて考えた。研究発表会で〈桜の園〉のアーニャ役を催眠術にかかったような抑えた演技でこなし、CBSの昼ドラでの端役を演じたほかは、〈熱いトタン屋根の猫〉以来特別な出来事は起きておらず、キシーはまたオーディションに行かなくなった。近ごろはますます男の出入りがふえ、それもより筋肉質で知性には縁のないタイプばかりになっている。キシーは実力を発揮できる場を必要としており、それをどこに見出すべきかフルールも迷っている。春までに力量を証明してみせねばならない立場のフルールにとっても、この状況は厳しい。

ガラスのドアごしにこのビーチハウスの主であるチャーリー・キンカノンの姿が見えた。チャーリーはキシーの出た〈桜の園〉の研究発表会の後援者だ。彼がキシーに心寄せているのは痛いほど明白だが、彼が知的で思いやりがあり、立身出世した男性であることから、キシーは彼を無視している。キシーは肉体美のダメ男が好みなのだ。

背後でパティオのドアが開き、キシーがデッキに出てきた。このパーティのためにキシーは、ピンクとブルーのキャンディの包み紙のような縞模様のロンパースタイプのドレスを着てきた。大きなハート型のシルバーのイヤリング、つま先にビーズ飾りのついたフラットなピンクのサンダルを合わせている。まるで胸の大きな七歳児といった装いだ。「日が暮れたら誰かさんの客がやってくるわよ、フルリンダ。着替えなくていいの？」キシーはそういいながらピニャ・コラーダを口紅のついたストローで吸った。

「そろそろ着替えるわよ」黒のタンクスーツの上から穿いた白のショートパンツは前の部分にカラシのしみがつき、海水のせいで髪もごわごわだ。チャーリー・キンカノンはいくつかのオフ・ブロードウェイの演劇を後援しているので、今夜のパーティでいい出会いがあるのではないかとフルールは期待しており、身なりは整えておかなくてはならない。でもその前に、とフルールはキシーのピニャ・コラーダをひと口すすった。「彼のこと〝誰かさん〟なんて呼ぶのはやめたら？　チャーリー・キンカノンは裕福というだけでなくほんとに素晴らしい人なんだから」

キシーは鼻にしわを寄せた。「だったらあなたが付き合えば」

「そうしてもいいわ。私は彼が好きよ、キシー。あなたの友人のなかで唯一バナナを食べずエンパイア・ステート・ビルディングを憧れの目で見上げない人物ですもの」

「いいわ。彼を喜んであなたに進呈するわよ」キシーはピニャ・コラーダを取り返した。

「彼を見ていると昔知ってたバプテスト教会の牧師を思い出すんだもの。「私の魂を救済したいといいながら、そうなれば私を抱けなくなると心配してた男よ」

「どうせチャーリーとそんな関係になるつもりはないんだからいいじゃない。そんなにセクシーな女を演じたい強烈な欲求があるのなら、舞台の上でやってよ。そうすればあなたも私も儲かるわ」

「強欲そうな発言ね。そのぶんならエージェントとしても大成するわ。ところで、今日ビーチであなたの気を惹こうとして転んだ男たちが何人もいたのに気がついた？」

「飲み物をこぼした人、それともスター・ウォーズの光る剣を持った子のこと？」キシーのいうことをいちいち本気で聞いていたら、誰も彼もがフルールに欲望を感じていることになる。フルールは脚についた砂をはらい、室内に向かった。「シャワーを浴びたほうがよさそうだわ」

「きちんとしたものを着なさいよ。いっても無駄か」

「私だっていまや業界の大物なんだから、軽く見られるのはまずいのよ」

「あなたが持ってきたあの安っぽい黒のドレスじゃ、無理ね」

フルールはそんなキシーの言葉を無視してなかに入った。ビーチハウスの天井は尖っており、床はスレートで、簡素な日本の家具が使われている。フルールは砂色のカウチに座りダブルのバーボンらしい飲み物を悲しげに見つめているこの家の主に目を留めた。「少し話ができるかい、フルール？」チャーリーは声をかけた。

「いいわ」

チャーリーはフルールが座れるよう読みかけのアップダイクの小説〈帰ってきたウサギ〉をわきへどけた。チャーリー・キンカノンはダスティン・ホフマンが演じる役柄を思い起こさせる。裕福であるにもかかわらずやや世間に馴染めないふりをするタイプだ。短い黒髪、感じよく不均衡な造作、真面目そうな褐色の瞳、フレームが角製のメガネ。

「何か困ったことでもあるの？」フルールは訊いた。

彼はグラスの酒をあおった。「こんなことというのはガキっぽくて恥ずかしいんだけど、ぼくがキシーのハートを射止めるチャンスはあると思うかい？」

フルールははぐらかした。「むずかしい質問ね」

「つまり、可能性はないってことだね」

そんな彼の様子があまりに悲しげで愛らしいので、フルールは心から同情した。「あなたのせいじゃないわ。キシーはいま少し自滅的な状態にあるのよ。つまり男性を見る尺度が狂っているわけ」

チャーリーはいっそう真剣なまなざしで考えこんだ。「興味深いことにぼくらは立場の逆転という状況に置かれていると思うんだ。ぼくは侵略者タイプの女性に慣れている。女性にとって自分が性的関心の対象ではないことは承知しているけど、裕福だから大目に見られているわけさ」

フルールは微笑み、彼に対してなおいっそうの好意を感じた。それでも親友を庇《かば》うしかなかった。「あなたは彼女に何を求めているの？」

「どういう意味かな？」

「真の関係か、それともたんなる性的な関係かということよ」

「もちろん真の関係だよ。セックスの相手には不自由していない」

彼がひどく感情を害した様子を見せたので、フルールは満足した。彼女は考えこんだ。

「効果は保証しないけど、キシーの知性を見抜いた男性はサイモン以外ではあなただけよ。彼女の肉体を無視して彼女の頭脳に集中すれば、キシーの気を惹くことができるかも」

チャーリーは咎《とが》めるような目でいった。「極端な言い方に聞こえてしまうかもしれないが、キシーの肉体を無視するのはむずかしいよ。とくにぼくのように性欲の旺盛な男にとってはね」

フルールは同情するように苦笑いした。「これが私からの精一杯のアドバイスよ」

客たちが少しずつ到着しはじめており、少し訛りのある男性の声が聞こえてきた。「素晴らしい家だな。景観が素晴らしい」

ぎくりとして振り返るとミシェルがリビングに足を踏み入れるところだった。キシーのワークショップの仲間なのだからミシェルが招待される可能性を認識しておくべきだったのだ。フルールの浮き浮きした気分は消えた。

ミシェルとは再会したその年に二度偶然会った。二度ともほとんど言葉を交わさなかった。ミシェルの連れは目にかかるほど黒い前髪を伸ばした筋肉質の若い男性だった。無意識に第一ポジションの立ち方をしていることからダンサーだとわかる。

フルールは一番近い逃げ道であるガラスのドアに向かった。ミシェルに軽く会釈し、チャーリーに断わってまた外に出た。

空には月が昇っていた。キシーはもうおらず、浜辺はひと気がなかった。ここでしばらく鎧《よろい》ともいうべき気力を取り戻して、また室内に戻り、シャワーを浴びようと思った。波打ち際まで歩き、ひんやり湿った砂浜をどんどん進んだ。こんなに心乱されるのはおかしいとわかっていても、ミシェルに会うたびに子ども時代の心理に逆戻りしてしまうのだ。

フルールは砂の上に岩が突き出ていることに気づかずつま先をぶつけてしまった。思った以上に遠くまで来てしまい、そろそろ戻ろうかと踵《きびす》を返したそのとき、五〇ヤードほど前方の砂地から一人の男性が姿を現わした。誰もいない浜辺に一人で立っている人影を見た瞬間、フルールは警戒心を抱いた。夜の闇に浮かび上がるシルエット。背の高い男性。関わりたくない体格の相手だ。しかも相手はフルールに対する関心を隠そうともしない。彼女は思わずビーチハウスの明かりをちらりと見やったが、助けを求めても聞こえないほど離れていた。

ニューヨークみたいな都市に住んでいるとつい疑心暗鬼になる。きっとチャリーのところに来た客の一人で私と同じように気晴らしのためにここまで来たのだろう。月明かりに照らされて、チャールズ・マンソンのようなモジャモジャの髪、もっとむさくるしい口ひげがぼんやりと見える。ビートルズの〝ヘルター・スケルター〟の歌詞が脳裏をよぎった。フルールは歩調を速め、波打ち際に近づいた。

男は突然ビールの缶を置き、彼女のほうへ向かってきた。長い歩幅で砂浜をずんずん進んでくる。フルールの全身の細胞が警戒態勢に入った。考えすぎではないかという気もしたが、それでも見知らぬ男の目的を確かめるつもりは毛頭なかった。フルールは足を踏みしめ、走り出した。

最初のうち、自分の息遣いしか聞こえなかったが、間もなく背後に迫る静かな足音に気づいた。胸の鼓動が激しくなった。男が追ってくる。なんとか逃げなくては。大丈夫、と自分に言い聞かせる。毎日ちゃんと走っているのだから、筋力には自信がある。スピードさえ上げればいい。

フルールは波打ち際の硬い砂の上を走りつづけた。脚を思いきり伸ばし、腕を振った。走りながらビーチハウスを見つめたが、それははるか前方にあった。砂地に進めば、もっと足が深く沈んでしまうが、走りにくいのは相手も同じだ。彼女はさらに大きく息を吸いこんだ。どこまでもついてこれるはずはない。なんとしても振りきるのだという決意で、フルールはみずからを駆り立てた。

男はぴたりと後ろを走りつづけていた。

肺が燃えるように感じ、フルールは走りのリズムを乱した。激しい息遣いで走りつつ、〝レイプ〟という言葉が頭のなかに響いていた。なぜこの男は後退しないのだろう？

「私にかまうのはやめてよ」と叫ぶ。言葉は明瞭でなく、かろうじて聞き分けられる程度だった。話すことでなおいっそう息苦しくなった。

男は近くで、耳もとで何かを叫んでいた。フルールの胸は燃えるほど熱くなっていた。男が彼女の肩に手を触れたので彼女は悲鳴を上げた。次の瞬間、地面が近づき、男も一緒に倒れた。砂の上に落ちていきながら男はまた同じ言葉を叫んだ。今度は彼女にもそれが聞き取れた。

「フラワー！」

彼はフルールの上に倒れこんだ。その重みの下でフルールはあえぎ、口に入った砂を噛んだ。最後の力を振り絞ってこぶしを握りしめ、激しくしならせた。鋭い叫びが聞こえ男は体を浮かせ、彼女の体の上で腕を支えにして立ち上がろうとした。彼の息が顔にかかり、フルールはふたたび彼を殴った。

男は後ろに引いたが、フルールはなおも迫った。膝《ひざ》をついて這《は》いまわりながら、彼女は繰り返しこぶしで何度も殴った。殴る的など見ず、腕、首、胸、手の届くところはすべて殴った――殴るたびに嗚咽がもれた。

ついに男は腕に力を込め、フルールの動きを止めた。「やめてくれ、フラワー！　おれだよ。ジェイクだよ」

「そんなことわかってるわよ、この下衆男《げす》！　離してよ！」

「気が静まるまでだめだ」

フルールは彼のTシャツのやわらかな生地に口をあてあえいだ。「冷静よ」

「冷静なもんか」

「冷静そのものよ！」

「ほんとに？」

「ええ」

彼はじょじょにつかんだ手をゆるめた。「それならいい。おれは――」

フルールは彼の頭を殴った。「このナメクジ野郎！」

「痛い！」彼は腕を振り上げた。

今度は彼の肩を殴る。「傲慢で腹が立つ最低の——」

「やめろ!」ジェイクは彼女の手首をつかんだ。「もう一度ぶったら、殴り倒すからな」

彼が本気で反撃してくるとは思えなかったが、彼女のアドレナリンの奔流も静まりつつあり、手も痛み、体がふらついてもう一度腕を振り上げれば吐き気に襲われそうな気がした。

ジェイクは彼女の前にしゃがみこんだ。もつれたぼさぼさの髪は肩近くまで伸び、ひげは口のほとんどを覆いつくし、不機嫌そうな変わった下唇だけがかろうじて見えるだけだった。ウエストまでも届かないナイキのTシャツ、色褪《いろあ》せた茶色のショートパンツ、逃亡者のような髪。〝食うためなら人殺しもする〟と書いたボール紙の札を掲げていても不思議ではない風貌だ。

「なぜすぐに名乗らなかったの?」フルールはどうにか呼吸を整えながら、いった。

「そっちが見てわかったと思ったからさ」

「わかるはずないでしょ? あたりは暗いし、そんな指名手配犯みたいな姿をしているんだから」

彼が手首を離したので、フルールはよろけながら立ち上がった。こんな形で再会したことが悔やまれた。白いショートパンツにはカラシのしみがつき、ゴムでゆわえた髪はほつれている。いつか再会するとしたら、自分が最高に輝いている姿を見せつけてやりたいと思い描いていたのに。それこそヨーロッパのどこかの王子と腕を組み、クライスラーのアイアコッカ会長と並んでモンテカルロのカジノの階段に立っていたかった。

「カリバーの新作映画を撮っているんだよ」ジェイクがいった。「バード・ドッグの目が見えなくなる。だから音だけでコルトを使いこなさなくてはならない」彼は立ち上がりながら肩をさすった。「いつからそんなに臆病者になった?」

「殺人鬼みたいな男が砂浜から現われてからよ」

「もし目のまわりにあざができたら……」

「そうなるのが楽しみね」

「やめろよ、フルール……」

ジェイクとの再会がこんな形で起きるとは夢にも思わなかった。あくまでも冷静で超然と、彼のことなどほとんど覚えていないふりをしたかったのだ。「へえ、カリバーの新作を撮ってるの。今度は何人の女を平手打ちするの?」

「バード・ドッグも少しは気遣いができるようになってるよ」

「あなたにはきついわね」

「いやみはよせよ」

頭のなかの花火は消え、フルールはあの雨の日ジョニー・ガイの家の庭で言い争ったときと同じく、話す意欲をなくした。こわばった口をなんとか動かしてやっとこれだけはいった。

「あなたは映画を完成させるために私を利用した。私は服を脱ぐのが嫌いな、うぶな女の子だったわ。でもそこはさすが大物氏、難題をてっとり早く解決してみせた。あなたのおかげで脱ぐことも苦にならなかったもの。オスカーを受賞したとき、私のことが頭をよぎった?」

フルールは彼の後ろめたそうな表情を目にしたかったのだが、意に反して彼は反撃に転じた。「きみは母親の犠牲になったんだ。おれじゃなくて。おれも悪かったけどね。嘘だと思ったら確かめてみたらいい。そして被害者はきみだけじゃないということも忘れないでくれ。おれも多くのものを失った」

フルールは怒りが燃え上がるのを感じた。「あなたが！　よくもまあ被害者面ができるわね」そういったとたん、思わず手を振り上げていた。これ以上彼を殴るつもりはなかったが、腕が勝手にしなっていた。

しかしその前に彼がそれを制止した。「やめるんだ」

「彼女から手を離したほうがいい」砂浜のほうから聞きなれた声が漂ってきた。二人が振り向くと、ミシェルが立っていた。彼は巨人の集団に迷いこんだ少年のようだった。

ジェイクはフルールの腕をつかんだ手の力をゆるめたが、離しはしなかった。「これは二人の問題だ。よけいな口出しはよしてくれ」

ミシェルは二人に近づいた。マドラス地のブレザーに黄色の網目のTシャツ。海風に吹かれたブロンドの髪がひと房、しなやかな首筋ではためいている。「なかに戻ろうよ、フルール」

フルールは弟をまじまじと見つめ、彼が姉を守ろうとしていることに気づいた。ばかばかしいにもほどがある。頭一つ分姉より背が低いミシェルが、こともあろうに抜群の反射神経と無法者の鋭い目を持ったジェイク・コランダに挑もうとしているのだ。

ジェイクは口を歪めた。「これはおれと彼女の問題なんだ。だから蹴飛《けと》ばされたくなかったら、邪魔はするな」

それはまるでカリバーの映画の台詞のようで、フルールはその瞬間弟に引き下がるよう命じそうになった。だが何もいわなかった。ミシェルが姉を守ろうとしているのだ。本気でこの場に留まろうとしているのだろうか。

「喜んで消えるよ」ミシェルは静かにいった。「でもフルールは連れていく」

「それは無理だね」ジェイクは言い返した。

ミシェルはショートパンツのポケットに手を突っこんでその場を動こうとしなかった。力でジェイクを引き離すことはできないことがわかっているので、相手が退場するまで辛抱強く待とうというのだ。

バード・ドッグはかぼそいブロンドの髪をした華奢な体格の、物腰やわらかな敵には不慣れだった。フルールのほうを見た彼はすっかり戦意を失っていた。「きみの友だちか?」

「彼は……」フルールはごくりと唾を呑んだ。「これは私の弟、マイケル・アン――」

「ぼくはミシェル・サヴァガーだ」

ジェイクは二人の顔を眺め、口を歪めて一歩退いた。「早くいってほしかったよ。サヴァガー家の複数のメンバーと同席しないように決めているんでね。それじゃあまたな、フルール」彼は浜辺を大股で歩み去った。

フルールは砂を見おろし、やがて顔を上げて弟を見つめた。「彼に殴られたら、あなたなんて吹き飛ぶわよ」

ミシェルは肩をすくめた。

「なぜこんなことを?」フルールは静かに訊いた。

ミシェルはフルールの背後に広がる大海原に目を向けた。「きみは姉だから」彼はいった。「これは男としての責任だ」彼はそういって家に向かった。

「待って」フルールは無意識に歩き出していた。砂が昔日の辛い記憶のように足にからんだが、力強く進んだ。彼の店のショーウィンドーに飾られていた美しいドレスが胸に浮かんだ。彼はいったい何者なのか。

ミシェルは待っていてくれたが、フルールはそばにいっても何をいっていいのかわからなかった。咳払いをすると問いかけた。「よかったら……どこかで話をしない？」

しばらく沈黙が続いた。「いいよ」

ミシェルの古いMGでハンプトン・ベイズのナイトクラブに向かいながら、二人は黙りこんでいた。ジュークボックスでウィリー・ネルソンの曲が流れ、ウェイトレスがクラムと、フライドポテト、ビールを運んできた。フルールはとぎれとぎれに修道院で成長したことを話しはじめた。

ミシェルは学校生活や祖母に対する思慕について語った。ソランジュが遺してくれた遺産をミシェルがビジネスの資金として使っていることをフルールは知った。一時間がたち、いつの間にか二時間たった。のけ者にされるのがどれほど辛いことかをフルールが語れば、ミシェルは自分がゲイだと知ったときの恐怖を話した。フルールはナイトクラブの窓の外のネオンサインの青い光がミシェルの髪に反射するのを見ながら、きずだらけの木のボックス席にもたれ、フリンとベリンダの関係について語った。

ミシェルの瞳は悲しげに暗く翳《かげ》った。「それを聞いて合点がいったことがいろいろあるよ」

二人はアレクシィについて話し合い、おたがいのことを完全に理解しあった。なんとクラブはそろそろ閉店の時間だった。「私はとてもあなたがねたましかったの」フルールは最後にいった。「私が拒まれたものをあなたはすべて持っていると思っていたんですもの」

「ぼくはきみになりたかった」ミシェルはいった。「両親から遠く離れていられるきみに」

キッチンで皿を片づける音が響き、店員は二人をにらんだ。ミシェルがもっと何かいいたげにしているのにフルールは気づいた。だがそれを言葉にするのを迷っているのだ。

「いって」

ミシェルは使い古したテーブルを見つめた。「きみのためにデザインしたい」彼はいった。「昔からずっとそう思っていた」

翌朝フルールは濃いオレンジ色のビキニを着て頭のてっぺんでゆるく髪を結わえ、短いビーチウェアをはおった。リビングには誰もいなかったが、窓から外を見てみるとチャーリーとミシェルがデッキで寛ぎながら新聞の日曜版を読んでいた。ミシェルの着ているものを見て、フルールは笑った。バミューダショーツに〝ワンデー・ドライ・クリーニング〟と鮮やかな文字が背中に入っているエメラルドグリーンのシャツ。誤解によって生まれた長年の憎しみを経て、思いがけず天から弟という贈り物を授《さず》かった。いまだ信じられないような気持ちだ。

フルールはキッチンに入り、コーヒーを注いだ。「どうせなら二杯注いでもらおうかな」振り向くと戸口にジェイクが立っていた。シャワーを浴びたのか、長い髪がまだしめっている。グレイのTシャツに色褪せた水泳用トランクス。六年前にベリンダが庭でのバーベキューに招待した日に着ていたものとそっくりだ。ゆうべの再会がたんなる偶然でないことはすでに察しがついている。ジェイクはチャーリーの招待客の一人なのだ。彼女もここに来ることを知っていて、外に出た彼女を探しに出たのだろう。

フルールは顔をそむけた。「自分で入れなさいよ」

「ゆうべきみを怖がらせるつもりはなかった」コーヒーポットに手を伸ばす彼の腕がフルールの腕をかすめた。石鹸と錬り歯磨きの匂いがした。「じつは少し酒も入っていた。ごめんよ、フラワー」

フルールは腕組みをした。「あなたの頭をかち割ることができなくて残念だわ」

ジェイクはカウンターにもたれ、コーヒーをひと口飲んだ。「〈日食〉でのきみの演技はなかなかよかった。予想以上の出来だったよ」

「それはどうも」

「砂浜を散歩しないか」

断わろうとしたそのとき、チャーリーの客の一人が一階におりてきた。これは考えてみれば決着をつける絶好のチャンスではないのかという気がした。「いいわ」

二人はデッキからの視線を避け、サイドドアからそっと外に出た。フルールは履いていたエスパドリーユを脱ぎ捨てた。潮風がジェイクのワイルドな髪を揺らした。波打ち際に近づくまで二人は無言だった。「今朝きみの弟と少し話したよ」彼はいった。「マイケルはいいやつだ」

　この人は本気で空白の年月をなかったことにするつもりでいるのだろうか。「服飾デザイナーにしてはいいやつってこと？」

「挑発しても無駄だよ」

　それはわかっている。

　ジェイクは砂の上にどさりと座りこんだ。「よしフラワー、徹底的に話そうじゃないか」とげとげしい言葉が胸のなかで渦巻き、憤りと痛切な思いがいまにもあふれ出そうになっていた。浜辺で父親と子どもが青と黄色の尾のついたチャイニーズカイトを揚げているのを見つめるうちに、自分の心に少しでもプライドが残っているのなら、そんな言葉を口にするわけにはいかないと思った。「もう傷は癒えたわ」彼女はいった。「そこまでの執着はないもの」彼女はジェイクと並んで砂の上に座った。「いつまでも引きずっているのはあなたのほうじゃないの」

　ジェイクは陽射しに目を細めた。「執着がないのなら、なぜ豊かな未来が約束された仕事を棄てた？　なぜおれは〈日食〉のあと何も書けなくなった？」

「全然書いていないというの？」フルールは一瞬満足感を覚えた。

「おれの名前の入った演劇とかまったく見かけなくなっただろ？　完全にスランプにおちいっているんだ」

「お気の毒さま」

　彼は海に向かって貝殻を投げた。「変だよな。きみとママが現われる前は絶好調だったのに」

「待ってよ。私のせいにしているわけ？」

「いや」彼は溜息をついた。「それは卑怯《ひきょう》な言い方だよな」

「卑怯なことならお得意じゃない」

彼はフルールの目を見据えた。「あの週末に起きた二人の出来事は〈日食〉とはいっさい関係ないんだよ」

「ばかいわないでよ」いわないと決意したにもかかわらず、言葉があふれ出た。「映画はあなたにとってすべてで、私がその機会を台なしにしていたのよ。私はあなたを買いかぶって恋い慕っていたうぶな女の子。あなたは大人の男で、経験も豊富だった」

「おれは二十八歳だったよ。それに信じてくれ。あの夜のきみは幼くなんてなかった」

「あなたは母の愛人だったのよ！」

「これを聞いて慰めになるのならいうけど、きみのママとは何もなかった」

「聞きたくないわ」

「言い訳にもならないけど、おれには人を見る目がまるきりなかったということだ」

フルールは母という人間をよく知っている。母のほうから誘ったことぐらいは察しがつく。しかしそれはどうでもよかった。「少しもやましくないというのなら、なぜあれ以来執筆できなくなっているの？　あなたの精神の奥底を覗いてみるつもりはないけど、そのスランプは十九歳のおばかちゃんと関係があるんじゃない？」

ジェイクが急に立ち上がったので砂がはねた。「おれはそれほど堅物じゃない。十九歳は立派な大人だし、きみも性的魅力があった」彼はTシャツを脱ぎ、走って海に飛びこみ、泳ぎだした。それはいかにもマッチョな映画スターという癪《しゃく》な泳ぎ方だった。仕返しがしたくなり、フルールは彼がやっと波間から現われると、ビーチウェアを脱いで砂の上に落とした。下に着ているのはキシーが買ってくれた濃いオレンジ色のビキニだ。腰を揺らす完璧なモデルウォークを見せつけるようにして水辺に近づく。水に入る直前に腕を上げてほつれた髪を直し、脚をいっそう長く見せるようストレッチをする。

視界の隅で彼がその様子を見守っていることを確かめる。惜しいことをした、と思わせるのだ。

フルールは海水につかり、しばらく泳いで、彼の座っている場所に戻った。フルールが彼の膝の上のビーチウェアを取ろうとかがみこむと、それを引き離した。「目の保養をさせてくれよ。おれはこの三カ月間馬の相手ばかりしてきて、せっかくちょうどいい気分転換になっているんだからさ」

フルールは背を伸ばし、歩み去った。ジェイク・コランダは死人と変わらないほど感覚の麻痺《まひ》した人間だと思った。

ジェイクはビーチハウスに入っていくフルールの姿をじっと見守っていた。美しかった十九歳の彼女にも悩まされたが、女性としての魅力は現在の彼女とは比較にならない。まさに男にとって理想の女になった。あの目を見張るような素敵な脚から続くヒップの位置が前よりさらに上にあるように見えるのは気のせいか？　細い紐《ひも》でつながったオレンジ色のビキニをまとったあのはっとするような肢体を見なくてすむのだから、このビーチウェアは返すべきだった。あんなちっぽけなビキニなど、三口で食いちぎってしまえる。

ジェイクは頭を冷やそうと海に向かった。子どもと一緒に凧揚《たこあ》げをしていた男性は砂浜に出てきたフラワーの姿に気づき、もっとよく見ようとして海水に入っている。昔からそうだった。彼女が通り過ぎるだけで男たちは呆然《ぼうぜん》と見とれるのに、本人は自分のそんな影響力に気づいていなかった。鏡を見ようとしないので自分が白鳥になったことに気づかない醜いアヒルの子みたいだ。

彼はしばらく泳ぎ海辺に戻った。フルールのビーチウェアが砂の上にあった。それを拾い上げると、彼女を抱いた夜と同じ花の香りがした。自分の卑劣さが悔やまれた。彼女はそれに立ち向かう姿勢を見せてきた。

彼は砂を踏みしめた。頭のなかで音楽が鳴り響いた。オーティス・レディング、クリーデンス・クリアウォーター。フルールに再会したことでベトナム戦争当時の音楽がよみがえってきた。ジョニー・ガイの家の庭で雨に打たれながら嗚咽する彼女を抱いて芝生にひざまずいていたあのときのことが忘れられない。あれ以来、心のなかに築き上げた壁に穴があいたのだ。その壁のなかにいるかぎり安心していられたのに。すべての不幸は自分のせいではないのかという心苦しさから、執筆がいっさいできなくなった。書くことだけが唯一の自己表現だったので、それがないとまともに生きている実感もない。

ビーチハウスを見つめながら、はたしてこの心の牢獄の扉を開ける鍵を彼女は持っているのだろうかとジェイクは考えた。

20

ニューヨークに戻り、フルールは暗く官能的な夢ばかり見た。砂浜でジェイクと格闘したことで、ある種の内なる性的なエネルギーが充電されたのだろうか。そうだとすると、なんと皮肉なことだろう。それほど異性との接触に餓えていながら、神経が張りつめていて愛人を探す気になれない状態にあるのだから。

ビーチパーティから二週間後、フルールは夜間閉店したミシェルの店で背もたれの高い椅子に座っていた。最初二人はたがいに口実を設けては話すことを避けていた。ロング・アイランドから帰る際に渋滞に巻きこまれなかったかとミシェルが電話をかけてきた。次にフルールのほうからキシーの誕生日に何か着るものをプレゼントしたいけどどんなものがいいかしら、と電話で相談した。結局二人は本音をごまかすのをやめ、たがいの触れ合いを楽しむことにした。

「昨日あなたの店の帳簿を調べてみたわ」フルールはジーンズについたおがくずを払いながらいった。「ひと言でいって……経理がなってないわね」

ミシェルは店頭の照明を消した。「ぼくはアーティストで、実業家じゃない。だからこそきみを雇ったんだ」

「顧客としては目新しい職種ね」フルールは微笑んだ。「まさか自分がデザイナーの代理業務を引き受けることになるなんて思いもしなかった。あなたのガウンやドレスはニューヨークでは際立って斬新よ。私の役目はその魅力を多くの人びとに広めること」彼女は空想の水晶玉に手をかざしてみせた。「あなたの未来には名声と幸運、輝かしいマネージメントが見えるわ」そしてこう付け足した。「新しい恋人も現われるわよ」

ミシェルはフルールの後ろにまわり、ポニーテールのゴム輪をはずした。一日じゅう大工たちと一緒にタウンハウスの改修作業に追われていたので、身なりにかまう余裕がなかったのだ。「名声だの幸運だのはいいとして、恋人に関するお告げはたくさんだよ。デーモンのことが気に入らないのはわかるけど――」

「彼は泣き言ばかりいう情けない男よ」デーモンはチャリーのビーチ・パーティでミシェルと一緒だった黒髪のダンサーだ。「あなたってキシー以上に男の趣味が悪いわ。彼女のガタイのいい男たちはおバカなだけだけど、あなたの相手はみんな下劣なんだもの」

「きみが彼を萎縮《いしゅく》させるからだよ。ヘアブラシを貸して。いまの様子はまるでベディ・デイビスの出来損ないみたいだよ。ジーンズも最悪だ。ほんとに、着るものがひどすぎてもう黙っていられないよ。どんなものがいいかデザイン画で見せたから――」

フルールはバッグのなかからブラシを出した。「急いでやってよ。キシーと会う約束をしているの。あなたの店の経理が無茶苦茶だということを伝えようと、寄っただけなんだから。それに製品計画《マーチャンダイジング》についてもまるきりわかってない。でもまあ仕方ないわね。明日タウンハウスに来てちょうだい。キシーと私とあなたと三人でディナーパーティよ」

「なんであんな殺風景な未完成の部屋でわざわざディナーパーティなんて開くんだい？」

「パーティというほど大袈裟《おおげさ》なものじゃないわ」フルールは勢いよく立ち上がり、ミシェルに軽くキスをして立ち去った。五十五丁目の通りに出ながら、心の緊張を弟に勘づかれたのではないかという気がした。間に合わせのディナーパーティで二人にある重大な発表を行なうつもりでいるのだ。


フルールはアッパー・ウェスト・サイドの赤レンガ造りのタウンハウスを購入オプション付きで借りていた。四階建ての建物は平面の分割が使いにくい造りになっているので、それをうまく生かすよう工夫した。建物の裏側にあたる狭いセクションを居住空間として使い、前面の広い部分をオフィススペースにした。うまくいけば一カ月後の八月半ばには引っ越してこれる。

「ここが高級フレンチレストランのラ・グラニュイと間違えられることはないだろうね」ミシェルは木挽《こび》き台やベニヤ板が置かれた改修中のオフィススペースで、テーブルの前の折りたたみの椅子に腰をおろした。

キシーはふくらはぎ丈の白いズボンとギリシャふう野良着というミシェルの服装をあてつけがましく見た。「そんななりじゃ、どうせラ・グラニュイには入れてもらえないんだから文句いわないの」

「でもきみをその店で見かけたって噂を聞いたよ」彼はいった。「かのキンカノン氏と」

「彼のダサい友人たちも一緒だったわよ」キシーは鼻にしわを寄せた。チャーリー・キンカンとはしょっちゅう顔を合わせるのに、キシーが彼の名前を口にすることはほとんどない。彼女のハートを射止めようとしているチャーリーにとってそれはいい兆《きざ》しとはいえない。

フルールはテイクアウト用の箱からレモン・チキンと海老のチリソース煮を出してテーブルに置いた。「あなたもここに引っ越してくればいいのに、キシー。屋根裏部屋の改修工事は終わったわ。プライバシーはバッチリだし、いまのアパートと同じぐらいの広さがあるのよ。キッチンの配管もあるし、前面の廊下に独立した入口だって備わっているのよ。だからあなたの交友関係について私が口出しすることもないわ」

「私はいまのアパートが気に入っているの。それに前に話したと思うけど、私は引っ越しが大嫌いなの。よほどの必要性がなければ、やりたくないわ」

フルールはあきらめた。キシーはキャリアに関して自信をなくし、ひどく意気消沈しているので、いくら説得しても無理だった。

キシーは紙ナプキンで口を拭いた。「なぜ何もいわないの？　私とミシェルをここに招《よ》んで何か発表するっていってたのに。いったい何なの？」

フルールはワインに向けて仕草を示した。「注いで、ミシェル。乾杯しましょう」

「ボージョレーと中華料理？　なんだよ、これは」

「文句いわないでちゃんとやってよ」彼がワインを注ぎ、フルールは自信を高めるためにグラスを掲げた。「今夜は私の大切なクライアントと、あなた方二人をトップに押し上げる私という天才のために乾杯するのよ」グラスを合わせるとフルールはワインをひと口飲んだ。

「ミシェル、なぜこれまでファッションショーをやらなかったの？」

彼は肩をすくめた。「一年目にやったけど、莫大な費用がかかったのに誰も来なかったからさ。一流のスタッフがいるでもなく、知名度もないし」

「わかったわ」フルールはキシーを見た。「あなたは外見のせいで自分がやりたい役のオーディションを受けさせてもらえないのよね」

キシーは海老をつつきながら、むっつりとうなずいた。

「二人とも売り出しのためには実力を披露する場を必要としているというわけよ。だから私はそれを実現する方法を考えついたの」フルールはグラスを置いた。「この三人のなかで誰が一番メディアの注目を集められるかしら？」

「それをわざわざ訊くの？」キシーがぼやいた。「きみに決まってるだろう」

ミシェルが明白な事実を口にした。

「残念ながら、はずれよ」フルールはいった。「話題になったのはほんの一、二週間よ。私がニューヨークに戻って二年たつけど、それ以後一度も記事にされたことはないわ。アデレード・エイブラハムでさえ私が戻ったことに無関心よ。新聞ではフルール・サヴァガーはもはやネタにならないのよ。マスコミが求めるものはグリッター・ベイビーなの」フルールは夕刊のアデレードのゴシップ・コラムを広げて二人に見せた。

キシーが記事を声に出して読んだ。

スーパースターのジェイク・コランダが独立記念日の週末、ほかならぬグリッター・ベイビーと一緒に浜辺を散歩しているのを目撃された。彼はアリゾナでカリバー映画の撮影中だが、製薬会社の御曹司で大富豪のチャーリー・キンカノン氏の別荘の客として休暇を楽しんでいた。彼の友人によれば、グリッター・ベイビーとコランダは目を合わせただけだという。いまのところコランダの西海岸のオフィスからもグリッター・ベイビーからもとくにコメントはない。彼女はここ数年ひそかにタレント・エージェント業で頭角を現わしつつある。


キシーは驚愕《きょうがく》の表情で記事から目を上げた。「同情するわ、フルリンダ。あなたは過去の話を持ち出されるのが嫌いなのよね。エイブラハムはいったん記事ネタをつかんだら、しつこいのよ。いったい誰が情報源なのかわからないけど——」

「ネタの提供者は私よ」フルールはいった。

二人はまじまじと彼女の顔を見た。

「よかったら理由を聞かせてくれないかな」ミシェルは訊いた。

フルールは息を吸い、グラスを上げた。「私のために描きためてきたデザインを引っぱり出して、ミシェル。グリッター・ベイビーはカムバックするの。あなたたち二人を連れて」


しらふでいると辛さが身にしみる。ベリンダは酒を断ってそのことを思い知った。テープデッキにカセットを入れ、指先でボタンを押した。バーブラ・ストライサンドの〝追憶〟が部屋に広がり、ベリンダはサテン地の枕にもたれ、流れる涙を拭きもしなかった。

反逆児のスターたちはみんな死んでしまった。最初はジミー・ディーンがサリナスに向かう途中車の事故でこの世を去った。次にサル・ミネオが陰惨な殺人事件で死んだ。最後はナタリー・ウッドまで。〈理由なき反抗〉に出演した三人の俳優たちが寿命をまっとうできなかった。次は私だとベリンダは恐れているのだ。

ナタリーとベリンダはほぼ同年齢で、ナタリーもジミーを愛していた。ジミーは〈理由なき反抗〉の撮影時、ナタリーを子ども扱いしてよくからかっていたとか。でも少年のようなジミーはナタリーの気持ちをもてあそんでいたのだ。

死を恐れる気持ちはあるものの、ベリンダは古い宝石箱にフリンからもらった金のチャームと一緒に薬を隠し持っている。こんな生活をこれ以上続けることは耐えがたいけれど、それでも本来の楽観主義は心の奥底では生きていて、事態はきっとよくなると信じている。アレクシィが先に死ぬかもしれないではないか。

愛しい娘に会いたくてたまらないが、もし無理やりフルールと連絡をとろうとするならサナトリウムに放りこむとアレクシィに脅されている。この二年近く一滴の酒も口にしていないのに、慢性アルコール中毒患者のためのサナトリウムに監禁すると彼はいうのだ。アレクシィはまったく外出しなくなったが、家のなかでもめったに姿を見かけない。数人の部下を自宅に置いて、一階のスィートからビジネスの指示を出しているのだ。部下たちはみな一様に黒いスーツを着て陰気な表情をし、廊下ですれ違ってもひと言も言葉をかけてこない。ほとんど誰とも話をしない日々が続いている。昼から夜へ、夜から昼へ、茫漠《ぼうばく》とした時間がただ流れていく。このままこうやって生きつづける理由などあるだろうか。唯一の希望はアレクシィがこの世からいなくなることだけだ。

昔アレクシィと腕を組んでレストランに入ると、賓客として手厚くもてなされたものだった。誰もがわざわざテーブルにおもむいてはおべっかを使った。なんとお美しい、なんと楽しい方でしょうと。アレクシィが出かけなくなって、パーティに招待されることもなくなった。

カリフォルニアでグリッター・ベイビーの母親として過ごした時代がただもうなつかしい。あのころの私はエネルギーに満ちあふれ、光り輝いていた。すべてに対して大きな影響力を及ぼす力を持っていた。あれこそ私にとっての黄金時代《ピーク》だった。

曲が終わり、ベリンダはベッドをおりてもう一度聞こうと、テープの巻き戻しボタンを押した。音楽のせいでドアの開く音が聞こえず、振り向くまでアレクシィが部屋に入ってきたことに気づかなかった。

アレクシィが最後に会いにきてから一カ月以上たっていた。髪をとかしてもおらず、泣いたせいで目が赤くなっているのも気になった。彼女はそわそわとローブを掻きあわせた。

「むさくるしいなりをしているから困るわ」

「それでも充分美しいよ」アレクシィは答えた。「身なりを整えてきなさい。待っているから」

彼が油断のならない相手であるのは、残忍さゆえではなくいまのような毒を含んだ優しい言葉ゆえ。どちらも意図的で、独特の真実味があるのが恐ろしい。

一番座り心地のよい椅子に彼が座ると、ベリンダは必要なものを集め、バスルームに向かった。ベリンダが出てくると、彼はベッドに横たわっており、部屋の反対側に置かれたランプ以外明かりはすべて消されていた。ほの暗い照明が彼の不健康そうな青い顔色も、ベリンダの目尻の細かいしわも隠してくれていた。

彼女はシンプルな白のナイトガウンを着た。足のペディキュアはなく、メークは落とし、まるきりの素顔だった。髪にはリボンを巻いていた。

ベリンダは無言でベッドに横になった。彼はベリンダのナイトガウンをウエストまでおろした。愛撫とともに、ゆっくりと下穿きを脱がせられても、彼女は両脚をきつく閉じていた。膝のあいだを押され、怖がっているかのようなか細い泣き声を上げると、彼はお返しに湿った部分のさらに奥を刺激して快感をさらにあおろうとする。彼を喜ばせるために、さらに膝をきつく閉じようとしたが、腿の内側にキスされ、うっとりと目を閉じた。これは二人の暗黙の協定。複数いた十代の愛人がみな彼のもとを去ったので、ベリンダが幼な妻を演じてやっているのだ。ベリンダのほうも目を閉じることでかつての愛人エロール・フリンを思い出したり、ジェームズ・ディーンを夢見たりできるというわけだ。

彼はいつもならことが終わると部屋を出ていくのだが、今夜はじっと横になったまま動かない。たるんだ胸の上で光る汗が見える。「気分でも悪いの?」彼女は訊いた。

「ローブを取ってくれないか、シェリ。ポケットに薬が入っているんだ」

ベリンダは彼のローブを取ってきてやり、薬の瓶を出す彼から目をそむけた。アレクシィは病気になったことで弱るどころかかえって体力が増したようだ。自宅の一階を要塞に変え、有能な部下を揃えて命令をただちに実行させる仕組みを作り上げ、彼は不死身になった。

ベリンダはシャワーを浴びるためにバスルームに入った。出てくると、アレクシィがまだ部屋を去らずに椅子で酒を飲んでいた。「きみのためにウィスキーを頼んでおいたよ」彼は銀のトレイに置かれたタンブラーを自分のグラスで示した。

これこそ彼らしい底意地の悪さだ。優しさのあとの陰険な言葉。こんなふうにして緊密に編みこまれた彼の矛盾がベリンダの人生を二十五年以上も支配してきたのだ。「私がお酒をやめたのを知ってるでしょう」

「嘘はいけないよ、シェリ。くずかごの底に酒の空き瓶が隠してあるのをメイドが片づけているのがばれていないと思っているのかい？」

これは作り話だ。空き瓶などあるはずもない。すべて私の命令に従うしかないのだぞという彼流の脅しなのだ。彼に見せられたスイス・アルプスの辺鄙《へんぴ》な山奥に建つ灰色のサナトリウムの写真が脳裏によみがえった。「私に何を望んでいるの、アレクシィ？」

「おまえはどこまでも愚かしい女だな。救いようのない馬鹿とはおまえのような人間のことだよ。まったくなんでおまえなんかに惚れてしまったのかな」彼のこめかみ近くの筋肉がピクリと動いた。「おまえにはここから出ていってもらう」

ベリンダは失意に全身が凍りつく思いだった。雪山にひっそりと建つ薄汚れた灰色の建物。彼女は古い宝石箱の底に隠した薬のことを思い浮かべた。

反逆者たちはみんなこの世を去った。

アレクシィは脚を組み、酒をひと口飲んだ。「私はおまえを見るだけで憂鬱《ゆううつ》になる。もう顔も見たくなくなったよ」

薬物を使った死は苦痛を伴わない。海水に溺《おぼ》れて亡くなったナタリーや車の事故に遭ったジミーのような苦しみはないだろう。ただベッドに横たわり、二度と醒めない眠りにつくだけだ。

アレクシィ・サヴァガーのロシア人らしい厳しいまなざしがレーザーのようにベリンダの皮膚を一枚ずつ剝ぎ取っていく。「おまえにはニューヨークに行ってもらう」彼はいった。

「行った先で何をしようと私はいっさい関知しない」

21

グリッター・ベイビーの復活

ブロンズ色のサテン地ドレスが彼女のボディラインを引き立たせている。ハイネックにアメリカンスリーブ、スカートの裾《すそ》はアシンメトリーになっている。フルールはフラメンコダンサーのように髪をセンターパーツにして低い位置でシニオンに結わえようとしたのだが、ミシェルが反対した。「そのふんわりした縞入りのたてがみみたいなロングヘアがグリッター・ベイビーのトレードマークなんだから、今夜は髪をおろしておかなくちゃだめだよ」

タウンハウスへの引っ越しはもう終わっていたが、アパートでキシーの監視のもとに着替えをするようにとミシェルは命じた。元ルームメイトが寝室を覗いた。「リムジンがもう来てるわよ」

「幸運を祈っていてちょうだい」フルールはいった。

「慌てないで」キシーがフルールを鏡の前に立たせた。「ちゃんと自分を見なさい」

「やめてよ、キシー。もう時間がないし――」

「照れずにちゃんと鏡を見るのよ」

フルールは鏡に映る自分の姿をちらりと見た。ドレスはこのうえなく美しく、身長があることで細身のデザインが引き立っている。太腿《ふともも》のなかほどから体を横切るように斜めにおりた裾のライン。裾に使われた薄い黒の網目のレースから長い脚が覗いている。

フルールはゆっくりと視線を上に移動させた。あと数週間で二十六歳になる顔には大人の女としての成熟が感じられた。造作の一つひとつを見ていく――目頭のあいだが広い緑の目、太い眉。幅広の口。それらが一瞬調和したように思え、これが自分の顔なのだと実感できた。またたく間にその感覚は消え、フルールは鏡から目をそむけた。「素敵なドレスを着てばっちりメークすればそれなりに映えるものだということはわかるわ」

キシーは失望の表情を見せた。「あなたって絶対に自分を見ようとしない人なのね」

「ばかいわないで」フルールはバッグを手に取り、階段を駆け下りてリムジンに向かった。乗りこむ直前、窓を見上げるとミシェルとキシーがじっと見守っていた。フルールは二人に思いきり気取った笑顔を向けた。それはグリッター・ベイビーのカムバックの瞬間だった。生まれ変わったグリッター・ベイビーにはステージママの存在はなかった。

アデレード・エイブラハムはフルールの腕をつかんでいた手をゆっくりとおろし、オーラーニ・ギャラリーの入口に向けて顎をしゃくった。そこにはゴールデン・セーブルのコートをまとった蝶《ちょう》のようにはかなく美しいベリンダの姿があった。フルールは心のなかに湧き起こる嵐のような感情を抑えた。大きく息を吸い、もう一度吸うあいだにベリンダが近づいてきた。六年ぶりの再会だった。フルールは自分の体が細かく打ち砕かれた氷になったような気がした。

ベリンダは片手を伸ばし、なかに隠されたものを探るかのようにもういっぽうの手をドレスの身頃に置いた。「みんなが見ているわ。せめてうわべだけでも繕《つくろ》って」

「人目を気にして行動するのはやめたのよ」フルールはシャリマールの香り、青い目の目尻に入った枯葉の葉脈のような小じわに背を向けた。

ギャラリーを通りながら、見覚えのある顔に作り笑いを向け、言葉を交わした。ハーパーズの記者のインタビューにも応じた。だがその間ずっと、なぜ母親との再会が今夜でなくてはならないのか考えていた。ベリンダはグリッター・ベイビーのカムバックの情報をどこから得たのか？

間もなくキシーとミシェルもやってくることになっている。二人の登場が今回の重要な目的なのに、ベリンダが現われたことで計画が狂ってしまった。

「フルール・サヴァガー様ですか？」黒い服を着た若い男性がフルールの前に立ち、長い花屋の箱を手渡した。「お届け物です」

「何かしら」箱を開け、薄紙をどけるとその下に十二本の白薔薇が入っていた……彼女ははっと顔を上げ、ギャラリーを見渡した。ベリンダと目を合わせ、箱から一本の白薔薇を取り出した。

それを見たベリンダは眉をひそめ、肩をがっくりと落とした。白薔薇を見つめ、やがてドアに向かい、ギャラリーから出て行った。

アデレードは箱をつついた。「カードが入ってないわね」

「送り主が誰かはわかるわ」フルールはベリンダが姿を消した戸口を見つめた。

「送り主のイニシャルはJ・Kかしら？」アデレードは尋ねた。

フルールはにこやかな微笑みを浮かべて答えた。「ひそかな崇拝者は名前を明かしたがらないものでしょう？　とくにプライバシーを守ることでキャリアを築いてきた相手ならなおさら」

アデレードは茶目っ気たっぷりにウィンクをした。「あなたは善良な女性よ。たまにつまずくことはあってもね」

アデレードがいなくなるとフルールは薔薇を箱に戻した。甘ったるい匂いが鼻や喉に残った。アレクシィから電話があって以来、何かこんなことが起きる気がしていたのだった。彼は何一つ忘れてはいないということを見せつけたかったのだろう。

箱の蓋を戻し、ベンチに置いた。手近にあるゴミ入れにつっこんでしまいたいところだが、アデレード・エイブラハムが見ているのに、そんなことをするわけにはいかなかった。花はジェイクから贈られたものとアデレードに思わせておくほうがいい。ジェイクは大物なので、この程度のことで影響は受けないし、こちらは宣伝を必要としている。かつて彼に利用されたのだから、彼の名前を使うことにまったく良心の呵責《かしやく》を感じることはない。

ふと見るとキシーとミシェルが入口に立っていた。ミシェルは白のタキシードに黒のナイロンのTシャツを合わせている。キシーのために作ったドレスは彼女の体形にぴったりのピンクとシルバーの卒業パーティ《プロム》ドレスだ。キシーは女っぽく頼りない様子でミシェルの腕にすがりつき、これからハスキーな声でブブッピドゥとスキャットしそうに唇をとがらせている。

　フルールはあえて周囲の視線が集まるよう遠まわりをして二人のほうに向かった。入口に着くと彼女は二人と頰を合わせ、ミシェルの耳元でたったいまベリンダが帰ったことを報告した。ミシェルは探るようなまなざしでフルールの目を見た。しかしフルールもいうべき言葉がなかった。

　キシーとミシェルが入ってきてフルールが二人を迎えたことで人びとの関心を集めていた。計画どおりだ。これも計画したとおりに〈ウィメンズ・ウェア・デイリー〉誌が最初に寄ってきたので二人を紹介した。ミシェルもキシーもそれぞれ堂々とした態度を見せていた。ミシェルは退廃的な洗練を受け持ち、薄いピンクとシルバーの優しい愛らしさはキシーの担当だ。WWD、ハーパーズ、アデレード・エイブラハムの取材を終えると、三人はそこで客たちとおしゃべりした。フルールは弟をマイケル・アントンではなく、ミシェル・サヴァガーと紹介した。姉弟が再会してかなりたってから、彼は偽名を使って身分を隠すのをやめたのだ。ミシェルはあくまでも超然と神秘的で、キシーは饒舌《じようぜつ》だった。フルールは会話を望ましい方向に導く役目を果たした。

「うちの弟って素晴らしい才能に恵まれたデザイナーでしょう？　このドレスは弟がデザインしてくれたものなの。お気に召していただけて嬉しいわ……弟は素晴らしい才能に恵まれているのよ。私はその才能を広めるべきだと説得しているんだけど、なにしろ頑固でね……」

　キシーが何者かという質問には微笑みとともに答えた。「彼女って個性的で素敵な人でしよう？　可愛いし。チャールストンのクリスティー一族の出身よ。彼女のドレスもマイケルのデザインなの」

キシーの仕事は何かと訊かれると、フルールは手をひらひらと振った。「少し演技もするけど、趣味の域を出ていないわね」

まわりの女性たちは羨望のまなざしでフルールの見事なブロンズ色のドレスとキシーの新しいイメージのプロム・ドレスを見比べた。「弟はたくさんの人からデザインの依頼を受けているの」フルールは秘密を明かすかのようにいった。「でもいまのところ私とキシーのためにしかデザインしていないの。ここだけの話、方針を変えてほしいなと私は思っているわ」

何人かがベリンダの登場について触れたが、フルールはできるだけ手短に答え、話題を変えた。このたび著名人のためのマネージメント会社〝フルール・サヴァガー&アソシエイツ〟を立ち上げる運びとなり、数週間後に計画しているお披露目パーティへの招待状を早々に出すつもりであることを発表した。ハンサムで有名な心臓外科医から翌日のディナーに誘われた彼女は、承諾した。チャーミングな人物でもあり、ミシェルのアイリスとブルーのスリムなシースドレスを披露する機会を必要としていたからだ。

パーティが終わりリムジンに乗りこみながら、フルールは頭痛を覚えた。ミシェルは彼女の手を取った。「さぞ疲れただろうね。ここまでやることはないのに」

「やるしかないのよ。こんな宣伝のチャンスはお金を出して得られるものじゃないし。それに私もやっと、自分の境遇を受け入れて生きるすべを身につけなくてはいけないと悟ったのよ。グリッター・ベイビーもそのうちの一つなの」

フルールはギャラリーに棄ててきた薔薇の花束について思いをめぐらせ、突如アレクシィのメッセージが明確に読み取れた気がした。この六年間アレクシィはフルールとベリンダを引き離していた。ここへきて母親を送り返してきたのだ。

一週間後から、電話がかかってくるようになった。電話はたいてい午前二時ごろあり、応答するとバーブラ・ストライサンドやニール・ダイヤモンド、サイモン&ガーファンクルといったBGMがゆるやかに流れているのだが、相手は無言なのだ。それがベリンダであるという確証はなかった。電話線を通してシャリマールの香りが漂ってくるわけはなかった。それでもベリンダに違いないという気がした。

いつも無言のまま電話を切るしかなかったが、しだいにフルールの苛立ちはつのり、ふと道を曲がった先にベリンダが待っているような錯覚にとらわれるようになっていた。

フルールはミシェルの店を一時閉め、カマリのブティックを担当したスタッフに依頼して店内を改装させた。展示のエリアをもっと広く取り、店舗の前面をよりエレガントなイメージにし、ドアの深い紫色のバックにミシェル・サヴァガーと鮮やかな赤の文字を浮き彫りにさせた。

フルールはキシーとともにニューヨーク社交界の催しにはかならず出席した。どこへ行くにも二人はミシェルの素晴らしい作品を身にまとった。オルシニズでランチを楽しんだあと、宝石店デービッド・ウェブに立ち寄り一八カラットの宝石を購入し、あとで〝やっぱりピン

ク ラブＡやレジーンズにダンスに出かけた。ヘレン・アーペルの店でイブニング用のパンプスを買い、クラブＡやレジーンズにダンスに出かけた。そんなときも二人は海の泡のように軽やかに腰を包むシルクのドレスや脇がギャザーになったブルーのジャージードレス、前面にトマト色のパネル地を配した光沢あるイブニングドレスなどを着た。一週間もしないうちにニューヨークのファッション・リーダーである社交界の女性たちがミシェル・サヴァガーのドレスについて問い合わせをしてくるようになった。これはフルールの狙いどおりの反響だった。人は手に入らないとなるとよけいにそれを欲しがるものなのだ。

フルールとキシーは公然とミシェルについて無駄話をしてみせた。「祖母が莫大な遺産を遺したから、彼は欲がないの」フルールはシェ・パスカルのバンケットではかなげな睡蓮《すいれん》の花がプリントされたシルクのラップドレスを見事に着こなし、アデレード・エイブラハムに打ち明けた。「働かなくてもいい人間は怠惰になるものよね」

翌日はデパートオーナーの夫人にこう話す。「ミシェルは営利に走って創造性が損なわれることを恐れているの。でも努力はしているし、私も彼のために計画していることがあるの……あっ、いけない」

キシーはそんな遠まわしな表現は使わなかった。「彼はファッション・ショーの準備をしているとにらんでいるの」彼女はあちこちで触れまわった。そして愛らしい口をとがらせ、その日着ているドレスのスカートを軽くたたいていうのだ。「私にも内緒にするなんて心外だわ。フルール以外では誰よりも親しい友人なのにね。それに私はそんなに口が軽いわけでもないわ」

フルールとキシーがミシェルの理想主義、商業的成功への無関心を世に広めているあいだ、当のミシェルはソランジュ・サヴァガーの遺産の残りを投じてコレクションの準備に明け暮れていた。

フルールは毎日四時間の睡眠で頑張っていた。社交界での活動をしていないときはオフィス・スタッフ候補の面接や、お披露目パーティの準備などに追われた。代理業務について連絡してきた俳優も数人いたが、みな彼女の求める高い資質を具《そな》えていなかった。

タウンハウスの改修はむずかしい構造にチャレンジしたにもかかわらず、結果的にうまくいき、フルールは満足していた。前面の広いスペースをオフィスとして使い、裏手の狭い部分を居住空間にあてることにした。オフィス・スペースは白と黒を基調にし、グレイと藍《あい》色をアクセントに使った。彼女個人のオフィスと受付を一階のメインフロアに配し、ほかのオフィスは二階のバルコニー沿いに設けた。遠洋定期船の筒状の手すりとクロームの輪がついたアールデコ調の柱をバルコニーとの境界線に置き、いまにもフレッド・アステアとジンジャー・ロジャースがタンゴを踊りながらおりてきそうな開放型の曲線的な階段を造った。

最初に採用を決めたスタッフは二名。一人はノース・ダコタ出身の元気な赤毛の男性ウィル・オキーフで、パブリシスト、タレント・エージェントとしての経験がある。もう一人は白髪頭の職人肌、デービッド・ベニスで、事業および財政面を担当してもらうことにした。彼が加わることでエージェンシーとしての揺るぎない基盤ができた。もう一人、オフィス・マネージャーとしてシングル・マザーのリアタ・ローレンスを採用した。いまのところスタッフがフル稼働するほどの顧客を抱えてはいないが、こうした優秀なスタッフを揃えていることも、オフィスの豪華な内装やクチュールの衣装同様、名門エージェンシーのイメージ作りの大事な要素である。

お披露目のパーティまで一週間。ウィルがフルールのオフィスの外で最後の垂れよけ布をまたいだ。お披露目パーティが終わるまで正式に業務を開始できないので、フルールはミシエルがデザインしたエグゼクティブらしい衣類ではなくジーンズを穿いていた。「エイブラハムにコラムのネタを提供したのに」とウィルがいった。「残念ながらわれわれの思惑ははずれましたよ」

フルールは新聞を受け取り、読んだ。

ベリンダ・サヴァガーは昨日の午後、イブ・サンローランのメンズ・ブティックで三十歳の映画スター、ショーン・ハウエルのショッピングに付き添い、新しいシルクのシーツ選びを手伝った。彼女の夫であるフランスの実業家アレクシィ・サヴァガー氏はこれを見てなんというだろうか。

フルールは二週間前のオーラーニ・ギャラリー以来ベリンダと顔を合わせていなかったが、真夜中の電話は続いていた。

翌日、ウィルはアデレードの最新のコラムを見せた。

ショーン・ハウエルはグリーンにあるタヴァーンのエルム・ルームにベリンダ・サヴァガーと寄り添って出かけた。束の間の火遊びが本物のロマンスに発展しないともかぎらない。かつて彼と交際していた娘のグリッター・ベイビーことフルール・サヴァガーはノーコメントを貫いている。

交際していたなんて。フルールは最初のお膳立てデートのときからショーン・ハウエルが大嫌いだった。

アデレードはさらにこう書いていた。

母と娘の確執は容易になくなるものではない。二人はクリスマスには休戦に入るだろう。地球の平和を願いたいものだ。

フルールは新聞をくずかごに投げこんだ。

フルールが代理契約したくない男優との電話を終えたとき、オフィスを覗いたウィル・オキーフの薄いソバカスのある顔は蒼白だった。「重大な問題が発生しました。昨日オリビア・クレイトンからお披露目パーティの招待状が届いていないと連絡があり、その件は片づけたつもりでいたんですが、アデレード・エイブラハムが同じ苦情で連絡してきたんです。調べたら、全員招待状が届いていないことが判明しました」

「そんなはずないわ。もうずいぶん前に発送したんだから」

「ぼくも同じことを考えましたよ」ウィルはさらに顔を曇らせた。「リアタといま話したんですが、彼女は郵送予定の招待状を開いた箱に入れて机に載せていたそうなんです。ところが昼食を終えて戻ってくると招待状がなくなっていて、ぼくが出したのだと思いこんでいたというんです。残念ながら確認まではしなかったと」

フルールは真新しいデスクの椅子に座り、思考をめぐらせた。

「全員に電話したほうがいいでしょうか?」ウィルは尋ねた。「事情を説明して電話で招待するとか? それとも日取りを変えますか? もうあと四日しかありませんから」

フルールは決断した。「電話も説明もいらないわ。新しい招待状を作って今日の午後一軒一軒届けるの。ロナルド・マイアの花とともに」高くつく処置だが、説明などすれば無能に見えてしまうだけだ。「今後はすべての手配を再確認するようにして、私を慌てさせないでね。ほかにも手違いがないかもう一度チェックしてみましょう」

十分後にまたウィルが現われた。ひと言も発する前からニュースがあるのは見てとれた。

「先週、誰かがケータリングをキャンセルしました。業者はうちのパーティの予定日に別のパーティの予約を受けたそうです」

「最悪だわ」フルールはつぶやいた。「どうにもならないじゃないの」フルールは目をこすりながらその日の午後いっぱい新しい配膳業者を探した。

その後の四日間、フルールは疲労困憊《こんぱい》するまで働き、また予期せぬ災難が待ち受けているのではないかと待ちかまえた。特別何かが起きたわけでもないが、安心できなかった。そしてパーティ当日の午後を迎えるころには、神経をすり減らしていた。新しいキャスティング・エージェントとの手短なミーティングを終え帰ってくると、すすだらけのウィルが入口で出迎えた。

「火災が起きました」

フルールはぞっとした。「誰か怪我しなかった？　火事の程度はどの程度なの？」

「被害はもっと大きくなってもおかしくありませんでした。デービッドとぼくが廊下にいて地下室から煙の臭いがすることに気づいたんです。すぐ消火器をつかんで、火が燃え広がる前に消したんです」

「大丈夫？　デービッドはどこにいるの？」

「二人とも怪我はありません。彼はあと片づけをやっています」

「よかったわ。出火の原因は何？」

ウィルは手の甲ですすけた頰を擦った。「自分で確かめたほうがいいですよ」

ウィルの後ろから地下室に向かいながら、もしパーティで大勢の人が集まっているときに火災が起きていたらいったいどうなっていたかと考え、フルールは身震いした。ウィルは割れた窓ガラスのすぐ下を指さした。建築業者が片づけ忘れた材木が黒焦げになっている。フルールは近づいて床に散らばるガラスのかけらをスニーカーのつま先で押した。「窓は外から割られたのね」

「ぼくは今朝一度ここに来てます。そのときは塗料の缶やテレビン油など、可燃性のものはいっさいありませんでした。どこかのいかれた若者が面白半分で窓を割り、何かを投げこんだんでしょう」

しかしまだ午後の五時で、そういう連中がうろつく時間ではない。「空気を入れて室内を乾かして」彼女はいった。「私は上を見てくるわ」

一時間以内に焦げた材木の撤去も終わり、刺激性の臭いを消すためにオフィスに消臭剤をまいた。フルールはパーティに備えて着替えに向かおうとするウィルを呼び止めた。「あなたとデービッドの行動に感謝するわ。誰も怪我をしなくてほんとうによかった」

「これも仕事のうちです」ウィルは最後にもう一度スプレーしてオフィスを出ていこうとした。「ああ、いうのを忘れてました……お出かけのあいだに花が届きましたよ。リアタが活けてくれました。カードは添えられていなかったそうです」

フルールは自分のオフィスに入った。花は背の高いクロームの花瓶に活けて机に飾られていた。

それは一ダースの白い薔薇の花だった。

22

フルールは螺旋状の階段の途中で足を止め、招待客に向かって微笑んだ。芸能界、出版業界の重役たち、ウィルが招《よ》んだ記者や、カメラマンたちの喜ぶ有名人の顔も見える。ミシェルは今夜のために長袖のシルクの生成《き》りのシースドレスを作り上げた。身頃には細かい濃淡の茶色のビーズで描いたポピーの花々がきらめいている。ミシェルの指示で、フルールは髪は低い位置のシニオンにまとめ、そこに宝石をあしらったかんざしを挿している。グリッター・ベイビーの名に恥じない装いだ。

バルコニーで演奏していたカルテットが曲を終えた。客たちの話し声がじょじょにやみ、みなフルールを見上げた。フルールは昔習った演技のレッスンを思い出し、こんなことはたいしたことではないというふりをした。

「みなさま、ようこそ著名人マネージメントのフルール・サヴァガー&アソシエイツのお披露目会においでくださいました」招待客から拍手が起きた。しかし少数の顔には懐疑的な表情も見える。彼女はウィルとデービッドを紹介し、サイモンの新バンドの話題に触れ、オリビア・クレイトンが〈ドラゴンズ・ベイ〉で新しい役を得たというニュースを発表した。最後にミシェルに合図して一緒に階段に立つよう促した。

「私にとっては寂しいことですが、私の才能ある弟ミシェル・サヴァガーが素晴らしいデザインの数々を世に向けて発表することになりました。十一月に最初のコレクションを行ないます」女性客の注目は集まり、今度の拍手はもっと熱烈だった。フルールは眉をひそめてみせた。「残念ながらこれで私は彼にとってもっとも重要な顧客ではなくなるわけです」

「これからも大切な顧客であることに変わりはないよ」彼はいった。彼の訛りはいつもより強かった。フランス人であることを強調しろといったのが自分ではなかったら、フルールはきっと失笑していたことだろう。ショーについての詳細を述べるあいだ、記者たちはノートにメモを走り書きしていた。今夜のご列席を感謝いたしますというフルールの言葉でジャズ演奏がまた始まった。ミシェルは好奇心で集まった客たちに囲まれていた。フルールがシャンパンのフルートに手を伸ばしたとき、キシーが近づいてきた。「上等じゃないの、フルリンダ。すべての顧客を紹介しておきながら、私のことには触れないなんて」

「私はあなた用に別のプランを用意しているのよ。よく知っているくせに」

キシーは筋骨たくましい音楽プロデューサーから目をそらした。「オリビア・クレイトンが口にする話題はドラゴンズ・ベイの役のことばかり。六話しかないし、主役でもないのに」

「出演したらきっと主役なみに話題をさらうわ」フルールはシャンパンをひと口飲んだ。「夜のメロドラマは注目度が高いし、彼女はテレビで実力を発揮するタイプだからね。ジョーン・コリンズと並ぶ人気を得るはずよ」

ドラゴンズ・ベイのプロデューサーにオリビアのオーディションを承諾させるため一カ月

かけて説得し、さらに数日かけて、マンションのコマーシャルに出演するよりオーディションを受けるほうがずっと価値あることなのだと本人に納得させた。しかしオリビアに台詞を読ませた直後、製作側は彼女の起用を決めた。出演料は高額ではないが、フルールとしては次で挽回するつもりでいる。オリビアの円熟した美しさと自信に満ちたたたずまいは中年女性層の強い支持を得られるはずで、それが番組の高視聴率にもつながるだろうとフルールは予測している。

がっしりした音楽業界のエグゼクティブがいなくなり、キシーはやっとフルールをまともに見た。「今夜のあなたは素敵よ、ちょっと威圧感があって」

「ほんと？　どうして？」

「なんだか映画に出てくる脇役みたいな感じ。純真なヒロインからヒーローを奪い取ろうとする意地悪な絶世のブロンド美人みたい」

「最高だわ」絶世のブロンド美人なら人生に悩みごとはないだろう。アレクシィ・サヴァガーによって身の破滅に追いこまれる心配も。

キシーとミシェルには火事があったことを伝えたが、アレクシィの関与についてはまだ触れないでおいた。ベリンダがオーラーニ・ギャラリーに足を踏みこんだ瞬間から、アレクシィは猫がネズミをいたぶるようなゲームを開始したのだ。招待状を持ち去られただけでも痛手だったが、今回の火災は彼が本気で攻撃を開始したことをうかがわせるものだった。

キシーはフルールを肘で突いた。「ミシェルとサイモンの様子を見てる？」

「失望しているわよ」サイモンは大きな体と剃り上げた頭で、大勢の人が集まっていてもミシェルを除けば誰よりめだつ存在だ。

「二人とも男性の趣味が悪いから」キシーがいった。「たがいに注目し合わなくても不思議ではないけどね」

「あのデーモンがミシェルと別れるとは思えないものね」

キシーは眉をひそめた。「ミシェルもサイモンも素晴らしい人たちよ。だから二人の仲を取り持ってあげたい誘惑に駆られてしまうわ」

フルールはデーモンが口にした言葉に笑い声を上げるミシェルを見つめた。「私たちの出る幕はなさそうね」

「そういうこと」

「ミシェルは私の私生活にいっさい口出ししないの。だから私も干渉する立場じゃないと思う」

「いいお姉さんじゃないの」

「でも数週間以内にちょっとした内輪のパーティを開こうかしら」

「私もそう思っていたところよ」

キシーはビジネスをしばし忘れ、客を見渡した。「たしかチャーリー・キンカノンも招待したっていわなかったっけ？」それはさり気ない訊き方ではあったが、フルールは誤魔化されなかった。

「ええ」

「彼、出席しそうな感じだった？」

「さあどうかしら。彼とは話していないの？」

「この一、二週間ほどはね」

「喧嘩でもした？」

キシーは肩をすくめた。「彼ってゲイかしら」

「素敵な男性があなたを無視したからって、ゲイとは限らないでしょ」

「とても素敵だとはいえないわ」

「クリスティー・ブリンクリーは違う意見みたいよ。二人は付き合っているって聞いたわ」

親友に嘘をつくのは卑怯だが、キシーがチャーリーを男としてまともに見ようとしないので、結果を重視することにした。

「クリスティー・ブリンクリーですって！　彼より一フィートも背が高いのに」

「チャーリーは生真面目で超大金持ちということとは別に、すごく自信のある人よ。外見のことなんて気にしてないと思うわ」

「どっちでもいいわ」キシーはフルールの意図に気づいた。「それに彼を魅力的と思ったことはないの」

「ねえ、完璧な目鼻立ち、立派な体のどこがいいわけ？」

「彼が私にふさわしい相手とでもいうの？」

「そのとおり」

「私は彼に惚れてない。だからそんな独善的な決めつけはよして。チャーリーだって私にそういうたぐいの関心は抱いていないわ。ただの友だちよ」

フルールがそれに反論しようとしたとき、ウィルが記者のインタビューを受けるよう迎えにきた。カメラマンの前でポーズを決めて元の場所に戻ろうとして、ショーン・ハウエルとぶつかった。間違いなく彼は招待客リストに入っていないはずだった。三十代に入って、もともと童顔のショーンにはかつてフルールがいやいやデートをしていたころの若々しさはなくなっていた。あれ以来彼のキャリアは低調になり、報道によれば国税庁に二五万ドルの負債があるという。

「やあ、べっぴんさん」ショーンは頬へキスせず、いきなり口にキスをした。舌の先でフルールの下唇を舐めた彼はいった。「飛び入りの客が一組いてもいいだろ?」

隣りでカメラのフラッシュが光った。「当然だめよ」

「これはビジネスのためのパーティなんだろ?」ショーンはにやりと笑い、高校生が相手のブラを確かめるかのようにフルールの背筋を撫でおろした。「クライアントを募集しているらしいじゃないか。おれもたまたまエージェントを変えようと思ってるんで、チャンスをやってもいいよ」

「私たち相性が悪いと思うの」彼の前をすり抜けようとして、フルールは悪い予感を覚え、はたと止まった。「〝飛び入りの客が一組〟ってどういう意味?」

「きみのオフィスでベリンダが待ってるよ。きみに伝えてくれと頼まれた」

フルールは一瞬自分の主催するパーティから抜け出したくなったが、もはや逃げることは許されず、先延ばしにできる問題でもなかった。

ベリンダはフルールがパラディウムの譲渡で得た儲けを投じて買ったルイーズ・ネヴェルソンのリトグラフを見ながらドアに背を向けて立っていた。小さくまっすぐな母の背骨を見つめながら、フルールは懐かしさで胸が痛んだ。修道院に迎えにきた母の腕に飛びこんでいった少女のころ。ベリンダは唯一無二のチャンピオンだった。シスターたちに弁明してくれ、うちの娘は世界一いい子ですと明言してくれた。

「許してちょうだい」ベリンダはネヴェルソンを見つめたまま、いった。「勝手に押しかけてきて、迷惑よね」

フルールはかつて誰よりも慕った人物のもとへ駆け寄って強く抱きしめたいという苦しいほどの思いを抑えるために、どっしりした感じの机に座ることにした。「なぜ来たの？」

ベリンダは振り向いた。フリルのついたアイスブルーのドレスに足首をブルーのリボンで結んだフレンチヒールは四十五歳の女性には若すぎるいでたちだったが、ベリンダにはよく似合っていた。「あなたには近づかないようにしていたのよ。オーラーニであの晩白い薔薇を見てしまったから……でも我慢できなくなったの」

「薔薇がなんだというの？」

ベリンダはイブニング・バッグの宝石飾りのついた留め金をぎこちなく開け、手を入れてタバコを探した。「あなたがロワイヤルを壊したのは大きな過ちだったわ」彼女はライターを出し、震える指で火をつけた。「アレクシィはあなたを憎んでいるの」

「憎まれてもいいのよ」フルールはそういいつつ声を詰まらせる自分がいやだった。「アレクシィは私にとって無意味な存在ですもの」

「私だってどれだけあなたに打ち明けたかったことか」ベリンダはそっといった。「じつの父親について、何度もあなたに話そうとしたのよ」ベリンダは遠くを見るようなまなざしでオフィスを眺めた。「彼とはザ・ガーデン・オブ・アラーで三カ月一緒に暮らしたの。エロール・フリンは大スターだったのよ、フルール。彼の名声は不朽よ。あなたは彼によく似ているわ」

フルールは机に手を乗せた。「よく私を騙しつづけられたものね。あんなに長いあいだ！　父親から疎遠にされていると思わせるぐらいなら、真実を話してくれればよかったのに」

「あなたを傷つけたくなかったのよ」

「ママに騙されていたと知って、事実を知るよりもっと深く傷ついたわ。子どものころはずっと、家から追い払われたのは自分のせいだと思いこんでいたし」

「でも、もし私が真実を話していたら、あなたは私を憎んでいたはずよ」

ベリンダははかなげで無力に見え、フルールはこれ以上母の話を聞くのが耐えきれなくなった。彼女は懸命に自制した。「なぜアレクシィは私のところにママを送りこんできたの？　それが彼の意図であるのははっきりしているわ」

ベリンダはそわそわと小声で笑った。「それは私があなたをだめにすると彼が思っているからよ。ばかげているでしょう？　あの晩ギャラリーで薔薇を見たとき、彼はあなたのもとへ行かせるためにニューヨークへ発たせたのだと悟ったわ。だから連絡も取らなかったの」

「今夜まではね」

「もうこらえきれなくなったの。親子の縁を取り戻せるか、確かめたくなったのよ。ずっとずっとあなたに会いたかった—

フルールはこわばった表情でベリンダを見つめた。母の表情に失望の色が浮かんだ。「もう帰るわ。アレクシィには用心しなさい」ベリンダはドアに向かった。「これだけは忘れないでちょうだい。私はあなたを傷つけるつもりはなかったの。あなたを愛しすぎて過ちを犯しただけなのよ」

この期に及んでもベリンダは自分の行ないが間違っていたことを理解していない。フルールは机の端を握りしめた。「ママは私を売ったわ」

ベリンダは困惑の表情を見せた。「相手はジェイク・コランダだったのよ。ほかの男ならあなたを渡すはずない」ベリンダは束の間ためらい、ドアから出ていった。

最後の客が帰るころには、フルールは疲れきっていた。全身くたくただったが、お披露目パーティは大成功に終わった。彼女は前の廊下から裏の居住エリアに入るドアを通った。現在の財政状況では精一杯の室内装飾である籐《とう》の籠《かご》に入れたユーカリの木の匂いを嗅ぐ。リビングに入って、照明をつけ、中古品のカウチにぐったりと座った。ペイズリー柄のフリンジつきショールがわずかにカウチのみすぼらしさを誤魔化してくれている。それでも穏やかさに満ちた室内にいるとささくれだった神経が癒されはじめるのを感じた。

目の前の、二階まで続くメタルフレームの高い窓は古いニューイングランドの織物工場で使われていたものだ。その窓を通して一段低い位置に小さな庭とレース模様のような木の枝が見える。明るいオレンジ色の実をつけたピラカンサの低木が高いレンガの塀に伸びている。

いつの日かこのがらんとした部屋を安息の場所にしようと思う。深いクルミ色の家具、寛ぎを感じさせる敷物を置き、アンティークのテーブルには花を飾るのだ。

二階のリビングは前面に手すりをつけたロフトになっている。フルールは靴を脱いでストッキングのまま手すりに近づき、長い窓の下部にあるキッチンとダイニングルームをじっと見おろした。風化したレンガの床にミシェルが引っ越し祝いとしてくれたアンティークの桜材のテーブルがある。いまは合わない椅子をまわりに置いているけれど、いつかはしご状の背がついた素敵な椅子や手編みの敷物を揃えようと思っている。

フルールはリビングの照明を消し、寝室に向かった。途中でドレスのジッパーをおろし、脱いだ。ブラとタップパンツだけの姿でむきだしの寝室の床を歩き、クローゼットに近づいた。ニューヨークでもっとも美しい衣装たちをしまってある部屋には引き出しのある中古のチェスト、きしむ椅子、ヘッドボードのないベッドしかないのだ。クローゼットの灯りをつけ、ドレスを掛けた。ミシェルが作ってくれた美しいドレスの数々を見つめながら、髪のピンを抜いた。髪をおろしたそのとき、視界のすみで何かをとらえた。はっと息を呑み、振り向く。

ジェイクがベッドの上で眠っていた。

彼は腕を上げ、目を覆った。「なんでそんな大きな音をたてるんだ?」

髪飾りがフルールの手から落ちた。髪をなびかせながら、大股でベッドに近づく。「ここで何をしているの? 出ていって! どうやってなかに入ったの? 絶対に――」

「秘書が入れてくれたよ」ジェイクはあくびをした。「彼女はぼくのほうがボビー・デ・ニーロより上手いと思っているらしい」

「そんなことはないわ。あなたは怒鳴るか、にらむしかできないもの」フルールは顔にかかる髪の毛を手で払った。「あなたの安っぽい魅力で私の秘書をたらしこむなんて許せないわね」最初は地下室での火事。次はベリンダ、そしてジェイクだ。フルールはマットレスを蹴った。「出ていって！　ここは私の家なのよ」

ジェイクはベッドサイドの照明をつけた。その瞬間、どんな男とデートしても目覚めようとしなかった彼女の肉体が息を吹き返した。ジェイクはビーチパーティで会ったあと、ひげを剃り、髪もカットしたが、まだ野性味の残る風貌をしていた。荒っぽく、男臭く、魅力的だった。

彼は肘で体を支え、フルールをしげしげと観察しはじめた。そのまなざしを見て、フルールは自分がバニラ色のブラとお揃いのタップパンツしか身につけていないことを思い出した。彼は口の端を手で擦った。「下着はみんなそんな感じ？」

「ストロベリー・ショートケーキみたいなのもあるわ。さあ私のベッドからおりてちょうだい」

「ローブとかはおってくれないかな？　ベーコンの脂の匂いがしみこんだようなフランネルのローブとかを」

「いやよ」

ジェイクは体を起こし、ベッドの端から細長い脚をおろした。「わかったぞ。きみはおれがパーティに出なかったから怒っているんだね。でもおれはパーティってやつが苦手なんだ。

それでも招待状は嬉しかった」

「招待してないわ」きっとウィルが出したのだろう。フルールはベッドのそばの椅子に置いたローブをつかみ、袖《そで》に手を通した。

ジェイクは彼女の体を眺めまわした。「ベーコンの脂について前言撤回してもいいかい？」

フルールはキシーがいった意地悪なブロンド美人という描写を思い出した。腕組みをして、その役を演じてみることにする。「私になんの用？」

「ビジネスの相談があるんだよ。でもきみは話すような気分じゃないみたいだ」ジェイクは立ち上がり、伸びをした。「明日きみが朝食の用意をするあいだに話し合えばいいや」

「どんな相談？」

「朝、話すよ。おれはどこで寝ればいい？」

「公園のベンチで」

ジェイクはまたベッドに座った。「ありがとう。ここで充分だよ。ちゃんとした硬いマットレスだ」

フルールはできるかぎり冷ややかな目でにらみ、この状況にどう対処すべきか考えた。無視したいのはやまやまだが、ビジネスの相談という彼の言葉が気がかりだ。しかも今夜はこれ以上話すつもりはないようだ。「廊下の突き当たりにある部屋を使って」と無愛想に言葉を返す。「ベッドはあなたには短かすぎるし、マットレスはでこぼこしているけれど、壁をたたけばネズミの声もあまり気にならないでしょうよ」

「まさかここにたった一人で寝る気じゃないだろうね？」

「一人で寝るわよ。やっと一人で寝られるって楽しみなくらいよ」

ジェイクは目を細くした。「せっかく続いている実績を途切れさせて悪かったね」

フルールは微笑んだ。「いいのよ。女性ってたまには美容のためにゆっくり眠りたいから」

ジェイクはあきれたのかそれきり何もいわず出ていった。

フルールはバスルームに向かい、顔を洗うために水道栓をひねった。彼はいったいどんなビジネスの相談をもちかけようとしているのだろうか？　代理を委託しようとでもいうのだろうか。そう考えると胸が騒いだ。ジェイク・コランダの名を顧客リストに載せればエージェンシーの信用は瞬時に増し、将来に対する不安もいっきに解消する。

フルールは現実に戻った。成功して名声を得ているスーパースターが、昔付き合ったことがあるという理由で新参のマネージメントにキャリアを委ねるとは考えにくい。ただし彼が気が咎めていて、それを償おうとしているのなら話は別だ。

だがそれはまずありえない。フルールは顔をすすいでハンドタオルをつかんだ。でも……もしジェイク・コランダと契約できれば、フルール・サヴァガー&アソシエイツを著名人のマネージメントの名門会社に進化させる大きな一歩となるだろう。

誰よりも勇敢で、誰よりも速く、力強い……。

フルールは朝遅く、キッチンから漂う淹れたてのコーヒーの香りで目を覚ました。彼女は着古したグレイのトレーニングウェアを着て、髪をポニーテールにまとめた。キッチンに行ってみると、ジェイクがダイニングテーブルに着き、脚を伸ばしコーヒーを飲んでいた。フルールは冷蔵庫に向かい、オレンジジュースを注いだ。ここでは適切な行動を見せなくてはいけない。「私がパンを焼くから、あなたは卵を作って」と彼女はいった。

「ちゃんと責任を果たす自信はあるのかい？　おれの記憶だとたしかきみは料理が苦手だったよな」

「だからあなたに卵を作ってもらうのよ」彼女は彼のために卵のカートンを出し、ステンレスのボウルも揃えてやった。そして自分はグレープフルーツをつかみ、まな板に置いて勢いよく二つに割った。

「気をつけろよ」

「もっと大きい、いいものを切る練習をしているの」フルールは一番下の引き出しを仕草で示した。「もしバード・ドッグにエプロンがいるのならそこに入っているわ。ピンクのひだ付きだけど気にしないで」

「それはご親切に」

二人は桜材のテーブルに向かい合って座るまで話をしなかった。フルールはトーストも喉を通らなかった。夜が明けて澄んだ陽射しのなかでは彼が自分と契約してくれるかもしれないという考えはいっそうありそうもない話に思えたが、確かめるしかなかった。彼女はコーヒーをひと口飲んだ。「あなたはヴィレッジに高級住宅を所有していないの？」

「そりゃ持ってるさ。でも人の出入りが多すぎて煩わしくなり、たまに抜け出したくなる。じつはそのことでもきみに相談がある。屋根裏部屋を使わせてもらえないかな？」

「屋根裏部屋？」

「ゆうべきみのところのオフィス・マネージャーがなかを案内してくれたとき、見せてくれたんだ。ひっそりとして人目を気にしないですむ、じつにいい部屋だよ。おれはいま仕事に集中できる、誰にも邪魔されない場所を探しているんだ」

フルールは信じられない気持ちで彼の言葉を聞いていた。ジェイクはエージェントではなく大家を求めているのだ。失望のあまり返す言葉もなかった。フルールはナプキンを投げ捨てた。「人からいつもちやほやされることに慣れているから、当然私が承諾するものと思いこんでいるのね」彼女は椅子から立ち上がり、ドアに向かった。「あなたをこの家に住まわせるつもりはありません。さあ帰って。顔も見たくないわ」

ジェイクはトーストの角で皿をたたいた。「その点は了解したよ」

「わざとらしい態度はやめて。あなたは――」

「話を最後まで聞いてくれよ。昨日の夜、ビジネスの相談があるといっただろう。座ってこのうまいスクランブルエッグを食べながら、話し合おうじゃないか」

フルールは座るには座ったが、卵には手をつけなかった。

ジェイクは皿を押しやり、ナプキンで口を拭いた。「いまの状態をいつまでも続けるわけにはいかない。カリバーの映画はクランクアップしたんで、執筆にとりかかるために半年の休暇を取った。いまスランプから抜け出さないと、永久に書けなくなる。そこで、きみにエージェントになってもらいたい」

フルールは耳を疑った。エージェントになってもらいたい、と彼はいったのか？　心が舞い上がった。二人の過去の出来事を考えれば、実現にはそうとうの覚悟がいるのは確かだが、乗り越えてみせる。フルールは懸命に冷静さを取り戻そうとした。「あなたの耳にも入っていると思うけど、私は選ばれたハイクラスな顧客を対象に、マネージメント全般を総合的に引き受けるつもりでいるの。ビジネスに関すること、法的な手続きから映画会社との契約まですべてを取り仕切り、宣伝に関しても――」

ジェイクは手を振って彼女の言葉をさえぎった。「そういう業務を託せる相手はちゃんといる」

フルールは言葉を失った。「じゃあ、私にいったい何を頼むつもり？」

「執筆活動について任せたい」

彼女はまじまじと彼の顔を見つめた。「そりゃすごい」

「きみの顧客リストに名前を使ってもらってかまわないよ」

「〈日食〉以来一作も書いていないのに！」フルールは叫び出したかった。「私の顧客リストに作家としてのあなたの名前があっても失笑を買うだけよ」彼女は皿を持ち上げ、シンクに運んだ。

「おれがこんなスランプに陥ったのはそもそもきみのせいなんだぞ。だからきみにも手助けする義務があると思うよ」

力いっぱいたたきつけたので、皿が割れた。「なぜ何度も私のせいだというの？」

「きみが現われてから、書けなくなったからさ」

「答えになってないわ」

彼の座った椅子の脚が床をこすった。「ほかにいいようがない」

フルールは反感を隠そうともしなかった。「こんな面倒な相手がどうやってスランプ脱出の手助けができるというのよ?」

「きみさえよければ」

フルールは腕を振り上げようとしたが、ジェイクは身をかわした。「なんとか力を貸してくれないかな。〈日食〉の撮影中に起きた出来事を水に流せないとしても」

フルールは割れた皿をゴミ入れに投げこんだ。「書く必要ないじゃない。これ以上稼いでどうするの?」

「おれの本職は作家なんだよ、フラワー。演じることにも満足しているし、高い報酬を得てはいるけど、おれの生きがいは書くことでしか得られない」ジェイクはたとえわずかでも心の内を明かしたことを悔やんだのか、顔をそむけた。「居候《いそうろう》するつもりはない。ただ独りになりたいだけだ。それにいうまでもなく、作品を書き上げれば、きみのエージェンシーもたんまり儲かる」

「それが実現すれば、の話でしょ? ところで、なぜ私の家で書く必要があるの?」

ジェイクはただ肩をすくめた。「さあなぜかな」

ジェイクは昔と少しも変わっていない。彼の本質が覗いたように感じてそれを確かめようとすると、また仮面をかぶってしまう。怒りや憎しみ、さまざまな悪感情が胸に渦巻いてはいたが、究極の選択を迫られていることは間違いなかった。リスクがどれほどあろうと、このチャンスに賭けるしかない。ジェイクの名前を宣伝に使ったりしなければこんなことにはならずにすんだのに……執筆活動を中断している作家のエージェントを務めることになったと発表したら、どれほど世間の笑いものになることか。二人が深い仲だから、ジェイクは名前を貸してやっているだけだと噂されるだろう。もはや廃業同然の作家活動のマネージメントしか任せないということは、俳優業を託すほどの信頼を置けないからだと。これでは色仕掛けで仕事を取る女だと思われてしまう。

だが、もし彼がまた執筆を始めることになったらどうだ。もしまた彼が脚本を書き上げる手助けをすることができたとしたら、どうなる？　そうなればもう噂話などいちいち気にしなくていいし、資金が尽きる心配もなくなる。この賭けをおりるわけにはいかない。同時に、かつてあれほど傷つけられた相手にけっして個人的な思い入れを抱かないようにしなくてはいけない。

噂は二日後に広まりはじめた。だがそれはジェイクがらみの噂ではなかった。月曜の午後、才能のある新人歌手を口説くためのランチに出かけようとしていると、最近知り合ったネットワーク局の副社長から電話がかかってきた。「ちょっと気になる噂を耳にしたんで、きみに知らせようと思ってね」と彼はいった。「誰かが故意に、きみが国外に逃げたとき、モデルとしての契約を破ったという昔のネタを流しているよ」

フルールは目をこすり、冷静な態度を装った。「もう時効よ。もっとましなネタはないのかしら？」

「顧客からの信頼を基盤に事業を始めようとしている女性にとってはこのうえなく不利なPRだよ」

わざわざ指摘されるまでもなかった。噂を流した人間は、契約不履行という過去を持つ女はまた同じことをする、と世間に広めたいのだ。そんな古いネタがまた浮上してきた理由はたった一つしか思いつかない。アレクシィが次の行動に出たということだ。

若い歌手はランチに現われなかった。伝言の内容は深読みする必要のないものだった。オフィスに戻ると、ちょうどオリビア・クレイトンから電話がかかってきた。

「あなたについて悪い噂を聞いたのよ、フルール。絶対嘘だと信じているし、私はあなたが大好きなの。でもドリス・デイの災難を考えると、やっぱり慎重になってしまうの。不安定な要素は歓迎できないわ」

「当然よ」先週〈ドラゴンズ・ベイ〉での配役が決まったお祝いにオリビアから贈られたバカラのゴブレットと辛口の白ワインのプイイ・フュイッセのことが頭をよぎる。もはや浮かれてはいられない。フルールはオリビアのために、デービッド・デニスとランチ・デートをした。革の肘あてのついたジャケット、匂いの強いパイプタバコ。デニスは誰よりも安定を感じさせる男性で、その点ではオリビアも安心するだろうとフルールは感じた。それでもデービッドのオフィスに向かいながら、またしても他人を使って問題解決を図ろうとしている自分に気づき、いやな気分になった。その後アストリアに移転した縫製工場の二階でミシェルと会った。ここでお針子たちがコレクションに出す作品の縫製に追われているのだ。コレクションの日まで七週間しかなく、すべてを短期間で準備しなければならないので、ミシェルは緊張で疲れきっていた。そんな弟にさらなる心労を与えることをフルールは心苦しく思ったが、もはや事実を伏せておくわけにはいかなかった。ミシェルのコレクションの成功をフルールがどれほど重視しているか、アレクシィはすでにつかんでいるだろう。次に何をアレクシィが標的にしようとするか、水晶玉のお告げを聞くまでもなかった。

ミシェルは白のカシミアのシースの襟元に結んだスカーフの位置を直してくれた。フルールが高いピンヒールの靴を履いているので。ミシェルは背伸びしなくてはならなかった。背の高さが有利な場合もあると気づいて以来、ピンヒールはビジネス・ワードローブの一部となっている。フルールは消えた招待状のこと、火災のことを話して聞かせた。ミシェルは黙って聞いていた。フルールは話し終え、弟の腕を握りしめた。「今夜からこの作業室に二十四時間態勢の警備をつけるわ」

ミシェルの顔色は蒼かった。「彼はほんとうにショーに出すサンプルを狙っているのかな?」

「間違いないわ。サンプルをだめにしてコレクションを開催できないようにすればもっとも大きなダメージを与えられるわけだから」

ミシェルは作業室を見渡した。「もし今回襲撃を免れられたとしても、次もあるだろうな」

「そうよ」フルールは頰をさすった。「彼が飽きてしまうことを祈りましょう。いまできることはそれしかないのだから」

ジェイクはパーティが終わって数日後、屋根裏部屋に越してきた。だがその週はあまり長くそこで過ごすことはなく、昔の彼の作品の再演があるのでヴィレッジの自宅からリハーサルに通った。フルールはある晩遅くベッドでうとうとするころに彼の足音を聞いた。その二日後、水の流れる音がしたが、タイプライターの音は一度も聞こえてこなかった。

驚いたことに、フルールが現在まったく執筆していないジェイクのエージェントを務めるという噂がすぐに広まった。ジェイクの西海岸のオフィスとしてもっとも望ましくないのは、彼らがなしえなかったことをフルールが達成してしまうこと。つまりこの情報を流したのは彼らだと考えられる。蒸し返されたモデル時代の契約不履行ネタとジェイクとの契約の内容が相まって、これまでに築き上げた信用が少し傷つきつつあるのは確かだ。

フルールが契約寸前まで漕ぎつけた、実力派の俳優と売り出し中の女性作家は二人とも逃げ腰になり、オリビアはますます怖気づいている。

十月も二週目に入り、ジェイクは屋根裏部屋で過ごすことが多くなったが、それでも彼がタイプライターに向かっている姿を見たり、タイプライターを叩く音を耳にすることはなかった。運動は想像力を刺激するものであり、必然的に朝になったら起きる習慣がつくので、フルールは朝のランニングを一緒にしましょうという誘いのメモを彼の部屋のドアの下に置くようになった。彼と契約して三週間たったある爽《さわ》やかな秋の朝、外に出てみるとジェイクが入口の階段に座って待っていた。

彼はＵＣＬＡのスウェットシャツに紺色のスウェットパンツを着て、くたびれたアディダスを履いていた。フルールを見ると彼のすねたような口もとがほころび、フルールはどきりとした。未熟だった最初のころ、彼を見るだけで胸がときめいたものだが、いま彼の存在はビジネスの対象でしかない。だから二度と彼から心理的な影響を受けるつもりはない。フルールは三段とびに階段をおり、そのまま駆け出した。

「ウォーミングアップの必要性を知らないのかな?」ジェイクは後ろから声を張り上げた。

「そんなの必要ないわ。もう体は充分温まっているから」フルールは肩越しに振り返った。

「私のペースについてこれる?」

「女に追い越されたことは一度もない」彼はカリバーの台詞のような口調で答えた。

「さあ、それはどうかしら。あなたはこのところ室内にこもってばかりいたように思えるけど」

彼はすぐに追いついた。「週三回おれを『先輩』と呼ぶ市内の高校生たちとバスケットボールをやっている。それもかなり真剣に」

フルールはぬかるみをよけ、西のセントラル・パーク方面に向かった。「その年齢でよくそんな激しいスポーツが続けられるわね」

「続けられているとはいえないな。膝を撃たれて跳躍ができなくなったんで、たいてい第三クォーターに入る前にゲームを抜けるよ。連中はおれがユニフォームを買ってやったから、付き合ってくれてるだけさ」

歩道にはみだして駐車中の宅配トラックをよけながら、自嘲ぎみの彼のユーモアは好ましいと感じた。そこは肉体と虚飾を好まない男らしさに次ぐ彼の美点といえるだろう。そして彼の顔。フルールは彼の顔が好きなのだ。嫌いな部分は肚に一物あるような態度とつまらない道義心。相手を有頂天にした直後に突き放すようなところもある。だがいつまでも昔のことにこだわってばかりいるわけにはいかない。もう果たすべき目標ができたのだから。彼の執筆活動については、様子見の時間を取りすぎた。「あなたが越してきてから一度もタイプライターを打つ音を聞いてないけど」

「せっつくなよ」ジェイクの顔がこわばった。

　フルールは少し考え、賭けに出た。「土曜日の夜にディナーパーティを開くの。あなたもどう？」事務所のお披露目パーティのときにキシーと話し合った、ミシェルとサイモンを近づけるためのパーティを開くことにしたのだ。気の合う仲間と交わることがきっかけになって、ジェイクの気持ちにゆとりができるのではないだろうか。それにフルール自身が知らん顔をしていても、ほかの誰かが彼のご機嫌を取ってくれるだろう。

「悪いけど、格式ばったディナーパーティは苦手なんだ」

「そんな本格的なものじゃないの。お料理だってゲストにやってもらうスタイルよ。来るのはミシェルに、サイモン・ケールとキシーだけ。チャーリー・キンカノンも招んだけど、あいにくニューヨークにいないんですって」

「キシーなんて妙な名前聞いたことないな」

「チャーリーのビーチパーティで彼女と顔を合わせていないのね。彼女は私の親友なの。でも……」フルールはためらった。「彼女と一緒に暗い部屋に入らないほうがいいと思うわ」

「親友のことなのに、妙な表現を使うんだね。説明してくれるかな」

「そのうちわかるわよ」二人は二匹のチワワを散歩させている女性の前を素早く走り過ぎた。

「スピードを上げるわよ。今日私は仕事なの」

　二人はしばし黙ったまま走った。ジェイクがやっとフルールのほうを見た。「おれのパブリシストから送られてきた切り抜き記事を読んだんだけど、きみとおれの話題が夏の終わりごろニューヨークのゴシップ欄を賑わしたらしい」

「ほんと?」ゴシップ記事が載ったのはもう二カ月以上も前のことだ。彼がいつまでもその件について触れないのがフルールは不思議でならなかったのだ。

「きみにはしらばっくれるだけの演技力はないよ」

「そうでもないわ」

ジェイクは手を伸ばし、フルールの腕をつかんだ。「ネタを流したのはきみなんだな」

「宣伝のために話題が必要だったのよ」

Tシャツに覆われた彼の胸が呼吸を整えるために隆起しては収縮していた。「きみはおれのプライバシーに関する考え方を知っているはずだ」

「厳密にいうと私はあなたのプライバシーを侵害してはいないのよ。だってあの記事は全部デタラメなんだもの」

ジェイクはにこりともしなかった。「おれは安っぽいペテンは嫌いだ」

「それは変ね。でっちあげはそもそもあなたの得意技じゃなかった?」

ジェイクは厳しい表情でフルールを見た。「おれの名前を新聞記事に使うな、フルール。これだけは守ってもらいたい」彼は顔をそむけ、道路を渡った。

「私はあなたのパブリシストじゃないのよ、忘れた?」フルールは後ろから声を張り上げた。「私はあなたのお粗末な執筆分野だけを担当するエージェントなのよ」

ジェイクは歩調を速め、振り返らなかった。

23

　意外なことに土曜日のディナーパーティに真っ先に到着し、八時ちょうどにドアをノックしたのはジェイクだった。メキシコ・ビールを数本冷蔵庫に入れておくようにという注文は聞いたものの、彼がほんとうに現われるとは思っていなかったのだ。いくらかまともなダークグレイのスラックスに薄いグレイの長袖ドレスシャツを着ているせいで、彼の瞳はいつもよりいっそう青く見えた。ギフト包装された手みやげを渡しながら、フルールの着ているアイボリーのパンツと同色のシルクのブラウスにしげしげと見入る。「何を着てもさまになるね」

　フルールは包みを見て眉根を寄せた。「爆弾処理班に連絡したほうがいいかしら」

「生意気な態度はやめて、箱を開けてみたらどうなんだ」

　包み紙を開くと、有名な料理本〈料理の喜び《ジョイ・オブ・クッキング》〉が現われた。「これ、前から欲しかったの」

「きっと気に入ってもらえると思ったよ」

　彼はフルールの後ろからキッチンに入った。彼女はカウンターの上に本を置いた。充分な準備期間がなかったにもかかわらず、すべてにもてなしの心が表われていることにフルールは満足していた。念入りにワックスをかけた黒い木肌のテーブルは艶やかに光っている。中古品の店で見つけた欠けた煮物用の厚手鍋に菊の花を活けて食卓の飾りにし、同じ店で買った薄茶とオリーブ色のチェックのふきんをテーブルマットにした。彼が真後ろに近づき、清潔なシャツと錬り歯磨きの匂いがふっと漂った。動きかけたとき、彼の手がフルールの後ろ髪を持ち上げ、ブラウスの襟の真下に触れた。

「なんだよ、じっとしててくれよ」何かひんやりとした冷たいものが胸のあいだにおさまり、下を見たフルールの目にラッパ形の青と緑のエナメルの花のチャームが下がった細いゴールドのチェーンネックレスが見えた。花束のなかに細かいダイヤがキラキラと光を放っている。振り向いてみると彼の表情にはどこか優しく無防備なものがあった。ふと現在が遠ざかり、束の間二人の関係がもっと心地よかった時代に戻ったように感じられた。「とてもきれいだわ」彼女はいった。「こんなことしなくてもいいのに――」

「たいしたものじゃないよ。これはアサガオの花だ。どうやらきみは朝が苦手みたいだからさ」彼が体を離し、束の間のまぼろしは消えた。いけない、いけない。フルールは夢見がちな自分の心を戒めた。

「食べ物の匂いがしないのはなぜかな?」彼はいった。「なんか心配になってきた」

「まだコックが来ていないの」フルールはこともなげにいった。

ちょうどそのとき、玄関のブザーが鳴った。フルールは急いでドアを開けにいった。

「自分の包丁を持参したよ」ミシェルがいった。今夜の彼はカーキのパンツに長袖のブルーのTシャツを合わせている。Tシャツの胸の部分に縞のネクタイだったと思しき布地が斜めに縫いつけてある。ミシェルはキッチンに向かった。「カナル・ストリートのちっぽけな店でこんな美味しそうなぶどうを見つけたの。言ったとおり魚市場でカレイを買ってきたかい？」

「もちろんでございます」食料品の袋をカウンターに置くミシェルの顔に疲れが見え、フルールは彼のためにこのパーティを計画してよかったとあらためて思った。ミシェルがジェイクの存在に気づいた。

「ミシェル、ジェイク・コランダのこと覚えているでしょう？　武器を所持していないことはチェックずみだから、好きなだけけなしていいわよ」

ジェイクは微笑みながらミシェルと握手を交わした。

五分後にサイモンが到着した。たまたまサイモンはカリバーの映画のファンだったので、ミシェルの存在などほとんど気にも留めず、ジェイクとおしゃべりを始めてしまった。その間ミシェルのほうは料理の準備に取りかかりながら、コレクションを失敗に招く要因について長々とフルールに解説をしていた。こんなふうなので、ミシェルとサイモンの縁を取り持つという意味で、快調な出だしとはいえなかった。

キシーが現われ、キッチンにやってきた。「遅れてごめんなさい。出かける寸前にチャーリーがシカゴから電話してきたの」

「つまり二人の仲たがいは解消したのね」フルールはいった。「話をするようになったわけだから」

キシーはむっつりした顔で答えた。「私も腕が落ちたものね。私が何をしても彼は――」

キシーはカウンターにもたれているジェイクに気づき、話すのをやめた。「あらまあ」

フルールはミシェルが落としたスプーンを途中で受け止めた。「キシー、こちらジェイク・コランダ。ジェイク、キシー・スー・クリスティーよ」

キシーはガムボールのような目を見開き、リンゴ飴《あめ》のような唇を突き出して、ジェイクを見上げた。ジェイクの口もとがゆったりとほころんだ。幼稚園のおやつのように甘いキシーの微笑みに、ジェイクはたちまち魅了された。

それを見て楽しい気分になるべきなのに、フルールは十三歳のころと同じ疎外感に襲われた。一人だけ抜きん出て背が高く、ぎこちなくて不器用で、肘にはあざを作り膝には包帯を巻き、アンバランスな大きい顔をした修道院時代の自分に戻ったようだった。いっぽうのキシーは思春期の少年が思い描くもっともセクシーな女性に見えた。やがてキシーとジェイクは二人でサラダを作りはじめ、サイモンがバーテンダーを引き受けた。フルールはぶどう添えの魚料理にベルモット・バターソースをかけ、料理の盛り付けをするミシェルを手伝いながら、嫉妬心を必死で抑えていた。

ジェイクがサイモンと馬の話題でおしゃべりを始めたので、キシーがフルールのそばに来た。

「彼ってスクリーンで見るよりもっと素敵。間違いなくたくましい色男の殿堂入りね」

「前歯が欠けてるのに？」フルールが反論した。

「それ以外はすべて完璧だもの」

フルール以外は全員がパーティを楽しんでいた。ミシェルの作った美味なるカレイ料理をめぐってようやくミシェルとサイモンが話しはじめ、パンを入れたバスケットが二周するころにはお気に入りのレストランはどこかについて熱く語り合っていた。やがて話題はイースト・ヴィレッジで注目のスポットはどこかに及び、二人はすっかり打ちとけていた。キシーは祝杯をあげようとしてしきりにフルールに視線を送ったが、フルールは気づかないふりをした。

キシーとジェイクは昔なじみの間柄であるかのように、ジョークを交わしはじめ、お気に入りの新人歌手について意見をいいあった。いっそ二人でさっさと寝室に消えればいいのに。デザートを出すタイミングになったので、フルールはその日の午後お気に入りのベーカリーで買ったフレンチ・アーモンドケーキを運んできた。みんな美味しいと喜んだが、彼女はひと口も食べられなかった。アイリッシュ・コーヒーを持ってリビングに移りましょうとフルールは誘った。キシーはカウチに座った。普段ならフルールと一緒に座るキシーがクッションをつかんで隣りの席をジェイクのために確保した。ジェイクはすんなりそこに座った。

フルールを除く全員が最高のロックグループが誰かという話題で論じはじめた。フルールのみじめな気分は胸のあたりで得体の知れないかたまりに変わっていた。キシーは親しげな微笑みを向けてきたが、フルールは目をそむけた。

キシーが咳払いをした。「フルリンダ、琥珀《こはく》のイヤリングを貸してくれるって約束したでしょ？　今日借りて帰るからどこにあるか教えてよ」

フルールはそんな約束をした覚えがなかったので反論しようとしたが、キシーが厳しい目でにらんでいるのに気づいた。いうとおりにしないとキシーが騒ぎかねないので、フルールはしぶしぶ寝室についていった。

寝室に入るとキシーは豊かな胸の前で腕組みをした。「いいかげんに哀れな子犬のような顔をやめないと、たったいまリビングに戻ってあなたの目の前で彼とフレンチキスをしちゃうわよ」

「何いってるのよ」

キシーはうんざりしたようにフルールを見た。「あきれた人ね。二十六にもなって自分の気持ちにも気づかないなんて」

「自覚はきちんとあるつもりよ」

キシーはそれには答えず、鮮やかな赤のバレエシューズのつま先で床をたたきはじめた。

フルールは自分でもしょげるのに気づいた。「ごめんなさい」とつぶやく。

「謝って当然よ。とんでもない態度だったもの」

「反論しないわ。自分でもなぜか理由はわからないけど」

「間違いなく嫉妬心のせいよ」

「嫉妬するはずないわ！　少なくともあなたのいうような意味では」

キシーはそんな言い分に耳を貸さなかった。「あんなもろタイプの男に私が色目を使わないはずないことぐらい、親友なんだからわかるでしょうに、あなたのあの態度は何？　それればかりか、すみっこに引っこんでしまうなんて。見てて恥ずかしくなるわ」

フルール自身も消え入りたいような気持ちだった。「ジェイクへの気持ちが原因ではないの。私だってそんなに愚かしくはないわよ。なんだか年食ったティーンエージャーみたいな気分になっちゃっただけなの」

「そんなの信じない」南部育ちの花はいった。「いいかげんに自分を偽るのはやめて、リビングに座っているあの色男に対する自分の気持ちを直視したらどうなのよ」

「彼に対しては商売がらみの感情しかないわよ。オリビアを事実上失って、私と契約したがるのはショーン・ハウエルみたいにこっちが気の進まない相手だけになってしまったの。ジェイクは執筆を始めてはいないけど――」フルールは口ごもった。「そんなこと言い訳にもならないわね。ごめんなさい、私が悪かったわ、キシー。あなたのいうとおりよ。私、幼稚だったわ。許して」

キシーはようやく態度をやわらげた。「わかったわ。でも、許すのはあなたがチャーリー・キンカノンと一緒にいると私もまったく同じように感じるからよ」

「チャーリーと私？　なぜ？」

キシーは溜息をつき、目をそむけた。「彼、あなたのこと大好きなんだもの。ルックスでは私に勝ち目はないし。あなたたち二人が話しているのを見るたびにやっかみの気持ちが湧き起こるの」

フルールは泣きたいような、笑いたいような気分だった。「自分をわかっていないのはどうやら私だけじゃないみたいね」フルールはキシーを強く抱きしめ、腕時計をちらりと見た。

「今夜はテレビで〈明日に向かって撃て〉を放送するのよ。ちょっと観てからパーティに戻っても遅くないと思うけど、一緒に観る？」

「もちろんよ」キシーは寝室のすみの中古のテーブルに置かれた小型テレビのスイッチを入

れた。「こんなことするのは子どもっぽいかもね」

「まあね。〝レント〟を観るべきかしら」

「そうでもないでしょ」

ちょうど銀行強盗一味が列車強盗を終え、ポール・ニューマン扮するブッチとロバート・レッドフォード扮するひげ面のサンダンス・キッドが娼館のバルコニーで酒を飲んでいるシーンだ。キシーとフルールがベッドに腰をおろしたとき、教師のエッタ・プレイスが木造家屋の自宅の階段をのぼり、室内のランプをともし、シャツブラウスの一番上のボタンをはずす様子が映し出された。寝室にたどりついた彼女はブラウスを脱ぎ、クローゼットにそれをかける。振り向いた彼女が、部屋の奥で威嚇《いかく》するようにじっと見つめるサンダンス・キッドの彫りの深い顔を見て、悲鳴を上げた。

「そのまま続けろよ、先生」サンダンス・キッドがいう。

エッタは怯えた目を見開いた。彼はゆっくりと銃を構え、銃口を彼女に向ける。「いいからおれにかまわず着替えを続けなよ」

彼女はしぶしぶ長い下着をゆるめ、それを脱ぐ。それをしとやかに胸の前にあて、はと目に縁取られたキャミソールを無法者の目から隠そうとした。

「髪をおろせ」サンダンス・キッドは命じた。

彼女は下着を下に落とし、髪からヘアピンを抜いた。

「頭を振れ」

サンダンス・キッドから銃口を突きつけられながら、命令に逆らうような愚かな女はいない。身につけているのはキャミソールだけになった。サンダンスは命令を口にする必要がなかった。ただピストルの撃鉄を起こせばよかった。

エッタはゆっくりとキャミソールのボタンをはずした。サンダンスは腰に手を運び、ガンベルトをはずし、立ち上がって彼女に近づいた。彼は開いた下着の下に手を入れた。

「残念、あと一歩及ばずね」エッタがいった。

「なぜだ？」彼が訊く。

「たまには約束の時間を守ってよ！」

エッタがレッドフォードの首に腕を巻きつけるのを観ながら、フルールは溜息をもらし、テレビを消した。「このシーンを書いたのが男性だなんて信じられないわね」

キシーは消えたテレビ画面を見つめている。「ウィリアム・コールドマンは優れた脚本家だけど、このシーンは彼がシャワーを浴びているあいだに奥さんが書いたのよ、きっと」

「これこそ女の夢見る究極の濡れ場よ」

「自分に絶対害を及ぼさないとわかっている愛人のセクシーな脅しって最高ね」キシーは唇を舐めた。

フルールはアサガオのネックレスに手を触れた。「最近こういうタイプの男が描かれなくなって残念だわ」

ジェイクは少し開いたドアの外で廊下に立ち、二人の女性の会話を聞いていた。立ち聞きするつもりはなく、フルールの様子がおかしいうえに二人がいつまでも戻ってこないので様子を見にきたのだった。彼は来たことを悔やんでいた。これはまさしく男が聞いてはいけない会話だった。女たちが望むことはなんなのだろう。建前上は男の思いやりだの男女同権が取り沙汰されているのだが、現実には知的な女性でも強くたくましい男に欲情するということだ。

もしかすると少し嫉妬しているのかもしれない。この十年でもっとも観客を動員できるスターだとされているし、フルール・サヴァガーの頭上に住んでいる。だが彼女はただ厳しくこきおろすだけ。ロバート・レッドフォードもこんな感情に襲われることがあるのかな、と思う。もしこの世に正義というものがあるのなら、レッドフォードはユタ州のサンダンスのどこかでテレビを観ながら、妻がカリバーの乱暴なラブシーンをうっとり観ている様子に嫉妬しているかもしれないではないか。そう考えると束の間満足感を覚えた。それでもドアからそっと離れながら、その気持ちは消えた。どう考えてもこれは男にとって気分のよいものではなかった。

翌朝ジェイクはフルールのランニングに付き合ったが、セントラル・パークの貯水池をまわる途中、ほとんど言葉を口にしなかった。彼がせめて執筆を始めてみようとする姿勢だけでも見せるよう、何か手を打つべきだとフルールは感じた。自宅に戻るとフルールは衝動的に日曜の朝食に彼を誘ってみた。もしかして満腹になればいくらか口数がふえるのではないかと思ったのだ。しかし彼は断わった。

「当然よね」フルールは落ち着き払っていった。「最近タイプライターをたたきまくって多忙を極めているものね」

ジェイクはスウェットシャツのジッパーを引っぱった。「なんにも知らないくせに」

「書く努力はしているの？」

「ご参考までに、プロットのためのメモは山ほど書いた」

ジェイクはすべてをタイプライターで打つタイプだ。彼の言い分を信じるわけにいかなかった。「見せてよ」

彼は顔をしかめ、フルールの前を通り過ぎて家のなかに入った。

フルールはシャワーを浴び、ジーンズとお気に入りのケーブルニットのセーターに着替えた。このところミシェルのコレクションのことやオリビアが及び腰になっていること、アレクシィの次の攻撃を予測することで頭がいっぱいだったので、頭上の住人について考える余裕がなかった。ジェイク・コランダと執筆を再開するという条件で契約を交わしているが、彼はいまのところそれを実行していないのだ。

十時になり、前の廊下に出たフルールは屋根裏への入口のドアを開錠した。階段を上りきってノックをしたが、応答がない。仕方なく鍵を使ってドアを開けた。

屋根裏は天窓と両側面の長方形の窓から陽射しが入る仕切りのない広いスペースになっている。フルールはジェイクが越してきて以来一度もここに来ていない。彼が持ってきた座り心地のよさそうな椅子が数脚、ベッド、長いカウチ、L字型の机、タイプライターとまだ包み紙をほどいてもいない紙の束が置かれたテーブルがまばらに置かれている。

ジェイクは両足を机に乗せ、バスケットボールを投げては反対側の手で受け取る仕草を繰り返している。「きみを招待した覚えはないんだけどな」彼はいった。「仕事中邪魔が入るのは嫌いなんだ」

「あなたの創作活動を妨害するつもりはさらさらないわよ。私のことなんて気にしないで仕事を続けてちょうだい」フルールは曲線的なカウンターの後ろにあるこぢんまりとしたキッチンに入り、食器棚を開け、コーヒーの缶を探した。

「出ていってくれよ、フルール。ここへは来ないでほしい」

「ビジネス・ミーティングが終わったらすぐに消えるわよ」

「ミーティングなんてする気分じゃないよ」バスケットボールが後ろから前へ、右から左へはねる。

フルールはコーヒーポットのプラグを差しこみ、机の上に腰をおろした。「いまのあなたはお荷物でしかないわ。私はそれでなくても手一杯で、何かに足を引っぱられるようなことがあっては困るのよ。この町の人たちはみんな、二人が深い仲だからあなたが私と契約したと思いこんでるわ。その噂を止めるにはあなたが新作を書き上げるしかないの」

「契約破棄すればいいんだろ」

フルールはバスケットボールを彼の手から払い落とした。「泣き言をいうのはやめなさいよ」

もうそこに暢気で辛辣《しんらつ》なジェイク・コランダはいなかった。彼女をにらみ返したのはバード・ドッグだった。「出ていってくれ。そこまで介入されるいわれはない」

フルールは動かなかった。「はっきりしてちょうだい。書けなくなったのはおまえのせいだといっておきながら、今度は口出しするなというの？　矛盾してるわよ」ジェイクは床に足をおろした。「出ていけよ」フルールの腕をつかんでドアまで追い立てる。

フルールは急に怒りを覚えた。手荒な扱いを受けたからでもなく、また彼のせいでビジネスの将来性に危うさを感じるからでもなかった。彼が才能を無駄にしているからだった。「大物作家さん」彼女は彼の手を振り払った。「せっかくのタイプライターがほこりをかぶっているわよ」

「まだ書ける状態になっていないんだよ！」彼は部屋の椅子にかかっていたジャケットをつかんだ。

「どうしてそこまで難儀するのかわからないわ」フルールは机に向かい、タイプライター用紙の包みをほどいた。「タイプライターで何かを書くのなんて、誰でもできることよ。見てて。これ以上簡単なことはないわ」

ジェイクはジャケットの袖に腕を押しこんだ。

フルールは机の椅子に座り、タイプライターのスイッチを入れた。機械の電源が入る音がした。「ほら、第一幕第一場」キーボードの文字をたたく。「背景はどうするの？　ステージセットは？」

「いやがらせか？」

「いや……がら……せか」彼女は彼の言葉をそのまま打った。「典型的なコランダ節ね。強気で、女に冷たくて。次は何？」

「もうやめろ、フルール！」

「もう……やめろ……フルール。役名がよくないわね。あなたの身近にいる素敵な女性の名前に似すぎているもの」

「やめるんだ！」ジェイクは荒々しい足取りで机に向かってきた。そしてタイプライターのキーボードに置かれた彼女の手をつかんだ。「きみはただ冗談半分にからかっているんだろ？」

バード・ドッグは消え、フルールは怒りの下から彼の苦悩があらわになるのを見た。「冗談なものですか」フルールは優しくいった。「あなたには乗り越えなくてはならない壁があるんだから」

ジェイクは動かなかった。そして手を持ち上げ、フルールの髪に触れた。彼女は目を閉じた。彼は体を離し、キッチンに向かった。カップにコーヒーを注ぐ音がした。タイプライターから紙を抜くフルールの指は震えた。ジェイクがマグを手にして近づいてきた。彼女は新しい紙を差しこんだ。

「いったいなんのつもりだ？」うんざりしたように訊く彼の声は掠《かす》れていた。

フルールは震える息を吸いこんだ。「今日こそ書いてもらうわ。これ以上先延ばししてはだめ」

「契約は取り消す」ジェイクの声には敗北感があった。「おれはここを出る」

フルールは彼の悲しみに心動かされないようにしようと気を引き締めた。「あなたがどこに越そうとかまわないけど、私たちは取り決めを交わしているんだから、そのために努力してもらうわ」

「きみはそれしか頭にないんだろ？　きみのつまらないエージェンシーのことしか」

彼の怒りは偽りのもの。フルールは挑発に乗るつもりはなかった。「今日は書いてもらうわよ」

彼はフルールの真後ろに立ち、肩に軽く手を置いた。「無理だね」

ジェイクは彼女の髪を持ち上げ、耳の下のやわらかい部分に唇を当てた。肌で感じる彼のあたたかい息、静かに触れる彼の唇の感触。眠っていた感覚が目ざめ、フルールはしばしその刺激に身をゆだねた。この瞬間だけ……。

彼の手はセーターのなかに忍びこみ、レースのブラジャーの上の肌を撫でた。彼の指先がシルクの上から乳首を刺激する。その動きがあまりに心地よく、全身に快感のさざ波が広がった。彼がブラのフロントホックをはずし、セーターをまくり上げて胸をあらわにすると、さざ波は熱波となって全身の血管を駆けめぐった。彼は胸が上を向くようにフルールの肩を椅子の背にもたれさせ、親指で乳首を愛撫しはじめた。彼の唇が耳たぶをとらえ、首筋に沿っておりた。彼は誘惑の達人らしく、セックスの指南書に書かれた手順を正確に追うかのように性感をあおるポイントを次つぎに刺激した。

そのとき、フルールはこれが彼の戦略であることを知った。

彼女は計算高い誘惑を続ける彼の両手をはねのけ、セーターをおろした。「卑怯な人」彼女は椅子から立ち上がった。「私を締め出すのに、これが一番てっとり早い方法だったのね」

ジェイクは目をそらした。彼はまた自分の殻に閉じこもった。「おれを急《せ》かせるな」

フルールはいとも簡単に陥落した自分に、そして彼に憤りを感じ、耐えがたい悲しみに襲われた。「これで書けない原因がはっきりしたわ」彼女はいった。「あまりにも長いあいだバード・ドッグを演じてきたから、あなたの人格はバード・ドッグに支配されてしまったのね。彼があなたの残り少ない良識までも犯しているのよ」

ジェイクは大股で戸口に向かい、ドアを開けた。

フルールは机の縁を握りしめた。「あのくだらない映画を作りつづけるほうが、本来の仕事より楽なのね」

「出ていけ」

「ミスター・タフガイがすっかり弱気になっちゃった」フルールはまた椅子に腰をおろした。手が震えてタイプライターのキーをたたけそうもなかった。「第一幕第一場……」

「どうかしてる」

「第一幕第一場、最初の台詞は？」

「気でも狂ったのか！」

「しっかりしてよ、もうこの演劇の構想はできているんでしょ？」

「演劇じゃない！」突進してくる彼の表情があまりに苦しげだったので、フルールは怯《ひる》んだ。彼は片手でこぶしを握りしめた。「書こうとしているのは本なんだよ。おれは本が、ベトナムについての本が書きたいんだ」

フルールは深く息を吸った。「戦争？　それはまさしくバード・ドッグのもっとも得意とするものじゃないの」

ジェイクの声が静かになった。「きみは何もわかっちゃいない」

「だったら説明してよ」

「ベトナムを知らない人間には理解できないだろう」

「あなたはこの国屈指の優れた作家でしょう？　理解させてちょうだい」

ジェイクは背を向けた。沈黙が流れた。遠くでパトカーのサイレンの音が聞こえ、下でトラックが通り過ぎる音がした。「敵と味方の見分けもつかないんだ」彼はようやく言葉を発した。「全員敵だとみなすしかなかった」

抑制されてはいたが、それは遠くから響くような声だった。彼は自分の言葉が正しく理解されたか確かめるかのように振り向いた。理解できてはいなかったが、フルールはうなずいた。ベトナムでの経験が執筆途絶をもたらしているのなら、なぜ彼はそれを彼女のせいにするのだろう？

「田んぼに沿って歩いていると、四、五歳の幼い子どもが目に入る。次の瞬間その子どもの一人が手榴弾《しゅりゅうだん》を投げるんだ。ほんとにあれは地獄のように悲惨な戦争だったよ」

フルールはまたキーに指を乗せ、文字を打ちはじめた。彼の言葉を正しく書き表わそうと努めながらも、はたしてこうすることが正しいのかどうかまるで自信はなかった。

ジェイクはタイプライターの音に気づいていないようだった。「村はベトコンの拠点だった。米軍兵士の多くがゲリラの犠牲になった。拷問されたり、手足を切られた者もいた。みんな家族のように親しくしていた仲間だ。部隊は突撃して村を全滅させる指令を受けていた。一般市民はルールを知っていた。やましいことがなければ逃げるな！　何がなんでも逃げるな！　というルールだ。部隊の半数は泥酔するか、薬を注射していた。そうでもしないと、やりおおせることができなかったからだ」ジェイクは荒い息を吸った。「おれたちは空輸で村に近づき、上陸することになっていた。仮の滑走路を確保し、大砲を掲げた。すべてをクリアして、おれたちは突撃した。村人を村の中心に集めた。誰も逃げなかった。ルールを知っていたから。それでも一部は撃ち殺された」彼の顔色は蒼白だった。「幼い女の子もその一人だった。その子の着ていたへそが見える短いボロボロのシャツには小さな黄色いアヒルの模様が入っていた。すべてが終わり、村が燃え上がったとき、誰かがラジオのベトナム米軍放送をつけ、オーティス・レディングの曲が流れた。〝シッティング・オン・ザ・ドック・オブ・ザ・ベイ〟だ。幼い女の子の腹にはハエがたかっていた」

彼はタイプライターを指さした。「音楽の部分は抜かさなかっただろうな？　あの曲は重要な要素なんだ。ベトナムに行った人間にとって忘れがたい曲だから」

「自信はないわ。あなたが早口でしゃべるから」

「おれが打つ」彼はフルールを立たせ、タイプライターにはさんだ紙を引き抜き、新しい紙を挿入した。彼は頭を整理するかのように一度振り、タイプを始めた。

フルールはカウチで座り、待った。ジェイクは紙面を見据えながら、魔法のような速さで、キーをたたきつづけた。部屋は涼しかったが、キーを打つ彼のひたいには玉の汗が浮かんでいた。彼の描き出した映像はフルールの脳裏に刻みこまれた。村、村人、黄色いアヒル模様のシャツ。その日悲惨な出来事が起きたのだ。

フルールがそっと部屋を出ていったことにも、ジェイクは気づかなかった。

フルールはその晩キシーと一緒にディナーに出かけた。帰ってみると、ジェイクはまだタイプライターを打っていた。彼のためにサンドイッチを作り、ディナーパーティで残ったアーモンドケーキをひと切れ添えた。今回はノックなどせず鍵を使ってなかに入った。背をまるめ、タイプライターに向かう彼の顔には疲労の色があった。フルールがトレイを置き、カップ類をシンクに運んだとき、彼がうめいた。彼女はコーヒーポットを空にしていつでも淹れられるように、粉をセットした。

今朝以来、心のなかで不安がつのっている。〈日曜の朝の日食〉のストーリーが頭を離れないのだ。マットがベトナムで目撃したという大虐殺。そのことで振り払っても振り払っても恐ろしい疑問が浮かぶのだ。大虐殺を目撃したいくじのないキャラクターのモデルは彼自身なのだろうか？　それとも彼は大虐殺に直接関わったのだろうか？

フルールは自分の肩を抱くようにして、屋根裏部屋を出た。

その週の後半にディック・スパノから電話があった。「ジェイクと連絡が取りたい」

「彼、私には連絡なんてよこさないの」それは文字どおり事実だった。

「もし電話があったら、ぼくが探していると伝えてくれないか」

「連絡はないと思うけどね」

その夜、フルールは屋根裏に上がり、ジェイクに電話のことを伝えた。彼の目の縁は赤くなり、顎《あご》はひげに覆われていた。ずっと眠っていないような顔だった。「誰とも話したくない」彼はいった。「連絡のたぐいはいっさい断わってほしい」

フルールはベストを尽くした。ビジネス・マネージャー、弁護士、秘書に対しても彼の居どころを知らないことにした。しかしジェイクのような有名人の行方がわからないとなるとただごとではすまず、五日後あたりから電話をかけてくる相手が動揺しはじめた。何か手を打つべきと考えたフルールはディック・スパノに電話した。「彼からの伝言よ」フルールはいった。「執筆活動を再開したのでしばらく山にこもるって」

「彼に話がある。先延ばしできない用件なんだ。どこにいる？」

フルールは机の上でペンをたたいた。「メキシコじゃないかしら。はっきりと場所を教えてくれないの」

ディックは呪詛《じゅそ》をつぶやき、連絡があったとき伝えてほしい事柄を並べ立てた。彼女はそれを書きとめ、メモをポケットにしまった。

十月が終わり、十一月になった。ミシェルのファッション・ショーの予定が近づいているのに、過去のモデル契約の不履行の噂がなかなか静まらなかった。それだけではまだ足りないとばかりに、夏の終わりに彼女自身が流したジェイクとの噂話が評判をいっそう傷つけた。フルール・サヴァガーはただの落ちぶれた元ファッションモデルで、切羽詰まってビジネスに乗り出そうとしているだけというゴシップも流れた。口説いていたクライアントは誰も契約に応じず、夜はよく眠れず、数時間ではっと目が覚め、ジェイクのタイプライターの音に耳を澄ませる毎日だった。朝になると鍵を使って彼の様子を見にいく。やがて二人とも同じようにげっそりとやつれていった。

フルールはミシェルのショーの前日、ホテルでステージを組み立てている技術者や大工のあいだを走りまわっていた。通行証とドアのガードマンについてくどいほど主張するので、誰もが神経をすり減らしていた。キシーですら忍耐の限界に達していた。しかしすべてがミシェルのコレクションにかかっており、アレクシィの予告実行まで二十四時間を切ったのだから仕方のないことだった。フルールはアストリアの工場にいるミシェルに電話をかけ、ガードマンがきちんと任務を果たしているか確認した。

「外を覗くたびに、ちゃんと位置についているよ」ミシェルはいった。

フルールは電話を切り、落ち着けと自分に言い聞かせた。全米一の警備会社に依頼したのだ。彼らを信頼するしかないではないか。

ウィリー・ボナデイはゲップをして制服のポケットに手を入れ、チューインガムを探した。彼は昼間のシフトが終わるまでの時間つぶしのために次から次へガムを嚙みつづけることがある。この仕事に就いて一カ月がたち、今夜が最後の晩だ。たくさんの衣装を管理するのは厄介だとは思うが、給料をもらえればそれでいい。

それぞれのシフトは四人態勢を取り、密封された衣装の保管場所の前をおのおのがガードする。ウィリーは古いアストリアの工場の表門のすぐ内側に座り、パートナーのアンディが裏門に座っている。あとの若いガードマン二人は二階の衣装が保管されている作業所のドアの外側に就いていた。朝になったら昼間のシフトに就いた連中が、大きなドレスラックをホテルへ運ぶ際に付き添うことになっている。そして夜になれば任務は終了する。

数年前、ウィリーはレギー・ジャクソンのガードマンをしたことがある。あれは旨《うま》い仕事だった。義理の兄と一緒にジャイアンツ戦を観ながら、レギー・ジャクソンのガードマンをしたことを自慢すると気分がいい。今度のドレスの仕事はだめだ。ウィリーはデイリー・ニユースを手に取った。スポーツ欄をめくったとき、〝ブルドッグ・エレクトロニクス〟とサイドに書かれた古びたオレンジ色のヴァンが入口の前を通り過ぎた。ウィリーは気にも留めなかった。

ヴァンのドライバーは通りの反対側の路地に向かって角を曲がり、工場を見もしなかった。見る必要もなかったからだ。この一週間毎晩違う車に乗ってこの場所を通り過ぎ、周辺のことはすべて頭に入っている。名前は知らないが、表門と裏門にそれぞれ一名ずつガードマンがつき、二階に二人が常駐していることも知っている。数時間以内に昼のシフトの連中が来ること、夜間工場内が薄暗くなることも知っている。男にとって重要なことは照明がどうかということだけだ。

工場の向かい側の倉庫はここ数年使われておらず、裏口の錆びついた南京錠はボルトカッターで簡単にはずれた。男はヴァンから道具箱を出した。重いが気にならなかった。倉庫のなかに無事入りこむと、懐中電灯のスイッチを入れ、床を照らしながら建物の前面に進んだ。懐中電灯の光には苛々《いらいら》した。光がにじんで境界線もはっきりせず、よく見えないぼんやりした光なのだ。

彼は照明が専門で、それもエンピツの細さの純粋な光線を扱う。懐中電灯のように無節操に広がらない干渉性の光線だ。

準備に一時間近くかかってしまった。普通はそんなにかからないのだが、高性能の望遠鏡に合わせて装置を調節しなくてはならず、据付けがむずかしかったのだ。だが、それも気にならない。生来挑戦することが、とりわけ報酬のいい挑戦が好きだからだ。

男は据付けを終え、持参したボロ布で手をぬぐい、倉庫の汚れた窓ガラスを円形に拭いた。そしてゆっくりと時間をかけて望遠鏡の視野と焦点をチェックし、すべてを予定どおりに実行するための確認をした。細かい導線の中心の一つ一つも難なく見分けられる。まるであの二階の部屋の真ん中に立っているかのように視界が明瞭になった。

準備が終わると、男はレーザーのスイッチをそっと引き、離れた場所の導線に向けてルビーレッドの光線を当てた。プラグは六十五度の温度があれば溶けるので、またたく間にレーザーの赤く熱い光が目的を果たしたのを確認した。彼は次のプラグを選び出し、それも細い光線の力で溶かしてしまった。そして自動のスプリンクラー・システムの先端からラックにかかったドレスに向けて水を発射しはじめた。

男は満足げに装具をしまい、倉庫をあとにした。

フルール

24

朝、警備会社からの電話でフルールは飛び起きた。彼女は電話の相手の長たらしい説明に耳を傾けた。「弟を起こさないで」と電話を切る前に付け加え、また布団にもぐりこんだ。

ドアベルが鳴って目が覚めた。フルールは目を細めて時計を見、花屋が朝の六時に白薔薇を配達するだろうかと考えたが、わざわざ起き上がって確かめるのをやめ、頭を枕で覆った。突然誰かが枕を取り上げた。彼女は悲鳴を上げてベッドに起き上がった。

ジェイクがジーンズと裸の上半身にはおったらしいスウェットシャツを着てそびえ立っていた。彼の髪はボサボサで、顎ひげは剃《そ》っておらず、空疎なとりつかれたような目をしている。「いったいどうした。なぜドアに出ない？」

フルールは彼の手から枕を取り返し、それを彼の腹部にたたきつけた。「まだ朝の六時半なのよ！」

「毎朝六時にランニングに出ているくせに。今日はどうした？」

「寝ていたの！」

ジェイクはポケットに手を入れ、すねたような顔をした。「まだ寝ているなんて思いもしなかった。窓から覗いてきみの姿が見えなかったから、何かあったのかと心配したんだよ」

今日という日が延期できるわけではないので、フルールは仕方なくカバーを足で蹴った。ジェイクは寝間着の裾が太腿のあたりにずり上がっている様子を見ないふりなどしなかった。フルールは手を伸ばしてベッドサイドの灯りをつけ、わざと両脚をマットレスの広告の女性のように揃え、つま先を立て、土踏まずをそらせた。今日待ち受ける重大な出来事に比べれば、ジェイク・コランダに脚を見せびらかすことなど些細《ささい》な事柄だった。

「おれが朝食を作るよ」彼はぶっきらぼうにいった。

フルールは素早くシャワーを浴び、ジーンズと古いスキーセーターを着た。ジェイクはフライパンに卵を割り入れながらちらりと目を上げた。レンジ台の前に立つ彼はいつも以上に背が高く見え、スウェットシャツの縫い目が伸びるほどたくましい肩が有無をいわせぬ男っぽさを強調していた。そんな姿に一瞬見とれたフルールはわれに返った。「どうやって入ったの？　昨日寝る前にドアのロックは二度確認したのに」

「卵はスクランブルにする、それとも目玉焼き？」

「ジェイク……」

「朝食を作りながら同時に無駄話はできないよ。そこでイギリスの女王様のように立ってないで手伝ったらどうなんだよ。まあ、女王様よりきみのほうがずっときれいだけどね」

これはよく男が話をそらすときに使う手だが、フルールは空腹だったのでそれ以上追及しなかった。彼女はトーストを焼き、オレンジジュースを出し、コーヒーを注いだ。だがテーブルに着くとふたたび尋問を開始した。「またうちのオフィス・マネージャーを利用したの？　リアタの鍵の複製を手に入れたというわけね」

　ジェイクはフォークで卵をすくった。

「認めなさいよ」フルールはいった。「それ以外に入る方法はないんだから」

「なんで自分のトーストにだけたっぷりバターを塗るんだよ」

「私の部屋の鍵を持っているのはリアタと私とミシェルだけよ。もし私がリアタを解雇したら、どうすべきかは良心で判断してちょうだい」

「解雇するつもりもないくせに」ジェイクはトーストを取り替えながらいった。「きみの弟がディナーパーティの数日後に自分の鍵の複製を作ってくれたんだよ。きみの父親が何をたくらんでいるかも話してくれた。ミシェルはきみの身をすごく案じているし、おれだってきみが卑怯なやつから狙われていると聞いて、いい気分はしない。今朝きみが外に出てこなかったから、てっきりやつにやられたかと心配になったんだ」

　フルールはほろりとしながらも、彼をにらんだ。「アレクシィは私を肉体的に傷つけようとしているわけじゃないの。ミシェルもそれを知っているはずよ。私を生かしたまま苦しめたいの。あなただって自分のことで手一杯で、私の心配をしている場合じゃないでしょ？」

「あいつのやろうとしていることが許せないだけだ」

　フルールはトーストを取り返した。「私だってこんな状況にうんざりしているわよ」

　二人はしばらく黙って食事をした。ジェイクはコーヒーをひと口飲んだ。「いつもはジーンズとスニーカー姿で仕事に行かないのに、どうした？」

「ドレスラックをホテルに運ぶ車に同乗するの。今日は長い一日になりそう」フルールは責めるように彼を見た。「だから今朝はしっかり眠っておきたかったの。それに大事なものを自宅で保管しているのに、家を空けるわけにいかないでしょう?」フルールは曖昧にリビングのほうを仕草で示した。

ジェイクはすでに黒いビニールをかけた金属のラックにたくさんのドレスがかけてあるのを見ていた。「そのあたりの事情を説明するつもりはないのか?」

「今日はミシェルのファッション・ショーだということは知ってるでしょ?」

「で、これが作品なんだね」

フルールはうなずき、アストリアの工場のこと、今朝四時にかかってきた電話について彼に話した。「警備会社のほうでもスプリンクラー・システムがどうやって作動したのかまで調べがついていないけど、ラックにかかっていたドレスは全部水浸しになったそうよ」

ジェイクはなぜかと問うように片方の眉をつり上げた。

「作業部屋に保管されているのは全部安物の商品よ」彼女はいった。「キシーとサイモン、チャーリーと私で昨日ミシェルとお針子が帰ったあとに入れ替えたの」アレクシィの裏をかいたことで、いくらか気が晴れたのは事実だが、これが終わってもまた新たな心配が始まるだろう。フルールは立ち上がって電話機のほうに向かった。「ミシェルが朝工場に立ち寄ったとき心臓発作を起こさないように、連絡しておかなくちゃ」

ジェイクは椅子から立ち上がった。「待てよ。きみがドレスをここに運んだことをミシェルが知らないというのかい?」

「これは彼の問題じゃないの。アレクシィのブガッティを壊したのは私で、アレクシィが復讐《ふくしゅう》しようとしている相手は私なの。ミシェルをこれ以上心配させるわけにいかないもの」

ジェイクはテーブルから離れた。「もしアレクシィが刺客をここに送りこんでいたら、どうなっていた？」

「工場には警備員が張りついていたわ。アレクシィだって、まさかサンプルがここに保管されているとは思いもしないわよ」

「困ったやつだな。もっとよく考えろよ！」ジェイクが足を踏み出す際、スウェットシャツのポケットがカウンターにぶつかり、重いものがぶつかる大きな音がした。フルールはそのときはじめて彼のスウェットシャツの生地が片側だけ妙に下がっていることに気づいた。彼は素早くポケットに手を入れた。

フルールは受話器をもとに戻した。「そこに何が入っているの？」

「どういう意味だ？」

フルールは背中がチクリと痛む気がした。「ポケットのなかに何があるの？」

「ポケット？　キー類だよ」

「それ以外は？」

ジェイクは肩をすくめた。「22オートマティック」

フルールはぽかんと彼の顔を見つめた。「なんなの？」

「銃だよ」

「あなた、どうかしてるわ！」フルールは彼に近づいた。「銃をここに、私の家に持ちこんだのね！　これはあなたの出演している映画の一シーンじゃないのよ」

ジェイクのまなざしは揺るぎなく、自信に満ちていた。「謝らないよ。何が起きるかわからないと思っていたからね」

いつの間にかフルールは小さなアヒル模様のシャツを着た幼い女の子と大虐殺のことを考えていた。受け入れたくない不気味な恐怖が彼女の意識のドアをノックした。

「着替えてくるから、ここにいろ」ジェイクはそう言ってキッチンから出ていった。

フルールは本能的にジェイクがたとえ戦争のさなかでも残虐行為に加わるはずがないと感じた。しかし理性ではそれを容易に受け入れられなかった。つくづく彼とふたたび関わることになった運命が悔やまれた。過去にあんなことがあったというのに、また彼に心を許しはじめているからだ。

彼が戻ってきたそのとき、白薔薇が届いた。

ジェイクは厳しい表情でいった。「あの野郎」

「彼は計画が失敗したことにまだ気づいていないみたいよ」

「そのほうが好都合だよ」ジェイクは受話器を取り、通話記録に入っている番号に電話をかけた。「ミシェル、ジェイクだ。おれもワンダー・ウーマンと一緒にドレスをホテルに届けるよ。事情は会ってから説明する」

「あなたが関わることないわ」彼が電話を切ると、フルールはいった。「私だけでやれることだから」

「いいから」

運送業者が到着し、ジェイクはボディチェックこそしないが、一人ひとり身分を確認してからなかに通した。業者がラックを積みこむあいだも見張り、トラックの荷台にフルールと一緒に乗りこみ、ホテルに向かった。ホテルに到着すると少し離れて作業を見守っていたが、けっして彼女から目を離さなかった。フルールは彼が一度パーカのポケットに手を入れるのを見た。彼はできるだけめだたないようにしていたが、ホテルの従業員の一人が彼に気づき、たちまち駐車券やら駐車チケットにまでサインを求める人びとに囲まれた。こうして一般人に注目されることがどんなにか厭《いと》わしいだろうに、それでも彼はすべてのラックが据えつけられるまで立ち位置を離れなかった。

その後彼の姿がしばらく見えなかったが、やっぱり帰ったのだろうと思うたびに階段吹き抜けのわきの物陰や従業員入口のそばで野球帽を目深にかぶり、ぶらぶらしている姿が目に入ってきた。彼がいてくれると思うとフルールは安心した。この一件が終わったら、自分に厳しくお説教しなくては。バックステージの大混乱のさなかにあっても、フルールは本心を隠して自信たっぷりの存在感を放つようにした。この数時間にすべてがかかっているのだ。招待状の請求があまりに多かったので、ショーは午後の早い時間と夕刻に二度行なうことにした。それぞれのモデルが着る作品を順番どおりにかけたラックとそれに合わせたアクセサリーが与えられていた。通常そうしたラックは前日に準備するものなのだが、当日の朝まで確実に保管する必要があったので、短い時間ですべてを整えなくてはならなかった。アクセサリー一つが寸前に見つからず、靴が入れ違っていて、スタッフはそのたびにフルールを恨めしそうに見た。このあいだにカメラクルーがデパートやブティック用にコレクションを撮影するため、ビデオの準備をした。

最初のショーの一時間前にフルールは持ってきたドレスに着替えた。それはミシェルが最初に作ってくれたドレスのうちの一枚で、首から胸元へと、膝からふくらはぎまでスリットの入った鮮やかな赤のシースだ。いっぽうの肩にビーズ飾りのついた漆黒の蝶が飾られ、それを小さくしたものが赤いサテンヒールのつま先にも飾られている。

キシーが楽屋口にやってきた。顔色は蒼く、緊張がうかがえる。「あなたがへんなこと思いつくからいけないのよ。なんだか熱が出てきたみたい。きっとインフルエンザにかかったのよ」

「緊張しているだけよ。深呼吸して。そうすれば大丈夫」

「緊張！　緊張どころじゃないわ。心臓バクバクよ」

フルールはキシーを抱きしめ、大広間を埋め尽くした観客に加わった。ファッション誌の編集者と話し、カメラマンの前でポーズを決めるころには、不安と緊張で指先の感覚がなくなっていた。フルールはあらかじめ用意してあった、ステージ中央に近い金箔《きんぱく》で囲った小さな椅子に座り、チャーリー・キンカノンの手を握りしめた。

チャーリーは体を近づけ、耳打ちした。「まわりの会話を聞いて心配になってきたよ。みんなミシェルのデザインは装飾過多《フルーフルー》の作品ばかりだと予想しているみたいだ。フルーフルーってどんな意味なのかは別として」

「ミシェルの服は女らしさを強調したデザインなの。ファッション関係者はそういうたぐいの服に慣れていないのよ。でもきっとショーを見れば考えが変わるわ」そう答えながら、フルールは言葉とはうらはらな不安を自覚していた。現在のファッションの流れに逆らおうとする新人デザイナーは強力なファッションの審判員から抹殺される危険があるというのが実情だからだ。ミシェルはいわば、なわばり意識の強い地区に越してきた新参者だ。〈ザ・ウィメンズ・ウェア・デイリー〉の記者が冷ややかな表情を浮かべているのを見て、フルールは心臓が破裂しそうといったキシーの気持ちが心から理解できた。

会場の照明が薄暗くなり、哀愁漂うブルース調の音楽が流れた。フルールはこぶしを握りしめた。レースやひだで飾った複雑で大仰なクチュールスタイルのショーは時代遅れ。ランウェイとモデル、衣装だけのシンプルなショーがトレンドなのだ。時代に逆らうこんな企画を思いつき、ミシェルを説得したのはほかならぬ自分なのだとフルールはあらためて思った。

大広間の会話がやみはじめた。音量が増し、ランウェイの後ろの照明が薄い紗《しゃ》のカーテンのむこうに雰囲気のある夢のような活人画のシーンを照らし出した。蒸し暑い夜の荒れ果てたニューオーリンズの中庭を思わせる、鉄細工の手すりや街灯柱、椰子《やし》の葉、こわれた鎧戸《よろいど》といった景色の輪郭がぼんやりと浮かび上がる。

だんだんとモデルたちの姿が見えてくる。みな透けるほど薄いドレスを着て、胸も肘も膝も、トーマス・ハート・ベントンの絵画の人物のように突き出している。椰子の葉を扇のように宙にかざしているモデルもいる。別のモデルは体を前にかがめ、手にヘアブラシを持ち、髪の毛は柳の枝のように床に垂らしている。ヒソヒソとささやき合い、まわりの反応をうかがう観客、潮の流れを見きわめるまでは何もいえないとばかりに誰もがステージを見守っていた。

モデルたちの一人が狼狽《ろうばい》の表情を見せ、抜け出して青いスポットライトのなかに進んだ。彼女はしばし観客を見つめ、本心を打ち明けようか迷っているかのように目をしばたたいた。そしてやっと話しはじめた。彼女は美しい夢《ベル・レヴ》というプランテーションを失ったこと、仲のよい姉ステラが結婚したひとでなしの夫スタンリー・コワルスキーのことを語った。声は震え、その顔には疲れと苦悶の表情があった。最後に彼女は黙りこみ、無言のまま理解を求めるかのように手を差し出した。ふたたびブルース調の音楽が流れはじめた。彼女はうなだれたまま、影のなかに姿を消した。

観客は度肝を抜かれたのか、一瞬静寂が流れ、拍手が湧き起こった。最初はゆっくりとした拍手だったが、どんどん力強くなった。〈欲望という名の電車〉のブランシュ・デュボワに扮したキシーの素晴らしい一人芝居に、観客は呆然としていた。フルールはチャーリーが安堵《あんど》の胸を撫でおろすのを感じた。「彼女の芝居は受けたみたいだね」

フルールはうなずき、ミシェルのデザインも観客に受け入れられますように、と祈るように息をひそめて見守った。キシーの演技がどれほど感動的であろうとも、このショーのテーマはあくまでもファッションなのだ。

音楽がアップテンポな曲に変わり、モデルたちが一人ずつ動き出し、カーテンの後ろからランウェイに出てきた。みな香り高い花や暑い夏の夜、〈欲望という名の電車〉をイメージさせる、透けた薄いドレスをまとっている。ドレスはどれも凝《こ》りすぎず、やわらかく女性的なラインで、男性的なファッションに飽きあきした女性たちの心をつかむデザインだった。ニューヨークでこうしたコレクションはここ数年一つもなかった。

フルールは周囲の反応に耳を澄ませ、ノートの上を走るペンの音を聞いた。最初のうちは静かな拍手だったが、じょじょに観客はミシェルのデザインに魅了されていき、大広間に嵐のような拍手が響きわたった。

最後のドレスがステージから消えると、チャーリーが長々と苦しげな息を吐いた。「最後の十五分が一生のようにとてつもなく長く感じられたよ」

フルールの指は痙攣《けいれん》しており、気づけば指が膝に食いこんでいた。「一生どころじゃないわよ」

さらに二幕の活人画が続き、観客の反応はさらに高まった。蒸し暑い〈イグアナの夜〉の雨の森のシーンではキシーが二度目の一人芝居を披露し、その背景を使って鮮やかなジャングルの花のプリント地を使った普段着が紹介された。最後にキシーが大きな真鍮《しんちゅう》ベッドの影絵をバックに〈熱いトタン屋根のネコ〉のマギーを見事に演じ、そのままエキゾチックなイブニングドレスのコレクションに入った。どれも甘美な頽廃《たいはい》のイメージを呼び起こすデザインで、観客は総立ちになった。

ショーが終わると、ミシェルとキシーが喝采《かっさい》に対しお辞儀をした。二人の未来はこれを機に変化するだろう。キシーの揺るがぬ友情と、誤解から長年疎遠になっていたにもかかわらず姉を慕ってくれるミシェルの愛情に応えるには、二人の実力が世間に認められる手助けをすることしかなかった。チャーリーと抱擁し合いながら、二人のクライアントの成功はフルール自身のキャリアにもインパクトを与えるものなのだと気づいた。今日の成功で、信用は大きく前進するだろう。

周囲で人の波がうねり、大広間の奥のかたすみにジェイクの姿があった。彼は親指を立てる仕草を見せ、姿を消した。

翌週は嵐のように電話とインタビューが続いた。〈ザ・ウィメンズ・ウェア・デイリー〉はミシェルのコレクションを〝新しい女らしさ〟と評して特集を組み、ファッション誌の編集者たちは彼の将来の計画について次つぎにニュースを発表した。ミシェルはフルールが立てた記者会見のスケジュールをこなし、そのあとフルールをディナーに誘った。二人はメニュー越しに笑みを交わした。

「サヴァガー家の悪ガキたちもなかなかやるよね、姉さん」

「なかなかどころじゃないわよ」フルールはミシェルのポプリンのサファリジャケットの袖に手を触れた。なかにはボルドー色のシルクシャツ、フランスゲリラ部隊のセーター、スイス陸軍のネクタイをつけている。「あなたを愛してるわ。とても。もっとひんぱんに愛情表現すべきよね」

「ぼくの愛情はさらにもっと深いよ」ミシェルはしばらく黙り、やがて顔を上げた。その動きで彼の髪が肩に触れた。「姉さんはぼくがゲイであることに抵抗があるよね？」

フルールは顎に手を当てた。「あなたが誰かと結婚して、私に姪《めい》や甥《おい》ができるほうが嬉しいけど、それが叶わないのなら、あなたにふさわしい男性と安定した関係を築いてほしいわ」

「サイモン・ケールのような？」

「その話題を持ち出すということは……」

ミシェルはメニューを下に置き、悲しげな目で姉を見た。「計画は実現しないよ、フルール。期待しているのは知っているけど、そうはならない」

フルールはきまり悪かった。「お節介だったかしら？」

「うん」ミシェルは微笑んだ。「誰かがぼくの幸せを気にかけてくれるということが、どんなに大きな意味を持つかわかるかい？」

「そんなことというとあなたの人生に干渉していい認可をもらったと思っちゃうわよ」

「それはやめてくれよ」ミシェルはワインをひと口飲んだ。「サイモンは特別な人で、ぼくらは堅固な友情を築き上げたけど、それ以上に発展することはない。サイモンは強くて自立した人間。誰かを必要としていないんだ」

「そこはあなたにとって重要な点よね。誰かに必要とされることが」

ミシェルはうなずいた。「姉さんがデーモンを嫌っているのは知っているし、姉さんの言い分は正しい。彼はわがままになることもあるし、あまり知性のある人間でもない。それでも彼はぼくを愛しているし、ぼくを必要としている」

フルールは失望を呑みこんだ。「デーモンの趣味が悪いといったことはないわ」

ふとジェイクのことが胸に浮かんだ。彼の性的な魅力に引き寄せられる気持ちがどんどん高まっている。彼を信頼することはできないけれど、彼を求めているのだ。求めてどこが悪い？ フルールはその考えをじっくり掘り下げてみた。恋愛感情を交えない、熱く淫《みだ》らなセックス。彼に求めているのはそれだけだ。それこそ真の女性解放とはいえないだろうか。女に思わせぶりな態度をとる必要がない。とるべきではないのだ。ジェイクの目を直視してただ自分の要望を伝えれば——。

要望とはなんだ？〝あなたと寝たい〟ではあまりに平板でつまらない。〝愛し合いたい〟は暗示的すぎる。〝セックスしたい〟や〝ファックしたい〟なんて最悪だ。

あなたは言葉の壁に屈服するつもりなの？ フルールは自分に問いかけた。こんなとき男ならどうすると思う？ ジェイクならどうするかしら。

なぜジェイクは私を求めないの？

その瞬間フルールはどれほど彼を求めていようと自分が性の侵略者にはなりえないと悟った。気が進まないのが文化的なバックグラウンドのせいなのか、生物学的本能のせいかは考えても仕方がない。なぜならセックスに関するかぎり、女性解放はいろいろな要素が絡み合って複雑このうえなく結論など出せないからだ。

フルールはタイプライターの音は極力気にしないようにし、かわりにキシーにいろいろなオーディションを受けさせるスケジュールを立て、アレクシィの次の動きが何か予測しようとした。これまで彼女の電話を避けてきたクライアントがみな積極的に彼女と話したがるようになり、ミシェルのコレクションから一カ月後の十二月第一週に、キシーは〈ザ・フィフス・オブ・ジュライ〉の限定公演に出演する契約をした。その後ロンドンに飛び、莫大な予算の冒険活劇映画で助演の役を演じることになっている。

ここ何週間もフルールはキシーと仕事のこと以外で話をしていなかった。ある晩玄関のドアを開けてみると親友がピザとダイエットコークの大瓶を抱えて立っていたので、感激した。やがて二人はリビングの新しいコーヒーテーブルをはさんで座った。

「昔に戻ったみたいね。フルリンダ？」キシーは〈テキーラ・サンライズ〉のビデオが流れるテレビ画面を背にいった。「おたがい前より裕福で有名になったんだから、ピザじゃなくてキャビアにすべきなんだろうけど、私はすごくアメリカ的なペパロニ・ピザを共産主義国の魚の卵と交換するつもりはないわ」

フルールはオリビア・クレイトンからもらったバカラのゴブレットに入れたコークをひと口飲んだ。「ピザを食べてコーラを飲むことが偽善的だと思う？　どっちかに決める必要はないでしょう？」

「理屈っぽいことはあなたが考えて。私は食べるから。朝食以後何も食べてなくて、おなかがペコペコなの」キシーは箱からピザをひと切れつまみ、食べた。「こんな幸せな気分は生まれてはじめてよ」

「あなたってほんとにピザが好きなのね」

「ピザのことじゃないわよ」キシーはもうひと口食べた。だが今度はそれを呑みこんでから話した。「演劇や映画、もろもろのことよ。ボブ・フォシーが昨日私に〝こんにちは《ハロー》〟と声をかけてくれたの。〝ハイ〟ではなくちゃんと〝こんにちは、キシー〟とね。ボブ・フォシーがよ！」

フルールは心のなかに喜びが広がるのを感じた。キシーの幸せを実現する手伝いをしたのは自分なのだ。

ベリンダの嬉しそうな顔が脳裏をよぎり、幸せな気分はしぼんだ。娘のキャリアを操作しながら、母も同じ気持ちだったのだろうか？

ロンドンで撮影に入る映画に関して神経質になっているキシーは〈日食〉の撮影時のことでフルールにあれこれ質問をした。結局最後はジェイクの話題になった。「最近ジェイクの話をしなくなったわね」

フルールはピザを置いた。「彼、ここ数週間タイプライターから顔を上げないいんですもの。様子をうかがいにいっても、こっちを見もしないわ」それでも朝はたまに一緒に走っている。大事な話をするわけでもないが。何度か朝食をともにしたこともある。

「つまり彼とは寝てないってことね」

ジェイクの話題は複雑なので、フルールは単純にいいきった。「彼は私の母の愛人だったのよ」

「厳密にいうとそうじゃないでしょ」キシーが答えた。「ずっとそのことについて考えているの。あなたの話からするとベリンダは男を誘惑するタイプで、ジェイクは当時まだ若かった。彼女のほうから誘ったのよ。あなたとジェイクはまだ付き合っていなかったし、ベリンダとジェイクのあいだで何があったにせよ、あなたとは関係ないと思うわ」

「母は私の彼に対する気持ちを知っていたはずよ」フルールは苦々しげにいった。「それなのに母は彼と寝たの」

「それであなたの母親がどんな人かはよくわかるけれど、彼を判断する材料にはならないわ」キシーは横座りした。「まさかいいまでも、ジェイクが映画のためにあなたを誘惑したなんて思いこんでいないでしょうね？　彼とはまだ数回しか会ったことがないけど、彼がそんなことするはずないと思う。たしかに彼にも欠点はあるでしょうけど、やみくもな野心というのはないはず」

「欠点はおおありよ。あんなに本心を隠したがる人間なんて会ったことがないわ。近づきすぎる他人は締め出すの。本音を少しだけ見せてくれたと思うと、たちまちドアを閉じるのよ。気楽な友だち付き合いならそれでもいいけど、彼を愛する相手にとって、それは辛いことよ」

キシーはピザのクラストを下に置き、まじまじとフルールの顔を見た。フルールの頬は燃えるように熱かった。「私は彼に恋なんてしてないわ！　これは一般論なのよ、キシー。たしかに好きなところはあるわよ。顔とか体とか。でも……」フルールは両手を膝におろした。「私には彼を受け入れる余裕はないの。これまで不誠実で人を言いくるめるような相手と関わってきたから、もうそんな目に遭いたくないのよ」

キシーは幸い話題を変えた。二人はオリビア・クレイトンのノイローゼのことや、キシーがロンドンにどんな衣類を持っていくべきかについて話した。しかしキシーの語りたい話題が尽きてしまったようで、そのときフルールはキシーが一度もチャーリー・キンカノンについて話していないことに気づいた。だがキシーは瞳をきらめかせ、じっと座って食べることもできないほど興奮している。この気分の昂揚は仕事のせいだけではないのかもしれない。

「あなたとチャーリーの関係に発展があったのね」

「チャーリー？」

「絶対そうよ！　白状しちゃえ！」

「なあに、フルール。そんな品のない言い方をして」

フルールはキシーの手からピザを取り上げた。「何が起きているのか話すまでは、食べちゃダメ」

キシーはためらい、やがて膝を立てた。「笑わないでよ。あなたからばかにされるのは承知でいうけど……」キシーは指をねじりながらいった。「じつは……」キシーが唾を呑みこんだので喉が動いた。「私、恋をしているかも」

「なぜ私がばかにするのよ？」

「これまでのことを考えれば、チャーリーは私にふさわしい相手じゃないもの」

フルールは微笑んだ。「私はずっと前からあなたとチャーリーはぴったりだと思っていたわ。その意見に反対したのはあなたじゃないの」

キシーは本心を告白すると、気おくれする前にすべてを打ち明けたくなったらしい。「私は戸惑っているの。彼は最高に素敵な人だけど、セックス以外のことを私に求める男性とどんな関係を築けばいいのかわからないんですもの。私が彼を誘惑しようとするたびに、彼はキルケゴールやダダイズム、ニューヨーク・ニックスの話題を私に向けてくるの。何を語り合っていても、彼は一度も会話で優位に立とうとしたことはなかったわ。ほかの男たちのように一方的にしゃべることがないの。彼は純粋に私の意見に興味を持ち、答えを促すの。そして語り合えば語り合うほど、私は自分がほんとうは知性的な人間なのだということを思い出したのよ」キシーは急に涙ぐんだ。「フルール、私はそれが嬉しいの」

フルールも目頭が熱くなった。「チャーリーは特別な人よ。あなたもね」

「笑っちゃうのは、最初のうち私は彼をベッドに誘うことしか考えてなかったってこと。実際そこが私にとって一番心地よい場所だからね。彼に体をすりつけてみたり、彼が迎えにきたとき着替えの最中だったり。でも私がどれほど恥知らずな行動をとっても、彼は気づかなかった。しばらくすると私は彼を誘惑することを忘れて、ただ彼と過ごす時間を楽しむようになったの。そのとき、彼が見かけほど私に無関心ではないのだと気づいたわ。でも彼を本気にさせるにはしばらくかかったの」

キシーの夢見るような表情に、フルールは微笑んだ。「待っただけのことはあったみたいね」

キシーは満面の笑みを浮かべた。「私は彼に指一本触れさせなかったのよ」

「嘘でしょ」

「口説かれるっていいものよ。そして二週間前、彼がリハーサルのあとアパートに来たの。彼からキスをされてとても嬉しかったけど、ふと不安になったの。きっと最後は彼を失望させてしまうってね。そんな気持ちを彼も察したらしく、彼らしい思いやりのある優しい微笑みを浮かべて、言葉の綴り替えを競うゲームのスクラブルをやろうといったの」

「スクラブル?」抑制もそこまでいくと行きすぎだと感じ、フルールはチャーリーに失望した。

「でも……普通のスクラブルじゃないの。いってしまえばストリップ・スクラブル」

やるじゃないの、チャーリー。フルールは片方の眉をつり上げた。「どんなやり方をするのか訊いてもいい？」

「シンプルこのうえないわよ。相手が二〇ポイント獲得するたびに、衣服を一枚脱ぐの。彼と寝たいのはやまやまだけど、口説かれるのも気分がいいし、たまたま私はスクラブルの名人なの」キシーは大袈裟に宙に弧を描いた。「当然私は強力に攻めたの」

「すごいじゃない」

「次は二倍スコアを獲得して猛烈に攻めたわよ」

「きっと彼もはっとしたでしょうね」

「ええ。でも彼も頑張って対抗してきたわ。それでも実力の差は歴然としていたのよ。その時点で、彼はブリーフとソックスしか身につけていなかったの。私はまだスリップもその下につけているものも残していたわ」キシーは眉根を寄せた。「でもその後思わぬ展開になったの」

「期待でわくわくするわ」

「彼が意外な文字にコマを置いたの」

「それで？」

「敵はそれを機に猛反撃してきたわけよ」

「あらまあ」

「巧妙に得点を重ねる彼と比べて、私の劣勢は明らかだったわ。でももっとまずいことが起きたの」

「緊張でドキドキするわ」

「なんとついに三倍スコアを取られてしまったのよ」
「最悪ね」

25

クリスマスまでにフルールは三人のクライアントを獲得した。二人は俳優、一人が歌手だ。アレクシィは新たな攻撃を仕掛けてこず、昔の契約不履行の噂も静まりつつあった。ジェイクとの関係の噂は続いていたが、彼が執筆を再開したらしいという情報が広まると、噂がビジネスの障害になることもなくなった。ロウ・ハーバーのデビュー・アルバムは予想以上にヒットし、思いがけないミシェルのコレクションの成功が大きな宣伝効果をいまだもたらしていた。一月三日のプレミアでキシーが大絶賛されたとき、フルールは自分自身の夢が叶ったように感動した。それなのになぜこんなに心が晴れないのか？　フルールは自身の心の奥底を覗くことを避けるため、いつも以上に仕事に打ちこんだ。

ジェイクが朝のランニングに加わらなくなり、フルールが様子を見にいっても、彼はほとんど口をきかなかった。彼は三カ月近く著書の執筆を続けており、みるみる痩せていった。髪は肩まで伸び、何日もひげを剃らないことが多かった。

一月第二週の寒い金曜の夜、フルールはふと目を覚ました。何も音がしなかった。タイプライターの音がなぜしないのだろう？　フルールはベッドのなかでもぞもぞと体を動かした。

「大丈夫だよ、フラワー」ざらついたささやき声が聞こえた。「おれだ」

冬の庭を照らす灯りが窓からかすかに入り、ジェイクがベッドからそう遠くない椅子にもたれ、長い脚を投げ出して座っているのが見えた。

「何をしているの？」フルールはつぶやいた。

「きみの寝姿を眺めていた」彼の声は夜の闇のように静かで暗かった。「灯りがきみの髪に当たって絵筆のようだ。昔愛し合ったとき、その髪を二人の体に巻きつけたこと、覚えているかい？」

フルールの覚めきっていない体のなかを熱い血が流れた。「覚えているわ」

「おれはきみを傷つけたかったわけじゃない」彼はしわがれた声でいった。「きみは他人の争いに巻きこまれただけなんだ」

フルールは過去のことを考えたくなかった。「もう昔話よ。私はもうそんなにうぶじゃない」

「それがほんとうかどうかは知らない」彼の声は激しさを増した。「枕営業でキャリアを構築しているとおれには思いこませたいらしいが、それにしては男の出入りはないね」

フルールは彼の詩的な表現をまだ聞いていたかった。髪が絵筆のようだ、などと優しくささやかれていたかった。「あなたが上に住んでいるんですもの、当然よ。相手の家に行くの」

「そうかい」彼はゆっくりと椅子から立ち上がり、シャツのボタンをはずしはじめた。「そんなにお気楽にアバンチュールを楽しんでいるというのなら、今度はおれの番だ」

フルールはベッドに起き上がった。「お気楽なアバンチュールなんてしてないわ！」

彼はシャツを脱いだ。「おれたちはもうとっくにこういう関係になってなきゃおかしい。

きみのほうから誘ってくれればよかったのに」

「私が！　あなたはどうなの？」

彼は何も言わず、ジーンズのスナップをはずした。

「いますぐやめて」

「そうはいかない」ジーンズのジッパーが開くとむきだしの平らな腹部が現われた。「本は書き上げた」

「終わったの？」

「きみのことが頭から離れない」

フルールの気持ちは千々に乱れた。彼を求める気持ちは強いけれど、何かがおかしいと感じるのだ。本を書き上げたのなら、安堵した様子を見せるはずなのに、彼はまるで物の怪《け》にとりつかれたような顔をしている。その理由を突き止めなくてはならない。「ジッパーを上げなさい、カウボーイさん」フルールは静かにいった。「話が先よ」

「お断わりだ」彼は靴を脱ぎ、フルールの体を覆うカバーを払いのけ、彼女の太腿あたりでねじれたアイスブルーのナイトガウンを見おろした。「いい眺めだ」彼はジーンズを脱いだ。

「だめよ」

「もう黙れよ」彼はガウンの裾に手を伸ばした。

「話しましょう」フルールは体を離そうとしたが、彼はナイトガウンのスカート部分をまくりあげ、体をつかんだ。

「話はあとだ」

フルールは彼の手首を握りしめた。「私は気晴らしのセックスはしないわ、あなたとは」

彼は急に彼女の体を離し、てのひらでベッドの上の壁をたたいた。「だったらお情けでやるのはどうなんだ？　憐れみでしてやってもいいという考えがあるのなら、実行するいいチャンスだぞ」

そこには彼のむきだしの苦悩があり、フルールの胸は痛んだ。「ああ、ジェイク」

シャッターが音をたてて閉まった。「もういいよ！」ジェイクはジーンズをつかみ、脚をつっこんだ。「おれがここに来たことも忘れてくれ」彼はシャツをひったくり、廊下に出た。

「待って！」フルールはベッドをおりようとしたが、もつれたカバーに足を取られた。やっと足が抜けたと思ったら、ドアが勢いよく閉まった。屋根裏に上がっていく彼の足音が聞こえた。彼の目の下にできた濃い隈《くま》、自暴自棄ともいえるふるまいが思い出された。フルールは深く考える間もなく、廊下に出て屋根裏部屋への階段をのぼった。

ドアはロックされていた。「開けてちょうだい」

返ってくるのはただ静寂だけだった。

「本気よ、ジェイク。このドアを開けて」

「ほっといてくれ」

フルールは悪態をつき、階段をおりてキーを取りにいった。ドアを開けるとき、体が震えていた。

彼は整えていないベッドの上に座り、ヘッドボードにもたれていた。裸の胸の上にビール瓶を乗せ、ジーンズのジッパーはまだ上げていない。彼は反感に満ちた氷のように、冷たい表情を見せた。「賃借人の権利を知らないのか？」

「賃貸契約をしているわけじゃないわ」フルールは床の上にまるまった彼のシャツをまたぎ、彼に近づいた。ベッドまで行くと、彼の気持ちを読もうと様子を観察した。だが見えるのは口のあたりの疲労の影と目の下の隈に刻みこまれた苛立ちだけだった。「お情けがほしいのは」彼女はいった。「私のほうよ。ご無沙汰なんだから」

彼の表情がこわばり、彼はこのことで気楽にケリをつけるつもりはないのだとわかった。苦悩をあらわにしすぎてしまい、カムフラージュが必要なのだ。ジェイクはビールをグイとあおり、床の上を這うゴキブリでも見るような目をした。「それほど男の自信を打ち砕く女じゃなければ、どこかのさえない男が相手をしてくれるだろ」

フルールは彼を殴りたかったが、今夜の彼は自滅的な態度しかとれないのだと察した。

「それじゃあまるで私が相手に困っているみたいじゃないの」

「相手はいるだろうよ」彼は嘲笑するようにいった。「それも旺盛な精力を誇る美青年がさ」

「なかにはね」

「何人？」

なぜ彼はきみが欲しいといわず、こんなふうに双方を苦しめるような態度を取るのだろう？　そのおかげで彼の仕掛ける危険なゲームの相手を務めなくてはならなくなってしまった。「数十人」フルールは答えた。「数百人」

「だろうね」

「そのうち伝説になるわ」

「そう思いこみたいんだろ」彼はまたビールをあおり、手の甲で口を拭いた。「それなのにおれを性的欲求不満の捌《は》け口にしようというのかい。絶倫男の役まわりで」

恥知らずな男だ。「あなたのほうでほかにしたいことがなければね」

彼は肩をすくめ、毛布を蹴《け》った。「そんなものはない。ナイトガウンを脱げよ」

「だめよ。脱がせたければ、自分でやって。そしてそのジーンズを脱いで、あなたの大事なものを披露してよ」

「大事なもの？」

「これはオーディションと考えて」

ジェイクはにこりともしなかった。限界に達したのだろう。「やっぱりやめた」フルールはいった。「ただ横になってくれればいいわ。なんだか攻めたい気分になったから」彼女は頭からナイトガウンを脱いだが、髪がストラップに絡んでしまった。彼の前に裸で立つと心細い感じがした。震える指で絡んだ髪をほどいてみたが、ますます髪が引っかかって取れなくなった。

「体を前にかがめなよ」彼が優しくいった。

彼がフルールをベッドのへりに座らせた。彼女は彼に背中を向けた。むきだしの尻が彼のジーンズに触れた。

ナイトガウンがするりと髪から抜けた。「取れたよ」

彼は彼女の体に手を触れようとはしなかった。彼女は背中をこわばらせ、両手を膝《ひざ》の上で組み、ただ目の前の空間を見つめていた。ここで自分から動くことはできない、と思った。

彼がジーンズを脱ぐ音がした。彼はなぜことを面倒にしないと気がすまないのだろう？

ひょっとしてキスするつもりもないのか。キスもせず、ただベッドに押し倒して行為に及ぶだけなのかもしれない。ただ荒々しく、慌ただしくことをすませてしまうつもりかもしれない。しょせん性根の腐った男。同情心につけこみ、いざとなったら心の内を明かさず、相手を侮辱するだけ。今度もどうせまた逃げ出すつもりなのだろう。

「フラワー？」彼の手が肩に触れた。

フルールはくるりと振り向いた。「キスを省略するんなら、やらない。本気よ！　キスしないのなら、お断わりよ」

彼は目をしばたたいた。

「間違っても――」

彼はフルールのうなじをつかみ、裸の胸に抱き寄せた。「きみを抱きたいんだ、フラワー」彼はささやいた。「きみが欲しくてたまらない」

彼は唇を奪い、情熱的に舌を絡めてきた。フルールは甘いキスにうっとりと酔いしれ、浸り、むさぼった。彼はフルールを仰向けに寝かせ、体を重ねた。

甘いキスは濃密で激しいものへと変わった。彼の息遣いは荒々しくなり、彼女は腰を密着させるために背中を反らせた。彼の体から汗が吹き出し、彼女の汗と混じり合った。彼の手が急に体じゅうを愛撫しはじめた。胸からウエスト、腰から尻へ、そして内部にまで入りこんだ。

その餓《う》えたような性急な動きにフルールは怯《おび》えさえ感じた。欲求不満、長年の禁欲が胸のなかで熱いしこりを作っていた。フルールは彼の肩に腕を巻きつけ、彼の荒々しさをみずからの激しさで受け入れた。「私を愛して、ジェイク」彼女はささやいた。「どうぞ私を愛してちょうだい」

彼の指が彼女のやわらかい内腿に食いこみ、脚を押し開いた。彼はそのあいだに腰を据え、いきなり勢いよく進入した。フルールは叫び声を上げた。彼は彼女の頭を両手でつかみ、荒々しくキスをしながら腰を動かした。フルールはたちまち絶頂に達し、恍惚《こうこつ》となったが、彼は動きを止めなかった。体を密着させ、舌で口を侵略し、髪の毛をつかみ、激しい突きを繰り返した。その動きがいっそう速くなったかと思うと……ざらついた苦悶の叫びとともに果てた。

彼は放出が終わると同時に離れた。フルールは天井をじっと見上げていた。彼の自暴自棄な態度……重い沈黙……寒々とした愛の行為……著書を書き上げた彼は別れを告げようとしているのだ。

〝私を愛して、ジェイク。どうぞ私を愛してちょうだい〟行為のさなかに口にしたみずからの言葉が脳裏によみがえり、フルールは吐き気さえ覚えた。

二人は手を触れ合うこともなく、ただ横たわっていた。

「フラワー?」

フルールの胸に荒涼としたひと気のない熱い砂地が広がっていた。仕事も順調で、友人にも恵まれ何も不満はないというのに、見えるものは不毛の砂漠だけだった。

「フラワー、話したいことがあるんだ」

フルールは彼に背を向け、枕に顔を埋めた。彼は別れ話を切り出そうとしているのだ。フルールは頭痛を覚えた。口は乾き、苦かった。彼が床におりたので、ベッドがきしんだ。

「眠ったふりなんかするなよ」

「何か用？」彼女はようやくそう答えた。

ジェイクは机の上のアームライトを点灯した。フルールは寝返りを打って彼のほうを見た。彼は裸であることも気にせず机の前に座っていた。「今週末キャンセルできないほど重要な予定が入っているかい？」と彼は訊いた。

彼は最後のシーン、かっこいい別れを演じようとしているのだ。「私のベッドの枕の下に予定表があるから見てみるわ」彼女は疲れたようにいった。

「いいから、さっさと荷造りしろ！　三十分後に迎えにいくぞ」


二時間後、二人はチャーターしたジェット機に乗っていた。行き先はわからなかった。ジェイクは隣りの席で眠っている。こんなむなしい恋を性懲《しょうこ》りもなく二度も繰り返すなんて、自分には何か重大な欠陥があるに違いない。フルールはもはや自分の心から目をそらすことはできなかった。私はジェイク・コランダを愛している。

十九歳で彼に恋をし、また彼を愛してしまった。性が合うと感じたのは彼だけだった。こんなに自分の殻に閉じこもろうとする男を自分の分身のように感じてしまうのだ。自分は死の願望でもあるのだろうか。彼は何度も心の修道院の門に彼女を置き去りにする。彼を愛しても報われない。重要なことは何一つ話してくれない。戦争で体験したことや若き日の結婚のこと、〈日食〉の撮影中に起きたこと。すべてを辛辣な冗談ではぐらかすだけ。よく考えれば正直、自分も彼に対して同じことをしている、と思う。でもそれは自分を守りたいからでしかない。彼は何を守ろうとしているのだろう？

サンタ・バーバラに到着したのは朝の七時だった。ジェイクは朝の冷気をよけるためにレザージャケットの襟を立てた。もしかするとどこかに潜んで覗き見をしているファンの目から逃れるためなのだろうか。彼は片手でアタッシェを持ち、もういっぽうの手でフルールの肘をつかみ、駐車場に向かった。黒っぽいジャガーのセダンの前で立ち止まった彼はドアを開錠し、アタッシェと彼女の荷物を後部座席に投げ入れた。

「目的地まで少しあるから」彼の声は意外にも優しかった。「少し眠ったほうがいい」

コンクリートの片持ち翼の家はフルールの記憶とほとんど変わっていなかった。これから迎える別れのシーンになんとふさわしい場所だろう。「犯罪現場に戻るってこと？」車が家の前に停まると、彼女はいった。

ジェイクはイグニッションを切った。「犯罪と呼ぶべきかどうかは別にして、おれたち二人は過去のわだかまりを解消しなくてはいけないし、そのためにはここがどこよりふさわしい場所だと思う」

フルールは疲れ、動揺していたので皮肉を口にせずにはいられなかった。「ルートビアのスタンドがなくて残念ね。純真さの喪失をテーマにするのなら……」

彼はフルールの言葉を無視した。

彼がシャワーを浴びているあいだにフルールは水着に着替えた。あたたかいローブをはおり、プールの水温を見るために外に出た。一月の朝の冷気と闘えるほど水は温められていなかったが、フルールはローブを脱ぎ、水に飛びこんだ。水の冷たさにたじろぎながらも、何ラップか泳いだ。しかし心に渦巻く緊張の糸はほぐれそうもなかった。彼女は水から出て、大きなバスタオルを体に巻きつけ、日のあたる場所に置かれた長椅子に横たわった。そしてすぐに眠りこんだ。

数時間後、艶やかな黒髪の小柄なメキシコ女性がフルールを起こして、もうすぐ夕食ですので、その前に着替えをなさったらいかがですかといった。フルールは昔ジェイクと愛し合った低い浴槽のあるバスルームを意図的に避け、狭いほうの客用浴室を使った。シャワーを終え、櫛《くし》で髪を後ろに撫でつけるころには、体がしゃんとした。彼女はライトグレイのスラックスと襟のあいたセージグリーンのブラウスを着た。リビングに足を踏み入れる直前、ジェイクからもらったネックレスをつけたが、それを彼に見せないよう胸元のボタンを留めた。

ジェイクはひげを剃り、かなりまともなジーンズにライトブルーのセーターを着ていたが、口のあたりに刻みこまれた疲労の色はまだ残っていた。二人ともあまり食欲がなく、食事中張りつめたものが漂い、会話はなかった。フルールは二人のあいだに起きた出来事にこれから決着がつくのだという気がしてならなかった。待ち受けているものが幸福な結末であるはずがなかった。ジェイクへの愛はいつだって片思いなのだ。

最後に家政婦がコーヒーを運んできた。家政婦は二人がせっかくの食事を残したことへの腹いせなのか、必要以上に勢いをつけてポットをテーブルに置いた。ジェイクは今夜はもう帰るように、といい、裏のドアが閉まる音がするまでじっと身動きしなかった。彼はテーブルから離れ、姿を消した。彼は分厚い茶封筒を抱えて戻ってきた。フルールはそれをまじまじと見つめ、次に彼の表情をうかがった。「ほんとに書き上げたのね」

彼は自分の髪を撫で上げた。「おれはしばらく出かけるから、もしよかったらそのあいだにこれを読んでもいいよ」

フルールは封筒をおそるおそる見つめた。「ほんとに？　私が急きたてるようにして書かせてしまったから、もしかしたら――」

「おれがいないあいだに連載版権なんか売るんじゃないよ」彼は笑おうとしたが、無理だった。「これはきみのために書いたものだ。きみのためだけに」

「どういう意味なの？」

「言葉どおりの意味だよ。きみに読ませるためだけに書いたんだ」

フルールには理解できなかった。三カ月間身を削るようにして書いた原稿を彼女だけに読ませるとはどういうことなのだろう？　これを刊行するつもりはないということなのか？フルールはまたアヒルの模様のシャツを着た幼い女の子のことを思い浮かべていた。この原稿のなかに当時の状況を説明する記述があるのだ。内容を考えるとあまりに気が重く、吐き気さえ覚える。

彼は背を向け、歩み去った。キッチンを抜けていく彼の足音が聞こえた。先ほど家政婦が出ていった戸口から外へ向かっていく。フルールはコーヒーを窓際に運び、紫色のたそがれを見つめた。彼は大虐殺について二度書いた。最初は〈日曜の朝の日食〉という映画の脚本でフィクションとして書き、今度はこの茶封筒に入った原稿に事実として書いた。フルール

子に腰を落ち着け、灯りをつけ、読みはじめた。

はジェイク・コランダという男の二面性について思いをめぐらせた。バード・ドッグ・カリバーの残忍さと人間の心理を探ろうとする脚本家としての繊細な一面。バード・ドッグが作られたイメージであることは彼女も最初から見抜いていた。だがそれだけでなく、これまで抱いていた彼の人物像がすっかり覆されてしまうのではないかという気がしてきた。

フルールはさんざん逡巡《しゅんじゅん》して、ようやく茶封筒から原稿を取り出した。そして窓際の椅子に腰を落ち着け、灯りをつけ、読みはじめた。

ジェイクはガレージの横に取り付けられたバスケットボールの輪に向かってドリブルし、素早くダンクショットを決めようとしたが、コンクリートの上でブーツの革底がすべり、ボールは輪の縁に当たった。一瞬なかに戻ってスニーカーに履き替えようかと考えたが、彼女が読んでいるところを見たくなかった。

彼はバスケットボールをわきに抱え、斜面を生かした石の壁に向かった。メキシコビールの六本入りパックでも持ってくるんだったと後悔したが、取りに戻るわけにもいかない。彼女の近くに寄るつもりはない。またしても彼女が幻滅する様子を目にしたくないからだ。

彼はざらざらした石にもたれかかった。二人の問題を終結させるためなら、もっと彼女の嫌悪感をあおらずにすむ方法があったのではないか？　そう思うと胸が苦しくなり、頭のなかで観客の歓声を想像してみた。フィラデルフィア・スペクトラムのセンターコートにいる自分を思い浮かべる。セブンティシクサーズのユニフォームの胸元には六番という数字がある。ドックだ。

ドック……ドック……彼はドックになったイメージをふくらませようとしたが、うまくいかなかった。彼はガレージ横の輪のほうに戻った。おれはジュリアス・アーヴィングだ。以前ほどのスピードはなくなったが、それでもまだスーパースター、跳躍力は衰えていない。……ドック。

しかし観客の歓声は聞こえず、頭のなかにはある音楽が響いていた。

家のなかで数時間が過ぎ、読み終えた原稿がフルールの足もとに重なっていた。髪に留めていた櫛は滑り落ち、長時間同じ姿勢で座りつづけたので背筋がつっていた。最後の一ページを読み終えるころには、涙を抑えきれなくなっていた。

ベトナムのことを思い出そうとすると、当時いつも聞いていた音楽が耳に響いてくる。オーティス……ザ・ストーンズ……ウィルソン・ピケット。なかでも忌まわしい殺戮の荒野に昇る〝不吉な月《バッド・ムーン・ライジング》〟のクリーデンス・クリアウォーターが忘れられない。私が帰国のためにサイゴンで飛行機に乗せられたときもクリーデンスの曲がかかっていた。最後にモンスーンのじっとりと湿気を含んだ重い空気を吸いこんだとき、自分は不吉な月の呪いを受けたのだと思った。あれから十五年、まだその呪いは解けていない。

26

フルールはフラッドライトを浴びながらガレージわきの地面に座っているジェイクを見つけた。膝にバスケットボールを抱え、まるで地獄の業火《ごうか》をくぐり抜けてきたかのように悄然《しょうぜん》と石の壁によりかかっている。地獄を潜り抜けてきたというのはあながち大袈裟な言い方ともいえないだろう。フルールは彼のそばに膝をついた。見上げた彼の目にはいっさいの同情を拒むかのような厳しさがあった。

「私があれを読んでどんなに大きな恐怖を覚えたか、わかる？」彼女はいった。「あなたが辛辣な比喩《ひゆ》を使う人だということを忘れて読みふけったの。大虐殺や黄色いアヒルの模様があるシャツを着た女の子……罪もない一般人をふくむ村全体をあなたが全滅させたのだと思い、恐ろしくて背筋が凍りつきそうだった……まるであなたについての私の本能的認識が覆されたように感じたわ。あなたはあの忌まわしい大虐殺を実行した一人だったのだと思えて」

「そのとおりさ。あの戦争そのものが大虐殺だったんだ」

「広い意味ではそうかもしれない。でも事実をいってるの」

「じゃあ、事実を知って安心しただろうね」彼は皮肉っぽくいった。「ジョン・ウェインは兵役を免れるために神経症のふりをした」

これではっきりした。ジェイクが過去を胸に秘してきたのも、自分のまわりに高い壁を築いてきたのもこれが理由なのだった。自分が逃げ出したと知られたくなかったからなのだ。

「あなたはジョン・ウェインじゃないのよ。まだ二十一歳の、人生経験も少ない若者にすぎなかった」

「おれはパニックでおかしくなったんだ、フラワー。わからないのか？　おれは天井に向かってわめいていた」

「おかしくなって当然だわ。あなたの本質を考えればね。美しい繊細な作品を書ける感性豊かな人が人間の苦しみを目にして、正常な精神状態でいられるはずがないのよ」

「同じ光景を目にしても多くの兵士は神経を病むことはなかった」

「あなたはあなたよ」

フルールは手を差し伸べたが、その手が届く前にジェイクは立ち上がり、背を向けた。

「あれはきみの保護本能をおおいに刺激したみたいだな」その皮肉な口調に、フルールの胸は痛んだ。「きみは同情を覚えたようだが、そんな目的のためにあれを書いたわけじゃない」

フルールも立ち上がったが、今度は手を伸ばさなかった。「原稿を手渡すとき、私に感想を述べないよう釘を刺しておけばよかったのよ。あなたのカリバー映画を観たあとの反応と同じようなものを期待したの？　それは無理よ。私はあなたが人の体に銃で風穴を開けるところを見たくないもの。そんな姿より病院の寝台で、村の大量虐殺を止めることができない苦悩を天井に向かってわめき散らしているほうがずっと好ましいと感じたわ。あなたの苦しみに心から共感を覚えたし、もし私のそんな反応を見たくないのなら、原稿を読ませないでほしかった」

その言葉を聞き、ジェイクは落ち着くどころか、ますます怒りをあらわにした。「きみはまるきりわかっちゃいない」

彼は荒々しい足取りで歩み去り、フルールはそんな彼を追うことができなかった。これは彼の問題なのだ。彼女はプールに向かい、ブラとパンティだけになった。寒い外気に震えながら、暗く冷たい水を見つめていたが、やがて水に飛びこんだ。そのあまりの冷たさにフルールは息もつけなかった。深いプールの底まで泳いだ彼女は水面に戻り、背中を下にして水の上に浮かんでいた。そして冷たさに耐えながら待った。

彼の子ども時代に対して、胸がよじれるほどの憐憫《れんびん》を感じた。人生に疲れ、人生の不条理に憤りを覚えるあまりわが子に愛情を注いでくれない母親。彼は母の優しさも知らずに成長した。彼は近所のバーに出入りする男たちのなかに父親を求めた。父親のような情を示してくれる相手もときにはいた。彼が大学の奨学金を受けたことはなんと皮肉なことかと思う。感受性豊かで繊細な心を生かすための奨学金でなく、容赦ないスラムダンクを決めるための奨学金なのだから。

氷のような水に浮かびながら、フルールは彼とリズとの結婚について考えた。ジェイクは二人の関係が終わったあともリズを愛しつづけていた。そこが彼らしい。ジェイクは簡単に人を愛さない。だが一度愛するととことんだ。入隊したときは苦悩のために心が麻痺《まひ》しており、戦争や死、薬物で気を紛らわせようとむなしい努力を続けた。彼は戦死など恐れていなかった。その無謀さを思うとぞっとするほどだ。村での大量虐殺に対してなすすべもないと知ったとき、彼の心は壊れた。軍の病院で長期にわたって治療を受けても彼の心は癒えることはなかったのだ。

空を見つめながら、その理由が理解できたような気がした。

「水は冷たい。もう出たほうがいい」彼はプールサイドに立っていた。彼の様子は優しくもなく、さりとて冷ややかでもなかった。ビールの缶を持ち、もういっぽうの手でオレンジ色のタオルをぶらさげている。

「まだ出ないわ」

ジェイクはためらったが、タオルとビールを持ってラウンジチェアに向かった。

フルールは頭上を通り過ぎていく雲を見つめた。「なぜ書けなくなったことを私のせいにしたの？」

「きみに会ってから書けなくなったからだよ。きみが現われる前はすべてが順調だった」

「その理由はわかったの？」

「ある程度は」

「それを明かすつもりはないの？」

「気が進まないね」

フルールは脚を下におろし、水中で動かした。「書けなかった理由を教えてあげましょうか。私が要塞を襲ったから、壁を破ったからなのよ。あなたが分厚くて丈夫な壁を築いたのに、あなたに夢中な十九歳のうぶな女の子がその壁を壊しそうになっていたの。一度その壁が壊れたら、二度と元どおりにはならない。だからあなたは死ぬほど怯えたのよ」

「そんな複雑な話じゃないだろ。きみが姿を消してからおれが書けなくなったのは罪悪感のため。それだけのことさ。きみのせいじゃないことはいうまでもない」

「違う！」フルールは脚が底に触れるまで移動した。「罪悪感なんて感じてなかったくせに。それは言い逃れよ」フルールは声を詰まらせた。「あなたは後ろめたいことなんてしていないんだもの。あなたが私を抱いたのは欲望のため、そして少しは愛情もあったから」

こみ上げる思いでフルールは息もできなかった。「あなたはきっと私を愛してくれたはずなの。私だけの気持ちで二人があんなに親密になれるはずがないもの」

「おれの気持ちなんてきみが知るはずがない」

フルールは小刻みに震えながら水のなかに立っていた。ブラは胸に、花のネックレスは肌に貼りついていた。すべてが急に明瞭に見え、もっと前に気づかなかったことが不思議なほどだった。「これはすべて男らしさの問題なのよ。〈日曜の朝の日食〉を書いたことで、作品に内面を投影する傾向が出はじめたと思っているときに私が現われ、あなたの蛍光灯が点滅を始めたの。あなたが書くのをやめたのは私が原因じゃないわ。化けの皮が剝がれるのを恐れたからなのよ。スクリーンで見せる、たくましい男《タフガイ》のなかの男のイメージとあまりにかけ離れた真の自分を知られたくなかったのね」

「まるで精神科医だな」

寒さで歯がガチガチ鳴りはじめ、短いとぎれとぎれの言葉しか出なくなった。「スクリーン・イメージのことであなたはウィンクまじりで軽口をたたいてみせもする。〝たしかにあれは演技だけど、おれ自身も充分マッチョだろ〞ってね」

「くだらん」

「あなたは少年時代からタフガイを演じはじめた。そうしないとクリーブランドの路上で生き残っていけなかったから。でもしばらくすると、あなたはそれがほんとうの自分だと思いこむようになった。自分はすべてを乗り越えられる、たくましいやつなんだと。バード・ドッグみたいにね」フルールはプールのはしごをのぼり、冷気に身を震わせた。「感情のないバード・ドッグはあなたの理想なの。苦痛を知らない人間は気楽でいられるものね」

「でたらめばかりいうな！」ジェイクはビール瓶をテーブルにたたきつけた。

反論の余地がないことを認めず、もっとも近い対象、彼女に八つ当たりするジェイク。フルールは寒さで肩をいからせ、胸の疼《うず》きを感じながらプールの手すりを握りしめた。「バード・ドッグはあなたとは似ても似つかない人間よ。それがわからない？　あなたの神経がおかしくなってしまったのはあなたの人間性の表われであって、弱虫だからじゃないのよ」

「ばかいうな！」

フルールは歯があまりにガチガチいってほとんど口もきけなくなっていた。「傷ついた心を癒したかったら、なかへ入って自分の原稿を読めばいいのよ！」

「信じられない、とんでもない考え違いだ」

「自分の原稿を読んで、神経がズタズタになってしまった勇敢な若者に同情したら？」

彼は椅子から立ち上がった。怒りで顔色が蒼ざめていた。「きみはすべてを読み違えている！　勘違いもいいところだ！　まるで内容をつかめていない。おれは憐れみを誘うためににこんなものを書いたんじゃない！」

「自分で読んでみたらどうなのよ！」フルールは夜の闇に向かって声を張り上げた。「この世に誰一人頼れる人のいない若者の心理を読み取って！」

「なぜわからない？」彼は叫んだ。「憐れみじゃない、嫌悪感を抱かせるために書いたんだよ！」ジェイクは歩きながら足元にあった椅子をプールに向けて蹴飛ばした。「きみがあきれ果ててこんなおれのことなんてきれいさっぱり忘れられるように、これを書いたんだ！」

彼は荒々しい足取りで家のなかに入り、またしてもフルールは心の修道院の門に一人残され、たった一人、寒さに震えながら茫然《ぼうぜん》と立ち尽くすしかなかった。寒さで体は震え、感覚は麻痺し、フルールは力なくうずくまった。家を囲むヒマラヤスギが風になびき、枝を鳴らした。フルールはオレンジ色のビーチタオルをつかみ、体を包んだ。そして脱ぎ捨ててあった衣類の山に頭を乗せ、それを握りしめた。その瞬間、ついにこらえていた嗚咽《おえつ》がもれ、彼女は涙が涸《か》れるまで泣き尽くした。

ジェイクは暗いリビングの窓辺に立ち、プールサイドで泣き崩れるフルールの姿を見つめた。あれほど美しく善良で輝きに満ちた女性を自分が地獄に引きずりこんでしまったのだと思うと、胸が痛んだ。彼女の悲しみをできることならかわってやりたかった。だがそばに近づくわけにはいかなかった。あれを書いたのは、なぜ自分が彼女にすべてを捧げられないのか、なぜあれほど素晴らしい相手の愛に応えられないのか、理解してもらいたかったからだ。いかに自分が弱虫で愛される資格のない人間なのかを知ってほしかったからなのだ。

いつかフルールとキシーが〈明日に向かって撃て〉を観ているところに出くわしたことがあった。レッドフォードなら病院の寝台の上で胎児のように体をまるめることはないだろう。ドックだってあんなふうに神経を病むことなどないはずだ。バード・ドッグならなおさらだ。こんな男とわかったら彼女が自分のような男を愛せるはずがないのだ。

ジェイクは窓から離れた。彼女をここへ連れてきたことも、彼女とまた関わるようになったことも、彼女を深く愛するようになったことも、すべてが間違いだったのだ。自分が恋愛に適していないことはとうの昔に思い知っていたのではなかったか？　愛は生きるために必要な防御の壁を突き破る。彼女は強い。だからこんなに弱い自分を受け入れることができないだろう。苛酷な戦争のなかで兵士たちは正気を保って生き延びたのに、自分だけが落ちこぼれてしまった。

彼女が読んだ原稿が椅子のまわりに散らばったままになっていた。彼女があの長い脚を折り曲げ、美しい顔を曇らせながら一心に読みふける姿が目に浮かぶようだ。今夜寝る前に火を熾《おこ》して原稿はすべて燃やしてしまおう。これはまるで手榴弾のようなもの。そばにあったらおちおち眠れない。フルール以外の誰かに見られたら、それこそピストルで頭をぶち抜かれたも同然だ。

彼はふたたび窓際に戻った。彼女はもう泣いていなかった。きっと眠ってしまったのだろう。

また彼女が座っていた椅子のところに戻ると、原稿の最初のページが目に入った。彼はそれを拾い上げ、レイアウトやタイプの質を確かめ、文字列の右側が端に寄りすぎていることに気づいた。そうしたばらばらな、重要ではない要素に見入り、やがて読みはじめた。

第一章

ベトナムでは何もかもが偽装爆発物として使われた。タバコの箱、ライター、キャンディの包み紙などが目の前で爆発した。だがクァング・トリの道端に横たわった赤ん坊の死体に爆弾が仕掛けられているとは夢にも思わなかった。あれこそ自分の認識の甘さを思い知った瞬間だった……。

夜更けてジェイクは眠ったフルールを抱き上げてなかへ運んだ。客室のドアに彼女の頭をぶつけた彼は悪態を口にしたが、ベッドに寝かせおやすみとささやいた彼は思いがけず優しかったのでフルールはそのまま眠ったふりをした。

彼は心を偽る人なの、といつか彼のことをキシーに話して聞かせたことがあったけれど、それは間違った見方ではなかった。ただでさえ苦しい人生を歩いているのだから、もうこれ以上こんな辛い思いを続けたくない。これほど心を痛めつける人を愛することに耐えきれなくなったのだ。

翌朝早く起きてみると、ジェイクがカウチで眠っていた。口は少し開き、床に散らばった原稿に向けて腕を垂らした状態だ。フルールは彼のジャガーのキーを探し出し、一泊用の旅行かばんに持ち物を急いですべて投げこんだ。ガレージにトラックが停まっていたので、彼の移動手段を断つわけではないと思った。

間もなく車のエンジンをかけバックで車道に出た。朝日がまぶしかった。昨日泣いたせいで目はまだ腫《は》れている。バッグに手を入れ、サングラスを探す。傾斜のきつい車道にはわだちがくっきりとついている。これもまた警戒心の強い彼らしい。進入路を通り抜けできない造りにして、大事なプライバシーを守ろうとしたのだ。

車はゆっくりと坂道をおりはじめた。ふと見るとバックミラーに動くものが映っている。ジェイクが車を追ってくる。シャツの裾はズボンからはみだし、髪の毛も片方が立っており、これから人でも殺そうかという恐ろしい形相をしている。何を叫んでいるのかは聞きとれなかった。いっそ聞こえないほうがいいのだ。

フルールはアクセルを踏みしめ、スピードをゆるめないで角を曲がったので、車の底がわだちの一つに引っかかった。抜け出そうとしてハンドルを右に切りすぎ、ジャガーは大きく道をそれ、それを元に戻そうとしてタイヤが排水溝にはまってしまった。

フルールはイグニッションを切り、ハンドルに腕を乗せ、ジェイクが来るのを待った。怒声を浴びせられるか、皮肉られるか、その中間の反応を見せるか。なぜこのまま帰らせてくれないの？　なぜいつも面倒な事態におちいってしまうの？

運転席のドアが勢いよく開いたが、フルールは動かなかった。彼の息遣いは半年前の七月四日の夜と同じぐらい荒かった。フルールはサングラスを高い位置にずらした。

「ネックレスを忘れてるよ」彼の声は普段より甲高かった。彼は咳払いした。「このネックレスは持っていてほしいんだ、フラワー」

アサガオのペンダントが彼女の手のなかにするりと落ちた。彼の手のぬくもりが金属に残っていた。フルールはフロントガラスの向こうを凝視していた。「ありがとう」

「きみ——きみのために特別に作らせたものなんだ」ジェイクはまた咳払いをした。「知人に頼んで。自分で描いた絵を渡して」

「素敵なペンダントね」彼女は受け取ったばかりのように褒めたが、彼のほうは見なかった。

彼の足が砂利の上で動いた。「行かないでくれよ、フラワー。ゆうべのことは……」彼の声は風邪でも引いたかのように嗄《か》れていた。「謝るよ」

フルールは泣かないつもりだったが、こらえるのが辛く、ちぎれた心同様、言葉も途切れ途切れにしか出てこなかった。「もう——これ以上耐えきれない。帰らせて」

彼は荒い息を吸いこんだ。「きみにいわれたとおり、原稿を読んだ。きみの……きみのいったとおりだったよ。おれはあまりに長く自分の殻に閉じこもっていた。恐怖心から。でもゆうべきみを迎えにプールに行ったとき……突如きみを失いたくない自分の気持ちに気づいたんだ。この思いが十五年前の別れのときよりずっと深く強いものだということに」

フルールはようやく彼の顔を見た。しかし彼は目をそむけた。彼がまた咳払いをしたのでサングラスをはずしたフルールは、彼が泣いていることにはっと気づいた。

「ジェイク？」

「見ないでくれ」

フルールが目をそむけたとたん、彼に腕をつかまれ車からおろされた。彼は息が詰まるほど激しく彼女を胸に抱きしめた。「行くな」それは喉から搾《しぼ》り出すような声だった。「おれはずっと孤独だった……これまでずっと。おれはきみを深く愛している。お願いだよ、フラワ

―」

フルールは彼の内面の壁が崩れたのを感じた。彼が心のまわりに築いた厚い壁が瓦解《がかい》していく。そこにはフルールが求めつづけてきた、生々しい感情をあらわにしたジェイク・コランダがいた。誰にも見せたことのない姿を彼女にだけさらけだしてくれる彼がいた。それを見た彼女の胸は痛んだ。

フルールは彼の涙を口に含み、呑みこんだ。そして彼の体をさすり、彼の悲しみを癒そうとした。「大丈夫よ、カウボーイさん」彼女はささやいた。「心配しないで。私もあなたを愛しているわ。ただ、もう私を締め出さないで。すべてを受け入れられるけれど、それだけは辛いから」

彼は目の縁を赤くしたまま、じっとフルールを見おろしていた。そこにはいつもの横柄さはなかった。「きみはどうなんだ？　この先いつまでおれを締め出すつもりだ？　いつになったらおれを受け入れるつもりだ？」

「何をいってるのかさっぱり――」フルールはそういいかけて彼の顎に頬をあてた。煙幕を張っているのは彼だけではない。これまでずっと彼女は自分の価値を他人の意見のなかに見出そうと努めてきた。修道院のシスターたち、ベリンダ、そしてアレクシィ。それがいまはビジネスに変わっただけだ。エージェンシーは成功させたいけれど、もし失敗したら自分は人間以下になると思っている。まっとうに生きているにもかかわらず。彼女もまた、ジェイク同様、思い違いの犠牲者なのだ。

〝昔のあなたに同情を感じてごらんなさい〟とフルールは彼にいった。そのアドバイスを自分に当てはめ、かつての怯えた少女に同情すべきなのかもしれない。

「ジェイク？」

彼は彼女の首筋に唇をあてたまま、なにごとかつぶやいた。

「あなたの手助けが必要よ」彼女はいった。

彼は指先を彼女の髪に絡め、二人は失った時間を取り戻すかのように長いあいだキスを続けた。ようやく体を離すと、彼がいった。「きみを愛しているよ、フラワー。この車をここから出して、海に行こう。大海原を見て、きみを抱き、ずっと胸に秘めてきたことすべてをきみに打ち明けたい。きみもおれに話したいことがあるはずだよ」

フルールは彼に伝えたいことに思いをめぐらせた。修道院のこと、アレクシィのこと、ベリンダとエロール・フリンのこと。失われた数年間のこと、そして野心。彼女はうなずいた。

二人は車を道路に戻した。ジェイクが運転席につき、ゆっくりと車道をおりながら、彼はフルールの手をとり、指先にキスをした。彼女は微笑んで優しく手を引っこめた。バッグにはポケットミラーがついたコンパクトが入っていた。彼女はそれを開き、自分の顔をしげしげと見つめた。鏡に映ったものに心乱され、不安は覚えたが、目をそむけなかった。一つひとつの造作を頭ではなく心で見るようにした。

この顔も自分の一部なのだ。大きすぎて自身の美の定義からは離れている顔ではあるけれど、知性もあり、思いやり深い目をしている。大きな口にはユーモアが感じられる。これはバランスの取れたいい顔だ。これが自分に合った顔なのだ。「ジェイク？」

「うん？」

「私ってほんとに美人よね」

ジェイクはそれを聞いてにやりと笑った。それはいまにも皮肉めいた言葉を返しそうな表情だったが、意外にも彼は真顔に戻った。「誰より美しいと思うよ」彼はただそういった。

フルールは溜息をつき、満足げに微笑んでシートにもたれた。


バイクのライダーはジャガーがカーブを曲がって走り去るのを待って、やぶのなかから姿を現わした。ヘルメットをはずしたその男は道路を見つめた。そしてわだちのある車道から片持ち翼の家に向かっていった。

27

二人は寒さに震えながら浜辺をあてどなく散歩し、一時間後に帰宅した。ジェイクは暖炉の火を熾し、その前にふとんを置いた。二人はたがいの衣服を脱がせ合い、愛し合った。それはゆったりとした優しさに満ちた愛の儀式だった。二人は上になり下になり、彼女の長い髪を体に巻きつけながら交わった。

しばらくして二人はおごそかに原稿を燃やした。一枚火にくべるごとにジェイクは若返った。「これでやっと忘れられる」

フルールは彼のむきだしの肩にもたれながらいった。「忘れないで。あなたの過去もあなたの一部よ。恥じることは何一つないの」

彼は火搔き棒をつかみ、原稿の一ページを炎に押しこんだ。彼は何も答えず、彼女も答えを促すことはなかった。そうした心境に至るにはまだ時間が必要なのだ。過去の出来事を話してくれただけでいまは充分だとフルールは思った。

フルールはオフィスに電話をかけ、デービッドに数日休暇をとると伝えた。「休暇をとるのが遅すぎたぐらいですよ」とデービッドはいった。

二人は外界との接触を避け、家にこもった。虹のような幸福感に浸かり、優しく情熱的な愛の行為は信じられないほど素晴らしかった。

三日目の朝、彼女がTシャツだけを身につけベッドに横たわっていると、ジェイクが体にタオルを巻いてバスルームから出てきた。彼女は頭を少しだけヘッドボードにもたせかけた。

「乗馬をしに行きましょうよ」

「この近くには乗馬できるような場所がないんだ」

「どういう意味？　ここから三マイルも離れていないところに厩舎《きゅうしゃ》があるじゃないの。昨日車で出かけたとき、見かけたもの。私、ずいぶん長いこと馬に乗っていないのよ」

ジェイクはジーンズを手にとり、いつもの彼らしくなくしわが入っていないか念入りに調べた。「一人で行ってこいよ。やり残した仕事を片づけたいんだ。それにおれは仕事でいやになるほど馬に乗ってるんだからさ、馬なんて乗ったら休みにならないよ」

「あなたと一緒じゃなくちゃ、楽しくないわ」

「別々に行動することに慣れるべきだといったのはそっちだぞ」彼はスニーカーにつまずいた。

フルールは落ち着きのない彼の様子にあらためて目を留めた。そしてとんでもない疑問が頭に浮かんだ。「西部劇にはどのくらい出演した？」

「五、六作かな。はっきりとはわからない」彼はフルールの前で体に巻いたタオルをはずすことがためらわれたのか、ジーンズをつかみ、バスルームに戻った。

「七作じゃないの？」フルールは陽気な声を張り上げた。

「そうだったかな。うん。そんなもんだろう」水道の蛇口をひねる音、続けてせかせかと歯を磨く音が聞こえてきた。ジェイクはようやくバスルームから出てきた。上半身には何も着ず、ジーンズのジッパーは開いたまま、口の端に歯磨きの泡がついている。

フルールはにこやかな微笑みを浮かべた。「七作なのね？」

ジェイクはぎこちない手つきでジッパーを上げた。「ああ」

「それじゃ乗馬歴は長いわけね」

「くそ、ジッパーが引っかかった」

彼女はなるほどというようにうなずいた。「鞍《くら》に乗りっぱなしなのね」

「ジッパーが壊れたみたいだ」

「ところで馬に乗るのが怖いのは以前からなの、それとも最近のこと？」

彼ははっと顔を上げた。「なんだって？」

フルールは何もいわず、ただ微笑んだ。

「このおれが、馬が苦手だと思うのか？」

彼女は黙っていた。

ジェイクはなおもジッパーを引っぱった。「きみは千里眼か」

彼はなおも拒みつづけるつもりのようで、何をいうかとばかりに鼻を鳴らしさえした。彼女はあまったるいほどの優しすぎる微笑みを浮かべた。ジェイクはついにうなだれた。「馬が怖いわけじゃない」と彼はつぶやいた。

「どう感じるの？」彼女はささやくようにいった。

「馬とは相性が悪い、それだけのこと」

　フルールは笑い声を上げ、ベッドの上に転がった。「馬が怖いんだ！　バード・ドッグは馬が怖いんだ！　これであなたは死ぬまで私の奴隷よ。一生これであなたを脅せるってものよ。これからはずっと背中のマッサージや手料理でサービスして、ベッドでも奇抜な技で奉仕して――」

　彼は気まずそうな表情を浮かべた。「おれは犬が好きなんだよ」

「そうなの？」

「とくに大型犬が」

「そうなんだ」

「ロットワイラー、シェパード、マスティフ。でっかいほどいい」

「意外ね」

「当然だろ？」

「予想外だったわ。あなたってチワワとかの小型犬を好むタイプかと」

「そんなわけないだろ。小型犬はよく吠えてうるさいし」

　フルールは笑いながらジェイクの腕に飛びこんだ。

　二人で過ごす最後の一日を惜しむかのようにフルールは彼の膝に頭を乗せ、翌日一人でニューヨークに戻らなくてはならないのが残念でたまらなかった。だがジェイクはあの原稿を書くために怠《おこた》ってきた仕事をすませるのに、あと数週間はカリフォルニアに滞在しなくてはならないのだった。

　彼はフルールの髪をひと房つかみ、手で束ねた。「じつはずっと考えていることがあるんだ……」その束で彼女の唇を撫でながらいう。「どうだろう？　どうなると思う？」毛の束で今度は頬骨を撫でる。「もしも二人が……結婚したら？」

フルールの心に喜びの波が押し寄せた。彼女は顔を上げた。「本気なの？」

「もちろん」

彼女の心に広がった喜びの泡が少し横に流れ、黄色い警告灯がともった。「急すぎる気がするわ」

「知り合って七年になるんだぞ。それほど急とはいえないだろう？」

「でも七年間会わなかったのよ。おたがい結婚が失敗したら傷つくわ。もっと自信が持てるようになってからでないと」

「気持ちが揺らぐことはないつもりだよ」

フルールも同じ気持ちだった。だが、同時に……。「それぞれにキャリアを持ちながら、離れて過ごしてみてどうなるか、様子を見てみましょうよ。会えない時期をどう乗りきれるか」

「女ってもっとロマンチックな考え方をすると思ってたよ。もっと衝動や情熱によって行動するのかとかね」

「衝動と情熱ならヴェガスのウェイン・ニュートン・ショーで堪能できるわ」

「まったく口が達者だな」ジェイクは首をかがめて彼女の下唇を舐めた。「とにかくやってみようよ」

彼の唇は胸に移動し、フルールは結婚を急がない判断は正しいのだと自分に言い聞かせた。

この週末で二人はおたがいのことを深く知った。それを受け止める時間が必要なのだ。だが理由はほかにもあった。心のどこかにジェイクを完全に信頼しきれない部分があるのだ。今度彼に裏切られたら、立ち直れない。

彼のキスはさらに下に移動し、フルールの肉体は燃え上がった。二人はすべてを忘れ、愛の世界に浸った。

成功は成功を生み、もはやそれを阻むものはなく、手がけたことはすべてうまくいった。フルールはオリビア・クレイトンの〈ドラゴンズ・ベイ〉の再交渉に臨み、ハリウッドでもっとも有望な俳優との契約にこぎつけた。キシーのロンドンでの撮影も順調だった。ロウ・ハーバーのアルバムはビッグ・ヒットの兆しを見せ、ミシェルのデザインには次つぎと注文が舞いこんでいた。よいことは重なるもので、ある日の午後ビジネス・ランチから戻ると机の上に一通の電報が届いていた。内容はこうだった。

明日正午に駆け落ちの予定　ハネムーンから帰りしだい連絡　裕福でもその愛の成就が華々しいとはかぎらないとのチャーリーの信念ゆえ。

フルールは笑いながら椅子の背にもたれた。ごもっとも。

ジェイクは空路LAからやってきて、話し、愛し合い、笑いあって二人の時間を過ごしたが、週明けには多重録音のために戻っていった。日に数回は彼と電話で話した。もっと多い日もあった。彼は朝起きるとすぐ電話をよこし、彼女も夜寝る前に電話した。「この状態、悪くないわ」彼女はいった。「肉体的に触れ合えないぶん、より知性的に二人の心がつながるみたい」

彼の答えはいかにもコランダらしかった。「くだらない話はやめていま何色のパンティを穿いているのか教えてくれ」

もうすぐ二月というある金曜日の夜、ミシェルとデーモンが新居に越した祝いで開いたパーティから帰って部屋に入ったとたん、電話が鳴った。フルールは微笑みながら受話器を取った。「私からかけるといったのに」

「フルールなの？　お願いだから私を助けてちょうだい――」

フルールは思わず受話器を握りしめた。「ベリンダ？」

「彼にこんなことさせないで！　あなたが私を憎んでいることは知っているけど、お願いだから、彼を止めてちょうだい」

「いまどこにいるの？」

「パリよ。彼と縁が切れたつもりだったのに、私が浅はかだったのよ――」ベリンダの声はくぐもり、すすり泣きがもれた。

フルールは目を閉じた。「何があったの？」

「彼が部下を二人ニューヨークに送りこんだの。昨日家に帰ると、彼らが私のアパートで待っていたのよ。そして無理やり連行したの。これから私をスイスに連れていくといっているわ。彼は私を監禁するつもりなの。私がニューヨークであなたとの接触を避けていたから罰

を与えるつもりなのよ。もう何年も前からそういって脅してきたけど、いよいよそれを実行

――」

カチリという音がして、急に回線が切れてしまった。

フルールは受話器を耳に当てたまま、ベッドに倒れこんだ。私は母親になんの負い目もない。アレクシィとの結婚を続けることにしたのは母親の判断なのだ。こうなったのも、アレクシィの妻であるという世間の注目に未練がありすぎて、決断できなかったベリンダの身から出た錆なのだ。

だがそうはいってもベリンダは母親だ。

フルールは受話器を置くと、長いあいだ考えることを避けてきた母親との関係について思いをめぐらせた。二人で一緒に過ごした思い出が、ちょうどジェイクの原稿のように次つぎとまぶたに浮かんでは消えた。そしてかつての自分には見えなかったことに気づいた。母は人生に高望みをするくせに自分ではそれを実現する能力も強い人格も持ち合わせていない、弱くて軽薄な女なのだ。そしてその愛も、条件づけやごまかしを交えた自己中心的で身勝手な愛情なのだ。それでも愛情は愛情だ。

フルールはパリ行きの早朝の便を自分で予約した。ジェイクに電話するには早すぎるので、『緊急の用ができたのでニューヨークを離れることになったけれど、数日連絡しなくても心配しないように』と彼に伝えるよう、リアタの机の上にメモを残しておいた。ジェイクにもミシェルにも行き先を知らせたくなかった。ジェイクがコルトと鞭《むち》を持ってパリに現われるような事態だけは避けたかった。ベリンダの無関心に苦しんできたミシェルもこの件に巻き

こみたくなかった。
家を出ながらフルールはいくつものシナリオを思い描いた。考えれば考えるほど、この状況の醜悪さが見えてきた。ベリンダはこれを自分のこととしか見ていないかもしれないが、そうではないことははっきりしていた。アレクシィはベリンダを使ってフルールをおびき寄せようとしているのだ。

ビアンフェザンス通りの屋敷が冬のパリの宵闇のなかにひっそりとしたたずまいを見せていた。彼女の記憶と同じく、人を拒むような冷たさのあるその建物をホテルで乗りこんだリムジンの窓から見つめながら、最初にこれを見たときの思い出が脳裏によみがえってきた。当時、父親と顔を合わせることを恐れ、母親に会いたくてたまらず、自分の身なりがふさわしいかどうか心配だった。少なくとも今回は服装に関しての不安はない。サテンとベルベットのイブニングケープの下にはミシェルが最近デザインしてくれたドレスを着ている。袖がぴったりしたワインカラーのベルベットのシースで、切り込みの入った身頃には細かいボルドーのビーズを使った刺繡《ししゅう》の縁飾りが施してある。このドレスもいまやミシェルのトレードマークともなったアシンメトリーな裾という特徴をそなえている。片側が膝丈、もういっぽうはふくらはぎ丈になっていて、その斜線を強調するためにビーズの縁取りが用いられている。彼女は今夜のために普段よりきちんと髪をアップにし、耳にかかる巻き毛のあいだからきらめきを放つよう、ガーネットのイヤリングをつけた。十六歳の彼女ならアレクシィの前に出るのにカジュアルな服装を選んだだろうが、二十六歳のいま、どうすべきかは心得ている。

三つ揃えのスーツを着た若い男がフルールを出迎えた。ベリンダの話に出た部下の一人だろうか？　ハーバードのビジネス・スクールを出た葬儀屋のように見える。「お父さまがお待ちでございます」

当然アレクシィは彼女の到着がさぞや待ち遠しかっただろう。フルールはイブニングケープを手渡した。「母に会いたいのですが」

「こちらへどうぞ」

フルールは男の案内に従って前面のサロンに進んだ。そこは冷えきってがらんとしていた。唯一の装飾は葬儀の花のように扇形に暖炉を囲む白薔薇だけだった。彼女は身震いした。

「間もなくディナーのご用意が整います」葬儀屋がいった。「まず何かお飲みになりますか？」

「母に会わせてください」

男はフルールの言葉が聞こえなかったかのように背を向け、廊下に消えた。彼女は霊廟《れいびょう》のようなこの部屋の冷気にぞっとして自分の胸を抱きしめた。壁の燭台が天井の不気味なフレスコ画にグロテスクな影を映し出している。

もうたくさんだ。葬儀屋がこの部屋のドアを閉ざしていったからといって、ここに留まる必要などない。フルールはパンプスの靴音を響かせながら廊下に出た。見えない監視の目を意識して顎を上げ、貴重なゴブラン織のタペストリーの前を通り、大階段に向かった。階段を上がると、髪をきちんと整え黒いスーツを着た別の葬儀屋が行く手を阻んだ。「こちらにはお進みいただけません、マドモアゼル」

　それは質問ではなく言明で、フルールは自分が最初の判断ミスをおかしたことを知った。この男は彼女を通すまいとしており、アレクシィとの対決に向けて気力を蓄えておかねばならないこのときに、早々と挫折《ざせつ》するわけにはいかない。彼女は手を引き、損失を最小限に食い止めた。「とても久しぶりにここへ来たので、この家の広さを忘れていましたわ」サロンに戻ると、最初の葬儀屋が待っており、ダイニングルームに案内した。ここにも白い薔薇が飾られ、長いマホガニーのバンケット・テーブルに一人分の食器が並べられていた。アレクシィは彼女の気力を奪うためにすべてを慎重に配置し、神経戦を始めたのだ。フルールはジエイクから贈られたダイヤモンドの腕時計に視線を走らせ、あくびを抑えるふりをした。

「今夜の食事が美味しいといいけど。おなかがすいたわ」

　葬儀屋は驚きの表情を浮かべ、うなずき、失礼しますといって姿を消した。ダークスーツを着こみ、尊大な態度をとるこの連中はいったい何者なのか。いったいベリンダはどこに、さらにいえば、アレクシィはどこにいるのだろう。

　制服を着た使用人が現われた。フルールはワインカラーのベルベットのドレスを着て、巨大な光るテーブルの端に座った。ろうそくの光にガーネットのイヤリングとドレスのビーズをきらめかせながら、彼女はディナーを食べることに集中し、味わいを楽しむふりをした。栗のスフレはおかわりをしたほどだ。食事が終わると紅茶とブランデーを注文した。アレクシィがこの戦いのすべてを指揮しているのであれば、自分は自分なりに戦いを進めようとフルールは決意した。

ブランデーを手にしたころ、ふたたび葬儀屋が現われた。「よろしければ、ご案内いたします……」

フルールはもうひと口飲み、バッグに手を入れ、コンパクトと口紅を探した。葬儀屋は焦れたようにいった。「お父さまがお待ちです」

「私は母に会うためにここに来たのです」彼女はコンパクトを開いた。「母と話すまでムッシュ・サヴァガーに用はありません。もしそれが許されないのであれば、いますぐ帰ります」

葬儀屋はこのような反応を予想していなかったのか、躊躇を見せ、やがてうなずいた。

「わかりました。ご案内します」

「自分で探します」彼女はコンパクトをバッグに戻し、葬儀屋の前を素早く通り抜けて廊下に出た。そして大階段に向かった。上で先刻会った二人目の葬儀屋が現われたが、今度は止めようとしなかった。フルールは男の姿など目に入らなかったかのように前に進んだ。

ビアンフェザンス通りの屋敷に来たのは七年ぶりのことだったが、何一つ変わっていなかった。床に敷いたペルシャじゅうたんはあいかわらずふんわりとして足音を吸収し、金箔の額縁に入った十五世紀のマドンナ像はいまも目を天井に向けている。この屋敷では時は世紀単位で計られ、数十年などなきに等しいのだ。

贅沢《ぜいたく》で静かな廊下を進みながら、フルールはジェイクと一緒に住む家を思い描いた。広くてとりとめのない家。ドアは閉まるとき音をたて、床はきしみ、子どもたちが滑り降りる手すりのある家。数十年がざわめくように過ぎていく、そんな家。子どもたちの父親はジェイ

つけるだろう。そして子どもたちを抱きしめ、キスし、子どもたちを守るためなら全世界と戦うだろう。

なぜ自分は逡巡したりするのか？　彼と結婚することを何よりも求めているのではないのか。それが彼の両面を受け入れることだとしても――彼のやり方はもうよく理解しているし、もし彼が何か悩みを抱えこんでいても、彼女を簡単に締め出すことはできないだろう。また彼は楽な相手を選んだわけではない。彼女は仕事をやめるつもりもなく、この先も家事に興味は持てそうもない。それに他人を締め出すのが得意なのは彼一人ではない。

屋敷の霊廟《れいびょう》のような冷気のなかで、フルールの迷いは消えた。わが子の父親として信頼を託すことができるのはこの世でジェイクだけ。今夜こそ彼にこの思いを伝えよう。

ベリンダの部屋に着いたので未来に思いをはせるのはやめ、現在の問題に心を傾けることにした。ドアをノックしてからしばらくして、人の動く気配を感じた。ドアが開き、隙間からベリンダが顔を覗かせた。「フルールなの？」声を出すのが久しぶりなのか、ベリンダの声は震えていた。「ほんとにあなたなの？　私――見られたなりじゃないの。まさかあなたが――」頬に手をやる指先が囚われた鳥のようにはためいた。

「私が来るとは思わなかったの？」

ベリンダは目にかかった髪を払いのけた。「期待していなかった。あなたにそんなことを頼める立場じゃないしね」

「なかに入れてくれる？」

「あら……そうだったわね」ベリンダは少し後ろに下がって娘を部屋に通した。ドアが閉まるとベリンダの体からはシャリマールの香りではなく古いタバコの匂いがすることにフルールは気づいた。昔かびくさい修道院の匂いさえ散らしてしまうほどの華やかな香りをふりまきながら現われた母の極楽鳥のようなあでやかさが胸によみがえった。

ベリンダの化粧は剝げ落ち、ブルーのアイシャドーの脂ぎった残骸だけがまぶたに付着している。顔色が悪すぎて、しわだらけになったシルク製の中国ふうローブのサフラン色と同化してしまっている。ローブの上半身には何かのしみが残り、ライターを詰めこみすぎたかのようにポケットがだらりと下がってしまっている。ベリンダはふたたび頰に手をやった。

「顔を洗わせて。あなたの前ではいつもきれいでいたい。あなたは私を美人のママだと思ってくれていたから」

フルールは母親の手を取った。その手は子どもの手のように小さかった。「座って何があったのか話してちょうだい」

ベリンダは目上の人の力に屈した従順な子どものように、素直に命令に従った。タバコの火をつけると、若い女のようなかすれた声でアレクシィからサナトリウムに入れると脅されている状況について語った。「私はお酒をやめているし、彼だってそのことは知っている。それなのに思いどおりにならなくなると、いつも私が昔酒びたりだった事実を利用して脅そうとするの」ベリンダは煙を吐き出した。「彼は私のニューヨークでの過ごし方が気に入らないの。私がもっとあなたと接触を図るだろうと彼は思っていたのよ。もっとあなたの邪魔をするだろうと。結局私は彼に恥をかかせたことになったのよ」

「ママはショーン・ハウエルと付き合っていたじゃない」

ベリンダはタバコの灰を灰皿に落とした。「彼は私を棄てて、私より年上の女のもとへ走ったわ。知らなかった？　笑っちゃうでしょ？　アレックスが私の口座を解約したから、彼は裕福な女性に乗り換えたのよ」

「ショーン・ハウエルはオツムの足りない男よ」

「彼はスターよ。彼のカムバックは時間の問題だわ」ベリンダは昔と同じように娘を責める目で見つめた。「あなたは彼に救いの手を差し伸べるべきだったのよ。もうあなたは押しも押されもしないエージェントなんだから昔なじみを助けるのがほんとうよ」

フルールは母親のまなざしに不快感がにじむのを目にして、自分がかつてのようにまた罪悪感にとらわれるのかと身がまえた。ところがそんな感情は起きず、まるで聞き分けのない子どもを叱《しか》る母親のような気分になった。「そりゃ彼に力を貸すことはできたと思うけど、そうしたくなかったの。彼は才能もないし、彼のことが嫌いなんだもの」

ベリンダは吸殻を灰皿に押しつけ、口をとがらせた。「まったくなんでそうも彼を毛嫌いするんだか」そしてフルールのドレスに目を留めた。「それ、ミシェルのデザインでしょ？　あの子にそれほどの才能があるなんて、夢にも思わなかったわ。ニューヨークは彼の話題で持ちきりだもの」ベリンダは罰を与えるかのように険しい目で娘を見た。母はショーン・ハウエルを拒んだ罰を与えようとしているのだと、フルールは感じた。「ミシェルに会いにいったのよ。ほんとにきれいな子よね。あの子は私にそっくりだって、みんながいうわ」

そんな言葉を聞いて私が嫉妬するとこの人はほんとうに思っているのだろうか、とフルールは驚き、憐憫の情で胸が痛んだ。母親が訪ねてきたことをミシェルは姉に話してくれなかったが、どれほど辛い出来事だったかは想像できる。

「そりゃあ素晴らしい再会だったわよ」ベリンダは傲然《ごうぜん》といった。「有名人の友だちに私を紹介するし私のためにデザインしてくれるとミシェルは約束してくれたの」フルールにはそんな母親の言葉が『あなたなんて仲間に入れてあげないもん』という子どもの声に聞こえた。

「ミシェルは大事な人よ」

ベリンダは虚勢を張りつづけられなくなり、眉根を寄せた。椅子の上で身をかがめ、髪をいじった。「あの子の私を見る目はアレクシィそっくり。まるで昆虫でも見るような目よ。私を理解してくれたのはあなただけ。どうしてみんな私に意地悪するの?」

フルールは、すべて自業自得なのだと遠慮なく指摘した。「ミシェルには近づかないほうがいいわ」

「ミシェルはアレクシィ以上に私を嫌っているの。なぜアレクシィは私を監禁したいのかしら?」

フルールはいぶるタバコの吸殻をもみ消した。「いま起きていることはママとは関係のないことなの。彼は私をここへおびき寄せるためにママを利用しただけ。彼は復讐をもくろんでいるの」

はっと顔を上げたベリンダの顔に不機嫌さはなかった。「やっぱりそうなのね! もっと早く気づくべきだったわ」ベリンダは急に立ち上がった。「すぐにここから出ていきなさい。危険よ。ああ、なんで気づかなかったのかしら……あなたを傷つけるなんてこの私が許さないわ。少し考えさせて」

ベリンダはカーペットの上をぐるぐると歩きまわった。わが子をどうやって守ろうかと考えをめぐらせながら、片手で髪を後ろに撫でつけ、もういっぽうの手でタバコを探した。フルールは困惑しつつも感動していた。そして初めて歳月の流れとともに、母と娘の関係がいかに曖昧《あいまい》になっていたかを認識した。

今度は私がママになる番よ。そう、あなたが赤ちゃんで、私がママになるの。

娘を守るために知恵をしぼろうとして歩きまわるベリンダの姿を見ながら、自分がもはやベリンダの保護を必要としていないことをはっきりと悟った。絶対的な存在として母親を見ていた少女のころとは、認識がすっかり変化したのだ。

「リッツに宿を取ったわ」フルールはいった。「明日の朝またここへ来るから、そのときに解決を図りましょう」ベリンダを一緒に連れていきたかったが、葬儀屋たちがそれを許すはずがなかった。別の手段を考える必要があった。

ベリンダは絶望的な表情で素早く娘を抱擁した。「戻ってこないで。アレクシィの目的があなただともっと早く気づくべきだったわ。私は大丈夫だから、もうここへは来ないでね」

ベリンダの目にはかつてなかったほどの誠実さがあった。「私のことは心配しないで」

フルールは迷路のような廊下を戻り、階段に向かった。階段の下で葬儀屋が待っていた。彼女は落ち着いたまなざしを返した。「では、ムッシュ・サヴァガーにお会いしますわ」

「申し訳ありませんがマドモアゼル、しばらくお待ちいただきます。お父さまの準備がまだ整っておりませんので」男は図書室の外に置かれたロココ調の椅子を指し示した。

つまり彼は戦争状態を長引かせるつもりなのか。フルールは葬儀屋が姿を消すのを待ち、前面のサロンに入り、暖炉に飾られた満開の白薔薇を一輪抜き、ベルベットのボディスのVネックに差しこんだ。花は肌の上で輝きを放った。彼女はその濃厚な香りをまとい、廊下の椅子に戻った。

厚い壁を通しても、アレクシィが図書室のなかにいるのが感じられた。この薔薇の香りのようにねちねちとしたしつこい彼の執念。悪意と自信に満ちたアレクシィが神経戦のさなかに時間稼ぎをしているのだ。フルールはゆっくりとドアノブをまわした。

飾り立てた部屋に薄暗い灯りが一つだけついており、周囲は暗く沈んで見えた。それでもかつての精力的だった男がひとまわり小さくなったことはわかった。アレクシィは、右手を机の上に乗せ、左手を下に隠して机の前に座っていた。いつもどおりの完璧な服装だった。ダークスーツに糊《のり》のきいたシャツ、首元にはプラチナのカラーピン。だがすべてが大きすぎるように見えた。シャツの首まわりには隙間があり、肩もだぶついている。だがそこに弱さを感じることはなかった。この薄暗い部屋にあっても、彼のロシア人らしい鋭い目は何一つ見逃さないだろう。アレクシィはフルールの顔と髪、そしてドレスに視線を這わせ、やっと胸元の白薔薇に気づいた。

「おまえが私の娘ならどんなにかよかったのに」と彼はいった。

28

「私だってそれを願っていたわ」フルールは答えた。「それを許さなかったのはあなたよ」

「おまえは私生児だ。私の血を引いていない」

「そのとおりよ。私がそれを忘れるとでも？」フルールはアレクシィの表情がうかがえないのがもどかしく、机に近づいた。「私に流れるアイリッシュ系のフリン家の血があなたにとって野蛮すぎるんでしょう？」アレクシィがそれを聞いて顔をこわばらせるのを見て、フルールは満足した。「彼の先祖のなかには羊泥棒で絞首刑になった人もいたらしいわ。たしかに汚れた血よ。おまけに彼はアル中で自堕落でもあったわ」彼女はわざとそこで間を置いた。「若い女を次から次へと……」

　机の上に乗せられた手に力がこもった。「勝ち目はないのだから、戦略など使っても無駄だ」

「では単刀直入に言うわ。ベリンダを脅すのはやめて」

「私はおまえの母親を施設に収容させようと思っている。不治のアルコール依存症を治療するサナトリウムに閉じこめる」

「ベリンダはもう一滴も飲んでいないのだから、それは無理があるんじゃない？」

アレクシィは忍び笑いをもらした。「あいかわらず世間知らずだな。金と力があれば不可能なことなどないんだよ」

　長い一日だったので、フルールは疲れを感じていた。ホテルに帰ってジェイクに電話をし、人生が元のままであることを確かめたかった。「私がそれを黙って見過ごすとでも思ってるの？　全世界に聞こえるほど大声で叫んでやるわ」

「もちろんおまえは抗《あらが》うだろう。なぜベリンダがそのことに気づかなかったのか、不思議なほどだ。おまえを黙らせるには野蛮な手段に頼らざるをえないだろう」

　フルールは輝くようなジェイクのコルト銃と鉄拳を思い浮かべた。ジェイクは目の前の老人よりずっと理性的である。彼女はアレクシィの前に座り、相手の表情をうかがうための照明がないことを残念に思った。「母を拘束するつもりなんてなかったはずよ」

「最初からおまえだけが標的だった。地下室の火事は計画どおりだったが、ドレスを入れ替えられたときは、してやられたと思った」

「悪だくみを練ってばかりいたから、根性が腐ってしまったのね。目的は何？」

「おまえは芯からアメリカ人になってしまったな。ぶしつけで無作法そのものだ。表現をぼかす心配りさえない。それはおまえが付き合っている粗野な連中の影響に違いない」

　フルールは寒気を覚えた。アレクシィは誰のことを指しているのだろう？　キシー？　それともミシェル？　ひょっとしてジェイク……？　心のなかで警鐘が鳴り響いた。ジェイクとの関係を知られないようにしなくては。アレクシィの容赦ない悪だくみから彼を守るのだ。ジェイクが屋根裏部屋を借りている事実をアレクシィは間違いなくつかんでいるだろう。ひょっとすると彼の自宅まで二人で行ったことさえ知っているかもしれない。しかし彼女がまた彼と恋に落ちたことまでは知りようがない。

フルールは祈りをこめ、逆襲に出た。「私は友人関係に満足しているわ。とくに弟との関係は大切にしているの。あなたはとんでもないミスを犯したのよ。ミシェルは素晴らしい才能の持ち主で、前途洋々なの。たしかにビジネスセンスはないけれど、私の才覚で彼の資産は安泰よ」

「ドレス・デザイナーか」アレクシィは軽蔑するようにいった。「人に誇れる仕事ではない」

フルールは笑い声を上げた。「ニューヨークじゅうの人が彼を賞賛しているのだから、ご心配なく。皮肉なことにミシェルはあなたによく似ているわ。彼の足取りや歩き方、身ぶりや癖がそっくりなの。そこはあなたの血を引いたのね。嫌いな人を見るときに目を細くして片方の眉を上げる様子もね。その目を見た相手は縮み上がるわ。すごく威圧感のあるまなざしよ。もちろん彼にはあなたに欠けている人間性がそなわっているから、あなたよりずっと力強い人格の持ち主よ」

「ミシェルはタペット《ゲィ》だ！」

「あなたは心が狭いからそれにとらわれて何も見えないのよ」アレクシィが激しく息を吸いこむ音を聞き、フルールは彼をにらみ返すことに心を集中させた。「可哀想なアレクシィ。いつの日かあなたを哀れむことができるかもしれない」

彼は机の上に勢いよく手を置いた。「おまえは自分のしたことに良心の呵責を感じないのか？　あれほど美しいものを壊したことを恥じる気はないのか？」

「あのブガッティは芸術品とも呼ぶべき車だったから、それがもう存在しないのは残念よ。でもあなたが尋ねたいのはそんなことじゃない。あなたは私があのことを悔やんでいるかどうか知りたいのよね」彼女はスカートのビーズ細工に手を触れた。アレクシィがわずかに身を乗り出し、座り直したので革が擦れる音が聞こえた。「後悔はしてないわ」彼女はいった。「一瞬たりとも後悔したことはないわ」ビーズが指先に食いこんだ。「あなたは自分が築いた王国の帝王だと宣言していたわ。法律さえも超越していると。でもこの世に良識という法律を守らなくていい人間なんていない。他人を傷つけようとした人間はそれにふさわしい罰を受けなくてはならないの。あなたは私に残酷な仕打ちをした。だから私はあなたを罰したの。ベリンダを脅したり、あなたが私の事業を妨害しようとするのは勝手だけど、何があっても私を後悔させることはできないわ」

「おまえを破滅させてやる」

「そんな脅しに屈しない強さを身につけたけど、もし私のビジネスをダメにしたいのなら、おやりなさい。でも私は悔やまないわ。もうあなたは私に対してそんな影響力を持っていないのよ」

アレクシィは椅子をきしませながら、椅子の背に深くもたれた。「私はおまえの夢を打ち砕くと予告した。私はそれを実行するつもりだ。それでやっと痛みわけということになる」

「それは虚勢よ。私を傷つける方法なんてないわ」

「私は虚勢など張らない」彼は机の上で小さな封筒を滑らせた。それをちらりと見たフルールは寒気を感じ、封筒を手に取った。「ちょっとした記念品だ」彼はいった。

封筒を開くと古びた金属片が膝に落ちた。その上に浮き彫りになった文字はまだ読み取ることができた。ブガッティ。それはロワイヤルのボンネットの上にあった赤い楕円形のマークだった。

彼は別のものを机の上に置いた。薄暗いのでそれが何か判別するのに少し時間がかかった。フルールは血が凍りつくのを感じた。

「夢は夢で贖《あがな》ってもらう」

それはタブロイド紙だった。本日付発行のアメリカの新聞の見出しが目に飛びこんできた。

コランダの経歴にイメージダウンの新事実

「まさか」フルールは文字を目で追いながらも、残酷な記事が消えますようにと祈りつつ首を振った。

無法者のカウボーイ、バード・ドッグ・カリバー役で有名な俳優・脚本家のジェイク・コランダがベトナム戦争での兵役中に神経衰弱にかかっていたことが判明した……彼の執筆活動のエージェントを務める現在の恋人フルール・サヴァガーが本日発表したもので、それによればコランダは心的外傷後ストレス障害で入院していたという。

サヴァガーによれば、神経衰弱の詳しい内容については近日中に自伝として発表されるそうだ……「ジェイクは感情と精神の問題については率直に語ってくれました」サヴァガーはいう。「彼の真実の告白は世間の尊敬を集めるでしょうし、苛酷なその体験に同情と共感が集まるものと確信しています」

フルールはそれ以上読めなかった。記事には写真もついていた。一枚目はバード・ドッグに扮したジェイクの写真、二枚目は二人で公園をランニングする様子、三枚目は彼女一人の写真だ。付随記事の見出しに〝グリッター・ベイビー、エージェントとしても大成功〟とある。彼女はタブロイド記事を机に置き、ゆっくりと立ち上がった。古びたブガッティの楕円形のマークが床に落ちた。

「私は七年間辛抱した」アレクシィは机の向こうからささやくようにいった。「これでやっと借りを返せた。おまえもこの世で一番大切なものを失ったのだから。おまえのほんとうの夢はビジネスなんかではなかった。そうだろう、シェリ？」

フルールの心臓は二度と脈を刻むことはできないほどに凍りついた。アレクシィが標的にしているものは彼女のビジネスなのだと思いこんでいたが、読みが甘かった。ジェイクが食べ物や水と同じく彼女にとって不可欠な存在であることを、ジェイクこそが彼女の夢なのだということを、アレクシィは最初から見抜いていたのだ。

しかし心のどこかにアレクシィの勝利を認めたくない気持ちがあった。「ジェイクはこんなもの、信じないわ」フルールの声はささやきに近かったが、それでも台風の目のように穏やかだった。

「あの男は女の裏切りには慣れている」アレクシィがいった。「だから記事を信じるよ」

「どんな手を使ったの？　ジェイクと私は一緒に原稿を燃やしたのに」

「やつの家を見張るための特別なカメラを据えつけた男がいるという情報を得たのだ。昔からよく使われているやり方だよ」

「嘘よ。ジェイクは原稿から目を離したことなんて一度も――」フルールははっと言葉を切った。ジェイクが彼女を追ってきた朝……二人で浜辺を歩いた。「私がこんなことをする人間じゃないことを、ジェイクは知っているわ」

「そうかな？　あいつはかつては女に裏切られている。それにおまえがどれほどビジネスに打ちこんでいるかも知っている。現におまえは話題づくりのために一度あの男の名前を利用したことがある。おまえがそれをまた繰り返さないという確信をやつが持てると思うか？」

アレクシィの言葉はすべて事実であったが、フルールはそれを覚らせるつもりはなかった。「あなたの負けよ」彼女はいった。「ジェイクと私を見くびったわね」彼女は素早く手を伸ばした。それは彼の予想を裏切る一瞬の間の出来事だった。彼女は机の照明のスイッチを入れた。

アレクシィは耳障りな驚きの声を発し、腕を振り上げ、照明器具を床にたきつけた。灯りは床の上に激しい勢いで転がり、揺れながら彼の顔を容赦なく照らした。彼は顔の片側を手で覆ったが、時すでに遅し。フルールは彼が隠したかったものを目にしていた。

顔の左半分のたるみはわずかで、彼を知らない人物なら気づかない程度のものだった。目の下に余分なしわが一本あり、頬にたるみがあり、口角が少し下がっていた。同じ症状があっても普通の人間なら気にしないかもしれないが、完璧さを誇る人物にとってたとえわずかであっても欠点は耐えがたいものなのだ。その心理はフルールにも理解できた。そして彼に憐憫の情さえ抱きそうになったが、その思いを振り払った。「心が汚れているから、顔まで醜くなったのね」

「メス豚め！　汚い女《サル・ガルス》だ！」彼は灯りを蹴ろうとしたが左半身は右と比べて動きが鈍かった。結局ランプシェードだけがはずれ、ますますまばゆい光が顔を照らした。

「あなたは致命的なミスを犯したわ」とフルールはいった。「ジェイクと私は、心を持たないあなたには理解できないほど愛し合っているの。あなたには支配欲しかないものね。あなたが愛と信頼を理解していたら、そんなたくらみや策略は効果がないとわかったでしょうに。ジェイクは心の底から私を信頼してくれているから、こんな記事は信じないわ」

「信じるさ！」彼は叫んだ。「負けを認めろ！」顔の鈍い半分が震え出し、その瞬間はじめてフルールは彼の様子がおかしいと感じた。

「あなたの負けよ」彼女は答え、背を向け、図書室を出ていった。彼女は冷えきった廊下から玄関に向かい、凍えるような二月の闇のなかに足を踏み出した。

アレクシィはフルールをここに留めておくつもりだったのだろう。リムジンは彼女を待っていなかった。しかしなかに戻るつもりはなかった。フルールは門から通りへと続く車道を歩いた。アレクシィに語った言葉はすべて嘘だった。彼の読みは正しかった。ジェイクに事情を説明することはできる。その努力はしてみるつもりでいる。アレクシィの仕業だということを信じてくれるかもしれない。それでも彼に責められるだろう。心の闇が照らし出されることは彼の根深い恐怖であり、このような記事を彼が許すはずがないのだ。

夢は夢で贖え。今度ばかりはアレクシィにしてやられた。

アレクシィは図書室の窓辺に立ち、右手でカーテンの端を握りしめながら伸びやかなすらりとした後ろ姿が小さくなり、車道へ消えていく様子を見守っていた。寒い夜なのに、彼女はコートも着ていない。それでも体をまるめることもなく、腕を胸の前で交差させることもなく、いっさい外気温度を感じさせない姿勢を保っている。見事な自信だ。葉を落とした古いクルミの枝が彼女の頭上で骸骨の聖堂のように見えている。彼はふとあの木が満開の花をつける様子や、かつて花の下をくぐって去っていった別の女の姿を思い出した。どちらの女も彼には価値ある存在ではなかったが、それでも愛していた。

彼は大きな悲しみに襲われた。七年間というもの、復讐に執念を燃やしつづけたので、目的を果たしたあとをどう過ごせばよいのかわからなくなっていた。仕事は頼もしい部下たちが処理してくれるため、顔の麻痺が起きて以来、アレクシィは人前に出なくなった。

左側の肩に鈍い痛みを感じ、手で揉んだ。フルールはまっすぐ堂々とした歩みを続けている。街灯の光を受けてドレスのビーズが小さなともしびのように光った。光輝く女、グリッター・ベイビーだ。彼女が腕を持ち上げたかと思うと何かが地面に落ちた。それが何かは距離がありすぎて見えなかったが、アレクシィには手に取るようにはっきりとわかった。それは白い薔薇だった。

その瞬間、アレクシィは痛みに襲われた。

図書室の窓際で意識を失って倒れているアレクシィを発見したのはベリンダだった。「アレクシィ?」彼女は夫のそばにひざまずき、入室が禁じられているので部下に気づかれまいと声をひそめた。

「べ、ベリンダ?」彼の声はしわがれ、ろれつがまわらなかった。彼の頭をサフラン色のローブにおおわれた膝に乗せたベリンダは彼の顔の片側が醜くよじれているのに気づき、驚きの声を発した。

「ああアレクシィ……」ベリンダは彼を抱き寄せた。「可哀想なアレクシィ、何があったの?」

「助けてくれ。助けて――」苦しげな彼のささやきにベリンダはぞっとした。無理して話をしてはだめよ、といいかけてふと自分の膝のあたりが湿っていることに気づいた。彼の口角から垂れたよだれだった。ベリンダはこの恐ろしい状況に耐えきれず、逃げ出したくなったが、フルールのことが頭をよぎった。

アレクシィが懸命に口を動かして言葉を発しようとしていた。「だ、誰かを呼んでくれ。きゅう、救急車を」

「しーっ。体力を温存しなくちゃだめ。話そうとしないで」

「頼む……」

「静かに休んで、ダーリン」彼の服装は乱れ、襟の折り返しも裏返しになっている。結婚して二十七年、こんなにだらしない夫の服装を見たのははじめてのことだった。ベリンダは乱れた襟を直した。

「た、助けを呼んでくれ」

ベリンダは夫をじっと見おろした。「話してはだめよ、ダーリン。じっとそのまま休みなさい。私がついていてあげるから。最期まで私が抱いていていてあげるから」

その瞬間彼の目に恐怖の色が現われた。最初はかすかに、やがてはっきりと彼は妻の意図を理解した。ベリンダは震える指先で夫の薄い髪の毛を撫でた。「可哀想な私のダーリン」彼女はいった。「あなたを愛しているわ。私をほんとうに理解してくれたのはあなただけだもの。あの子を私から奪いさえしなければ」

「頼む――こんなことはやめてくれ」右側の筋肉がこわばったが、腕を上げる力はなかった。彼の唇は青く変色し、息遣いはさらに荒くなった。ベリンダも彼の苦しむ姿は見たくなかったので、どう慰めようかと考えた。そしてついにローブの前を開き、彼の頭部をあらわな乳房に乗せた。

ついにアレクシィは動かなくなった。彼女の人生を支配してきた男の顔を見おろしながら、たぐい稀《まれ》なヒアシンス色の瞳から涙がひと筋こぼれ落ちた。「さよなら、ダーリン」


ジェイクは空気を奪われたようなショックを受けていた。バスケットボールが彼の腕の前を通り過ぎ、無人の観客席にぶつかっても、彼は身動きできなかった。戦われているゲームの音や声さえも遠くなった。汗まみれのジャージーを通して冷気が骨身にしみ、彼は大きく肩で息をした。

「すみません、ゲーム中に」彼の秘書が蒼ざめた顔をしかめ、彼のそばに立っていた。「一刻も早くお見せしなくてはと思って。事務所の電話は鳴りっぱなしです。ステートメントを発表しないと——」

彼は新聞を握りつぶし、秘書を押しのけた。そして疵《きず》だらけの木のドアに向かった。彼の荒い息遣いがLAのジムの薄い漆喰の壁に反響していた。彼は無人のロッカールームに向かって階段をおりた。ショートパンツの上からジーンズを穿《は》き、シャツをつかみ、この十年バスケットボールをしにきている古いレンガ造りの建物から出た。ドアの閉まる音を聞きながら、ここに戻ってくることは二度とないだろうと確信した。

ジェイクはジャガーのタイヤをきしませながら駐車場から道路に車を出した。新聞をすべて買い占めるのだ。一部残らず。国じゅうの店、ニューススタンドをまわって買い集めるのだ。それらを買い占め、燃やし——。

遠くで消防車のサイレンが響いていた。彼は帰宅してリズの不倫を知ったときのことを思い出した。あのときのおれには闘おうとする気力があった。こぶしに血がにじむまで相手の男の顔を殴った。

映画〈帽子いっぱいの雨〉のポスターさながらに、リズがひざまずいて彼の脚にしがみついた、あのときの感触はいまでも克明に記憶している。リズは許してと言いながら泣いていた。相手の男はリノリウムの床の上でパンツを足首に垂らし、鼻が折れ曲がった状態で倒れていた。リズに裏切られたとき、おれには怒りをぶつける対象があった。

目のなかに汗がしたたり落ちた。彼はまばたきして視界を確保した。あの原稿はフルールのためだけに書いたものだ。心に秘めてきたことをすべてさらけ出すために……。

彼はハンドルを握りしめ、口の奥に感じるガンメタルを味わった。それは冷たい金属のような恐怖の味だった。

ベリンダはフルールのベッドの上に広げられたスーツケースを信じられないといった顔で見つめた。「帰らないでよ、フルール。あなたがいないと困るわ」

フルールは懸命に平静を保とうとした。あと数時間したら、この家を永遠に去ることができる。あと数時間我慢すれば、一人になって傷を舐めることができるのだ。「葬儀から一週間たったわ」フルールはいった。「もう一人で大丈夫でしょ？」

ベリンダはまたタバコの火をつけた。

29

アレクシィの死去に関するすべての手続きをフルールが引き受けるしかなかった。死因は脳卒中と医師は診断した。アシスタントの一人が図書室の窓際の床の上で倒れているアレクシィを発見したのだった。どうやらフルールが帰って間もなく倒れたらしく、発作が起きたとき彼は私の後ろ姿を見ていたのではないだろうかと思わずにいられなかった。彼の死を知って感じたものは勝利でも悲しみでもなかった。ただ自分の人生に大きな影響を及ぼしていた力が消滅したとだけ感じた。

ミシェルは葬儀に列席しなかった。「無理だよ」ミシェルは日々欠かさない電話での最中にいった。「姉さんには申し訳ないけど、彼の死を悼《いた》むふりはできない。ベリンダが有名になったぼくに媚《こ》びるような目を向けるのも我慢できないし」

フルールもミシェルが出ないほうがいいと判断した。葬儀に関するあらゆる手続きに全精力を傾けなくてはならないこのときにミシェルとベリンダの不和がからめば、ますます面倒な事態になる。

ベリンダは細い煙を吐き出した。「ややこしい法律上の手続きを考えるだけで眩暈《めまい》がしそうよ。私には無理」

「ママが自分でやらなくていいのよ。そういったでしょ？　デービッド・デニスがアレクシィの部下と相談して処理してくれるわよ。ニューヨークから指示すればいいことですもの」

アレクシィの部下に、今後は私の命令に従ってもらうと伝えるのは勇気がいったが、なんとか承諾させた。だが、娘に頼りきっているベリンダを放り出すこともできず、自分自身も電話の音が鳴るたびにはっとしたり、心が張りつめている。

「事務的な事柄は他人ではなくあなたに処理してほしいわ」フルールが答えずにいると、ベリンダはまた口をとがらせた。この一週間というもの、思いどおりにならないと、ベリンダはいつもこの表情を浮かべる。「この家が嫌いなの。ここで一人夜を過ごすのは無理」

「だったらホテルに移れば」

「あなた、薄情よね、フルール。私に対してずいぶん冷たくなったわ。それに何も打ち明けてくれないし。ジェイクのベトナムでの体験について書かれた記事を読んで、やっと事情を知ったぐらいですもの。彼と話したはずなのに、何もいってくれないなんて」

フルールはジェイクと話していなかった。彼が電話に出ないからだ。電話に出た彼の秘書の事務的な口調を思い出すと、また胸がズキリと痛む。「申し訳ございません、サヴァガー様。彼の居どころはわかりかねます。また、伝言も預かっておりません」

カリフォルニアの自宅とニューヨークの家に電話をかけてみたが、つながらなかった。ふたたび彼の秘書にかけてみると、今度は敵意まるだしの答えが返ってきた。「こうなったのはいったい誰のせいですか？　彼はマスコミに追いまわされているんですよ。なぜ彼のメッセージを理解しようとしないんですか。彼はあなたと話したくないんですよ」

それが五日前のことだった。それ以来、彼に連絡を取る気がうせてしまった。

フルールはスーツケースをつかんだ。「ここに住みたくないのなら、引っ越すべきよ。裕福になったんだから、どこにでも住めるでしょ？　新居を探しに行きましょうと私が誘ったのに、ママはそれを断わったじゃない」

「気が変わったわ。明日行きましょうよ」

「もう手遅れよ。私は三時の飛行機で発つから」だが行き先はベリンダの予想と違い、ニューヨークではなかった。

「フルールったら！」ベリンダは泣き声まじりにいった。「私は独りぼっちに慣れていないの」

たしかに、ベリンダが長いあいだ孤独に耐えられる人間ではないことは、フルールが一番よく知っている。「ママは自分で思う以上に強いはずよ」フルールは自分にも同じことを言い聞かせた。

ベリンダの目に涙があふれた。「あなたが私を見棄てるなんて、信じられない。いろいろあったけど、私はあなたの幸せだけを祈ってきたというのに」

フルールは母親の頬に素早くキスをした。「しっかりしてちょうだい」

空港に向かう途中、リムジンが渋滞に巻きこまれた。そのあいだフルールはバスに視界をさえぎられるまで店のウィンドーを見つめていた。リムジンがのろのろと前に進みバスの前に出たとき、〈血の川の暴動〉の広告に使われたジェイクの顔が視界に飛びこんできた。帽子の平らな縁に目は隠れ、ひげは伸び放題、口の端に葉巻をくわえている。弱さとは無縁で、天涯孤独のバード・ドッグ・カリバーだ。そもそもこんな男を飼いならそうとした私がばかだった。

フルールは目を閉じた。私にはビジネスの経営という責任がある。それをこれ以上放置することはできない。でも現場に戻る前に数日でいいから独りの時間が欲しい。誰にも見つからない場所で、来るはずのない電話を待つような未練を断ち切るのだ。かつて私は傷心を癒した経験がある。もう一度同じことをすればいいのだ。

ミコノスへ行こう。

ひと気のない浜辺からそう遠くない場所に白い漆喰《しっくい》造りのコテージが建っていた。フルールは日光浴をし、裸足《はだし》でゆっくりと海岸を歩き、時間が心の傷を癒してくれるのだとみずからに言い聞かせた。しかし心は麻痺し、色彩を感じることもできなくなっていた。目が痛くなるほどくっきりとした白、色の定義さえくつがえすほどの鮮やかなエーゲ海の青さ。しかしフルールの目にはすべてが灰色に見えた。食事をし忘れても空腹を感じなかった。鋭い岩の上に足を乗せても痛みを覚えなかった。浜辺を歩きながら、髪が風になびいているのがわかったが、肌に海風を感じることはなかった。この感覚の麻痺はいつになったらなくなるのだろう。

夜ジェイクと愛し合う夢を見ては目が覚めた。胸に触れる彼の唇、重ねた体から彼の鼓動が伝わってきた……彼が同じだけ私を愛していたら、私が彼を裏切らないことを信じてくれただろう。フルールはこれを恐れていたのだ。彼が結婚を切り出したとき、すぐに応じなかったのはこの不安があったからなのだ。彼の愛の深さを信じきることができなかったし、やはりその予感は当たった。彼の愛には揺るぎない強さがなかったのだ。

三日目にフルールはミコノスにこのままいても傷は癒えないと判断した。ビジネスをあまりに長いあいだ放置してきたので、ニューヨークに戻らなくてはならない。そう思いつつさらに二日間滞在を延ばし、やっとデービッドに連絡をとり、帰国の予定を伝えた。感覚が麻痺し、悲しみに打ちのめされてはいるけれど、精神が破綻《はたん》したわけではないのだ。

フルールがケネディ空港で飛行機から降りると、外は雪だった。日焼けした脚にウールのスラックスが擦れてかゆく、大西洋上空で飛行機が何時間も乱気流に巻きこまれたせいで吐き気もあった。雪のためにタクシーを拾うのが困難で、やっと乗りこんだタクシーの暖房はこわれていた。ようやくわが家のドアにたどり着き、リビングに入ったのは真夜中過ぎのことだった。

室内もタクシーのなかと同じぐらい湿気があり、寒かった。フルールはスーツケースを置き、サーモスタットをオンにし、靴を脱いだ。コートを着たままキッチンに向かい、水をグラスに注ぎ、アルカセルツァーを二錠投入した。錠剤が溶けるのを待つあいだに、レンガの床からストッキングを通して寒気が伝わってくる。すぐにベッドに入って電気毛布をオンにし、朝までぐっすり眠ろう。でもその前に思いきり熱いシャワーを浴びたい。

バスルームに入ってやっとコートと衣服を脱いだ。髪をピンで留め、シャワー室のドアを開け、熱い湯を浴びた。六時間後には起きて公園をランニングするのだ。どんなに気分が悪くても。今度こそくじけないで頑張ろう。耐えきれる気力が湧くまで、形だけでもいいから気丈にふるまうのだ。

体を拭き、シャワーのそばにかけてあったベージュのサテンのナイトガウンを着た。電気毛布のスイッチを入れ忘れたことを思い出し、おそろいのローブをはおった。ミコノスとの気温差は大きい。シャワーから出たばかりなのに、もうすでに体が冷えはじめている。シーツは氷のように冷たいだろう。

フルールはバスルームのドアを押し開け、ローブのサッシュを締めた。さっき部屋に入る前に灯りをつけたのに、部屋が暗い。おかしい。なんて寒いのかしら。猛吹雪で窓ガラスがガタガタと音をたてている。なぜボイラーの火はつかなかったのかしら――。

フルールは悲鳴を上げた。

「そこで立ち止まれ。そこを動くな」

彼女ははっと息を呑んだ。

彼は部屋の向こう側に座っているので、バスルームの明かりに照らされた顔だけが浮かび上がった。彼はわずかに口を動かした。「命令に従えば、危害は与えない」

フルールはよろよろとバスルームのほうへあとずさった。彼が腕を上げたとき、長い銀色の銃身が目に飛びこんできた。「それ以上は遠ざかるな」と彼はいった。

フルールは心臓が飛びでそうなショックを受けた。「お願い……」

「はずせ」

フルールは最初彼の言葉の意味が理解できなかった。やがて、彼がローブのサッシュのことをいっているのだとわかった。彼女はそれを急いで落とした。

「次はローブだ」

フルールは動かなかった。

彼は銃の筒先を彼女の胸に向けた。

「気でも狂ったの？」彼女はいった。「あなたは――」

撃鉄がカチリと鳴った。「脱げ！」

フルールは慌ててローブの前をつかみ、打ち合わせを開き、袖から腕を抜いた。ローブの布地がきぬずれの音とともに床に落ちた。

彼はわずかに銃身を上げた。「髪の毛をおろせ」

「ああ、いったい何を……」ピンをはずして髪をおろすと、むきだしの肩に水が飛び散った。

「それでいい。きれいだ。今度はナイトガウンを脱げ」

「もうやめて……」彼女は嘆願するようにいった。

「肩紐《かたひも》をゆっくりおろせ。両方同時に」

フルールは片方のストラップをおろし、手を止めた。

「続けろ」彼は銃をグイと動かして命令した。「いったとおりにしろ」

「いやよ」

彼はもたれていた背を起こした。「なんだと?」

「聞こえたでしょう」

「逆らうなよ、先生」

フルールは腕組みをした。

ジェイクは舌打ちした。彼女の意外な反応に彼は戸惑いを感じた。


「黙って私を抱きしめてよ」と彼女はいった。

彼はベッドサイドのテーブルに持ち手の部分がパールになったコルト銃を置き、彼女の立っている場所に向かった。彼女の肌は氷のように冷たかった。彼はパーカを脱ぎ、彼女の体にかぶせ、フランネルを着た胸に抱き寄せた。「つまらないな、調子を合わせてくれればいいのに」

フルールは嗚咽をもらした。

「おい、泣いてるのか?」フルールは彼の顎の下でうなずいた。「ごめんよ。泣かせるつもりじゃなかった。タイミングが悪かったみたいだな」

フルールは首を振った。呆然《ぼうぜん》とするあまり、彼がなぜ〈明日に向かって撃て〉のなかでここが好きなシーンだということを知っているのか不思議に思わなかった。

「いいアイディアだと思えたんだけどな」彼はいった。「きみに会ってなんといえばいいのか迷ったからさ」

フルールは彼のフランネルのシャツに顔を埋めたままいった。「今回のことはバード・ドッグでも解決できないわ。二人で決着をつけるしかないのよ」

彼はフルールの顎を持ち上げた。「いいかげんに想像と現実の区別をつけろよ。バード・ドッグは映画の登場人物だ。おれはその役が気に入っている。本来の攻撃性を発散できるからね。でもおれ自身じゃない。おれは馬を怖がる男だ。忘れたか?」

フルールはまじまじと彼の顔を見上げた。

「おい、凍えちまうぞ」彼はフルールをベッドへ連れていき、布団をかぶせた。彼女はうっとりと冷たい毛布にくるまった。ジェイクは素早くパーカとブーツを脱ぎ、シャツとジーンズを着たまま、彼女の隣りに滑りこんだ。「きっとボイラーの点火装置が故障しているんだ」彼はいった。「ここは凍えそうに寒いな」

フルールは手を伸ばして灯りをつけた。「どうして電話してくれなかったの? もう気が狂いそうだったわ。あなたはきっと――」

「きみがどう思うかはわかっていた」ジェイクは肘をつき、フルールを見おろした。「悪かったよ、フラワー。マスコミに追われ、辛い記憶に悩まされた」彼は首を振った。「思考力がまともに働かなかった。そのためにきみを苦しめてしまった」

「あれがアレクシィの仕業だといつわかったの?」

「読んだ瞬間、それは見抜いたさ」彼は視線を宙にさまよわせた。「でもあいかわらず都合の悪いことをきみのせいにしたがる癖が直ってなくて、気持ちの整理がつくのに一週間もかかってしまった」

「一週間？」ちょうど彼女がミコノスを発ったころだ。

彼は指で彼女の口角を撫で、ささやいた。「償いはするよ、かならず」

彼の表情があまりに苦しげだったので、フルールは堪えきれなくなり、彼をにらんだ。「当然よ。まずダイヤを買ってもらうわ」

彼は声を詰まらせた。「いくつでも買うさ」

フルールは彼の親指を噛《か》んだ。

彼はフルールの髪を指に巻きつけた。「彼がどうやってあれを手に入れたのか、いまでも解せない。あの原稿から目を離したことはないのに」

今度はフルールが目をそむけた。「目を離したわよ。私があれを読んだ晩。あなたは外に出たじゃないの。その間原稿を自由にできたのは私だけよ」

「皮肉はやめてくれ」ジェイクは彼女の顎をつかみ、自分のほうを向かせた。そしてもう一度キスをした。フルールは感動で胸が熱くなった。ジェイクは逆の可能性があるにもかかわらず、彼女が彼を裏切らないと信頼してくれたのだ。彼女の忠誠心を心から信じたのだ。

フルールは頑固そうな力強い彼の顎を手で包んだ。「誰かが家のなかに浸入して原稿の写真を撮ったのよ。一日目に私たちが海辺を散歩しているあいだに。アレクシィが亡くなってから、ネガを見つけたの」

「ネガを見つけた？」彼ははっと顔を上げた。「それをどうした？」

「もちろん燃やしたわよ」

「くそ」彼は眉をひそめた。

フルールは信じられない思いで肘をつき、彼に訊いた。「不本意なの？」

「まず相談してほしかった」と彼はつぶやいた。「ただそれだけ」

フルールは我慢できなくなり布団を頭からかぶって、叫んだ。

しばし沈黙があった。彼はついに布団をつかみ、なかを覗きこんだ。「あれを書き直すのは楽じゃないといいたかっただけだ」彼は不機嫌そうに下唇を歪めた。

フルールはコルト銃のほうを身ぶりで示した。「弾は入っているの？」

「もちろん入ってないよ」

「あら、それは残念」

窓枠が音をたてた。彼は銃を遠くに押しやった。「タブロイドの記事が出てから、きみの友人たちが次つぎに連絡してきたよ。みんなおれのせいできみが苦しんでいるのを知って、騒ぎはじめたんだ。キシーはハネムーンを切り上げて戻ってきた。とことん罵《ののし》られたよ。サイモンはおれがゲイだと新聞社にたれこむと脅した。ミシェルには殴られた」フルールににらまれて、ジェイクは両手を挙げた。「おれは殴り返さなかったよ。嘘じゃない」彼女はまた布団のなかにもぐりこんだ。「バリー・ノイっていうどこかのくそったれまで電話をよこしやがった」

「嘘でしょ」

「神に誓ってほんとうだよ」彼はフルールの髪を撫でた。「どれだけみんなに愛されているか、知らないのかい?」

フルールは涙ぐんだ。彼は髪を撫でながら話しつづけた。「三日前ベリンダが訪ねてきたとき、おれはかなりへこんでいた。いかにもベリンダらしい言葉を投げつけられたよ。あの青い目でおれをにらみつけ、あなたはハリウッド一のスターなのに、自分に世界一ふさわしい女を棄てるつもりなのかと迫った」彼は首を振った。「でもさ、聞いてくれよ、フルール。あのお節介な連中は誰一人としてきみの居場所を知らなかったんだ!」彼は身震いした。「昨日デービッド・デニスから電話をもらうまで、まさかきみがミコノスに雲隠れしているなんて夢にも思っていなかったよ! ミコノス島なんて行くやつがいるか? 今度あんなふうに逃げ出したりしたら――」

「私が?」

あまりに強く抱きしめられ、フルールは肋骨が折れるのではないかと思った。「おれが悪かった。ほんとに。おれはとてもきみを愛している。きみはかけがえのない存在なんだ。あの記事が出たとき、みんなが寄ってたかっておれの皮膚をはがし、骨をつつき、本性を探ろうとした」フルールの目からあふれる涙をジェイクはキスで吸い取った。「やがて全米からたくさんの手紙が届きはじめた。元ベトナムからの帰還兵でトラウマから抜け出ることができない人たちの手紙だ。教師、銀行家、ごみ収集人。多くの人が職業を転々と変え、悪夢にうなされている人さえいる。いっぽうベトナム戦争は素晴らしい思い出で、もう一度体験したいほどだという人たちもいる。結婚生活がうまくいっている人も、失敗した人もいる。子どものことを書いてくる人もね。なかには、ベトナム戦争の狂気を後世に語り継いでほしいと書いている人もいたよ。でもおれたちは狂っていたわけじゃない。未熟な若者たちが戦争の苛酷さに耐えきれなかっただけなんだ。おれは手紙を読むうちに、自分がこの国の人びとが知るべき事実を書いたのだということに気づいた。おれはあれを著書として出版するよ。そしてもらった手紙も紹介するつもりだ」

「ほんとに？」

「もう暗い影のなかで生きていくのはやめる。日のあたる場所を歩きたい。でもそのためにはきみが必要なんだ」

フルールは彼の肩に手を置いて、彼の首に顔を埋めた。「私がどれほどあなたを愛しているか、知っている？」

「ステーション・ワゴンや共働きについて話す必要があるとは思うよ」

「子どものこともよ」フルールはためらうことなく、いった。「私は子どもが欲しいの。それもたくさん」

ジェイクは歪んだ白い前歯を見せて笑った。それは心がとろけてしまいそうな魅力的な笑顔だった。彼の手がふたたびナイトガウンの下に滑りこんだ。「いますぐ子作りを始めようか？」彼は答えも待たず、唇を重ねた。少しして彼は体を離した。「フラワー？」

「うん」

「キスしても楽しめないよ」

「ご、ごめんなさい」フルールは歯がガチガチ鳴るのを止めようとしたが、無理だった。

「ただもう寒いの。吐く息が白く見えるほど室温が低いんだもの!」

彼はうなりながら、布団をはがした。「行こう。きみは懐中電灯で前を照らしててくれ」サテンのガウンの上に彼のパーカをはおり、ウールのスウェットソックスを履き、フルールは彼の後ろから地下に向かった。彼がコンクリートの床にひざまずいてパイロットを点火しているあいだに、彼女は彼のシャツの下に手を滑りこませた。「ジェイク?」

「うん?」

「家のなかが温まったら――」

「ちゃんと懐中電灯を支えていてくれよ。もうすぐ終わるから」

「室内が暖まったら、してみたいことがあるの。馬鹿げたことと笑うかもしれないけど――」

「ほら、ついたよ」彼はマッチの火を消し、まるめていた背中を起こした。「なんの話をしてたんだ?」

「なあに?」

「きみは何かいいかけていたじゃないか。してみたいことがあるとか――」

フルールはごくりと唾を呑みこんだ。「いいの。なんでもない」

「嘘だ」彼はパーカのなかに手を滑りこませ、腰のあたりをつかんで引き寄せた。「したいことがあったら、なんでもいってごらんよ」彼はフルールの耳たぶを口に含み、そのまま頬を伝って唇を重ねた。「またさっきみたいに髪の毛をアップにしてくれないかな。うなじが魅力的だから」

ジェイクは結局ほかにいくつも強烈に惹かれる体の部分があるということがわかった。

愛の交わりが終わり、二人は満ち足りて、布団をはいでまどろんだ。フルールはようやく居心地のいい彼の胸の上で目を覚ました。「今度は私が銃を向ける番よ」フルールは枕にもたれかかり、いった。

彼は彼女のむきだしの肩を噛んだ。「バード・ドッグに銃を向けるやつなんかいないよ」

「そうかしら?」彼女は指を立てて彼の胸に当てた。

「おっ、ずいぶん早く銃を抜いたな」

「ニューヨーク一の早撃ちだもの」フルールはそういって指をふっと吹いた。「バード・ドッグも考えをあらためたほうがいいんじゃない?」

ジェイクは親指で彼女の口角を擦った。「もうとっくにあらためたみたいだよ」

彼が微笑み、フルールも笑みを返した。雪が窓枠を鳴らした。外は猛吹雪だった。二人は心からの信頼をこめてたがいに見つめあった。

エピローグ

ベリンダのベル・エアの自宅のプールで一人の青年が見事に背中を弓なりにそらし、青い水中に飛びこんだ。彼の名前はダリアン・ブース。彼が水の上に浮かび上がると、ベリンダは投げキスをした。「素敵よ、ダーリン。見ているだけでほれぼれするわ」

彼は誠実さが疑われるほどにこやかすぎる笑みを返した。水から出た彼の二の腕は盛り上がり、小さなナイロンのスピード水着は尻の割れ目にくっきりと貼りついている。彼の売り込み用のビデオを見て、ネットワーク局が彼を使ってくれればよいが、それが叶わないと彼は落ちこんでしまうので、彼を慰めるのにベリンダは多大な精力を傾けなくてはならなくなる。逆にキャスティングが決まったら、ダリアンは彼女のもとを去り、彼女のことなど忘れてしまうだろう。でもそうなればまた援助を必要としている若い俳優を見つければいい。

ベリンダはオイルを塗った内腿にもしっかりと日光が届くよう、両脚を広げ、またサングラスをかけた。疲れがたまっていた。昨夜ジェイクから電話があり、双子が誕生したことを知らされてから眠れなくなってしまったのだ。

フルールが双子を身ごもっていることは超音波映像でわかっていたので、意外ではないのだが、自分が三人もの孫の祖母になったという事実に戸惑っているのだ。フルールとジェイクが結婚して三年。三年のあいだに三人の子どもが生まれた。なんだか恥ずかしいようにも思える。しかも二人はまだ子作りを続けるつもりのようだ。美しい娘が繁殖牝馬になってしまった。

ベリンダは内心フルールにいくばくかの失望を覚えている。思いやりあふれる贈り物を送ってよこし、週に数回電話をかけてもくるが、もはや母親の言葉に本気で耳を傾けてくれなくなったのだ。ベリンダは理性的に考えようとした。昨年フルールはエージェンシーの西海岸オフィスをオープンし、彼女のエージェントとしての成功は不動のものとなったし、ミシエルの新しいマタニティ・シリーズのゴージャスなドレスを着てヴォーグ誌の誌面を飾ってはいるが、ベリンダには娘が本来の素質を充分に発揮しているとはとても思えないのだ。天から授かったあの美貌が無駄になっているではないか。あんなきれいなのに、机の前に座っているのはもったいなさすぎる。おまけに週末ともなると、あれほど話題の素敵なカップルなのに、フルールとジェイクはマンハッタンからわざわざ辺鄙《へんぴ》なコネチカットの農場にこもっているのだ。

ベリンダは二カ月前に農場を訪れたことを思い出した。七月四日の翌日のことだった。車からおりると、フルールが飼っている汚らしい犬のふんがそこここに落ちていた。買ったばかりのモード・フリゾンの靴が台なしになった。呼び鈴を鳴らしたが、誰も出てこないので、仕方なく勝手になかに入った。

室内はひんやりとして、何かの料理の匂いが漂っていた。あれほど有名なカップルの住まいとはとても見えなかった。床は大理石でなく、むきだしの杭《くい》でできており、敷かれているのはペルシャじゅうたんではなく、インディアナ州で〝ラグラグ〟と呼ばれるぼろきれを織り交ぜた敷物だ。玄関ホールの隅にはバスケットボールが一つ置かれ、亜鉛メッキのじょうろにはありふれた庭の花が活けてある。床置きのテーブルの上には二年前ベリンダがクリスマスのプレゼントとして贈ったペレッティのイブニングバッグらしきものが見え、なんとその上にセサミ・ストリートのビッグバードの綿毛状の頭が乗っている。

ベリンダは汚れたパンプスを脱ぎ、静かな一階の部屋を通ってダイニングルームに向かった。サイドボードの上には原稿が置かれていた。ベリンダは見たいとも思わないけれど、コランダの新作なら誰もがひと目だけでも見たがるだろうということは承知していた。彼がいくらいくつも賞を獲得し、評判を取ろうとも、ジェイクの執筆にはまったく興味がなかった。彼が二度目のピュリッツァー賞を受賞したベトナム戦争の本。あれはこのうえなく気の滅入る内容だった。

ベリンダは俳優としてのジェイクのほうがずっと好きで、もっと多くの作品に出てほしいと願っているが、この三年間で彼が出演したのはバード・ドッグ一作だけだ。その内容にフルールはひどく怒った。二人は数日そのことで言い争ったが、ジェイクは譲歩しなかった。バード・ドッグを演じるのが楽しみなのだと主張する彼に折れて、フルールは数年に一作という条件を呑むことにしたのだった。フルールは時間の許すかぎりロケには同行し、撮影中は乗馬を楽しむことにしている。

そのとき開け放った窓からフルールの笑い声が聞こえてきた。ベリンダはレースのカーテンを開けた。

身重の娘が古いこぶだらけの桜の木の下で夫の膝に頭を乗せ横たわっていた。フルールは色褪せた紺色のマタニティ・ショーツを穿き、大きくなった腹部を締めつけないよう、ジェイクのシャツのボタンをはめずにはおっていた。ベリンダは泣きたい気分だった。美しいブロンドの髪を輪ゴムでとめ、日焼けしたふくらはぎには引っかき傷があり、足首には蚊《か》の刺し跡があった。最悪なのはジェイクがフルールの口にサクランボの実を投げこみながら、大きなおなかをさすっていたことだ。

フルールが首を傾けたのでサクランボの果汁が頬に垂れるのをベリンダは見た。ジェイクは妻にキスをし、シャツのなかに手を入れ、胸を撫でた。なんて破廉恥な。ベリンダが背を向けようとしたそのとき、車のドアがバタンと閉まる音がして、甲高い陽気な声が響いた。ベリンダは胸を高鳴らせ、身を乗り出して、数週間ぶりにメグの姿を見た。

メグ……。

フルールとジェイクは顔を上げ、家の横を走り抜けてくる長女を見た。メグは緑色のビニールプールのわきを通り、まるまるとした体で父と母に駆けよった。ジェイクはメグがフルールにぶつかる直前に抱きとめ、腕のなかに抱き寄せた。「こらこら、ママのおなかがはじけてしまうよ」

「もう性教育を始めるの、カウボーイさん?」フルールはメグのコットンの水着の伸縮性のある脚の部分を引っぱった。「お口のまわりにアイスクリームがついてるわ。またうまいことをいってばあやにおねだりしたの?」

メグは人さし指を口に入れ、瞑想にふけるような顔でそれを吸った。そして父親に満面の笑みを向けた。ジェイクは笑い声を上げ、娘を抱きしめた。

「この子、知恵がまわるのよね」フルールはそういいながら前にかがみ、まるでわが子の肌を味わうかのように、ぽっちゃりした太腿に口を当てた。

ダリアン・ブースが飛び込み台から宙返りをして水に飛びこみ、ベリンダは現実に返り、自分がベル・エアの自宅にいること、娘が双子を生んだことを思い出した。横になってプールの塩素の匂いを鼻孔で感じながら、もしアレクシィが生きていたら、フルールの妊娠出産をさぞや軽蔑したことだろうと思った。哀れなアレクシィ。

だがアレクシィのことを考えたくはないので、かわりにダリアン・ブースの売り込みが成功するかどうかを考えた。そして、いまでもどきっとするほど美しい娘のフルールとメグのことに思いをはせた。

父親似の口もと、母親から受け継いだ目、そしてエロール・フリンの輝く栗色の髪を持つ器量よしの女の子にしては平凡な名前だと思う。だがコランダという姓がつけば、どんな名前も素敵に聞こえるし、血は争えない。

ジェームズ・ディーンがサリナスに向かう途中で事故死してから三十年以上の歳月が流れた。ベリンダはカリフォルニアの太陽の下で伸びをした。いろいろあったけれど、悪くない人生だったな、と思った。

著者あとがき

この作品のオリジナル本と今回の改訂版の刊行にあたって、多くの方々のお力添えをいただいた。私の質問に快くお答えくださったファッション界および映画界の関係者の皆様には深く感謝している。デービッド・プライス、カルバン・クライン社、フォード・モデルズ、フラガナンの製作スタッフと出演者の方々。

貴重なご意見や具体的な情報を提供してくださった作家の皆様。ディオンヌ・ブレナン・ポーク、メアリー・シャキス、ロザン・コヘイク、アン・リナルディ、バーバラ・ブレトン、ジョイ・ノビッソ。特別な知識を私に分け与えてくださった友人や元隣人。サイモン・バルデオン、テルマ・キャンティ、ドン・ククレロ、ドクター・ロバート・パリー、ジョー・フィリップス、ニュージャージーのヒルズボロー公立図書館のスタッフの方々。オリジナル本の編集者マギー・クロフォードには最初からこの本の企画を熱意を持って進めていただいた。現在の編集者キャリー・フェロンにはこの本の復活に向け、賢く熱く努力を続けていただいた。そして私の有能なエージェント、スティーブン・アクセルロッド。ハーパー・コリンズ社、エイボン・ブックスの皆様にもたいへんお世話になった。このような支えを与えられた作家はほんとうに幸せである。最後に、インスピレーションを与えてくれたビルとドクタ

I・Jにも感謝の言葉を捧げたい。

スーザン・エリザベス・フィリップス

http://www.susanelizabethphilips.com

訳者あとがき

この作品は一九八七年に著者の初期の作品として出版され、長らく絶版になっていた“*Glitter Baby*”に著者自身が二〇〇九年に加筆、改訂版として新たに世に出されたものだ。一九五五年ヒロインの母親べリンダの青春時代から始まり、起伏に富んだ長い時の流れを描いたドラマチックな物語である。宿命を背負い、運命に翻弄され、傷つきながらも波瀾に満ちた人生を力強く生き抜くヒロイン。強烈な個性を持った登場人物たち。恋、友情、仕事、肉親の愛。若々しく勢いのあるプロットに著者が培《つちか》ってきた老練さが加わり、この作品には近年の作品にはない独特の味わいがあると思う。

物語には実在の人物や史実にフィクションが巧みに織りこまれ、その時代や社会がリアルな背景を成している。一九五六年生まれのヒロインが青春時代を送った一九七〇年代のアメリカについて少しふれてみたい。当時のアメリカは六〇年代に勃発、泥沼化していたヴェトナム戦争の影響によりさまざまな社会問題に直面していた。反戦や人種差別に関わる世論の分裂、黒人暴動や大学紛争をはじめとする社会運動の拡大と激化、そして頻発する要人の暗殺。社会の亀裂や対立が増進するにつれ犯罪数も増加していた。また外交面でも一時緩和していたソヴィエトとの冷戦復活を受け、諸政策は軍事重視の方向にシフトしつつあった。

当時のファッションや音楽にもこうした世相の影響がみられる。ファッションでは、活発化した学生運動や反体制の思想を象徴するように、なにものにも縛られず自由を謳歌《おうか》するような開放的なテイストが支持されるようになり、ジーンズの形にも新しい流行が生まれた。一九七三年ヴェトナム戦争が終結しアメリカに若者文化が戻ってきてからは、テニス、サーフィン、ジョギングといったスポーツが浸透し、服装もいっそうのカジュアル化が進んだ。全体にアウトドア、スポーツの色彩が濃くなり、かつては作業着や普段着でしかなかったアイテムがお洒落なアイテムとして認知されるようになった。本作のヒロインのように、欧米各国のファッション雑誌の表紙や大企業の広告で大々的にフィーチャーされる、いわゆるスーパーモデルの存在が注目されるようになったのもこのころからである。スーパーモデルはまさしく「時代の顔」だった。ナオミ・キャンベルやシンディ・クロフォードなど、当時一世を風靡《ふうび》したモデルたちはその時代の世界情勢や社会、文化などを象徴するアイコンだったともいえるだろう。

音楽の世界では六〇年代にブレイクしたロックがブリティッシュ・インヴェージョンというイギリス発ロック全盛の時代を経て成熟と進化を続け、ロックシーンはしだいに巨大産業化していくことになる。

ヒロインの母親は映画スターになることを夢見て家出のようにして地方からハリウッドに出てきた。五〇年代、新しい娯楽として定着したテレビの存在があったものの、映画やミュージカルは三〇から四〇年代にかけてのハリウッド黄金時代の名残りから依然として全盛期が続いており、数多くの娯楽大作が生まれた。そんななかに登場したのがベリンダの憧れたジェームズ・ディーンだ。彼は〈エデンの東〉、〈ジャイアンツ〉、〈理由なき反抗〉といった忘れがたい名作とともに反逆児のイメージを残し、わずか二十一歳でこの世を去った。一九六〇年代に入ると反体制的な若者を描くアメリカン・ニューシネマと呼ばれるジャンルの作品がさかんに制作されるようになった。一九七〇年代にはスティーブン・スピルバーグ、ジョージ・ルーカス、フランシス・フォード・コッポラといった新しいタイプの大物監督が登場し、次つぎと話題作を世に出すかたわら、ウッディ・アレン監督作品のような文芸コメディも評価されるようになる。ヒロインが関わるようになった当時の映画界はこうした状況にあった。

著者はデビュー以来ほとんどの作品においてリアルタイムの現代の女性を描きつづけてきたが、本作のオリジナル作品は二十年以上前の時代を現代として描いたものであり、読み手も前述のような時代背景を念頭においたほうがストーリーにすんなりと馴染めるだろう。けれども多少時代はさかのぼっても、そこに描かれているのはやっぱり切なくてどこかユーモラス、読み手の心をつかんで離さないスーザン・エリザベス・フィリップスならではの世界である。〝グリッター・ベイビー〟ことフルール・サヴァガーというヒロインは他の作品のなかでも何度も触れられており、きっと著者のお気に入りのキャラクターなのだろう。長いあいだ眠っていた作品に手を加えてまであらためて世に出したかった彼女の深い思い入れが感じられる。

著者は現在 "*What I Did For Love*"（二見文庫刊『きらめく星のように』）の続編にあたるシリーズ二作目を執筆中で、来年早々に刊行予定だという。本作のエピローグで登場するやんちゃな女の子メグの数十年後が描かれるということなので、またさらに新しいＳＥＰワールドが広がるのを楽しみに待ちたいと思う。

二〇一〇年六月

ザ・ミステリ・コレクション

きらめきの妖精《ようせい》

著者　スーザン・エリザベス・フィリップス
訳者　宮崎《みやざき》 槙《まき》

発行所　株式会社 二見書房
東京都千代田区三崎町2-18-11
電話 03(3515)2311［営業］
03(3515)2313［編集］
振替 00170-4-2639

印刷　株式会社 堀内印刷所
製本　株式会社 関川製本所

落丁・乱丁本はお取り替えいたします。
定価は、カバーに表示してあります。

ISBN978-4-576-10099-9
http://www.futami.co.jp/

きらめく星のように
スーザン・エリザベス・フィリップス
宮崎 槇［訳］
〔シカゴスターズ シリーズ〕

人気女優のジョージーは、ある日、犬猿の仲であった元共演者の俳優ブラムと再会、とある事情から一年間の結婚契約を結ぶことに…!? ユーモア溢れるロマンスの傑作

あなただけ見つめて
スーザン・エリザベス・フィリップス
宮崎 槇［訳］
〔シカゴスターズ シリーズ〕

父の遺言でアメフトチームのオーナーになったフィービーは、ヘッドコーチのダンと熱く激しい恋に落ちてゆく。しかし、勝ち続けるチームと彼女の前には悪辣な罠が…

あの夢の果てに
スーザン・エリザベス・フィリップス
宮崎 槇［訳］
〔シカゴスターズ シリーズ〕

元伝道師の未亡人レイチェルは幼い息子との旅路の果てに、妻子を交通事故で亡くしたゲイブに出会う。過酷な人生を歩んできたふたりにやがて愛が芽生え…

湖に映る影
スーザン・エリザベス・フィリップス
宮崎 槇［訳］
〔シカゴスターズ シリーズ〕

湖畔を舞台に、新進童話作家モリーとアメリカン・フットボールのスター選手ケヴィンとのユーモアあふれる恋の駆け引き。迷いこんだふたりの恋の行方は？

まだ見ぬ恋人
スーザン・エリザベス・フィリップス
宮崎 槇［訳］
〔シカゴスターズ シリーズ〕

VIP専用の結婚相談所を始めたアナベルの最初の依頼人はアメフトの大物代理人ヒース。彼に相手を紹介していくうちに、ふたりはたがいに惹かれあうようになるが…

いつか見た夢を
スーザン・エリザベス・フィリップス
宮崎 槇［訳］
〔シカゴスターズ シリーズ〕

休暇中のアメフトスター選手ディーンは、ひょんなことから画家のブルーとひと夏を過ごすことになる。東テネシーを舞台に描かれる、切なく爽やかな傑作ラブロマンス！

ファースト・レディ
スーザン・エリザベス・フィリップス
宮崎　槙［訳］

未亡人と呼ぶには若すぎる憂いを秘めた瞳のニーリーが逃避の旅の途中で逞しく謎めいた男と出会ったとき…ＲＩＴＡ賞（米国ロマンス作家協会賞）受賞作！

レディ・エマの微笑み
スーザン・エリザベス・フィリップス
宮崎　槙［訳］

意に染まぬ結婚から逃れようとする英国貴族の娘と、トーナメントに出場できなくなったプロゴルファー。そんなふたりが出会ったとき、女と男の短い旅が始まる。

幻想を求めて
スーザン・エリザベス・フィリップス
宮崎　槙［訳］

かつて町一番の裕福な家庭で育ったヒロインが三度の離婚を経て15年ぶりに故郷に帰ってきたとき……彼女を待ち受ける屈辱的な運命と、男との皮肉な再会！

トスカーナの晩夏
スーザン・エリザベス・フィリップス
宮崎　槙［訳］

傷心の女性心理学者が静養のため訪れたトスカーナ地方で出会ったのは、美しき殺人鬼などが当たり役の大物俳優。何度もベッドに誘われた彼女は…イタリア男の恋の作法！

ラッキーガール
リンダ・ハワード
加藤洋子［訳］

宝くじが大当たりし、大富豪となったジェンナー。人生初の豪華クルーズを謳歌するはずだったのに、謎の一団に船室に監禁されてしまい……!? リンダ・ハワード最新作！

天使は涙を流さない
リンダ・ハワード
加藤洋子［訳］

美貌とセックスを武器に、したたかに生きてきたドレア。彼女を生まれ変わらせたのはこのうえなく危険な暗殺者！　驚愕のラストまで目が離せない傑作ラブサスペンス